北京工业大事记

北京市工业促进局　编

北京燕山出版社

图书在版编目（CIP）数据

北京工业大事记/北京市工业促进局编．—北京：北京燕山出版社，2008.9

ISBN 978—7—5402—0927—8

Ⅰ．北…　Ⅱ．北…　Ⅲ．工业—大事记—北京市　Ⅳ．F427.1

中国版本图书馆 CIP 数据核字（2008）第 147616 号

北京工业大事记

作　　者：北京市工业促进局
通信地址：北京市朝阳区工体北路 6 号凯富大厦 510 室
邮政编码：100027
电　　话：（010）85235624、85235643
电子邮箱：bjgynjbjb@ sohu. com　yxz@ bjid. gov. cn
责任编辑：李剑波
责任校对：张瑞武
装帧设计：李秋平
出版发行：北京燕山出版社
通信地址：北京市宣武区陶然亭路 53 号
邮政编码：100054
排　　版：北京乾嘉广雅科技有限公司
印　　刷：北京朝阳印刷厂有限责任公司
经　　销：新华书店
开　　本：787 × 1092 毫米　1/16
字　　数：880 千字
印　　张：45.25
印　　数：1—3000
版　　别：2008 年 9 月第 1 版
版　　次：2008 年 9 月第 1 次印刷
书　　号：ISBN 978-7-5402-0927-8
定　　价：180.00 元

《北京工业大事记》编委会

编辑说明

一、《北京工业大事记》是一部信息高度密集的大型资料工具书。本书通过大量的史实资料，真实地记录北京市工业经济的由来与发展，为国内外各界人士了解北京工业、研究北京工业提供最新的信息。

二、本书高举中国特色社会主义伟大旗帜，以邓小平理论和“三个代表”重要思想为指导，深入贯彻落实科学发展观，遵循党的基本路线和方针政策，科学地反映客观情况。

三、本书由北京市工业促进局主办、北京市工业经济研究所承办。

四、本书以编年体为主，纪事本末体为辅，以时间为序逐一记述北京工业发生的大事。本书用第三人称语体文撰写，文字力求言简意赅。

五、本书在《北京工业年鉴》大事记和《北京工业43年大事记》基础上作了较大增补及校对。对一日多条大事，第一条直接写日，第二条以下用“同日”；对一月多条大事，第一条直接写月，第二条以下用“同月”；对本年多条大事，第一条直接写本年，第二条以下采用空二字格记述。

六、限于我们的水平，本书难免有不准或疏漏之处，热忱希望读者对本书不足之处给予批评和指正，帮助我们进一步改进编辑工作，以期更好地为读者服务。

序

北京工业的发展历史悠久。西周时期，燕国铸造的青铜器就已经有了礼器、兵器、车马器和铜制手工工具。东汉时期，渔阳郡的渔阳（今北京市怀柔区）设有铁官。唐武德年间，朝廷在幽州设有铸钱监、盐池。唐天宝、贞元年间，幽州城北部设有固定的商业区和手工业区，称为“幽州市”。辽应历八年，析津府玉河县务里村（今北京市门头沟区龙泉雾村）瓷窑以煤作为燃料烧制瓷器。元至元二十四年，宛平县建大都西山煤窑场。明末清初京西煤窑发展到一百多座。

北京近代工业起步较晚。1883 年清政府在京西三家店创办神机营北京机器局，1884 年在虎坊桥开办印制谕折的撷华书局。随着国外资本的进入，京奉、京汉、京张铁路建设，陆续办起了一些近代工厂。1901 年至 1906 年建立了长辛店铁工厂、长辛店电器修缮厂、南口铁工厂。同时期还办起了丹凤火柴公司、溥利呢革公司、京师华商电灯股份有限公司等企业。

从近代工业出现到 1949 年北平解放，在漫长的六、七十年当中，北京主要是一个消费城市，工业发展极其缓慢，没有真正的机器制造工业，没有化学工业，不能纺纱，不能炼钢。企业的规模很小，设备简陋，技术落后，产品成本高，质量低，绝大多数工业原料、设备和日用消费品依靠外地供应和国外进口。

新中国成立以来，经过将近 60 年的建设，北京已由消费城市发展成为特大型的综合产业城市。工业已成为北京经济的重要组成部分，在首都社会主义现代化建设中起到非常重要的作用。北京现代工业的发展，经历了从无到有，从恢复发展，建设门类比较齐全的大工业体系，到发展适合首都特点的工业及大力践行首都经济发展战略的过程。

特别是改革开放以来，北京工业坚持解放思想，实事求是，锐意进取，勇于创新，在方方面面都发生了翻天覆地的变化，创造了卓著的历史功绩，在首都社会经济发展史上写下了光辉的篇章。

推进了渐进式的企业改革，使企业实现了从计划经济体制下的行政附属物向市场经济主体的根本性转变。转换机制上，从最初的放权让利到全面落实企业自主权；体制创新上，从国有国营到建立现代企业制度；用工及分配上，从打破大锅饭、铁饭碗入手，逐步实现了劳动合同制，建立了按劳分配的激励机制；社会保障上，从企业办社会到初步建立覆盖劳动用工、医疗、养老等全方位的社会保障体系；企业管理上，实现了从传统的粗放式管理到集约型的现代化管理的转变。

全市工业总量实现了历史性跨越。北京工业增加值1978年为70.2亿元，2007年突破2000亿元，达到2159.4亿元，增长近31倍；北京工业产品销售收入1978年为109.8亿元，2007年超过10000亿元，增长近百倍。为首都经济的发展作出了重要贡献。

所有制结构形成了多种经济共同发展的新格局。随着国有企业的股份制改造，对外合资合作的深入推进，以及民营经济的不断发展，全市工业所有制结构已发生了根本性变化：国有企业在全市工业中的比重已由1978年的78%，下降为2007年的9.2%；与此同时，股份制企业的比重由2%上升到50.2%，三资企业从零上升到38.4%。多种所有制经济的共同发展大大增强了工业发展的活力。

工业产业结构不断优化升级。坚持“有进有退”，“有所为、有所不为”的调整和发展方针，工业已从原有的门类齐全、传统制造业为主体的格局，转变为今天的以高技术产业和现代制造业为主导、产业竞争力不断提升的新构架。2007年高技术制造业占全市工业增加值的比重达到27%，现代制造业占全市工业增加值的比重达到39%，并保持了明显高于工业平均水平的增长速度，高技术产业、现代制造业已经成为北京工业增长的主要拉动力量，产业高端化趋势日渐显现。

适应首都功能的需要大力推进工业布局调整。工业服从、服务于首都城市发展的大局，积极主动进行了大规模的空间布局调整，呈现出逐渐向郊区、特别是工业开发区聚集的新格局。城四区的工业占全市的比重已由1978年的25.9%，下降到2007年的8.5%；10个近、远郊区的工业比重则由1978年的24.9%，上升到2007年的57.5%。全市工业布局正按照首都区域功能定位的要求不断优化。

坚持了节约资源、保护环境的科学发展。大力推进工业企业的污染治理和城区污染扰民企业的搬迁改造工作，1984年以来，共有319家企业搬出城区，为首都的碧水蓝天作出了重要贡献。多年来北京工业始终坚持节约资源、降低消耗的方针，在工业总量持续增长的同时，单位产出的能耗、水耗一直持续下降。2006年与2002年相比，北京工业万元工业增加值能耗下降了42%，万元增加值水耗下降54%，为全市万元GDP能耗的下降作出了重要贡献。还相继关停了一大批高消耗、高污染的企业，首钢的搬迁调整工作也正在积极推进当中。以焦化厂为代表的一批曾经为首都经济发展作出过重要贡献的企业和职工为此作出了巨大的贡献。

回眸北京工业的发展历程，展望未来全面建设小康社会、构建和谐社会的美好愿景，使我们清醒地认识：认真梳理、研究北京工业的发展历史与现状，对于资治未来北京工业10年到20年，乃至更长时间持续、稳定、健康地发展具有不可估量的现实意义和长远意义。为此，必须在认真总结第一轮编修《北京志·工业志》经验的基础上，根据2006年5月18日温家宝总理签署的《地方志工作条例》和《北京市实施〈地方志工作条例〉办法》、《北京市地方志工作规划纲要（2000年至2010年）》，努力做好第二轮编修《北京志·工业志》的各项工作。

第二轮《北京志·工业志》的编修力求从宏观上，全面、客观、系统地反映北京工业发展全貌；力求突出北京特色和时代特征，突出北京工业的特色行业、特色产品、重要人物；力求客观记述北京工业发展进程中出现的新情况、新问题。总之是一项科学的、系统的、复杂的、艰巨的文化工程。

《北京工业志鉴丛书——北京工业大事记》的正式出版发行是全面启动第二轮《北京志·工业志》的标志。值此《北京工业大事记》等志鉴丛书付梓之际，谨表祝贺，同时期盼高水平的第二轮《北京志·工业志》早日与读者见面是为序。

北京市工业促进局局长 李平

二〇〇八年八月

目 录

西周时期

燕国铸造青铜礼器、兵器、车马器和铜制手工工具。其中礼器有鼎、簋、尊、爵、盘、盂、壶、鬲等，兵器有戈、矛、剑、戟、斧、钺、刀等，车马器有当卢、镳、衔、銮铃、铜軏、轴饰、横木饰等；铜质手工工具有斧、锛、凿、削、锥、针等。

战国时期

燕国设有“工尹”管理生产，工尹以下有各级管理属员。

西汉时期

渔阳和涿郡都设有铁官，主开山鼓铸。

东汉时期

渔阳郡的渔阳（今北京市怀柔县）设有铁官。制陶业产品有釉陶器、彩绘陶器等。

北魏时期

蓟城用麻、布缴纳户调（税赋）。

唐　　代

武德年间（618－626年） 朝廷在幽州设有铸钱监、盐池。盐池设立盐屯，每屯配丁50人从事煮盐。

天宝、贞元年间（742－805年） 幽州城北部设有固定的商业区和手工业区，称为“幽州市”。房山云居寺石经题记的行业种类有白米行、大米行、粳米行、屠行、肉行、油行、五熟行、果子行、椒笋行、炭行、生铁行、磨行、染行、布行、绢行、大绢行、小绢行、新绢行、小彩行、丝绵彩帛绢行、幞头行、靴行、杂货行、新货行等近30种行业。

辽　　代

应历八年（958年） 析津府玉河县务里村（今北京市门头沟区龙泉雾村）瓷窑以煤作为燃料烧制瓷器。

统和八年（990年） 辽在燕京雕印《上生经疏科文》，这是有确切雕印年代记载的北京地区早期印刷品。

咸雍四年（1068 年）《契丹大藏经》全部刻成，总数达500余卷，在辽南京印刷刊行。

金　代

贞元二年（1154 年） 金中都设印造钞引库及交钞库，发行《贞佑宝券》交钞。

大定二十一年（1181 年）《赵城藏》经版由山西解州天宁寺运抵金中都弘法寺刷印，后世即称《赵城藏》为《弘法藏》。

元　代

至元四年（1267 年） 为修建大都城，朝廷从山西征集琉璃艺人在海王村（今和平门外琉璃厂）设窑烧制琉璃瓦件，和平门外琉璃厂因此得名。

至元十三年（1276 年） 朝廷在大都城平则门（今阜成门）设置煤窑场，储存京西运来之煤。

至元二十四年（1287 年） 宛平县建大都西山煤窑场，设提领官一员、大使二员，属徽政院管辖，管理马鞍山、大峪寺官办煤窑并办理征税。

印造发行《至元通行宝钞》，至元钞与中统钞并行，比价不同。

至元二十五年（1288 年） 朝廷在大都城光熙门（今和平里东）设置煤窑场，存储煤炭，供城内使用。

至元二十六年（1289 年） 元大都设置毡局、染局等。在宫廷地毯作坊中，来自中亚地区的地毯工匠和中原工匠共同创造了剪毛花毯的栽绒工艺，生产栽绒花毯、回回剪绒毯等 70 个品种。

大德七年（1303 年） 《元一统志》载：宛平县西 45 里大峪山有产黑煤窑 30 余座，大峪西南有产白煤窑 10 余座，斋堂地区有煤窑 10 座，生产“水和炭”，并产画眉石。

至治元年十二月（1322 年） 冶铜 50 万斤，做寿安山寺佛像。寿安山寺即今卧佛寺。

明 代

永乐二十年（1422 年） 京畿设黑窑厂、琉璃厂等 5 大厂。

永乐年间（1403－1424 年） 明成祖迁都北京后，在司礼监下设立“经厂”，为内府刻印书籍。皇宫内果园厂所制雕漆用金、银、锡、木四种原料为胎，有剔红、填漆两种。踢红要上朱漆 36 次，镂以细锦，底漆黑光，针刻“大明永乐年制”字样。填漆是在漆器上雕刻花鸟，磨光后平滑如画，所制多为小盒，盒边上多刻有五色灵芝或戗金花纹。

宣德年间（1426－1435 年） 御制宣德炉以精小取胜，一般口径不过 3 寸，铜质要经过 12 次锻炼，炉色有栗色、茄皮色、堂梨色、褐色、藏经纸色 5 种。

成化二十一年（1485 年） 朝廷内织染局有工匠 11 人，针工局 38 人，银作局 23 人，巾帽局 5 人。

万历三十一年（1603 年） 一月 西山矿监王朝武装索税。京西煤窑业主、挖煤工、运煤工联合到京城游行请愿，“倾动畿甸”。朝廷被迫撤回矿监王朝，改派陈永寿为矿监。此为北京最早的矿工反剥削斗争。

崇祯十一年（1638年）《邸报》（即《京报》）开始使用活字版排印。这是较早用木活字印刷报纸的记载。

清　代

顺治八年（1651年） 姓王的山西人与一个姓曹的官宦人家合伙，在北京菜市口开设了一个专营火链、剪刀的杂货铺，铺名“万顺号”，由姓王的经营。剪刀货源择优收购，所售出的剪刀质量好，久之在京城赢得了声誉。人们因不知店东的名字，见他脸上有麻子，所以都叫他“王麻子”。到了嘉庆二十一年（1816年），就正式挂起“三代老王麻子”的招牌，以经营剪刀产品为主。

康熙八年（1669年） 浙江宁波人乐显扬在北京创办同仁堂药室。

康熙十七年（1678年） 王致和南酱园开业于前门外延寿寺街，创办人王致和，以经营臭豆腐闻名。

康熙二十四年（1685年） 康熙帝游西山，住戒台寺，书写《御万寿寺碑记》，禁止在戒台寺四周采煤，以保护古寺。

康熙三十三年（1694年） 户、工部拨款修北京至门头沟运煤大道。

康熙四十一年（1702年） 乐显扬第三子乐凤鸣在北京前门外大栅栏路南开设同仁堂药铺。

康熙年间（1662－1722年） 官营手工业分隶于内务府和工部等机构。内务府在北京设有内织染局、广储司七作和营造司三作等。

雍正四年（1726年） 用铜活字印成《古今图书集成》64部，每部一万零四十卷。

乾隆二十七年（1762年） 工部事务大臣史贻直踏勘京西煤窑。查明，近京西山一带有在开煤窑16座，宛平县在开煤窑117座，房山县在开煤窑140座。合计正在开采煤窑273座。

乾隆皇帝批准出借国库银 3.69 万两，交宛平县商民赵邦庆等，重修西山煤窑泻水沟。

乾隆二十九年（1764 年） 官府规定，对宛平县煤业征税。煤窑一座纳银 60 两，由该县代征后统一上解户部。凡煤已采完坑口，经报批后予以封闭。

宛平县有官办煤窑一座，房山有官办煤窑 9 座。

乾隆年间（1736－1795 年） 琉璃厂奉旨由海王村迁至离京 30 公里外西山永定河畔刘李居村。该村依山傍水，靠近原料产地，运输方便，水源充足。刘李居村后改名为琉璃渠村。

嘉庆六年（1801 年） 大德生煤铺建于前门外樱桃斜街。1900 年自养骆驼 99 把（7 匹为 1 把），作为运输工具，是当时北京最大的煤铺之一。

道光年间（1850 年左右） 张记小铁作坊开业，有徒弟 2 人。因其产品质量优良，被誉称“镊子张”。清光绪六年改名张顺兴刻刀铺并设前店后厂，产品刻有“不”字标记，从此不牌刻刀远近闻名，门庭若市。

咸丰三年（1853 年） 清户部在北京鼓楼东设宝钞局。五月，印造《户部官票》银票。十一月，又印造发行《大清宝钞》银票。

咸丰十年（1860 年） 门头沟圈门设立公议局排解煤业争端，收取本地众煤窑“驮子钱”，供修运煤道路费用。

同治二年（1863 年） 北京西安门内的西什库教堂设立北堂印书馆，用铅印技术印制西文书籍。

同治十一年（1872 年） 八月 京西煤窑、煤厂、店铺等集资重修西山大路，方便煤炭等货物运输，并建《重修西山大路碑》以记其事。

同治十二年（1873 年） 同文馆附设印刷所，备有中体与罗马体活字及手摇机 7 部，印刷同文馆及总理衙门的文件。

同治年间（1862－1874 年） 进京赶考不幸落第的南方书生谢松岱在京将墨块研制成墨汁，后又试制成直接生产墨汁的新工艺。同治四年，谢松岱弃儒经商在北京琉璃厂开设了一间二层楼的前店后厂的墨汁作坊。创业之年生意兴隆，于是他写了一副对联自赞："一艺足供天下用，得法多自古人书"。其墨汁店的招牌取这副对联的第一个字，名为"一得阁"。

光绪五年（1879 年） 八月二十三日 门头沟人段益三领得执照，在门头沟魏家村西坡开办通兴煤窑，矿区面积 36.5 亩。

光绪九年（1883 年） 清政府在京西三家店创建神机营北京机器局。直隶总督李鸿章从欧洲买来机器，制造西式枪炮。

光绪十年（1884 年） 官营撷华印书局建立。引进西方石印和铅印技术，印刷《谕折汇存》及其他书籍。地址在今虎坊桥。

光绪十四年（1888 年） 清宫廷在仪銮殿（今中南海怀仁堂）西墙外，安装发电设备一套，容量不超过 20 马力（约 15 千瓦），供皇家照明使用。设西苑电灯公所，归奉宸苑管辖。

光绪十七年（1891 年） 清宫廷从德国购进 20 马力（约 15 千瓦）发电机 1 台，安装在颐和园宫门东南角，供照明用，设颐和园电灯公所。

光绪十九年（1893 年） 武举人李福明在东便门外开设北京机器磨坊。天津商人在通州建立通州机器磨坊。

光绪二十二年（1896 年） 通兴煤矿招请美国人施穆合股采煤。为北京最早中外合股开办的煤矿。

光绪二十三年（1897 年） 邮传部卢保铁路卢沟桥机厂在永定河畔建立。1900 年被义和团焚毁。1901 年比利时与法国联合投资修筑京汉铁路，在长辛店三合庄设修理厂。将卢沟桥机厂残留设备、工人迁至新址，改名为长辛店铁路机厂。

光绪二十四年（1898 年） 清廷在京设立矿务铁路总局。统辖开矿筑路事宜，颁布《路矿章程》。

光绪二十五年（1899 年） 清廷批准天津德商瑞记洋行在东华门外霞公府街大纱帽胡同设立电气灯车公司，向使馆区及银行、洋行供电。

光绪二十六年（1900 年） 德国人在南郊马家堡开办泰来窑厂。有制坯机 1 台，轮窑一座，为北京最早的机制砖工厂。

光绪二十七年（1901年） 已革翰林院侍讲学士黄思永在外城琉璃厂义仓首创工艺局。

光绪二十八年（1902年） 顺天府府尹陈璧在外城下斜街创办工艺局。设工厂十余科，分官办、商办、官助商办三类，招募国外和国内专门工艺师来京讲课。所设工业课程有织造洋毛巾、斜纹布，制造洋式木器、藤器、胰皂、玻璃等。

光绪二十九年（1903年） 德商瑞记洋行在东交民巷德国使馆内设立电气灯公司。有3台80马力卧式煤气引擎带动的发电机，供使馆区用电。

光绪三十年（1904年） 清宫廷批准记名御史、刑部员外郎史履晋，御使蒋式瑆，候补同知冯恕奏办成立京师城厢华商电灯股份有限公司。选定前门西城根（今前门西大街北京供电局址）筹建电厂。1905年京师华商电灯股份有限公司正式成立，为北京地区民族资本办电开端。

清政府成立北京电话总局。下设铜匠处修理电话。

记名御史、刑部员外郎史履晋创办官商合办的北洋烟草公司，资本额为白银6.5万两。

光绪三十一年（1905年） 清补用知县温祖筠等筹集白银五万两在崇文门外后池1号创办官商合办的丹凤火柴股份有限公司。所用木材和化工原料60%依赖日本进口。

清政府在北京建立权度制造所。生产尺、斗和简单的天平等度量衡器具。

上海商务印书馆出资接办了由强学会书局改制的清政府官书局。后易名为京华印书局，淘汰了木制印刷设备，利用铅印、石印技术印制书刊。

光绪三十二年（1906年） 詹天佑主持筹建京张制造厂。主要配合进行路务设备维修和制造。

天津商会总办王竹林获直隶总督袁世凯批准，设立房山运煤高线铁路公司。该公司购买欧洲设备，聘请德、法技师，在房山修建以蒸气为动力的空中高线索道运煤。

京师华商电灯股份有限公司前门西城根的电厂2台150千瓦交流发电机投产发电。供官府衙门和市内较大商店及路灯用电。

光绪三十三年（1907年） 清朝陆军部奏办官商合办溥利呢革公司。投资60万两白银，候补道员谭学裴为首任总办。

光绪三十四年（1908年） 农工商部奏准由前直隶按察使、长芦盐运使周学熙招商集股300万银元筹办京师自来水公司。工程包括孙河水厂、东直门水厂及300余里长的管线。

杨家坨中兴煤矿井下发生水患，淹死工人14名，矿井停采。

同昌织布厂在宣武门外虎坊桥创办，资本额1万银元。

清政府度支部投资110万两白银在北京右安门内白纸坊火药局旧址建立印刷局。为中国第一个具有近代设备的官办印钞厂。

宣统元年（1909年） 福建人蒋唐佑集资，创办北京玻璃公司，试制门窗玻璃。

宣统二年（1910年） 天津商会在房山修建的运煤高线铁路坨里至前山段竣工通车。为中国第一条以机械为动力的高空运输铁路。

法国圣母文学会建北京上义洋酒厂，创办人是法国天主教修士沈蕴璞。1928年由法国天主教修士包查乐接办。1946年1月，天主教圣母文学会为上义洋酒厂领取营业执照，取名北平私立上义学校农场酿造所，产品对外销售。注册商标“楼头牌”。产品有香槟酒、白兰地、威士忌、公望酒、蒲提万酒、玫瑰香葡萄酒等。

中华民国时期

1912年

1月 度支部印刷局改为财政部印刷局。同年，自行设计印刷的中华民国《光复》、《共和》两套纪念邮票发行。这是中华民国第一套纪念邮票。

9月8日 孙中山先生视察溥利呢革公司。

本年 华商电灯股份有限公司前门西城根电厂增建1000千瓦汽轮机2台。这是华北地区第一批低压汽轮发电机组。

农工商部绣工科教习沈寿制作的绣像在意大利都灵博览会上获卓绝奖。

京张制造厂经过两次扩建，修车能力比建厂初期有了大幅度增长，开始承担机、客、货车组装任务。1934年开始第三次扩建，至1936年完成，并从1935年开始实行指令车型配额修车。

1913年

华商与比利时商人在门头沟龙门村北坡合办裕懋煤矿公司。资本银10万两，中比各半，建斜井一口，矿区面积428.9亩。

京汉铁路局北平印刷所在东单二条30号成立。设有装订房、印刷房、排字房、西字房和铸字房。

1914年

俞家骥在山西大同创办的大通机器面粉厂，在北京设立分厂。

原清朝提督江朝宗出资5万银元创办光明玻璃料器厂。主要生产煤油灯罩、灯座和工艺品等。

侨商郝升堂、张廷阁在北京购买外商开办的啤酒汽水小厂，购地扩建。厂址在广安门外，修筑铁路直通厂内，生产啤酒，取名北京双合盛啤酒汽水厂。1915年建成投产，使用五星商标，是中国民族资本在国内兴办的第一家啤酒厂。

1915年

9月 中比合办的裕懋煤矿卖与华商周奉璋及英商佐治·麦边，改为中英合办。资本扩大为20万两银元，中英各半。矿区面积扩大为1104亩。1917年改名中英门头沟煤矿公司，矿区面积扩大到4486.5亩。

10月 北京政府陆军部将溥利呢革公司收归官办，改名为陆军织呢厂，月产军用呢和普通呢1万多码，最多2万码。1927年，国民党军政部接收此工厂，改名为军政部第一制呢厂。1930年月产毛呢达到5万码。1937年“七·七”事变后，制呢厂被日军占领，厂名改为北京制呢厂，每月生产军用毛毯12000多条。抗日战争胜利后被国民党政府接管，改名为华北被服总厂平津第一分厂。

本年 宛平县中兴煤窑与日本驻天津臼井洋行共同投资10万银元，将中兴煤窑改为中日合办，1918年改名为中日合办杨家坨煤矿有限公司。

1916年

财政部印刷局二百余名工人，要求增加工资，举行罢工，遭警察镇压。

1918年

年初 蔡元培、李石增创办的留法勤工俭学预备班在长辛店建班，班长罗喜闻。当时名称为高等法文专修馆长辛店分馆工业科。

冬 毛泽东到长辛店留法预备班调查情况，强调学员要与工人打成一片，了解工人的生活、工作情况，启发工人的救国心。

本年 京师丹凤火柴公司与天津华昌火柴公司合并，成立丹华火柴股份有限公司，分平津两厂，总部设在北京。1920年又在辽宁安东增设一处，是为东厂。

京华印书局在虎坊桥兴建一座四层大楼（今南新华街南口大楼），1920年落成后增设了打纸型、浇铅版、照相铜锌版、胶印、珂罗版等印刷车间，成为北京最大的印书企业。

1919年

3月16日 北京丹凤火柴公司一百多名工人为反对资本家强迫工人无偿加班举行罢工。

8月 华商电灯股份有限公司在北京西郊石景山广宁坟村筹建石景山发电分厂，前门西城根电厂改称前门总厂。

9月 龙烟铁矿股份有限公司在京西石景山东麓筹建石景山炼厂。由美国贝林马肖公司提供工厂设计和一座日产生铁250吨的高炉。1920年春破土动工，1922年因经费不足等原因停建。

12月14日 长辛店铁路工人，为抗议日本帝国主义在福州的暴行，邀集各界代表千余人在娘娘宫召开国民大会。

本年 私营丽华人造大理石厂开业，年加工大理石板材五六百平方米，主要用作建筑门脸、银行柜台等零星维修工程。该厂易股后改名华陆石工厂。1955年冬华陆石工厂成为首批实行公司合营的工厂。1957年该厂并入北京市大理石厂。

1920年

4月　通兴煤窑有限公司华商代表与中英门头沟煤矿公司中方代表会呈京兆财政厅转农商部，将通兴煤窑有限公司一切动产和不动产折价卖给中英门头沟煤矿公司。

5月1日　长辛店一千多工人隆重集会纪念"五一"劳动节。邓中夏发表演说。这是我国北方工人第一次集会纪念"五一"劳动节。

1921年

1月1日　邓中夏于1920年冬创办的"长辛店劳动补习学校"正式开学。这是北方工人的第一所劳动补习学校。

5月1日　为纪念"五一"劳动节，长辛店一千多工人举行集会和示威游行。会后成立长辛店工人俱乐部（工会）。

10月　长辛店机厂建立共产党小组。1922年8月建立共产党支部。

12月8日　北京政府航空署所属南苑航空工厂员工因欠薪多月，全体罢工。

本年　在北京的美国长老会教徒在北京东单裱褙胡同投资开办海京洋行。有工人不到20人，经营进口机器和进口机器安装以及纺织品贸易。1926年改名海京铁工厂。1929年，迁至安定门内方家胡同，拥有三四十台设备和三四百名工人。1938年秋被日本机器工业财阀小系原太郎兼并，改名"小系重机株式会社"。1945年日本投降后被国民党接收，改为北平第一机器厂。

1922年

2月　石景山发电分厂正式投产发电。通过2条26公里33千伏输电线路向前门变电所送电。前门变电所安装2600千伏·安主变压器3台，1000千伏·安主变压器3台。这是北京地区33千伏供电电网建设之始。

5月　邓中夏代表京汉铁路长辛店工会出席在广州召开的第一次

全国劳动大会。

8月24日 长辛店三千多名铁路工人，在邓中夏领导下举行大罢工。罢工坚持两天，南北交通断绝。当局被迫答应工人提出的开除总管、工会，承认俱乐部有权推荐工人，增加工资等九项要求。这次罢工是北方铁路工人罢工的开始。

11月 长辛店铁路工人王俊，代表中国共产党参加共产国际第四次代表大会及赤色工会国际二大。

1923年

2月1日 长辛店铁路工人派代表赴郑州参加京汉铁路总工会成立大会。该会被吴佩孚破坏后，总工会决定4日开始全线总罢工。

2月4日至7日4日 长辛店铁路工人举行罢工，曹锟派兵包围长辛店。6日晚，军警抓走工会委员史文彬等12人，并捣毁了分工会。7日，3000多名工人涌向火神庙警察局，要求释放被捕的工友。军阀旅长时全盛下令开枪，并派马队冲击工人队伍。在搏斗中，葛树贵等5名工人牺牲，30余名工人被捕。

3月22日 北京各界召开追悼“二七”烈士大会。

4月 石景山炼厂厂方借口资金不足，停发工人两个月的工资。5月该厂工人开展索薪罢工斗争，取得了胜利。

7月28日 位于灯市口的仁立地毯厂工人为增加工资举行罢工。

本年 京师公立职工学校改名京师公立职业学校，内设机械、化学等学科，学制3年。1933年改名北平市立高级职业学校，后增设土木学科。

大总统黎元洪视察石景山炼厂。

1924年

12月8日 京师华商电灯股份有限公司向电车公司供电，北京城内第一次出现有轨电车。

本年 私营业主李志显投资创办初启造纸厂，是华北地区第一家机器造纸厂。1949年，厂名改为初启复记造纸社，有职工50人，靠一台单网单缸造纸机生产，日产2吨，年产量700吨。该企业是北京造纸五厂前身。

1925 年

2 月 7 日 京汉铁路职工在长辛店召开“二七”惨案二周年纪念大会，许多省市工人代表及各界人士参加了纪念大会。

3 月 13 日 北京 1800 多名印刷工人在中国共产党领导下，为反对资本家剥削，要求增加工资举行大罢工，北京 27 家报纸因之停刊。

4 月 在共党组织领导下，北京电车、织布厂、造纸厂等工人罢工。

6 月 10 日 为了声援上海五卅惨案受害的群众，长辛店工人在天安门集会，会后向政府请愿，提出惩办“沪案戎首”、“收回租界”等七项要求。

8 月 3 日 电车公司、电话局、电灯公司和北京铁厂等十余家工会小组联合成立北京机器工人俱乐部。

1926 年

12 月 16 日 京都市政工所修理厂在六部口双栅栏胡同成立。主要业务是修理市政工程机械。该修理厂是北京第一通用机械厂的前身。

本年 民族资本家隋少伯在北京灯市口创建知行工业社，有 3 缸位 250 磅坩埚炉一座，手工吹制煤油灯罩、灯座等玻璃料器产品。1942 年在崇文门外卧佛寺建厂，占地 12 亩半，主要生产设备有坩埚炉 2 座，石粉碾 1 台，职工百余人，最高日产量 1.5 吨。该厂是北京玻璃器皿厂前身。

1928 年

2 月 北京电车公司在通州（通县小圣庙村）建立自备电厂，装机总容量 3100 千瓦，以 33 千伏输电线路向崇文门变电所送电，专供电车行驶使用。

本年 河北冀县人步登云投资银洋 100 元，在北京东四牌楼附近租用民房 4 间，从天津邓禄普洋行买来混炼胶，采用火烤硫化的方法生产刻图章的橡皮和瓶塞、水瓶子等橡胶制品。

1929 年

全兴盛汽车修理铁工厂成立，是北平开业最早的汽车修理厂家。

门头沟中英煤矿建自备电厂，安装750千瓦发电机2台投产发电。

1930年

元月 石景山发电分厂低压锅炉工人为改善劳保条件举行罢工，罢工失败，37名工人被开除。

本年 王泽民等在房山长沟峪开办兴宝煤矿。购发电机3部，锅炉5台、电绞车1部，汽绞车2部。

1931年

天津永利五金厂迁京，带来冲床、车床等机器加工设备。

北平市的北华印书局和东亚印书局，分别成立印刷业公会。4月12日，两会合并，成立北平市印刷业同业公会。包介宸任主席，会员单位65家。

香山慈幼院在宣武门外上斜街设立五校（系职业学校）。校内设工厂，有慈型机器工厂、慈华染织厂、慈平制革厂、慈恒印刷厂、慈诚织袜厂及慈云地毯工厂。

1932年

北平振北制革厂成立，有厂房40多间，工人20多名。1933年开始生产皮革制品，多为手工操作，日产平均投皮10张，主要生产牛皮革、牛皮轮带革。1938年1月，日本产业保管委员会霸占了该厂，由华北“皮革株式会社”经营，为侵华日军生产军需皮革及皮革制品。1945年日本投降后由国民党北平市政府接管，对外称振北制革厂，对内称振北制革股份有限公司，浦洁修任经理。

1933年

3月 丹华火柴厂爆发反对强扣“爱国捐”的斗争。

本年 张学良出资委托亲属汪博夫、杜荣时为代理人出面筹建燕京造纸厂，厂址在西四武王侯（后更名为西四北八条）。1934年建成投产，占地14亩，厂房10间，职工100人。有圆网造纸机2台和蒸气动力机1台。日产纸1.5吨。1937年“七七事变”后，燕京造纸厂经营困难，经理杜荣时被迫将该厂卖给日本商人山冈武义和井上等人。1945年，燕京造纸厂被国民党经济部接管。

报人成舍我创办北平新闻专科学校，地址先是在石驸马大街，后迁至西长安街六部口路北。这是中国较早的印刷职业学校。

中共北平党组织通过财政部印刷局党支部和工会，领导财政部印刷局工人进行“反对机器南迁”的斗争，并取得胜利。

1936 年

私营业丰电线厂开业，该厂为北京电线厂前身之一。其前身还有1938 年开业的私营永光电线厂，1945 年开业的大明电线厂等。

湖北国民党督军王占元的侄子王雨生在北平天桥禄长街投资开办私营北平制冰厂经营冷藏业务和制冰，全厂占地 4000 平方米，有职工 10 余人。1937 年更名中国制冰厂。“七七事变”后，该厂被日商租赁改名为日本水产株式会社北平冷冻浆厂。1945 年由国民党政府接管，改名为北平市公用局制冰厂。该企业是北京市北冰洋食品公司的前身。

1937 年

2 月 15 日 前门外西河沿北华印书局于凌晨发生大火，烧毁房屋 40 余间，机器铅字全部被焚，损失达 20 余万元。

7 月 8 日 房山长沟峪的兴宝煤矿井下透水，死难矿工 70 余名，矿井停产。

7 月 侵华日军侵占长辛店铁路机厂，厂名改为华北交通株式会社长辛店铁路工厂，全厂共有职工 3433 人。1945 年 8 月，国民党政府接管工厂后，由交通部特派员办公室直辖。后期改为平津铁路局领导，又改为平汉北段管理处领导。

8 月 侵华日军侵占石景山炼厂。

同月 侵华日军侵占南口机厂。抗日战争胜利后国民党政府接收南口机厂。

1938 年

春 日商鸟羽洋行在北平东郊九龙山地区开办北平锻造株式会社。

4 月 24 日 日军委令“南满铁道株式会社”隶属下的兴中公司正式接管石景山炼厂，改名为石景山制铁所。11 月 20 日，石景山制铁所补修高炉等设备竣工，第一炼铁炉投产出铁。

6月 中共石景山发电分厂支部成立。

7月7日 八路军晋察冀军区第五支队营长史进前率队，在石景山发电分厂中共党员蒋繁桎配合下袭击石景山发电分厂，炸毁2台锅炉，造成北平停电，歼灭伪军30余人，缴获枪30余支。

8月18日 日本人在北平阜成门外北礼士路建立新民印书馆。设备有从日本买来的对开胶印机、双色对开胶印机等，是北京最早拥有胶印机的企业。

11月 日本侵华军队在北平先农坛建立华北野战军自动车北平出张所。为一个汽车修理连队。

12月 日本人在北平王府井大街130号建立北平麦酒株式会社。1940年在北平东郊租用土地建啤酒厂，1944年7月竣工投产。生产第一锅糖化北平麦酒，商标为天坛牌。1945年抗日战争胜利后，被国民政府北平公用局接收。1946年国民党经济部将该厂卖给私人经营，产品改用飞马商标，厂名改为北平实业公司。该企业是北京啤酒厂的前身。

本年 日商建立酸素株式会社，用一台30立方米/时的小制氧机生产瓶装氧气，主要供军用。1945年抗日战争胜利后，由国民党政府航空委员会接管，改名“第三气体制造所”。

日本侵略者从河北省、山东省灾区骗招万余民工来石景山制铁所做工。

1939年

春汛时 石景山制铁所土木系的日本头目为把永定河水引进厂内，强逼工人下永定河作业，淹死7名工人。

9月 中法大学铁工厂改名同益铁工厂。该厂为北京水泵厂前身。

本年 日本人出资在北平广安门外甘石桥北观音寺2号筹建北洋造纸厂。1949年，北平和平解放后，在人民政府鼓励发展城市民族工商业的政策感召下，数十名天津人出资购买了北洋造纸厂，与河北造纸厂合并成立股份有限公司，厂名改为河北造纸厂。该厂是北京造纸七厂前身。

日本东京浅野公司将深川水泥厂一套设备拆迁来华，在琉璃河筹建华北洋灰股份有限公司琉璃河工厂。1944 年 5 月建成投产。

由大信洋行日商石田投资，在北平东郊九龙山建造纸厂，安装圆网单缸造纸机一台。1940 年春季开工出纸，厂名为大信造纸工厂。1945 年 4 月被国民党经济部中央工艺试验所北平分所接收。1948 年 6 月，厂名改为工商部北平工业试验所示范工厂。该工厂是北京制浆造纸试验厂之前身。

东北商人陈荫堂在北平广安门内南线阁创建大华窑业股份有限公司，为北京唯一生产日用陶瓷的工厂。1942 年兴建大华陶瓷。1944 年建成投产，小批量生产中、低档大、小饭碗、盘等日用陶瓷制品。

1940 年

春节前夕 石景山制铁所一焦炉和洗煤的工人，以常守义为首罢工 3 天，反对日寇春节不发白面，取得胜利。

12 月 在日军扩大钢铁生产的指令下，由华北开发公司及日本制铁株式会社各出资 1250 日元共同投资，改组兴中公司隶属的石景山制铁所，改名石景山制铁矿业所。

本年 日伪在北平东郊建成华北烟草、北京锻造二个工厂。

1941 年

9 月 以北平电话总局修机部分人员和设备为基础，组建华北电信电话股份有限公司技术部修缮处，从事磁石式、共电式电话机及小型交换机的维修，并生产电信机械零配件。

秋天 在石景山制铁矿业所工作的王长林领导工友罢工，要求增加工资，取得胜利。

本年 日本东京森川制作所在北平开办“兴亚公司”。1945 年日本投降后国民党政府没收了该公司，并划给当时的北平市卫生局主管，改名北平医疗理化器械制作所。该制作所是北京电冰箱厂的前身。

石景山发电分厂由伪华北电业股份有限公司直辖，改称北京发电所。

1942 年

3 月 石景山制铁矿业所第一炼焦炉甲组炉（2 组 50 孔）竣工投产。该炉是移建由日本八幡制铁所拆来的索尔维废热式焦炉，共4组 100 孔，于 1941 年3 月开始建设。全部投产后日产焦炭360 吨，焦油约10 吨。

6 月 石景山制铁矿业所以炼铁工人为首，为反抗吃混合面，要求配粮举行罢工。罢工波及运输、焦化、机修制罐等厂工人。

7 月 石景山制铁矿业所一高炉事故停修，日寇强令工人红火操作，因扒渣塌料，造成 13 人死亡、2 人重伤的重大事故。

本年 私营华盛铁工厂成立，1947 年改名立安钢锉厂。该厂是北京工具厂前身。

中共地下党组织发动工人群众从长辛店铁路工厂秘密运出钢铁及各种金属材料到抗日根据地。

南苑变电所建成。安装 5000 千伏·安主变压器 4 台，并建成平津 77 千伏输电线路 114.4 公里，平津间实现连网运行。

中共北京发电所支部书记蒋繁柽和部分共产党员遭日本宪兵逮捕，党支部遭彻底破坏。

1943 年

2 月 因石景山制铁矿业所日本侵略者停发中国工人过春节的粮食，焦炉、高炉、原料段工人相继罢工，迫使日本人作出让步。

夏天 北平地区流行霍乱，石景山地区疫情严重，俗成“虎力拉”。日本侵略者强行将病重的中国工人与病死的中国工人都扔进放有石灰的大坑掩埋。石景山制铁矿业所死亡工人 2000 多人。至 9 月，全所华工减少 5600 余人。10 月 5 日一天，在制铁矿业所工地附近一次性处理死亡工人遗体 36 具。

本年 门头沟煤矿工人为增加工资举行罢工斗争，取得胜利。

1944 年

5 月 盟军飞机轰炸北京发电所、石景山制铁矿业所，炸毁锅炉1台、货车 1 辆，炸死炸伤工人75 名。

夏天 石景山制铁矿业所铁道系工人为改善工作条件罢工二次，

均取得胜利。

本年 侵华日军在北平德胜门内草场大坑成立华北广播协会收信机工厂。采用日本运来的散件，组装三灯、五灯电子管收音机。

北平自来水公司的股东从天津购一台单缸单网造纸机，筹建造纸厂，取名大兴造纸厂。1946 年 1 月开工出纸，生产化验纸、燃烧纸，日产量 1 吨，职工 30 人。该企业是北京造纸一厂前身。

1945 年

5 月 中共冀察区党委城工部在长辛店铁路系统发展党员 80 余名，主要厂、段、站都建立了党组织。

6 月 中共晋察冀中央局城工部在北京发电所建立党支部，刘玉三任书记。8 月 20 日，北京发电所共产党员杜广信、韩泰山，主动积极协助中共抗日武装房涞涿大队第一连连长闫占江率队袭击北京发电所，缴获伪军武器一批。

9 月初 日本宣布投降后，中共地下党组织了解到石景山制铁矿业所“善邻工作队”有一批日军的武器弹药，中共晋察冀中央局城工部部长刘仁指示要抢在国民党军队之前把这批武器弹药搞到手。地下党员魏焉等会同中共抗日武装新五团经过周密策划，于 9 月初趁夜色奇袭福寿岭，缴获步枪 700 支、重机枪 1 挺、轻机枪 3 挺、子弹 3 万发、手榴弹 1800 枚、掷弹筒 6 具及其他军用物资，连夜运往解放区。

11 月 8 日 中央印制厂总管理处接收北京印刷局。即日改名为中央印制厂北平厂，受中央印制厂总管理处直接管辖。

11 月 10 日 国民党政府经济部派“接收大员”朱玉仑到石景山制铁所，将石景山制铁所改名为石景山钢铁厂。

11 月 国民党政府财政部函令中央印制厂总管理处，欲将北平厂南迁。工人奋起抗争，后由于北平行辕主任李宗仁出面干预，南迁计划未遂。

1946 年

1 月 国民党政府中央印制厂总管理处发出“关闭北平厂”的通知。因工人反对，未能执行。

12月14日 北平市打磨厂电器生产合作社成立。有社员20余人，认股20万股，每股10元（法币），股金总额2000万元。以无线电器生产为主，并发展其他电器生产，分制造、修理、加工等部。

本年 国民政府资源委员会接收北京发电所，改名为“冀北电力公司北平分公司北平发电所”。

1947年

2月 丰台桥梁厂工人在中共地下党的领导下，发起反解雇斗争。

春天 设在禄米仓的平津被服厂2000多名工人罢工，抗议厂方关押、毒打工人。

10月 中共石景山钢铁厂支部书记孙茂春被捕叛变，党支部解体。

1948年

7月 石景山钢铁厂工人罢工，要求工厂追发欠薪，发放面粉、煤等实物，并砸了国民党接收大员的汽车，迫使厂方接受了工人的要求。

8月19日 国民党政府中央印制厂总管理处再次发出“关闭北平厂，遣散全部员工”的指令，遭到工会和员工的反对，关厂计划再次失败。

8月 石景山钢铁厂、北平发电所的中共地下组织根据中共中央华北局城工部的指示，组织工人开展护厂反对机器南迁的斗争，取得胜利。

同月 长辛店机车厂工人发起“饥工”斗争（工人们因饥饿干不了活而停工，以抗议工厂拖欠工资）。

12月8日 华北人民政府企业部军管组接管琉璃河水泥厂。

12月中旬 北平周边地区先后解放。中国人民解放军军事管制委员会（简称军管会）先后接管了南口机厂、门头沟煤矿、石景山发电厂、石景山钢铁厂、长辛店机厂等一批工矿企业。

12月17日 毛泽东起草的中央军委电报，指示中国人民解放军在作战中要保护石景山、长辛店、门头沟等重要工业区和西山的文化古迹。

12月28日 军管会在清河接管国民党联合勤务总部华北被服总厂平津第一分厂（后称北京清河制呢厂）。这是北京第一家国营纺织企业。

12月 石景山钢铁厂职工消费合作社成立，为职工供应粮、油及生活日用品，是石景山地区有合作商业之始。

1949 年

1 月 3 日 在接管 1 日北平市政府社会局的基础上，改造建立了北平市人民政府工商局，程宏毅任局长兼党组书记。

1 月 8 日 门头沟地区解放后，北平市军管会派王谦、张永新负责成立了粮煤供销站。供销站成立后，积极扶植公、私煤窑尽快恢复生产。据调查，门头沟和城子共有公私矿窑 356 个，很快复工的 207 个，每日可产煤 2610 吨。

1 月 20 日 中共中央对北平市委关于工资问题解决办法的请示报告做出批示，对职工工资标准和年终双薪等问题作了原则指示，以保障职工生活，安定工人情绪。

1 月 31 日 北平解放后，党中央提出城市建设的基本任务是："首先必须有计划有步骤地迅速恢复和发展生产，把消费城市变为生产城市"。

1 月 北平市军事管制委员会派军代表杜增福、李廷贵、赵广义，接管了门头沟煤矿公司本部——东交民巷兴华路 4 号桂乐弟大楼。同时接收了该公司 209 名员工和下属的四大煤厂。该公司所属的门头沟煤矿、城子煤矿，已于 1948 年 12 月，由北平市军事管制委员会工矿部接管。

同月 北岳振兴实业公司所属大台煤矿，将沦陷时期被拆毁的门斋铁路大榆树至门头沟火车站区段铺筑轻便路轨，当月底修通，解决了大台煤矿及清水涧坑的煤炭外运问题。

2 月 1 日 《人民日报》部分人员随部队进入北平后，军管会接管了原华北日报社及其印刷厂。接管后立即整顿组织、救济工人、恢复生产。2 月 2 日《人民日报》（北平版）创刊号出版。

2 月 4 日 北平市军事管制委员会派任一宇为军代表，林松为联络员接管了冀北电力有限公司北平分公司，实行军事管制。

2 月 6 日 北平市军事管制委员会的文管会先后接管国民党官办

的正中书局、独立出版社、中国文化出版社及其所属的印刷厂。

2月7日 北平市军管会主任叶剑英派王纯等人接管旧全国合作社物品供销处北平办事处，负责组建北平市合作社。27日，新建的北平市合作社供销总社对外营业。市合作社供销总社在城区以主要力量发展消费合作社和手工业生产合作社。

同日 北平市职工总会筹备委员会成立。10日，该会召开第一次会议，选举萧明为主任委员。

2月10日 北平市军事管制委员会从国民党行政院平津产业管理局中接收业已停业的北支硝子工厂（北京玻璃厂前身）。

2月11日 北平市军事管制委员会接管了北平第二修械所，于4月11日改建为华北农业机械总厂。同时，把原国民党政府农林部所属病虫害药械厂北平分厂，改建为华北农业机械总厂第一分厂。总厂隶属于华北人民政府农业部，厂长孙景鲁。该总厂是北京内燃机总厂的前身。当时共有职工130多人。

2月22日 北平市军管会出版委员会接管了北平最大的官僚资本书刊印刷企业——正中书局北平印刷厂。祝志澄、同永生、李力行、马腾组成的军事管制委员会进驻工厂。

2月25日 燕京造纸厂召开复工大会。军代表贾晓冬讲话号召工人努力生产，降低成本，提高质量。大会激发了广大工人的劳动热情，当天一号机正式出纸，日产11令。

2月 北平市军管会接管了409汽车修配厂；7月，原石家庄汽车修理厂配件部迁至北平与409汽车修配厂合并，改建为中国人民解放军华北军区后勤部北平汽车修配厂。厂长程华明，该厂是北京汽车制造厂的前身。接管时有职工518人，设备149台。

同月 中共中央华北局财政处在北平安定门内分司厅，成立了北平振华铁工厂（属机关生产）。厂长牛步峰。该厂是北京齿轮厂的前身，至年底有职工80余人。

3月1日 北平市军管会派军代表秦炎等到中央印制厂北平厂（北京印钞厂前身）进行军事接管。当天，印制出第一批人民币。

同日 北平市军事管制委员会接管原河北省印刷厂改建为华北印

刷厂（后改名为中央民族印刷厂）。

3 月 5 日 北平市人民政府财政经济委员会成立。第一任主任由北平市人民政府副市长徐冰兼任。程宏毅为副主任。

3 月 12 日 石景山钢铁厂开始第一期修复工程建设，主要工程项目有第一炼铁炉、第一炼焦炉、轻油场、铸铁管机等。该厂 1948 年 12 月 17 日获得解放，主要生产单位有炼铁厂、炼焦厂、铸造厂、化工厂。

3 月 14 日 北平市贸易公司煤炭分公司成立。下设秘书室、业务、会计、人事科和前门、朝阳门、宣武门、西直门煤厂。

3 月 18 日至 4 月 9 日 中共北平市委干部训练班第一期举办。来自工矿企业的 1000 多名学员参加，主要学习党的基本知识和政策。

3 月 19 日 在接管旧北平市政府公用局的基础上，建立了北平市人民政府企业局。牟泽衔任局长兼党组书记。

3 月 23 日 组建北平新建化学制药厂。当年 5 月开工生产。厂址在今崇文区沟沿头 1 号。监委徐剑平。厂长宣心愚。这是北京第一家地方国营制药企业。该厂是一个具有光荣革命传统的企业。1939 年创建为八路军前总卫生部和一二九师制药厂。1941 年合并成立第十八集团军野战卫生部卫生材料厂。1942 年更名为利华制药厂，1949 年迁京。

3 月 门头沟煤矿改革劳动生产组织，取消旧社会遗留的封建剥削性质的“包工柜”，根据工人要求，全部改为生产组。工人每日工资由 6 斤小米增加到 8 斤。

4 月 3 日 北平市工商局召集 129 个行业的同业公会代表开会，宣讲人民政府的工商业政策。

同日 中共中央书记处书记刘少奇在北平干部会议上讲话时提出，发展生产是北平一切工作的基本环节。当前北平的群众工作，首先应是工人工作、工会工作。北平的工会要适当地解决工人的要求，把工人组织起来，要对工人进行教育。

4 月 7 日 北平市人民政府设立平西矿务处。管理平西地区煤矿、煤窑、石灰矿等企业。

4月13日　北平市人民政府企业局派肖秧为军代表到北支硝子工厂组建新建玻璃厂。经过一个月的艰苦奋斗，于5月19日正式投产，是北平市首批恢复生产的工业企业之一。

4月15日　琉璃河水泥厂恢复生产。该厂为中央接管的北京44个官僚资本企业之一。全厂288名职工克服各种困难，仅用四个月就修好了主要设备，至年底生产水泥3.5瓦吨。

4月16日　中共平市委发出《关于北平市目前中心工作的决定》。决定指出："恢复改造与发展生产乃是北平党政军民目前的中心任务，其他一切工作都应该围绕着这一中心任务来进行，并服从于这一任务。"

4月17日　中共北平市委制订《关于生产与工会工作的初步计划》。

4月18日　中共北平市委作出《关于北平市公营企业机构及员工薪金问题的指示》。指示中说：对于所接管的企业机构，原则上不应打烂，应在接管后加以必要的改良，这是一条总原则。关于企业机构的保持和改革问题，要以不同的处理方针处理所接管的公营企业和大官僚资本企业及其组织机构中不同性质的两个部分。指示强调了原职原薪问题和关于人事薪金调整与处理问题。并指出，对于员工的生活须予以充分注意和关怀。

4月20日　中共北平市委召集私营工厂职工代表，座谈劳资两利政策和恢复发展生产的问题。21日，召集资本家代表座谈这一问题。市委书记彭真就劳资关系、原料、销路、资金、税收等问题作了阐述。

4月21日　石景山钢铁厂第一炼焦炉修复投产，当年生产焦炭42973吨。

4月25日　华北人民政府令，冀北电力公司及所属分公司和原察哈尔省察中电力局共同组成华北电业公司，下辖北平、天津、唐山、察中分公司。

同日　国营北平新华印刷厂举行开工典礼。同年10月，改名为北京新华印刷厂。

同日 北平市电车公司修造厂发生重大火灾，烧毁电车59辆，房屋104间。周恩来亲自到现场查看，并指示，北平发生重大事故，公安局长、处长要去现场调查情况，处理问题。

4月 华北酒业专卖公司决定投资20万斤小米建立华北酿酒实验厂。1951年改名北京东郊酿酒厂。1952年有职工665人，年产白酒6092吨。1953年改名国营北京酿酒厂。

同月 南口机车厂（现称中国北车集团北京南口机车车辆机械工厂），为迎接解放战争的最后胜利，抢修破损的1756号机车，修复后命名为“渡江号”。

同月 军管会派孙立德为军代表进驻双合盛啤酒汽水厂，该厂开始与政府合营。政府投资300万斤小米，用以恢复生产。有职工130人，当年生产74吨啤酒。这是北平解放后首批恢复生产的主要工厂之一。

5月1日 北平市政府作接管工作总结。自2月3日正式宣布接管后，先后被接管的计有：市府9局、5处、2室及20个区政府；市立中等学校16所，已接收12所，20所市立中心小学已接收15所；接管门头沟煤矿、清河制呢厂、燕京造纸厂、酱油厂、制冰厂、砖窑、民生织布厂、北平机器厂、度量衡工厂、自来水厂、公共汽车公司11个企业单位；接管11所医院、7个卫生所、2个药库等25个医药卫生单位。

5月11日 平西煤矿公司成立。平西煤矿公司直属北平市人民政府企业局，下设门头沟、西山、城子，以及由察哈尔省北岳振兴实业公司所属的良乡东矿和大台煤矿。

5月18日 彭真就恢复发展生产问题向毛泽东并华北局的报告提出当前的主要工作是恢复和改组生产。

5月19日 北平解放前遭破坏的北平——天津77千伏高压输电线路，经抢修恢复送电。

5月21日 在北平市职业家庭妇女联合会协助下，市合作社供销总社组织起本市第一个手工业生产合作社，即北平市按院胡同妇女缝织生产合作社，社员72人，共93股，每股股额小米5市斤。

5月27日 中共北平市委对恢复、发展生产问题，作如下决定：一、建立贸易指导委员会，大力开展城乡贸易；二、有系统地解决私营企业的劳资纠纷；三、实行工厂管理的民主改革，使行政领导与群众相结合。

5月 京华橡胶厂成立，1950年3月正式投产，日产布面胶鞋70双。这是本市第一家生产布面胶鞋的厂家。

6月1日 人民艺术服务社成立。当时仅是修理西洋乐器的手工作坊。在制琴工人的努力下，当年生产出第一批提琴和风琴，1950年生产出第一架钢琴，定名为501型，1959年为人民会公堂设计制造成功15英尺三角钢琴。1977年定名为北京钢琴厂。现在是北京唯一的钢琴生产厂家，该厂使用的“星海”商标久享盛誉。

6月6~23日 北平工业品展览会在中山公园举行。128家国营、私营企业展出纺织品等6大业3300多件产品，接待观众15万多人。

6月26日 石景山钢铁厂一号高炉修复投产，有效容积389立方米，当年产铁25308吨。同日，石景山钢铁厂二号铸管机修复投产。8月22日，一号铸管机修复投产，当年共生产铸铁管5103吨。

6月28日 公布华北电业公司北平分公司地下党的支部委员会和共产党员名单，北平发电所于7月16日，公布中共地下党的支部委员会和共产党员名单。从此，中国共产党的组织在职工群众中全部公开。

6月30日 国营北平机器总厂成立。该厂是将没收的国民党华北剿总民间武器调查管配委员会所辖的10个修机所和1个附属工厂，合并改组后成立的。

7月1日 朱德总司令到石景山钢铁厂出席开工典礼，祝贺工厂全面开工。

同日 华北人民政府批准在平津唐电网实行统一电价。电价随物价浮动，每月调整一次。

7月 暴雨成灾，门头沟公私煤矿被淹，产量减少，私营煤商趁机抢购囤积，煤价暴涨。平津煤铁公司北平分公司，立即采取行动，变大力推销为控制出售，取消淡季对煤商的各种优惠政策，停办整车交货。进入冬季，对机关、部队、学校等实行按计划分配；对市民实行凭户口本买煤；对私营煤商实行凭营业执照，记购煤折子的方法供应。这期间，国营零售公司和合作社先后开设198家煤铺，以低于市价1/4的价格廉价供应市民，月供应量为6000吨。

8月8日 北平发电所改称石景山发电所；11月1日，改称石景山发电厂；11月5日，划归华北电业公司直接领导。

8月 北平市军管会成立机关生产单位——永茂实业公司（第一地方工业局的前身）。

9月10日 北平市人民政府将工商局中的商业部分分出，其余部分与企业局合并，建立市工业局。10月，北平市人民政府工业局改名为北京市人民政府工业局。牟泽衔任局长兼党组书记。

9月14日 北平地区最大的汽轮发电机组——石景山发电所6号机（2.5万千瓦）因汽封盘摩擦震动，致使设备严重损坏，直到1950年2月28日修复发电。

9月 北平市人民政府公布《北平市平西矿区煤矿业开采管理暂行条例》。

10月1日 经北京纱灯手艺工人精心制作的八盏直径为2.5米的大红灯悬挂在天安门城楼上，欢庆中华人民共和国建国大典。

10月13日 石景山发电厂连续发生事故，国家财产及工业生产受到很大损失。华北人民政府发布命令，将该厂军代表李平、主任于运海撤职查办。

10月 在没收北平市权度制造所的基础上，将新建第一铁工厂、第二铁工厂和通县修械所并入，定名为北京市度量衡厂。该厂是北京人民机器厂前身。

12月14日 中共北京市委决定，张友渔兼任市政府财经委员会主任。

12月21日 华北农业机械总厂职工写信给毛泽东主席，报告1949年全年生产新式农机具4000余部。

12月26日 中央人民政府燃料工业部令，华北电业公司改称华北电业管理总局，下设北京电业局、石景山发电厂等。

12月31日 全国对公营、公私合营及工业生产合作社工矿企业进行基本情况调查（第一次全国工业普查）。当日北京市共有公营企业63个，公私合营企业6个，政府代管企业2个，合作社21个。

12月 上海私营三星铅笔厂在北京建立分厂（亦称三星铅笔厂），有职工58人，铅芯依靠上海供应。1954年改为公私合营北京三星铅笔厂。1956年合并了20余家手工业厂，迁到清华园三才堂现址。1966年转为全民所有制企业，改名为北京铅笔厂。

1950 年

1月5日 北京市第一个手工业专业联社——手工业生产合作社制鞋联合社成立。联合社由6个制鞋生产合作社联合组成。

1月12日 第一批苏联专家到京西煤矿公司，并到城子矿井下指导工作。

2月2日至6日 北京市首届工人代表大会召开。会议要求市总工会努力领导全体工人恢复和发展生产，开展以增加产量、提高质量、减低成本为主要内容的生产竞赛。4日，朱德到会，号召工人以主人翁态度完成生产任务。市总工会正式成立，63人当选为委员，彭真当选为主席，刘仁、萧明、刘莱夫、张鸿舜为副主席。

3月 政务院广播事业局决定将上海广播器材修造厂和人民唱片厂搬迁北京。迁京职工共163人，于3月和5月分两批到京。6月1日，组建为北京人民广播器材厂。

4月5日 中共北京市委决定在市财经委员会下成立北京市企业公司。领导北京市纺织、化学、玻璃、面粉、建筑材料等地方国营企业。

4月22日 北京市政府发出布告，规定新建工厂一般应设在东郊工业区的原则。

4月28日 北京市政府为执行劳资两利政策、合理解决劳资争议事件，正式成立劳资争议仲裁委员会。

4月 中国人民解放军总司令朱德到石景山发电厂视察。

同月 北京市各企业响应中共中央、毛主席提出的“增加生产、厉行节约，以支持中国人民志愿军”的号召，开展爱国主义劳动竞赛，日夜赶制了大批军用手推车、军锹、军镐、军斧等物资支援前线。

同月 北京市各工厂企业实行民主改革，逐步建立了有工人代表参加的工厂管理委员会和职工代表会议制度。

5月4日　建筑工程局中直修建处新建的光华木材厂，在广渠门外禹王坟甲一号（即今厂址）破土动工。建工部部长范离参加了开工典礼，当夜朱德总司令到光华木材厂工地视察。

5月16日　京西煤矿公司、中共门头沟煤矿委员会，北京煤矿工会根据燃料工业部《关于全国各煤矿废除把头制的通令》，联合做出《关于彻底肃清把头制及反把头作风的决定》，京西矿区开展反把头斗争。人民政府对108名把头进行处理，其中6名罪行严重者送交人民法院依法惩处，7名把头被开除矿籍，7名把头交工人监督劳动改造，大把头张振凯被人民政府逮捕，于1952年被镇压。

5月18日至6月26日　在北京中南海游泳池院内，举办新式农具展览会。展品有毛泽东主席命东北大区送展的改良农具一套、苏式马拉农具一套、华北马拉农具21件，共展出53件农具。在政务院主持下，展出50多天，参观者千余人。党和国家领导人周恩来、朱德、彭德怀、董必武、林伯渠等曾去参观。

5月25日　华北电业管理总局撤销，北京电业局划归燃料工业部电业管理总局领导。李岩任北京电业局局长。

5月　京津唐电网实行统一电力调度，执行电网调度规程。

6月1日　中国医药公司北京分公司（后改为中国医药公司北京市公司）在东北医药公司北京分公司的基础上成立，隶属卫生部。经营国产及进口药品、医疗器材。

同日　中国煤业建筑器材公司成立。华北煤铁公司北京分公司改为中国煤业建筑器材公司北京分公司。

6月2日　公营北京市特种工艺公司正式成立，这是北京经营出口业务的第一家专业公司。该公司主要工作是：改善并加强特种工艺品的图案设计与技术指导，并做一部分加工订货、供给原料、收购成品、推广销路的业务，以供应国外市场、特别是社会主义苏联与东欧国家市场的需要。

6月14日　朝阳门外北京辅华合记矿药制造厂发生特大爆炸事故，当场炸死39人，炸伤406人，受灾市民4053人，毁坏房屋2425间。15日，市政府召开紧急会议，处理善后工作。

6月 由3名失业工人自筹资金，白手起家成立了第八区生产合作社小组，1955年改为北京市第一食品厂，有职工540人。

7月5日 北京市救济失业工人捐款工作结束，共收到20.3亿多元捐款（旧币）。这些钱是全市职工、战士、教员、学生、机关干部通过节约、做义务工、义演、义赛和捐献一日工资等方式筹集的。

7月 新闻摄影局印刷厂（后改名为北京美术印刷厂），印制出新中国第一本大型画册《人民画报》，月产3万余册，为北京印刷工业增加了新的凹印品种。

同月 马列学院和中央直属修建处，组建永新油毡厂。该厂是北京市油毡厂的前身。

8月12日 中共北京市委宣传部在起草的关于公营工厂建立正规党课文件中指出：党的巩固与教育工作是一个极迫切而严重的任务，工厂支部是目前建党的重点，建立正规的党课，是一件亟待解决的问题。

10月11日 经中央燃料工业部批准，京西煤矿公司改名为京西矿务局，高振德任局长。

10月16日 中共北京市委作出《关于团结技术人员的决定》。决定指出：团结各种专家、技术人员是首都经济、文教和市政建设工作获得迅速发展的重要条件之一。

同日 北京市政府转发政务院财经委员会《关于统一整理公私合营企业公股的决定》。

10月20日 北京市政府决定市工业局、商业局合并为北京市工商局，彭城任局长。原工业局公用事业部分独立设置公用局。

10月 北京市政府将官僚资本企业"北平医疗器械工厂股份有限公司"收归国有，由市公共卫生局经管，为本市医疗单位修制医疗器械。

11月1日 电业管理总局成立职工学校。1952年9月，改称北京电气工业学校。1953年5月，改称北京电力工业学校。1953年10月，改称北京电力学校。1958年7月，改称北京电力专科学校。

11月7日 北京煤业分公司为了继续扶植京西小煤窑生产，按照以销定产、公私两利的原则，与107家小煤窑签订了产销合同，共60万吨，期限8个月。为保证首都冬煤供应和支援天津冬煤供应，创造了物质条件。

11月22日　北京市面粉公司正式成立。该公司隶属于北京市公营企业公司，下属四个面粉厂，即新建面粉一厂（原万裕厚面粉厂）、新建面粉二厂（原长顺面粉厂）、惟一面粉厂和东郊面粉厂。

11月　北京新华化学试剂研究所成立。这是本市第一家国营化工企业。北京市公营企业公司投资30万元，主要产品为三酸（硫酸、盐酸、硝酸）、两碱（烧碱、纯碱），年产值15万元。1953年改名北京化学试剂研究所，1956年改名北京市化学试剂厂，1958年改名北京化工厂。

12月19日　京西矿区各矿窑开展取缔一贯道等反动会道门工作。至1951年2月初，职工声明退道者计小窑工人1620人，国营矿厂职工及家属有637人。经清查，发现迷信会道门达39种。

12月　石景山钢铁厂开展群众性爱国生产竞赛，全面超额完成1950年各项生产任务，全年焦炭产量11.9万吨，铸铁管1.9万吨，产铁94088吨，超过历史上产量最高的1944年大小13座高炉铁产量的总和。

同月　企新、新华、京华等橡胶厂承接抗美援朝军工订货，主要有雨衣2万件，实心胎5千条，胶鞋2.5万双。京华橡胶厂职工提出“我们在后方多流一滴汗，战士在前方就少流一滴血”的口号，开展了爱国主义劳动竞赛。

本年　北京二七机车工厂开始制造第一台45吨轨道起重机，于1951年5月23日出厂交付使用。共造两台。

南口机厂改名为南口铁路工厂，隶属天津铁路局管理。

辽东省光华染织厂大部分设备迁入北京，在今朝阳区光华路建立北京光华染织厂。

1951 年

1 月 1 日 外文印刷厂正式开工生产，第一本印件是英文《人民中国》。该厂承印各种外文书刊和国外委托的外文印件及各国驻华使馆的印件。

1 月 2 日 北京市政府发出通告，限令美资经营及有美国资本股份的工商企业，于 1 月 5 日以前编报登记清册。

2 月 10 日 石景山钢铁厂第二高炉修复投产，有效容积 516 立方米，全厂生铁生产能力增加一倍以上。

2 月 从北京市度量衡厂分出部分设备和人员组建北京市人民机器厂。北京度量衡厂划归中央轻工业部领导。

3 月 12 日 北京市救济失业工人与知识分子的工作，截至本日共登记 1.18 万人，已介绍就业者 5100 人。

3 月 28 日 经政务院批准，公安部、燃料工业部、邮电部联合公布了《保护人民输电线路、电讯线路和管理线路旧料暂行办法》。北京电业局与北京市公安局联合组织人民保线工作。

3 月 京西矿务局大台煤矿木城涧坑开始建设。1952 年 1 月简易投产。

4 月 20 日 经铁道部批准，长辛店铁路工厂正式成立技工学校。首届招生 250 人。

6 月 10 日 华北军区后勤部北京汽车修配厂改变隶属关系，改名为中国人民解放军总后勤部第六汽车制配厂。总后勤部向第六汽车制配厂拨款 384.2 亿元（旧币），用于投产军用机踏车的技术改造。

6 月 北京市公逆产清管局收购私营爱伦化学制药厂（1942 年开业），改为公营。10 月，划归北京市永茂实业公司领导，更名公营公记爱伦制药厂。

7 月 8 日 在中国人民解放军后勤部召开的庆功大会上北京汽车修配厂试制成功的军用重型机踏车被命名为“井冈山”牌。

7月31日 中国人民解放军总司令朱德，代总参谋长聂荣臻参观了北京汽车修配厂生产的军用机踏车。

7月 科学技术出版社印刷厂成立。该厂是由私营北京星火印刷厂及上海国光印书局的活版车间合并而成。1952年划归机械工业出版社领导，改称机械工业出版社印刷厂。

8月1日 京西矿区煤矿工人医院开业，设有病床60张。1954年7月6日，京西矿区工会将工人医院移交京西矿区人民政府。

8月31日 石景山钢铁厂为改革工资制度，给党中央写了报告，毛泽东主席批示有关机关迅速合理地解决这个问题。随后，全厂实行了八级工资制，工资总额增长30.8%，有98%的职工提高了工资。

8月 由京西矿务局投资，将门头沟至大台32公里轻便路轨改成火车标准轨。1953年，火车标准轨由大台延长至木城涧站（当时名板桥站）。

9月15日 石景山钢铁厂第一炼焦炉修复投产，当年两座焦炉共生产焦炭23.9万吨，比1950年增长一倍。

9月30日 北京机器厂在进行技术改造后，克服了一系列困难，试制成功重达18吨的人字齿轮测齿机。

10月12日 北京、上海、长春三地新华印刷厂印刷出版了《毛泽东选集》（第一卷）。

10月 由原公营北京永茂实业公司所属美坚家具厂、公益家具厂、华林制板厂和永茂材料厂四个机关生产单位为骨干成立北京市木材厂，该厂以生产家具为主。

11月17日 根据全国统一布置，进行第一次工资改革。工资由折合小米改为分值。工人实行八级工资制，干部实行职务工资制。企业中实行供给制的人员改为工资制。并首次实行奖励制度。

12月 根据北京市工商局决定，北京建筑器材分公司与北京煤业分公司合并，定名为中国煤业建筑器材公司北京市公司。

同月 北京私营药厂联合成立了私办公助性质的制药工业联合检验所，负责各药厂制售的药品出厂检验，以保证药品质量。

本年 由薛珩发起并组织的后王府工厂肥皂生产合作社与宣武区

烂漫胡同肥皂生产组合并，组成“北京市第一肥皂生产合作社”，隶属北京市手工业合作总社领导。

新建的第二石灰厂，与 1952 年接管的 11 个机关办的石灰厂合并，定名周口店石灰总厂，为国民经济恢复时期及第一个五年计划期间生产石灰的骨干企业。

北京市打磨厂电器生产合作社开始生产 3 灯和 5 灯电子管收音机。

中国医药公司北京公司大力组织货源，供应抗美援朝所需药品、器械 80 万元左右。

北京市合作社供销总社开展增产节约捐献活动，为抗美援朝捐献战斗机一架，定名为“北京合作号”。

中央轻工业部投资 675 万元，建立中央度量衡厂（北京仪器厂前身），职工约 300 人，生产简易天平及气象仪器。

1952 年

1 月 1 日 中央财经委企业管理局收购私营大有药厂，改为新中国工程公司大有药厂。

1 月 21 日 朱德总司令给石景山钢铁厂全体职工写信，祝贺超额完成 1951 年度生产任务，勉励石景山钢铁厂职工在 1952 年取得更大的胜利。

2 月 9 日 北京市花纱布公司工人刘春林、李华章改进轧花机，使日轧棉花从 8000 斤提高到 1.25 万斤，创全国同样机器的最新纪录。

3 月 11 日 朱德总司令在重工业部副部长何长工陪同下到华北农业机械总厂视察，参观了车间和试验农场，并称赞八英寸步犁"是具好犁"。

4 月 北京市公营企业公司，根据政务院《关于统一处理机关生产的决定》，统一接管了北京各机关主办的 272 个生产企业。

5 月 15 日 为解决煤炭储存场地不足和南城一带煤炭供应问题，在永定门外果园村建立永定门煤业经营处，占地 20 多万平方米。

5 月 北京市公营企业公司将接管的 14 个铁工厂与北京市人民机器厂等 21 个单位合并为北京市人民机器总厂。

同月 北京电子管厂正式确定厂址在北京东直门外陈各庄。1952 年，工厂东西长 800 米、南北宽 400 米。宿舍区占地 9 万平方米。这是由重工业部电信工业局 1950 年 10 月提出，1951 年 10 月周总理批准筹建的电子管厂。为苏联援建的 156 项重点工程之一。1951 年 12 月中苏完成项目谈判。1952 年 6 月完成厂区地质勘探。7 月由电信工业局局长王诤将设计任务书报军委聂荣臻代总长。8 月 8 日政务院财政经济委员会批准，并由电信工业局成立建厂筹备组。1953 年 5 月二机部批准北京电子管厂初步设计（电子管年产量 1220 万只、年产钨钼材料 6600 公斤、职工 4100 人）。主要工程设计和主要设备由苏联提供。工程总投资10282.7万元。

6月30日　北京市印刷总厂成立，隶属北京永茂实业公司。总厂下面有北大出版部印刷厂、燃料工业部印刷厂、长城胶印厂等几个分厂。

6月　被收为国有的前“北平医疗器械工厂股份有限公司”划归北京市工业局领导。同时，合并了华北军区兴业车厂部分职工，改名为“地方国营北京市医疗器械厂”。这是北京市第一家医疗器械工业企业。

7月1日　北京市妇女挑花生产合作社正式成立。它的前身是市妇联的挑花二厂。挑花二厂曾先后组织了一百多个厂外训练班，组织了三千多名家庭妇女学会了挑花技术。至此，全市有4089名妇女参加了挑花生产合作社。

8月1日　北京大学医学院药学系实验药厂、新中国大有药厂、公营公记爱伦制药厂3个“机关生产企业”与北京新建化学制药厂合并，成立北京化学制药总厂，隶属北京市公营企业公司。厂长宣心愚。

8月7日　北京市政府成立劳动就业委员会。

8月29日　北京市政府行政会议决定撤销京西矿务处，成立京西矿区人民政府。

8月　北京市人民政府公营企业公司将福中机电制造厂、人民仪表厂、建光电线厂和公私合营昌实电器机械制造厂等4家企业合并成立北京人民电机厂（北京开关厂前身）。

9月　北京市化学工业公司成立，化学工业公司管理的行业，除化工、橡胶行业外，还有医药、食品、玻璃、陶瓷等。

10月1日　中共北京市委机关报《北京日报》创刊，北京日报印刷厂正式建厂。陈燕任厂长，创刊号共印刷发行35000份。

10月25～26日　北京市举行第一届工人体育运动大会。

10月　中共中央发布《关于实行粮食的计划收购与计划供应的决议》，北京市粮食工业公司所属面粉厂全部改为代加工的方式。所谓代加工，就是粮食商业把小麦委托给面粉厂，按合同要求进行加工，生产出来的面粉及副产品，全部交给粮食商业，由粮食商业付给加工厂一定标准的加工费（亦称工缴费）。原料和生产出的产品不归加工厂所有。面粉厂实际上为商品粮食流通过程中的一个环节。

11月12日 北京市增产节约竞赛运动办公室召开查定工作经验交流大会。会上由清河制呢厂等单位报告查定工作的经验。办公室主任贾庭三出席会议并讲话。

12月1日 燃料工业部为统一对华北地区电业的领导，决定成立华北电业管理局。北京电业局改由华北电业管理局领导。

12月12日 北京市象牙雕刻生产合作社筹备社成立。1953年7月1日，正式成立北京市象牙雕刻生产合作社。

12月 石景山钢铁厂兴建苹果园宿舍区85172平方米。

同月 华北电业管理局决定将石景山发电厂划归北京电业局领导。

同月 根据政务院关于统一处理机关生产的决定，原中央直属工程公司新中国油漆厂、交通部轮胎翻修厂先后移交北京，分别改名为北京市油漆厂、北京市轮胎翻修厂。京华橡胶厂已于4月由市公安局移交公营企业公司领导。

本年 北京市医疗器械厂制成以天然冰制冷的冰箱（实为保温箱），以解决贮存疫苗、血液的运输问题，支援抗美援朝。

北京市医药公司先后接收了市工业器材公司西药部、市卫生局人民药房和市信托公司西药部分。至此，市医药公司统一了北京市国营医药商业。

北京市面粉公司，接收了38个机关的面粉厂。接收后即进行了调整。关停了四个厂：即五一面粉厂、经安面粉厂、振华面粉厂、三星面粉一厂；保留了四个厂：即新华面粉厂、新新面粉厂、永茂面粉厂、三星面粉二厂，最后合并成永茂面粉厂。

1953 年

1 月　盲人李玎仿照铅字排版方法，研制成功铅印盲文，并译印出我国第一本盲文图书——《谁是最可爱的人》，从此我国有了自己印制的盲文图书。

同月　为支援北京市经济建设，根据周恩来总理的批示，中国人民解放军华北军区航空处所属的氧气厂移交地方。由北京市地方工业局领导，更名为北京市氧气厂。主要装备有 30 立方米/小时制氧机一台，年产氧气 4.5 万立方米。

2 月 4 日　市公营企业公司撤销，北京市人民政府地方工业局成立。宋汝棼任局长兼党组书记。

2 月 7 日　长辛店机车车辆修理厂举行集会，纪念“二七”大罢工 30 周年。

3 月 26 日　中国煤建公司北京市公司门头沟支公司与良乡运煤栈、西道口货场合并，成立门头沟批发站，负责京西矿区煤炭的收购、调拨和销售。

3 月 27 日　经北京市手工业合作总社批准，北京玉器生产合作社筹备委员会成立。这是北京玉器生产第一合作社的前身，社员共计 15 人。

3 月　中共北京市委工业部成立。

同月　根据北京市政府机关生产委员会指示，永茂实业公司将所属的 18 个生产单位，按专业移交给有关部门管理。

4 月 8 日　京西矿务局城子矿在京西各矿中，首先试行使用斜井人行车运送矿工上下井，从而改变井下工人爬行斜井上下班的历史。

4 月　北京建筑材料公司接管建国制铁总厂。该厂 1956 年改名为建国轧钢厂，1961 年 4 月 1 日改称北京第一轧钢厂。

同月　北京新建化学制药厂，按市政府统一命名的规定，改名为北京市制药厂。

同月　国营永定机械厂青年工人倪志福改“一尖三刃”的普通麻花钻为“三尖七刃”的新钻型成功，被命名为“倪志福钻头”。以后改称“群钻”。

5月　经营染料分装的兴华染料行改名为北京市兴华化工染料厂，筹建生产车间，培训技术工人、开始生产元青、靛蓝、煮红、枣红等四种直接染料，结束了北京市长期依靠外地供应染料的历史。

7月1日　北京机器总厂改组为北京第一机床厂和北京第二机床厂。第一机床厂开始批量生产万能铣床；第二机床厂开始生产牛头刨床。

7月　达仁堂国药改进研究室研制的“香连片、银翘解毒片、黄连上清片、女金片”4个配方提炼生产方法，经市卫生局批准，开始生产销售。

8月22日　中共北京市委工业部召开全市国营、地方国营各厂矿企业党员干部会议，布置各单位进一步开展增产节约竞赛运动，以保证完成全年国家生产计划。

9月2～3日　中共北京市委分别向市委和市府各部门、各区委和各工矿企业负责人传达中共中央《关于增加生产、增加收入、厉行节约、紧缩开支、平衡国家预算的紧急指示》，同时要求各部门、各工矿企业根据主观力量和客观条件，分别拟定恰当的增产节约计划，作为动员群众奋斗的目标。

9月24日　中共北京市委工业部和市总工会召开大会，市委副书记刘仁作有关增产节约竞赛问题的报告，副市长吴晗向劳动模范发奖。

9月　北京市建设局机械厂（北京第一通用机械厂前身）工程技术人员和工人积极试制成功了第一台10吨压路机，命名为“国庆号”。结束了北京地区压路机全是洋货的历史。

同月　北京第五汽车制配厂（原第六汽车制配厂）同华北农业机械总厂第一分厂合并，成立了北京汽车配件厂，改变隶属关系，由第一机械工业部汽车工业管理局领导。

同月　北京日用搪瓷厂成立，为全民所有制企业。该厂原是私营企业，职工不足200人，生产日用搪瓷器皿。建国后不断扩大生产规模，成为北京生产日用搪瓷器皿的主要厂家之一。

11月6日 经国家计委批准，开始筹建北京市第二棉纺织厂。1954年3月25日开始兴建，1955年9月16日举行开工典礼，纺织工业部部长蒋光鼐参加开工典礼大会并剪彩。

11月27日 北京市第六地毯生产合作社筹委会，经市合作总社批准正式成立。社员共计30人。

11月 北京人民针织厂建成投产。

12月1日 南口机车车辆机械工厂再次转产，由南口筑路机械修理厂改名为南口配件制造工厂，隶属铁道部工厂总局。集中生产蒸汽机车的杆类、风泵、水泵、压油机以及阀类等配件，供各修造工厂和铁路维修之用。为适应生产，派出大批职工赴大连、哈尔滨等铁路工厂培训，安装调拨设备37台。

12月17日 中共北京市委工业部召开全市国营、地方国营厂矿党员干部会议。布置各单位深入宣传国家在过渡时期的总路线，进一步开展增产节约竞赛，并做好明年第一季度的生产准备工作。

12月 根据中央人民政府发布的《关于开展职工业余教育的指示》，在各区、县工会的领导下，各企业开展扫盲教育。到1958年，共扫除文盲2400余人，职工中文盲、半文盲所占比例由50%下降到20%左右。

同月 北京市面粉公司由隶属北京市公营企业公司划归北京市地方工业局领导，并改称为北京市食品工业公司。除领导原面粉厂外，又接收了北京酱油厂、利华酱油厂、制冰厂和义利食品厂。

本年 国药同业公会整理修订了《北京中成药暂行配本》，收载中成药处方817种。

私营永惠医疗器械厂设计制造出全国第一台50mA80kVP组合式X光机。

遵照北京市关于国营系统各行业工人技术标准和工资标准，进行工资改革。工人按技术标准进行考工评级，管理人员按等级标准进行定级，并开始执行劳动保险制度。

中共北京市委要求开展质量大检查运动。对检查出的质量问题，制定改进措施，限期解决。砖瓦厂在码烧工艺上，推广了苏联的“杜瓦诺夫稀码快速烧窑法”和“岗查连科码窑法”，提高了产品质量，并修订了技术操作规程；北京市光华木材厂，将木材干燥一直沿用的地窖火烤方法改用蒸汽干燥，保证木材干燥质量，并制定了工艺操作规程。

北京市地方工业局成立砖瓦制造公司，将局属建筑器材公司所属砖瓦厂，划归该公司领导。

北京市窦店砖瓦厂兴建。设计能力年产红机砖 1.2 亿块，投资 500 万元。一期工程当年投产；翌年二期工程相继完成并投产；仅用一年多的时间全部竣工，建成我国砖瓦行业中技术最先进、机械化程度较高的企业。新建的东总屯砖瓦厂也建成投产，设计能力年产红机砖 6000 万块。

1954 年

1 月 4 日 中共中央批转《中财委关于 1954 年扩展公私合营计划会议的报告》和《中财委关于有步骤地将有 10 个工人以上的资本主义工业基本上改造为公私合营企业的意见》。北京市开始有计划地扩展单个企业公私合营工作。

3 月 22 日 中共北京市委统战部召开手工业工作会议。全市已组织手工业生产合作社 169 个、生产供销社 6 个、生产小组 13 个，社员 16477 人。

3 月 北京汽车附件厂在东郊呼家楼地区破土动工。该工程是我国第一个五年计划期间大中型建设项目之一。

同月 石景山钢铁厂推行苏联原料管理、矿石分级入炉、炉顶调剂等 13 项先进经验，稳定了入炉矿石成分，对保证炉况良好起到重要作用。

同月 京西矿区人民政府将地方国营建新煤矿所属安家滩矿、大华矿、岳家坡矿、兴华矿、周口店矿等和公私合营的东毓记矿移交京西矿务局，改为国营。同月，京西矿务局成立安家滩煤矿。

4 月 1 日 我国最大的现代化度量衡厂——中央度量衡厂在京建成投产。

4 月 12 日 国家主席毛泽东视察官厅水库和官厅水电站工地。

4 月 28 日 经北京市商业局同意，撤销中国煤建公司北京市公司门头沟批发站所属的良乡收购站、西新井货场和西道口货场。将坨里收购组改为收购站。

4 月 绿宝金笔厂北京分厂、新华橡胶厂、上海铅笔厂北京分厂、艺华乐器厂、中国水暖农具厂 5 个私营工厂实行公私合营。

5 月 华北无线电器材联合厂建厂方案批准。厂址选定在北京市东直门外王爷坟（现大山子），为第一个五年计划期间 156 项重点工程之一，由德意志民主共和国援建。占地 0.64 平方公里，建筑面积

42698 平方米。

同月　中共北京市委工业部根据华北局在全区工矿企业中实行厂长负责制，即“一长制”的决定，选定石景山钢铁厂、石景山发电厂和长辛店机车修理厂等单位作为推行“一长制”的首批试点。

同月　在达仁堂国药改进研究室的基础上，建成达仁堂国药提炼厂。职工 12 人，月产中药片 15 万片。

6 月 4 日　北京市工业劳动模范代表大会开幕。出席大会的劳动模范有工业、铁路、煤矿、机械、建筑、轻工业、市政等产业工会及各区所属工厂的劳动模范 30 人，以及 85 个模范小组、1 个模范食堂、1 个模范车间、1 个模范单位的代表。中共北京市委副书记刘仁在大会上讲话。

6 月 4～5 日　北京市手工业生产合作社第一届第一次社员代表大会召开。出席大会代表 506 名，来宾 41 名。大会通过了《北京市手工业生产合作社联合总社章程》，批准了 174 个手工业生产合作社加入总社，并选举产生了 29 人组成的总社理事会和 11 人组成的监事会。从此，北京市手工业合作社联合总社正式成立，并与北京市合作社供销总社分开办公。

6 月 10～28 日　建筑工程部召开全国第一次城市建设会议。会议提出，第一个五年计划期间，城市建设必须把力量集中在“141”项工程所在重点工业城市。北京市是应积极建设的重点工业城市之一。

6 月 14 日　北京人民机器厂试制成功我国第一台 30 吨米塔式起重机。

6 月 27 日　石景山发电厂发生全厂停电 42 分钟的严重事故，造成北京地区 13 个变电站停电 1 小时，首都 6 条电车线路和天津全部电车停驶，电网频率降到 46.5 赫。

7 月 16 日　北京宣武区私营义信铁工厂不法资本家盗窃国家财产 2 亿多元（旧币），市人民检察署对他提出公诉。

7 月 19 日　中共北京市委就建立厂长负责制问题向华北局作专题报告。报告中说，去年四季度开始在石景山发电厂建立和贯彻

“一长制”，1954 年 5 月，在苏联专家的帮助下得以全面贯彻，取得显著成绩。

8 月 24 日 由 17 家私营布庄集资 22.6 万元，聘请上海技术工人，成立北京大华衬衫厂。

8 月 27 日 具有 285 年历史的北京同仁堂国药店召开公私合营大会。北京市地方工业局投入 25 亿元（旧币）资金并派去干部。乐松生任经理。江勇波任党支部书记。

8 月 北京开始在机电工业中进行公私合营试点。到年底，先后实现公私合营的有：朝阳电机厂、北京电机修造厂、大明电线厂、前进钢锉厂、洪兴锅炉厂等。

同月 为支援越南修复南定电厂，按中央财政经济委员会陈云的布置，北京人民电机厂用最短时间，赶制完成高压开关柜 30 余台，按时送往越南。这是北京机电工业援外的第一个项目。

9 月 9 日 政务院第 224 次政务会议通过《关于实行棉布计划收购计划供应的命令》、《关于棉花计划收购的命令》等。15 日，北京市开始实行棉布计划供应。

9 月 25 日 国营北京第一棉纺织厂建成投产。建筑面积 8 万平方米。

9 月 国务院副总理邓子恢和出席第一届全国人民代表大会部分代表廖鲁言、傅作义、李书城、李顺达等参观北京农业机械厂。

同月 中共北京市委作出《关于北京市地方工业局工作的决定》。决定中提出：地方工业局所属工厂要从提高质量入手，整顿工厂；有重点地改建和扩建工厂；积极稳步地改造私营工厂。

同月 北京市地方工业局收购私营伟一搪瓷厂，成立国营北京市搪瓷厂。生产制药工业和化学工业用的耐酸搪瓷设备和部分日用搪瓷品。当年全厂职工 176 人，工业总产值 47.8 万元；1958 年扩建后，全厂职工 1190 人，年产值 600 万元。成为国内规模最大的搪瓷厂。1959 年 11 月 10 日朱德来厂视察，并题词：争取更大、更全面的跃进。

同月 北京长城造钟厂（北京钟表厂前身）技师徐保仁设计制

造了北京第一只闹钟——长城牌闹钟。从此，打破了北京千百年来不能生产钟表的历史，为北京的轻工业发展填补了一项空白。

同月 经北京市合作总社批准，由独立劳动者组成的料器供销社成立。社员共计50人，主要生产料鸟兽。

10月14至27日 北京市新建玻璃厂与民主德国成套设备出口公司，商谈有关扩建玻璃厂的设计及设备供应等问题。中方有对外贸易部设备局、中国技术进出口公司、北京市玻璃厂等方面负责人；德方有齐玛、哥诺夫加、马克。经过十二次商谈，于27日在北京正式签订协议。

10月16日 国家计委向中共中央提出对中共北京市委《关于改建与扩建北京市规划草案的意见》。国家计委认为北京市委提出的首都建设的总方针和制定规划草案的各项原则基本上是正确的。并对《规划草案》提出四点意见：第一，赞成“首都应成为我国政治、经济和文化的中心”的提法。对于工业发展，主张在北京适当地、逐步地发展一些冶金工业、轻型的精密的机械制造工业、纺织工业和轻工业。不赞成建“强大的工业基地”的设想。第二，认为20年左右达到人口规模500万人似乎“还大了点”，改为400万人左右较为合适。第三，认为规划中居住区用地定额偏高，道路太宽，绿地、河湖水系面积偏多。第四，可不再设置单独的“文教区”，至少可以不设集中过多学校的大文教区。为此，中共北京市委就规划草案进行了一些小的修改，于26日向中央报送了《关于早日审批改建与扩建北京市规划草案的请示》和《北京市第一期城市建设计划要点》。《请示》报告中说：北京城市建设有两个根本问题意见尚不一致，必须早做决定。一、关于首都的性质和发展规模，市委认为首都是我国的政治中心、文化中心、科学艺术中心，同时还应当是、也必须是一个大工业城市。二、关于城市建设中现在与将来的关系，要考虑到后代发展的需要。

11月4日 由中国自行设计、施工的第一条南苑至天津宜兴埠110千伏输电线路投入运行。全长108.3公里。工程始建于1954年7月4日。

12 月 1 日 根据粮食统一经营的精神，北京市食品工业公司移交北京市粮食局领导。酱油厂、制冰厂、义利食品厂划出。

12 月 15 日 京西矿务局大台立井工程动工。这是解放后北京兴建的第一座现代化矿井，设计年生产能力 60 万吨。1958 年 5 月 20 日，大台立井移交生产。

12 月 29 日 始建于 1938 年的私营福兴面粉厂实行公私合营，孙孚凌任厂长。

12 月 北京市地方工业局遵照《北京市私营工商业改造的初步规划》要求，提出了 1955 年至 1957 年公私合营工作计划的初步意见。

同月 北京人民广播器材厂生产了 8 部 7.5 千瓦短波广播发射机安装在中央人民广播电台。为加强对台湾的广播，又生产了 8 部 7.5 千瓦中波广播发射机，安装在福建人民广播电台。

同月 轻工业部在东郊八王坟（原北京东郊酿造厂的一个车间）筹建东郊葡萄酒厂，这是由轻工部投资，苏联专家指导设计的，占地 100 亩，年产葡萄酒 1 万吨，果露酒 2 万吨。1955 年建成投产。该厂是国家第一个五年计划中 156 个重点建设项目之一，是一座较大型完善的葡萄酒厂。

同月 北京市光华木材厂胶合板车间正式投产，全年生产胶合板 371 立方米，是北京市木材加工工业史上第一个问世的人造板产品。这个车间是在朱德总司令关怀和支持下建成的。1951 年，朱总司令亲自让青岛四方机车厂将日伪时期留下的 15 台生产胶合板设备，调给光华木材厂，筹建胶合板车间；并支持该厂向捷克订购一套胶合板主机设备，1953 年建成试产，成为全国第一个机械化生产胶合板的车间，1956 年即达到设计能力 3000 立方米。

同月 北京永义和化工染料厂（后改北京染料厂），试制成功了酞菁染料中间体——固相法酞菁铜（1953 年英国首先合成）。以后又用酞菁铜进一步合成了直接耐晒天蓝 GL（直接耐晒翠蓝 GL），并于 1955 年投产。这在国内是首次合成的，质量与西德拜尔公司的产品接近，唯有水不溶物稍高于西德。

同月 中共北京市委同意《市总工会宣传部关于厂矿业余文化学习时间问题的报告》，并作了批示。批示中注：目前职工业余文化学习时间被侵占的情况应即改变。市总工会宣传部提出保证每周的4小时的规定，是必要的、可行的。

1955 年

1 月 1 日 北京市药材公司成立，对本市中药实行统一经营管理，隶属市商业局领导。市医药公司、市土产公司中药业务移交市药材公司。

1 月 8 日 通州发电厂扩建的 0.6 万千瓦汽轮机组投产发电，这是建国后北京地区第一个火电建设项目。该工程始建于 1954 年 5 月。

1 月 19 日 北京市 1954 年工业劳动模范代表大会和国营商业、粮食、合作社系统 1954 年先进工作者代表大会联合召开，出席工业劳模代表大会的有 155 个国营、地方国营、公私合营厂矿企业评选出来的劳动模范 522 人和模范小组、模范工段、模范车间等集体代表 130 人。

1 月 北京第一汽车附件厂生产的井冈山牌机踏车在莱比锡国际博览会上展出。

同月 北京农业机械厂生产的马拉摇臂收割机、双轮双铧犁等 4 种农机具，先后在莱比锡国际博览会和巴基斯坦国际工业展览会上展出。

同月 北京特种工艺公司吸收已经改行转业的内画壶艺人叶奉琪和面塑艺人郎绍安，恢复了内画壶、面人艺术品生产。

同月 北洋电解铜厂试制成功成分为 99.99% 的特级锡，按期完成了国家军工部门交给的任务。

2 月 18 日 北京市手工业管理局成立。在北京市工商行政管理局内办公。

2 月 28 日 石景山钢铁厂小高炉炼出第一炉合格的锰铁。

2 月 撤销北京市地方工业局，成立北京第一、第二、第三地方工业局和建筑材料工业局。

3 月 10 日 中共北京市委发出《关于 1955 年手工业社会主义改造的指示》。指出：必须采取“积极领导，稳定前进”的方针进行工作。

4月8日 中共北京市委对本市1954年手工业社会主义改造工作情况进行检查，并根据中共中央历次关于手工业工作的指示和第四次全国手工业工作会议的精神，作出了关于1955年手工业社会主义改造工作的指示。

4月12日 中共北京市委对1955年国营厂矿企业党组织的工作任务发出指示，要求进一步改进企业管理，推行“一长制”，整顿厂矿内部的生产秩序，广泛深入地开展劳动竞赛。

4月15日 北京农业机械厂试制成功我国第一台牵引式谷物联合收割机。

4月29日 以宋汝棼为团长的北京市代表团应邀参加匈牙利“布达佩斯地方工业展览会”。本市1500多种产品在展览会的“北京馆”展出。

5月1日 石景山钢铁厂一号高炉大修工程竣工，采用了我国第一个炉顶旋转布料器。

5月16日 周恩来总理陪同外宾参观北京第一、第二棉纺织厂，并对节约浆纱用面粉问题作了指示。

5月18日 北京市手工业管理局成立。

5月26日 北京市人委国家资本主义办公室根据中央“按行业归口及一条鞭管理”的方针，提出本市资本主义工商业按各局归口的行业共39个，5302户，资方9022人，职工16062人，资金2733万元（“一条鞭”即在国营经济领导下，对各种经济采取统筹兼顾的方针）。

5月28日 北京市手工业管理局和市建筑材料工业局联合派出包括细木家具、金属品灯架、证章模型、日用品、皮件等行业的53名技术工人，支援蒙古人民共和国生产建设。

5月 刘少奇委员长到石景山钢铁厂视察，对职工业余活动时间过长问题作了指示。

7月 华北金属结构厂建成。

8月1日 北京市制药厂新厂建成投产，新厂占地面积44990平方米，建筑面积 11746 平方米，投资 530 万元，于 1954 年 4 月破土动工。新厂引进了一些日本、德国、英国的针、片剂生产设备。

9 月 1 日 1922 年创办的私营仁立实业股份有限公司北京分公司麻纺织厂实行公私合营。

9 月 中共北京市委地方工业部成立。

同月 京西矿务局城子矿实现连续 37 个月无死亡事故。

10 月 28 日 北京市私营电机行业的 10 人以上的 15 家企业实行了全行业公私合营。

10 月 京西矿务局城子煤矿与北京煤炭科学研究院合作研制成功坑木防腐处理新工艺，延长坑木使用寿命 4 ~5 倍。

11 月 9 日 国务院批准下达北京市发展国民经济的第一个五年计划。北京市“一五”计划的工业主要指标是：地方工业总产值 1957 年为 91494 万元，比 1952 年增长 97.3%，每年平均增长 14.6%。地方国营工业基本建设投资 9295 万元，占全市地方基建投资的 9.4%。新建扩建限额以上的单位有窦店砖瓦厂、机织印染厂、新都（铁、砖石）工厂等。

11 月 北京市私营面粉厂实行全行业公私合营，成立公私合营面粉总厂，总厂包括福兴、万春永、通诚、德聚永、三阳、聚成永、新盛泰、天增厚、新泰、寿丰、益顺隆 11 个原私营面粉厂。

12 月 3 日 北京地区第一座 110 千伏变电站——东北郊变电站（主变压器容量为4.05万千伏安）投入运行。

12 月 8 日 中共北京市委召开第三次全体会议，根据中央《关于资本主义工商业改造问题的决议（草案）》的精神，讨论了《关于北京市对资本主义工业、手工业社会主义改造的报告和今后的初步规划（草案）》和《关于北京市私营商业社会主义改造的情况和今后的初步规划（草案）》。

12 月 12 ~16 日 中共北京市委召开干部会议，传达中共中央负责人关于资本主义工商业社会主义改造问题的讲话，讨论和确定本市在今后两年内完成对资本主义工商业进行公私合营的改造和对手工业实现合作社的初步规划。彭真在会上作《关于当前各项工作的报告》。

12 月 15 日 北京地区第一条官厅水电站至东北郊变电站 110 千伏输电线路投入运行。

12 月中旬 经北京市人委批准，本市已有电机、针织、机器造纸、化学制药、胶印、果脯、油脂等 9 个行业 200 多家私营企业实行全行业公私合营。本市对资本主义工商业的社会主义改造进入新的阶段。

12 月 25 日 中共北京市委邀请本市工商联负责人座谈关于如何更适当地在本市进行私营工商业的社会主义改造问题。彭真、刘仁、吴晗、薛子正、程宏毅、贾庭三以及各区区委书记、市地方工业局和商业局的负责人出席。

12 月 26 日 官厅水电站第一台 1 万千瓦水力发电机组（3 号机）开始发电。这是中国自行设计、制造、施工的第一座水电站。该站始建于 1954 年 6 月 16 日。12 月 27 日举行了剪彩仪式，北京市市长彭真剪彩并讲话。

12 月 北京市建筑器材公司撤销，原北京暖气材料厂改由北京市第三地方工业局领导，改名为北京市暖气材料厂。年末，北京铸铁业实行全行业公私合营，“广兴”等 9 个暖气铸造厂并入北京市暖气材料厂。

同月 北京市手工业生产合作社联合总社举办利用废品、废料、废物再制产品的展览会。

同月 中国青年出版社印刷厂与上海中钢机械厂协作，试制成功我国第一台书版轮转印刷机。

本年 中央度量衡厂改名为北京度量衡厂，当年试制成功我国第一台感量为 0.0004 克的分析天平。

1956 年

1 月 5 日　北京第一、二棉纺织厂全体职工联合向全国纺织企业提出开展以提高质量、厉行节约、争取提前完成第一个五年计划为中心的厂际竞赛倡议。

1 月 10 日　北京市人委召开资本主义工商业公私合营大会。宣布全市 35 个私营工业行业的 3990 家工厂（包括 4 至 9 人的小工厂）和 42 个私营商业行业的 13973 户座商，共计 17963 户全部实行公私合营。《人民日报》为此发表题为《改造私营工商业的伟大胜利》的社论。

1 月 11 日　北京市在各区 22 个会场召开 3 万余人的大会，宣布批准所有申请入社的手工业者入社。到 12 日，共计有 53880 名工人入社，连同原有的 36100 多名社员，占全市手工业者总人数 94000 人的 95.6%。13 日，《人民日报》发表《手工业社会主义改造的伟大胜利》的社论。

1 月 15 日　北京市 20 多万人在天安门广场举行大会，庆祝社会主义改造取得伟大胜利。毛泽东、刘少奇、周恩来等党和国家领导人出席大会。彭真主持大会并讲话。同仁堂经理乐松生和手工业劳动者徐淑芹分别代表工商联和手工业者向毛泽东主席报喜。

1 月 20 日　北京市人委举行报告大会，副市长贾庭三作报告要求把正在进行的公私合营工厂生产改组工作做得又快又好。

1 月　北京市第二花丝生产合作社翟德寿制作的一件花丝镶嵌《颐和园石舫》被作为国礼赠送给印度尼西亚总统苏加诺。

2 月 3 日　毛泽东主席和周恩来总理在中南海怀仁堂接见 50 多名列席参加第二届全国政协会议的特种工艺行业代表。周总理握着玉雕艺人张云和的手说：希望你培养好接班人。毛主席和周总理与牙雕艺人杨士惠同桌共进晚餐。

2 月 4 日　1955 年度北京市劳动模范及先进集体代表会议开幕。

北京市副市长张友渔代表市人民委员会宣布授予824名先进生产者和先进工作者“北京市劳动模范”荣誉称号；授予232个先进单位“北京市先进集体”荣誉称号。彭真、刘仁和中华全国总工会主席赖若愚到会向劳动模范和先进集体代表祝贺。全体到会劳动模范和先进集体代表通过了《告全市职工书》。

同日　北京电子管厂、华北无线电器材联合厂、北京有线电厂联合建立职工业余学校，内设政治经济学、中共党史和中共简史班。后经协商，第二建筑公司、酒仙桥人民银行办事处、北京人民广播器材厂也先后加入。到4月，学员总数发展到2300余人。

2月9日　北京市厚生火柴厂并入北京市火柴厂，至此，北京市火柴厂成为本市唯一的火柴厂。

2月18日　中共北京市委召开工业企业扩大干部会议。市委工业部部长贾庭三作本市工业生产工作的报告，号召各企业领导干部打破保守思想，发动群众，推动社会主义劳动竞赛的高潮继续高涨。

3月5日　毛泽东在国务院有关部门汇报手工业工作情况时指出：手工业的各行各业都是做好事的，吃的、穿的、用的都有。还有工艺美术品，什么景泰蓝、什么“葡萄常五处女”的葡萄。还有烤鸭子可以技术出口……提醒你们，手工业中有许多好东西，不要搞掉了，王麻子、张小泉的刀剪一万年也不要搞掉。我们民族好的东西，搞掉了的，一定要恢复起来，而且要搞得更好一些。

3月7日　北京市市长彭真到二七机车车辆工厂视察该厂为支援农业制造的第一台锅驼机。到1958年底止，该厂共制造锅驼机1191台。

3月11日　东城、西城、崇文、宣武等区的27家私营企业合并成立了公私合营广播器材厂。

3月23日　北京市象牙雕刻生产合作社集体创作的牙雕《北海全景》通过著名美术家雷圭元等人的鉴定。这件艺术品是在一只重达68.5公斤、两米多长的象牙上精心雕刻了1298个人物，表现1954年国庆节北海公园群众狂欢场面。9月24日，北京市人民委员会奖励该件珍品的作者——牙雕艺人杨士惠等7人1万元人民币。

3 月 纺织工业部筹建北京合成纤维实验厂，从民主德国引进一套年产 380 吨聚己内酰胺纤维的实验装置，总投资 1369 万元。1959 年 12 月建成投产，产品定名为腈纶。当年 11 月 9 日，朱德亲临现场视察，并题词：努力跃进，赶上国际水平。1960 年至 1963 年，邓小平、彭真、陈毅等先后到厂视察。

同月 北京市窦店砖瓦厂新建制砖车间投产，设计年产 3000 万块砖。采用隧道室干燥砖坯，从采土、成型、干燥到焙烧 4 道工序均实现机械化操作。由自然干燥砖坯改变为人工干燥，打破了砖瓦只能季节性生产的老传统，实现常年生产。这个车间的建成，为我国砖瓦工业的发展起到了示范作用。

4 月 1 日 电力工业部决定撤销京、津、唐 3 个地区的电业局，成立北京电业局，统一管理京津唐电网的生产和基建工作。局长黄靖华。

4 月 30 日至 5 月 10 日 在北京举行的全国先进生产者代表大会上张纯等 87 人由中共中央、国务院授予全国先进生产者称号。

4 月 石景山钢铁厂一号高炉热风炉风温提高到摄氏 1000 度，创造了全国最高记录，被命名为“青年高炉”。

同月 北京化学试剂研究所与公私合营北京市化学试剂厂合并，定名北京市化学试剂厂。全厂职工 2680 名，生产化学试剂 700 多个品种，产量占全国的 1/2，除满足国内需要外，还出口越南、蒙古、朝鲜。该厂试制的彩色显影剂用于我国第一部彩色电影《祝福》，取得成功。

同月 京西矿务局安家滩北立槽平峒建井工程开工，设计能力为年产煤 45 万吨。1957 年 12 月投产。

同月 北京提琴厂建立。它是国内生产弦乐器较早的厂家之一。该厂有资金 7200 元，职工 72 名。

5 月 12 ~ 13 日 北京市第三届工人体育运动会在先农坛体育场举行。有 2 人打破男子 5000 米自行车全国纪录，1 人破举重次轻量级推举全国纪录，33 人打破 20 项北京市纪录。

5 月 13 日 曾经中断生产二十多年的北京景泰蓝手工艺品、六瓣九鱼吃草花瓶，在北京市第一珐琅生产合作社恢复生产。

5月 清华大学、北京工业学院等校遵照中共中央、高教部有关指示举办的领导干部特别班陆续开学，培训现任正副厂长、大型企业正副处长一级干部。

6月15日 北京暖气材料厂铸钢车间炼出第一炉钢，结束了北京市有铁无钢的历史。新建的铸钢车间装有1.5吨电炉一座，1.5吨侧吹转炉2座。

6月23日 停产多年的“铁花工艺品”恢复生产。第二花丝镶嵌生产合作社的“铁花”工艺品艺人郭武珊完成了四季铁花屏。

上半年 在大兴县小营、邢各庄、永合庄建成3座35千伏变电站和相应的输电线路，是北京远郊区县第一批为农业生产用电建设的供电设备。

7月3日 北京市花炮生产合作社生产的一批花炮运往蒙古人民共和国首都乌兰巴托。在蒙古人民共和国国庆节的夜晚，北京花炮闪耀在乌兰巴托上空。这批花炮共计1000多个，其中银龙球花和串龙球花等是合作社的新产品。

7月21~23日 中共北京市委召开厂矿企业扩大干部会议，要求有计划地推广先进经验，克服领导者的官僚主义作风，进一步深入开展先进生产者运动。

10月7日 本市制造的第一辆“北京一型”无轨电车试车成功。

10月15日 北京电子管厂（国营774厂）举行建成投产开工典礼。国务院副总理李富春、军委领导聂荣臻、陈赓、谭政、总政副主任肖华、通讯部部长王诤、一机部部长段君毅、二机部部长赵尔陆、城建部部长万里、全国总工会主席赖若愚、团中央书记胡克实、中国科学院副院长张劲夫、人民日报社社长邓拓、清华大学校长蒋南翔和北京市委副书记陈鹏出席典礼。李富春、聂荣臻、赖若愚、陈鹏，苏联无线电工业部副部长扎哈罗夫和厂长周凤鸣在典礼仪式上讲话。该厂建筑面积68181平方米，安装设备3685台，配备专用工具1256项（20894件），工厂职工4229人。开工初期生产18种管型，包括直热式收讯放大管1A2Ⅱ等4种、旁热式收讯放大管6K1Ⅱ等7种、大功率发射管 TY—895 及充气管 BT—237 等。

11 月 10 千伏中南海中心配电站建成，为北京地区第一座 10 千伏小区配电站。

12 月 7 日 朱德到北京制药厂视察。他要求加强中西药研究，学习国外的制药经验，努力把药厂管理好。

12 月 31 日 北京广播器材厂研制成功我国第一台 120 千瓦短波广播发射机，并投入运行。这是我国首次使用自行制造的大型短波发射机。

12 月 文化部在北京建立印刷技术研究所。该所印刷的精美的《苏加诺总统藏画集》出版，获得国际图书装帧艺术银质奖。

同月 北京市水泥瓦厂利用城市工业废料，研制成功水泥炉渣空心砖，并建成一座年产 4000 万块的水泥炉渣空心砖车间。

同月 为美化首都和丰富人民物质生活，上海市 21 家服装店、207 名职工迁京，组成金泰、雷蒙、鸿霞、造寸、波纬等 6 个国营服装店。1958 年组建为友联时装厂，1984 年 12 月改名为红都时装公司，主要为国家领导人、外宾、出国人员及社会各界人士制作高档服饰。

同月 北京市工业系统进行工资改革，废除“工资分制”，实行货币工资制。全国划分为 7 个地区，实行地区系数，北京市为三类地区。划分四类产业。

同月 平谷县在民采黄金的基础上，成立专业采金队，以手工业方式生产黄金，初步形成了晏庄金矿、万庄金矿国营办矿的雏形，并生产黄金 1338 两。

同月 北京市乐器厂产品使用“星海”商标。当年该厂出口大立式钢琴 4 台，揭开了中国出口西洋乐器历史新的一页。

同月 私营大莱精机厂、永新合作社、荣焱合作社等合并成立了公私合营大莱照相机厂，职工 73 人。这是我国较早的照相机厂家之一。

本年 北京市木材厂研制成功平压刨花板，当年试生产 473 立方米，填补了国内木材工业的空白。

1957 年

1 月 故宫博物院印刷厂划归文物出版社，改名文物出版社印刷厂。

2 月 为解决北京市交通运输车辆不足，北京二七机车车辆工厂完成了用卡车改装 148 辆公共汽车的任务。相当于当时全市公共汽车的 1/3。

3 月 模式口水电站 1 号机组（0.3 万千瓦）、2 号机组（0.3 万千瓦）相继投产。该电站始建于 1956 年 1 月。

4 月 25 日 石景山发电厂建国后扩建的第一台机组 7 号机组（1.2 万千瓦）投产。10 月 5 日，8 号机组（1.2 万千瓦）投产。

5 月 7 日 南口机车车辆机械工厂正式开始扩建，工程包括 6 个车间和办公室及公用系统，投资 2021 万元，1962 年竣工。生产面积由 19044 平方米增加到 50116 平方米，公共福利设施由 2332 平方米增加到 9412 平方米，职工住宅由 16332 平方米增加到 23345 平方米，生产设备由 420 台增加到 860 台，固定资产总值由 491.14 万元增加到 1874 万元。

5 月 10 日 国家副主席朱德参观全国农具展览会，观看北京农业机械厂生产的新式农具。

5 月上旬 中共北京市委研究工人政治教育问题，并部署了这项工作。为保证这次教育任务的完成，决定由市委宣传部和工会、青年团的宣传部组成专门领导小组，及时研究解决工人教育中的问题。

5 月 25 日 国营北京第三棉纺织厂建成投产。

6 月 5 日 中共北京市委召开常委会议，检查和讨论本市开展增产节约运动进展情况，要求各工矿企业要把增产、节约、质量、成本、安全结合起来，一切增产节约措施，都必须注意实际效果，严格防止形式主义的片面的“增产”、“节约”。

6 月 北京市木材厂利用劈柴、刨花、碎单板为原料生产刨花板、纤维板、细木工板和胶合板等人造板，木材综合利用率由 1953 年的 39% 提高到 65.9%。1958 年 8 月，林业部在该厂召开木材综合利用现场会推广该厂提高木材综合利用率的经验。

同月 为保证我国第一座原子能反应堆工程七一前按期竣工，中共北京市委要求北京氧气厂向原子能反应堆工程紧急提供液氮。该厂技术人员和工人苦战三天，采取“联机产氮”的办法，生产出合格的液氮产品，确保了工程急需。

同月 京西矿务局城子煤矿首次开展职业病调查。调查内容分为两项：一是对职工进行矽肺普查，有 1976 人进行了呼吸功能检查及 X 光拍片检查；二是进行井下工作环境及劳动条件调查。采取综合性预防措施，改善井下工人劳动条件，逐步降低矽肺发病率。

7 月 毛泽东主席在中南海机械展览厅观看北京第一棉纺织厂细纱工人刘惠英操作表演。

9 月 5 日 全国人民代表大会常务委员会委员长刘少奇到华北无线电器材联合厂视察。

9 月 19 日 北京有线电厂建成。经国家验收，正式投产。该厂研制成功步进制电话交换机，成为国内首家生产自动电话交换机的企业。

10 月 5 日 华北无线电器材联合厂建成。经国家验收，正式投产。国务院副总理薄一波、二机部部长赵尔陆和德意志民主共和国代表团团长、副总理厄斯纳出席大会并讲话。薄一波为开工剪彩。华北无线电器材联合厂和北京电子管厂都是投资上亿元的重点工程，建筑面积共达 21 万平方米。从破土动工到正式投产，仅用了两年多时间。这些大型工厂高速度、高质量地建成和陆续建立的研究所及工厂，在北京酒仙桥地区形成了中国第一个既有生产又有科研的群体式的“电子城”。

10 月 北京绒鸟老艺人夏文富制作出一件长 1.8 米、宽 1.5 米的《一〇一制金厂全貌》的绒制品，作为中国人民庆祝十月革命 40 周年的礼物赠送给苏联人民。

11 月 19 日 中共北京市委在《关于国营厂矿企业整改工作情况

的报告》中说，北京市的73个国营工业和交通、运输、邮电、市政企业的整风运动从9月下旬开始进入改进工作的高潮。27日，中央批发了这个报告，认为北京市的做法是正确的。各地都应该在群众鸣放高潮的基础上，干部和群众齐心努力狠狠地改进工作。

11月 石景山钢铁厂在古城住宅区铺设了5.2公里焦炉煤气管道，供522户职工使用煤气。这是本市供应煤气之始。

12月20日 北京市特种工艺工业公司成立。

同日 北京市工艺美术品展览会在劳动人民文化宫开幕。展览会共展出1700多件产品。有85岁老艺人王彬设计的牙雕“十八罗汉”，有18寸高的景泰蓝六瓣花瓶、玉器“碧玉西厢”，还有新恢复生产的金漆勾金四套、壁画、银兰等。“面人郎”进行捏面人的艺术表演，展览会历时22天。

12月31日 国务院批准投资2亿元扩建石景山钢铁厂，将把石景山钢铁厂扩建成为年产140万吨铁、60万吨钢的钢铁联合企业。扩建项目包括三高炉、三焦炉、烧结车间、开坯机、小型轧机和电焊钢管等工程。

12月 北京人民机器厂试制成ZY102型全张刀式折页机，TZ402型四开自动平台印刷机、QS01型三面切书机等第一批印刷机械。

同月 北京墨水厂以美国“派克墨水”为赶超目标，试制成功“北京牌高级蓝黑墨水”。1958年6月25日，朱德在参观北京市轻工业跃进产品展览会上用北京牌高级蓝黑墨水和美国的派克牌墨水对比，当场写了“中国”二字，并说：还是中国的好。北京牌高级蓝黑墨水受到国内外消费者的好评。出口到新加坡、马来西亚、柬埔寨、古巴、波兰等国和地区，产量达到755万余打。

同月 北京艺华乐器厂生产的黑管、小号、长笛、萨克斯等产品第一次销往蒙古人民共和国，结束了我国西管乐器只靠进口没有出口的历史。

本年 北京市光华木材厂试制成功刨切车厢胶合板，为国内首创。该产品曾用于装修毛泽东、周恩来、朱德等中央首长的专列及人民大会堂，毛主席纪念堂等重点工程。1984年获国家优质产品银质奖。

北京市大理石厂生产的大理石板材开始销往新加坡、埃及等国家和地区。

北京仪器厂试制成功感量为十万分之一克的微量天平，以后发展为 WT2A 型，并成批生产。

北京第二机床厂生产的牛头刨床，产量达到 1202 台，成为名牌产品，远销亚洲、非洲、拉丁美洲十几个国家和地区。

北京市公私合营广播器材厂生产的 101A 型 5 灯 2 波段电子管收音机，在秋季广州出口商品交易会上获得外商好评。首次采用“牡丹”牌商标，向东南亚和中东国家出口，成为国产收音机早期出口的产品之一。

京门医疗器械厂以石英晶体做换能器，试制成功我国第一台 30W 超声波治疗机。

北京证章厂生产的电影碳棒开始出口。

五华医疗器械厂试制成功手术刀片。

1958 年

1 月 1 日　北京景泰蓝厂正式成立。同时，原北京雕漆社改组为北京雕漆厂。

同日　北京地毯厂成立。这个厂由 1949 年 12 月 17 日组成的第一地毯生产合作社与扩建的染线和新建的洗毯车间组成。

1 月 6 日　北京毛纺厂在北郊清河镇建成投产。该厂引进日本生产设备以生产精纺毛织品为主。

1 月 11 日　北京基本建设局成立第一安装工程队，承担蒙古人民共和国电站安装任务，成为北京电力建设系统第一个在国外承担电业施工的单位。

1 月 15 日　门头沟煤矿举行地下运输电车通车典礼。阳翰笙、田汉、梅兰芳等作家、艺术家参加剪彩仪式并参观访问。

1 月　根据中共北京市委决定，市委工业基本建设委员会会同市计委、市工业局制定了北京工业十年发展规划。3 月 7 日，中共北京市委办公厅印发《北京市工业发展规划草案》。

2 月 1 日　中国煤业建筑器材公司北京市公司，改名为北京市煤业建筑器材公司。

同日　北京供电局成立，划归北京电业管理局领导。

2 月　北京氮肥试验厂开始筹建（后改名北京化工实验厂），作为推广碳酸氢铵制造新工艺的示范厂。4 月，第一期工程动工，规模为年产合成氨 1 万吨，碳酸氢铵 4 万吨，总投资 1494 万元。1959 年 11 月竣工投产。

3 月 7 日　北京市人民委员会，对市计委《关于 1958 年在居民中大力推广烧蜂窝煤意见》的报告作了批复，同意由市计委负责组织推广。

3 月 17 日　北京广播器材厂和广播技术研究所、清华大学共同研制成功我国第一套黑白电视广播设备（包括电视发射机和电视中心、电视摄像机等)。

3 月 25 日 北京市玻璃厂建成投产，它是中国现代化的科学仪器玻璃制造厂。

3 月 28 日 北京第一、第二、第三棉纺织厂合并为北京棉纺织联合厂，拥有 20 万纱锭，1.3 万多名职工。9 月纺织工业部决定将联合厂划归北京市管理，同时撤销联合厂，恢复北京第一、第二、第三棉纺织厂建制。

3 月 北京市区乡工业办公室成立，主要职能是加速发展以建设区县农机修造厂为重点的区乡工业。

同月 京西矿务局门头沟、城子、安家滩等煤矿井下运输开始使用电机车。到年底，该局有 6 个矿使用架线电机车达 23 台，节约人力推车工 1270 人。

同月 根据党中央《关于开展反浪费、反保守运动的指示》，北京市各工业企业开展了反浪费运动。并在职工中开展为谁劳动的大讨论，解决正确处理国家与个人、生产与生活的关系问题。在反浪费中。全市各企业在班组中建立八大员，吸收工人参加管理，同时建立干部参加劳动的制度。

同月 北京公私合营电池厂生产的 84 型空气组合电池，首次出口东南亚地区。

同月 北京手表厂开始筹建。1960 年在昌平选定厂址，列为北京市重点工程。

同月 北京灯泡厂建立。该厂是由家庭妇女办起来的街道小厂，1979 年转为国营企业。经 30 年的发展，已成为大型的灯泡生产厂。

同月 北京缝纫机厂成立。该厂是由几家缝纫机修理行合并而成。当年有职工 132 人。1978 年改名为北京缝纫机一厂。

4 月 2 日 北京市第一座生产钢锭、钢材的北京钢厂建成投产。

4 月 3 日 电力工业部基建总局决定将北京基本建设局与北京送变电工程局合并。5 月 31 日，改称北京电力建设局。局长杜书润。

4 月 6 日 国家主席毛泽东参观在中南海瀛台举办的全国农业合作展览时观看北京农业机械厂生产的新式农具双轮双铧犁。

4月17日 中共北京市委拟定近期城市建设纲要（草案）。《纲要》提出当前的主要任务是：大干10年，把首都建设成为一个现代化的工业基地。

4月30日 北京市筹建北京耐火材料厂，1960年3月18日北京市第一条84米隧道窑在北京耐火材料厂点火烘窑。

4月 北京化工二厂动工兴建，1960年12月建成投产。年生产能力为聚氯乙烯6000吨，烧碱15000吨，电石40000吨，总投资3214万元。陈毅题写厂名。朱德为工厂题词：大力发展化学工业，积极支援农业，为满足城乡人民生活的需要而努力。经1961年、1964年两次扩建，聚氯乙烯年产量达18000吨。

同月 北京市制药厂在朝阳区西石门征地13万平方米，新建原料药车间，破土动工。1960年全部建成投产，建筑面积16750平方米。主要生产四环素、磺胺类原料药。新厂定名为北京市制药厂一分厂。

5月1日 晚7时，北京广播器材厂等单位研制生产的电视中心设备、电视发射机、电视转播车，在我国第一座电视台——北京电视台（中央电视台前身）开始试播。刘少奇、周恩来、朱德等先后到场视察。

5月20日 我国自己设计、自己施工、年产60万吨煤的一对现代化矿井——大台竖井在京西矿区建成投产。

5月30日 北京市人委举行第9次会议。会议提出要彻底破除迷信，解放思想，进一步推动全市大跃进，争取在短期内把首都建设成为一个现代化的工业基地。

5月 北京市电气工业公司技术科和中心实验室用国产元件和国外半导体管试制出第一台半导体收音机，在北京工业展览会上展出。

5月 北京第一汽车附件厂试制出中国第一台小轿车，命名为“井冈山”牌。

6月1日 北京有线电厂和中国科学院计算技术研究所合作研制出第一代电子管计算机。8月1日，作了公开表演。我国第一台电子计算机仿制苏联M—3（103）和6϶CM（104）两种电子管数字计算机。103 机字长 30 位，容量 1K 字，运算速度每秒 30 次，后命名为 DJS—1 型机。

同日 北京市厂矿企业先进生产者和先进集体代表会召开。郑天翔代表市委在会上提出：争取在 5 年内把北京建设成现代化工业基地。

6 月 12 日 中共北京市委召开现场会议，介绍北京棉纺织联合厂支援兄弟工厂的经验，要求在全市掀起一个全民支援工业建设运动。

6 月 15 日 北京二七机车车辆工厂第一台建设型蒸汽机车试制成功，并开始小批量生产，结束了 60 多年来该厂只能修理不能制造机车的历史。该机车经过试车和国家验收员鉴定，质量和性能良好，达到和超过原设计的精度。6 月 16 日，举行第一台机车剪彩典礼。

同日 新建合金钢厂工程破土动工，9 月 15 日第一座 6 吨转炉炼出第一炉钢，9 月底正式定名为北京特殊钢厂。

6 月 19 日 北京手表厂筹建处与北京工业学院第二机械系师生一起研制手表，经过 3 个多月的努力，北京牌手表样机研制成功，填补了北京手表工业的空白。

6 月 20 日 党和国家领导人毛泽东、刘少奇、周恩来、朱德、邓小平、李富春在中南海观看“井冈山”牌小轿车、“巨龙”牌拖拉机和“红旗”牌万能底盘拖拉机。这 3 种产品分别由北京市第一汽车附件厂、兴平机械厂和北京农业机械厂生产。

同日 北京第一汽车附件厂改名为北京汽车制造厂。

6 月 23 日 中共北京市委向中共中央作关于北京城市规划初步方案的报告。在关于首都的性质和发展规模问题中提出：北京不只是我国的政治中心和文化教育中心，而且还应该迅速地把它建设成一个现代化的工业基地和科学技术的中心。9 月，中共中央书记处听取了汇报，对方案原则上加以肯定。

6 月 26 日 中共北京市委向中共中央报送关于北京工业建设问题的报告，并附《苦战三年，大干五年，把首都建设成一个现代化的工业基地》的规则纲要。

6月26日 国务院总理周恩来到密云水库视察，观看水库及水电站的模型。

6月 北京焦化厂在东郊筹建。

同月 京西矿务局安家滩煤矿回采11组月产原煤21807吨，创全国回采工作面最高记录。

7月1日 中共北京市委发出通知，将北京市1958年至1962年工业建设规划纲要发给全市党组织，传达到全体党员和党外积极分子，并据此布置工作。

7月1~5日 刘少奇到石景山钢铁厂和干部、工人、职工家属座谈，对生产建设、劳动工资等问题作了重要指示，并参加劳动。1958年7月1日至15日，刘少奇委员长视察石景山钢铁厂，对石景山钢铁厂扩建实行投资大包干非常赞赏，他说：这种大包干，所有制没变，体制变了，包和不包大不一样。

7月9日 中共北京市委批转石景山钢铁厂党委《关于开展群众性的技术革命运动的报告》。市委指出：技术革命必须形成广大的群众运动，同时要加强对技术人员的思想改造，使他们同工人群众一道商量解决技术问题，使技术人员的科学技术理论同工人群众的实际经验结合起来，才能更深入地开展技术革命运动。

7月14日 中共北京市委、市人委决定，开展群众性支援工业大跃进运动月。

7月21日 北京电力建设局与北京电业局合并，成立北京电业管理局。局长索国仁。

同日 石景山发电厂9号机组（3万千瓦）投产。

7月 北京市人委决定，市各工业局所属的部分直属企业下放给各区（县）领导和管理。

同月 北京市电器工业公司撤销，在公司中心试验室及技术科基础上组建北京市电工研究所。

同月 第一机械工业部将北京第一机床厂、第二机床厂和北京人民机器厂下放北京市第三地方工业局领导。

同月 以公私合营洪兴锅炉厂为基础，开始扩建北京锅炉厂。

同月 以北京管件厂为基础，开始建设北京第二通用机械厂。

同月 北京市电机厂电机车间与朝阳电机厂合并，成立北京电机厂，并在东郊大山子开始扩建。

同月 北京市第一机床厂与筹建中的第三机床厂合并，开始扩建39800平方米的重型车间。

同月 北京电子管厂研制成功8种大功率发射管，解决了我国1000千瓦大功率广播发射机研制中所需关键器件。

8月1日 中国科学院计算技术研究所和北京有线电厂协作生产的中国第一台小型通用数字电子计算机调试结束，投入试运转。

8月9日 中共北京市委下发《关于修建小高炉和小炼钢炉问题的紧急通知》，《通知》明确规定了什么地方可以办，什么地方不可以办和应该怎么办。要求各单位接到通知后，一律严格执行。

8月13日 京西矿务局城子矿开始利用水力采煤。

8月15日 石景山钢铁厂改为石景山钢铁公司。

同日 北京市摩托车修配合作社、北京市第四金属制品生产合作社、北京市第十金属制品生产合作社、北京市第一电镀生产合作社、北京市第四熔炼生产合作社合并，成立北京市摩托车制造厂，隶属于北京市手工业管理局。

8月16日 北京市举行全市厂矿企业干部大会，号召迅速掀起工业大跃进新高潮。

8月23日 中共北京市委召开土法炼钢现场会，发动全党动员、全民动员、大抓钢铁工业的号召。

8月24日 中共北京市委在天坛公园内召开全市工业交通运输业跃进誓师大会，有5万人参加。要求工交战线广大职工“进一步掀起大跃进的新高潮，千方百计克服大跃进中的新矛盾，为全面完成和超额完成全年跃进计划，力争主要产品的生产指标站在全国最前列而奋斗。”

9月8日 石景山钢铁公司小转炉炼出第一炉钢。这座容积3吨的侧吹转炉仅用14天建成，从此结束了石景山钢铁厂有铁无钢的历史。

9月9日 北京二七机车车辆工厂职工经过88天奋战，试制成功建设型600马力电传动内燃机车。9月13日举行剪彩大会，庆祝我国第一台内燃机车诞生。

同日 北京第一机床厂与清华大学合作，研制出我国第一台X53K—1型数字控制铣床。

9月10日 北京汽车制造厂试制成功“北京牌”高级敞篷轿车。

9月15日 北京市公共汽车公司修理厂制造出1辆“红旗牌”大型公共汽车。

9月17日 陈云到北京特殊钢厂工地视察。9月29日该厂正式投产。

9月23日 北京东郊热电厂1号机组（2.5万千瓦）投产。该机组始建于1957年7月25日。

9月28日 北京二七机车车辆工厂制造出第二台建设型内燃机车，同时生产出流线型高级瞭望客车1辆。彭真到厂视察并参观试车。

9月底 朱德视察北京市塑料二厂，称赞该厂生产的发展变化，并希望多生产，多为国家换取外汇。

9月 董必武为巨型牙雕《毛主席故乡》题词“山不在高、蕴金则名，水不在深，藏珠则沉。岑同苔异，人杰地灵。鲁之尼山，粤之翠亭，以拟韶山，差可比伦”。这件象牙雕刻长7.5尺，重117斤，是北京著名手工艺人杨士惠、杨士忠、马春、石常海等集体创作的。

同月 国家主席毛泽东在中南海参观“北京市工业汇报展览会”，并观看北京第一机床厂工人操作表演。

同月 石景山钢铁公司开办职工大学，设冶金机械、自动化和工业民用建筑3个专业。

同月 公私合营崇文金属加工厂和崇文机器修造厂合并成立北京崇文联合机械厂。该厂以后并入冶金机械修配厂，1966年10月改为北京冶金机械备件厂，1970年3月改为北京冶金机械厂。

10 月 4 日 中共北京市委工业生产委员会成立。

10 月 5 日 中共北京市委召开工业交通系统干部大会，号召深入发动群众大搞技术革命，把工业生产推向新高潮。

10 月 9 日 北京工业学院研制成中国第一台大型天象仪，在北京天文台试用。

10 月 15 日 中共中央转批北京市委《关于取消计件工资的情况和意见的报告》，《报告》肯定了一些企业取消计件做法。从此北京取消了计件工资。

10 月 16 日 周恩来总理视察北京钢厂，并题词："请北京钢厂注意：组织力量，掌握技术，加强协作，消灭事故。"

10 月 17 日 国家副主席朱德视察北京二七机车车辆工厂。

10 月 国务院副总理邓小平视察华北无线电器材联合厂。

同月 投资 108 万元筹建大红门轧钢厂，1959 年改名为北京第二轧钢厂。

同月 北京市人委决定，撤销市第一、第二、第三地方工业局，分别成立北京市纺织工业局、化学工业局、冶金工业局、机电工业局和轻工业局。

同月 北京理工厂试制成功 100mA、200mA、400mA X 线机，为生产 X 线机系列产品奠定了基础。

同月 北京仪器厂试制成功 2HB20 型真空泵。

11 月 1～11 日 北京青云仪器厂、北京曙光电机厂兴建，主要生产航空仪表和航空电机产品。

11 月 25～30 日 中共北京市委召开工业会议，初步总结了北京市工业战线以钢为纲大搞群众运动的经验，对 1959 年第一季度的工业生产计划作了安排。

11 月 公私合营东华仪器厂和东风科学仪器厂合并成立北京科学仪器厂，生产森林罗盘仪和镜式平板仪等产品。

同月 北京市出版事业管理局成立，负责管理由中央下放到北京市的出版、印刷企事业单位。

12 月 27 日 北京热电厂正式对外供应蒸汽，首批工业用户有棉纺、化工等9家工厂。12月29日，该厂正式对社会供应采暖用水。

12月31日 北京钢厂直径76毫米无缝钢管车间竣工投产，年生产能力7000吨。

是年 北京医疗器械厂试制成功LD5801型半封闭式电冰箱，名为“北京”牌，该厂成为国内第一家生产电冰箱的企业。

宣武钢厂建立，1959年产铁26804吨，钢1267吨；1960年产铁24000吨，钢2300吨；1961年下马，并入北京冶金机械修配厂。

北京市木材厂制造成功我国第一套平压刨花板生产线，设计能力年产5000立方米刨花板。

公私合营大莱照相机厂改为国营北京照相机厂。

北京市光学仪器厂研制成功6秒级的红旗Ⅱ型经纬仪（后改为DJ—1型），开创我国经纬仪成批生产史。

北京仪器厂试制2HB20型真空泵和电离真空计，奠定真空工业基础并试制成我国第一台转速达2万转/分的高速离心机，固体热量计、高压釜、氢气压缩机等实验室设备。

公私合营熔炼厂建成反射炉，结束了该厂手工拍罐和泥的原始生产地炉的历史。

北京市灰石厂建成投产。该厂始建于1954年，1956年陆续投产，利用机械化竖窑生产，主要生产过程基本实现机械化，设计年产石灰30万吨，商品石渣30万吨。该厂利用回收竖窑排出的二氧化碳气生产小苏打，为石灰行业的综合利用开了先例，1985年改名北京市建材化工厂。

北京市窦店砖瓦厂采用余热干燥工艺，为全国首创。为改变干燥室的热源，降低砖瓦生产的煤耗，开辟了一条新路。

北京市光华木材厂研制成功塑料贴面板，为国内首创，1963年正式投产，1968年建成塑料贴面板新车间，为全国塑料贴面板生产基地之一。产品获1978年全国科技大会发明奖。

北京航空学院和北京航空学校分别制造出“北京一号”轻型旅客飞机和“红旗一号”农业多用飞机。

北京农业机械厂试制出12种新式农业机器，其中人工降雨机和万能底盘拖拉机曾运往莱比锡国际博览会展出。

全市组织 30 多个工厂和 17 个大专院校，协作制造排灌设备，共制造锅驼机 3684 部、煤气机 803 部、水泵 10562 台。同时由城区迁出六个机械工厂，郊区建了 308 个农业机械修造厂，为农民制造大小农具 87 万多件，制造 15 万套轴承，改造了大量的深耕犁、立磨和手推车等。

为贯彻国务院“南药北移”、“变野生为家种家养”的指示，中国药材公司北京市公司在昌平小汤山征地 4500 亩，建立了小汤山药材种植场。

1959 年

1 月 2 日 东北郊变电站值班员带地线合闸，造成全站 110 千伏系统停电，同时影响石景山发电厂、官厅水电厂、北京热电厂 110 千伏系统掉闸，造成大面积停电。

1 月 3 日 北京市人委在首都剧场举行工业工作扩大会议。会议由彭真主持。万里、吴晗、程宏毅、贾庭三副市长在会上分别就 1958 年本市工业等方面的工作作了报告。

1 月 9 日 地方国营北京市无线电器材厂改为北京电子仪器厂。当年试制出真空管电压表（201 型）、失真度测量仪（SZ—1 型）、电阻误差分选仪（RFC—1 型）和高频微伏表（WFG—1 型）。第一年共生产了 3000 台仪器，这是我国电子测量仪器早期生产的一批产品。

1 月 19 日 北京热电厂第二期扩建工程工地发生火灾，损失约 20 余万元。24 日，中共北京市委发出通报，要求各单位党委，必须加强对消防工作的重视和领导；公安消防部门要进一步加强消防工作的组织建设、业务建设和技术装备。

1 月 27 日 石景山钢铁厂建成 400/250 轧机，结束了石景山钢铁厂有钢无材的历史。

1 月 上义葡萄酒厂的技术人员受毛主席词《蝶恋花》“吴刚捧出桂花酒”的启发，挖掘宫廷秘方，精心配制，试制成功桂花酒，并投入生产。

3 月 3 日 北京热电厂 3 号机组（5 万千瓦）投产。

3 月 6 日 中共北京市委召开工业干部会议，提出力争全面超额完成第一季度工业生产计划。市委书记处书记郑天翔、市委工业部长贾庭三出席会议并讲话。

3 月 18 日 国营永定机械厂完成“5872”样车试制。这是我国自行设计制造的第一辆履带装甲输送车。

3 月 28 日 北京市工业交通红旗竞赛大会召开。中共北京市委号召全市职工开展高产量、高质量、高效率的“三高”竞赛运动。

4 月 13 日 中共北京市委召开工矿企业职工教育会议。根据“结合生产，统一安排，因材施教，灵活多样”的原则，部署了职工教育工作。

4 月 京西矿务局生产原煤 52.3 万吨，平均每个工作面月产 10686 吨，达到煤炭部组织的红旗竞赛规定的万吨局标准。

同月 第一机械工业部投资兴建北京气体分析仪器厂（后改名为北京分析仪器厂），发展质谱、色谱等分析仪器。

同月 全国人大常委会委员长朱德视察北京仪器厂，题词：“精益求精”。

5 月 1 日 北京市沙河铁厂 2 号高炉建成投产。

5 月 5～7 日 中共北京市委召开工业交通五级干部会议，参加会议的共 5477 人。市委第一书记彭真作了重要讲话，市委第二书记刘仁作了报告。

5 月 15 日 石景山钢铁公司开始扩建龙泉务石灰石矿，1964 年竣工，年生产能力 50 万吨。

5 月 18～22 日 中共北京市委举行全体会议，决定进一步开展增产节约运动，保证完成和超额完成 1959 年国民经济计划。会议通过的《关于当前工业基本建设情况的报告》中提出，1959 年全市限额以上的工业基本建设项目共 30 个，其中中央项目 17 个，地方项目 13 个。

5 月 22 日 邮电部北京邮票厂试生产的第一套邮票“五四运动四十周年”正式开印，在我国首次采用影写版印制，同年 7 月 1 日发行。

5 月 22～23 日 石景山钢铁公司扩建的第一批重点工程——3 号高炉、3 号焦炉建成投产，烧结厂基本建成。

6 月 燕京造纸一厂制造车间制浆工段 2 号蒸球突然发生球盖崩落，4 人死亡，6 人受伤。

7 月 14 日 北京电子管厂试制成功 1000 千瓦大型广播发射机用 8 大管型，包括 TY—23A、TM—1A、TP1—85/15、N—100/5000 等，

保证了我国对外广播使用。

7月16日 中共北京市委召开全市工业系统党员干部大会，部署第三季度工业生产。大会要求各厂矿企业根据党的社会主义建设总路线的精神，立即发动广大职工，鼓足更大的革命干劲，开展一个以高产量、高质量、高效率和厉行节约为目标的改善劳动组织、大闹技术革命和技术革新的群众运动，掀起增产节约的新高潮。彭真出席大会并讲话，市委常委、工业部部长贾廷三代表市委就如何大力抓好第三季度生产作报告。

7月 中共北京市委发出《关于清查库存材料、闲置设备以及加强废品回收工作的通知》。市委要求市计委、工业生产委员会和基本建设委员会，根据全国一盘棋，保重点、照顾一般的原则，对积压的材料、闲置设备进行合理调配。

同月 北京人民机器厂试制成功TE102型全张自动二回转平台印刷机。

8月1日 根据北京市人民委员会指示，市轻工业局管理的洗染织补、拆洗、翻新服务行业，移交市服务事业管理局领导。

8月6日 中共北京市委召开全市工业部门党委书记和厂长会议。会议决定8月、9月开展一个改善劳动组织，大搞技术革命和技术革新的群众运动，提高劳动生产率，全面超额完成生产计划，迎接国庆10周年。

8月8日 北京地区第一次引入市中心的35千伏电缆——北京热电厂至前门变电站双回路电缆投入运行。

8月11日 北京市人委决定：成立北京市手工业管理局，与轻工业局合署办公。

8月14日 北京手表厂破土动工，厂址在昌平县东门外。同年9月研制出第一批20块北京牌手表，向国庆10周年献礼。

8月20日 北京市人民政府颁布执行《北京市电工管理办法》，并授权北京供电局负责此项工作。同年10月，颁布《电工登记考试办法》，北京地区有电工约2万名。

8月 坨里至磁家务铁路支线通车，全长6.29公里。

9 月 4 日 石景山钢铁厂烧结厂 2 台 50 平方米带式烧结机建成投产。

同日 北京合成纤维厂建成投产。

9 月 9 日 我国第一台以焊代铆的全焊接结构 X50 型货车在二七机车车辆厂制成。

9 月 25 日 邮电部北京邮票厂举行开工典礼，邮电部部长朱学范、捷克驻华大使参加了开工典礼。

同日 北京化工实验厂基本建成，同年 11 月投料试产、年生产能力为合成氨 1 万吨，碳氨 9 万吨。

9 月 29 日 北京乐器厂自行设计制造出一台 15 英尺三角钢琴，其尺寸之大世所罕见。其音质经专家鉴定也属当时国内一流水平。此琴主设计人是该厂技术室主任赵守忠。参与试制人员乘汽车敲锣打鼓将它护送到人民大会堂向国庆 10 周年献礼。

9 月 北京有线电厂和中国科学院计算技术研究所联合研制的每秒运算 1 万次的快速通用电子数字计算机—104 机试制成功。104 机（后命名为 DJS—2 型机）字长 39 位，容量 4K 字。其后许多科学重大课题上机运算。我国第一颗原子弹的有关科学计算就是由 104 机实现的。

同月 国庆 10 周年盛大节日前夕，北京广播器材厂承担研制的天安门 10 讯道广播电视中心设备交付使用，主要用于对天安门城楼、广场和人民大会堂的集会活动作现场电视转播，可同时从各个角度反映场面宏大的活动实况。10 月 1 日，中央电视台使用这套设备成功地转播了国庆阅兵式和群众游行实况，并在以后各项重大活动中完成实况转播任务。

同月 北京市第一条通向市中心区的煤气管道和热力干管工程竣工，分别长 15. 8 公里和 10 公里。10 月 1 日开始向大型公共建筑供应煤气和采暖用热。

同月 北京市西城区塑料器材厂研制成功“光弹性塑胶”新产品。这种产品过去一直靠从瑞士及日本进口，是国防、航空、水电、建筑等部门不可缺少的原料。

10月15日　朱德委员长视察北京葡萄酒厂。朱德询问了工厂的发展、生产、技术、供应和销售等情况，视察了制酒车间和地下储酒库，并指示：要扩大厂子规模，大力发展葡萄酒；要搞出口酒，为国家多创外汇；要为中央和首都服务；要发展葡萄生产基地，解决生产原料的自给问题。

10月16日　朱德委员长视察北京市乐器厂。朱德指出：我国人多，需要量大，要大力发展。希望在乐器生产中坚持中西结合，一定要发扬我们民族乐器的优点。

10月17日　我国第一台10万千瓦高温高压汽轮发电机组——北京热电厂4号机组（苏联制造）投产发电。

10月28日　北京市人民委员会第14次会议决定，成立北京市农业机械局，实行农业机械制造、管理、修理、培训、科研和供应六合一。

10月30日　国务院副总理邓小平视察北京第一机床厂。

10月　北京化工二厂建成投产。该厂年生产能力为聚氯乙烯0.6万吨，烧碱1.5万吨，苯酐0.15万吨，电石43吨，总投资342万元。

同月　公司合营北京电解铜厂试制成功电解铁粉（系磁性材料）。

同月　北京美术印刷厂印制的《苏加诺工学士、博士藏画集》、荣宝斋木版水印复制品《齐白石画集》，在莱比锡国际书籍艺术展览会分别荣获装帧金质奖。

11月2日　朱德委员长视察长辛店二七机车车辆厂为编写中的厂史《北方的红星》题词："继承革命光荣传统、为建设伟大的社会主义祖国而奋斗。"

11月5日　朱德委员长视察北京市玻璃厂，为该厂题词："扩大品种，猛攻尖端技术，赶上国际水平。"

11月9日　朱德委员长视察北京合成纤维试验厂。

11月11日　中共北京市委书记处书记郑天翔、副市长冯基平、程宏毅、贾庭三等接见北京市出席全国群英大会代表，提出了"向全国最先进的水平学习，把先进水平变成全社会的生产水平，让全市工业、交通运输、基本建设、财贸战线上，出现一个先进如林的万紫千红的春天!”的号召。

11月16日 朱德委员长视察北京光华染织厂，并题词：“生产更多更好更美的纺织品，为满足人民生活需要服务，为扩大出口支援国家建设服务。”

11月30日 朱德委员长视察北京新华印刷厂，并为工厂题词：“你们是供应人民精神食粮的工厂，希望你们为精神食粮的优质高产而努力。”

11月 石景山钢铁公司电焊钢管厂建成投产，生产直径20—102毫米钢管，年生产能力7.5万吨。

同月 北京焦化厂一期工程——1号焦炉及配套工程竣工投产，万里出席剪彩。焦炉年产焦炭45万吨，煤气7500万立方米，总投资4556万元。

12月8日 10时50分，京西矿务局西山采区一槽一石门掘进工作面发生重大透水事故，24名矿工遇难。

12月21日 中共北京市委批准下发市委工业生产委员会《关于当前日用工业品生产中的问题的报告》。市委指出：日用小商品始终是密切关系到群众日常生活的重要问题，必须抓紧，把计划进一步落实，努力增产，提高质量，保证市场供应。

12月24日 中共北京市委批准下发市委教育部《关于当前工矿企业职工教育的情况和意见的报告》。市委要求厂矿企业千方百计地举办各种学校，努力开展扫盲工作和文化技术教育，培养技术人才。

12月26日 朱德委员长视察北京市制药厂，并题词：“提高质量，增加品种，中西医药结合更好地为人民健康服务。”

12月 北京修造厂研制的北京市第一台6000千瓦汽轮发电机组，安装在四川省重庆市大溪沟电厂。

本年 国务院副总理邓小平视察北京清河制呢厂。

根据中共北京市委指示，北京市纺织工业局接收20个区县属工厂，这些工厂是：东城棉织厂、西城染织厂、崇文帆布厂、崇文合线厂、前进棉织厂、联合漂染厂、手工漂染厂、北京漂染厂、机织印染厂、染织厂、市针织厂、前门针织厂、崇文毛巾厂、星火毛巾厂、崇文袜厂、东城染整公司、东城针织厂、崇文区特种绦带厂、朝阳区棉毯厂、红光棉织厂。北京市建材局将1958年下放给区县的10个木材厂、2个油毡厂收回。各区县又将15个区县企业交市建材局领导。市农机局将所属7个农机制造厂划归机电工业局。市手工业局调给轻工业局27个厂8875名职工。医疗器械工业的4个主要企业：北京市医疗器械厂、北京理工厂、科伟医疗器械厂、五华医疗器械厂由区工业局划归市机电工业局直接领导。将北京市印刷一厂、龙门装订厂、印刷材料厂、联合制板厂、京华胶印厂、北京印刷厂由区属收回，交市出版事业局领导。东单印刷厂、北京市印刷四厂由区属划归市文化局领导。

在东郊面粉厂修理车间的基础上成立北京市粮食机械厂，1959年5月改称粮食部北京机械厂，归属北京市粮食工业公司领导。

北京葡萄酒厂搜集到莲花白酒宫廷御制秘方，按照古老工艺方法，精心酿制，终于试制成功莲花白酒，并投入生产。

北京市大理石厂研制成功磨石机，代替手工磨制，加工人民大会堂包镶2米直径圆柱用的弧形大理石板。6000平方米的弧形大理石板不到3个月就完成了，用手工磨制需要1年。

北京综合仪器厂与北京市仪器仪表研究所合作，试制成功64进位定标器、极谱仪和中剂量核辐射测量仪器，并相继投产，填补了国内空白。

北京电子仪器厂研制成功牡丹牌911型9灯收音机，具有五个波段（4个短波和1个中波），有高音提升和低音提升电路，采用新型的琴键开关、调谐指示管和旋转式磁性天线，有4只高、中、低扬声器放音，灵敏度高，选择性好，声音悦耳动听，属于高档收音机，供给首都各大宾馆、饭店使用。

北京市电工研究所开展科研攻关，在自制的单晶炉上拉出了锗单晶。

北京市煤建公司先后制成煤炭倒垛装卸自动流水线，牵引电铲、漏煤仓、蟹爪式扒车机以及电捶砸蜂窝煤机械等。煤炭加工开始向机械化、半机械化迈进。

由北京市建材局承建援助蒙古人民共和国年产 2000 万块黏土砖的乌兰巴托黏土砖厂建成。

1960 年

1月8日 密云水力发电厂潮河水电站7号机组（0.3万千瓦）投产。该机组始建于1959年11月10日。

1月15日 北京广播器材厂研制成功的1000千瓦大型广播发射机，开始进行试播。这是在79个单位的通力合作下，研制成功的中国第一部自行设计、采用国产元器件、在发射功率上具有世界先进水平的中波广播发射机，也是当时美、苏等少数国家才能生产的大型发射设备。该机由200多万个零件组成，总重量约150吨，总体积约900立方米，运输时用了460个包装箱，14节火车。4月15日正式播音。东南亚地区的听众听到新中国的广播后，纷纷表示祝贺。

1月30日 中共中央发出《立即掀起一个以大搞半机械化和机械化为中心的技术机械化和技术革命运动的指示》。

1月 在北京汽车制造厂分厂的基础上建立了北京齿轮厂，隶属于第一机械工业部汽车管理局。国家决定投资2400万元，用于扩建厂房、增置设备。

同月 李先念副总理对北京市市场小商品生产问题批示说："小商品不能没有，它关系到千家万户，发卡更不能没有，中国妇女不能披头散发"。对锅、盆供应不足问题，李先念又批示："买不到锅、盆老百姓要骂娘……"。

同月 北京王麻子刀剪厂改变300年完全用手工操作的历史，主要生产工序改为机器生产，剪刀月产量增长6倍。

2月9日 北京市工业、交通运输、基本建设、财贸方面社会主义建设先进集体和先进生产者代表大会开幕。参加大会的代表有8000名。中共北京市委第二书记刘仁在会上做了报告。

同日 北京市火柴厂引火棒车间发生爆炸起火，当时正在生产的9人中有4人当场死亡，5人受重伤。

2月13日 中共中央转发北京市第一机床厂食堂炊具机械化的

总结。

2 月 29 日　长沟峪矿井恢复工程竣工，移交生产，京西矿务局成立长沟峪煤矿，矿井设计年产原煤 30 万吨。

2 月　北京供电局学习哈尔滨市配电工作经验，开展供用电合理化、协作化，实行“四合一”（工厂与工厂用电合一，工厂内部动力与照明用电合一，工业与民用用电合一，厂用电网与公用电网合一）环形供电，北京出现了低压闭式配电网。

3 月 3 日　35 千伏毛家坟变电站建成投入运行，该变电站为北京地区第一座远距离控制、远距离信号、远距离测量无人值班的变电站。

3 月 16 日　国务院副总理邓小平视察北京热电厂。

3 月 25 日　北京无线电制造厂，在清华大学指导下，组建一台“555”小型模拟计算机，从此，诞生了北京市计算机工业。

3 月 31 日　中共北京市委批准下发市计委党组《关于加强废旧物资回收工作的报告》。市委指出：各工业部门要抓紧对废旧物资的综合利用。

3 月　北京市电工研究所用自制的半导体材料研制成Ⅱ—1、Ⅱ—9锗二极管和Ⅱ—401 锗三极管。该所还研制出一批小型无线电元件，如钛酸钡电容器、金属膜电阻器、小型电位器和扬声器等。

4 月 1 日　北京市西城区二龙路喷漆厂发生火灾，为抢救 287 名因苯中毒的职工及附近居民，北京市制药厂经过 36 小时连续奋战，生产出了麸氨酸钠等急救药品。

4 月 7 日　中共中央批准北京市委《关于北京电子管厂大搞群众运动大闹技术革命的报告》。中央指示：所有大企业，都应该无例外地举办业余大学、中等技术学校、中学，把广大职工群众培养成为有较高的政治觉悟，有一定技术能力、有文化素养的劳动者。

4 月 12 日　北京汽轮发电机厂研制成 600 千瓦电动机。

4 月 15 日　京西矿务局承担修筑的磁（家务）—陈（家坟）铁路动工兴建。1973 年 7 月竣工，以解决大安山煤矿煤炭外运。

同日　京西矿务局大安山 920 平峒动工兴建，设计年产原煤 240

万吨，1962年缓建，将设计能力修改为150万吨，1965年复工，一期工程和设计生产能力120万吨。1975年9月投产时，煤炭部核定生产能力为75万吨。

4月25日　北京特殊钢厂试制成功具有国际水平（直径为0.001~0.005mm）的极细丝。

4月28日　朱德委员长到北京市制药厂视察技术革命、技术革新情况，指出："把旧设备拍成照片留下来，将来发展了再进行对照。"

4月30日　京西矿务局安家滩煤矿王平村采区年产90万吨原煤的竖井建成投产。

4月　北京钟表厂设计的全国统一闹钟机芯试制成功并投入生产，从而结束了北京钟表厂仿制产品的历史。统一机芯投产后，产量有所下降，但质量明显提高。当月，轻工业部在烟台组织评比会，北京钟表厂小批生产的闹钟获得好评。内部结构被评为全国一流水平，外观被评为全国第一。

同月　北京市火柴厂经过一个多月的研究，试制成功简易装盒机，比手摇的土装盒机更先进，该机在劳动人民文化宫展出。

5月5日　中共北京市委、市人委召开工业交通系统五级干部会议。刘仁在会上讲了当前形势、干部培养、不断反对保守自满情绪、进一步广泛深入开展技术革命和技术革新运动、安排好职工的学习和生活等几个问题。

5月12日　中共北京市委批准下发市委工业基建委员会、市计委党组《关于发展县社工业的报告》。市委指出：县社工业的根本方针是政治挂帅，发动群众，穷干苦干，自力更生。县社工业首先要为农业和畜牧业的技术改造服务。

5月25日　北京市机电工业局改组为北京市机械工业局和北京市电机工业局。11月21日两局重新合并为北京市机电工业局。

5月　北京糠醛化学厂在通县建成。总投资为250万元，主要产品有洗衣粉、工业和民用胶体洗涤剂和糠醛等23个品种。

同月　京西矿务局木城涧煤矿大华坑试制荆筋支架，代替部分坑木，取得好效果，是年吨煤成本降到4.94元，名列全国第一。

6月15日 北京料器生产合作社和串珠主产合作社合并，正式成立了北京料器制品厂，职工400人。主要产品有料兽、料瓜果、项链、穿珠、手包、别针、发卡等。

6月21日 北京市丰台木器厂（南郊木材厂前身一部分）二车间，因工人吸烟不慎发生重大火灾，烧毁木料300立方米，家具、电锯、刨床20台，延烧到邻近公私合营制麻厂，烧毁原麻70万斤，麻绳30万斤，车间、库房150平方米，还烧毁30户居民的房屋及部分用具等，直接经济损失65.55万元。

6月24日 北京市兴华染料厂（后改为北京市染料厂）在国内染料行业中首创尿素法生产盐基淡黄的实验成功，收率由20%左右提高到80%左右，同时节约了能源，简化了操作工序，改善了劳动卫生条件。该项工艺获国家科技发明二等奖。

6月 中共北京市委和市人民政府对煤矿井下生产工人特殊供应副食品，在月正常供应量以外，另外供应每人每月二斤肉、半斤食用油、一斤白酒、二斤露酒，三斤啤酒，作为保健食品。

同月 北京市八一农业机械化学校成立。当年招生600名，设有11个技工班，学员500名；中技班3个班，学生100名。技工班一年半结业，中技班二年结业。

同月 北京第一机床厂自行设计成功我国第一台X5210圆工作台铣床和X212型龙门铣床。北京第二机床厂试制成功T4240型双柱坐标镗床。

7月1日 中共北京市委批准下发市委工业部《关于兴平机械厂贯彻劳逸结合改变生产面貌的情况报告》。市委指出：贯彻劳逸结合的目的是为了更好更全面的大跃进。

同日 石景山钢铁公司铸造厂连续铸铁管机建成投产，将立式砂型铸管改为结晶器连续铸管，1965年获国家发明证书。

7月11日 中共北京市委作出《关于城市支援农村、工业支援农业的情况和当前任务的报告》。26日，市委又发出通知，要求各区县、大厂矿、大学校建立协作委员会，加强城市支援农村的工作，拟定协作支援的行动计划，立即付诸执行。

7月16日 苏联政府突然照会中国政府，单方面决定召回苏联专家。25日，苏方又通知中国政府，自7月28日至9月1日期间，将撤回全部在华专家1390人，并撕毁了343个专家合同和合同补充书，废除了257个科学技术合作项目。给中国经济建设造成重大损失。

9月6日 我国第一台超高压高温供热机组，北京热电厂5号机组（5万千瓦，苏联制造）投产。

9月29日 北京507电厂（1980年7月改称北京第三热电厂）1号机组（1.2万千瓦）投产。该机组始建于1956年6月。

9月10日 石景山钢铁公司迁安铁矿大石河采矿场出矿，选矿厂两个系列建成投产，当年产铁精粉0.64万吨，铁矿石4.9万吨，石景山钢铁公司有了自己的原料基地。

同日 北京合成纤维实验厂自己制造设备建设生产锦纶丝（鱼网丝）样板车间试车向国庆献礼，填补了国内空白。

9月17日 中共北京市委组织部向市委报告了关于从工人中提拔技术干部的情况。报告说，据当年6月份统计，全市从工人中提拔了工程师1204人，技术员350人。从工人中提拔的工程师占全市工程师总数的比例，由上年的7.4%上升为31.1%。报告同时指出，这些人一般缺乏系统的理论知识，文化水平也较低，必须下决心加强对他们的培养。

9月30日 刘少奇主席将北京无线电厂“牡丹牌”1201型收音机赠送给几内亚总统塞古·杜尔。1201型机是在911型机的基础上，设计制出的落地式收音电唱两用机，并增加了声控装置，可遥控启动或关闭电源。电唱机装有钻石针头，具有4种转速。刘少奇主席、周恩来总理和陈毅副总理还将这种两用机作为礼品赠送给朝鲜金日成、越南胡志明和柬埔寨西哈努克等外国领导人。

9月 朱德委员长视察华北无线电器材联合厂。

11月17日 密云水力发电厂白河水电站6号机组（1.575万千瓦）投产。该机组始建于1959年10月。

11 月 8 日 石景山钢铁公司第一台制氧机建成投产，生产能力为 3350 立方米/小时。

11 月 北京密云铁矿工程开工，第一期工程 1970 年建成投产，当年产精矿粉 16749 吨，第二期工程 1973 年建成。

12 月 19 日 中共北京市委发出《关于克服松劲畏难情绪，力争超额完成今年计划，实现明年一开始就持续跃进的紧急指示》。

12 月 26 日 下马岭水电站至清河 220 千伏输电线路投入运行，全长 55.47 公里。

本年 北京修造厂制造出 31500 千伏安电力变压器。

京西矿务局煤炭年产量创历史上最高记录，达 811.5 万吨，跨入全国煤炭年产量最高十大矿务局行列。

北京椿树半导体厂成立（宣武区椿树人民公社管理），为国内较早生产硅整流器的厂家。

北京仪器厂试制成功 YKB—30 型扩散泵和 DZH—2 型电离真空计。

万庄金矿投资 60 万元，完成 50 吨/日选矿和机械化采选矿建设。当年生产黄金 2720 两；晏庄金矿投资 110 万元，完成 50 吨/日选厂基建工作，当年生产黄金 2176 两。

北京市矽酸盐制品厂建成投产，是我国第一个以石灰、沙子为主要原材料，采用蒸压养护工艺生产非黏土砖的厂家，主机是从民主德国引进的 2 台 16 孔圆盘压砖机，年生产能力为 3000 万块灰砂砖。经不断改进，又增置国产 16 孔圆盘压砖机 3 台，使年产能力达 8000 万块。

北京市乐器厂为了逐步转向以生产钢琴为重点，由国家投资 61 万元，从民主德国引进了一套世界上比较先进的击弦机加工专用机床，共 19 台。从此改变了过去击弦机生产主要靠土设备和手工制作的落后面貌。

北京轻工印刷厂建立。这是以生产糖果纸和不干胶商标为主的专业印刷厂。

在通县建成了糠醛厂。后改名为北京日用化学二厂。它是国内糠醛合成洗涤剂建厂最早最大的厂家之一。

为适应华北地区开拓仪表工业的需要，成立了北京玻璃研究所。肖秧兼任所长。

1961 年

1 月 3 日 110 千伏南苑变电站 31500 千伏安主变压器内部短路，造成 12 座变电站停电和石景山发电厂 6 号机停机。

1 月 14 ~ 18 日 中共八届九中全会在北京举行。会议通过对国民经济实行“调整、巩固、充实、提高”的八字方针，并决定在农村深入贯彻《十二条》，进行整风整社。会上，毛泽东号召全党深入实际，大兴调查研究之风。

1 月 23 日 北京 507 电厂 2 号机组（1.2 万千瓦）投产。

同日 北京工艺美术工厂成立。生产特艺行业的主要产品，品种有 15 个，全厂职工 712 人，其中老艺人 20 名。成立该厂的主要目的是为了接待外宾。

2 月 20 日 《人民日报》发表社论《京西煤矿为什么连战皆捷》，赞扬京西矿务局的生产“走在全国先进煤矿的前列”。

2 月 北京焦化厂 2 号焦炉建成投产，商品煤气供应量扩大到每年 1 ~ 1.5 亿立方米。

同月 官厅水力发电厂下马岭水电站（6.5 万千瓦）水轮机组投产。该机组始建于 1958 年 7 月。

3 月 2 日 北京热电厂 35 千伏母线因大雾发生污秽闪络事故，致使北京市区 10 多座变电站停电长达 10 多个小时。

3 月 18 日 中共北京市委向中共中央、华北局报告在企业中建立政治部的试点工作情况。报告认为：政治部作为党委专门进行思想工作的机构，负责管理经常的宣传教育工作和组织工作，并受党委委托，领导工会和共青团工作；在企业中设立政治部可以使党委领导下的厂长负责制得到有效的执行，也可以使党的政治思想工作得到加强。

3 月 25 日 北京无线电制造厂试制成 DMJ—16A 型电子模拟计算机样机。新的样机制成后，又在工艺、测试、检验等方面进行了反复研究改进。1962年送水利电力部变电室，与新从苏联进口的MH—7型模拟计算机进行对比，DMJ—16A的性能指标均优于MH—7机。1962年4月4日，北京市对该机组织鉴定。这是我国第一个通过正式鉴定的电子模拟计算机。

3月 中共北京市委制定《关于加强工业交通企业领导与管理工作的指示》（草案）即《北京工业十五条》。

同月 京西矿务局陈家坟工地一队，在陈（家坟）—大（安山）轻便铁路2号隧道掘进中，创岩巷月进300.3米的全国煤炭系统新纪录。

4月9日 京西矿务局大台煤矿+190米水平一采区西巷75米处车场大面积塌冒，将45名职工堵截在巷道中。经过三昼夜的全力抢救，被堵职工全部安全脱险。

4月17日 中共北京市委召开工业交通工作会议，讨论关于加强工业交通企业的领导与管理、技术革命和生产等问题。

4月28日 石景山发电厂高井电站1号机组（10万千瓦）投产。该机组始建于1959年12月9日。

5月1日 石景山钢铁公司300小型轧钢车间简易投产，设计年生产能力30万吨。

5月27日 110千伏八里庄变电站建成投入运行。至此，北京地区110千伏单回闭式环形电网建成。

5月 公私合营电解铜厂建成560千伏安的变电站，同年又建成容量为16吨动阳极炉1座，新增160公斤的阳极板的圆盘烧铸机，结束了该厂人力抬包浇铸的历史。

7月6日 中共北京市委召开工作会议，刘仁总结了3年工作成绩和存在的问题。其中工业总产值已由1957年的21亿元增加到1960年的93亿元；机械、电机工业基本上是这3年内发展起来的；一些现代化工厂已经建设起来或者正在进行建设，过去许多不能生产的，现在都能生产或试制成功了，轻工业也有很大发展。他强调必须很好地进行调查研究，认真检查工作，总结经验，肯定成绩，发扬优点，纠正错误，克服暂时的困难，更好地贯彻八字方针，多快好省地建设社会主义。

7 月 22 日 北京象牙雕刻厂老艺人集体创作完成大型象牙雕刻——《新旧北京》。

7 月 31 日 中共北京市委在对市委工业部《关于目前工厂党委经办各种行政事务的情况和解决意见的报告》的批示中指出：有许多行政事务工作党委不必管，也不能管；党委经办行政事务过多，会把党委降低到行政事务机关的水平，不仅不能加强党的领导，相反会削弱党的领导。

8 月 1 日 中共北京市委、市人委决定，北京市手工业管理局、北京市手工业生产合作社联合总社两个单位与北京市轻工业局分开办公。前两个单位合署办公。经过企业隶属关系调整，划归市手工业管理局管理和业务指导的有 410 个厂、社，职工（社员）8.6 万人。

8 月 4 日 经北京市人委批准，北京市手工业生产合作社联合总社改名为北京市手工业合作总社。

8 月 31 日 北京地区的第二条 220 千伏线路高铝线（高井—东郊铝厂）建成，全长57.4公里。该工程经电力建设总局检查，被评为全国电力建设第一个质量标兵工程。

8 月 以著名老艺人杨士慧为首集体创作的大型牙雕“两万五千里长征”刻成。作品是在一支长两米多、重达 49 公斤的象牙上雕刻的，费时两年。艺人们综合运用牙雕的各种技法，刻画出红军长征的情景，包括遵义会议、爬雪山、过草地，抢夺天险腊子口等场面，表现了 100 多个人物，作品上端刻有董必武书写的毛主席诗句《长征》。

9 月 20～23 日 中共北京市委召开全体（扩大）会议，传达讨论中共中央工作会议关于贯彻八字方针以调整为中心的精神。学习讨论了《工业 70 条》和《高教 60 条》，并部署了当前工作。10 月 4 日至 24 日，再次召开全体会议，进行学习讨论。

9 月 青年路和五路居两大机制煤球厂先后建成，全市已有大型机制煤球厂 6 个，年产机制煤球 140 万吨，结束了手摇煤球的历史。

同月 公私合营茂昌轧钢厂与北京第二轧钢厂合并，更名为北京第二轧钢厂东直门分厂，1962 年 9 月又划分出来成立北京第三轧钢厂，年生产能力 1.2 万吨。

同月 公私合营电解铜厂试制成功含铅量 99.995% 的电解铅，用于蓄电池，可延长使用寿命。在此之前，含金量 99.9% 的电解金、含钴量 99.9% 的电解钴亦已试制成功，该三项产品均于当年投入生产。

10 月 11 日 中共北京市委批转市手工业管理局党组《关于贯彻执行中共中央〈关于城乡手工业若干政策问题的规定（试行草案）〉的请示》，转发给各区、县和有关部门参照执行。

10 月 25 日 中共北京市委制定的《关于贯彻执行中央关于当前工业问题指示的若干措施》，提出了本市贯彻执行“调整、巩固、充实、提高”方针的 12 项具体措施，并指出北京工业今后发展的方向是：精兵主义和精品主义；中心问题是提高质量，扩大品种。

12 月 18 日 110 千伏老君堂变电站和君南线路（老君堂—南苑）、高君线路（高井—老君堂）建成投入运行，北京地区 110 千伏单回闭式环网形成。环网自石景山发电厂经南苑变电站、北京热电厂、东北郊变电站、后屯变电站、古城变电站到石景山发电厂。1962 年八里庄变电站和高井——八里庄线路建成后，进一步加强了 110 千伏环网的结构，提高了 110 千伏网供电能力。

12 月 22 日 北京有线电厂和中国科学院计算机技术研究所研制的 103 型通用电子数字计算机通过了国家鉴定。

12 月 25～28 日 中共北京市委召开本市煤炭工业五级干部会议，对京西矿务局煤炭业的发展提出了具体要求。

12 月 本年度北京钢厂预计亏损 1258.3 万元，国家经委调查了亏损情况后，向刘少奇主席作了书面报告，刘少奇主席批示：“长此下去，岂不亡党亡国乎。”

同月 北京市农机局加强农机维修工作。除门头沟区外，到 1961 年 12 月各县、区都已建立了农机修造厂。全市郊区共有农机修造厂 21 个，其中市修理厂 1 个，区县 12 个，公社 8 个，拥有专用设备 266 台，年维修能力 1100 多台拖拉机。

同月 从1959年2月开始至本月，1958年下放各区、县的600多个企业和各区、县兴办的建材、化工、机械、农机等行业的200多个工业企业分批上收到北京市有关工业局管理。

本年 北京市机电工业局系统贯彻中共中央“精简职工、压缩城市人口”的指示，共精简10086人。其中回农村8267人，占1958年后来自农村人数的56.7%。

北京日用化学厂党组织组织职工进行技术攻关，经过反复实验，于1961年底试制成功了“灯塔牌”洗发香波，并批量生产投放市场。

北京电子仪器厂专门为人民大会堂北京厅设计生产出“牡丹”牌6101型收音、录音、电视、电唱四用大型组合机。该机可以在收听中波广播时，遥控调谐，自动选台，可对音量进行遥控。全机采用立体声放音系统，有左右声道音响平衡调谐。电唱机具有自动放片功能，一次可放入唱片12张。电视机为31厘米黑白电视机。大音箱柜有高、中、低音扬声器，混响放音效果良好。

北京仪器厂研制成功RZH—1型热偶真空计、LX—1型卤素检漏仪、FZH—1型复合真空计和JKY—8型真空机组。

北京第一机床厂自行设计试制成功我国第一台X210型（后改为X2010型）大型龙门铣床。

北京起重机器厂自行设计试制成功我国第一台5吨液压汽车起重机和10吨汽车起重机。

全市工业企业按照中共中央提出的《工业70条》（即《国营工业企业工作条例》）和中共北京市委提出的《工业30条》开始进行全面整顿，要求企业面向用户，产销结合，加强经济核算，重视价值规律，凡限期内不能扭转亏损的企业要关、停、并、转。在贯彻《工业70条》中，石景山钢铁公司全面整顿专业管理工作，到6月，共建立计划、技术、设备、质量、原料等22项生产管理制度。纺织工业局制定贯彻《工业70条》的验收标准307条，要求所属工厂年底达到标准，分季检查、年底验收。

北京电力设计院研制的第一代具有国内先进水平的真空管161型计算机问世。

1962 年

1 月 1 日 根据中共北京市委决定，成立北京市无线电联合厂，隶属于北京市机电工业局。联合厂按照专业化的原则，统一管理 14 个无线电工业企业。

1 月 石景山钢铁公司将一座可拆式 3 吨侧吹转炉改造成氧气顶吹，同年 11 月开始工艺性试验研究，为我国第一座 30 吨氧气顶吹转炉在石景山钢铁公司的投产提供了经验。

2 月 北京市机电工业局组建北京市仪器仪表联合厂，领导北京仪器厂、北京光学仪器厂、北京电表厂等 7 个直属厂。

同月 北京第一机床厂、北京第二机床厂、北京汽轮发电机厂和北京锅炉厂划归第一机械工业部；北京综合仪器厂划归第二机械工业部。农机工业企业从北京市农业机械局分出，划归北京市机电工业局，并成立北京市农机工业公司。

3 月 中共中央书记处总书记邓小平在中南海观看了北京市摩托车制造厂生产的 BM020 型货运三轮摩托车和“长城”牌 604 型两轮摩托车。

3 月 5 日至 4 月 15 日 中共北京市委召开全体会议（扩大），传达、学习和讨论了刘少奇在扩大中央工作会议上所作的报告及毛泽东和几位中央常委的讲话，听取并讨论了刘仁代表市委所作的报告和彭真的讲话。刘仁在报告中说：北京解放 12 年以来，经济建设和文化建设取得了飞跃的发展，胜利地完成了“变消费城市为生产城市”的伟大任务，已成为一个具有初步现代化工业基础的社会主义生产城市了。

4 月 17 日 中国第四座大型琉璃九龙壁艺术品在北京制成。这是继大同、北京故宫、北海公园 3 座九龙壁之后的又一件琉璃巨作。它是为国外华侨制作的。

4 月 535 工厂王行恕研制成功红旗牌电子感光板，填补了国产印刷材料的空白。

6 月 9 日 中国共产党北京市第三届代表大会于 6 月 6 日开幕。会议听取并审查了刘仁代表中共北京市委作的工作报告，指出：工业方面应该在国家统一计划下，进行工业调整，厉行增产节约，增加日用工业品的生产，做好清仓核资工作，改善企业、事业单位的经营管理；积极开展工业品的收购工作；总结经验，制定工业的发展规划。

6 月 北京公私合营电解铜厂建成 8 吨反射炉，结束了坩埚、地炉化铜的历史。

7 月 17 日 根据商业部关于恢复全国性各专业公司的决定，恢复了中国煤业建筑器材公司，北京市煤业建筑器材公司更名为中国煤业建筑器材公司北京市公司。

7 月 19 日 中共北京市委发出《关于严格禁止城市公社工业私自进行基本建设的通知》。

7 月 密云水力发电厂白河水电站 5 号机组（1.575 万千瓦）投产。

9 月 7 日 中共北京市委发出《关于在工矿企业职工中进行社会主义教育的通知》和《工矿企业社会主义教育提纲》。

9 月 10 日 北京市有五种日用工业品开始试行保修、保换、保退的办法。它们是金星金笔厂生产的各种型号的高级金笔和铱金笔；双十字制刀厂生产的双十字菜刀；王麻子刀剪厂生产的民用一、二、三号大剪；北京乐器厂生产的立式钢琴和三角钢琴。

9 月 15 日 北京市人民委员会第六次行政会议决定：成立北京市郊区电力局，由北京供电局代管。

9 月 27 日 中共北京市委批准下发市工业生产委员会《关于提高工业产品质量、加强技术检查工作的报告》。市委要求所有的生产部门都要继续不断地提高产品质量，精益求精，扎扎实实地抓紧技术管理的基本工作。

10 月 为贯彻中央“调整、巩固、充实、提高”八字方针，石景山钢铁公司二号高炉停产。

11 月 2 日 北京市计委、工业生产委员会转发国家计委《关于组织带料加工和物资调剂等若干问题的规定》。

11 月 12 日 北京油漆厂和北京新华橡胶厂联合试制成功塑料黏合胶，并投产。

11 月 29 日 京西煤矿区九龙山竖井正式投产，年产能力 60 万吨。

本年 在中共北京市委提出的“精兵主义、精品主义”的方针指导下，市轻工业局系统各单位，从加强技术管理工作着手，制定产品质量标准，建立健全工艺规程，调整检验机构，充实了检验队伍，在提高产品质量和增加花色品种方面取得了很大成绩。优质产品从 1961 年四季度的 68.5% 提高到 87.6%，在规划的 108 种主要产品中可比产品 79 种，其中质量显著提高的有 29 种，占可比产品品种的 53%，有 30 种产品保持了历史上最好水平，有 14 种产品达到国内先进水平。

北京市对工业进行关、停、并、改，精简职工 40 万人（包括还乡务农和回街道自谋职业者）。建材局停 7 个企业、并 8 个企业，仅 1962 年就减少职工 1 万人。水泥制品厂、大理石厂改产水泥电杆等，陶瓷厂改产日用瓷；石景山钢铁公司 2 号高炉停产，炼钢厂、大型轨梁厂、京西矿物局大安山平峒等工程停建；冶金局沙河铁矿等 6 个矿关闭；手工业管理局系统直属企业再次精简职工 5100 人，其中回农村 3022 人；化工局系统精简职工 5466 人，占职工总数的 21%；市药材公司在 3920 名职工中精简了 495 人；市制药厂、市制药二厂有 488 名职工回乡从事农业生产。

北京市各工业企业普遍开展清产核资工作。其中化工系统在清产核资中清查物资数量、质量、落实价格，清理拖欠，并查明财产损失 5030 万元，其中盘亏、报废、贬值、呆账 2670 万元，因产品质量不合格赔偿损失 2360 万元。通过清产核资，加强了企业管理，为贯彻《工业 70 条》提供了有利条件。

北京起重机器厂试制成功我国第一台 15 吨轮胎起重机和 25 吨电传动轮胎起重机。北京第一通用机械厂试制成功我国第一台 C2V—5/200模式压缩机。北京第二机床厂试制成功我国第一台 MCBL420 型精度半自动万能外圆磨床。

北京理工厂应地质部要求，试制成功我国第一台用于精选金刚石的选矿 X 线机（25mA25kV）。

北京光学仪器厂试制成 WDF—4 型光谱仪。

北京气体分析仪器厂研制成功 ZHT—1301 型同位素质谱计。

北京照相机厂研制成缩微胶片阅读器、卡片阅读器和 35 毫米缩微摄影仪。

北京椿树半导体厂试制成 5—200A 型硅整流元件。

京西矿务局城子煤矿同北京煤炭科学研究院共同研制成功支架机，使每工支架效率提高 50%，煤炭部组织鉴定后，向全国推广。

1963 年

1 月 2 日 北京市冶金局撤销矿山公司，成立有色处，将电解铜厂划归其领导。

1 月 15 日 木城涧矿千军台坑简易移交生产。千军台坑口于 1958 年 8 月 1 日破土动工，建设投资 962 万元。其中井巷投资 401 万元，进尺 16673 米；轻便路 175.9 万元，长度 6820 米；架空索道 29.2 万元，长度 2273 米。设计能力年产量 30 万吨，由木城涧矿施工。

1 月 北京市第一食品厂开展以反浪费为中心的增产节约运动，揭发浪费方面的问题 3071 件。通过查漏洞，算细账，浪费金额达 47 万多元。后深入车间逐条进行整改，已整改的问题占揭发问题总数的 99.45%。同时，在反浪费运动中还精简职工 118 名。

2 月 8 日 中国煤业建筑器材公司北京市公司对所属机构人员进行精简，共减少 1185 人。同时，还开展扭亏增盈活动。此举，不仅扭亏，还实现利润 220.69 万元。扭亏增盈共创效益 669.13 万元。

2 月 11～28 日 中共中央在北京召开工作会议。会议提出从当年起，再用二三年时间，继续实行调整、巩固、充实、提高的方针，把这三年作为第二个五年计划（1958—1962 年）到第三个五年计划（1966—1970 年）的过渡阶段。

3 月 1 日 中共北京市委决定，从本日起没有包装及包装质量不合格的产品，一律不许出厂。

3 月 5 日 北京市人民委员会举行第七次会议，听取和讨论了贾庭三副市长所作的关于本市当前工业生产的情况和任务的报告，并决定组织市人民代表在本市进行参观、考察。

3 月 14 日 北京市开始进行地方工业、交通十年规划编制工作，按行业成立了 10 个规划编制小组。

同日 北京市物资局和中国煤建公司北京市公司签订了关于由煤

建公司代管北京工业生产用煤协议书。其内规定每季前45天由物资局将工业生产用煤计划提供给煤建公司，进货由煤建公司统一验收、保管；还对煤炭出库、资金管理、作价和盈亏处理等作了具体规定。该协议书从4月1日开始执行。

3月15日 北京工艺美术品展览会在北海团城开幕。共有40多个行业的2000多件工艺美术品参加展出。展品中有200多个品种、890多个花样是新创作的。

3月20日 北京市人委发出《关于调整部分工业、手工业产品销售方式的通知》。《通知》对620种轻工、纺织、机电、冶金、化工、建材等工业产品和手工业产品的销售方式作了若干调整，划分为商业包销、选购和工业自销3种形式。

3月24日 《人民日报》发表题为“一本大账”的社论。报道和赞扬了北京墨水厂“一厘钱”精神。

3月 北京钟表厂被定为轻工业系统贯彻《工业70条》试点单位。该厂结合轻工业部推行的统一机芯部颁标准抓企业的基础管理，搞标准化文明生产。

4月1日 密云金属矿（钨矿）停止生产，后因地质资源贫乏、成本高、经营亏损，在1965年1月25日关闭。

4月 北京汽车制造厂试制成功的BJ210C轻型越野汽车通过国家鉴定。

5月30日 国务院批准北京市设立工业生产委员会。

5月 北京有机化工厂筹建。该厂是化工部根据1962年廖承志和日本高崎达之助达成的协议立项的。其年产1万吨聚乙烯醇的成套装置与技术是从日本引进的。此项目周总理曾亲自过问，于11月施工，到1965年8月试生产一次成功，比原定投产时间提前8个月。总投资8993万元，比原核定概算节约633万元。

6月 华北电力设计院陈金镛在援外工程设计中，获越南政府共和国国家勋章。1964年7月，获柬埔寨王国一级勋章。

7月29日 中共中央华北局下发北京市委报送的《石景山钢铁公司白云车间是怎么转变的》调查报告，并作了批示：这个报告在重新教育工人，整顿工人阶级队伍，搞好工业生产方面提供了宝贵经验。

9 月 23 日 北京人民机器厂试制成功我国第一台 J2201 型对开双色胶印机。

9 月 北京齿轮厂生产的跃进牌汽车齿轮，在第一机械工业部六局主持的全国同行业 15 个厂家质量评比中，荣获第一名。

同月 北京市印刷职业学校成立，设照相、制版、平印、凸印、管理等五个专业。

10 月 1 日 京西矿务局开始对井下岩石作业工人实行免费供应保健食品，以增强职工预防职业病危害的能力。

10 月 北京农业机械厂试制成功的 4115 型 45 马力柴油机通过鉴定，并投入批量生产。

同月 北京建筑材料机器制造厂承制我国第一台巨型火箭发动机垂直试验台架。

同月 北京第二通用机器厂试制成功年产 25000 吨合成氨的仿捷 2SLK 氮氢气体压缩机。

12 月 24 日 中共北京市委举行报告会，请石油工业部部长康世恩讲大庆油田会战的经验。25 日，在各单位党员干部中普遍展开讨论。

12 月 27 日 北京 507 电厂 3 号机组（1.2 万千瓦）投产。

本年 北京市节电办公室成立，设在北京供电局。

北京理工厂试制成功我国第一台恒倍压固定式深部治疗机(15mA、250kV)，1964 年获国家科技成果二等奖。

北京市轻工业局成立日用品工业公司，将钟表、缝纫机、乐器、制笔等 10 个企业，划归该公司领导。

北京市精密机械研究所成立，并开始引进高精度加工设备和精密仪器，建立精密机械加工基地。

北京仪器厂研制成功 ZDM—300 型真空镀膜机，后发展成系列产品。

北京电表厂与第一机械工业部电器科学院联合试制成功 C—95

型静电电压表，获第一机械工业部新产品奖。

北京市水暖器材一厂试制成功6201型、6202型的面盆配件、净身盆配件。这是我国水暖行业第一代自行设计的卫生洁具配件，可供当时建设使馆工程及其他高级建筑工程使用。

北京市建筑材料研究所研制成功700级页岩陶粒，并新建成以回转窑烧制页岩陶粒的中间试验线。

北京无线电仪器厂研制成功我国第一台声频晶体三极管测试仪(JSS—1型)。

1964 年

1 月 11 日 中共北京市委发出《关于在各行各业中普遍开展学大庆、赶大庆运动的决定》。市委决定，立即在全市工农商学兵政党等各部门中，掀起革命干劲，推动首都各项革命和建设事业的大发展、大提高。

1 月 北京市粉末冶金研究所成立。

同月 京西矿务局在大兴县征用土地 4286.37 亩，成立京津铁路林场（1973 年改名大兴林场），以安置煤矿采空区迁村农民，并建立煤矿一线精简人员的生产安置基地。

同月 城近郊区煤建管理处管辖的建材商店和门市部，全部直接隶属于中国煤建北京市公司。

2 月 8 日 北京市冶金局筹建年产单晶硅 1 吨的北京半导体材料厂。该厂于 1967 年建成。

2 月 29 日 经中共北京市委同意，市计委、市工业生产委员会发出《关于将 7 个城近郊区工业局所属工厂划归市各工业局直接领导的通知》。《通知》说，这是为了进一步加强对工业的集中领导。

3 月 11 日 中共北京市委转发市工业生产委员会《关于学习上海工业生产先进经验的报告》。市委认为，学先进、赶先进，必须既要轰轰烈烈，又要扎扎实实，力戒虚夸，讲究实效。

3 月 北京钟表厂生产的双铃闹钟在春季广交会上首次打入国际市场，出口 2.2 万只。

4 月 1 日 华北无线电器材联合厂改组成 6 个独立的专业化工厂。即：电声元件分厂独立为北京第一无线电器材厂；电容电阻分厂独立为北京第二无线电器材厂；瓷件与磁性材料分厂独立为北京第三无线电器材厂；晶体器件分厂独立为晨星无线电器材厂；工具设备机修分厂独立为北京无线电工具设备厂；动力分厂独立为北京无线电动力厂。

4 月 9 日 水利电力部决定，北京电业管理局基建工程公司改称华北电力建设公司，并确定为“托拉斯”试点单位。

5 月 20 日 北京市制药厂发生一起严重的质量事故，误将两瓶硫酸阿托品片贴了核黄素片的标签出厂。副市长贾庭三到厂检查，并责令片剂车间停产整顿。

5 月 24 日 北京广内合金厂在冶金部钢铁总院和北京电子管厂四分厂的大力支持下，生产出第一根钨铼丝，填补了国内一项空白。

5 月 31 日 石景山发电厂高井电站 2 号机组（10 万千瓦）投产。

6 月 1 日 北京纺织纤维检验所成立。

6 月 27 日 北京送变电公司施工的河北省新城县高碑店 110 千伏变电站竣工投产，工程一次验收合格率在 95% 以上。被全国电力工业工作会议评为全国电力基建系统质量标兵工程。

7 月 4 日 中共北京市委批准下发市工业生产委员会《关于当前工业生产的情况和今后工作安排的意见》。《意见》中提出：要改变落后的面貌，必须克服故步自封、骄傲自满的思想，揭开落后盖子，急起直追，以 200 种重点产品的规划为目标，开展比学赶帮和五好竞赛；继续抓紧系统地调整现有工业；进一步加强科技工作，开展群众性的技术革新运动；加强企业管理的基础工作；改进领导作风，坚持干部参加劳动。

7 月 北京印刷三厂被评为全国印刷业红旗单位。该厂用简陋、落后的机械设备，多次印制出优质产品。

同月 北京橡胶总厂成立，统一管理本市橡胶企业。该总厂直属企业 11 个，职工 5400 人，年产值 6400 万元。

8 月 1 日 中共北京市委作出《关于推广石景山钢铁厂白云石车间党支部工作经验的决定》。

8 月 20 日 北京造纸总厂成立。隶属于市轻工业局。

9 月 2 日 北京市工业、交通、基本建设和财贸行业的“五好”集体与“五好”职工代表大会在北京工人俱乐部召开，有 1300 名代表参加。他们代表着全市 3400 个“五好集体”和 2 万名“五好”职工。另外，这些行业的62名工程技术人员和职工家属代表也应邀出席。

9月11日 北京象牙雕刻厂的老艺人、青年技工和设计人员发挥集体的智慧，创作出反映现代题材的《翻身曲》、《山村女货郎》、《草原小姐妹》、《海防前哨》、《新农民》等二十余件牙雕作品。

9月12日 京西矿务局长沟峪煤矿工人王永贵当选为第三届全国人大代表。王永贵改进装岩机操作方法，提高装岩速度近一倍，并著有《装岩机的维修和使用经验》一书。

9月16日 北京市人委决定，将北京市冶金工业公司、化学工业公司、纺织工业公司、建筑材料工业公司、机械工业公司统一改称××局；仪器仪表电器公司改称仪器仪表工业局；北京市轻工业公司改称市第一轻工业局；市手工业管理局改称第二轻工业局；市工业生产委员会改称市经济委员会。

9月20日 北京市工业、交通、城市建设等部门或企业新办的30所半工半读学校，举行开学典礼。在这些学校学习的学生有2000多人。《北京日报》为此发表了题为"一定要办好半工半读学校"的社论。

9月 京西矿务局陈家坟工地岩石二队在陈（家坟）—大（安山）轻便路5#隧道施工中，创岩巷大断面一次成巷月进204米的全国煤炭系统新纪录。

同月 北京起重机器厂试制成功我国第一台8吨液压传动汽车起重机、16吨传动轮胎起重机及40柱塞泵。

同月 北京医疗器械总厂成立。直属企业8家，并负责行业归口管理的企业22个，职工5580人。这是本市医疗器械工业第一次实行全行业统一管理。

10月25日 北京电业管理局改称北京电力公司，进行"托拉斯"试点。

10月 北京市木材厂的5000吨纤维板生产流水线，通过国家级验收。该生产线于1965年正式投产，当年生产1814吨。

同月 北京农业机械厂更名为北京内燃机总厂，确定为内燃机专业生产厂。

同月 北京市汽车制造厂试制成功北京“212”型越野汽车，随后正式投入生产。

11 月 6 日 第一机械工业部批准北京齿轮厂扩大工厂设计。并根据年产齿轮 36 万只、BJ212 变速器、分动器各 5000 台的生产纲领，同意新增投资 830 万元，设备 261 台，厂房面积 4800 平方米。

11 月 20 日 北京汽车制造厂、北京齿轮厂、唐山齿轮厂、北京汽车附件厂组成了中国汽车工业公司北京分公司。

11 月 26 日 北京市轻工局确定北京塑料总厂和北京玻璃总厂试办地方性托拉斯，以总厂为核算单位，成立生产指挥、经济管理、人事生活 3 个办公室，对全行业采用经济办法实行统一管理。

11 月 北京市副市长贾庭三到北京墨水厂视察。看到工人劳动强度大，建议每天上、下午的劳动中间休息十分钟。厂领导采纳了这一意见，此制度在该厂一直延续下来。

12 月 2 日 经第一机械工业部决定，将位于垂杨柳的原北京轴承厂厂区及厂房，面积 56. 56 万平方米，移交给北京汽车制造厂使用，北京汽车制造厂包括原厂区总占地面积达 72. 58 万平方米。

12 月 24 日 石钢炼钢厂第一座 30 吨氧气顶吹转炉投产；1965 年 4 月第二座 30 吨转炉建成投产；1967 年第三座 30 吨转炉建成。该厂设计能力为年产 60 万吨钢。

本年 北京第一机床厂研制成功 XK5032 型数控立式升降台铣床。

北京光学仪器厂研制成功分度值为百万分之一克的 GZT3—2 型精密天平，获国家科技奖。

中国煤建北京市公司试验成功套筒式炉瓦和“102 小蜂窝煤”。该产品在全国普遍推广后，被誉为“北京小蜂窝煤”。

国家经委、财政部批准，投资 200 万元发展北京市地方电子工业。用 140 万元建造了一座有净化和空调设备、适合无线电元件生产的“元件楼”，1965 年，该元件楼建成，有 6500 平方米。一些元件生产厂陆续迁入，包括电容器厂、电阻厂、插接元件厂、金工元件厂、模具机械厂和仪器修理厂，形成为年产3万台半导体收音机提供配套元件的能力。元件楼还设有元件研制组和产品中心试验站，承担精密元件的研制和联合厂产品例行试验任务。

1965 年

1 月 1 日 北京市手工业管理局成立北京市美术装潢包装工业公司，管理本市商标印刷等企业。

1 月 北京乐器总厂研究试制出我国第一代钢琴，共 3 台。其中两台送给了印度尼西亚总统苏加诺。

同月 万庄金矿的上镇选矿车间分出，建立上镇金矿。同年，成立北京市平谷中心矿，下设万庄、晏庄、上镇三矿，隶属中国黄金矿山公司。

同月 北京市无线电器件研究所与清华大学合作，试制出中国第一块 DTL 单门集成电路。

同月 北京铅笔厂由轻工业部投资 480 万元，在清华园利用已停产的化工四厂的旧址，按年产 1.5 亿支铅笔的规模配套进行改建扩建。

2 月 1 日 北京市玩具总厂成立。

3 月 15 日 北京市火柴厂根据中国人民解放军总参谋部的需要，在厂内进行"特殊助燃剂"的试制，经过 42 次试验，终于试验成功，经总参鉴定合格。

3 月 北京市食品厂改为北京市食品总厂，下设：罐头厂、饮料厂、空罐制铁厂、冰棍食品厂。

同月 北京针织总厂成立。该厂以市针织厂为主体，下设 3 个直属厂，2 个归口管理厂。

4 月 1 日 北京市食品酿造工业公司成立北京酿酒总厂。下辖：北京酒精厂、北京啤酒厂、北京五星啤酒厂、北京葡萄酒厂、北京东郊葡萄酒厂、北京市发酵研究所、北京市酿酒总厂机修厂。

4 月 5 日 在北京市崇文区龙潭湖北侧建成具有国内先进水平的料器大楼。该楼的建成改变了本市料器行业生产设备落后、生产环境差的面貌。

4 月 15 日 大华无线电仪器厂建成投产。该厂于 1958 年成立筹备组，1959 年因暂时经济困难而缓建。1960 年开始全面施工，国家投资 3100 万元。这是我国自己设计并施工建成的第一个以生产微波仪器为主的电子仪器工厂。

4 月 北京第一农具厂（即 960 厂）在河北省赤城县后城兴建。该厂是北京的“小三线”厂，其人员是从北京第三机床厂等单位抽调的，产品为半自动步枪。同月，北京第二农具厂（即 955 厂）在河北省赤城县后城兴建。该厂也是北京的“小三线”厂，其人员是从北京电机厂等单位抽调的，产品为半自动步枪枪弹。

同月 中共中央华北局书记朱理治、第一机械工业部副部长郭力、第八机械工业部副部长杨立功、北京市副市长王纯等，到北京农业机械厂指导工作，指示北京农业机械厂和北京汽车制造厂要通力合作，加速 BJ212 轻型越野汽车生产。

同月 北京市副市长贾庭三视察北京铝箔厂，指示该厂“大力发展铝箔材”并批准拨款 100 万元。

5 月 3 日 周恩来总理陪同坦桑尼亚尼雷尔总统，参观北京市木材厂家具、胶合板、刨花板车间及“全国木材综合利用展览馆”。

5 月 10 日 北京市手工业管理局所属的北京市文教百货公司分为：北京市文教体育用品和北京市日用百货两个工业公司；将北京市金属制品工业公司分为：北京市日用五金工业公司和北京市五金工具总厂。

5 月 21 日 北京汽车制造厂、北京农业机械厂、北京齿轮厂等企业开始组织协作生产“北京牌”吉普车。

5 月 经国务院批准，全国橡胶工业由中国橡胶工业公司按“托拉斯”体制实行统一经营管理，北京橡胶总厂及所属的企业全部上交。

同月 京西矿务局陈家坟工地岩石二队在支援山西大同晋华宫煤矿建设中，创岩巷月进 351 米全国煤炭系统新纪录。

同月 北京印刷技术研究所、北京联合制版厂、天津日化研究所、广州锌片厂共同研制成功无粉腐蚀工艺和添加剂。

同月 华北金属结构厂和北京起重机器厂分别承制了我国第一台原子弹试验台和原子弹掩体试验钢结构工程以及配套设备。

同月 北京第一机床厂双螺距螺杆的设计计算与应用，获得了国家科委创造发明奖。

6月9日 朱德委员长到北京手表厂参观视察，听取该厂汇报后指出："手表要多出一些，便宜一些，支援亚、非、拉。"随后参观了车间，并题写了"北京手表厂"厂名。

6月15日 北京制药厂与卫生部昆明生物制品研究所合作研制的《小儿麻痹疫苗糖丸》投产。

6月 北京汽车工程建设领导小组成立。北京市副市长王纯任组长、市建委主任董文兴、北京汽车制造厂厂长陈子良任副组长，负责指挥北京汽车制造厂、北京齿轮厂、北京农业机械厂、北京焦化厂、北京蒸汽厂五个厂扩建项目的同步建设。

7月1日 全国第一条地下铁路——北京地铁开工。昌平机车车辆机械工厂承担了全部地铁所需的混凝土轨枕任务。

7月6日 密云水利发电厂白河水电站3号机组（1.575万千瓦）投产。

7月17日 北京市乐器总厂成立，下辖北京市乐器厂、艺华乐器厂、民族乐器厂和乐器社四个分厂。地址在东郊黄木场。

7月 京西矿务局王平村煤矿重介质洗煤厂破土动工，设计筛分能力165万吨/年，重介质洗煤能力90万吨/年。1975年8月15日投产。

同月 北京市轻工业局北京糠醛化学厂与北京日用化学厂合并，正式成立北京日用化学总厂，总厂下设六个分厂、一个车间、一个研究室。

8月6日 薄一波副总理对反映北京热电厂实行"托拉斯"的《情况简报》写了批语："送主席、政治局、书记处同志阅。企业管理革命运动，一年多以来，在电业系统也取得了显著的效果。主要是改革了从苏联抄来的形而上学的管理方法，按照电力生产的特点，实行了'集中到公司，服务到基层'的管理原则，精简了机构，简化了层次，精简了多余的人员，最后达到了提高电效率，提高经济技术指标的目标。”

8月26日 北京市人委转发国务院《关于加强供销社和手工业社财务管理的通知》。

同日 北京市支援青海省工业建设，有14个工业企业，323名职工迁往青海。另外，还调去技术工人32名、技术员17名。

8月28日 国家经委同意北京市试办北京铸锻工业公司（托拉斯），把全市的铸锻工业组织起来，统一领导。同意将北京锅炉厂的铸工车间、北京教育仪器厂的铸工车间、北京采矿机械厂的铸工和锻工2个车间、北京地质仪器厂的锻工车间，划归北京铸锻工业公司直接领导。

8月 京西矿务局在大台、木城涧、王平村和门头沟煤矿4个单位，实行亦工亦农轮换合同制用工方法，合同期满后仍回农村。共招农民轮换工518名。

同月 北京维尼纶厂建成投产。

同月 水利电力部从石景山发电厂抽调148名干部和工人到四川省渡口市，支援内地电力建设。

9月22日 北京电子仪器厂承担整机设计组装的8管双波段402型袖珍半导体收音机试制成功。年初以来，北京市组织半导体收音机会战，参加会战的有工厂、学校和科研等共60多个单位。到国庆节前，该厂共生产出1800台“牡丹”牌8402型半导体收音机，投放北京百货大楼等市场后，一销而空。

9月 北京无线电厂的“牡丹”牌6204C型台式6管3波段电子管收音机，在全国第四届收音机质量评比中，获得一等奖。6204D型机获得音质第一名。

同月 北京农业机械厂试制的492Q汽油发动机通过鉴定并投入生产。

10月19日 撤销北京市人民公社工业管理局。北京市城市人民公社236个企业，划归市手工业局。

10月27日 国务院副总理邓小平视察北京维尼纶厂。

11 月 5 日 国务院批准撤销北京市机电工业局，设立市机械工业公司和仪器仪表电器工业公司；撤销市化学工业局、冶金局、纺织局、建筑材料工业局、轻工业局，分别设立市化学工业公司、冶金工业公司、纺织工业公司、建筑材料工业公司、轻工业公司等。

11 月 19 日 朱德委员长视察北京维尼纶厂，为该厂题词："加速发展化学纤维工业，赶上并超过国际水平。"

11 月 23 日 北京市第二汽车修理厂，成立了轻型汽车会战指挥部，由北京市交通局副局长朱临任组长。

11 月 石景山钢铁公司于 1964 年 4 月在一号高炉试验成功的喷吹煤粉新技术，正式应用于生产。其煤粉喷入量占入炉燃料总量的 25%，焦比下降到 400 千克，利用系数提高到 2.2 吨/立方米·日，进入世界先进水平。

同月 石景山钢铁公司 30 吨转炉炉龄达到 450 炉，钢铁料消耗 1073 千克/吨钢，接近世界先进水平。

同月 由北京乐器生产合作社技术工人常青、苏珍素、胡秀婷等人研制成功的铝镁合金琴弦，取代过去用白银制弦，每年给国家节省白银 600 多公斤。新琴弦的质量经过鉴定达到了国际水平。

12 月 1 日 北京市计委和工业生产委员会共同组成的工业调整办公室，自 1964 年 7 月 2 日至本月，对各工业局提出的行业调整规划逐一审核批复，先后审批了 28 个行业的调整规划。

12 月 13 日 《北京日报》第一版，整版篇幅报道了北京无线电研究所，研制成功国内第一台精度为万分之一的晶体管数字电压表。

12 月 17 日 中共北京市委、市人委、卫戍区颁发关于授予石景山发电厂工人民兵团以"首都红旗民兵团"称号，并在石景山发电厂召开授旗命名大会，要求全市各级党组织和首都民兵认真学习他们的经验。

12 月 北京无线电一厂研制的中型模拟电子计算机（DMJ—3 型）通过鉴定。以该机为基础制成的京津塘电网调度模拟机，是我国第一台专用模拟电子计算机。

本年 北京印染厂建成投产，结束了北京不能生产机器印花布的历史。

京西矿务局门头沟煤矿西山平峒建成投产，全长 3930 米，设计年生产能力 30 万吨。

王麻子刀剪厂试制成功热轧剪锻机等 10 项技术革新，使祖传的手工烘炉锻打工艺得到改变，扔掉了手工大锤。

北京拉锁厂经多次试验，试制成功铝镁合金液体抽丝新工艺，为全国拉锁行业和工业用丝创出了新路子。

北京科学仪器厂试制成 WFD—J3 型红外分光光度计。

北京自动化技术研究所试制成功半导体器件烧结炉和扩散炉的自动控温系统（PID 调节）、直流电机的可控硅调速系统和 Z25—1 型压电晶体的测振仪器。

北京市组织了无线电工业的第二次大会战——“三机一表”大会战，即：中型模拟电子计算机、小型晶体管数字计算机、一级全波段晶体管收音机和晶体管化数字电压表，并包括几十个元器件的研制攻关工作。

北京无线电厂试制出了“牡丹”2241 型调频调幅全波段一级半导体收音机。

北京无线电器件研究所与清华大学教师和高年级学生共同攻关，试制成功锗中频三极管、锗开关三极管和硅高反压三极管。

北京眼镜二厂试制成人工角膜镜片，605 厂试制成区熔无位错硅单晶，具有国际水平。

北京电池厂扩建，投资 387 万元，形成年产电池 2263 万只能力。

1966 年

1 月 10 日 北京市工艺美术学会筹备委员会成立，并召开了第一次会议。经初步调查，全市手工业系统工艺美术行业共 51 个厂、社，职工 19000 多人。此外，还有城市工业和农村副业中从事工艺美术行业的约 5 万人。

1 月 11～16 日 中共北京市委、市人委召开全市工业科技工作会议。市委书记处书记郑天翔在会上讲了北京市科技工作的形势和突出政治，要在赶超上做出新成绩等问题。

1 月 28 日 为响应中央建设“大三线”的号召，北京送变电工程公司成立驻川施工指挥部，派出职工 400 多人赴四川。

1 月 29 日 中共北京市委工业生产委员会召开北京市农业机械工作会议。会议指出，今后工作的方针，应该采取机械化和半机械化同时并举，实行领导和群众相结合、大中小相结合、土洋相结合的办法，以加快郊区农业技术改造的步伐，促进农业生产的稳产、高产。

1 月 北京二七机车车辆厂自行设计第一辆 60 吨桥梁车试制成功。当年共生产 50 辆，其中援助越南 30 辆。

同月 为北京纺织行业配套服务的北京纺织器材厂正式投入生产。这是北京第一家生产纺织器材的工厂。

2 月 3 日 中共北京市委批准下发市总工会党组《关于北京市职工业余教育工作情况和今后改进意见的报告》。市委批示：加强职工业余教育，提高职工的政治文化技术水平，对于逐步缩小脑力劳动和体力劳动的差别具有深远的意义。各个企业的党委都要把职工业余教育列入党委的议事日程，制定出企业职工的文化技术教育规则；保证职工的文化、技术学习时间。

2 月 10 日 原北京市机电工业局管辖的农机工业公司划归市农机局，实行农机制造、管理、供应、修理“四合一”管理体制。

2 月 北京市测振仪器厂成立，批量生产北京自动化技术研究所的研究成果Z25—1型测振仪。该厂后改为北京测振仪器厂，系全国第一家测振仪器生产企业。

3月8日 河北省邢台地区发生6.7级地震。北京市医药公司组织了40多人的工作队，带着急救药品、器械，奔赴灾区参加救灾工作。

3月2~14日 中共北京市委召开城市人民公社工业工作会议，着重讨论城市公社工业的根本任务和目的、方针、政策等方向性问题。

3月27日 北京市召开街道工作会议，强调街道工业要服从国家建设和人民生活的需要，走“小而专”的路子。北京市街道工业产品上千种，60%纳入了国家计划；参加生产的有10多万居民，其中80%以上是家庭妇女。

4月22日 石景山钢铁公司从日本引进的6000立方米/时制氧机建成投产。

4月28日 北京市汽车修理公司第二修理厂试制出两辆BJ130轻型载货汽车，北京市副市长王纯到厂祝贺。

4月 北京电子管厂建成我国自行设计的第一条锗半导体管半机械化生产线，正式投入生产，当年1Q2的产量上升到180万只。

同月 北京二七机车车辆工厂代表队在铁道部北方九厂锻、铸、电工基本功选拔赛中，分别荣获锻工、铸铁高级和低级组的第一名，铸钢和电工代表队分别荣获低级组第二名。

5月5日 国务院军工产品定型委员会同意北京汽车制造厂的产品BJ212轻型越野汽车设计定型。并批准正式投产。

5月 北京第一棉纺织厂试制成功聚酯纬向长丝新品种并首次参加广州春季交易会。

同月 北京钢厂转炉炼钢车间改建电炉工程竣工投产，这项工程包括安装10吨电炉1座，5吨电炉4座。

8月22日 北京同仁堂制药厂“纠查队”（文化大革命中的群众组织）砸了“同仁堂”牌匾，将厂名改为“东方红制药厂”。下午，“红卫兵”又闯入同仁堂药厂、店“破四旧”，毁坏公物，直接损失

2 万余元。

8 月 北京人民机器厂、中国青年出版社印刷厂、北京印刷技术研究所共同研制的 LP1101 型全张单面轮转印刷机投入批量生产。

同月 北京市公私合营的工厂、商店改为国营，一部分关闭。

9 月 10 日 石景山钢铁公司改名为首都钢铁公司（简称首钢）。

9 月 13 日 北京制药厂二分厂研制成功“皇泌素”，系复方王浆制剂（后改名“北京蜂王精”），经批准投产。

9 月 16 日 北京市人委决定，将北京市冶金工业公司、化学工业公司、纺织工业公司、建筑材料工业公司、机械工业公司统改称××局。市仪器仪表电器公司改称市仪器仪表工业局；市轻工业公司改称市第一轻工业局；市食品公司改称市副食品商业局；市手工业管理局改称市第二轻工业局，市工业生产委员会改称市经济委员会；市城市建设委员会改称市建设委员会。

9 月 26 日 北京市人委经济区建设办公室成立，其任务是加强对北京市小三线建设、北岳经济区建设和支援大三线建设工作的领导。

9 月 北京内燃机总厂调出 30 名技术干部，支援青海柴油机厂。

同月 北京氧气厂新建的氖氮车间竣工，该车间生产可用于国防军工的高纯气体。

11 月 2 日 北京特殊钢厂 650 开坯车间破土动工，设计生产能力年产钢坯 20 万吨，1970 年 1 月竣工投产。

本年 北京第三机床厂与清华大学合作设计试制成功 ZK5125 型数字程控坐标钻床。

北京第一机床厂自行设计试制成功 B1—89 型坐标电感式大型立体仿形铣床。

北京起重机器厂试制成功 8 吨液压传动汽车起重机、16 吨电传动轮胎起重机和 40 柱塞泵。其中，该厂研制的 8 吨液压传动汽车起重机为我国第一台。

科伟医疗仪器厂研制成功“KW—66”大型电子管式高频电刀，并投入批量生产。

北京微电机厂抽调193人到西宁，同来自天津微电机厂的职工一起，组建西宁微电机厂。

北京理工厂试制成功全国第一台接触治疗机（2mA、50kV）。

北京市窦店砖瓦厂，在建工部建材科学研究院帮助下，研制成功无机微孔吸声砖。此砖适用于地铁工程建设。

1967 年

1 月 14 日 北京制药厂与北京医药工业研究院协作试制成功全合成硫酸阿托品，经批准投产。

1 月 17 日 以刘锡昌为首的“红色造反者”夺了北京光华木材厂的权，使其成为全市第一个被夺权的基层单位。

1 月 29 日 中共北京市委公布国务院通知，为执行“抓革命、促生产”的方针，1967 年春节不放假。职工探亲假在“文革”期间停止执行。

2 月 5 日 北京市光华木材厂三车间，因铜铝线接头接触不良，电阻大，引起打火发生火灾；经过抢救，于次日零时 31 分将大火扑灭。共烧毁厂房三栋 2649 平方米，各种机器设备 97 台，电动机 119 台，以及半成品、原材料等，直接经济损失 67. 5 万元。

2 月 14 日 国家计委批准石油部在北京市房山县周口店镇坟山村建设一座年加工能力为 250 万吨的炼油厂。并正式列入 1967 年国家计划。石油部给炼油厂定名为“东方红炼油厂”（简称“东炼”），并成立筹建处。

2 月 16 日 国产第一台 10 万千瓦机组，石景山发电厂高井电站 3 号机组投产。

2 月末 北京市“抓革命、促生产”第一线指挥部成立。

2 月 北京焦化厂第三座焦炉建成投产。年产商品煤气由 8000 万立方米增到 2. 2 亿立方米。

3 月 16 日 中共中央转发中国人民解放军北京卫戍区司令部《关于对厂、矿企业实行军事管制》的布告。布告规定，实行军事管制的厂矿的文革、生产和业务工作，要在军管会的领导下进行。17 日，北京卫戍区召开会议，宣布对北京内燃机总厂、北京电机厂、北京火车站、北京特殊钢厂、京西矿务局等第一批 106 个单位实行军管。

3 月 18 日 中共中央发给全国厂矿职工、企业职工、干部一封信。信中指出“不许在生产时间内擅自离开工作岗位；要同一些无故旷工、敷衍了事的不良现象作斗争”。

3月19日 中央军委作出《关于集中力量执行支左、支农、支工、军管、军训任务的决定》，派人民解放军实行“三支两军”。据此，解放军开始在北京市实行“三支两军”。

3月22日 北京市革命职工代表会议（工代会）在人民大会堂召开。

3月 国家科委、北京市科委决定在北京制药厂建立塑料瓶输液的试点，拨款7万元，于1968年4月试制成功。

4月 北京市革命委员会成立工交城建组。

同月 北京照相机厂为国防03单位“特种工程”生产出摄影经纬仪镜头。

5月14日 北京市革命委员会发出关于制止武斗、煞住武斗歪风的《重要通告》。通告要求革命群众坚决执行毛主席、党中央关于“抓革命、促生产、促工作”的指示。

5月 北京眼镜厂和北京光学仪器厂共同为解放军总后勤部试制成功国防急需的67型偏振光眼镜，并通过鉴定投入批量生产。

7月 北京加气混凝土厂建成投产。该厂设计年生产能力为13.5万立方米，1964年从瑞典西波利克斯公司引进专利生产技术和设备，1965年8月动工，总投资1521万元，为我国第一家生产加气混凝土的企业。

同月 北京汽车制造厂将30辆BJ212轻型越野车无偿提供给马里，这是北京汽车工业第一次整车援外出口。

12月31日 北京拉锁厂在我国首次试制成功防水、防气国防军用拉锁。

本年 北京第一机床厂研制成功XK503A数控立式升降台铣床；同期研制成功我国第一台铝锭平面铣床，刀盘直径2300毫米。北京第二机床厂自行设计研制成功MG1420型高精度万能外圆磨床。

北京照相机厂，试制成功北京SZ—1型135照相机；后改为长城SZ—1型，1970年生产400台；后又改为SZ—2型，年产万余台。

1968 年

1 月 5～10 日 北京市革委会、北京卫戍区联合召开北京市军工生产、建设座谈会。会议认为，北京市“小三线”的生产、建设，从搬迁、定点到试制、生产，已取得很大成绩。

1 月 为发展我国半导体材料工业，冶金部召开“110”会议，确定北京玻璃总厂、605 厂，承担开发单晶硅和硅外延片的科研项目。共投资 645 万元。1969 年，北京 605 厂生产硅材料工程开工，1971 年形成年产单晶硅 5000 公斤，多晶硅 2 万公斤能力。

2 月 11 日 京西矿务局改名为北京矿务局。

2 月 19 日 北京制药厂与中科院药物研究所等单位协作研制全合成山莨菪碱，通过了技术鉴定，批准投产。

3 月 26 日至 4 月 26 日 北京矿务局对房山县和门头沟区所属的京西煤田范围内的小煤窑进行调查。经查明，上述两地区有社队办小煤窑 168 座。其中：门头沟区有 55 座，日产煤 572 吨；房山县 113 座，日产煤 888 吨。

4 月 11 日 北京市革委会在《关于工业生产情况的报告》中说：去年，工业总产值完成 64.6 亿元，比 1966 年下降 10%；今年第一季度工业总产值为 10 亿元，比去年第四季度减少 4 亿元，比去年同期减少 7.5 亿元。

4 月 根据第一机械工业部批示，北京齿轮厂开始承担包建陕西齿轮厂任务。从本月起陆续派出干部 74 人，工人 506 人。

5 月 25 日 中共中央转发《北京新华印刷厂军管会发动群众开展对敌斗争的经验》，要求全国各地区各单位“有步骤、有领导地把清理阶级队伍这项工作做好”。

6 月 12～15 日 北京市工交组、农林组、计划组召开市工业支援农业工作经验交流会议。有 8 个单位在会上介绍了支农经验。共有 167 个工厂、920 人，支援郊区 158 个公社，修理各种农机具 3897 台。

6月15日　第一机械工业部汽车局决定：北京东方红汽车制造厂（即北京汽车制造厂）、南京汽车制造厂，承担包建陕西汽车制造厂的任务。北汽从当年起至1971年，共派出干部156人、工人463人，赴“陕汽”执行包建任务。

6月23日　北京矿务局木城涧煤矿千军台坑接送职工的汽车翻车，死亡18人，重伤3人，汽车摔毁报废。

6月　首钢一号3吨氧气顶吹转炉改造为5吨氧气顶吹转炉投入生产。

7月10日　北京市革委会召开“抓革命、促生产”大会。会上提出，要大学上海、大赶先进、大鼓干劲、力争上游，坚决打好大批判和大促生产这两仗。

7月22日　北京市革委会发出《通知》，要求认真学习，贯彻毛泽东关于“走上海机床厂从工人中培养技术人员的道路”的指示。

7月23日　北京市革委会转发了《北京针织总厂在清理阶级队伍中贯彻“坦白从宽，抗拒从严”政策的经验》。

7月27日　北京市革委会布置，由北京市60多个工厂抽调3万多人组成了“首都工人毛泽东思想宣传队”，分赴大专院校制止武斗，宣传毛泽东的指示。

8月3日　经北京市革委会批准，在昌平县长陵地区新建北京轴承厂。该厂由北京市机械设计研究所和北京机器制造学校附属轴承厂合并成立。新厂区建在昌平县长陵地区，设计规模为年产50万套向心球轴承。

8月12日　北京市革委会计划组、工交城建组、财贸组联合发布《关于推广以工业炉灰代替生活用煤的通知》，推广中国煤建公司北京市公司清河批发店，改锅炉设备、试验回烧工业炉灰成功的经验。要求各厂矿企业把含碳量高的炉灰用于生活烧用，多余的交市回收。

8月26日　经北京市革委会计划组、工交城建组批准，同意市二轻工业局发展电子工业的计划。第一批以北京金漆镶嵌厂（部分）、玉器分厂、竹藤厂（部分）等7个厂为基础成立半导体器件、无线电元件等 7 个厂。

8 月 北京市郊区电力局撤销，远郊 10 个区县电力局划归北京供电局直接领导。

9 月 5 日 北京市革委会计划组、工交城建组、财贸组要求所属单位改进设备，凡有条件的要在短期内实现伙食、饮水、浴池以工业炉灰或煤矸石代替用煤。

9 月 20 日 一台 10 万千瓦火力发电机组在石景山发电厂正式投产。

9 月 撤销北京电机学校。在该校址由电机学校、北京无线电器件厂（北京市无线电器件研究所改称）、半导体器件总厂筹建成立北京市半导体器件二厂。

10 月 5 日 北京市革委会计划组批准建设向阳化工厂（简称向阳厂）。由市化工局负责筹建。

10 月 25～31 日 北京市革委会、北京卫戍区派出 1.1 万余名工人和 8400 余名解放军指战员组成毛泽东思想宣传队，进驻城区、近郊区 400 所中学和 1048 所小学。

11 月 5 日 由北京市农口的农林、水利、农场、农机精简合并组建的北京市农业局成立，办公地址在市水利局原址西郊翠微路。

11 月 由北京市竹藤制品厂改建的北京市无线电元件一厂成立，主要生产电阻器，隶属于北京市第二轻工业局。

同月 经北京市革命委员会和第一机械工业部报国务院批准，在门头沟清水涧下马工程旧址新建北京人民轴承厂。并于 1970 年进行续建，形成向心球轴承 300 万套的生产能力。

12 月 3 日 中共中央、中央文革转发《北京市革命委员会转发新华印刷厂在对敌斗争中坚决执行党的“给出路”政策的经验报告》。11 日，北京市革委会召开大会进行传达和布置。

12 月 18 日 北京地区第一台调相机（1.5 万千瓦）在东北郊变电站投入运行。

12 月 经水利电力部军事管制委员会批准，华北电力建设公司改称北京电力建设局。

同月 京津塘电网第一台DJS—21型晶体管电子计算机在北京中心调度所正式投入运行。

同月 北京市无线电元件二厂成立，系由北京市誊印晒图生产合作社改建，生产金属化纸介电容器。北京市无线电元件三厂成立，系由北京市盔头生产合作社改建组成，生产电位器。北京市无线电元件四厂成立，系由北京市锦匣生产合作社改建组成，生产扬声器。以上企业隶属北京市第二轻工业局。

本年 撤销北京工艺美术学校。在该校址建立北京市半导体器件三厂。

北京仪器厂研制成DRSU—60型60千瓦电子轰击炉。

北京光学仪器厂试制成功WPS—1型平面光栅摄谱仪，后技术升级，发展成系列产品。

北京灯泡厂实现了二项重大技术改造项目，自制了八头吹泡机，日产（三个班）1万支，结束了长期以来人工吹泡的历史，提高功效3倍；自制了自动烧氢机，用于日光灯丝定型，比原设备提高效率5倍。

经北京市革委会批准，为缓解井下生产一线劳动力紧张状况，北京矿务局第一次招收2000名高中、初中学生为采掘工人。

1969年

1月 中央文革小组树立解放军八三四一部队进驻的北京“六厂二校”为典型。它们是北京新华印刷厂、北京针织总厂、北京化工三厂、北郊木材厂、二七机车车辆厂、南口机车车辆机械厂和北京大学、清华大学。北京市革委会先后转发了它们全面否定17年工作、批斗“走资本主义道路当权派”和夺权、清理阶级队伍的“经验”。

2月6日 北京二七机车车辆工厂完成支援地铁建设任务，制成非标设备变速箱28套，滚筒61个，60吨平车一台，共3项89件。

3月8日 北京市革委会计划组、工交城建组、农林组、财贸组印发《关于工业支援农业工作中的几项暂行规定》，并由陈耳东、崔绍武、张益三组成工业支援农业领导小组。下设工业支援农业办公室。

3月31日 北京制药厂根据化工部决定，接管了化工部北京化工学校，改为红药工学校。并利用该校舍建立了三分厂。后迁入中针车间及部分产品，于7月开工生产。

3月 北京市的无线电“元件楼”改为北京无线电综合元件厂。由北京无线电电容器厂、电阻厂、模具机械厂、机箱厂和仪器修理厂等单位组成。生产薄厚膜集成电路、三极管、二极管堆及数字电路等，承担军工部门的重点工程配套任务。

同月 北京市东方红无线电厂成立。由北京市特艺公司烧瓷厂、雕漆厂和北京玉器二厂等组成。当年生产出3管、4管半导体收音机。

4月4日 北京市革委会召开工交系统“抓革命、促生产、促战备”大会。

5月8日 中共中央转发《北京北郊木材厂认真落实党对民族资产阶级和小资产阶级的各项政策》的通知。

6月30日 北京有色金属研究所与北京铝箔厂（延庆部分）合

并，厂名为北京有色金属材料试验厂。

6 月 周恩来总理两次发出关于治疗北京市礼花厂青年女工王世芬烧伤的重要指示。北京市第二轻工业局作出向王世芬学习的决定，并举办王世芬事迹展览会，以教育广大职工。

同月 北京化工实验厂扩建工程竣工，形成 1 万吨/年甲醇系统和年产 3000 吨甲醇能力。

7 月 1 日 北京二七机车车辆工厂试验成功 12240 型柴油机第一台样机。

7 月 4 日 北京有色冶金半工半读工业学校撤销，并入北京钢厂。

7 月 19 日 化工部所属的北京合成纤维厂、北京有机化工厂、北京化工机械厂、北京化工实验厂、北京橡胶总厂由化工局代管。1970 年这 5 个部属企业正式下放北京市。

同日 北京市革委会转发《北京新华印刷厂整党建党的报告》。

7 月 22 日 《人民日报》以《改革不合理的规章制度是一场革命》为题，发表了北京市北郊木材厂的调查报告。这个报告否定工程技术人员的作用，把“五定”（定项目、定方案、定图纸、定金额、定效果）、“四道关”（技术科审定、财务科算账、厂长批准、供销科备料）说成是“技术大权掌握在少数人手里”，是“对工人群众实行管、卡、扣、罚”。

8 月 27 日 北京市革委会批转市计划组关于编制北京市工农业生产长远规划的初步意见。规划提出：农业要提高本市粮食自给水平，力争到 1975 年粮食自给达到 80% 左右；工业要在 1975 年前初步建成一个以石油化工、机械仪表和冶金工业为重点的工业体系；提高本市工业产品自给率，除煤炭、木材、有色金属外，其他产品的自给水平要达 80% 以上。

9 月 3 ~ 18 日 北京市二轻局举办技术革新、新产品、节约利废展览会。接待了该系统 130 多个单位，1800 人次。

9 月 9 ~ 11 日 北京市革委会计划组和工交城建组召开北京市电子工业发展规划会议，讨论落实北京市电子工业及其新工艺、新技术的发展规划。

9 月 27 日 东方红炼油厂建成投产。总规模为年加工原油 250 万吨，总投资 1.3 亿元。

同日 首钢水厂铁矿采矿场建成投产。1971 年底，选矿厂 8 个系列建成投产；1978 年 7 月 1 日，又扩建 3 个系列。总设计能力年产原矿 750 万吨。

9 月 28 日 首钢初轧车间（装有 850 毫米轧机 1 架，650 毫米轧机 2 架）竣工投产，设计年产量 62 万吨。

9 月 北京造纸五厂在我国首次试制成功字型纸板。

同月 北京合成洗涤剂厂完成洗涤剂基本磺酸钠中和生产工艺的连续化和电子化控制重大革新项目。

同月 中国煤建公司北京市公司的各批发店，开始安装龙门式卸煤机。从此，结束了煤炭经营行业多年用铁锹卸煤的历史。

10 月 北京东方红医疗器械厂，试制成功我国第一台双床双旋转阳极管300mA100kV X线诊断机。

同月 北京有机化工厂引进的聚乙烯醇生产装置改造完成，实现革新 84 项，产量由 1 万吨提高到 2 万吨，只用了原建厂投资的 7.7%。

同月 为加强对山西运煤工作的管理，正式成立了北京市山西运煤指挥部，后改为运煤办公室，直接由市革委会领导，统管自拉煤工作。

11 月 北京照相机厂在我国试制出适合农村使用 8.75mm 电影放映机镜头，具有放映电影、幻灯片、扩声、收音、放唱片 5 种功能。

12 月 9～12 日 北京市计划组、工交城建组、农林组召开工业支援农业工作会议。要求工厂帮助社队管好、用好现有的农业机械，建立农机修配站；帮助山区人民办水、办电，提高农业机械化水平；国营工厂可以把废旧机床和机电设备按废钢铁作价支援农业。

12 月 北京市革委会、北京卫戍区国防工业办公室成立。主任陈耳东。负责组织领导北京军工常规武器的生产建设和地方军工管理工作。

本年 北京第一通用机械厂，试制成功我国第一台1000个大气压超高压膜式压缩机。北京起重机器厂，试制成功我国第一台40吨轮胎起重机。北京人民机器厂，试制成功全张双面轮转印刷机。

四机部决定撤销北京无线电工业学校，在原址改建集成电路工厂。改建和扩建共投资5600万元。该厂边扩建边试制，试制成功具有国内先进水平的TTL中速门电路。

北京自动化技术研究所，研制成功DDZ—Ⅱ系列电动单元合仪表。

北京市窦店砖瓦厂，建成一条年产2~2.5万立方米膨胀珍珠岩粉料及其制品生产线。该厂在北京市建材科研所的帮助下，经过108次反复试验，终于在1968年试制成功了该项超轻质、高效能的隔热保温材料，填补了国内一项空白。

北京市油毡厂制毡车间，采用沥青氧化釜新的生产方式，结束了大锅炼油的历史。

1970 年

1 月 12 日　北京市革委会批复，从 1 月 1 日起，改变部分区县煤建单位的领导关系。城近郊 7 个区管理处，通县、房山 2 个县商店，门头沟批发站的城子、大峪、王平村等 9 个零售煤厂、销售点，除经营方针政策、物价和货源分配，仍由中国煤建公司北京市公司负责外，其他工作一律移交所在区县革委会领导。

1 月　怀柔有色矿正式投产，年处理量为 4 万吨，填补了首都有色金属原料工业的一项空白。该矿于 1968 年 5 月开始从探矿至建成投产，仅用两年时间，在首都矿山建设史上是一个成功的先例。

2 月 1 日　北京市革委会召开全市节电节煤动员大会。首都钢铁公司、北京化工二厂、北京热电厂、宣武区革委会、房山县革委会，先后介绍了他们开展节电节煤工作的经验。

2 月 17 日　北京铜厂为支援电子工业大会战，试制成功六角铜棒材及花纹铜棒材。

2 月　北京市光华木材厂研制成功以果壳为原料，用过热水蒸气法生产活性炭并投产，年产能力 450 吨，为全国首创，摆脱了维尼纶生产必须依靠进口活性炭的被动局面。到 1980 年产量增至 1000 吨，成为全国最大的以果壳为原料的生产活性炭基地。

3 月 23 日　北京市革委会举办“吉林油脂厂自力更生、艰苦创业”先进事迹报告会。会上，邀请吉林油脂厂介绍了他们“三口大锅闹革命”的事迹和经验。

3 月 30 日　北京在石油化工区筹建曙光日用化工厂。由北京市一轻局负责筹建。

3 月 31 日　北京市革委会召开全市工矿企业增产节约动员大会。今年第一季度与去年同期比较：工业总产值显著增长。煤炭、钢、机床、汽车、内燃机、电动机、化肥、农药、半导体收音机等产品产量、发电量，都有较大幅度的增长。上千种配套产品投入生产。电子工业有了很大发展。

4月8日 遵照周恩来总理关于“北京要建一个卷烟厂”的指示，北京市一轻工业局成立“北京卷烟厂筹建处”，在迁出的原中央财政金融学院旧址建厂。利用旧有面积4.4万平方米，新建1500平方米，改建6200平方米。总投资312万元。

4月11日 东方红炼油厂减黏装置改造成年加工150万吨的常压、减黏双流程装置，投产成功。8月，常减压蒸馏装置改造后，加工能力提高到300万吨。原油加工总能力达到450万吨。

4月13日 李先念副总理视察北京重型电机厂、北京第二通用机械厂，指示要搞好60万千瓦发电设备的配套工程。为推动60万千瓦发电设备配套工程的进展，北京市革委会、国家科委、第一机械工业部等在北京第二通用机械厂召开现场会，进行专门研究。之后，北京重型电机厂、北京第二通用机械厂、北京锅炉厂进行续建。

4月25日 由北京油漆厂援建的阿尔巴尼亚地拉那油漆厂正式投产，年产民用油漆和印刷油墨6大类、1000吨，包装桶92万只，填补了阿尔巴尼亚涂料工业的空白，得到阿尔巴尼亚工业部的好评。

5月16日 北京玻璃总厂设计和制造成功一台大型单晶炉，生产出大面积硅材料。

5月20日 北京市革委会召开全市清理回收废钢铁动员大会，号召各单位进一步加强领导，发动群众搞好废钢铁回收工作。

5月25日 国务院副总理李先念、余秋里，由北京市委副书记杨寿山陪同，到北京酿酒总厂视察工作。

5月 北京内燃机总厂，从本月开始，先后派出70余人，包建延安柴油机厂，支援老区建设。

同月 北京加气混凝土厂与北京市建材科学研究所，研制成功的酚醛—沥青—水泥防腐剂（即“七二七”钢筋防腐剂）正式投产使用。钢筋防腐是生产加气混凝土板材的关键技术之一。它填补了我国轻质建材防腐技术的空白，替代了使用瑞典引进的水泥—酪素—乳胶防腐剂，获1978年全国科学大会奖。

同月 北京染料厂还原靛蓝投产，设计能力为年产250吨，是国内第一家生产该种染料的企业。

同月 北京矿务局门头沟煤矿利用自行设计建造的结晶硅炉，炼出结晶硅。

6月1日 北京市革委会向中共中央、国务院报送《关于贯彻全国计划会议精神的情况报告》，提出北京市1970年的计划和第四个五年计划的初步设想。其主要内容是：工业要抓紧军工生产，大力支援三线建设，提高配套自给率，狠抓质量；大力发展以电子为中心的尖端技术，在全国和华北地区的统一规划下，建成一个以冶金工业、石油化学工业和机械仪表工业为重点的、具有现代技术水平的工业体系。农业要突出抓好农田水利、平整土地等基本建设。

6月 北京市第二轻工业局成立市电子工业公司。对转产电子产品的14个企业进行统一管理。

7月1日 北京铁矿重建投产。它是我国第一座采用无介质干磨干选新工艺的选矿厂。

7月20日 北京市革委会转发国务院业务组批复，成立北京石油化工总厂，统一领导石油化工区各生产企业、有关建设单位和科研设计机构。

7月 北京二七机车车辆工厂制造6000马力内燃机车，急需大型万向轴，但国内没有这么大的拉刀和拉床。该厂机修车间自行设计制造了直径160毫米、长1720毫米的大型花键拉刀，并在没有大型拉床的情况下，用天车加卷扬机的办法，成功地拉出了合格的万向轴花键套，解决了生产关键。

同月 北京市东方红无线电二厂试制出“昆仑”牌23厘米（9寸）晶体管黑白电视机。

8月7日 北京化工厂实验车间在进行高离子燃剂试验时，发生爆炸，钏荣先、李清顺、步有景、徐国华4人当场牺牲。高离子燃剂用于导弹发射，是毛泽东主席亲自批准的一项重要军工任务。8月，北京市革委会批准钏荣先等4人为烈士。化工厂追认步有景、徐国华为中共党员。

8月10日 北京市革委会通知，北京石油化工总厂生产建设业务工作由燃料化学工业部领导；党务、政工工作由北京市领导。

9月5日 北京卷烟厂建成投产。该厂4月8日开始筹建，5月4日破土动工，仅用125个昼夜就建成了年产10万箱卷烟的中型企业。品种有北京牌、香山（精、简装）牌、八达岭牌、工农牌。从此结束了北京没有卷烟工业的历史。1971年，又增加甲级烟北京1号、2号和礼花牌；丙级烟黄河牌；丁级烟丰收牌和大丰收牌烟斗丝；研制成功了淡味型高级雪茄烟小方支，达到国内先进水平。

9月17日 北京二七机车车辆工厂制成我国第一台6000马力液力传动内燃机车，第一次正线试运于丰台至保定间，牵引1784吨货物，最高时速65公里。此内燃机车在铁科院和大连内燃机车研究所等单位协助下，于1969年10月开始设计、自行制造，1970年7月开始组装。

9月 首钢第一套立弯式连续铸锭机组在首钢试验厂投产；1975年2月，第二台连铸机建成投产。两台连铸机设计年产量5万吨。1984年5月，第三台连铸机建成投产，设计年产量8万吨。

同月 北京市建立生产半导体器件的“小三线”厂——北京701厂。产品方向为微波器件。厂址在远郊的怀柔县珍珠泉桃峪。

同月 北京轮胎厂建成投产。全部设备都是利用原来生产球鞋和马车轮胎的设备进行改装。到年底，共生产650—16汽车胎1.8万套，填补了北京轮胎生产的空白。

同月 北京有色金属材料试验厂，研制成功铜字模材料，解决了依靠苏联进料的困难。

10月8日 上午8时许，北京手表厂工人清洗机床时，用现场汽油装打火机，引起火灾，20多人受伤，烧毁厂房2100多平方米、手表1万多只，直接损失300多万元。

10月11日 北京市革委会召开工交城建系统抓革命、促生产动员大会。今年1月至9月份，全市工业总产值完成了年计划的85%以上，比去年同期提高34%，相当于1965年的1.5倍。有200多个厂矿企业，提前3个多月完成了全年的生产计划。

10月15日 北京矿务局木城涧煤矿研制的四机液压岩石钻车，

在广州秋季交易会上展出。

10 月 21 日 中国煤建公司北京市公司改为北京市煤建公司。所属东郊、永定门、五路、清河 4 个批发商店，分别改为北京市煤建公司一厂、二厂、三厂、四厂（简称京煤一厂、二厂、三厂、四厂），原批发商店的批发部改为分厂或营业部。

同日 北京供电局昌平供电服务站，在昌平县小汤山地区进行“两火一地”会战中，发生 1871 部队战士 6 人和供电工人 1 人触电死亡的特大事故。

10 月 北京铜丝厂试制成功 T_2Φ0.015～0.02 毫米微细丝，填补了国家一项空白，节约了大量外汇。

同月 北京有色金属材料试验厂，研制成功北京牌高强铝焊丝 BJ378、BJ380，用于航天工程项目。

11 月 20 日 北京电业管理局及其所属北京供电局与北京电力建设局合并，成立北京电力工业局。

12 月 31 日 石景山发电厂高井电站 4 号机组（10 万千瓦）投产。

12 月 北京化纤机械厂建成投产。

同月 北京染料厂新建硫酸车间竣工投产。以硫铁矿为原料，年产硫酸 1.5 万吨，结束了本市不生产硫酸的历史。

本年 经北京市革委会同意，并经国家经委、计委批准，在本市二轻系统新建一反坦克武器的军工厂，正式定名为“渤海机械厂”。

北京市二轻工业系统，从 1968 年至 1970 年底三年中，在特种工艺、服装、皮革、五金、文化百货、包装装潢、玩具等行业中，有 27 个企业改产电子产品。市工艺美术学校改为半导体件器件三厂，市幻灯片厂改为东风电视机厂、市呢绒服装厂改为北京显像管厂。

北京市机械工业局铸锻工业公司建制撤销，将其所属北京市机床铸造厂（原广安铸造厂）改名为北京市矿山机械厂。

北京第二机床厂自行设计试制成功 T4663 型卧式坐标镗床。

北京科学仪器厂试制成 JJT—B1 大型投影仪，以后发展成大型投影仪系列产品。

首都水泥厂（原琉璃河水泥厂），由中央下放；琉璃瓦厂，由文化部下放；均归北京市建材局领导。

北京市拖拉机修配厂试制成功北京60型拖拉机2台，北京农具厂试制成自走式联合收割机样机1台，机引农具厂试制出60马力农用汽车样机1辆。

北京民族乐器厂，在中央广播艺术团的帮助下，设计了四排码扬琴，取名为401扬琴。该琴设有变音槽，可随意变动琴弦长短，能打出十二个音调，成为专业团体的换代产品，并批量出口日本、美国和东南亚各国。

1971 年

1 月 1 日 轻工部所属制浆造纸试验厂下放给北京市，归属北京造纸总厂领导。

同日 北京矿务局城子煤矿杨坨斜井简易投产，设计年产原煤 30 万吨。

1 月 北京第二机床厂、北京重型电机厂、北京锅炉厂、北京齿轮厂、北京内燃机配件厂、北京精密机床修理厂、北京精密机床零件厂和北京机床研究所由第一机械工业部下放北京市机械工业局领导。

2 月 1 日 轻工部所属曙光日用化工厂，下放给北京市日化总厂领导。

2 月 26 日 北京市革委会召开扩大会议，传达周恩来总理在全国计划会议上的指示。指示中说，抓工业既要看到成绩，也要看到“三害”（废水、废气、废渣）；要除掉“三害”，搞综合利用，变害为利。

3 月 7 日 北京市革委会召开工交城建增产节约动员大会，号召以实际行动迎接中国共产党诞生 50 周年，迎接四届人大的召开。

3 月 25 日 北京制药厂与中国医科院药物研究所等单位协作研制的避孕药全合成甲基炔诺酮及复方 18 甲口服避孕药片（短效、长效），通过了临床鉴定，4 月开始成批生产。

3 月 28 日 北京市革委会召开全市抓革命、促生产动员大会号召贯彻党的“九大”和九届二中全会精神，落实北京市第四次党代会提出的各项任务，更大规模地深入开展增产节约运动，动员完成和超额完成 1971 年国民经济计划。

4 月 8 日 成立北京市“五小”工业办公室和市工业支援农业办公室“一套班子，两块牌子”。

4 月 15 日 北京制药厂与中科院微生物研究所协作研究成功维生素 C 两步发酵新工艺，使发酵转化率提高 1 倍，为扩大生产打下了基础。

4月23日 中央各机械工业部在京企业，全部下放归北京市领导，由国防工业办公室管理。市属“小三线”军工厂统一归口，由市国防工业办公室直接领导。

同日 我国自行设计的首套年产0.5万吨聚丙烯装置，在向阳厂开工建设。1973年11月19日试车投产成功。

4月27日 北京地区第一条220千伏，高井电站至天津白庙变电站输电线路投入运行。该线原为110千伏线路。

4月 北京耐火材料厂试验成功耐火纤维棉，填补了国内空白。

5月14日 北京市革委会召开全市清仓节约动员大会，号召全市迅速掀起清仓查库，厉行节约的新高潮，促进增产节约运动的深入开展。

5月 中央军委副主席叶剑英视察北京石油化工总厂。

同月 北京星火机械厂、北京第二农具厂、北京第三农具厂、北京东方机械厂、北京青山机械厂、北京红光机械厂等，划归北京市国防工业办公室领导。

同月 北京广播器材厂研制成功我国第一部大功率超长波发射机。

6月1日 北京钢琴厂、北京乐器木材厂、北京乐器厂合并，定名为“北京乐器厂”。主要产品是钢琴、风琴、提琴、手风琴、竖琴和乐器制材。

同日 燃料化学工业部北京煤矿机械厂，交由北京矿务局领导。

6月10日 著名数学家华罗庚教授到北京化工六厂参观访问，结合生产中存在的问题，向全厂职工讲授“优选法”。

6月17日 中央军委副主席叶剑英到北京建筑机械厂视察。余秋里副总理到北京第三通用机械厂视察。

6月20日 周恩来总理到北京建筑机械厂视察。

6月 首钢试制成功二次包络平面蜗轮副，达到国际先进水平。1977年3月被北京市、冶金部联合命名为SG—71型蜗杆—蜗轮传动机械。1983年4月获国家二等发明奖。

8 月 5 日 北京市革委会开始组织较为珍贵的工艺品出口，换取外汇。其中包括以前不准出口的明、清两代的铜、木佛人 10 万件，明、清的盘、碗、罐、人物等瓷器 3 万多件。

8 月 12 日 中共北京市委向中央呈报《关于"三废"管理工作的情况报告》。《报告》中列举了北京市"三废"危害的严重情况。市区每天排出废水约 100 万吨，其中工业废水近 60 万吨，工业废水中的有毒物质已污染了地下水，并有扩大趋势，还使市区的几条排水河道成了污水河，使官厅、密云水库也受到了污染。工业废渣每年约 200 多万吨，造成堆渣占地很大。北京局部地区的大气污染程度比较严重，与钢铁、化学等工业有直接关系。

8 月 北京新华印刷厂、北京清华大学，协同研制出我国第一台自动照相排字机。

同月 北京人民机器厂试制成功 DJ01 型平装无线胶订联动机。

9 月 北京日化总厂的合成脂肪酸车间新建工程被列为市工业基建重点项目，规模年产脂肪酸 5000 吨，总面积 1.57 万平方米，建筑面积 2170 平方米，总投资 1100 万元。

10 月 9 日 周恩来总理陪同埃塞俄比亚皇帝海尔·塞拉西一世到燕山石化总厂参观。参观中，周总理对总厂负责人说：你们要解决四个问题："第一，水的问题要解决；第二，运输问题要解决，光是火车运输不行，改成管道输送就好了；第三，投资太多，要压缩；第四，工人太多。就这么四个问题"。在参观顺丁橡胶时，周总理对青年工人说："你们青年人要有志气，有抱负，把黄烟（指脱氢催化剂排气筒冒出的气体）消灭掉，让祖国的天空是个晴朗的天空嘛！""烧掉是下策，放空跑掉是下下策，应当把它综合利用起来。"在参观东炼污水处理场时指示："综合利用是个大问题，要立志赶超世界先进水平。"

10 月 26 日 北京工艺美术工厂，在完成大型牙雕"乒坛盛开友谊花"之后，又为亚洲乒乓球友好邀请赛设计、制作奖杯。奖杯采用传统的景泰蓝工艺制作，奖杯上，百花吐艳，簇拥着用彩带装饰的乒乓球和球拍，象征着乒坛友谊花盛开。杯座采用万年青图案，象征着亚非各国人民的团结万古长青。

11 月 12 日 经北京市革委会批准，将北京市服装鞋帽工业公司一分为二，成立“北京市服装和北京市鞋帽两个工业公司”。

12 月 北京东方红汽车制造厂生产的 BJ212 轻型越野汽车，年产突破一万辆，超过原设计能力 1 倍。

同月 北京市中药科学研究所成立，由市一商局领导，委托市药材公司代管。

本年 地质部北京探矿机械厂下放北京市机械工业局领导，改名为北京市探矿机械厂。

北京市机械工业局组织 30 多个单位进行大会战，会同北京第二通用机械厂制成 6000 吨锻造水压机，试锻成功。

北京重型电机厂试制成功双水内冷 5 万千瓦汽轮发电机；北京第二机床厂试制成功 TP4280 型坐标镗床；北京起重机器厂试制成功液压传动 8 吨轮胎起重机。

北京分析仪器厂研制成功 BH—01 型 60 兆赫电磁式核磁共振波谱仪。

北京仪器厂研制成功 SJ—450 溅射镀膜机。

北京有色金属材料一厂与中国有色金属设计院合作，试制成功铍青铜带，为发展北京无线电工业、军事工业提供了重要原材料。

国家建材部直属企业北京水泥机械厂，下放北京市建筑材料工业局领导。该厂为全国八个水泥机械厂之一。

北京市一轻工业局全年实现技术革新项目 1007 项，其中重大的有 16 项，卫生纸折叠机，提高效率 48 倍；垂直引下拨管机和烷基苯磺酸钠生产石油氯化新工艺，两项达国内先进水平。试制完成新产品 25 种，其中超高玻璃真空泵、滤光片、氧化镧、统机手表、6kW 新闻灯，高级雪茄烟六种产品达国内先进水平。

在北京大学和中国科学院等单位的大力协作下，北京葡萄酒厂利用石蜡、石油酸气，试制成功反丁烯二酸，填补了我国生产反丁烯二酸的空白，荣获国家科技二等奖。

1972 年

1 月 9 日 首都钢铁公司水厂铁矿在河北迁安县建成。

1 月 北京乐器研究所开始研制乐器音响人造膜，经两年研制获得成功。1977 年通过部级鉴定，并获北京市科技大会奖。该产品填补了国内空白。

2 月 3 日 冶金工业部将首钢下放给北京市，以北京市为主实行市、部双重领导。3 月，中共北京市委决定市冶金工业局与首钢合并为首都钢铁公司。

3 月 9 日 朱德委员长视察北京燕山石化总厂。视察了东方红炼油厂、胜利化工厂等单位，并听取了生产、建设的汇报。

3 月 17 日 北京市召开“三废”治理综合利用工作会议，传达周恩来总理的有关指示：发展工业都要注意变有害为有利，综合利用是大问题，要立志赶超世界水平。5 月 15 日至 17 日和 6 月 5 日北京市多次召开会议，落实“三废”治理的重点项目和单位。

3 月 中央所属的北京第一机床厂、北京东方红汽车制造厂、北京内燃机总厂等下放给北京市领导与管理。

4 月 10 日 燃化部组织全国科研、生产单位的科研人员对燕山总厂 15000 吨橡胶生产装置存在的问题，进行了原料、生产工艺攻关会战，形成了我国顺丁橡胶生产工艺。1978 年获全国科学大会奖，1985 年获国家科学技术进步特别奖。

4 月 北京无线电二厂研制成功我国第一台全晶体管化 XT—1 型电视图像信号发生器。

同月 北京广播器材厂研制成功 600 千瓦短波发射机。

同月 北京西城区录音机厂试制成功 DBL—2A 电影同步录音机和 DBL—2B 新闻录音机。并小批量生产，先后在法国、意大利、罗马尼亚等国家展出。

同月 乐器总厂手表元件车间，改名为“北京手表元件厂”。

同月　北京东风电池厂成立，主要生产镍镉蓄电池。

同月　滤纸厂改名为北京造纸四厂，人民造纸厂改名为北京造纸六厂，前进造纸厂改名为北京造纸七厂，跃进造纸厂改为603厂，造纸社改为北京造纸八厂。

5月9日　中共北京市委召开工业支援农业动员大会，贯彻落实以农业为基础、工业为主导的方针，要求把工业支援农业的工作做得更好。

5月15日　北京市革命委员会向国务院呈报《关于改革临时工、轮换工制度的情况报告》。北京市临时工、轮换工改为固定工的工作从1971年12月中旬全面展开后，现已基本结束。全市各单位共有临时工12.2万人，其中从事常年性生产的临时工10.6万人。贯彻国务院［71］91号文件后，从事常年性生产工作岗位的临时工已改为固定工的有9.51万人，占应改固定工总数的89.7%。在改革过程中一度出现扩大改革范围和找借口“甩包袱”扩大辞退范围的问题。

5月　首钢公司创造的新型顶燃式热风炉开始烘炉，这是一项具有国际水平的新技术。

6月21日　北京市油嘴油泵厂扩建，设计生产纲领为190泵、1号泵十万缸，偶件100万副，总投资为1020万元。

6月　北京燕山石化总厂曙光厂合成润滑油装置开工建设，1974年10月试车投产成功。

7月3日　北京市第二汽车修理厂改名为北京市二里沟汽车制造厂。

7月5日　北京珐琅厂从废溶液中回收黄金取得成功，一年回收黄金25700多克。

7月18日　撤销北京市农业局，分别建立北京市农机局、北京市水利局、北京市农林局。

7月29日　北京市革委会转发国家计委《关于严格控制增加职工，充分挖掘现有劳动潜力的通知》，要求各单位把企业非生产人员压缩到18%左右。

8月1日　北京矿务局将城子煤矿的杨坨坑口与城子煤矿分离，

成立局直属杨坨煤矿。

8 月 15 日 北京燕山石化总厂改由燃化部和北京市革委会领导。有关生产、建设业务等由燃化部负责；党务、政治工作等由北京市负责，日常工作由北京市工交城建组联系。同时决定将曙光厂的党政工作从北京市一轻局转到石化总厂统一领导。

8 月 23 日 恢复建立北京送变电公司。

9 月 8 日 在国家计委召开的各省、市、自治区“三废”治理座谈会上，周恩来严肃批评了北京石油化工总厂主要领导（军代表）在向外宾介绍污水治理时说了过头话。10 月 26 日，石油化工总厂党委作了《关于污水处理问题的检查报告》，提出了加强“三废”治理的措施。

10 月 15 日 中共北京市委召开动员大会。号召工交城建战线广大职工大干第四季度为全面完成和超额完成全年工业生产建设计划而奋斗。

10 月 北京市在北京供电局设立三电办公室（即：计划用电、节约用电、群众办电）。

同月 首钢四号高炉建成投产，有效容积 1200 立方米。

同月 北京燕山石化总厂研究院与北京化工研究院合并名为北京石化总厂北京化工研究院。

同月 北京市印刷二厂与北京印刷五厂合并为北京印刷二厂。

11 月 4 日 北京市革委会向各区、县、局和大专院校革委会发出《关于大专院校和城市中学与厂矿企业挂钩的通知》。此后，校办工厂在全市大量兴办。

同月 首钢烧结厂五号烧结机建成投产，有效烧结面积 62.5 平方米。

同月 北京器件五厂改为北京显像管厂。

12 月 21 日 北京市革委会召开加强企业经济核算、清仓核资工作座谈会。会议要求全市工业企业进一步加强经济核算，推动全市优质、高产、安全、低消耗、多品种的增产节约运动深入开展。

12 月 25 日 北京燕山石化总厂与日本东洋工程公司签订引进 30

万吨乙烯装置（包括丁二烯抽提装置）的合同。成套设备价格为9650万元人民币（折合4250万美元）。1975年12月31日建成。

本年 北京矿务局所属各矿“亦工亦农”农民合同工转为固定工。

北京市窦店砖瓦厂制造成功我国第一台液压传动码坯机。并在清华大学的协助下研制成功码坯机自动控制器，实现了码坯自动化。

北京有色金属材料一厂设计组装500吨油压挤压机一次试车成功，结束了北京地区不能生产铝型材的历史，铝加工品种由2个增至4个。挤压机设计能力年产500吨，投资8.6万元。

北京光学仪器厂与七〇六部队合作研制成功测程为30公里的JCY—1型气体激光测距仪。

北京测绘仪器厂试制成功DSI型一等精密水准仪，并投入批量生产。

北京人民机器厂试制成功J2106对开自动单色胶印机。北京冷冻机厂试制成功溴化锂吸收式制冷机。

北京发电设备修造厂制成高温高压5万千瓦汽轮机。

北京东风无线电四厂改名为北京电视设备厂。

北京眼镜工厂更改为六〇八厂。

北京市昌平玻璃厂建成投产，填补了北京市平板玻璃的空白。

北京日用品联合厂更名为北京日用品总厂。

1973 年

1 月 1 日 北京市科委批准建立北京稀土研究所。

1 月 7 日 北京焦化厂第四座焦炉建成投产。至此，年产能力为焦炭 180 万吨、商品煤气 3 亿立方米。

同月 北京供电公司改称北京供电局。

2 月 19 日 经北京市政府批准，北京矿务局开采大台煤矿所在地煤田，将附近大台公社 8 个大队的村庄迁移重建，把其中的 4965 名农业人口转为城镇户口，归大台煤矿管理。

3 月 26 日 石景山发电厂高井电站 5 号机组（10 万千瓦）投产。

3 月 29 日 成立北京市包装装潢工业公司。

4 月 朱德第六次到北京二七机车车辆工厂视察。参观了新产品试制车间和 6000 马力、3000 马力内燃机车。

5 月 1 日 北京电视设备厂试制成功一个讯道的彩色电视中心设备。10 月 1 日，完成三讯道彩色电视中心和彩色电视转播车。这是我国生产的第一批彩色电视设备。

5 月 26 日 北京市玩具工业公司成立。

6 月 5 日 中央军委副主席叶剑英陪同越南民主共和国政府总理范文同到北京东方红汽车制造厂参观访问。

6 月 11 日 北京市特艺总厂改为北京市特种工艺工业公司。北京市地毯总厂改为北京市地毯工业公司。北京市挑补绣总厂改名为北京市抽纱工业公司。

6 月 15 日 北京电子总厂改名为北京市电子工业公司。

6 月 24 日 国务院批准北京石油化工总厂建设 30 万吨乙烯及 5 套配套装置的工程计划任务书。

7 月 1 日 北京星火机械厂、北京第二农具厂、北京第三农具厂、北京东方机械厂、北京青山机械厂、北京红光机械厂由市国防工业办划归北京市机械工业局管理。

7月30日 北京市汽车工业公司成立。

8月1日 北京市制药工业公司成立。下属单位有北京制药厂、北京第二制药厂、北京第三制药厂、北京第四制药厂、北京制药工业研究所、北京制药技工学校。

8月20日 国务院决定将“小三线”军工厂划归地方领导。北京市革委会决定6个“小三线”军工厂，由市机械工业局领导。

8月26日 我国第一台每秒运算100万次的集成电路电子计算机在北京研制成功，经3000多个小时试算运转，性能稳定，质量良好。参加研制的单位有北京有线电厂、北京大学和燃化部的有关单位。

8月29日 北京市革委会、一机部提出《关于发展北京汽车工业的意见》，拟在第四个五年计划期间，汽车生产能力提高到2.5万辆，其中，“212”吉普车2万辆，北京“130”两吨载重汽车0.5万辆。

8月 京西小煤窑的业务管理，由市煤建公司负责，管理范围：（1）审定和办理小煤窑开采手续，规定开采范围和水平；（2）管理小窑煤的分配；（3）审定小窑煤价格；（4）统一管理小煤窑物资设备。市煤建公司、门头沟区和房山县分别成立小煤窑管理机构。

同日 在全国第五届收音机质量评比中，北京无线电厂的“牡丹”牌941型半导体收音机、“牡丹”牌644型便携式收音机和北京市东风无线电厂一厂的“寰球”牌711型袖珍收音机分别获得同类机的第一名。

9月1日 北京市第二轻工业局的市电子工业公司及其所属的14个工厂和9000多名职工划归北京市仪器仪表工业局领导。这14个工厂是：北京市无线电元件一厂、二厂、三厂、四厂、六厂、八厂、十厂，北京显像管厂、北京半导体器件三厂、北京市东风无线电一厂、北京东风电视机厂、北京电子显示仪器厂、北京电视设备厂和北京东风电池厂。

同日 北京市机械工业局将北京东方红汽车制造厂、北京内燃机总厂、北京齿轮厂等企业移交北京市汽车工业公司。

9 月 21 日 为把首都建成为清洁城市，北京市革委会决定将化工五厂、农药二厂、制药三分厂、红旗化肥厂、稀有金属提炼厂和厂桥装订厂的砷化镓车间迁至通县张辛庄工业区。

9 月 25～27 日 北京市计委召开“药品生产管理座谈会”。决定本市机关、部队、科研、教学等单位所开设的药厂或生产点，按照两不变（隶属关系、利税上交不变），五统一管理（生产计划、质量品种发展规划、技术、设备、物资供应）的原则，统一由北京市制药工业公司实行归口管理。

9 月 北京二七机车车辆工厂 3002 型内燃机车于 1972 年 5 月试制完成后，经环行铁道和正线做各种性能试验合格，于 9 月下旬交付北京内燃机务段试运。

10 月 1 日 北京手套厂转产化纤改名为北京涤纶厂。

同日 北京电视设备厂试制成功三讯道彩色电视中心和彩色电视转播车。

11 月 8 日 北京电视机厂成立。它是在北京无线电精密元件厂的基础上改建的，国家投资 1000 万元。

11 月 15 日 国产第一台抽水蓄能机组（1.1/1.35 万千瓦）在密云水力发电厂白河水电站正式投产。

11 月 26 日 220 千伏南苑变电站安装 12 万千伏安主变压器 1 台和苑通线（南苑—通州）建成投产。这是北京地区投入运行的第一座 220 千伏变电站。

12 月 北京特殊钢厂开始试制油淬火钢丝，1974 年下半年投入批量生产，年产量 500 吨，其中铬钒系列钢丝在全国是独家产品。

本年 北京市仪器仪表工业局所属生产电机、电器、电材、电线的 11 个厂划归北京市机械工业局管理；同时将北京仪表机床厂由北京市机械工业局划归北京市仪器仪表工业局管理。

“小三线”军工厂由北京市国防工办移交给机械局管理。从 7 月 1 日起，960 厂、955 厂、317 厂、5411 厂、9123 厂、506 厂 6 个“小三线”厂的生产和党政工作，由市机械局管理。

北京市陶粒厂成立。年产能力为1.3万立方米页岩陶粒，是我国最早生产页岩陶粒的厂家。

北京市纸箱厂从日本引进瓦楞纸生产线及成套设备。1976年正常投产，成为北京地区第一生产瓦楞纸厂家。

北京第二机床厂研制成功我国第一台精加工机床—2MZ5420型全自动双位砂袋曲轴抛光机。北京量具刃具厂和北京机床研究所合作研制成功激光丝杠动态检查仪。

北京市合页厂（原北京市散热器厂）研制成功钢制散热器，为国内首家生产。

北京半导体器件三厂研制成功HTL高抗干扰数字集成电路。

北京无线电综合元件厂生产的薄膜电路在全国评比会上获得第一名。

北京科学仪器厂试制成功HN—T3型激光器（功率为10mW，腔长1m）。

北京第二光学仪器厂研制成功Y2型原子吸收分光光度计，并投入批量生产。同时还研制成功WFG—200型大型真空光量计。

北京电表厂与北京自动化技术研究所合作试制成功200kV高压静电电压表（Q8—V型）。

北京仪器厂研制成功DH—1000型真空电子束焊接炉。

北京手术器械厂试制成功高速牙钻、气管异物钳和万能喉息肉钳。

北京市医疗器械厂试制成功新型“雪花”牌系列电冰箱，并批量投产。产品出口到16个国家和地区。

遵照周恩来总理减少钨砂出口，大力发展钨业生产的指示，北京广内合金厂，1974年攻克技术难关，使钨钼丝批量生产，并试制成功了纯钨、钨铝、钍钨，与北京有色金属研究院共同研制成功了铈钨电极。

1974 年

1 月 1 日 人民日报印刷厂用胶印轮转机印刷出第一张彩色《人民日报》。

1 月 13 日 北京胜利化工厂在大连物化研究所等单位协助下，建成国内第一套自己研究、设计的以氨为还原剂的选择性催化还原法消除氧化氮的生产装置，运行效果良好，黄烟基本消灭。

1 月 第四机械工业部将所属在京的 12 个工厂下放到北京市。这 12 个厂是：北京电子管厂、北京第一、第二、第三无线电器材厂，晨星无线电器材厂，北京无线电工具设备厂，北京无线电动力厂，北京有线电厂，东光电工厂，大华无线电仪器厂，北京广播器材厂和建中机器厂。与此同时，第六机械工业部在京的 6971 厂也下放到北京市。上述 13 个厂由北京市仪器仪表工业局管理。

同月 北京化工厂研制成功胶片感光材料——油溶性成色剂，并批量生产。

2 月 5 日 经国家建委、北京市和燃化部共同研究决定北京石油化工总厂的生产建设工作由北京市全面负责（包括计划、财务、物资供应和生产建设、施工管理等），实行党的一元化领导。

2 月 9 日 北京显像管厂试制生产的 23 厘米黑白显像管通过生产定型鉴定。

2 月至 3 月 第三机械工业部和第五机械工业部所属的 125 厂、232 厂、394 厂、218 厂、318 厂、503 厂、5424 厂和 618 厂 8 个军工企业划归北京市机械工业局主管。

3 月 1 日 农机和中小农具管理工作由北京市二商局负责改为各县农机局负责，产、供、销业务受市农机局领导。

3 月 31 日 18 时 15 分，北京市光华木材厂“五七”车间因烟囱冒出火星引燃刨花，发生火灾。烧毁厂房（工棚）1202 平方米，成品家具 1777 件，半成品家具 5000 件，以及原料、设备，直接经济损失11.36万元。在救火中72人受伤。

3月　北京市国防工业办公室撤销。在市计划委员会设置军工处，将兵器工业，航空工业各企业和地方“小三线”企业划归北京市机械局领导；电子工业、船舶工业各企业划归市仪表工业局领导。

4月26日　东方红炼油厂扩建工程的国内配套项目常减压蒸馏装置开工建设。1976年8月25日试车投产成功，原油总加工能力达到700万吨。1978年3月12日，与常减压蒸馏配套的电脱盐装置试车投产。

5月1日　北京东风电视机厂试制生产的201型23厘米晶体管黑白电视机批量生产，投放市场。

5月　北京化工建设公司试制成功红外线板式加热器，开创了我国现场清除大型设备焊接应力的新途径。

同月　北京市计委向中共北京市委提出《关于编制十年规划工作情况的报告》。《报告》中说：规划的任务和目标是把首都建成一个具有现代工业、现代农业、现代科学文化和现代城市设施的清洁的城市；工业要建成以钢铁、煤炭、石油化工、机械仪表为重点的现代化的工业基地，工业发展主要靠技术改造，新建企业原则上放到远郊。规划要求着重解决城市建设中“骨头”和“肉”的矛盾（“骨头”指城市主体建设，“肉”指城市基础设施、生活服务设施）。

6月1日　燃料化学工业部决定，北京矿务局下放给北京市领导。

6月29日　北京二七机车车辆工厂，经全面改进的第9台12240柴油机制成。先后通过百小时性能试验和500小时耐久试验，均达到交通部《柴油机试验大纲》和《铁路牵引用柴油机台架试验细则》的要求。

6月　胜利化工厂引进的丁二烯抽提装置开工建设。1975年12月25日按期建成。1976年5月18日试车投产。1979年丁二烯产量达标。后进行改造，生产能力达到5.6万吨，比原设计提高24.4%。

7月1日　中共中央发出的《关于抓革命、促生产的通知》规定：不准揪斗干部，不准打人抓人；擅离职守的领导干部和其他人员必须返回工作岗位；对于那些把打内战、停工停产的行为说成是“反潮流”、“不为错误路线生产”的错误言论，必须加以批驳。12日至14日，中共北京市委召开有区、县、局和直属厂矿、大专院校主要负责同志参加的扩大会议，学习贯彻中共中央的《通知》。

8月10日 北京农药二厂职工钟瑞班、黄静生、罗征球为抢救在清挖储油池污泥时被硫化氢窒息昏倒的农工，不幸牺牲。当月，农药二厂党委追认钟瑞班、黄静生为中共党员。1981年市人民政府批准钟瑞班、黄静生、罗征球3人为烈士。

8月21日 向阳化工厂苯酚丙酮车间发生重大爆炸事故，造成13人死亡，23人受伤，停产80天，直接损失28万元。北京市、燃化部、卫生部领导万里、杨寿山、孙晓风等赶到现场，指导善后工作，慰问伤员。8月23日，朱德委员长专程到石化总厂慰问伤员，并作重要指示。

8月26日 北京市二轻工业局所属的东风电视机厂、市无线电元件一厂等14个企业划归市仪器仪表工业局领导。

8月28日 北京市钟表工业公司成立。

8月 由清华大学、北京无线电三厂和天津无线电研究所联合研制的DJS—130计算机通过国家鉴定。

9月16日 前进化工厂引进的高压聚乙烯装置开工建设。1976年6月7日试车投料，两小时后生产出合格低密度聚乙烯。

9月22日 北京二七机车车辆工厂制造的第9台12240柴油机通过部级鉴定。装有该机的北京型3004号机车为批量生产的定型样机。

9月27日 石景山发电厂高井电站应用国产电子计算机对国产第一台10万千瓦机组全面闭环调节和部分自动控制试运成功。

9月 北京灯泡厂试制成功世界第三代光源高压钠灯。

同月 向阳化工厂引进的聚丙烯装置开工建设。1976年6月17日试车投料，18日（累计22小时）生产出合格聚丙烯。1981年达到设计能力。1986年和1987年采用日本三井油化技术和新型催化剂进行技术改造，年产能力提高到11.5万吨。

10月7日 北京工艺美术工厂制作的“成昆铁路”牙雕工艺品，

由我国政府赠送联合国。

10月15日　李先念副总理看到新华社《内参》刊登的关于北京石油化工总厂"三废"治理情况一文后批示："我国这样的大厂不少，对于'三废'的治理，是否取得了向北京石油化工总厂治理'三废'那样的成绩，如果没有，请把这件事当作主要的事来抓，要抓出成绩来，并把这件事列入1975年和'五五'计划。"

10月22日　石景山发电厂高井电站6号机组（10万千瓦）投产。

10月25日　北京矿务局城子煤矿—340米水平二槽西巷，在回采大巷煤柱放炮时发生冲击地压重大灾害事故，死亡29人，重伤5人，轻伤3人。

10月　北京市仪器仪表工业局调整部分工厂的隶属关系。将北京电子工业公司所属的整机厂——北京电视设备厂、北京东风电视机厂、北京市东风无线电一厂、北京电子显示仪器厂划归北京市无线电联合厂管理。同时将北京市无线电联合厂所属的元器件厂——北京无线电综合元件厂、北京无线电插接元件厂、北京无线电磁性材料厂划归北京市电子工业公司管理。

11月23日　胜利化工厂成品车间因误操作，2号胶液罐超压，胶液喷到聚合车间，引起大火，2人死亡，24人受伤，直接经济损失40余万元。

11月28日　北京人民机器厂试制成功J2108型对开单色胶印机和J2203型对开双色胶印机。

11月　北京染料厂自行设计的硫酸工程试车投产，年生产能力8万吨，总投资986.3万元。

同月　首钢开始试用高炉铁水直接浇注钢锭模，并于次年获得成功。

同月　北京工艺美术工厂玉器车间技术革新小组首次在国内试验成功钻石工具，提高工效十余倍。

同月　BJ212A轻型越野汽车的变型产品，两轮驱动的民用轻型汽车在北京汽车制造厂开始生产。

12 月 7 日 北京市毛麻丝工业公司成立，所属企业有北京毛纺织厂、北京清河毛纺织厂、北京毛线厂。

12 月 北京二七机车车辆工厂工人大学成立。

本年 经国家计委批准，北京第二通用机械厂与瑞典通用电气公司签订合同，引进 100 吨钢包精炼炉成套设备。

北京半导体器件三厂建成国内第一条晶体管塑封生产线。

北京第二机床厂与天津电气传动设计研究所合作，研制成功我国第一台 JHK6380 型卧式加工中心。

北京第二通用机械厂试制成功 3 万吨金刚石油压机。

北京重型电机厂试制成功 10 万千瓦汽轮发电机组。

北京冷冻机厂试制成功 250 万大卡透平制冷压缩机。

北京造纸研究所和造纸试验厂试制出涂塑壁纸，填补了我国造纸工业的一项空白。

北京光学仪器厂与清华大学合作，研制成功激光光电控制光栅刻画机。同年刻出 1800 条/毫米的平面和凹面光栅。

北京仪器厂研制成功 DMD—450 型直枪式电子束蒸发镀膜机。

北京人民机器厂试制成功我国第一台卷筒纸双面 4 色胶印机。

北京照相机厂试制出 135 小型照相机 F40mm/1：3、5－1/500 秒中心快门、自拍。

1975 年

2 月 22 日 北京市革委会批转市计委《关于首钢扩建工程的安排意见》。首钢扩建规模定为年产钢 200 万吨、铁 260 万吨、铁矿石 1400 万吨。

2 月 北京印刷技术研究所研制成功阳图平印预涂感光版，同年在北京印刷二厂试生产。

3 月 3 日 第一机械工业部、财政部批准在北京汽车制造厂建设应用电子计算机进行管理的自动化立体仓库。

3 月 18 日 北京市革委会召开全市工交大会，号召全市工交战线广大干部职工和群众，全面贯彻“抓革命，促生产”的方针，出色地完成第一季度生产任务，大干第二季度，为完成和超额完成国家计划而努力。参加会议的有来自全市各区、县、局的负责同志和工矿企业、车间、班组代表共 18000 人。中共北京市委和市革委会负责同志参加会议并讲话。会议指出，1975 年是我国第四个五年计划的最后一年，一定要把工业搞上去，要求各级领导干部带领广大群众认真贯彻执行“鞍钢宪法”，进一步开展“工业学大庆”群众运动，力争全面完成和超额完成第四个五年计划，为国家多做贡献。

3 月 21 日 根据燃化部对煤炭质量的新规定，北京市煤建公司制订《煤炭进销品种对号目录》，煤炭分为 28 个品种并相应规定了质量标准。

3 月 31 日 北京化工建设公司用自制的 700 吨桅杆，67 分钟将乙烯装置丙烯精馏塔整体组合吊装成功（塔高 83.4 米、直径 4.5 米、吊装重量 565 吨）。这一吊装技术获全国科学大会成果奖。

3 月 经中共北京市委批准，首钢下设石景山钢铁公司、特殊钢公司、有色金属材料公司和基本建设指挥部。

同月 国内第一台 30 平方米金属阳极电解槽，在北京化工机械厂试制成功，与原石墨电解槽相比，生产能力提高 50% ~70%，电耗降低 15% ~20%。

4 月 1~6 日 中共北京市委、北京市革委会，召开北京市工业学大庆经验交流会。市委、市革委会负责同志，市总工会、团市委、市妇联和各区、县、局负责人出席了会议。市委负责同志在会上讲了话。出席会议的有工业、交通、基建战线的先进单位，先进集体代表，模范人物，领导干部，共 1200 人。还有 2800 人参加了会议的开幕式和经验交流大会。有 18000 人参加了闭幕会议。会议指出，要保证完成和超额完成 1975 年的国民经济计划，胜利实现第四个五年计划。

4 月 8 日 北京无线电一厂研制成功大型混合模拟计算机 HMJ—200 型机。该机是引入数字控制技术的全晶体管化大型混合模拟计算机。

4 月 北京市自动化工业公司成立，有 7 个直属厂、1 个研究所、23 个区属归口厂。

5 月 20 日 北京手扶拖拉机厂试制完成一机部下达的小履带拖拉机科研计划，出样机两台。

5 月 在全国 130 汽车经验交流会上，一机部汽车局肯定了北京市二里沟汽车制造厂研制成功的 BJ130 轻型载货汽车的技术改进成果，要求全国 2 吨轻型载货汽车按 BJ130 汽车统一设计图纸进行生产。

6 月 9 日 中共北京市委召开抓革命、促生产工作会议，传达毛主席关于学习无产阶级专政理论问题、安定团结、把国民经济搞上去的三项指示和中共中央《关于努力完成今年钢铁生产计划的指示》。会议要求加强各级领导班子建设；反对派性；加强企业管理，建立健全规章制度。

6 月 18 日 北京二七机车车辆工厂召开转产大会。欢送最后一台前进型 1625 号蒸汽机车，新造北京型 3002 号内燃机车同时出厂。从而结束了 74 年修理蒸汽机车的历史，标志着内燃机车开始批量生产。

6 月 23 日 秦皇岛至北京输油管道建成投产。全长 355 公里。

直径为529毫米，年输油能力600万吨。

7月20日　北京地区第一台国产20万千瓦中间再热机组—石景山发电厂京西电站1号机组投产运行。

7月29日　石景山发电厂京西电站20万千瓦汽轮发电机组的厂用电系统，采用北京电力器材二厂研制生产的全套晶体管保护装置，正式投产运行。它是国内大型发电机组厂用电系统全套采用晶体管保护的第一个发电厂。

7月　北京市工业系统1～7月份实现技术革新17600多项，包括重大革新1100多项，试制成功790个新产品，新制成的自动换刀卧式数控镗铣床，200门大型模拟计算机等一大批新产品达到了国内先进水平。

8月20日　聚丙烯项目中的乙烷装置在向阳化工厂开工建设。1976年1月20日试车投产。

8月　乙二醇引进装置在前进化工厂开工建设。1978年7月28日试车，31日出合格产品。

9月24日　北京市染织工业公司成立。归口管理北京帆布厂、北京七一棉织厂等11家企业。

9月　聚丙烯项目中的三氯化钛引进装置在向阳化工厂开工建设。1977年3月7日试车投产。

同月　北京热电厂4号汽轮发电机组，由凝汽式改为采暖抽气式，增加供热能力112.62百万千焦/小时，节煤8吨/小时。

同月　北京有色金属试验厂研制出直拉锑化镓单晶，单晶重300克以上。

10月28日　北京市计委通知，为进一步加强北京石油化工总厂一期扩建工程试车开工的领导，决定成立石化试车开工领导小组，杨寿山任组长，孙晓风、张百发、杨春茂任副组长。

同日　铁道部部长万里视察二七机车车辆厂，对该厂自行设计制造的北京型内燃机车予以肯定。

10月31日　北京石油化工总厂乙烯装置的火炬（高120米、重240吨）整体吊装成功。

10 月 北京市机械配件工业公司成立，管理标准件和轴承行业，原北京标准件总厂撤销。

同月 铁道部决定在南口机车车辆机械工厂扩建铁路轴承生产系统，年产铁路车辆轴承 21 万套。

11 月 26 日 北京电力工业局改称北京电业管理局。

11 月 北京矿务局杨坨煤矿使用钻扒机掘凿岩石暗斜井项目和王平村煤矿使用压滤机处理煤泥闭路循环系统在全国第一次科学技术大会上获奖。

同月 东风化工厂硝铵装置开工建设。1976 年 9 月 30 日试车投产，生产出合格产品。

12 月 12 日 首钢从法国引进 2 台 6500 立方米/时制氧机中的一台投入生产，另一台于 1976 年 6 月运行生产，国产的 6500 立方米/时制氧机也相继投产。

12 月 31 日 昌平桥梁厂在清华大学师生的协助下，设计改造了新型“倒三角”10 吨龙门式起重机，每台起重机自重由 15.8 吨降至 11.2 吨，1978 年 10 月荣获全国优秀成果奖。

本年 北京矿务局大安山煤矿平峒矿井建成，核定年生产能力 75 万吨。

北京市窦店砖瓦厂建成我国第一组多孔道一次码烧小断面隧道窑，工人实物劳动生产率达到 40 万块/人·年，为全国同行业最高水平。

北京第一机床厂研制成功我国第一台 XK4860 型五坐标螺旋桨铣床。

北京第二机床厂研制成功我国第一台 ZCS1000 型三坐标测量机。

北京第三机床厂试制成功 M425B 型小孔精密立式珩磨机床。

北京第六机床厂试制成功 SC7432 高精度丝杠磨床。

“北京”牌手表在全国评比中，以平均质量 90.15 分夺冠。

北京光学仪器厂和中国计量科学研究院合作，研制成功 BDT2—1 型电子微量天平。

北京第二光学仪器厂研制成功激光拉曼分光光度计。

北京测绘仪器厂试制成功 HGC1 型短程测距仪。

北京椿树整流器厂研制成功60kW 电子束熔炼炉电源，并在1978年获全国科技奖。

北京仪器厂研制成功 E 型枪镀膜机（DMP—450 型）。

北京真空仪表厂试制成功 BZ—1 型真空热电偶。

北京卷烟厂开展技术革新和技术改造活动，实现大小技改 37 项，其中包装机连接项目，过滤嘴小包、条包机合一连接装置，改变了手工操作的生产条件，达到国内先进水平。

北京晒图机厂改名为北京自动化仪表厂。

北京工农兵医疗器械厂改名为北京医疗仪器厂。该厂与医学院合作研制成功四导脉像仪。1978 年获全国科学大会奖。

1976 年

1月1日　北京市二里沟汽车厂改名为北京市第二汽车制造厂。其前身是北京市汽车修理厂二分厂，创建于1955年12月，1972年7月改名为北京市二里沟汽车制造厂，是我国最早研制生产130轻型载货汽车的厂家。

同日　北京市电子工业公司中心试验站成立。这是北京最早承担全国性电子产品评比测试单位。

同日　北京制浆造纸试验厂试制出黑白照相纸，填补了北京造纸工业的空白。

3月　北京第四制药厂引进联邦德国STRUNK公司制造的“洗、烘、干灌封针剂联动机”及“贴签机”试车成功，用于生产北京蜂王精。

同月　北京市劳动局保护科学研究所小分队，对市煤建公司所属煤厂的生产环境和工人劳动条件进行调查，并写出调查报告。据对煤建公司一厂和机械修造厂400名工人普查，矽肺病可疑者达30%；直属厂有13人已确诊为矽肺病。报告提出的问题引起市煤建公司领导的重视，并着手进行综合治理。

4月3日　北京二七机车车辆厂经过重新改造的北京型3002号机车，在北京至广州间牵引16节客车进行往返试验，获得成功。途中运转100小时，驶过鸡公山12.5‰的长大坡道，安全正点，状态良好。

4月14日　北京市计委、市财贸组联合发出通知，为加强对区、县煤炭管理处的业务管理，决定将区、县煤炭管理处的业务工作，包括煤炭的生产与分配、劳动力的指标和调配、物资供应、财务管理等，划归市煤建公司统一管理。

4月　北京耐火材料厂、洛阳耐火材料研究所与武汉钢铁学院联合试制成功的我国第一条纤维湿法制毡工艺线，在北京耐火材料厂建成投产。

5月1日 北京市煤建公司鉴于煤炭部直属煤矿和山西、河北地方煤矿的煤炭出厂价格提高以及矿区内运费增加，根据1962年国务院规定的作价原则，对本公司库供和站拨的工业用煤价格作了适当调整。

5月7日 北京石油化工总厂经北京市革委会批准，开始兴建总厂医院的一套大型高压氧舱。该高压氧舱于1982年5月24日建成投入使用。

5月8日 东方红炼油厂乙烯、丁二烯、高压聚乙烯和聚丙烯4套装置先后试车成功，并投入生产。

5月 北京矿务局杨坨煤矿开始水力采煤。

6月 220千伏清河变电站建成，装有12万千伏安变压器1台。1985年10月，增装12万千伏安变压器1台。

同月 首钢在国内首次研究成功不经分离富集、直接采用空气—乙炔气火焰原子吸收法。用该种方法测定易切钢中0.005%以下的微量钙，准确度和精密度与萃取原子吸收法、放射光谱法、化学法相当。此方法在全国同行业得到推广和应用。

同月 北京矿务局杨坨煤矿岩石四队使用岩石钻扒车开凿下山岩巷，当月进尺83.6米，创全国最高记录。

7月17日 北京市科教组、计委、建委、财贸组在《关于北京市七·二一工人大学发展情况和意见的报告》中说，到今年6月底，七·二一工人大学已发展到487所，在校学员达3.2万人，现共有专职教师1500多人，从老工人、干部和技术人员中选聘的兼职教师约3500人；但是，有相当一批大厂至今没有办学。9月8日，市革委会批转了这个报告。

7月中旬 任丘到北京的输油管线建成投入使用，华北原油通过石油管道输到本市石楼原油转运站。

7月 河北省唐山发生地震后，本市各行业企业根据国务院和北京市政府的指示，迅速及时地投入抢险救援工作。北京市机械工业局北京重型电机厂赶制输水汽车30辆，并将装满可饮用水送灾区，还送去空压机、机床、高压开关及阀门等救灾物资；市医药公司赶制急救药品，增产抗菌素、磺胺、葡萄糖输液、止血药等支援灾区；市医疗器械总厂组织医疗器械会战，短期内生产救护车 30 辆，便盒 1766 个，止血钳 5 万把，接骨板 10 万副，派出 19 人的医疗器械巡回修理队，赴灾区 3 个月工作；市化工局橡胶八厂、东城橡胶厂紧急赶制导尿管，市农药一厂和农药二厂赶制杀虫灭菌剂，并派人去灾区协助喷洒；市农机局调出机动喷雾机 620 台、超低量喷头 300 只和深井泵 10 台，支援灾区，还抽出 5 吨拖车 10 辆，供市供电局安装发电机时做机动车，用于抗震救险；市一轻工业局组织北京义利食品厂和第一食品厂连夜生产出面包 1.15 万公斤，饼干 5000 公斤，并及时运往灾区。北京矿务局奉命派出医疗救护、机电土建人员赶赴唐山灾区救灾抢险。

同月 北京东方红炼油厂在京秦输油管线因地震断裂的情况下，及时改炼任丘原油，保证了石化总厂安全、持续、稳定生产。

同月 京津唐电网被地震解列成三片，负荷由震前 225 万千瓦降到 94 万千瓦。北京电力建设公司参加陡河电站建设的部分职工伤亡。北京电业管理局当日组成以张桂楠为总指挥的电力抗震抢修指挥部，并赶赴现场进行抢修。

8 月 1 日 北京市汽车研究所成立。它是北京市汽车工业公司科研事业单位。

8 月 8 日 中央抗震救灾慰问团北京分团团长乌兰夫，副团长杨俊生等到石景山发电厂慰问。9 日，该团又慰问了北京义利食品厂和北京焦化厂。

8 月 14 日 北京管乐器厂，在中央乐团双簧管演奏家刘奇的指导下，工人郝云大胆创新试制成功 2303 低音双簧管。这种产品具有音域宽厚、优美，适宜交响乐团及个人独奏使用。该产品 1984 年被轻工业部评为国家级银质奖。

8 月 28 日 北京石油化工总厂请解放军派直升飞机协助吊装乙烯装置新火炬头。在吊索脱钩过程中发生意外，造成飞机坠毁，4 名机组人员和 1 名工人死亡事故。

8 月　北京市日用化妆品一厂新香皂车间建成，生产能力由原来的年产 1000 吨，提高到年产 7000 吨。在华北地区居第一位。

9 月 9 日　毛泽东主席逝世。按中共北京市委部署，北京市机械工业局组织北京第一机床厂加工制作了水晶棺板。在市仪表局安排下，北京医疗仪器厂为毛泽东主席灵车制作了控温系统。市医药公司与北京化工厂、红星化工厂协作，按时、按质、按量完成保存毛泽东主席遗体所需的 19 种化学试剂的供应任务。同年 12 月，北京化工厂、北京橡胶厂和北京氧气厂完成了为毛主席纪念堂提供真空镀膜化学药品、橡胶密封件和特种气体的任务。

11 月 6 日　北京矿务局房山煤矿经过两年努力，建成水力采煤系统，并开始送水试枪。1981 年，水采原煤产量占全矿原煤产量的 80%。

12 月 28～30 日　中共北京市委召开了工业学大庆工作会议。参加会议的有市委和市革委会各部门，各区、县、局和一些工厂企业的负责同志，共 300 多人。

12 月　北京电力中心调度所成立。

本年　北京无线电厂的牡丹牌 2441 型全波段一级收音机、牡丹牌 942 型四级便携式收音机、牡丹牌 649 型三级便携式收音机，在全国第六届收音机质量评比中分别获得同类机第一名。

北京大华无线电仪器厂研制成功原子频率标准，获全国科学大会奖。

北京矿务局开始执行招收退休、病亡职工子女接班政策。到 1985 年，共招收 6838 人。

北京整流器厂与清华大学合作研制成功的 10 兆电子伏特医用电子直线加速器，在北京医科大学附属第一医院肿瘤研究所临床应用。

北京分析仪器厂试制成功 ZHD—01S 型色谱—质谱联用仪和 SP—2308 型气相色谱仪（带 4 种检测器）。同年，该厂的 SY—08 型液相色谱仪正式投产。

北京电表厂与京西矿务局、开滦矿务局联合研制成功矿用电动断相过载保护器，获全国科学大会奖。

北京光电技术研究所和北京光学仪器厂研制成 WJ—1 型激光微压光谱仪。

北京市西郊烟灰制品厂烟灰砖车间建成投产。

本市各郊区县筹建 110 个区县级饲料加工厂。至年末，已有平谷、大兴、房山、通县、昌平、延庆 6 个县的饲料厂动工兴建。

1977 年

1 月 受1976年唐山大地震影响，本市煤炭调入亏吨严重，煤炭供应紧张，部分单位因缺煤不能正常生产，有的冻坏了设备；城近郊区居民用煤发生了大面积脱销。在市领导的关怀帮助下，增加了煤炭的调入，市煤建公司发动职工加班加点，千方百计增加生产，使煤炭供应的紧张状况逐渐缓和下来。

2 月 23 日至 3 月 2 日 北京市召开工业学大庆会议，命名30个大庆式企业，表彰了一批先进单位、先进集体和个人。

3 月 北京市西城区录音机厂研制的长城牌DTL电影同步录音机设计定型，达到国外同类产品的技术指标，填补了我国电视电影工业的一项空白，获北京市科研成果奖和文化部的奖励。

同月 北京自动化技术研究所与第一机械工业部重庆工业自动化仪表研究所共同研制的DDZ—Ⅲ型系列电动单元组合仪表通过国家鉴定。

同月 北京电业管理局就开展电网之间的“比思想、比干劲、比作风、比贡献”的社会主义劳动竞赛，向华东电业管理局发出应战书。

同月 北京石化总厂的加氢制苯装置在前进厂开工建设，1978年8月3日试车投料，8月4日生产出合格产品。但氢提纯单元因设备问题一直未开起来，使装置处于半负荷运转，外商于1979年5月到现场重制设备，1980年1月19日氢提纯单元开车成功，保证了装置的满负荷运转。

4 月 1 日 首钢烧结厂第二烧结车间一号、二号烧结机建成投产，每台有效烧结面积75平方米。

同日 北京铜厂新建电解车间正式投产。电解铜年生产能力1万吨，建筑面积2306平方米，投资139万元。

4 月 12 日 北京石油化工总厂修建的输往北京城区的石油液化

气管道通气投用，全长 46 公里。

4 月 15 日 三、四、五、六机部在京企业及 6 个“小三线”工厂从即日开始，由北京市国防工业第二办公室领导。

4 月 26 日 35 千伏前门变电站在处理电缆故障时，因误操作造成全站停电，影响中南海、人民大会堂、毛主席纪念堂工地等处部分用电。

5 月 6 日 北京热电厂 8 号机组（燃气轮机 2. 17 万千瓦）投产。

5 月 9 日 北京铜厂生产出周恩来生前批示的 7532 工程急需的无氧铜异型空心导电管，为填补我国科学技术空白作出了贡献。

5 月 11 日 北京市革委会在首都体育馆召开有本市工交、城建及其他战线的 18000 名代表参加的学习大庆经验交流大会。会上，大庆油田代表介绍了经验。

5 月 19 日 中共北京市委召开万人大会，传达贯彻全国工业学大庆会议精神，动员首都工人阶级和全市人民举旗抓纲，大治快上，加快工业和国民经济发展速度，深入开展工业学大庆普及大庆式企业的群众运动。

5 月 24 日 北京耐火材料厂“研磨细粉低压输送”新技术试验成功，送粉效率提高 5 倍，获冶金工业部颁发的科技成果奖。

5 月 25 日 北京热电厂 9 号机组（燃气轮机 2.17 万千瓦）投产。

5 月 27 日 北京涤纶厂扩建。其生产规模为年产涤纶纤维 6000 吨，是为北京石油化工总厂生产涤纶树脂的配套项目。

5 月 根据北京市计委通知，为尽快发挥引进的日光灯流水线的作用，成立北京荧光灯厂筹建处，筹建北京荧光灯厂，并于本年 5 月开始施工。

同月 北京石油化学工业总厂经石油化工部报请国家建委批准，与联邦德国吉玛、鲁奇两公司进行聚酯生产技术、设备引进的谈判。5 月 28 日和 30 日，由中国技术进出口总公司分别与上述两公司签订引进精对苯二甲酸装置和缩聚切片装置的合同。

6 月 1 日 铁道部、政治部转发介绍北京工程机械厂钢梁车间青年技革小组研制数控焰切机事迹的“胸怀凌云志，革新攀高峰”一文。该小组研制的数控焰切机在1978年10月被评为全国铁路优秀科技成果奖。

6月5日 北京卫戍区一师开办的门头沟斋堂火村煤窑发生瓦斯爆炸，死亡30人，内有北京矿务局负责技术指导的工人2名。事故原因为该煤窑处于超级瓦斯地区，加上工作面掘进头煤层变厚，瓦斯突出，逢塌方后，造成瓦斯积聚，后被电火花或金属工具碰撞出火花而引爆。

6月10日 北京制药工业研究所研制的全合成消旋氢溴酸东莨菪碱，与北京制药厂协作进行中间实验并取得成功，通过了技术鉴定，批准生产。

6月24日 北京市革委会在批转市环保办公室《关于北京市环境保护工作情况和1977年任务》的报告时指出：搞好首都的环境保护，需要各行各业共同努力；特别是工业主管部门，要把防治“三废”、保护环境作为一项考核企业全面完成国家计划的指标；新建、扩建的企业，必须坚持“三同时”的方针，在安排检查、总结生产任务时，要同时安排检查、总结环境保护工作。

6月27日 首钢4号焦炉（65孔）竣工投产。

6月 北京玻璃研究所研制成功具有国内先进水平的光学玻璃纤维，用于医用胃镜或工业内窥镜。

7月1日 北京市地方冶金工业与首都钢铁公司分开，恢复北京市冶金工业局建制。原属北京市地方的冶金企事业单位划归冶金工业局领导。原首钢所属有色公司撤销。

7月19日 北京氧气厂二车间煤气提氢设备发生爆炸，死7人，伤8人，氢分装置及部分厂房被毁，这是化工系统有史以来发生的最严重的一次事故。

7月28日 北京市计划委员会改组为北京市计划委员会、北京市工业交通办公室和北京市国防工业第二办公室。北京市国防工业第一办公室同时成立。

7月30日 北京矿务局木城涧矿因连降暴雨，地面水涌入井下两个水平的 7 个工作面，使该矿被迫停产 20 余天。

7 月 北京电力自动化设备厂研制成功的 JKCXB—1 型变电站、晶体管继电保护及集控装置在水力电力部于山西昔阳县召开鉴定会上进行了鉴定。鉴定意见认为：该装置是变电站建设中一项重要技术革新，应予推广应用。会后，水力电力部和北京市均将该装置列为重点推广科技成果。

8 月 10 日 国务院决定从 1977 年 10 月 1 日起提高部分职工的工资。这次调整工资的重点是那些工作多年、工资偏低的职工。北京市的调资工作从 10 月开始试点，到 1978 年 5 月结束。全市调整工资的职工占职工总数的 43.9%，平均每人每月增加工资 6.21 元。全市县以上集体所有制单位，也参照进行了调整工资工作，调资面为 49.35%。

同日 北京市机械工业局召开标准化工作会议，传达《市标准化工作经验交流会会议纪要》，要求各厂做好企业产品质量标准的整顿、报批、备案工作；编制标准化工作的 3 年计划和 8 年规划。

同日 中共北京市委、市革委会召开全市进一步开展“工业学大庆、普及大庆式企业”的动员大会。

8 月 15 日 中共北京市委、市革委会召开万人大会，听取北京市赴上海学习代表团的汇报。大会号召全市职工虚心学习上海和天津的宝贵经验，力争全面和超额完成今年的国家计划，以优异的成绩迎接党的第十一次全国代表大会的胜利召开。

8 月 31 日 东方红炼油厂三蒸馏车间，由于蒸汽带油，引起炉膛温度剧变，造成减压塔阀门漏油，发生重大火灾事故，直接损失 70 多万元，停产 20 天。

8 月 北京人民机器厂试制成功 JJ201 型对开双面双色胶印轮转印刷机。

9 月 1 日 北京市第一轻工业局系统全部完成毛主席纪念堂各项任务：北京玻璃总厂制成水晶棺；北京电影光学研究所完成水晶棺内外照明光源、塑料投光灯、150W 冷光密氙灯；北京照明器材厂制成瞻仰大厅的晶体槽灯，水晶棺内的光导纤维灯、广场、大厅柱灯及冷光摄影灯等各种灯具 706 台；北京造纸试验厂制成装饰纪念堂的涂塑压花壁纸及北京造纸五厂制成印花石膏板纸。市化工局所属的北京氧气厂为纪念堂工程配套安装了氧、氮、氩的液化装置。

同日 北京东郊葡萄酒厂试制完成优质白兰地酒，具有法国名酒“可雅”白兰地典型风格，质量接近“v. s. o. p”级水平。

同日 北京无线电元件八厂生产的莺歌牌 Φ65 ×100 扬声器在全国质量评比中获得同类产品第一名。

10 月 11 日 由石化部副部长李艺林为队长的石油化工部学大庆工作队 117 人到达北京石化总厂，帮助石化总厂办成高标准的大庆式企业。北京市工交办主任叶林到石化总厂迎接学大庆工作队。

10 月 14 日 220 千伏清河变电站建成。220 千伏京西电站至东北郊线路接入站内。

10 月 18 日 北京市召开工业学大庆先进刀具表演大会，来自兄弟省市和本市金属切削战线的数百名刀具革新能手，在机床旁大显身手，竞相传经献技。经过 3 天的技术表演，4 万多人观摩学习，圆满地完成了预期的任务，于 10 月 17 日胜利闭幕。余秋里副总理观看了表演。

11 月 7 日 北京市煤建公司为加强本市煤炭市场管理，防止煤炭外流，对全市 4 个城区居民用煤实行“划片定点，凭证供应”的购买方法。

11 月 8 日 北京第二热电厂 1 号机组（5 万千瓦）投产，该机组始建于 1976 年 1 月 7 日；北京至唐山的 220 千伏陡蓟通（陡河—蓟县—通州）双回线路二线正式送电，全长 146. 3 公里，北京与唐山 220 千伏系统联通，一线于翌年 1 月 17 日投入运行。

12 月 2 日 220 千伏老君堂变电站建成。装有 12 万千伏安变压器 1 台。220 千伏老君堂变电站至通州一回线路投入运行。1978 年 12 月，增装 6. 3 万千伏安变压器 1 台；1988 年 12 月扩建，增装 12 万千伏安变压器 1 台。1979 年 12 月 29 日老君堂至通州二回线路建成。

同日 北京市煤建公司更名为北京市煤炭公司。

12 月 5 日 京西电站至张家口地区侯家庙变电站 220 千伏输电线路投产，北京与张家口地区联网。

12 月 21 日 经北京市工交办批准，北京市煤炭公司在全市开始实行工业用煤分配“指标到局，供应到厂”新办法。此办法是根据中央关于“从今年起开始对煤、油、电的供应要向口粮一样，实行定量供应”，“要坚决改变消耗无定额，敞口供应，不采取有力措施，空喊节约的状况”等指示精神制定的。

12 月 24 日 北京化工二厂由联邦德国引进的氧氯化装置开车，经中德双方考核合格。原来使用的能耗高、污染重的电石法被淘汰，化工二厂成为国内第一套以石油乙烯法生产聚乙烯的厂家。这套装置是 1972 年经周总理亲自批准引进的，投资为 1500 万美元。

12 月 25 日 北京市工艺美术展品预展在中山公园和王府井工艺美术服务部同时展出。展出作品 2000 余件。

12 月 23 ~ 27 日 北京市农机局、畜牧水产局在顺义县召开了机械化养猪机具技术鉴定会议，对北京市实验养猪场的养猪机械系列进行了科研鉴定，对 4 个型号的猪用饮水器和大型饲料粉碎机进行了新产品鉴定。一机部、农林部、商业部、北京军区以及 17 个省市 82 个单位的代表 138 人出席了会议。

12 月 北京显像管厂生产的 23 厘米黑白显像管在全国质量评比中获得总分第二名。

同月 北京半导体器件三厂研制生产出 CMOS 集成电路。

同月 北京无线电综合元件厂试制成功 1024 位动态移位寄存器大规模混合集成电路，可靠的用于卫星遥测系统。

同月 北京铜丝厂研制成功铅铜和卡玛新产品，填补了国内空白。

同月 北京化工二厂承担的阿尔巴尼亚发罗拉氯碱厂建设工程正式移交给阿方，这项工程是根据两国政府协议，于 1971 年开始动工兴建的，生产规模为电石 1000 吨，烧碱 7500 吨，聚氯乙烯 6500 吨。化工二厂派专家组指导施工。

同月 北京邮票厂与清华大学合作研制成功自动连续照相机，该项目1978年获全国科学大会奖。

本年 北京市机械工业局所属14个军工企业划归市国防工业办公室领导。

北京市东城区热工仪表厂（北京自动化仪表四厂前身）试制成功音叉料位计。

北京市仪表局组织北京市医疗器械厂、东方红医疗器械厂、北京整流器厂、重型电机厂、第一机床厂、清华大学等40多个单位进行医用直线加速器攻关会战，研制完成BJ—10型医用直线加速器。该项成果获国家科技大会奖。

北京市木材厂研制成功计算机房用的活动地板，该产品是电子计算机房、通讯中心、电化教室较为理想的地面材料，填补了国内空白。

北京市建材科研所，制出腐植酸混凝土减水剂样品，1979年在北京市延庆县腐植酸厂建成一条设计年产500吨的中试生产线，两年多中有36吨产品在市政、水库、铁路和城建等26项工程中试用，拌制混凝土4万立方米，节约水泥1300吨，平均每使用1吨减水剂可节约水泥30多吨。该减水剂为国内首创，为我国减水剂增加了一个新品种，为开发我国丰富的草碳酸资源开辟了一条新途径。使用该减水剂后，在浇灌时可减轻振捣混凝土的劳动强度，提高混凝土质量，降低工程材料费用。

1978 年

1 月 9 日 北京供电局贯彻执行国务院批转《燃料、电力凭证供应办法》，对工业用户实行“四定一查办法”即：用电大普查，定电量、定负荷、定产品耗电量、定用电时间。按凭证指标用电，开始加装定量器。

1 月 20 日 中共北京市委决定，按专业化协作的原则改组工业，改革工业管理体制，按行业组成专业生产公司或总厂，并成立市调整工业办公室。到 4 月 1 日，已按行业组成了 72 个专业生产公司或总厂。8 个城近郊区的 444 个区属工厂正式改变了隶属关系，按行业划归市有关工业局所属的专业公司或总厂，实行统一领导。

1 月 首钢提出“把首钢建设成花园化企业”的设想，成立厂容管理办公室，重新规划布局，当年净增绿地 7.66 万平方米。

2 月 4 日 北京石化总厂组建聚酯生产厂，定名为长征化工厂。

2 月 12～18 日 北京市工业学大庆会议举行。中共北京市委第二书记倪志福在会上作《进一步深入开展工业学大庆群众运动，为高速度发展国民经济而努力奋斗》的报告。会议表彰了一批先进集体和个人。

2 月 27 日 北京市工业交通办公室在北京展览馆剧场召开北京市工交战线 1977 年度产品大检查总结汇报大会，向生产 70 种优质产品的 38 个单位颁发了奖状，并部署了 1978 年整顿和提高产品质量的工作。国家计委技术局、各区、县、局的负责人以及各厂矿企业的代表 2800 多人出席了会议。

2 月 北京新华印刷厂研制的微球发泡感光树脂版油墨成果，获文化部科技二等奖。

3 月 6 日 北京市农机局将局属 9 个厂，区县属 52 个厂、跨口归口农机工业 3 个，共 64 个农机工厂，划分 3 个专业生产公司、4 个专业生产总厂。即：拖拉机内燃机工业公司、农具工业公司、农机通用件工业公司和收获机械总厂、植保机械总厂、畜牧机械总厂、农机机修工具总厂。

3月7日 北京市革委会在转发国务院批转的《全国企业扭亏增盈工作会议纪要》时指出：所有企业要建立和健全严格的经济核算制，加强企业管理，大抓节约、狠反浪费，全面完成经济技术指标。

3月18日 北京化学制药行业的18甲基炔诺酮及其制剂、川芎嗪、4—甲基吡啶等18项合作研究成果在北京召开的全国科学大会上获全国科学大会奖。

3月20日 北京生物化学制药厂（隶属市二轻局皮革工业公司）、宣武制药厂（隶属宣武区轻工业公司）、朝阳化学制药厂（隶属朝阳区仪表化工工业公司）、西城制药厂及西城区胶丸厂（隶属西城区）、北京卫生材料厂（隶属市二轻局文体百货工业公司）6个企业划归北京市制药工业公司领导。

3月22日 北京市煤炭公司下发了《关于提高产品质量，加强生产管理的暂行规定》，对煤球和蜂窝煤的原料配比、灰分、水分、落末、粒度、煤球个数及型轮开档、压力等都制定了严格的标准，并规定不合格的产品不准出厂。

3月26日 根据铁道部电报通知：北京二七机车车辆工厂改名为铁道部北京二七机车车辆工厂。

3月30日 北京二七机车车辆工厂北京型3000马力液力传动内燃机车、12240型柴油机、高宽效液力变扭器、铁路铺轨整道机械化——LD—25型低悬臂铺轨机、LD—300K型辉光离子氮化炉、柴油机喷油器等6项产品获全国科学大会奖。

3月 北京汽车制造厂BJ212轻型越野汽车、北京第二汽车制造厂BJ130轻型载货汽车、北京齿轮厂齿轮检测新技术，以及北二汽与北京市汽车排气消音器厂共同研制的BJ130轻型载货汽车排气消音器等项目获全国科学大会奖。

同月 北京石化总厂催化裂化轻柴油芳烃抽提顺丁橡胶成套生产技术获全国科学大会奖。该总厂聚酯项目中的对二甲苯装置在前进厂开工建设。该装置引进美国专利技术和主要设备，80%的设备由国内制造。于1980年10月中旬建成。11月25日一次开车成功，生产出合格产品。

同月 北京电力系统10个单位在全国科技大会上获得62项（次）全国科技成果奖，其中有独立完成的受奖项目两项：北京电力科学研究所的4万安培大电流发生器及检验标准设备的研制，北京发电设备修造厂的全氟利昂自循环蒸发冷却式1200千伏安发电机。与地区内外合作完成的受奖项目共60项（次）。

4月4日 北京市仪器仪表工业局按照专业化管理的原则，成立了5个电子专业公司。即：北京市广播电视工业公司，下属24个厂；北京市计算机工业公司，下属14个厂；北京市无线电仪器工业公司，下属6个厂；北京市无线电元件工业公司，下属21个厂；北京市半导体器件工业公司，下属24个厂。经初步调整后的北京市属89个电子工业企业，分别由这5个专业公司管理。原北京市无线电联合厂、北京市电子工业公司和4个城区的电子仪表工业公司的建制，同时撤销。

4月12日 北京市工交办批转市煤炭公司制定的《北京市煤炭分配供应和使用管理办法》，开始对北京市工业用煤试行凭证定量供应办法。

4月20日 中共中央颁布《关于加快工业发展若干问题的决定（草案）》（即《工业三十条》）。该《决定》指出：要搞好企业整顿，建立和健全以岗位责任制为中心的各项规章制度；各企业必须以生产为中心，恢复实行党委领导下的厂长分工负责制，总工程师、总会计师的责任制，职工代表大会制或职工大会制；恢复和健全企业基金制；按专业化的原则改组工业，建立起强有力的各级工业指挥系统。

4月24日 北京市制药工业公司恢复技术人员的技术职称。全公司共有副总工程师3人、总工艺师2人、副总会计师1人、工程师35人，恢复了原有职称。

4月 经北京市政府工业调整办公室决定，将由市商业局领导与管理的北京市服装工业公司、北京市鞋帽工业公司及其所属企业和一个特殊脚型加工门市部，划归北京市二轻工业局领导与管理。

同月 北京市城近郊区所属的100多个电子工业企业和东城、西城、崇文、宣武4个区的电子仪表工业公司成建制地划归为北京市仪器仪表工业局领导。

同月 北京医疗器械总厂改为北京市医疗器械工业公司。

同月 北京市一轻局成立北京缝纫机总厂、北京自行车总厂和北京灯泡总厂。

5月16日 北京市冶金设备自动研究所成立，其任务是研制新型高频率、高精度的冶金设备及研究冶金设备自动化技术等。

5月24日 北京针织总厂改为北京市针织工业公司。

5月31日 中共北京市委召开工业学大庆工作会议，要求学习贯彻新时期的总任务和工业管理条例，搞好企业整顿，加快普及大庆式企业的步伐，广泛开展以提高质量、降低消耗、反对浪费为中心的增产节约运动。

5月 北京石油化工总厂大修厂试制成功耐高温高压的具有国内先进水平的缠绕垫片。1985年6月10日通过中国石油化工总公司鉴定，并投放国内外市场。

同月 北京市一轻局成立北京市第一轻工业学校。

同月 第一机械工业部选定北京内燃机总厂为引进日本全面质量管理的试点厂。

6月7日 北京市建材工业设计所成立，主要承担局内各厂矿新建扩建项目的工艺设计、非标准设备设计、部分土建设计和技措项目的土建设计工作。1990年12月20日改名为北京市建筑材料工业设计院。

6月10日 北京市制药技工学校改为北京市制药工业中等专业学校。

6月14日 北京市革委会转发《国务院关于实行奖励和计件工资制度的通知》。市革委会要求全面贯彻精神鼓励和物质鼓励相结合，以精神鼓励为主，物质鼓励为辅的方针。

6月27日 首都钢铁公司党委召开万人大会，为首钢运输部所谓“地下国民党”的冤案彻底平反，为因这个冤案而受审、受害的

290 多名职工平反昭雪。

6 月 北京有色金属研究所研制成功美国司贝发动机所需的镍银、镍黄铜材料。

7 月 1 日 中共中央副主席李先念对北京矿务局制定的“八年翻番计划”给予批示。批示全文为:“建议支持这个计划,这对首都提高用煤自给水平,把外地调运煤减少一些下来,都很有好处。”10 月 29 日,李先念指示北京矿务局生产应当翻番。

7 月 4 日 国务院制定的《工业三十条》开始试行。国务院要求各地区、各部门要采取有力措施,切实把试行工作搞好,以便对其进行修改和完善。

7 月 10 日 长征化工厂破土动工。10 月,缩聚装置主厂房开工建设,1981 年 7 月 26 日建成投料,三条生产线先后生产出合格的聚酯切片。

7 月 北京矿务局举办科技展览会,展出该局近年来创造的 190 多项技术革新成果,其中 20 个项目曾受到全国科学大会和北京市科技大会表彰。

同月 北京矿务局成立卫生学校,该校由市统一招生,学制三年,毕业后取得中专学历。

同月 首钢 500/400 中型轧钢车间建成投产,第一期工程为年产 5 万吨中型钢材,经过 1980 年和 1982 年的改造,具备年产 15 万吨中型钢材能力。

8 月 1 日 北京日化二厂生产的金鱼牌 25 型洗衣粉在全国质量鉴定会上评为第一,质量分达 99. 8 分。北京缝纫机一厂生产的缝纫机在 6 省 2 市 25 个单位的质量鉴定会上评为第一,质量分达 90 分,超过历史最好水平。北京灯具厂生产的日光灯在全国 37 个单位质量鉴定会上评为第二名。

8 月 17 日 中共北京市委工交政治部召开大会,为被林彪、江青反革命集团诬蔑为“假典型”的首钢公司炼钢厂白云石车间、东四邮局和丰台西站一场驼峰支部 3 个先进单位的党支部恢复名誉。

8 月 中共北京市委决定将市工业交通办公室改为北京市经济委

员会（简称市经委）。

同月 日本小松制作所全面质量管理交流团团长高桥信芳、顾问马场求等到北京内燃机总厂讲授全面质量管理，并与该厂合作进行全面质量管理试点。

同月 经北京市政府工业调整办公室批准，将市五金行业内的拉锁、铝品、刀剪企业划出，成立北京市拉锁总厂、铝制品总厂、刀剪总厂。

9月20日 北京市革委会召开北京市工交战线"质量月"广播电视大会，动员全市工交战线广大干部、职工进一步开展"质量月"活动，努力把产品质量搞上去。

9月21日 北京市工业产品质量展览会开幕。

9月23日 北京第二热电厂2号机组（5万千瓦）投产。

9月29日 北京化学纤维研究所成立，其前身是北京麻纺织厂。

9月 北京市纺织工业局开展第一个"质量月"活动，并取得成果。至年底11项质量指标，有10项超过历史水平；42个有可比历史水平的企业，有27个达到历史水平，占88.8%；优质产品和"信得过"产品达29个，占全部产品的20%；全局评出两个质量"信得过"工厂，7个"信得过"车间，11个"信得过"班组和23名质量标兵。

同月 北京市二轻工业系统的市五金机修厂经与兄弟企业合作会战，按照日本样机用18天时间试制成功3台全能自动洗衣机。12月12日，该厂又与香港金原公司商定按日立牌样机生产乐华牌PK—9000型自动洗衣机，1989年3月向港商交货3台，提前两个月完成任务。这种洗衣机具有洗涤毛、丝、棉织品和普通纤维制品功用，洗涤衣物时进水、排水、清洗、甩干等过程全能自动。从此，该厂开始了生产家用洗衣机的换代产品。

10月5日 北京玉器厂老艺人王树森创作的一对高绿翡翠"龙凤呈祥"佩，以180万元人民币的价格在香港出售。该作品约一寸高、七分宽、两分厚。一面为游龙图案，一面为祥凤。佩的顶额为两只蝴蝶夹一双喜字。

10月7日 北京市经委系统召开“三包”政策落实大会，虚心听取商业部门对工业产品的意见。市经委负责人带领有关工业局、公司的领导干部，“背”回了商业部门退货的不合格产品。参加这次大会的市经委系统各工业局、公司和厂矿企业的1100多名干部，首先听取了商业部门的意见，接着向商业部门的同志道歉，并送去质量合格的产品。

10月11日 北京市特种工艺工业公司授予10名技艺高超的老工人、专业设计人员以工艺美术师职称，并颁发证书。特艺部门在1954年和1956年曾先后两次提升56名老艺人。这次特种工艺行业授予一批老工人、专业技术人员以工艺美术师的职称是建国以来第三次。从专业设计人员中提升工艺美术师是建国以来第一次。

10月25日 北京矿务局王平村煤矿在全国煤矿“质量月”总结评比会上被授予“在提高煤炭质量方面取得显著成绩矿”称号。

10月 通县氮肥厂建成投产。自1973年以来，先后还有密云、昌平、顺义、大兴等县的化肥厂开始生产，5个小化肥厂由化工局归口管理，年生产能力为6.7万吨。

同月 北京钢丝厂研制成功高碳铅硫复合易切钢棒，填补了国内空白。

同月 北京市第二热电厂正式供热。

同月 北京市机械工业局建立工程机械工业公司、通用机械工业公司、机床工业公司、电器工业公司、粉末冶金工业公司、机电设备维修公司和电机总厂、叉车总厂、阀门总厂、电线总厂。机床工具总厂后改为工具工业公司。

同月 北京第二机床厂自行设计研制成功国防尖端技术产品CH001—1D104—5精密倾斜回转台；北京重型电机厂与清华大学、哈尔滨工业大学合作研制成功10万千瓦单缸节能汽轮发电机组；北京市机电研究院与北京第二机床厂组成联合技术攻关小组，研制成功我国第一台5吨工频无芯短线保温前炉。

11月1日 北京石化总厂的北京石油化工专科学校举行开学典礼。该学校是大学专科性质的高等学校，当年只设石油化工机械专业，招生45名。

11月9日 北京市召开工交系统技术革新积极分子代表大会，命名和奖励40名技术革新能手，246名技术革新积极分子和59个先进集体。截至9月底，全市工交战线共实现技术革新28891项，比上年同期增加了73%，其中重大项目有976项，试制成功新产品1025种。

11月15日 北京石化总厂“七·二一”大学举行开学典礼。设仪表及自动化专业，招生55名。

11月19～26日 北京市召开第二次社队企业工作会议。会议指出：人民公社集体经济，应因地制宜地实行农业、副业、工业三结合；公社应加强对社队企业的领导和管理。会议还研究了社队企业的税收、贷款、价格、工商行政管理、物资供应渠道、提取管理费等问题。

11月20日 中共北京市委作出为首都钢铁公司平反、恢复名誉的决定。

同日 中共北京市委作出为长辛店二七机车车辆工厂平反、恢复名誉的决定。

11月21日 北京棉纺织印染工业公司建立。北京纺织机械器材总厂改为北京市纺织机械器材工业公司。

11月27日 北京石化总厂创办北京石油化工学院，国务院尚未批准前，北京市指示定名为北京化工学院第二分院，招生80名。1982年7月改为北京石油化工专科学校。1985年4月，划归中国石化总公司直接领导。

12月 北京东方化工厂筹建。建设内容为从日本引进年产3.8万吨丙烯酸及酯成套装置，国内配套年产2.6万吨丙烯酸酯装置，总投资2.7亿元人民币，丙烯酸类产品属有机化工原料，国内尚属空白。1979年5月，国家计委批复同意北京东方化工厂计划任务书，1980年3月开始建设施工。

12月16日 北京市计委召开质量工作会议。会议给35个“1978年质量工作先进单位”和75名质量标兵颁发了奖旗和奖状。

对各局评选出来的 471 名质量标兵和 372 个“信得过”班组的每个职工分别颁发了奖金。会议指出：据 9 月份统计，全市 13 个工业局在 109 项与历史可比指标中，有 95 项达到或超过历史最好水平。

12 月 20 日 国务院批转财政部《关于国营企业试行企业基金的规定》，各国营企业按照这个规定从 1978 年起提取和使用企业基金。

12 月 21 日 北京煤炭利用研究所成立，任务是研究煤炭热能利用、改革炉具、节约煤炭。

本年 北京石油化工总厂在落实党的知识分子政策中，恢复 294 名工程师以上技术职称，有 116 名技术员分 4 批晋升为工程师，并使一批用非所学或安排不当的大专毕业生走上技术对口的新岗位。

北京广播器材厂与成都电视设备厂联合设计试制的双通道彩色电视发射机 CF1—1 通过鉴定定型。

北京半导体器件三厂的 HTL 高抗干扰数字集成电路，北京无线电一厂的 HMJ—200 大型混合模拟计算机，北京无线电三厂的 DJS130 数字计算机，北京无线电综合元件厂薄膜集成电路计数器，北京半导体器件二厂的中规模 TTL 电路，北京市半导体器件厂的运算放大器集成电路，北京无线电二厂的 XB29 型标准高频信号发生器等产品，在全国科技大会上获成果奖。

北京市半导体器件厂恢复为北京半导体器件研究所。

北京市计算机技术学校成立，设软件、硬件专业。同时，北京市计算机工业公司所属各厂分别开办了 8 所技工学校，有计算机、载波、无线电、机械、电路、半导体器件和电镀等专业，先后培养技工 1515 名。

北京市电子仪表工业局用西城区元件厂厂址与北京工业学院合办了北京工业学院二分院，设无线电技术、计算机和自动化专业。

北京印刷学院成立，翌年中央工艺美术学院的印刷工艺系并入该院。

北京铜丝厂与有色金属研究院共同研制的“微双向处理新工艺”，获冶金部科研成果奖。该工艺生产的手表材料代替了部分进口材料，节约了外汇。

在北京市青工金属切削技术比赛中，北京矿务局机电厂女工张淑玉获第一名，李勇强获铣刀导向板项目第一名。

北京矿务局井下作业工人实行免费供应班中餐，每份班中餐标准为0.3元。1981年1月改为0.4元。

经北京市工业调整领导小组批准，东城、西城、崇文、宣武、朝阳、丰台等32个区属纺织企业，划归市纺织局领导。按行业分给北京毛麻丝工业公司6个厂，北京染织工业公司7个厂、北京市针织工业公司16个厂、纺织机械工业公司1个厂，局直属2个厂。

北京第三棉纺织厂研制了JS自动引经机，获纺织部科技成果一等奖；该厂研制的JME—1全自动穿经机，获纺织部科技成果一等奖、北京市科技成果二等奖。

北京市二轻工业系统在北京市塑料工业公司技工学校的基础上，成立北京市塑料工业学校。

北京市塑料研究所研制成功的刻图薄膜、72式耐爆反坦克地雷、定向反光正刮工艺道路标识牌、聚苯乙烯低发泡注射成型工艺和设备4项科技项目，获全国科学大会奖。北京市塑料十三厂生产的微波吸收材料，获全国科学大会奖。

北京有色金属熔炼厂研制成功高炉碴口锻件，获北京市科研成果奖。

北京第二光学仪器厂研制成光栅红外分光光度计（波长范围为2.5～25μ）和双波长紫外分光光度计。

北京分析仪器厂研制成功环境监测车（QJC—01型）并提供应用。

北京电影机械研究所研制的JSX—1型通用加色法灯箱通过鉴定，获全国科学大会奖。同年还研制成35毫米双声道磁性录音机。

北京微电机厂直流力矩电机和宽调速直流伺服电机，获全国科学大会奖。

北京光学仪器厂试制成功全国统一设计的TDJ6型和TDJ2型经纬仪，两者零件通用系数达70%以上，取代原DJ6型和DJ2型经纬仪。

我国第一条纸面石膏板生产线在北京市石膏板厂进行试运行，该生产线国家投资 900 万元，年设计生产能力 400 万平方米。

北京市建材局推行全面质量管理，在所属各厂普遍采用七种工具，建立起六图一表，即：质量管理机构图、质量责任区域划分图、工艺控制点图、质量信息反馈图、质量缺陷排列图、因果分析图、对策表。建立起质量责任制，实行方针目标管理。

北京二七机车车辆工厂生产的北京型内燃机车，从 3075 号开始改进了转向架结构参数，机车振动显著降低。其攻关小组被评为北京市和铁道部工业总局的优秀质量管理小组。

北京卷烟厂重建“中心试验室”，引进了具有国际水平的检测仪器，改变了单靠感观检测的落后状况，具备了对国内外各种卷烟样品及烟叶成分进行快速准确分析的能力，加速了新技术的开发应用。

1979年

1月12日　中共北京市委作出为南口机车车辆机械工厂平反、恢复名誉的决定。

1月16～25日　中共北京市委召开工作会议，传达贯彻中共十一届三中全会精神，明确把全市工作重点转移到社会主义建设上来。

1月22日　国家计委、外贸部、财政部、中国人民银行正式发文同意北京纺织系统使用外贸贷款4200万美元，用于引进国外先进设备。

1月　北京二七机车车辆工厂14项科技成果获全国铁路科学大会奖。14项科技成果是：北京型液力传动内燃机车、12240型柴油机、柴油机喷油器、12240柴油机缸盖流水线、LD—300K型离子氮化炉、LR—CK2数控线切割机、喷吸群钻、等离子电炉、QTD—2000曲轴动平衡机、气门等离子喷粉焊、高温电磁吸盘、机械化锯材流水线、椭圆管自动挂锡机、铣端面花键装置。

同月　东方红炼油厂试制成功专用高闪点喷气燃料。其主要质量指标达到国际先进水平。

2月2日　中共北京市委决定成立北京市医药总公司。负责医药、器材的生产、供应和使用的统一管理工作。4月1日，市医药总公司正式成立。

2月9日　北京市无线电元件技术学校成立。

2月19～23日　北京市农机局召开农机修理工作会议，传达贯彻全国农机修理工作会议精神。

2月　北京化工学院第一分院建立。该院是由化工局自筹校舍和经费，在北京化工学院的帮助下成立的。该校学制四年，设10个专业，首届招收575名学生。

3月5日　首钢公司向中共北京市委、市革委会和冶金部上报《关于在首钢进行扩大企业权限试点的请示报告》，申请在首钢进行经济体制改革试点，扩大企业的计划权、物资权、财务权、直接外贸权、劳动工资管理权。

3 月 8 日 经化工部和北京市革委会批准，北京石油化工总厂改称燕山石油化学总公司。改名后党、政业务关系都不变。

3 月 13 日 北京市人民公社企业局成立。

3 月 在全国高级小提琴制作评比中，北京提琴厂制作的“星海”牌高级小提琴获第一名。

同月 北京铝箔厂由意大利引进的四辊可逆式冷轧机组正式试车投产。该机组年轧制能力 5000 吨。

同月 东方红炼油厂提升管催化裂化装置动工建设。1983 年 11 月建成投产，生产出合格产品。

4 月 1 日 根据北京市一商局、二轻局协议，市服装工业公司一分为二，服装工业公司归属市二轻局领导。成立北京市服装（商业）公司，隶属北京市一商局领导。服装七厂归市服装（商业）公司领导。

4 月 4 日 北京市经委召开大会，动员工交战线广大职工立即行动起来，广泛深入地开展增产节约运动，要求职工认真学习有关中央文件和市革委会《通告》，发展安定团结局面。

同日 中共北京市委、冶金工业部命名首钢为大庆式企业。4 月 6 日，北京市市长林乎加向首钢授旗。

4 月 5～23 日 北京市电子仪表工业局认真贯彻执行“调整、改革、整顿、提高”的八字方针。上半年，对那些产品没有销路，发展没有前途的工厂，关停并转了 37 个。

4 月 16 日 北京市医药总公司成立。为避免与市一商局所属市医药公司名称相混，中共北京市委决定将新成立的北京市医药公司定名为北京市医药总公司。将化工局的制药工业公司、仪表局的医疗器械工业公司，一商局的药材公司和医药公司、站及所属单位成建制的划归北京市医药总公司统一领导。

4 月 北京市革委会决定，全市煤炭供应行业的行政业务工作由北京市煤炭总公司统一领导。区煤炭管理处、县煤炭商店党的关系仍归所在区、县。北京市煤炭公司按局级待遇。

同月 北京市自动化系统成套设计研究所成立。

5月5日 北京市计委、市经委联合批复，同意一轻局新建党校，基建面积4000平方米。

同日 经中共北京市委教育部批准，成立北京航空学院第一分院，归一轻局领导，年内招生560人。

5月7~29日 中共北京市委举行工作会议，会议决定根据中共中央提出的“调整、改革、整顿、提高”的八字方针，结合北京情况，做好国民经济的调整工作，压缩基建投资，开展增产节约运动，同时做好思想工作。

5月8日 北京内燃机总厂召开第一次全面质量管理成果发布会，日本小松制作所全面质量管理交流团应邀参加会议。

5月 北京市医药总公司开办两所中专学校：北京医药工程学校、北京医疗器械学校，学制均为二年。

同月 北京东方红医疗器械厂仿制成功500mA、125kV诊断X线机。

6月1日 北京电力系统1个单位获“全国电力工业大庆式企业标兵”称号，10个单位获“全国电力工业大庆式企业”称号，5个车间班组获“全国电力工业学大庆先进集体”称号，4人获“全国电力工业劳动模范”称号，4人获“全国电力工业学大庆先进生产（工作）者”称号。

6月8日 陈慕华副总理到北京同仁堂制药厂视察。视察时指出：“中药生产应从原料开始灭菌，要采用多种方法去掉杂质，最大限度地减少含菌量，要想点办法逐步改进设备，要有流水线，从原料一直到成品。”1980年，陈慕华副总理再次来厂视察工作改进情况。

6月20日 北京市经委、计委联合发出《关于远郊九县煤炭供应机构划归市煤炭公司领导的通知》，自7月1日起，远郊九县煤炭供应机构业务行政工作划归市煤炭公司领导。各县煤炭供应机构定名为“北京市煤炭公司某某县公司”，为县属局级企业。

6月 北京化工实验厂扩建工程竣工，总氨产量达10万吨，化工实验厂自 1959 年投产以来，先后五次扩建，固定资产原值净增 4.6 倍，年工业总产值净增 21.6 倍。

7 月 11 日 中共北京市委和市革委会在东城区召开现场会，号召全市服装行业职工行动起来，解决群众“做衣难”问题。市委书记、市革委会副主任王纯在会上讲话。会议决定采取三个措施：一、充分发挥现有企业的作用；二、挖掘街道和服务站潜力；三、增设服装加工网点。

同日 国家计委批复燕化总公司于 1977 年上报的《增建配套加工装置计划任务书》，同意增建乙醛（包括醋酸）、苯酚丙酮、间甲酚 3 套引进装置。1980 年调整国民经济、压缩基建战线，乙醛被停建，苯酚丙酮和间甲酚因设备、材料已陆续到货，只缺国内配套设施资金，被缓建。被停建的还有脱烷基制苯制萘、催化柴油芳烃抽提和甲醇等项目。

7 月 13 日 国务院下达《关于扩大国营工业企业经营管理自主权的若干决定》、《关于提高国营工业企业固定资产折旧率和改进折旧费使用办法的暂行规定》、《关于国营企业实行利润留成的规定》、《关于开征国营工业企业固定资产税的暂行规定》和《关于国营工业企业实行流动资金全额信贷的暂行规定》5 个文件，并发出通知要求选择少数企业进行试点。

同日 国务院批准首都钢铁公司为第一批经济体制改革试点单位。

7 月 31 日 北京市医药总公司北京医药站首次举办“医药商品展览交流会”。全国 28 个省、市 154 个二级站的 700 名代表参加。展出 843 个品种，北京站成交 1501 万元。

7 月 北京市第一皮鞋厂的珠峰牌牛面模压三接头男皮鞋在全国皮鞋质量评比中，被评为一类产品。

同月 北京市开始在 366 个国营工业企业试行利润留成办法。

8 月 6 日 首钢向北京市经委提出《关于首钢实行利润留成试点的请示报告》，建议企业利润留成比例为实现利润总额的 11.4%，折旧基金的 80% 留给企业。

8月15日 北京市出版局决定成立零件印刷总厂，下设六个分厂，成立北京市制本总厂，下设两个分厂。

8月18日 北京矿务局房山煤矿达到全国统配煤矿安全生产“百日红”竞赛甲级标准。

8月23日 北京煤炭利用研究所，试制成功了用一根火柴即可点燃的易燃煤球。这种煤球可放在手炉和腰炉内使用，燃烧时间分别为12小时和6小时，可用于医用理疗或野外作业人员保暖。

8月29日 北京市6名老艺人在全国工艺美术创作设计人员代表大会上，荣获“工艺美术家”称号。他们是：牙雕艺人杨士慧，玉雕艺人王树森、夏长馨，景泰蓝掐丝艺人金世权，花丝镶嵌设计师吴可男，雕漆艺人杜炳臣。

8月30日 邓小平视察北京西郊用新型轻质建筑材料建造的4座框架轻板试验性建筑。他说：要尽快把新型轻质建筑材料工厂办起来，要大批量生产，厂子不要太大，要搞专业化生产，要讲究质量，要降低造价。

8月 北京计算机三厂与清华大学联合设计的DJS—140计算机通过样机鉴定。北京半导体器件二厂承担了配套的集成电路研制任务。

同月 北京东风电视机厂利用进口整机与进口散件的外汇差价，引进组装技术，改进生产线，提高班产能力。这种引进技术的方式被称为“东风方式”。

同月 北京矿务局城子煤矿开拓二段团支部书记王洪英被团中央命名为全国新长征突击手；开拓二段青年“攻关小组”被团市委命名为北京市新长征突击队。

9月1日 北京市中药一厂恢复厂名为北京同仁堂制药厂。北京市中药七厂恢复厂名为北京同仁堂药酒厂。

9月4日 北京市经委和市委卫生体育部，根据国务院批转卫生部、国家医药管理局等9个部委《关于在全国开展整顿药厂工作的报告》的精神，决定成立北京市整顿药厂领导小组。

9月8日 国家经委在北京召开全国第二次质量授奖大会。北京同仁堂李时珍牌“安宫牛黄丸”获金质奖、北京制药厂双鹤牌“维生素 C”获银质奖。

同日 北京市建材水磨石厂“钻石牌”水磨石荣获国家优质产品银质奖。

9月14日 首钢精矿粉和铸造生铁获国务院颁发的优质产品金质奖章。

9月20日 在全国地毯产品质量评比中，北京地毯五厂机抽洗地毯获得第一名。北京地毯五厂的手工110道古纹式地毯，北京地毯四厂的 PWB 机绣素毯被评为北京市优质产品。

9月24日 北京市革委会在北京市工人俱乐部举行表彰工交基建战线劳模大会。本市工交战线的劳模1400多人参加了大会；市委第一书记、革委会主任林乎加等出席了大会，并向180名劳模颁发了奖章和证书；市革委会副主任贾庭三讲话。

9月28日 中共中央批复中共北京市委、国家出版局为北京新华印刷厂彻底平反的报告。

同日 国务院授予首钢全国先进企业称号。

9月 北京印染厂冰山牌涤棉漂白细纺府绸和北京毛纺织厂天鹅牌全毛高级单面花呢获国家金质奖；北京绒毯厂马踏飞燕牌短顺毛羊绒大衣呢获国家银质奖。

同月 北京清河毛纺织厂被确定为国家首批八个扩大企业自主权试点单位之一。

同月 在全国第二次质量月活动中，燕山牌顺丁橡胶获国家优质产品金质奖。高压聚乙烯等6个产品荣获市优质产品称号。胜利化工厂和东方红炼油厂获北京市质量工作先进单位，胜利化工厂并获化工部质量先进单位。

10月6日 北京市革委会批准市煤炭公司《关于对市场用煤实行按对象划分批发价和零售价的意见》。文件规定，生产用煤执行批发价；生活用煤执行零售价，在现行批发价的基础上增加10%作为自取零售价（职工食堂用煤暂不执行）。从1979年11月1日起执行。

10月19日 北京市经委、市科委批准，北京市医药总公司成立北京市医药情报所。

10月24日至12月30日 北京特种工艺工业公司和香港图荣贸易有限公司在美国举办“中国北京工艺美术展览”，其中展出珍品36件。这是中美邦交正常化以后，第一次在美国举办北京工艺美术的展览。

10月 在全国第七届收音机质量评比中，北京无线电厂牡丹牌6410型三级便携式收音机、牡丹牌747型便携式收音机、牡丹牌942A四级便携式收音机和北京朝阳无线电厂葵花牌752型四级便携式收音机均获一等奖。

11月2日 北京市革委会转发《国务院批转国家计委、国家建委、财政部关于基本建设投资试行贷款办法报告的通知》，决定本市先在一轻、二轻、纺织、旅游局试行基本建设投资贷款。要求各有关双方根据国家规定，签订经济合同，承担经济责任，以保证工程的正常进行。

11月5日 北京市建筑锁厂制成的502弹子门锁通过北京市建筑五金水暖工业公司的鉴定。502弹子门锁有一般撞锁的优点，又具备多种保险作用，很受用户信赖，于1980年被评为北京市优质产品。

同日 北京市革委会召开全市“节能月”动员大会，首钢、化工二厂、绒毯厂等单位的7位代表介绍了加强燃料和热能管理，实现增产节约的经验。

同日 北京608厂的光学眼镜片获国家质量银质奖章；东郊葡萄酒厂的中国红葡萄酒被评为全国名酒；金鱼牌洗衣粉、石英玻璃仪器、糠醛、F20摄影镜头和25瓦普通灯泡在全国同行业评比中名列第一；晒图纸被评为全国优胜产品。

11月12日 首钢接到北京市经委、财税局通知，利润留成比例“核批为8.3%”。当年，首钢实行利润留成制度，以上年实现利润为基数，基数利润的8.3%和增长利润的10%留给企业。

11月17日 北京稀土研究所与北京有色金属研究所正式合并，改名为北京有色金属与稀土应用研究所。

11月21日 北京市经委召集市财税局和市煤炭公司共同研究决

定：从1980年起，对市煤炭公司拉运地方小窑煤和国矿落地煤，进价高于国矿送货价造成的亏损，按实际拉运量由市财税局给予定额补贴。

11月 北京显像管厂生产的31厘米黑白显像管通过生产定型，在全国第二届黑白显像管质量评比中获第一名。

12月6日 北京卷烟厂与英、美烟草公司（BAT）签订由英、美烟草公司提供一条卷接包生产线的设备，北京卷烟厂生产该公司的国际名牌卷烟“555”牌香烟，在国内市场销售的合约。此合约是国内烟草行业与外商合作迈出的第一步。

12月15日 首钢二高炉改造工程竣工投产。该高炉采用顶燃式热风炉、无料钟炉顶等37项新技术。1985年10月获国家科技进步一等奖。

12月19～23日 北京医药总公司召开首次科技工作会议，对BF—5幅照电子直线加速器等36项科研成果进行了奖励。

12月31日 停业12年之久的北京市二轻系统的北京王麻子刀剪门市部重新开业。

12月 北京有色金属熔炼厂研制成功的铝合金牺牲阳极获国家金龙奖。

同月 经过三年多建设，南口机车车辆机械工厂铁路轴承引进项目基本建成，全面进行了设备调试，并试产5037套轴承。

同月 房山、顺义、怀柔5个新设计建设的区县万吨饲料厂，已相继竣工投产。海淀、石景山也抓紧设备安装，即将竣工。当年投产的还有朝阳、丰台、密云三个区县饲料厂。经过几年的努力，混合饲料已在全市普及推广，本年度加工供应量达到20.68万吨。

同月 北京市电子仪表工业局科技情报所和北京市计算机技术研究所成立。

同月 北京半导体器件三厂与国外公司进行技术合作，将1.5寸硅片生产线改造成为2寸硅片生产线，并完善厂房的净化改造，净化级别1000级，关键工序达到100级，成为全国“七专”电路定点生产厂。

同月 北京无线电仪器厂研制成功了我国第一套晶体管 Ft、Kp 计量标准装置，使这些参数量值有了统一的计量手段。并对全国进行量值传递，四机部组织了鉴定。

同月 北京市机电研究院研制成功了千瓦级二氧化碳激光；北京第二机床厂研制成功低速动压床头主轴轴承和小型计算机控制的卧式镗铣床；北京风机二厂试制成功低噪声屋顶风机；北京电炉厂试制成功 LD—25Z 型全自控离子氧化炉。

本年 同仁堂制药厂李时珍牌“安宫牛黄丸”、“乌鸡白凤丸”、同仁堂药酒厂李时珍牌“虎骨酒”获北京市优质产品奖。

北京医疗器械研究所研制的“工业幅照电子直线加速器”获北京市科技成果一等奖。

北京市矽酸盐制品厂加气混凝土生产线建成。该生产线始建于 1975 年，设备由国内制造，设计能力年产 10 万立方米加气混凝土。1984 年该厂改名为北京市加气混凝土二厂。

北京市窦店砖瓦厂为提高珍珠岩粉料产量，组织技术攻关小组，把焙烧窑炉炉径由 500 毫米扩大到 600 毫米，圆管下料口改为四个扁口扇形下料器，提高了焙烧能力和原料膨胀系数，每台炉班产量比 1978 年提高 52.2%，同年该厂夺得全国同炉型单炉产量、质量、效率、单耗和成本 5 项第一。

1980 年

1 月 1 日 北京二七机车车辆工厂分为：铁道部北京二七机车工厂和北京二七车辆工厂。

1 月 3 日 中共北京市委、市政府召开发展集体经济，安置待业青年工作会议。市委书记林乎加在会上强调，对城市集体经济不能忽视，要解决社会生产、服务行业的缺口，必须依靠群众，广开门路；有关部门要协助街道疏通供销渠道，搞好技术培训，共同做好待业青年的安置工作。会议制定了 1980 年的发展规划。

1 月 10 日 华北电业管理局成立。该局是电力工业部的派出机构，负责对华北各省、市、自治区的电力生产、基建实施管理。

1 月 15 日 政协全国委员会副主席班禅额尔德尼·却吉坚赞参观北京汽车制造厂。

1 月 16 日 邓小平在《目前的形势和任务》的报告中指出"……北京一个电视机厂（按：即东风电视机厂），去年年产 9 英寸黑白电视机 2 万台，平均日产 50 多台；后来搞了一条日本的 12 英寸黑白电视机生产线，设计能力为日产 600 台，现在已经日产 400 台。……"肯定了东风电视机厂引进国外技术的做法。

1 月 22 日 国务院发布《国营工业企业利润留成试行办法》，在北京市扩权企业中试行。

1 月 30 日 北京市政府召开全市"节能月"总结大会。张彭主持大会并讲了话。首钢、重型机器厂等 4 个单位介绍了节能经验。大会向 71 个节能先进企业、69 个节能先进集体、57 名节能标兵颁发了奖状、奖品。1979 年全市计划节煤 35 万吨、燃料油 1.44 万吨、电 1.7 亿度，实际节煤 40 万吨、燃料油 2 万吨、电 2 亿度。会议提出 1980 年力争全年实现节电 3%、节煤 5%、节油 10%。

1 月 北京无线电仪器厂与中国科学院半导体所联合研制成功我国第一台集成电路中小规模动态参数测试系统。

同月　在全国第一个“节能月”中，北京市工交、基建、财贸、农林等各条战线广泛深入地开展了节约能源的“大宣传、大检查、大评比、大落实”的群众运动。

2月14日　北京特殊钢厂以补偿贸易方式引进瑞典联合式高速拔丝机。1982年3月投产，年产钢丝11000吨。

2月25日　首钢开始改革物资供应管理体制，撤销25个主要厂矿供应科，按区域成立13个供应站，实现了全公司生产建设用料统一计划，统一采购，统一分配，统一管理。

2月　北京化工二厂在化工全系统第一家建立厂内银行。在清产核资，制定内部计划价格，分解全年经济指标的基础上实行新的核算体系、程序，核算与奖金挂钩，使厂内财务管理发生改革性的变化。

4月1日　燕山石化总厂胜利化工厂的燕山牌顺丁橡胶，获国家工商行政管理总局的《国家著名商标证书》。

4月8日　北京毛针织工业公司从毛麻丝工业公司分出正式成立。

4月11~12日　市企业管理协会和市经委联合举办了首钢岗位责任制经验报告会，共2000多人听取了经验介绍。

4月19日　北京市经委举办领导干部学习班，推广首钢健全岗位责任制的经验。参加学习班的有部分工业局和43个二级公司，110个重点企业的领导干部，共400人。

4月21日　北京市政府批转市计委、市经委等单位关于调整本市工业品购销形式的试行办法。购销形式分别为统购统销、计划收购、订购、工业自销4种。

同日　中共中央书记处对首都建设方针提出四项指示：一、要把北京建成为全中国、全世界社会秩序、社会治安、社会风气和道德风尚最好的城市。二、要把北京变成全国环境最清洁、最卫生、最优美的第一流的城市。三、要把北京建成全国科学、文化、技术最发达，教育程度最高的第一流的城市。四、要使北京经济上不断繁荣，人民生活方便、安定。要着重发展旅游事业、服务行业、食品工业、高精尖的轻型工业和电子工业。

5 月 7 日 北京耐火材料厂与冶金部建筑研究总院共同研制的 SU—55 耐火可塑料，通过鉴定。其性能达到日本同类产品水平。

5 月 9 日 北京市油毡厂研制成功的膨润土沥青乳液通过鉴定。该产品为国内首创，1981 年获市科技成果三等奖。

5 月 15 日 燕山石化总厂前进化工厂的乙二醇在化工部全国乙二醇会议上获质量第一名。

5 月 31 日 北京市首次在香港举办出口商品展览会，到 6 月 23 日，观众达 16 万多人次。

5 月 北京市拉锁总厂的双菱牌 6mm 铁头铝牙拉锁获全国质量第一名，4. 5mm 铁头铝牙拉锁获全国第二名。

6 月 4 日 北京第四制药厂的中草牌“北京蜂王精”、北京同仁堂药酒厂的李时珍牌“北京虎骨药酒”、北京同仁堂制药厂的李时珍牌“牛黄清心丸”、北京人民手术器械厂的燕山牌“手术刀柄”在全国药品医疗器械优质产品评比中被评为国家医药管理总局优质产品。

同日 北京市经委要求各局（公司）参照本市纺织局、化工局对所属企业实行按利润增长比例提奖的办法，结合实际，制订出本系统的奖励办法。

6 月 12 日 北京市医药总公司撤销北京市制药工业公司，成立北京市第一制药总厂、第二制药总厂，第三制药总厂；撤销北京市医疗器械工业公司，成立北京市医用低温设备总厂、医疗设备总厂、医用电子仪器总厂；成立北京市同仁堂制药总厂、北京市中药总厂、北京市制药机械设备总厂。

6 月 16 日 首钢提出在保持现有规模的基础上，自筹资金进行技术改造，消除污染，填平补齐，增加品种，向高、精、尖方向发展，为首都的四化建设服务，把首钢建成公园化、无公害的世界第一流钢铁联合企业。

6 月 对外经济联络部与联合国人口活动基金会签订了《北京制药厂口服避孕药生产设施的设计与安装》项目协议书。其主要内容：由联合国人口基金会援助 238 万美元（包括后期追加），引进全套口服避孕药生产设施，年产 1000 万妇女用量；中国政府拨款 738 万元

（包括后期追加）建造厂房、购置国产设备及设备安装。

7月4日 首钢副总工程师高润芝在法国召开的国际高炉会议上，宣读“首钢高炉喷吹无烟煤粉”论文。10月23日，这一技术向卢森堡转让，后又输出美国等工业发达国家。这是我国改革开放以后第一次向发达国家输出冶金技术。

7月5日 北京市医药总公司会同市卫生局、市工商行政管理局、市公安局联合发布了《关于制止乱产乱销非法药品的几项规定》。

7月8日 北京市政府发出《关于贯彻执行国营企业利润留成试行办法》的具体规定。

7月9日 北京沙河钢铁厂与日商岩井株式会社、日本合作企业株式会社、新加坡中明有限公司签订《镀锌焊管设备补偿贸易合同》，12月10日停产改造。1981年4月厂名改为北京镀锌钢管厂。1982年11月，镀锌钢管工程建成投产，年生产能力3万吨。

7月19日 北京工艺美术厂的景泰蓝瓶、北京珐琅厂的景泰蓝盘、北京证章厂的纪念章，北京首饰厂的银戒指在全国景泰蓝、纪念章、金银首饰3个行业的质量评比中分别获全国第一名。

7月 北京市国防工业第一办公室、第二办公室合并为北京市国防工业办公室。

同月 北京市建材科研所、陕西省建科所、北京市加气混凝土厂、哈尔滨建筑工业加工厂共同研制成功的沥青硅酸盐钢筋防腐剂，通过建材部鉴定。同年获市科委三等奖，翌年获建材部三等奖。这种防腐剂消除了过去酚醛—沥青—水泥防腐剂在生产使用中存在的酚污染问题。

8月1日 北京电视技术研究所成立。

8月20日 北京市工艺美术品总公司正式成立。下设特艺、抽纱、地毯、首饰四个专业公司。同时，成立北京工艺美术品工贸联合委员会。并确定抽纱公司为“工贸合一”的试点单位。

8月21日 本市最大的社办水电站房山县十渡公社大沙地水电站正式并入国家电网，开始输电。该站总装机容量为1280千瓦，每年按正常水量，可向国家电网送电600万至700万度。

9月1日 北京市广播电视工业公司分为北京市广播工业公司和北京市电视工业公司。

9月2日 北京市煤炭公司《关于北京市超定额消耗煤炭实行加价供应的具体办法》于四季度在工业用煤大户中试行。《办法》规定，区、县以上工业企业生产、取暖用煤，其超耗部分加价50%；对限期改进无成效的浪费户，停止供应超耗部分。

9月4日 北京无线电厂牡丹牌商标被北京市工商行政管理局授予著名商标称号。

9月5日 首钢的高频直缝电焊钢管、北京钢厂的45锰钼硼小口径地质钻探管，获国家优质产品银质奖。

9月10日 220千伏南苑——房山输电线路投入运行。

9月16日 中国迅达电梯有限公司成立。这是中国建筑机械总公司，瑞士迅达股份有限公司和香港怡和迅达（远东）股份有限公司合资经营的企业，总部设在北京。

同日 北京至河北省新城县高碑店的220千伏输电线路正式送电，全长84.5公里。北京与保定地区联网。

9月17日 北京市木材研究所的电磁震动刨通过部级鉴定，并于1982年9月获国家科委二等发明奖。

9月20日 北京油嘴油泵厂改为双重领导。从1980年1月1日起实行由农机部、北京市双重领导，以农机部为主进行管理。

9月23日 北京市机械工业局职工大学、市纺织工业局职工大学、市棉纺印染工业公司职工大学、市化学工业局职工大学、燕山石化总公司职工大学、首都钢铁公司职工大学、市电子仪表工业局职工大学、市医药总公司职工大学、北京内燃机总厂内燃机学院、北京汽车制造厂汽车学院、北京特殊钢厂冶金学院、北京宣武区红旗大学、朝阳区职工大学等13所职工高等院校成立。

9月 北京同仁堂制药厂的李时珍牌“白凤丸”，获国家银质奖。

同月 北京市二轻工业总公司领导和管理的市特种工艺工业公司、地毯工业公司、抽纱工业公司3个公司和所属的45个企业，

2300多名职工，5300多万元固定资产划给北京市特种工艺美术品总公司。

同月 北京光华染织厂生产的冰山牌色织涤棉泡泡纱获国家金质奖。

同月 北京计算机一厂研制成功DJM—330中型混合模拟计算机。11月7日，新华社报道该计算机是我国首次研制成功的数字模拟混合计算机系统。

同月 北京铜丝厂生产的HP_b59—2手表专用黄铜线材料和H62自行车条帽专用黄铜线材料评为冶金部优质产品。

同月 北京无线电元件五厂大地牌TAG4型干簧继电器在全国质量评比中获第一名，同时获电子工业部优质产品称号。北京无线电磁性材料厂的北京牌DY12铁氧体○型磁芯，北京电声器材总厂莺歌牌φ100内磁扬声器分别在全国质量评比中获第一名。北京无线电元件九厂等5个厂6种元件产品，获得北京市优质产品称号。

同月 北京市油毡厂“金鸡牌”出口油毡，获国家优质产品银质奖。

同月 北京微电机厂、北京第二微电机厂、北京晒图机厂等组成北京市微电机总厂，下设9个分厂。

10月12日 国务院批准北京市设立燕山区，将原北京市革委会石油化工区办事处改为燕山区政府，成为北京市人民政府直辖的区建制，实行政企分开。

10月16日 经北京市人民政府批准，北京市煤炭公司改为北京市煤炭总公司。

10月26日 首都钢铁公司、北京内燃机总厂、北京清河毛纺织厂、北京市手表工业公司、北京市革制品厂、北京市地毯五厂、北京光学仪器厂、北京化工二厂、北京第二毛纺织厂、北京光华木材厂、北京电冰箱厂11个国营工业企业试行“独立核算、国家征税、自负盈亏”办法。

10月29日 北京矿务局木城涧矿25队等4个岩石掘进队在全国煤矿青年掘进队“双上纲要”的竞赛中，被煤炭部、共青团中央评为全国煤矿青年掘进队。该局杨坨矿 4 队等 5 个岩石队实现了“双上纲要”的目标。煤炭部与共青团中央向这些队颁发奖旗、奖状，并通报表彰。

10 月 北京市汽车配件总厂生产的雄狮牌汽车千斤顶，四种规格共 19986 台，首次向美国出口。

同月 北京市政府决定，在北京内燃机总厂、光学仪器厂、第二毛纺织厂、北京市革制品厂、北京绢花厂试行职工代表大会领导下的厂长负责制。

同月 北京新兴袜厂接受日本厚木尼龙袜株式会社赠送的 56 台连裤袜机。1981 年 10 月正式投产，生产连裤袜、中高筒高弹袜等，年产 530 万双，填补了首都市场的空白。

11 月 1 日 北京市政府转发国务院批准国家经委《关于扩大企业自主权试点工作情况和今后意见的报告》，并作出补充规定。扩大企业自主权是经济体制改革的主要内容之一，本市已批准 342 个国营工业企业试行利润留成办法，还要积极准备 1981 年在国营工业企业中全面推行利润留成办法。

11 月 19 日 北京东方化工厂停建。厂筹建处研究制定停建后的 10 条措施，要求全体人员自觉与中央保持一致，严守纪律，坚守岗位，尽职尽责，加强管理，保证国家财产不受损失。

11 月 石景山发电总厂被国家计划委员会、国家经济委员会、国家能源委员会命名为“节能先进企业”。

12 月 17 日 北京无线电元件十厂由国外引进的小型铝电解电容器自动化生产线投入生产。产量由过去年产 2000 万只提高到年产 5600 万只。

12 月 北京第二汽车制造厂年度生产的 BJ130 轻型载货汽车首次突破万辆，超过设计生产能力的 1 倍。

同月 北京市煤炭总公司在 1980 年“全国城市燃料公司市场民用燃料供应工作竞赛”活动中，荣获先进单位称号。

同月 北京医用射线机厂试制成功我国第一台 1250mA、150kV 大型 X 线机组。

同月　北京第三棉纺织厂获纺织部授予的“全国纺织工业企业管理优秀”称号。

同月　北京制线厂的锦鹿牌涤纶包芯缝纫线、北京第三针织厂的黄河牌涤纶百褶裙、北京清河毛纺织厂的马踏飞燕牌羊绒花呢、北京维尼纶厂的白河牌维尼纶短纤维，获国家银质奖。

同月　北京市钢窗厂研制成功铝合金门窗。连同由荷兰引进的铝合金门窗设备，于1981年正式投产，年生产能力5万平方米。1983年获国家新产品“金龙奖”。形成生产实腹、空腹、钢门窗和铝合金门窗三大系列产品的厂家，为全国大型钢窗企业之一。

同月　北京市二轻工业产品环球牌女注塑冲服呢一带鞋获国家优质银牌奖；骏马牌手缝手球、方圆牌曲线笔等15种获部优质产品奖，羽毛牌泡沫微孔拖鞋等19种获市优质产品奖。

同月　北京市皮毛三厂生产的狸皮褥子、剪羊绒靠垫获全国皮毛产品质量评比第一名，剪羊绒挖花大毯获第三名。

同月　北京模具厂与桂林电器科学研究所合作研制成功DCM—20型火花成形磨床。并获第一机械工业部奖励。

同月　北京计算机技术研究所研制成功BCM系列微型计算机，并开发应用软件，具有汉字处理功能，至1983年生产3000多台。

同月　北京日用化学二厂的“金鱼”牌洗衣粉、北京第一食品厂生产的酥糖荣获国家银质奖；市日化二厂的糠醛、北京提琴厂生产的高级小提琴等11种产品被评为全国第一名；市造纸总厂的油毡原纸等11种产品被评为全国轻工业优质产品；北京钟表厂生产的“双菱”牌闹钟，北京钢琴厂生产的“星海”牌钢琴等17种产品被评为北京市优质产品。

同月　北京羊绒衫厂、北京绒毯厂、北京纺织科学研究所合作研制的山羊绒分梳产品及技术获北京市科技成果二等奖和北京市技术开发奖。

同月　北京605厂生产的石英玻璃仪器第四次被评为全国第一名。

同月　北京电视机厂从日本引进一条年产15万台的彩色电视机

生产线。1981 年 9 月建成投产，产品质量达到 20 世纪 80 年代国外同类机的先进水平。1983 年该厂获国家经委颁发的引进技术改造现有企业全优奖。该厂同时加速实现国产化，到 1983 年底国产化程度按金额计算已达 60% 以上。

同月 北京无线电技术研究所的 DS—14 和 DYJ—2 型数字电压表在全国质量评比中双获第一名。

同月 北京无线电技术研究所从美国福路克公司引进的高精度、多用数字电压表生产线建成。

1981 年

1月1日 北京星火机械厂、北京第二农具厂、北京东方机械厂、北京青山机械厂、北京红光机械厂等，由北京市国防工办划归北京市机械工业局主管。

同日 北京矿务局工农区办事处成立。其工农区面积为421.2平方公里。辖门头沟区北岭、色树坟两个公社和房山县河北、班各庄、南窖、大安山、黄山店5个公社，以及金鸡台、长沟峪2个公社各一部分，农业人口61213人。

1月13日 北京市小煤窑办公室划给市公社企业局领导。小窑煤生产、安全问题由市公社企业局负责；销售、调出由市煤炭总公司负责。

1月 北京油漆厂以补偿贸易形式从日本引进的年产4500吨醇酸树脂生产装置投产。这是全国涂料行业引进的第一套20世纪70年代国际水平的醇酸树脂生产装置。1982年5月，用产品所获利润还清了国内人民币贷款。年底，用产品补偿还清了国外全部投资。该项目被国家经委评为单项引进的典型范例。

同月 北京市皮毛三厂与中国土畜产品进出口总公司投资联建北京新艺裘皮厂，1982年北京市土畜产品进出口分公司、轻工业部投资入股。1982年7月开工投产。这是市二轻工业系统首家股份制企业，主要生产出口高档裘皮服装。

2月4日 北京市政府发出贯彻国务院《关于严格控制机械设备进口》和《关于扩大机电产品出口问题》的意见。市政府要求出口机电产品各有关部门和企业要组成出口销售联合体，统一对外，增强国际市场上的竞争能力。

2月18日 北京特殊钢厂从瑞典引进一套全新4架连续活套线材精轧机和一套旧棒材轧机。这是我国第一条带有线材控制冷却的设备，于1984年7月投产。

3 月 3 日 北京雕漆厂设计制成大型雕漆作品“卧佛寺”。作品高 2.4 米，宽 1.5 米，长 1.7 米。这是该厂迄今为止制造的最大型立体仿古建筑雕漆产品。

3 月 20 日 华北电力设计院在北京电力设计院的基础上重建，同时兼北京电力设计院的职能。

3 月 27 日 京津唐电网被评为 1980 年度全国企业管理优秀单位。

3 月 中国企业管理协会授予北京第一棉纺织厂“全国企业管理先进单位”称号。

同月 北京油漆厂以补偿贸易形式引进年产 2000 吨乳胶漆生产装置技术，1982 年 5 月建成投产，使北京涂料生产技术达到 20 世纪 70 年代国际水平。

4 月 9 日 首钢五号焦炉（65 孔）建成投产。

同日 国家经委、计委、物资总局、冶金部发出《关于严格控制钢铁产量、压缩“长线”、增加“短线”钢材的通知》，通知要求首钢生铁减产 29 万吨，钢减产 7 万吨。

4 月 14 日 北京市经委决定：从机械局、化工局等七个重工业局、公司抽调一批有实践经验的专业技术干部支援轻纺工业。

4 月 15 日 北京市政府发出《关于抓好当前工业生产的紧急通知》。《通知》要求广泛开展以调整为中心、以提高经济效益为目标的增产节约、增收节支活动；生产任务不足的企业要千方百计广开生产门路，转产适销对路产品。

4 月 19 日 中共北京市委第一书记段君毅到市革制品厂参加企业领导制度和经营管理制度改革试点工作座谈会。他说，你们大胆干，市委支持你们，改革是新事物，允许试验，允许犯错误。

4 月 21 日 北京市广播技术研究所成立。

4 月 北京内燃机总厂被中国企业管理协会评为 1980 年度企业管理优秀单位。

同月 北京市琉璃河水泥厂制成的四嘴固定式水泥包装机自动插袋机，正式进行工业性生产试验。5 月 15 日起开始承担包装水泥生产任务，10月通过部级鉴定。为国内第一台用于生产的自动插袋机，获市科委科技成果二等奖。

同月 北京化工厂开发试制的MOS级高纯试剂通过技术鉴定。1979年，北京化工厂接受国家计委下达的任务，经过两年努力，在国内首先研制出MOS级试剂22个品种，提供国内重点半导体器件厂使用。这些产品中，30余项杂质含量已降低到联邦德国伊默克公司1978年公布的水平。1983年又承担国家科委下达的BL—1级超净高纯试剂的研制任务，为大规模集成电路和超大规模集成电路配套。在研制期间，先后提供配套产品近3吨，供中科院半导体所等9个单位使用，反映良好。

5月6日 北京市木材工业研究所研制成功的单板横拼胶线，通过市建材局鉴定。获市科委科研成果三等奖。填补了国内一项空白，使用性能已赶上或接近日本同类胶线水平。

5月23日 北京珐琅厂的景泰蓝瓶、北京雕漆厂的雕漆产品、北京象牙雕刻厂的牙雕、北京剧装厂的戏装道具等在轻工业部召开的全国金属、漆器、戏装、牙雕和抽纱刺绣5个行业14种产品质量评比中获第一名；北京剧装厂戏靴、双刀获单项第一名。

同月 北京无线电仪器厂研制成功我国第一台QT—16高精度图示仪。

6月2日 燕化的“四烯”配套项目之一的向阳污水处理场扩建工程正式投入运行。向阳、前进、曙光和长征等化工厂排放的生产和生活污水可全部得到生化处理。

6月10日 京津唐电网和石邯电网实现联网。

6月25日 首钢开始在内部层层实行责、权、利相结合，包、保、核到人的经济责任制。

6月 北京矿务局对矿井的采、掘、运等直接生产工种恢复计件工资制，取消按工资总额提奖的办法，实行吨煤奖。

7月1日 北京第二棉纺织厂3万锭专纺车间举行开工典礼。这套从国外引进的设备具有20世纪80年代初世界先进水平，从破土动工到投产，只用了1年零5个月的时间。

同日 北京矿务局炼铁厂改名为北京矿务局水泥厂。生产砂渣硅酸盐水泥，设计年生产能力 3 万吨。当月生产水泥 1207 吨，标号达 400 号以上，合格率为 100%。

7 月 25 日 北京电视机厂彩色电视机生产线投产，年产 14—22 英寸彩色电视机 15 万台。

7 月 28 日 经北京市经委、市财政局同意，首钢公司本年将“以税代利”的办法改为“上缴利润递增包干”的办法，自负盈亏。

7 月 北京市塑料八厂机用打包带在全国包装装潢产品评比会上，获全国质量评比第一名、手工打包带获全国质量评比第二名。

同月 北京制药厂与中国医科院药物研究所等单位协作研制成功全合成莨菪碱，获国家发明二等奖。

8 月 10 日 北京市工交系统 457 个全民所有制企业已全部实行“利润包干，超收分成，亏收自补”的经济责任制。

8 月 15 日 万里副总理视察首钢，参加首钢召开的利润包干经济责任制座谈会。他指出：怎样才能办好社会主义企业，我们有没有新路子？能使所有人都操心，我们就有希望。只要是国家、集体、个人三得利的事就大胆干，我们要坚定不移地继续干下去，再经过一年的实践，使它不断完善，总结出一条办好国有企业的新路子来。

8 月 18 日 北京玉器厂工艺美术家王树森雕刻的“高绿翡翠玉佩”，在第一届中国工艺美术品百花奖评比中获金杯奖。被北京市定为珍品。北京珐琅厂的京珐牌景泰蓝瓶，北京市地毯五厂的天坛牌九十道手工打结抽绞地毯，北京雕漆厂的紫禁城牌雕漆制品，同获金杯奖。

8 月 21 日 国务院办公厅转发国家经委《关于首钢用经济责任制促进减产增收情况的报告》。编者按说，首钢的经验最主要的一条是实行了责、权、利相结合的经济责任制，从而调动了企业和职工的积极性。

9 月 15 日 北京同仁堂中药提炼厂山花牌俞凤宁心片，北京制药厂双鹤牌甲氧苄胺嘧啶、降糖灵片，第三制药厂紫竹牌 50% 20mL 葡萄糖注射液，手术器械厂燕山牌双面刃切片刀获国家医药管理局优质产品奖。

9月17日 北京市经委总结推行经济责任制的经验，并提出5条措施：核定生产小商品和低利产品企业的包干基数指标和分成比例时，放宽、给予照顾；加强小商品和低利产品的生产和管理；利润包干分成，要结合产品质量指标和小商品及低利产品的产量、品种指标完成情况严格考核；对部分小商品和低利产品减免税收或调整企业间利润分配比例，逐步贯彻执行优质优价政策，优质产品售价应高于一般产品；表扬和适当奖励、补助生产小商品和低利产品成绩突出企业。

9月21日 北京市经委、市税务局联合发出通知，对工交系统集体所有制企业从3个方面放宽经济政策：实行增长利润“双减半”；对企业上缴国家所得税后的利润分配，实行“多留少交”原则；对少数工资水平低，福利待遇少，劳动条件差的企业，经市经委、市劳动局批准，试行年终分红制度。

9月25日 北京第四制药厂的中草牌“北京蜂王精”获国家银质奖。

同日 首钢的45硅锰钒高强度预应力螺纹钢筋，获国家优质产品银质奖。

9月26日 北京市木材厂年产3万立方米新刨花板生产线，经国家级验收合格。该线主机34台设备是1979年从联邦德国引进的，其余63台设备由国内配套，1980年10月25日一次试车成功出板。林业部部长雍文涛于1980年12月11日视察时说，该生产线为改变我国刨花板生产技术落后状况起到了示范作用。1984年11月20日，这条生产流水线获全国引进技术改造现有企业全优奖。

9月28日 京津唐电网、石邯电网、山西电网联成一个跨省、市的大电网，电网总容量达882.2万千瓦。

9月 北京羊绒衫厂雪莲牌羊绒衫获国家金质奖，北京第一棉纺织厂京棉牌53支涤棉包芯纱、北京第三棉纺织厂鹏程牌29/29(209×209)2659宽平布、北京袜厂白鹭牌2404—300/2薄弹力腈纶丝女素袜、北京绒毯厂孔雀牌02201纯毛平厚大衣呢，获国家银质奖。

同月 向阳化工厂 1330 聚丙烯获国家优质产品银奖。

同月 北京无线电仪器二厂的 SZ—3 型失真度测量仪和北京无线电技术研究所的 DS—14 型数字电压表，获四机部和北京市优质产品奖。

10 月 9 日 燕山石化的乙二醇获国家优质产品金奖、石油甲苯获国家优质产品银奖。

10 月 24 日 北京冶金设备自动化研究所的 MG 系列敏感开关通过局级鉴定。并获国家经委 1983 年优质产品金龙奖、获冶金部 1982 年科研成果四等奖和北京市 1982 年科技成果二等奖。

10 月 31 日 燕山石化研究院研制的裂解汽油加氢催化剂"3801"和"3802"在加氢制苯装置上正式使用，替代进口的 GC—4 催化剂，并研制成功 YD 系列导热油，获国家优秀新产品奖。

10 月 北京有色金属与稀土应用研究所研制的稀土铝箔通过鉴定，获北京市科技进步三等奖、冶金部科技成果四等奖。

同月 北京助剂二厂低压聚乙烯生产装置改造成功，年生产能力由 4000 吨提高到 8000 吨，居全国第二位。

同月 北京市照相机总厂成立。总厂设 8 个分厂和 1 个研究所。

11 月 17 日 北京电力科学研究所、北京电力自动化设备厂合作生产的"PTV 型红外过热探测电视"，通过了华北电业管理局技术鉴定。技术指标达到国内先进水平，并获 1984 年国家科委颁发的四等发明奖。

11 月 21 日 北京市政府在工人体育馆召开第二次节水动员大会。各界代表 1 万余人参加了大会。会上，首都钢铁公司、北京市肉类联合加工厂、北京市水磨石厂等单位介绍了节约用水经验。

11 月 23 日 110 千伏前门变电站和 110 千伏第二热电厂至前门双回电缆线路投入运行。这是 110 千伏输电线路第一次进入北京市中心。

11 月 30 日 北京矿务局黑土港矿井建成移交生产，设计能力为年产煤 15 万吨、投资 1500 多万元。

12月5日 北京有色金属与稀土应用研究所的铝钼锆合金及其超塑成型技术研究课题通过鉴定。获北京市科技进步三等奖、冶金工业部科技成果四等奖。

12月 北京有色金属与稀土应用研究所与机械工业部机电研究所共同研制的钛合金气瓶成型技术研究课题通过鉴定，1984年获北京市科技进步二等奖；Te—4涡轮盘超塑性等温锻造工艺及润滑剂课题通过鉴定，获北京市科技进步二等奖。

同月 有机化工厂生产的水溶树脂17—88获国家优质产品金质奖。

同月 北京无线电厂牡丹牌6410型便携式收音机获国家优质产品银质奖。

同月 北京有色金属熔炼厂ZL81—1无镉低熔点焊料研制成功，并获北京市科研成果奖、国家金龙奖。

同月 北京煤炭利用研究所研制成功蜂窝煤快速引火炭。

同月 北京第一机床厂研制成功我国第一台四坐标数控龙门架移动铣床。北京量具刃具厂和成都工具研究所合作研制成功CD320G光栅式齿轮单面啮合检查仪。北京重型电机厂制成汽轮机叶片生产线，使材料利用率提高1倍，每年可节约不锈钢材100吨。

同月 由北京电力设计院设计、北京电力建设公司和西北电力建设一公司施工的唐山陡河电厂一、二期工程，被国家质量评定委员会授予银质奖章，陡河一、二期工程和天津上古林变电所，被国家建设委员会授予优秀设计奖。

同月 北京纺织科研所研制成功真丝绸转移印花，获北京市科技成果二等奖。北京第一棉纺织厂和北京纺织科研所合作进行的CLM1517型布机电子计算机监测系统研究，获北京市科技成果二等奖。

同月 北京第二毛线厂通过技术改造引进联邦德国和意大利的花式毛线机23台，生产超喂型线、控制型线拉毛毛线和雪尼尔线等新品种，填补了北京花式毛线的空白。

同月 北京市二轻工业产品方圆牌小圈圆规、工字牌服装剪等9

种获部优质产品奖，有长城牌泡沫革公事包、工字牌油灰刀等 13 种获市优质产品奖。

同月 北京市皮毛三厂生产的狗皮串刀加革大衣片、兔皮串刀短衣片、猫皮褥子、剪羊绒挖花毯，获全国皮毛主要产品质量评比第一名。

同月 北京市光华木材厂，试制成功柔光塑料贴面板，为国内首创，1982 年通过鉴定。

同月 北京光学仪器厂研制成 LCT—2 型高温微分差热天平，获第一机械工业部科技成果奖。

1982年

1月1日 北京维尼纶厂从纺织工业部下放给北京市，划归北京市纺织工业局领导与管理。

1月2日 中共中央、国务院公布《关于国营工业企业进行全面整顿的决定》。决定自1982年起，用二三年时间，分期分批地对所有国营工业企业进行全面整顿；完善经济责任制；加强劳动纪律；建设领导班子；加强对职工的思想政治教育。

1月9日 中共北京市委、市政府决定加快经济体制改革，挑选少数大企业实行首钢式的利润递增包干办法；扩大以税代利，自负盈亏试点的范围；对年上缴利润在20万元以下的小型国营企业，实行利润包干办法；增加实行浮动工资制的试点企业。

1月22日 《人民日报》报道：首钢实行经济责任制后，经济效益提高。1981年上缴利润比1980年增长8.7%，平均每百元产值实现的利润增长10%，达到38.2元；产值利润率由1980年的34.3%上升到38.3%。在全国十大钢铁联合企业中名列第一。

1月28日 北京市二轻工业系统成立北京电冰箱总厂、北京洗衣机总厂。电冰箱总厂以北京电冰箱厂为依托，成员单位有电冰箱压缩机厂（原二轻机械厂）、冰箱电机厂、电冰箱配件厂、电冰箱附件厂、电冰箱修配厂和电冰箱温控器厂。洗衣机总厂以北京洗衣机厂（东厂和西厂）为依托，成员单位有洗衣机电机厂、长城空调器厂。

2月20日 首钢岗位分工承包制共建制13429岗位，干部和工人建制数分别占应建制的99.19%和99.34%，分解到岗位个人的责任共235684条。

2月28日 北京绢花厂获直接经营出口权。该厂可自行进口本厂绢花、纸制品所需国内短缺的部分原材料和辅料。

3月19日 杨坨煤矿井下发生火灾，通风段段长王庆奋力抢救，光荣牺牲，100多名职工脱险。5月12日国家民政部追认王庆为革命烈士。4 月 17 日煤炭部、中华全国总工会、全国煤矿工会领导到杨坨煤矿，看望王庆家属。

3 月 25 日 北京市政府在人民大会堂举行表彰先进大会。参加大会的有劳动模范、先进集体和先进个人代表 6000 多人。段君毅等领导出席了大会，焦若愚讲话，号召各行各业迅速掀起比学赶帮超的社会主义劳动竞赛热潮。

3 月 北京化工二厂聚氯乙烯真空汽提装置投产，生产的卫生级无毒聚氯乙烯树脂，为国内同类企业中的第一家。

4 月 8 日 北京市食品工业协会建立。

4 月 12 日 北京市经委发出《关于进一步推广首钢经验，努力完善经济责任制的通知》，并组织市各工业局在首钢举办学习班，有 40 余家年利润千万元以上的大企业厂长参加。在市工交系统推广首钢经验。

同日 北京绢花厂的“自选花型绢花”、“统一定样绢花”，在全国绢花质量评比中获第一名，总分列全国第一。“十丈竹帘”和“美洲蛙兰”获创作设计奖。

4 月 北京工艺美术品总公司和北京市外贸局应巴拿马青港国际有限公司、巴西侨商组织公司的邀请，联合举办了“赴巴拿马、巴西工艺品展览会”。

同月 由北京油漆厂参加援建的朝鲜清川江化工厂全部建成。生产规模为油漆 7 大类 28 个品种，年产 1000 吨；合成树脂 4 大类，10 个品种，年产 400 吨；酚醛胶木粉 4 种，年产 700 吨。11 日，金日成主席给援建人员写了感谢信，朴成哲副主席代表金日成为中国技术人员授勋。7 月 15 日，朝鲜驻华大使在北京为先期回国的 6 名技术人员授勋。

5 月 1 日 万里副总理到首钢视察，指出：首钢从过去以几个产量指标为中心，转到以经济效益为中心上来，这是个根本性的转变。你们现在每个工人都是“财政部长”，这是我们三十年来办企业所没有过的新局面。递增包干要定下来，要相信群众的聪明智慧。

5 月 7 ~ 13 日 北京金漆镶嵌厂的彩绘“放风筝”、雕填“龙王礼佛”，在全国漆器工艺家具木刻产品评比会上获第一名。金漆镶嵌屏风“步月图”获优秀创作设计奖。

5月10日 北京市政府在转发《国务院关于对现有企业有重点、有步骤地进行技术改造的决定》的通知中指出，北京市工业企业的技术改造要以提高社会经济效益为目标，以节约能源、治理污染、提高质量、扩大品种、适当增加消费品生产为重点；注意技术改造和经济调整，注意工业改组、企业整顿与采用新技术、新工艺、新设备相结合。国家已确定北京市为全国工业技术改造的重点城市之一。

5月20日 北京市计委、市经委提出北京的工业要转到适合首都特点的轨道上来，要利用现有工业基础，进行调整、改组、联合，努力发展日用消费品和优势产品的生产，使经济结构合理化，走出一条提高经济效益的新路子。

5月28日 冶金部、首钢合编的《首钢实行经济责任制的经验》一书出版发行，著名经济学家薛暮桥为该书作序，总发行量达到了40万册。

5月31日 首都钢铁公司向美国科伯斯有限公司转让顶燃式热风炉专有技术协议书在京签字。

6月7日 北京605厂生产的石英玻璃仪器，在全国16家重点企业石英玻璃仪器质量评比中，以122.6分的优异成绩，第四次被评为全国第一名。

7月 北京市建材科学研究所、北京市建筑设计院、东北建筑设计院研制的石棉水泥轻型复合外墙板通过部级鉴定。填补了我国石棉水泥轻型复合围护结构技术的空白。

同月 北京象牙雕刻厂制作的“遵义会议永放光芒”被国家定为国宝珍品。

8月13~19日 北京金漆镶嵌厂的金龙牌漆器屏风，在全国第二届工艺美术百花奖评审会上获金杯奖。

8月19日 北京市政府批转北京市工商协调领导小组《关于加强工商协作若干问题的试行办法》，对商业购销和工业自销等规定了具体办法；并要求大力疏通流通渠道，争取多种形式的联营、联销，扩大销售。

8 月 26 日 北京冶金设备自动化研究所的 SW 系列便携式数字测温仪通过鉴定，1983 年获北京市科技成果二等奖、国家经委优秀新产品金龙奖、冶金部科技成果三等奖。

8 月 28 日 中国汽车质量北京监督检验所成立。

9 月 1 日 北京有色金属与稀土应用研究所的微细硅铝丝获冶金工业部及北京市优质产品称号。

9 月 北京市煤炭总公司一厂第一个获市级尘毒治理合格单位证书。该总公司所属各厂，均被列为市 1979 年至 1985 年尘毒治理规划重点单位，到 1984 年底，各厂相继验收合格，全面完成了治理任务。

同月 北京第二棉纺织厂多彩牌纱府绸、北京围巾厂春风牌锦丝平纹转移印花头巾获国家优质产品银质奖。

10 月 28 日 北京制药工业研究所与第二制药厂、南京制药厂等单位研制的维生素 B6 新合成工艺获国家医药管理局颁发的优秀成果二等奖；手术器械厂等单位研制的食道、胃缝合器，生化仪器厂研制的计算机光密度扫描仪，北京制药工业研究所与第三制药厂等单位研制的左旋 18—甲基炔诺酮，第三制药厂研制的酰胺咪嗪（卡马西平），北京制药厂与湖南医药工业研究所研制的 8—甲氧补骨脂素获国家医药管理局颁发的优秀科研成果三等奖。

10 月 29 日 下午 5 时零 5 分，北京市西郊烟具制品厂制砖车间一号高压釜爆炸，死亡 6 人，伤 10 人，直接经济损失 33.8 万元。经有关部门和专家鉴定，爆炸原因是：设备设计、制造不合理。此事件发生后，在全国建材行业开展了压力容器大检查。

10 月 北京汽车制造厂应用电子计算机控制和管理的自动化高层立体仓库通过了部级鉴定。该库用 M4800 八位机和 M14500 一位机控制。用 Z—80 机进行管理在国内是首创。获第一机械工业部科研成果一等奖。

11 月 6 ~ 13 日 中共北京市第五次代表大会举行。会议听取和批准了段君毅代表市委所作的报告。会议提出了本市在新的历史时期的任务：以共产主义思想为核心，加强社会主义精神文明建设；走以提高经济效益为中心的新路，积极发展适合首都特点的经济；切实加强城市建设和管理，逐步把首都建设成为现代化的社会主义新型城市；继续健全社会主义民主和法制，保障首都社会主义现代化建设的顺利进行。

11月22日 北京市面粉二厂第一个引进一条日本油炸方便面生产线，月产方便面5万包。该厂天坛牌油炸方便面多次被评为商业部和北京市优质产品。

11月 北京矿务局机电厂设计并试制成功HDY—1型滑移顶梁液压支架。

12月4日 北京南苑植物油厂引进瑞典阿尔法拉伐公司月产150吨离心机炼油生产流水线，正式投产。产品质量达到一级油标准，炼耗降低3%，吨油加工成本降低40%左右。

12月15日 北京有色金属与稀土应用研究所的集成电路气密性封装材料锡基合金2号焊料研制课题通过鉴定，并获冶金工业部科技成果三等奖、四机部科技成果一等奖。1983年获国家发明三等奖。

12月25日 北京有色金属与稀土应用研究所Z~AL4—1等工业锌铝合金超塑性及其应用技术和锌基合金在工艺美术品中的应用研究课题通过鉴定，并获北京市科技进步三等奖。

本年 北京化工三厂的化三牌季戊四醇、北京橡胶一厂的京字(蜻蜓)牌羽毛球鞋、北京化工厂的24种基准试剂，获国家优质产品金质奖。

北京冶金设备自动化研究所的冷热轧机强力微型机自动控制系统通过鉴定，并获北京市科技成果二等奖。

首钢公司从1982年开始实行上缴利润递增6%包干制度。该公司在全国同行业55项技术经济指标中夺得32项冠军，其中7项达到或保持了国际先进水平。

北京有色金属与稀土研究所的铝包镍喷涂丝的研究课题通过鉴定，并获冶金工业部科技成果三等奖。

北京东风电视机厂引进的日本三洋公司31厘米黑白电视机基本实现国产化，国产零部件占零部件总数的93%以上。

北京市二轻工业系统的中华牌特制墨汁获国家优质产品银质奖。聚苯乙烯泡沫板材、珠峰牌牛皮面三接头模压鞋等 13 种产品，荣获部优质产品称号。菱花牌聚氯乙烯压延雨膜、骏马牌皮制胶胎排球等 30 种产品，获市优质产品称号。

北京计算机三厂生产的 DJS—140 电子计算机获国防科委重大改造成果一等奖。

北京半导体器件三厂试制成功了符合国际标准的 CMOS 集成电路 CC4000 系列，质量和可靠性达到技术标准 I 类甲级要求。

北京显示设备厂建成一条计算机显示终端生产线。年产各种终端机 2 万台。

北京造纸一厂兴建废纸脱墨纸浆工程。投资 1550 万元，每年可处理废纸 2000 吨。

北京电视机厂建成从联邦德国德律风根公司引进的高频头、印刷电路板、机箱和高压包四条生产线。用汇 465 万美元。

北京无线电厂的牡丹牌 M105 型收音机，牡丹牌 7410A 型收音机在全国第八届收音机质量评比中获同类机第一名。北京朝阳无线电厂百灵牌 B—206 型分箱式双卡收录机在全国首届录音机质量评比中获引进造型百花奖。

北京市建筑五金厂研制成功钢板复合门，1983 年 6 月形成生产能力，首批产品为京伦饭店、燕京饭店等工程配套。1984 年通过技术鉴定，并获国家经委颁发的优质新产品证书和“金龙奖”。

北京市木材厂劲松牌平压刨花板获国家优质产品银质奖。并在 1978 年至 1982 年度全国人造板行业竞赛中连获第一名。

北京市煤炭总公司先后在海淀、丰台、石景山、朝阳等区投资 148 万元，兴建五寸蜂窝煤生产线 13 条，增加生产能力 6.5 万吨。

北京市南郊木材厂试制成功升降课桌椅。采用调孔的方法，同一套课桌椅可调节为三种高度。该厂生产的钢管课桌椅 1983 年被评为“全国儿童优秀用品”，被国家教委列为定点生产企业。

1983 年

1 月 1 日　北京市冶金工业局撤销。该局所属的 21 个黑色冶金企业、事业单位并入首钢。1 月 14 日，该局所属的有色金属企、事业单位组成北京市有色金属工业总公司。

1 月 2 日　中共中央总书记胡耀邦视察八达岭风力试验电站，对开发风力能源问题作了重要指示。

1 月 7 日　北京市木材厂在全国木材节约代用会上，被评为全国木材节约代用先进单位。

1 月 9 日　中共北京市委、市政府决定，从今年开始，对不同类型的企业实行不同的改革政策，积极稳妥地加快经济体制改革的进程。挑选少数大企业实行首都钢铁公司式的利润递增包干办法，扩大以税代利、自负盈亏试点的范围；对小型国营企业实行利税包干办法；增加工资改革企业，选择 10 个中小型企业实行浮动工资制。

1 月　北京市第一轻工业局改组为北京市第一轻工业总公司。

同月　燕山石化总公司以补偿贸易引进玻璃纤维和无机物增强聚丙烯，在向阳化工厂小聚丙烯装置的基础上开工建设，11 月建成投产。

同月　北京市北郊面粉厂建成投产。该厂由北京市粮食工业公司自行设计和安装，全部采用国产设备，有 18 部磨粉机，分软硬麦两条生产线，日处理小麦 500 吨。总投资 110 万元。

2 月 6 日　北京二七机车工厂召开纪念二七大罢工 60 周年大会。王震、韦国清、邓立群、倪志福等中央领导出席了大会。会议由铁道部长陈璞如主持，全国总工会主席倪志福讲了话，二七老工人刘再祥发言。会前，全体到会的领导及二七老工人代表参加了“长辛店二七纪念馆”奠基典礼。

3 月 3 日　北京市农业机械局改为北京市农业机械总公司并建立党委。

3 月 4 日 北京市工艺品仿大钟寺钟形景泰蓝烟具、天坛祈年殿式花丝牙签筒、铜制仿故宫海缸、手工十字绣挑花华表挂包、北京风景雕漆纪念牌等 7 件（套），在 1983 年中国国际旅游工艺品纪念品评比会上被评为优秀产品。

3 月 16 日 北京二七机车工厂的北京型内燃机车在北京至大同间牵引 14 辆扩大编组成功。7 月 1 日起，按扩大编组 14 辆正式牵引。

4 月 4 日 北京市手扶拖拉机厂的金狮 12 型手扶拖拉机连续三年被评为市优质产品。

4 月 9 日 北京供电局首创全国大城市供电部门安全供电竞赛 100 天的纪录。水利电力部发来了贺电。

4 月 12 日 北京市政府下达北京市国民经济和社会发展第六个五年计划。“六五”计划的后 3 年要继续进行经济和其他方面的改革；认真抓好城市建设，特别是水、电、煤气、热力、道路等基础设施的建设；一切经济活动都以提高经济效益为中心；大力发展消费品生产，争取食品、轻纺工业和农副产品有较快的发展。

4 月 21 日 北京象牙雕刻厂的大型牙雕“遵义会议光辉照前程”，被轻工业部定为工艺美术珍品（即国宝）。

4 月 25 日 北京第三无线电器材厂的 CCI 瓷介电容器获得国际电工委员会质量认证合格证书。

4 月 30 日 中共北京市委转发市委宣传部、市总工会、团市委《关于开展对青年职工脱产政治轮训的意见》。市委指出，对职工系统地灌输共产主义思想，从根本上提高工人阶级的阶级觉悟，是党对职工思想政治工作的一项重大改革。要求各级党委给予高度重视，认真贯彻执行。

4 月 北京化学纤维厂一期工程建成投产。

5 月 5 日 北京汽车制造厂与美国汽车公司（AMC）合资经营北京吉普汽车有限公司合同签字仪式在首都人民大会堂湖北厅举行。国务委员兼对外经济贸易部部长陈慕华、中国汽车工业公司董事长饶斌、经贸部副部长魏玉明、机械工业部副部长杨铿、北京市副市长张彭等出席了签字仪式。

同日　中共北京市委转发市委组织部、市经委党组、市总工会党组《关于进一步贯彻执行三个〈条例〉、健全企业领导制度的意见》，要求各党委、党组结合中共中央办公厅、国务院办公厅转发的《全国健全企业领导制度经验交流会纪要》和实际情况认真贯彻执行。三个《条例》指《国营工业企业职工代表大会暂行条例》、《国营工厂厂长工作暂行条例》和《中国共产党工业企业基层组织工作暂行条例》。

5月10日　北京市汽车工业总公司劳动保护馆建成开馆。该馆由北京市经委和汽车工业总公司共同投资兴建，是市经委系统第一个劳动保护馆。

5月21日　由市科委、市经委、市科协和中央在京科技部门、高等院校联合组成的北京科技协作中心成立。

5月26日　北京市木材工业研究所研制成功模塑沙发通过技术鉴定，并转让北京市燕京家具厂生产。整个沙发不用木材，1000对沙发节省80立方米净材，工效比木制沙发提高3～4倍。为国内首创。5月28日，该所研制成功的硅胶平光剂，通过技术鉴定。属国内首创。

5月　北京市皮革化工厂与轻工业部皮革研究所共同研制的喷染染料获轻工部科技成果三等奖。

同月　北京市纺织工业局改为纺织工业总公司。北京市机械工业局改为北京市机械工业总公司。

6月1日　北京市工交系统的国营企业开始实行利改税。

同日　北京市出版事业管理局并入市文化局。北京市印刷工业公司成立。

6月3日　北京市音响工业公司并入北京市文体百货工业公司，撤销市音响工业公司建制。

同日　北京市二轻局改为北京市第二轻工业总公司。

6月12～14日　北京市政府和内蒙古自治区政府在呼和浩特市举行会谈，商定经济技术协作和对口支援项目52项，北京市重点支援内蒙古能源基地建设。

6 月 23 日 首钢二号高炉安装我国第一台炉顶压差发电装置投入运行，年发电量 3000 万度。

6 月 29 日 北京市印刷机械厂在北京印刷一厂的协助下试制成功 HZ201 活板转印机。

6 月 北京内燃机总厂 F6L912 风冷柴油机获国家经委颁发的优秀新产品证书、证章。

同月 北京市旅行车厂产品 BT633A、BT633D 旅行车获全国新产品优秀设计奖，并列为全国重点产品车型。

7 月 1 日 中共北京市委发出《关于开展学习陈启鸿同志先进事迹活动的通知》。陈启鸿是燕山石油化学总公司东风化工厂总会计师、经济师，从 1952 年参加工作以来，兢兢业业，在平凡的工作岗位上做出了不平凡的成绩，在身患癌症的情况下，仍争分夺秒地为人民工作。市委号召全市共产党员、干部和职工学习陈启鸿的共产主义精神。

7 月 17 日 北京啤酒厂扩建工程竣工投产，年产啤酒 5.2 万吨，占全市啤酒总产量的一半以上。

7 月 北京市工艺美术品总公司在轻工部科技成果评比中获四项科技成果奖：北京雕漆厂的“压铸新工艺”获三等奖；北京金漆厂的“嵌地新工艺”、北京补花二厂的“曲线测量仪”、北京工艺美术工厂“注漆成型新工艺”获四等奖。

同月 北京矿务局科研成果“全国煤田预测”获煤炭工业部科技进步奖特等奖。

8 月 3 日 首钢烧结厂第一烧结车间改造工程竣工投产。该项工程于 1981 年 6 月开工，投资 7500 万元，是首钢实行承包以后靠自有资金、自行设计、边生产边改造完成的大型项目，实现了控制自动化和产量、质量、定员、环保等各项指标综合优化。

8 月 6 日 燕化总公司划归中国石油化工总公司领导。自 1984 年 1 月 1 日起，燕化总公司更名为中国石油化工总公司北京燕山石油化工公司（简称燕化公司）。同年 5 月 11 日，燕化公司的人、财、物和产、供、销均归中国石化总公司领导，党群工作和城市行政工作由中共北京市委和北京市人民政府领导。

8月20日 同仁堂药酒厂李时珍牌、同仁牌“国公酒”，北京中药厂京花牌“感冒清热冲剂”第二制药厂燕晶牌“异烟肼”，北京制药厂双鹤牌“12.5%2ml维生素注射液”，手术器械厂燕山牌“高速滑轮牙钻”，医疗设备三厂长安牌“YS—901型电动流产吸引器”获国家医药管理局优质产品奖。

9月5日 北京市手扶拖拉机厂研制成功国内第一台高频设备可控硅调压装置，通过市级鉴定，投入正常运行。该设备总耗电量下降37.6%。

9月10日 北京航空学院研制成功“蜜蜂三号”超轻型多用途飞机。

9月15日 在全国第六次质量月活动中，北京市建材水磨石厂钻石牌水磨石获国家优质产品金质奖，北京市大理石厂华表牌大理石、光华木材厂光华牌高级门窗获国家优质产品银质奖。

9月16日 同仁堂药酒厂李时珍牌、同仁牌“国公酒”，第二制药厂燕晶牌“异烟肼”获国家优质产品银质奖。

9月19日 恢复北京市手工业生产合作社联合总社，同北京市第二轻工业总公司合署办公，设合作指导处作为总社办事机构。

9月26～28日 首钢公司向北京市和中央、国务院提出报告，从1987年起，将向国家上缴利润的递增率由6%提高到7.2%，并力争持续10年全额利润平均每年递增20%。

9月30日 《首都钢铁公司专业经济责任制》丛书出版发行25万册。

9月 北京绒毯厂快乐鸟牌腈纶立绒毯获国家优质产品金质奖，北京尼龙搭扣厂双菱牌锦丝搭扣带、北京羊绒衫厂雪莲牌兔毛衫、北京第二毛线厂双鹿牌273纯外毛中粗绒线、北京第三毛线厂工农牌毛腈混纺中粗绒，获国家优质产品银质奖。

同月 北京市汽车灯厂生产的解放牌汽车前大灯、212吉普车前大灯晋升为北京市优质产品。

同月 北京电力自动化设备厂生产的JKCXB—1型变电站晶体管继电保护及集控装置，获国家质量奖银质奖。

同月 北京录音机厂飞达牌PR611A型袖珍收音机，获电子工业部优质产品称号。

10月1日 国务院副总理李鹏到石景山发电总厂视察慰问，并召开了现场会，听取了石景山发电厂改造问题的汇报，察看了老机组拆迁情况，对拆迁工作的落实和新项目列入国家计划问题提出了要求。

10月5～10日 中共北京市委召开职工思想政治工作会议。会议提出，从现在起到1988年底，用5年多的时间，对全市青工每人轮流4遍，学习《中国近现代史》、《社会发展史》、《科学社会主义常识》和《中国工人阶级》4门课，进行系统的共产主义思想教育。

10月12日 冶金部在首钢举办专业经济责任制研究班，研究推广首钢经验。参加研究班的有各省、市、自治区冶金行业168个单位的领导537名，其中厅（局）长、公司经理、厂（矿）长、党委书记134人。

10月23日 北京市政府召开区、县、局和市政府各委、办领导干部会议，传达贯彻国务院领导关于狠抓扭亏增盈的讲话精神。会上宣布了市政府关于本市扭亏增盈的11条措施。

10月 北京提琴厂戴洪祥制作的一把小提琴在联邦德国卡赛尔举行的国际高级提琴制作比赛中荣获金奖。戴鹏制作的一把小提琴荣获音质优秀奖、王崇贵制作的一把大提琴荣获工艺优秀奖。为此，轻工业部向他们发来贺电，并授予戴洪祥“小提琴制作大师”荣誉称号。

同月 北京铜丝厂生产的HP_b59—2手表专用黄铜线荣获国家优质产品银质奖。

11月1日 中共北京市委、市政府决定调整、改革北京市电子仪表工业管理体制。北京市政府电子工业领导小组更名为北京市政府计算机、大规模集成电路领导小组。将市电子仪表工业局一分为三，分别成立北京市计算机工业总公司、北京市广播电视工业总公司、北京市仪器仪表工业总公司。

11 月 4 日　由北京电力设计院设计、北京送变电公司施工的河北省韩城 220 千伏变电站竣工，并荣获国家优质产品银质奖。

11 月 12 日　海淀区气缸套厂研制成功具有国际水平的合金钛铸铁气缸套。

11 月 14 日　国务院副总理李鹏到北京油泵油嘴厂视察工作。

11 月 15 日　中国科学院计算机研究所等单位研制的中国第一个大型向量电子计算机系统（简称“757”机）通过国家鉴定，其主机向量运算速度为每秒 1000 万次。

11 月　我国第一座长波授时台竣工，其中 2000 千瓦长波脉冲发射机是北京广播器材厂生产的，这一工程建成，将我国的授时精度从毫秒量级提高到微秒量级。

12 月 7 日　北京大规模集成电路测试技术研究所成立。由市科委、市经委双重领导。

12 月 9 日　北京著名工艺美术家关可勇和工艺美术师白静宜设计的花丝镶嵌金摆件《琵琶舞》、《凤钟》在香港第十届东南亚地区钻石首饰设计比赛中获优秀设计奖。

12 月　北京市国防工业办公室并入市经济委员会。

同月　北京二七机车工厂与铁道科学院共同研制的大功率柴油机锻钢曲轴离子氮化技术获国家科委授予的发明四等奖。

同月　北京有色金属与稀土应用研究所新型钍显色剂的研究与应用课题通过鉴定，并获北京市科技进步三等奖。

同月　北京半导体材料厂生产的 N 型、P 型锗单晶，在中国有色金属工业总公司组织的全国锗单晶评比中分别获得第二名，并被评为部优产品。

本年　北京半导体器件十二厂生产的 SK3—03 型塑封阻尼二极管，在全国质量评比中获一等奖。

北京东风无线电厂设计生产的 SL—401 型台式立体声收录机获全国新产品金龙奖。

北京半导体器件一厂为国家重点项目“银河”亿次计算机配套生产了十几万块电阻网络，为国家填补了空白。

北京一轻工业系统 13 种产品荣获国家质量奖。其中“丰收”牌中国红葡萄酒获得金奖、北京牌玻璃烧器等 12 种产品获得 11 枚银奖。光敏静电记录纸等 25 种产品获轻工业部优质产品奖。“燕”牌 JB9—3 型家用缝纫机等 63 种产品被评为北京市优质产品。“京”字牌石英玻璃仪器、器皿等 18 种产品在全国同行业评比中获第一名。

北京铜厂生产的 HP_b59—1 高精度磨光棒、HP_b58—3 易切削黄铜棒被评为北京市优质产品。圆铜杆被评为部优质产品。

北京半导体器件四厂以补偿贸易方式由香港引进塑料整流二极管 IN4000 系列后部工序生产线，年产能力 5000 万只。当年产量达到 1800 万只，80% 以上返销国际市场。

北京冶炼厂生产的稀土合金、超塑性 ZnAt5 合金录音机飞轮毛坯、1 号电池锌饼，被评为北京市优质产品。

北京计算机二厂与日本三洋电机贸易公司通过补偿贸易方式，合作生产的 CXk111 计算机年产量达到百万台。50% 的产品返销国外。

北京化工三厂抗氧剂 KT—7910 获国家优质产品金质奖。

北京市水磨石厂试制成功合成石，获国家经委优质品证书和北京市科学技术发明奖。

北京市文教用品厂的档案复写纸获国家经委优秀新产品金龙奖。

北京市塑料研究所研制成功的超高分子量聚乙烯挤出成型工艺和聚乙烯耐老化农膜的生产与应用，获轻工业部科技成果二等奖。北京市皮鞋厂猪皮焖花网眼皮鞋，获国家经委优秀新产品金龙奖。

北京市玻璃钢制品厂人造玛瑙大理石组合卫生间试制成功并投产，获国家经委优秀新产品奖。

北京二轻工业产品金牛牌 PVC 市布基泡沫人造革、京字牌花色钳，长青牌毛料中山服上衣、新花牌毛料女西裤等四种获国家优质产品银质奖，鹿牌牛面胶粘仿皮底三接头鞋、北京牌打字蜡纸等 8 种获部优质产品，塑料饮料周转箱、双环牌插锁等 26 种获市优质产品。

北京市南湖渠砖厂建成我国第一条电脑控制器砖瓦生产线。使用微处理机对焙烧温度进行自动控制。

北京市计算机软件中心正式成立。

1984年

1月1日　北京市医药总公司所属国营企业全部实行第二步利改税。

1月14日　北京棉纺织印染工业公司撤销，该公司所属的北京前进棉纺织厂、北京帆布厂划归北京市染织工业公司，其余各厂均作为北京市纺织工业总公司的直属厂。

同日　华北电业管理局（北京市电力工业局）干部学校成立。

1月15日　北京吉普汽车有限公司在北京市的广渠门外垂杨柳的公司所在地举行开业仪式。对外经济贸易部长陈慕华、国家经委主任赵维臣、北京市副市长张彭，美国驻华使馆代办付立民等出席了开业仪式。

1月18日　首都钢铁公司三号高炉采用电子计算机控制，实现自动化。

1月　北京矿务局化工厂研制成功梯恩梯气动自动配料机，并在全国首先使用。

同月　北京市塑料制品厂建成投产。建筑面积27.2万平方米，年生产能力3万吨，投资5400万元。

同月　北京矿务局实行吨煤工资包干的承包经营责任制。其所属单位实行“三包、四保”，即：（包产量递增1%，包亏损年递减5%或利润递增5%，包吨煤或万元产值工资含量；保安全生产，保总进尺、开拓尺，保回采率，保产品质量）。

同月　北京内燃机总厂生产的492QA汽油机，在中国汽车工业公司组织的全国同型号汽油机集中测试中总分名列第一。

同月　北京电视设备厂试制成功了通讯卫星电视监控系统，用于同步实验卫星发射工程，获电子工业部奖励。

同月　北京市地毯七厂制成国内最大壁毯——北疆风情图。

2月18日　北京矿务局成立职工教育培训中心。

3 月 5 日 北京市汽车灯厂研制的矩形雾灯（WD148×74—009W）通过中国汽车工业公司的技术鉴定，其性能达到国际 ECE 标准。

3 月 12 日 北京市人民政府转发《北京市招工暂行办法》和《北京市招收退休工人子女暂行办法》，决定对本市现行的招工制度进行改革，在全市实行公开招收，自愿报名，全面考核，择优录取的招收办法。

3 月 13 日 国家经委和中国企业管理协会确定首钢为全国第一批企业管理现代化试点单位。

3 月 29 日 北京型内燃机车在北京至武昌间往返牵引 20 节客车试验成功。

3 月 北京微电子技术应用研究所成立。

同月 门头沟煤矿九龙山立井工程竣工。

同月 北京市建筑材料工业局改为北京市建筑材料工业总公司。

4 月 1 日 引进的苯酚丙酮装置在北京燕山石化公司向阳化工厂动工建设。1986 年 7 月建成，交生产试车。10 月 12 日生产出合格产品。10 月 16 日举行生产剪彩大会。1988 年 12 月 26 日，通过国家验收。

4 月 4 日 北京市宣布从本年起，允许外商来京独资办厂。1983 年全市批准利用外资引进技术设备共计 138 项，是历史上最多的一年。其中已有 69 项建成投产。

4 月 11 日 门头沟煤矿九龙井—260 米回采工作面试验高档普采、取消刀柱方法成功，并通过部级鉴定。

4 月 19 日 国内首创的东方红炼油厂污水三渣硫化床焚烧装置，经 14000 小时试运，各项技术指标符合设计要求，正式通过部级技术鉴定。

4 月 20 日 北京焦化厂大修改造工程开工。1987 年 4 月 23 日，6 号焦炉投产，1988 年 12 月 5 号焦炉开始烘炉。其中企业自筹 1 亿元，这是解放以来北京化工工业最大的一项技术改造工程。工程竣工后日产煤气增加 48 万立方米，同时在保证城市煤气质量、减少环境污染等方面也取得了明显的效果。工程总投资3.5亿元。

同日 北京矿务局建筑材料总厂成立，总厂下辖杨坨砖厂、木材厂、纤维板厂、水泥构件厂等分厂。

5月6日 北京市化学工业局改名为北京市化学工业总公司。

5月15日 北京市民用五金工业公司成立。同时，撤销北京市五金工具工业公司和北京市刀剪总厂的建制。

5月17日 国家计划委员会批准北京吉普汽车有限公司为开发第二代吉普车及AMC新四缸发动机的技术改造设计任务书。

5月19日 北京东方化工厂AE生产装置，投料试车成功。它标志着我国第一个丙烯酸生产企业和科研基地建成。

5月26日 北京市地方煤炭工业公司成立。该公司为全民所有制企业，隶属北京市公社企业局。

5月29日 新建成的山西大同至北京房山500千伏超高压输电线路第一回路正式送电，暂降压220千伏运行，线路全长285.72公里，山西能源基地的电力开始直送北京。该工程始建于1981年7月。

6月10~18日 全国企业整顿领导小组和国家经委在首钢举办国营工业企业内部经济责任制研究班。28个省、市、自治区和16个工业城市经委负责人，国务院有关部门以及135个企业的负责人近300人参加。首钢领导作了题为《实行以承包为中心的经济责任制，推进企业管理现代化》、《思想政治工作要保证改革的开拓前进》的发言。

6月13日 首都钢铁公司党委在主送冶金部党组、抄报邓小平、胡耀邦和国务院领导的《首钢关于扩大翻番成果的请示报告》中，提出首钢实行上缴利润递增包干到1995年，自筹资金建设钢铁新基地，实现工业总产值翻两番的规划。6月15日，胡耀邦在报告上给万里、姚依林、李东冶、周冠五的批示中说："我认为这是一件极大的好事。我主张积极进行，越快越好。"万里同志批示："同意速办。"同年6月23日，冶金部党组在写给胡耀邦、国务院总理并党中央、国务院《关于扩大首钢包干成果的请示》中，支持首钢在完成北京地区技术改造的同时，在冀东迁安矿区新建年产钢300万~500

万吨的钢铁基地。

6 月 14 日 首钢耐火材料厂从美国 CE 燃烧公司引进的耐火纤维生产线投产，年产量 1000 吨。

6 月 15 日 北京制药厂与军事科学院卫生研究所协作研制的 17 种结晶氨基酸注射液通过技术鉴定，开始投入批量生产。

6 月 24 日 北京市政府在批转市经委《关于进一步搞好工业经济体制改革的请示》的通知中指出：工业经济体制改革，涉及面广，市政府各部门都要大力协同，密切配合，使改革配起套来，同步进行。改革是当前工作的重点，城市改革的步子要加快。当前城市经济体制改革的中心任务，是认真贯彻经济责任制，实行按劳分配、奖勤罚懒、最大限度地调动企业和职工的积极性。

6 月 北京化工局在所属化工二厂实行厂长负责制试点。到 1987 年 10 月，该局所属 29 个企业全部实行厂长负责制。

同月 北京铝材厂由法国引进的氧化着色生产线正式投产。总投资 827 万元，建筑面积 2460 平方米，设计能力年产 3000 吨。

同月 北京铝材厂由日本引进 2100 吨挤压机生产线正式投产。总投资 688 万元，年生产铝合金型材 4000～5000 吨。

同月 北京第四制药厂生产蜂王精设备更新，引进了联邦德国 Stbunk 公司的锁口瓶洗、灌、封联动机 1 台，贴签机 1 台，投资 154 万元，生产能力每小时 6000～8000 支。

7 月 3 日 首钢党委在写给万里的报告中，对关于“首钢留利拿了 85%”的说法作了澄清和分析，汇报了首钢改革以来经济效益及国家与企业之间分配的情况。报告列举以下数据：改革后五年首钢实现利润 17. 36 亿元（注：不含 1983 年并入的原市冶金局黑色冶金企业），减去国家规定留给企业的环保收益和归还贷款后为 17. 15 亿元，而上缴利润共计 13. 86 亿元，占实现利润的 80%；改革后五年，首钢逐年累计新增利润 2. 89 亿元（按环比计算），上交 1. 78 亿元，占新增利润的 61. 6%，如果加上新增利润中 60% 用于发展生产的 6665 万元，等于向国家贡献 2. 45 亿元，占新增利润的 84. 6%。报告认为，国家从首钢得到两个“大头”。

7月6日　北京市洗衣机总厂引进日本设备，建成洗衣机生产线，年生产能力20万台，投资446万元。

7月10日　国家经委授予首都钢铁公司、北京电冰箱厂、北京市木材厂、北京铁路局、北京晨星无线电器材厂、国营618厂、国营218厂“经济效益先进单位”荣誉称号。

7月16日　北京市农业机械总公司党校和干部学校成立。

7月20日　首钢焦化厂煤气净化加压工程竣工投产，开始为北京市民供应煤气。

7月28日　2时40分左右，北京市煤炭总公司大红门物资库发生一起重大火灾事故。烧毁库房13间（600平方米）汽车7辆、胶合板3200余张，实际损失19.11万元。火灾直接原因是该仓库司机在7月27日下午4点多，将没经过检查的汽车存进库房，将火种带入引起的。

8月1日　首钢实现管理计算机联网，计有9台小型机、93个终端、5条自动控制生产线联网，形成计算机管理信息系统。

8月3日　北京摩托车制造厂与顺义、怀柔、平谷等县的28个乡镇企业开展专业化协作，成立了北京市汽车工业总公司摩托车事业部、北京摩托车工业联合开发公司。

8月9日　北京市政府在批转市劳动局《关于改革企业工资和奖金制度的请示》时指出：企业不吃国家的“大锅饭”，职工不吃企业的“大锅饭”，这是当前城市经济体制改革的中心课题。要把职工收入的高低同企业经营好坏和个人贡献大小紧密联系起来。

8月23日　北京市政府在关于中外合资经营企业审批问题的决定中指出：今后属本市权限内审批的中外合资经营的合同协议及章程等有关文件及经贸部委托代发批准书等工作，授权市对外经济贸易委员会办理。

8月　在全国第四届黑白电视机评比中，北京电视机厂的牡丹牌35H1型35厘米黑白电视机和北京东风电视机厂的昆仑牌B352—2型35厘米黑白电视机获得一等奖。

9月1日　北京内燃机总厂荣获第一机械工业部1983年度质量

管理奖。

9 月 19 日 北京市政府决定将市人民公社企业局改名为北京市乡镇企业局。

9 月 22 日 北京市广播电视工业总公司召开质量月发奖大会。会上宣布北京无线电厂牡丹牌 6410 调频调辐收音机获国家银质奖。北京显像管厂万寿山牌显像管被命名为北京市著名商标。

9 月 26 日 北京吉普汽车有限公司举行第一台 BJ/XJ213 吉普汽车下线剪彩仪式。国务委员陈慕华为该车下线剪彩。

同日 北京市计委批准北京汽车制造厂 BJ122 型一吨载货汽车技术改造项目初步设计，生产能力为年产汽车 1 万辆，总投资 2726 万元。

9 月 29 日 丰台—沙城—大同电气化铁路第一期 110 千伏供电工程竣工送电。

9 月 华北油田天然气进京工程动工，1987 年 12 月建成交付使用，日供气能力 40 万立方米。工程的施工管理，开工投产后的经营管理都由北京焦化厂负责。

同月 北京市光华木材厂被评为北京市质量管理先进单位。

同月 北京食用黄油厂建成投产。该厂全部设备由瑞典引进，产品以植物油为原料，经氢化加工处理，可生产人造黄油、起酥油和可可脂等，年生产能力 4000 吨。

10 月 4 日 北京市计划委员会、北京市经济委员会批准北京第二汽车制造厂 BJ130 轻型载货汽车技术改造项目，生产能力为年产汽车 1.5 万辆，自制件备品率 20%，总投资 990 万元。

10 月 20 日 中共十二届三中全会在北京召开。全会通过了《中共中央关于经济体制改革的决定》。23 日，中共北京市委发出《通知》，要求全市党员和干部认真地学习中央这个《决定》。

10 月 经北京市政府批准，市人事局发出《关于国营工业企业试行从工人中选聘干部的通知》。《通知》规定企业可以根据需要从工人中聘用干部，聘用期间享受干部待遇，聘用期满仍当工人。

同月 北京第六制药厂投资 100 万元（36 万美元），从联邦德国引进的全自动栓剂模制和包装机试车成功。年生产栓剂 2700 万粒。

同月 北京市面粉五厂进行专用粉生产线技术改造，引进英国西蒙公司专用粉生产线设备，技术改造总投资 1345 万元。

11 月 10 日 北京市光华木材厂中密度纤维板车间建成投产。该车间于 1980 年 9 月动工，投资 1234 万元，部分主机由瑞典引进，自制设备与之配套。设计年产能力为 1 万立方米。

11 月 12 日 北京电视机厂的牡丹牌 TC483PⅡ型彩色电视机一次性定型。该机是在引进日本松下公司原型机芯 M11 基础上改进的，国产化程度达 70% 以上。

11 月 14 日 赵紫阳总理在北京印染厂视察时就企业改革问题发表了重要意见。他指出：中央确定的经济体制改革的一系列政策、措施，已经为搞活企业创造了必要的条件；能否落实，关键在人才；大企业只要面向自己，充分发挥自己的优势，就可以挖掘潜力，不断增强活力。

11 月 15 日 中共北京市委在送中央的《关于顺义县以工补农促进农业生产持续增长的情况报告》中说：十一届三中全会以来，顺义县在不断调整农村经济结构，大力发展商品生产的同时，坚持用乡镇企业利润支持、补贴农业、为保证农业生产持续增长，实现农村经济良性循环，提供了有益的经验。

11 月 北京卷烟厂同荷兰 ITM 公司签订了引进卷烟设备的合同，其中引进 100MM 加长嘴烟卷接包生产线两条，MK—8 型 3 套。从国际展览会上引进 U3 包装机一台。还引进烟用检测仪器糖氮分析仪和烟支重量分析仪各一台。

12 月 1 日 北京第二汽车制造厂举行生产第 10 万辆 BJ130 轻型载货汽车剪彩仪式。国务院副总理万里赠言："提高质量，增加产量，服务城乡"。

12 月 18 日 北京汽车进出口公司成立，隶属于北京市汽车工业总公司领导。

12 月 20 日 北京东风电视机厂昆仑牌 S371 型彩色电视机一次性定型。该机是在引进日本三洋公司原型机芯基础上改进的。

12 月 25 日 燕化公司建筑安装工程公司通过中国石油总公司和国家劳动人事部复审，取得三类压力容器制造许可证，是全国基本建设企业第一个获证单位。

12 月 26 日 北京摩托车厂生产的货运三轮摩托车年产量首次超过 1 万辆。

12 月 31 日 北京市煤炭总公司就民用煤脱销问题向市政府紧急报告，并抽调干部到城、近郊区解决购销问题，市场煤球脱销局面得到缓解。

12 月 北京市化工研究院利用本院开发的技术，建成千吨级热塑性聚酯工程塑料 PBT 生产装置。PBT 是 20 世纪 70 年代国外发展起来的新型材料，主要用于仪器仪表、电子元件、家用电器、汽车制造等领域，该项产品以前长期依靠进口。

同月 北京第三制药厂从加拿大引进年产 9 亿粒空心胶囊生产线，总投资 318 万美元，人民币 1490 万元。

同月 北京齿轮厂工人魏敬秀主持研制成功的 YS125 锥度齿挤齿机，通过技术鉴定，填补了我国挤齿设备的生产空白。

同月 北京内燃机总厂生产的 F6L912/913 风冷柴油机通过部级鉴定。

同月 220 千伏房山变电站建成，装有 12 万千伏安主变压器 1 台。

本年 北京市大理石厂从意大利引进了大理石薄板生产线，年生产能力 4 万平方米。

北京市建材工业总公司援助埃及建成了米尼亚灰砂砖厂，设计能力年产灰砂砖 5000 万块。

北京市石膏板厂研制成功防水石膏板。

在 1984 年度全国燃料管理节约竞赛活动中，北京市煤炭总公司被评为一级先进单位。

北京绒毯厂与北京毛纺科研所合作项目“牦牛绒分梳纺纱及产品的研究”，获北京市科技成果一等奖、北京市经委技术开发一等奖。

北京毛纺织厂被国家经委授予“经济效益先进单位”称号。

北京自动化仪表厂试制成功固体流量变送器，并完成单板机工业锅炉自控系统研究任务。

北京电子显示设备厂与美商合作，建成一条计算机显示终端生产线，年产2万台。

北京电机总厂Y系列电机的主要性能质量指标，在全国同行业评比中被评为第一。

北京市第三机床厂和北京机床研究所合作研制成功卧式和立式两个柔性加工单元。

1985 年

1 月 1 日　根据水利电力部的有关规定，本市试行“高峰低谷用电浮动电价”，“超指标用电加价”和随燃料购入的不同价格采取的“高来高走”电价。

1 月 5 日　国务院发出《关于国营企业工资改革问题的通知》。通知指出，从 1985 年开始，在国营大中型企业中，实行职工工资同企业经济效益按比例浮动的办法。国家对企业的工资实行分级管理的体制。

1 月 8 日　中共北京市委发出《关于党政领导机关和经济管理部门机构改革的通知》。《通知》指出，要实行党政领导分工，政企职责分开，下放权力，精简机构，减少人员，改进作风，逐步建立科学的、新型的工作体系，使各级领导机关更好地为企业服务，为基层服务，为生产服务，以达到搞活企业、搞活基层、搞活经济和各项事业的目的。同时说明了机构改革的步骤、方法和组织领导。

1 月 10 日　北京第二汽车制造厂与顺义县汽车工业公司共同组建的北京市轻型汽车工业联合公司成立。

1 月 11 日　北京市工业系统 92 名在 1984 年度作出突出成绩的厂长（经理）被市经委授予优秀厂长（经理）光荣称号，受到市人民政府表彰。市委书记李锡铭、副市长韩伯平、张健民等向他们颁发了奖品和证书。在表彰大会上，副市长张健民说：本市在去年 33 个试行厂长负责制企业取得初步经验的基础上，今年所有整顿验收合格的企业，经主管单位批准，均可实行厂长负责制。

1 月 12 日　北京市政府办公厅转发市食品工业办公室等 12 个单位《关于放宽财政、税收和信贷政策，支援食品工业发展的报告》。

同日　北京市毛麻丝工业公司撤销。该公司所属第二、第三毛条厂划归北京市毛针织工业公司，其余各厂均作为北京市纺织工业总公司直属厂。

1月21日 在全国优秀设计表彰大会上，首钢设计的四号高炉改造性大修工程和一烧结车间大修改造环保治理工程获国家优秀设计金质奖章。

同日 北京制药厂总投资4500万元的基本建设技术改造项目（含引进输液及针剂生产装备流水线）列入国家“七五”重点技术改造项目。

1月25日 北京市经济体制改革委员会成立，韩伯平副市长兼任主任。

1月26日 北京第二汽车制造厂采用技贸结合方式引进日本五十铃N系列轻型载重汽车技术（软件）。由中国汽车进口公司与日本五十铃汽车公司在日本东京签订了“五十铃N系列载重汽车技术转让合同”和“五十铃N系列轻型载重汽车驾驶室技术转让合同”。

1月 北京橡胶工业公司撤销，所属各企、事业单位由市化工总公司直接领导。

同月 北京内燃机总厂4115TAI型柴油机获得了机械工业部颁发的“机械产品采用国际标准验收合格证书”，这是北京汽车工业总公司系统第一个获得采用国际标准验收合格证书的产品。

同月 北京矿务局杨坨煤矿对水采废水进行治理后，排往永定河水中的煤泥含量由原来的每升2603毫克降至500毫克以下，符合国家规定的水质卫生标准。

2月9日 北京市人民政府在人民大会堂召开纪念北京同仁堂开业315周年大会。党和国家领导人李先念、彭真、乌兰夫、王震、薄一波为同仁堂题词。

2月28日 中共北京市委、市政府召开1984年度劳动模范和模范集体代表大会，全市共评出劳动模范1450人，其中特等劳动模范61人，评出模范集体638个。

2月 北京市汽车工业总公司与澳大利亚袋鼠熊猫澳洲有限公司签订出口雄狮牌汽车千斤顶合同，金额为120万美元。这是该公司产品第一次打入澳大利亚市场。

3月8日 由联合国人口基金会资助、国家投资兴建的北京制药厂 CPR—80—P13 避孕药车间举行开工典礼。联合国开发署人口活动基金会驻华代表孔雷萨、北京市政府顾问张彭、国家医药局副局长李晓东等出席剪彩。

3 月 25 日 在冶金工业重点企业烧结厂、炼铁厂厂长会上，首钢炼铁厂、烧结厂被评为优胜单位，首钢一号、二号、三号、四号高炉被评为红旗高炉。

3 月 27 日 北京市轻型汽车联营公司、中国国际信托投资公司香港肖特吉公司达成在顺义兴建年产 5—10 万辆轻型汽车新厂区的协议。

3 月 30 日 北京市南湖渠砖厂研制建成的黏土质页岩采釉砖中试线，通过市级鉴定，年产能力 5 万平方米。

3 月 我国最大的厂房控制爆破工程——石景山发电厂 2 万多平方米的老厂房拆除全部完成。该工程是北京电力基本建设首次实行招标，河北省第三建筑公司中标并于 1984 年 10 月 11 日开工。这项爆破工程由中国科学院力学所设计。该工程为国家节约资金 350 万元。

同月 北京市光华木材厂新胶合板工程通过验收，该工程于 1981 年 6 月动工，1983 年试车，投资 1187 万元，设计年产能力 1.5 万立方米。

4 月 7 日 北京中药厂从联邦德国、日本引进了年产口服液 608 万支、冲剂 207 吨生产线，总投资 80 万美元，371 万元人民币。

4 月 14 日 北京拖拉机公司以意大利复式割草机为基型而研制的 9GD—800 型割草机经过两年的试验，通过市级产品样机鉴定。

4 月 24 日 北京市组织电子仪表经济贸易代表团去美国进行技术考察、商务谈判。市计算机工业总公司的代表与美国有关公司签订了 6 个项目 12 个合同，成交额为 588 万美元。

4 月 24 ~ 25 日 北京市计委、市经委和市科技协作中心等有关部门联合举办北京市首次科技成果信息发布会。全国 26 个省市、自治区的 80 余名代表出席。12 所大专院校、32 所科研机关和 11 个市属局总公司在会上发表了 2403 项科技成果。

4 月 25 日 北京矿务局房山煤矿大槽沟地区因一职工烧荒引起

山火。经解放军、农民和房山矿及矿务局其他单位职工、群众的奋斗扑救，至4月28日晨，将火扑灭。这次火灾面积长7公里，宽2公里，烧毁自然灌木林1500亩，人造林木60亩，经济损失8700余万元。

4月 燕化公司苯酚丙酮装置和间甲酚装置的配套项目东流水储运站开工建设。建设中，因征地问题农民要求“农转非”，并于1985年5月和1986年4月两次发生阻止施工事件，直到1986年6月12日北京市公安局来人解决户口问题，才使工程恢复施工。到1987年8月14日建成投用，整个工程拖延一年之久，造成直接经济损失122万元。

同月 北京矿务局在煤炭工业部于江西萍乡召开的支护工作会议上，被评为1984年坑木消耗低的先进局。1984年，煤炭部下达给北京矿务局的指标是万吨煤消耗66立方米。该局实际完成53.95立方米，创建局以来最好水平。

同月 北京广播电视大学电力分校成立，9月正式开学。

5月11日 北京树脂应用研究所研制的阻燃聚丙烯1407A、1407B通过燕化公司鉴定，其阻燃效果分别达到美国保险公司的V—0级和V—Ⅱ级，即世界公认的最优级和二级标准。

5月13日 撤销北京市针织工业公司，组建北京市针织开发公司。

5月19日 北京医用低温设备厂，投资127万美元、590万元人民币，从爱尔兰引进年产2万台低温箱生产线设备及技术。

5月 北京无线电元件二厂飞翔牌CL11型涤纶电容器，在全国质量评比中获第一名。

同月 北京人民机器总厂试制成功PW2920—01型胶印机。

同月 北京市机械工业总公司对行政性公司进行改革，将北京市标准件工业公司改为开发服务公司；将北京市工具工业公司改为北京市工具开发公司。改革后的这两个公司均解除了与原来归属各厂的隶属关系。

6月3日 首钢远洋航运公司成立。

同日 北京市人民政府发布《北京市实施〈中华人民共和国药品管理法〉试行办法》，明确北京市医药总公司是北京市药品生产经营的主管部门。

6 月 8 日 北京市染织工业公司撤销，组建北京市染织工业联合公司。

6 月 15 日 在全国首届国产化微型计算机质量评比中，北京计算机软件中心的 BCM—Ⅱ微型计算机获第一名。

6 月 17 日 北京半导体设备一厂的 GB01 型高效空气过滤器在全国质量评比中获一等奖。

6 月 18 日 北京矿务局房山矿召开安全生产 1000 天庆祝大会。煤炭部、北京市经委、市劳动局及矿务局领导到会祝贺。

同日 经北京市计委、经委、经贸委批准，北京同仁堂制药厂从意大利、日本引进胶囊灌装及包装生产线。总投资 44.6 万美元、189 万元人民币，设计生产能力年产 4800 万粒。

6 月 20 日 北京市计算机工业总公司、中国电子技术进出口公司与美国惠普公司合资经营的“中国惠普有限公司”正式开业，生产经营电子测量仪器和计算机等。

同日 北京市农机总公司所属企业在全国首届科技成果交易会上，购买和售出技术成果价值 87 万元。

6 月 26 日 首钢大学成立。

6 月 27 日 北京矿务局城子矿和广东省三水食品合营的京广饮料厂投产。作为饮料水源的城子矿井下矿泉水被北京医学科学院鉴定为低冷优质矿泉水。

6 月 29 日 北京内燃机总厂被国家经委确定为全国重点企业管理现代化试点企业。

同日 北京有色金属机械厂由瑞典引进的铝型材生产线经调试后正式投入生产。

7 月 1 日 北京市医药总公司撤销北京第一、二、三制药总厂、医用电子仪器总厂、医疗设备总厂、制药机械设备总厂、同仁堂制药总厂、中药总厂等 8 个总厂建制。8 个总厂撤销后，北京医用超声仪器厂并入北京医疗仪器厂。原归属各总厂的化学制药、医疗器械企业直接由市医药总公司管理。中药企业归北京市药材公司管理。

7月8日 北京市建筑锁厂试制成功的球形门锁通过技术鉴定，为本市首次研制成功的中高档门锁。

7月28日 北京市经委提出提高产品质量的8项措施，主要是：在企业中推行全面质量管理；对职工进行全面技术培训坚持“不合格产品不准出厂”的有关规定；出厂产品要有商标、厂名、厂址、电话；对产品实行“三包”以及在厂长统考中增加质量管理内容等。

7月29日 电子工业部召开部署在京企业管理体制改革会议。会上宣布：从即日起，七七四厂等13个企业下放北京市。

7月 北京矿务局化工厂研制生产的岩石乳化炸药通过煤炭工业部鉴定。

同月 北京矿务局出口煤在全国煤炭企业中第一个由收购制改为代理制。

同月 在商业部开展的全国饲料优质产品评选活动中，南苑厂“鲸鱼牌”、平谷县“多利牌”、昌平县“腾飞牌”蛋鸡配合饲料被评为部优产品。

8月7日 燕化公司与意大利签订引进瑞士CIBA—GEIGY公司的年产1000吨色母粒装置及其专利的合同。

8月10日 首钢获国家经委授予全国工业交通商业经济效益先进单位称号。

8月16日 首钢生产的结构用电焊钢管、地质钻探小口径无缝钢管等10个产品被冶金部评为优质产品。

8月18日 北京第二热电厂安全无事故运行1000天。

8月20日 国务院发出《关于进一步清理整顿公司的通知》。

8月21日 石景山发电总厂实现了安全无事故两周年，到1985年末安全运行862天，创全国同类型电厂最高安全纪录。

8月22日 北京市工业企业首批招收的1200多名农民轮换工，从今天起到纺织、化工、制革等行业报到。这些人不迁户口、不转粮食关系。到工业企业工作三五年后再回农村。

8 月 24 日 北京市人民政府以京政发（85）120 号文件转发了市经委《关于保证冬季城市居民用煤供应的若干措施的报告》。规定从 9 月 1 日起，城近郊区执行居民用煤凭证登记限量供应的办法。

8 月 27 日 北京市塑料研究所研制的 PP 管材标准，获轻工业部科技成果一等奖。

8 月 29 日 北京市煤炭总公司系统的 4430 名生产、装卸工人实行全额计件工资制，并从当年 7 月 1 日起，计件工资由利润留成列支改由成本费用列支，不列入奖金范围，同时，降低市煤炭总公司利润留成比例 1%。

8 月 31 日 北京第四制药厂进行蜂王精生产第二期改造，同时引进联邦德国 Bocoh 公司的关键设备，总投资 139 万美元、563 万元人民币。改造后可增产 2500 万支。

9 月 4 日 石景山发电总厂高井电厂安全无事故运行 1000 天。

9 月 7 日 中国青年出版社印刷厂研制成功国产高速胶订热熔胶。

9 月 15 日 北京市缩小财政补贴供煤范围。机关、团体部队、学校的取暖、茶炉、浴室用煤由补贴价改为供应零售价；粮农用煤、四级以上旅店、饭店、招待所用煤改为供应价格。经调整，北京市财政补贴的供煤数量减少了 49.4%。

9 月 17 日 列入国家“六五”计划期间重大技术改造项目的我国第一条叉车装配生产线，在北京叉车总厂建成投产。

9 月 25 日 山西大同至北京房山 500 千伏超压输电线路第二回路竣工，全长 285.4 公里。第二回路始建于 1984 年 4 月 20 日。

9 月 28 日 北京市纺织工业局销售处、北京市毛针织工业联合公司和北京羊毛衫厂合营的北京市三友纺织品商场开业。

9 月 29 日 北京市化学试剂所恢复为科研事业单位，由市化工总公司直接领导。

同日 北京橡胶制品设计研究院成立。

同日 北京制药厂改造扩建的“玻口囊”粉针车间投产。投资 100 万元，安装 1 套国产粉针剂生产流水线，洁净区净化级达到 100

级，年生产能力3000万瓶。

10月8日 朝阳区农机研究所研制的4FD—900型茎秆粉碎装置通过市级鉴定。

10月10日 经中国石化总公司与北京市协商，同意建立北京燕山石油化工学校。1986年开始向社会招生。

10月13日 石景山发电厂改建工程举行开工典礼，北京市委书记李锡铭、市长陈希同、水利电力部负责人参加了奠基仪式。

10月20日 北京第二铜管厂生产的紫铜毛细管，用于我国第一颗人造地球通讯卫星。

10月21日 华北油田向北京供应天然气工程竣工。11月正式供气。

10月 北京内燃机总厂被批准为国家一级计量单位。

同月 北京地区第一座500千伏房山变电站竣工，装有25万千伏安国产主变压器4台，26.7万千伏安苏联产主变压器4台。房山变电站始建于1979年4月。

同月 北京新华彩印厂印制的《毛泽东故居藏书画家赠品集》在莱比锡国际图书博览会上获"最佳图书"铜牌奖。此画册与该厂印制的《故都北京》画册一起被国际展览会基金会选为最佳出版印刷蓝本，获准在法兰克福书展国际图书艺术馆中长期陈列。

11月13日 北京市经委下发《关于在北京市工业系统进行考试评定技术工人职称的暂行规定（试行）》和《关于加强工业系统中专、技校和职业学校建设的若干政策规定》。

11月16日 邓小平在首钢党委《关于落实改造和扩建规划中几个问题的请示报告》上批示："首钢领导和群众基础都好，可作为进一步放权、把大企业搞活的点。所提要求似可予以满足，请财经小组一议。"胡耀邦于11月13日批示："对首钢扩建、改造的积极性要爱护和支持才好。"国务院领导也做了批示。

11月27日 首钢被国家经委评为全国节能先进企业。

11月28日 石景山发电总厂、北京热电总厂被评为全国行业节能先进企业。

11 月 同仁堂药酒厂从日本引进的年产 1500 吨药酒灌装流水线技术改造工程竣工，投入生产。这项工程于 1984 年开工，投资 200 万元。

12 月 6 日 山西大同第二发电厂至北京房山变电站 500 千伏输电线路的第二回路和 500 千伏变电站投入运行，是北京地区第一座 500 千伏变电站和第一条 500 千伏输电线路。

12 月 23 日 北京市政府决定成立电子工业办公室，加强对电子工业下放本市 13 个直属工厂的协调管理工作。

12 月 24 日 中共北京市委作出《关于授予戴洪祥等 12 名同志“优秀共产党员”称号，授予首钢炼钢厂炼钢车间党总支等 5 个党支部“先进党支部”称号的决定》。

12 月 25 日 北京旅行车有限公司成立。

12 月 26 日 北京半导体器件五厂建成 6000 平方米超净厂房与配套工程，从美国、联邦德国、日本引进设备与技术，与国内专用设备配套，建成 $\phi75$ 毫米生产线，通过北京市、电子工业部和国防科工委的验收。

12 月 30 日 北京内燃机总厂召开首届科技大会，北京市市长陈希同到会并讲话。

12 月 31 日 北京市人民政府决定成立北京市烟草公司、北京市烟草专卖局，为副局级单位，一套机构两块牌子，负责本市卷烟生产、收购、调拨、批发、市场安排和专卖管理等工作。

同日 第二次全国工业普查。当日，全市共有工业企业和工业生产单位 28399 个，工业企业职工和从业人员 208.6 万人，全部资金总额 283 亿元。全年工业总产值（现价）338 亿元，实现利税 88 亿元。

12 月 北京矿务局职工医院新建六层病房楼投入使用，建筑面积 5000 平方米。

同月 北京房山至天津北郊 500 千伏超高压输电线路竣工，线路全长 126.3 公里。该工程始建于 1985 年 3 月。

同月 北京电力设计院负责设计的唐山陡河三期电站工程被评为国家优质工程银质奖。

同月　北京吉普汽车有限公司生产的 BJ212 型越野汽车年产首次突破两万辆。

同月　北京第二汽车制造厂试制出 BJ136 轻型载货汽车两辆。该车驾驶室采用五十铃 N 系列汽车散件组装。

同月　北京市煤炭总公司向有关部门和舆论界多次反映社会上一些人不尊重送煤工，侮辱殴打送煤工的问题。据不完全统计本市 1 ~ 12 月城近郊区送煤工遭殴打 110 人次，影响了煤炭供应。

本年　北京电力系统 4 个单位获国家科学技术进步二等奖共 3 项(次)，其中包括：北京市工业总调度所的《京津塘电网双计算机实时监视系统》，北京市电力工业局、北京热电总厂、北京电力科学研究所的《北京热电厂双缸凝汽式汽轮机供热改造》，北京市电力工业局的《预燃室节油技术在火电厂燃煤锅炉上的推广应用》。获国家科学技术进步三等奖的是：北京电力设计院、北京市电力工业局的《火电厂频率及有功功率自动调节装置》。

北京第一机床厂试制成功 XHK756—1、XHK756—2 卧式加工中心和 XHK716 立式钻削加工中心。

北京第三机床厂试制成功 IH25120 型立式钻削加工中心。

北京重型机器厂研制成功采用微机控制的 800 吨快锻液压机组。

北京量具刃具厂试制成功数显深度尺、高度尺和卡尺。

北京重型电机厂试制成功改进型 20 万千瓦汽轮发电机组。

北京市微电机总厂试制成功 A02、B02、C02、D02 系列节能电机，达到 IEC 标准、并制成 LC 系列永磁直流力矩测速机组，接近美国英兰德公司技术水平。

北京广播电视配件二厂多源牌 ZJ8103 型电源变压器和 ZJ8007 型电源变压器，在全国第一次黑白电视机用电源变压器评比中获一等奖。

北京卷烟厂生产的长乐、中南海（流水音）牌安全型卷烟在日本、美国获得专利。金健、长乐、中南海牌卷烟开始出口日本，当年创汇 25 万美元。

1986 年

1 月 1 日　首都钢铁公司实行工资总额增减与实现利润增减按 0.8∶1 挂钩办法，探索按劳分配的新路子。

1 月 13 日　燕山石化公司研究院银催化剂装置建成试投产。主要设备全线打通，用天津载体、美国技术，生产出 20 公斤银催化剂。

1 月 16 日　赵紫阳总理听取了北京市 10 户试点企业改革情况的汇报。国家经委副主任袁宝华、人事部部长赵东宛和北京市市长陈希同等领导出席汇报会。赵紫阳肯定了 10 户试点企业的成绩，表示支持 10 户企业继续进行改革试点。

1 月 21 日　房山—吕村—聂各庄的 220 千伏双回输电线路投入运行。至此，北京地区 220 千伏双环网建成。

同日　北京市经委和市委工业部，在北京东方红炼油厂招待所联合召开传达贯彻全国经济工作会议精神大会。市经委、市委工业部领导、市工交系统各总公司（局）经理（局长）、书记、各区县及市综合部门主要领导 130 余人参加会议，会议由经委主任阎承宗主持。

1 月 24 日　首钢第一线材厂的直径 6.5 毫米焊条用热轧盘条，小型厂的矿用圆钢，焊管厂的结构用电焊钢管，特钢公司的 45 锰钼硼小口径地质管等 4 项产品获 1985 年国家优质产品银质奖。2 月，稀土镁球墨铸铁钢锭模等 23 个产品被评为 1985 年北京市优质产品。

1 月 27 日　北京市煤炭总公司从农民协议工中吸收 700 人转为固定工。

同日　中共北京市委、市政府发出《关于国营企业兴办集体企业的暂行规定》和《关于事业单位开展多种经营、兴办企业的暂行规定》。

1 月　北京铝材厂由英国引进的模具加工生产线投产。共投资 403 万元，可年产各种模具 1500 套。

2 月 4 日　北京市经委、市委工业部召开深入推行厂长负责制动员大会。18 个任期目标责任制试点企业的厂长同主管单位举行了集体签约仪式。

2 月 21 日　北京变压器厂与法国 PZOch 公司合资生产条型开关等模压绝缘件项目协议书在北京签订。合资项目以生产条型开关为主，同时生产部分模压绝缘件。生产规模初期为 100 吨，远期为 300 吨，总投资 100 万元，合资期限为 10 年。

2 月 26 日　中共北京市委发出《关于号召全市共产党员和领导干部向张洁世同志学习的通知》，学习他做开拓改革带头人、端正党风带头人、全心全意为人民服务带头人。3 月 6 日，市委决定，授予北京长城风雨衣公司经理、市特等劳模张洁世优秀共产党员称号。

2 月 28 日　北京市经委在本市工业系统各总公司（局）建立交通安全委员会。

3 月 9 日　北京市政府在怀柔县召开城乡结合、工农协作、工业支农工作会议。

3 月 12 日　北京市经委发出《关于 1986 年加强产品质量管理的十条规定》。指出：质量有否决权，不合格不准提奖金。所有工业企业从 4 月 1 日起，凡是没有国家、部颁标准和经总公司批准的企业标准、没有工艺技术操作规程的产品，一律不准组织生产。

4 月 1 日　北京汽车制造厂年总装 2 万辆汽车的生产线建成投产。这是国家“六五”期间的重点技术改造项目。

4 月 12 日　全国电子工业优质产品展示会在京开幕。北京地区有 36 项获奖产品参展，其中有 6 个产品获国优称号，30 个产品获部优称号。

4 月 17 日　国家经委召集首钢、人民机器厂、有机化工厂和北京衬衫厂的领导人开座谈会，研究“抓管理、上等级、全面提高素质”的问题。

4 月 27 日　北京同仁堂制药厂第一幢建筑面积 8000 平方米的现代化生产大楼落成投产。北京制药厂维生素 C（原料药）扩产改造工程完工，投资 180 万元，生产能力由年产 300 吨增加到 450 吨。

4 月 29 日　北京市建材工业总公司和香港长住有限公司等联合

经营的远东大理石企业有限公司在深圳正式开业。

4 月 30 日 首钢实行工厂委员会（董事会）领导下的总经理负责制，周冠五任董事长，赵长白任总经理。

4 月 北京橡胶二厂研究成功国内首创产品——煤矿井下难燃运输带，质量达到国际先进水平，技术获国家专利。

5 月 7 日 北京钢锉厂与美国赛蒙斯公司合资经营的北京高衡—塞蒙斯锉刀有限公司、北京建筑机械厂与日本新器铁（株）及朝阳贸易（株）合资经营的华新金属结构有限公司、北京机电研究院与日本南常铁工（株）合资经营的北京南常肉食机械合营公司、北京锅炉厂与美国合资经营的北京巴布科克·威尔科克斯（中国）公司 4 个合资企业合同生效。

5 月 10 日 煤炭工业部职业医学研究所暨北京矿务局职业病防治所开业。

5 月 11 日 首钢自备电站第一台 5 万千瓦发电机组并网发电，12 月 12 日第二台机组投入运行，1991 年 9 月 10 日第三台机组竣工，总装机容量 15 万千瓦，缓解了首都用电紧张状况。

5 月 15 日 北京市电器工业联合公司成立。这是由全市电器行业的 10 个企、事业单位组成的经济联合体。

5 月 23 日 北京市政府召开军工技术转民用工作会议。一年多来本市利用军工科技优势为首都建设服务，共落实“军转民”项目 396 项。

5 月 27 日 北京变电设备总厂、电器总厂、叉车总厂、电机总厂、喷漆总厂组建北京变电设备联合公司。

同日 北京工艺美术界老艺人从艺 50 周年庆祝大会举行。市工艺美术品总公司授予 24 位从艺 50 年的老专家工艺美术特级荣誉勋章。

5 月 30 日 北京铝箔厂从日本引进的铝焊管生产线工程竣工。该生产线由纵剪、焊接等五部分机组组成，年设计能力 4700 吨，是国内目前铝焊管生产规格、组矩最齐全的生产线、设备总投资 1400 万元。

5月 北京助剂二厂首批超高分子量聚乙烯23吨销往美国。该产品是新型热塑性工程塑料，可代替金属制作机械、电器设备的结构材料。

6月4日 中国职工对外交流中心、北京职工对外交流中心和北京市印刷工业公司与日本网木版制造株式会社合办的中日工人电子分色制版培训中心在北京胶印二厂成立。

同日 北京制药厂投资37万美元、人民币166万元，从意大利引进年产4000万粒胶囊生产线，试车成功。

6月5日 李鹏参观全国计算机应用展览会首钢展台，对首钢取得的成绩表示满意。首钢计算机管理信息系统和高炉计算机控制系统获国务院电子振兴领导小组颁发的一等奖。

6月9日 北京市一轻工业总公司专利事务所成立。

6月12日 北京铝材厂从日本引进20世纪80年代先进水平的1630吨油压挤压机正式投产。

同日 燕化公司与美国道化学公司正式签订引进年产5万吨聚苯乙烯装置合同，合同单价648万美元。

6月13～14日 中共北京市委、市政府召开经济体制改革会议。会议确定了“七五”期间横向经济联合的目标和重点。

6月27日 中共北京市委、市政府召开工业工作会议。陈希同在会上强调，要坚决实行责任制，把工业搞上去。并说，敢不敢打破平均主义，敢不敢拉开档次，敢不敢实行责任制，是衡量一个干部优秀不优秀的标准。

6月30日 山西大同第二发电厂至北京房山变电站第一回500千伏输电线路完成升压试验，投入运行。

同日 北京市建材工业总公司与北京市联合大学轻工工程学院联合办学，该院改名为“北京市建材轻工学院”。

6月 北京市印刷工业总公司成立。市属印刷企业由文化口划归工业口管理。

同月 北京市二轻工业总公司所属的市服装工业联合公司、市鞋帽工业联合公司及其相关的企业38个，近2.5万人，划归市纺织工业总公司领导与管理。

同月 北京化工机械厂的离子膜电解槽生产装置建成。该装置生产的烧碱纯度高，“三废”少，是国际氯碱工业20世纪80年代先进生产设备。

同月 北京人民机器厂研制成功国内第一台PZ4880—01型机组式平版对开四色胶印机。该机印刷速度为11000张/小时，达到国际20世纪80年代同类机种水平。

同月 北京光电技术研究所研制的JQX—1型便携式多功能激光动态全息散斑照相机，通过部级鉴定。该产品设计新颖，在小型化、微机控制多功能方面属国内首创，具有国际先进水平。

7月2日 燕化公司和中国中医研究院举行联合办医签字仪式。在燕化公司职工医院开设中医门诊部，由中医研究院派12名医生主持门诊。7月31日开诊。

7月12日 燕山石化东方红炼油厂将150万吨常减压蒸馏装置改造成年加工能力70万吨减黏裂化蒸馏装置，试车投产成功。

7月22日 北京冶金设备制造厂和北京西郊乳品厂联合研制的我国第一条消毒牛奶洗瓶、灌装全套机械化生产线正式投入使用。

同日 燕山石化胜利化工厂一成品车间凝聚岗位操作工违反操作规程，引起爆炸事故。造成抢救无效死亡2人，重伤4人，轻伤14人，厂房倒塌，直接经济损失20万元。

7月25日 北京市经委召开工业系统机构改革领导小组会议。会议确定在改革后的工业联合公司中，积极推行在董事会领导下的经理负责制。

7月 中国石化总公司国际事业公司与意大利埃尼弹性体公司，就燕化公司研究院开发的SBS专有技术签订技术转让合同，1988年又签订溶聚丁苯胶技术转让合同。同年12月，研究院完成了生产SBS和溶聚丁苯胶两条年产3万吨生产线的成套基础工程设计及全部文件的交付工作。

同月 北京市面粉六厂引进英国西蒙公司成套专用粉生产线技术改造工程竣工，投资1345万元，日处理小麦350吨。该工程获市技术改造优秀项目奖。

同月 北京市煤炭总公司直属四大储煤厂库存达到饱和状态，出现了每日近500车皮煤炭待卸的局面。为此，市经委和煤炭总公司在四大煤厂分别召开用煤大户座谈会，要求严格执行计划，保证后期国家运输计划的完成。

同月 北京仪器厂研制成功JT—900型磁控溅射镀膜机，该产品在国内同类产品中处于领先地位。

8月3日 首钢炼钢厂30吨转炉，获全国冶金行业特等转炉称号。

8月初 国家重点工程——北京东方化工厂建成，通过国家验收。

8月7日 由北京水泵厂、北京第二水泵厂、北京市排灌机械总厂水泵厂、门头沟水泵厂、北方水泵厂、北京水泵厂一分厂等单位组成北京泵业联合公司。

8月14日 北京市政府召开利用外资工作会议。会议强调两个转变：一是政策转变，改善投资环境，给投资者更多优惠；二是吸收外资投向转变，从以非生产型为主转向以生产型、创汇型企业为主。

8月14～20日 首钢引进的2号转炉特大件设备于8月14日从天津港起运，于20日上午10时20分安全运到首钢工地。

8月28日 燕化公司机械厂自行设计制造的液化石油气铁路罐车，通过中国石化总公司、劳动人事部、铁道部联合鉴定，获得批量生产资格。

8月30日 燕化公司胜利化工厂丁烯氧化脱氢制丁二烯装置经技术改造，并使用厂内开发生产的B—02催化剂，投料开车一次成功，解决了收率和污染问题。

8月 北京第二制药厂投资417万元（国家拨款200万元）进行的维生素E工业性试验，通过国家医药管理局鉴定验收，其总收率已接近国外同类产品工艺水平。

9月4～6日 北京市经委在北京环宇电机厂召开集体工业企业政策研讨会。北京椿树整流器厂、环宇电机厂等11个集体企业的厂长和市二轻总公司、针织公司有关领导参加了会议。阎承宗、王志良参加了讨论。会上，通过了《北京市集体工业企业的若干政策》。

9月5日 北京毛皮协会成立。协会设立技术咨询信息和经济开发协作组。是工、技、贸、商相结合，自愿参加的专业性群众组织。

9月9日 国务院公布《国营企业实行劳动合同制暂行规定》、《国营企业招用工人暂行规定》、《国营企业辞退违纪职工暂行规定》和《国营企业职工待业保险暂行规定》这4项劳动制度改革的暂行规定，自1986年10月1日起施行。9月15日，北京市政府发出执行上述4个规定实施细则的通知。

9月13日 北京市机械工业总公司改为北京市机械工业管理局，对全市机械行业统筹规划、组织协调、监督服务、提供信息以及资源、技术和智力开发等。

9月15日 中共中央、国务院颁发《全民所有制工业企业厂长工作条例》、《中国共产党全民所有制工业企业基层组织工作条例》和《全民所有制工业企业职工代表大会条例》，自1986年10月1日起执行。

9月16日 北京机床电器公司、北京第一机床电器厂、第二机床电器厂、第三机床电器厂、北京第三低压电器厂、北京电器厂、北京饮料试验厂、第四机床电器厂在已组成松散经济联合体的基础上，成立北京市机床电器联合公司。

9月26日 北京红狮涂料公司成立。该公司由生产红狮牌油漆的北京油漆厂、北京制漆厂和北京油漆二厂组成，有职工4135人，实行人财物、产供销六统一，油漆年产量可达3.8万吨。

9月 北京南苑饲料厂引进美国勃朗特公司的2万吨配合饲料设备，安装调试完成。12月26日投产。

同月 北京自动化系统工程设计院研制的KW系列开关量物位检测系统，达到国内先进水平。

同月 北京二七机车工厂研制成功中苏口岸用内燃机车并交付满洲里口岸站使用。经冬季零下47℃严寒考验，运转正常，于1987年6月担当中苏边境客货列车的牵引任务。

同月　人民美术出版社印刷厂印刷装订的《故宫博物院藏明、清扇面书画集》第一集在莱比锡国际图书博览会上获铜牌奖。

10月9日　北京市人民政府与纺织工业部座谈，明确了北京的纺织工业要以出口为主、内销为辅；要加速技术改造，发展多品种、小批量生产；提高产品档次，增加深加工产品出口。

10月11日　赵紫阳总理在中南海召集北京化工二厂、京棉一厂、电视机厂、绒毯厂、电机总厂、洗衣机厂、变压器厂、人民机器厂、丽源日化公司九个企业的负责人座谈。赵紫阳强调了增强企业活力，调动职工积极性的问题。陈希同、韩伯平、王光、陈元、张健民等参加了座谈会。

10月15日　房山变电站至天津北郊变电站500千伏输电线路投入运行，首次以500千伏电压与天津联网。

同日　北京电冰箱压缩机厂扩建工程竣工。该工程是国家重点工程项目，于1984年8月破土动工，建设规模为年产电冰箱压缩机90万台，设备和工艺从飞利浦意大利伊瑞公司引进，配套设施和公共工程由国内自行设计和施工。建筑面积37082平方米，固定资产原值14364万元，净值14063万元。

同日　北京市经委在市委第三会议室举办本市部分新产品汇报展示会，共展出450余种新产品。市委、市政府、市人大常委、市政协领导及有关各部委、办、局负责人等参观了展览。

10月22日　北京市长陈希同与轻工业部部长杨波在延庆县宾馆举行座谈。市一轻、二轻、工艺美术品总公司的负责人汇报了北京轻工业的现状和“七五”期间改造规划。韩伯平、陈元、张健民、张彭及市计委、市经委、市经贸委、市体改委等部门的负责人参加了座谈。

10月23日　首钢职工监察委员会成立。行使《职工监察委员会条例》规定的民主监察权力。

10月28日　北京市长陈希同在北京饭店会见德意志联邦共和国西门子公司副总裁施奈格等客人。陈市长祝贺双方达成合建“北京技术交流培训中心”的协议，并表示北京市要以最好的质量、最快的速度建成这个项目。参加会见的还有国家经委、市委、市政府及有关委办的领导。

10 月 30 日 北京丽源日用化学股份有限公司成立。这是本市国营工业系统第一个股份制企业。

10 月 31 日 北京市旅行车制造厂研制的 BJ633A 型旅行车通过国家级定型鉴定。

10 月 北京第二光学仪器厂研制成功 WFX—1F 自吸收分光光度计，达到国际 20 世纪 80 年代初同类仪器水平，并获市技术开发优秀项目一等奖。11 月，又研制成功平面光栅衍射效率自动测试仪。

11 月 20 日 本市 24 家中外合资、合作、外商独资企业被北京市政府确认为先进技术企业或产品出口企业，颁发确认证书。

11 月 21 日 北京内燃机总厂研制的一吨轻型载货汽车用 475Q 型汽油机，通过国家鉴定。

11 月 22 日 北京制药厂对氨基水杨酸钠车间搬迁工程通过验收。该工程于 1985 年开工，改造车间 5138 平方米，安装设备 300 多套，治理了生产过程中的污染。

11 月 26～28 日 北京市首届对外经济技术合作洽谈会召开。洽谈会期间正式签署了 15 项合同、1 项合营协议，总金额为 4.41 亿美元，并就 108 个项目达成合作意向。

11 月 27 日 北京汽车制造厂研制成功的 BJ122 小卡车、BJ122A 型双排座客货两用车，通过国家鉴定。

11 月 北京真空仪表厂研制成功的 DDY—Ⅲ型全自动定氮仪，通过部级鉴定。该仪器在国内处于领先地位。

12 月 3 日 北京市鞋楦厂实行租赁承包经营。租赁经营后，企业的全民所有制性质不变，独立核算，自主经营，照章纳税，自负盈亏。这是北京市首家实行租赁经营的工业企业。

12 月 5 日 北京市政府决定采取四项措施，扶植集体所有制企业的发展；取消企业上缴的合作基金；取消企业上缴的行政性公司管理费；减收集体企业城市服务费；工资标准由企业自定。

12 月 11 日 北京市长陈希同等领导到北京电子管厂，研究放开搞活电子管厂的 8 条具体措施，决定实行大包干，即一定 4 年不变的经济承包办法。

12 月 12 日　北京市液压工业公司所属液压件一厂、二厂、三厂、四厂、六厂、密封件厂和液压技术研究所联合组成北京液压成套开发联合公司。

12 月 15 日　北京叉车总厂与广东韶关铸锻总厂等 9 家企业联合组建跨地区的北京叉车工业联合公司。

同日　北京汽车制造厂、北京齿轮总厂获国家一级计量企业称号。

12 月 17 日　中国长城计算机集团公司成立。该公司是科研、生产、应用、服务、教育相结合的企业集团。

12 月 17～18 日　北京矿务局王平村矿和煤炭部规划设计总院等单位联合研制成功在王平村矿组装的我国第一台大型气垫胶带输送机，通过部级鉴定。该机经过试运行，运煤量由托辊式输送机的 375 吨/小时提高到 475 吨/小时，最高达 629 吨/小时。

12 月 19 日　北京市经委召开宣讲、落实《关于支持集体所有制工业企业发展若干政策规定》大会。阎承宗主任主持大会，张健民副市长到会并讲话。

12 月 20 日　北京木材厂和中国电子厨具有限公司与香港常润有限公司在深圳合资兴办深圳新一代家具实业有限公司开业。

12 月 21 日　北京木材厂发生火灾。火灾面积达 6000 平方米，烧毁各种机器设备 70 余台、家具半成品板材 450 立方米、厂房 5000 多平方米，经济损失近百万元。

12 月 25 日　国务委员张劲夫、国家经委副主任袁宝华和北京市副市长韩伯平等到市机械局党校考场看望参加国家统考的北京地区第六批厂（矿）长、经理考生。张劲夫代表国家考委讲话，勉励大家学好管理，搞好改革，成为社会主义企业家。

12 月 26 日　北京通用机械研究所、机械局技术开发研究所、机械局建筑设计所 3 个单位联合组建北京工业联合设计研究院。其业务有：承接工业、商业服务各专业成套系统工程，土建设计、工厂设计等技术咨询和机电产品开发，工业系统软科学研究，微机应用的软件编制及硬件扩展等。

12 月 北京变压器厂完成的“中子掺杂在晶闸管制造中的应用技术”获市技术开发项目一等奖。用这种技术生产的可控硅元件，经美、英等国测试，性能可靠性达到或接近国外同类元件水平。

同月 220 千伏高井经吕村至南苑双回输电线路投入运行。

同月 北京铝箔厂的纯铝带，被评为北京市优质产品。

同月 北京市五金电器工业公司，改为北京市五金电器工业联合公司，为集体所有制企业。

本年 北京电子管厂的集成电路芯片生产线竣工投产。形成 3～5μ 工艺、采用 ϕ75 毫米圆片、年产能力 10 万片。

北京医用射线机厂的“遥控无片匣 X 线摄影诊断床”；北京生化仪器厂的“血球仪”；北京离心机厂的“自动平衡离心机”，研制成功，通过鉴定。这 3 项研究成果均为国家重点攻关项目。

北京卷烟厂引进联邦德国 PROTOS 高速卷接设备，甲级烟车间设备全部更新。有特殊疗效作用的金健、长乐、中南海牌卷烟，形成了有中国特色的安全系列烟。安全系列烟获国家科技进步奖，制作方法在美国、联邦德国获得专利，这是我国专利法恢复以来，烟草行业首次在国外获准专利。

1987 年

1 月 8 日　北京市建材工业系统首次在北京市陶瓷厂公开招聘厂长承包经营。

1 月 9 日　北京市工业系统《搞好企业内部分配，进一步完善经济责任制》大会在北京展览馆剧场召开。张健民副市长、市经委主任阎承宗、市劳动局局长龚树基到会并讲话。

1 月 11 日　北京市有 13 个毛纺企业的 70 多个品种的产品，经国际羊毛局测试；达到世界优质水平，被允许使用国际市场公认的纯羊毛标志。

1 月 14 日　人民机器总厂、重型汽车制造厂、建筑机械厂、起重机厂、第二机床厂 5 家企业分别签订了“两保一挂”的承包协议书。这是本市大中型工业企业开始有步骤、有领导地实行多种形式的承包经营责任制的第一批企业。至 4 月初，80% 的大中型企业实行了承包制。

1 月 19 日　北京市医药总公司、北京第三制药厂与瑞士汽巴—嘉基公司合资成立的“中瑞汽巴—嘉基制药有限公司”举行合同签字仪式。

1 月 19～21 日　北京市政府召开职业技术教育工作会议。会议讨论研究“七五”期间改革和发展职业技术教育的任务和措施，提出积极推行“先培训、后就业”，“经过考核，择优录用”的制度；加强横向联系，提倡各种形式的联合办学。

1 月　北京化学工业总公司为全市工业系统第一家实行“两保一挂”承包经营责任制单位。28 日该总公司与市经委、市财政局、市税务局、市劳动局、市工商银行签订了承包合同。自 1987 年至 1990 年，上缴利税以 4. 35 亿元为基数，每年递增 5. 5%，超过部分按 49. 55% 留成，不足部分用企业自有资金补齐；技术改造确保完成 54 项，投资额 9. 62 亿元；职工工资总额与企业经济效益（实现利税）

挂钩，挂钩比例为0.7∶1，该总公司与所属全民所有制企业签订相应的承包经营责任制合同。

同月 北京自动化技术研究所研制成功 DRVC—F 数字随机振动系统，解决了我国随机振动的关键设备，并获得国家机械委科技进步一等奖。

2月6日 北京市电冰箱总厂以雪花电冰箱为龙头，组建北京雪花电器公司，该公司为独立核算，自负盈亏的全民所有制企业。成员厂有雪花公司本部、电冰箱压缩机厂、电冰箱配件厂、电冰箱附件厂、电冰箱电机厂、电冰箱修理厂等。各成员厂行政上实行统一管理，经济上分别独立核算，自负盈亏，同具法人地位。

2月7日 新落成的长辛店“二七”纪念馆举行开馆仪式。该纪念馆是由全国总工会、北京市、铁道部共同筹资兴建的。总面积2300 平方米，分8 个展室。

2月16日 燕山石化公司领导与房山区就燕化公司第二生活区选点问题，组成联合调查。10 月 7 日，北京市政府批准在大紫草坞乡南梨园和开古庄地区建设一个新的小城镇，解决燕化公司搬迁居民和新建住宅用地。人口规模6 万人（其中燕化公司5 万人左右，房山1 万人左右)，并建一条直达专用道路。

2月19~28日 北京市举办首届对外经济贸易洽谈会。来自五大洲60 多个国家和地区的上千名客商参加，展出商品上万种，成交额8000 多万美元。

2月28日 河南省在京民工49 人误食工业盐中毒，北京制药厂连夜赶制急救药品40000 支亚甲兰静脉注射液；北京市医药站及时提供了急需药品，使中毒民工全部脱险。

同日 北京市鞋帽工业联合公司成立。其直属企业在行政上统一管理，经济上各自独立、自负盈亏，同具法人地位。公司实行董事会领导下的经理负责制。

3月1日 燕山石化前进化工厂年产 6 万吨苯乙烯装置破土动工，1988 年 10 月 28 日建成交付生产试车，12 月 17 日生产出合格产品。1990 年 12 月 27 日通过国家验收。

3 月 2 日　北京照明灯具协会成立。

3 月 3 日　北京吉普汽车有限公司第一辆 BJ/XJ213（87）型车开下总装配线。

3 月 4 日　北京市工业系统在北京展览馆剧场召开增产节约动员大会。各工业总公司（局）、区、县有关负责人和重点企业的厂长，党委书记，工会主席、团委书记共 2700 余人参加了大会。会议由市经委主任阎承宗主持，张健民副市长作了动员报告，韩伯平副市长出席会议并讲话。

3 月 10 日　燕山石化树脂应用研究所年产 1000 吨色母粒装置开工建设，1988 年 10 月建成生产试车，11 月 22 日生产出合格产品。1989 年 11 月 8 日通过国家验收。

3 月 17 日　北京第三制药厂长营分厂建成，引进硬胶囊生产线投产。长营分厂于 1985 年动工，建筑面积 5511 平方米，从加拿大引进三条药用空心硬胶囊生产线，总投资 1541 万元，年产能力 9 亿粒。

3 月 21 日　北京汽车工业联合公司成立。

同日　北京市人民政府发布《关于加强药品市场管理的规定》。《规定》明确市医药总公司是本市中、西药品和医疗器械生产、经营行业的主管部门，负责全市药品生产、经营的统筹规划和计划的综合平衡，搞好协调，做好服务工作，配合卫生行政机关和工商行政管理机关加强对药品的管理。

3 月 26 日　北京酿酒协会成立。

3 月 27 ~ 28 日　中共北京市委工业部、市职工思想政治工作研究会、市企业管理协会联合召开"社会主义企业精神建设"研讨会。会议围绕企业精神的形成发展、与思想政治工作的关系等问题，展开了讨论。

3 月 28 日　北京市人民政府为确保《北京市开办乡镇集体矿山企业和个体采矿审批办法》的贯彻实施，特制定《北京市开办乡镇集体矿山企业和个体采矿违法处罚办法》。并定于同年 5 月 1 日起施行。

3 月　北京橡胶工业学校与北京市化工学校合并，学校设七个专业，在校学生 1200 余名。

同月 北京合成纤维厂投资 893 万元，由奥地利引进的无纺布及针刺地毯装置（年产 200 万平方米）建成投产。

4 月 4 日 首钢康泰尔有限公司投产剪彩仪式举行，瑞典首相卡尔松、北京市副市长韩伯平出席仪式并讲话。该公司由首钢和瑞典康泰尔公司合资经营，年产 0.1～0.15 毫米合金丝 500～1000 吨。

4 月 6 日 北京电力设计院和北京送变电公司联合参加在孟加拉国召开的由亚洲开发银行贷款的 18 个城镇、43 个变电所“交钥匙工程”的国际性投标竞争中，以 1450 万美元中标。

4 月 11 日 北京第一铜管厂与智利精铜公司合资兴办北京京圣铜管有限公司建成投产。公司注册资本 497.24 万美元，中智双方投资各占 50%，生产能力年产 1 万吨。

4 月 15～16 日 由北京市崇文、宣武、丰台、房山、通县、大兴、平谷等区县和河北保定、廊坊地区，秦皇岛、唐山、保定等地市县共同组成的燕南经济协作区正式成立，签订了 1600 项经济技术协作项目。

4 月 18 日 中共北京市委、市政府召开科技工作会议。会议要求科技工作真正进入经济建设主战场，重点抓好“星火计划”和“北京工业技术振兴计划”的实施。

4 月 29 日 北京市政府召开城近郊区居民用煤蜂窝煤化现场会。确定 3 年实现城近郊区居民用煤蜂窝煤化。

4 月 北京矿务局在黄村储运站和门头沟火车站的三条铁路专用线向社会开放，与局外用户有偿共用，代卸代装代码代储客户货物。

同月 北京仪器厂研制的 DHD—800 型弧源枪刀具镀膜设备，通过了国家机械委的鉴定。

5 月 19 日 国家机械工业委员会，公布北京汽车工业联合公司所属工业机械工业骨干企业和重点企业名单。骨干企业：北京内燃机总厂、北京油泵油嘴厂、北京汽车制造厂、北京吉普汽车有限公司、北京第二汽车制造厂、北京摩托车制造厂、北京齿轮总厂。重点企业：北京市汽车水泵厂、北京市旅行车股份有限公司、北京市汽车灯厂、北京市汽车靠垫厂、北京第二汽车千斤顶厂。

5月23日 北京市乡镇企业工作会议召开，要求乡镇企业进一步开展“双增双节”运动，广泛开展横向经济联系，争取各方面力量来发展郊区农村经济。会议强调，乡镇企业特别要注意加强企业管理的基础工作，并提出了具体要求。

同日 中日合资北京松下彩色显像管有限公司签订合同。它将年产彩色显像管181万只。李鹏、陈希同等出席了签字仪式。该公司投资总额5.8亿美元，中日双方各占50%。1987年9月，建设工程开工。

5月28日 北京市政府印发《北京市“工业技术振兴计划”纲要》。《纲要》要求在5年左右时间，以10个重点改造和发展的行业为主，建立和发展100个以大中型企业为龙头的科研生产联合组织，消化、吸收、开发和推广1000项关键技术，研制和生产1万种适合国内市场需要的新产品。

5月 北京化工研究院和北京化工八厂联合组成的北京化工科技联合开发中心成立。该中心为本市工程塑料的中试开发基地和生产基地。

同月 北京饲料公司与泰国正大集团合资的北京正大饲料有限公司5万吨配合饲料正式建成投产。

6月8日 北京汽车制造厂和北京摩托车制造厂联合组建的北京汽车摩托车联合制造公司成立。

6月13日 北京市机械工业管理局代表本系统与市经委、市财政局、市税务局、市劳动局、工商银行北京分行签订“两保一挂”承包协议书。

6月27日 全国人大常委会委员长彭真听取北京吉普车有限公司的工作汇报，乘坐了BJ213A型样车，并指示：要注意质量，发展横向联合，更加开放，将企业办得更好。

6月 北京二七机车工厂研制的5400马力八轴客运内燃机车试运成功。

同月 华北粉末冶金行业协会成立，挂靠北京市机械工业局。

7月3日 北京洗衣机总厂生产的白菊牌半自动喷淋双桶洗衣机，在北京首届对外贸易洽谈会上直接与国外客户签订了出口5000台的合同，第一次成批量进入国际市场。

同日 北京市政府发出《关于进一步推动横向经济联合若干问题的补充规定》。《规定》提出，横向经济联合计划的重点项目是能源、原材料基地的开发建设；出口产品、名牌产品、拳头产品的开发生产；农副产品生产基地的开发建设。

7月27～30日 中共北京市委、市政府召开工业工作会议。会议要求进一步深化企业改革，推动“双增双节”运动深入开展，加强企业思想政治工作。

8月5日 北京重型电机厂、北京锅炉厂、北京开关厂、天津发电设备厂、保定变压器厂等单位联合成立华北电力设备成套公司。该公司为跨地区的全民所有制企业的经济联合体。

8月6日 首钢第二炼钢厂出钢。该厂是国内钢铁工业发展史上第一家由企业用自有资金引进廉价二手设备，与国外合作制造部分新设备和首钢自行配套补充，自己设计、施工、建设的现代化大型炼钢厂。

8月7日 北京市经委系统的16个工业总公司（局）已全部实行了经营承包制。陈希同市长就此指出：要把“两保一挂”为主要内容的承包经营责任制深入搞下去，使承包制在企业中，纵向到底，横向到边，不留死角。

8月11日 由首钢和地质矿产部综合利用研究所共同研制的磁团聚重选新工艺获国家科技进步一等奖和国家专利。同年9月，首钢有20项成果获冶金部1986年度科学技术进步奖，其中计算机管理信息系统获一等奖。

8月12日 北京BJ6320A型旅行车在全国首届轻、微汽车质量测试赛中获“综合质量”和“可靠性”两项金奖。

8月15日 中共北京市委工业部、市经委、市体改办、市二轻总公司联合召开市洗衣机总厂试行资产经营责任制招标动员大会。8月15日至25日，本市工业系统共有46人报名招标，9月22日，在市洗衣机总厂举行公开答辩大会，陈希同市长到会并讲话。9月26日，市洗衣机总厂厂长梁飚中标，并以电冰箱、洗衣机、收录机、大衣柜、沙发等3000元的个人资产为抵押进行资产经营责任制承包。期限为4年（1987年1月1日至1990年12月31日），4年内企业必须实现利润5000万元，否则以承包人的个人资产抵押。

8月19日　北京第四制药厂的"北京蜂王精"、"北京灵芝蜂王精"和北京第三制药厂的"北京蜂王精胶囊"在波兰华沙举行的"第31届国际养蜂会议暨蜂产品博览会上"获得特别金质奖。

8月28日　北京重型汽车厂与英国阿威林—巴福特有限公司合资经营。总投资1200万美元，其中英方以300万美元投资，占总投资额的25%。中方投资额占75%。年产阿威林系列矿用自卸车500台，平地机及压路机共150台。合资期限暂定25年。

8月29日　北京工美博物馆正式对外开放。

8月31日至9月2日　由首钢、北京第二汽车制造厂、光明日报社理论部、国家经委青年经济研究小组、中国经济体制改革杂志社联合发起并组织的承包制理论与实践研讨会在首钢举行。国家经委主任吕东到会并作了重要讲话，国家体改委主任李铁映到会祝贺。

8月　北京轮胎厂生产的650R16子午胎通过部级鉴定，正式为北京吉普车有限公司新型212L吉普车配套。该厂于1980年10月研制，1984年1月从日本引进部分关键设备，建立中试车间，年生产能力为6万套。

同月　北京玉器厂、第一绣花厂被评为轻工部优秀质量管理企业。

9月9日　燕山石化公司生产厂厂名作如下更改：东方红炼油厂改为燕化公司炼油厂；胜利化工厂改为燕化公司合成橡胶厂；长征化工厂改为燕化公司聚酯厂；东风化工厂改为燕化公司化纤地毯厂；前进化工厂改为燕化公司化工一厂；向阳化工厂改为燕化公司化工二厂；曙光化工厂改为燕化公司化工三厂。

9月22日　首钢培训中心成立，大、中专班将录取学员1518人，进行两年的专业培训。

同日 北京卷烟厂的长乐、金健、中南海、珍岛牌香烟参加在北京展览馆举办的1987年北京国际烟草展览会。这是我国首次举办的大型国际烟草展览会。

9月24日 北京电线电缆研究所成立。

9月26日 北京市建材制品总厂矿棉装饰吸声板生产线建成投产。该生产线于1985年从日本引进设备和技术，投资2642万元（其中外汇592万美元），设计能力年产高级矿棉装饰吸声板138万平方米。

9月 北京市微电机总厂采用国际电工委员会IEC标准研制成功G—71型机座钢板异步电动机，居国内先进水平。

同月 北京矿务局王平村煤矿170队试用滑移顶梁放顶煤采煤法采煤。滑移顶梁为HDY—1型支架。

同月 燕山石化在化纤地毯厂动工建设羧基丁苯胶乳装置。1988年10月试车投产后进行改造，1989年9月23日打通全流程，生产出合格产品。

10月2日 北京矿务局引进西班牙H—1型采煤机，在大台矿综采段安装试割煤。11月14日通过煤炭部验收。

10月6日 北京煤炭利用研究所，为"醉八仙"酒家研制的8台方型烟煤蜂窝煤饮食节煤灶，通过验收交付使用。比烧散煤节约50%。这为全市饮食服务业4.3万台炉灶的改造，创出了新路子。

10月7日 北京有色金属加工厂，引进锡铅焊料生产线竣工投产。这是我国引进的第一条焊料生产线，年生产能力750吨，产品包括焊丝、焊条、焊球、焊膏。

10月13日 首钢取消工人、职员界线，一律称为"首钢工作者"，工资、奖金纳入统一的序列，均可自荐或被推荐参加各级领导的选拔或到新的岗位，均可参加各种技术业务职称晋升的考试、考核，合格者授予相应职称。

10月15日 北京市农机总公司召开北京机械化养鱼设备新闻发布会。市拖拉机配件厂生产的机械化网箱养鱼成套设备，经北京、山东、吉林、广西和兰州等省（市）105组52.5亩水面使用，均获得养鱼好收成。

10月17日　北京市大型厂矿医院卫生改革现场会在北京矿务局职工医院召开。来自全市30多家厂矿医院的近百名代表参加。

10月23日　北京市煤炭总公司在京煤五厂召开903A鼠笼型粉碎机改造成果推广现场会。这种粉碎机使用寿命长，结束了天天补焊的历史。

10月25日　北京市洗衣机厂东坝仓库发生特大火灾，造成经济损失361万元。火灾的主要责任者分别判处2年至6年有期徒刑。

同日　北京内燃机总厂492QA2汽油机，获国家、部优质产品称号。

10月31日　京津塘电网负责发行的1987年度电力建设债券任务全部完成。

10月　北京氧气厂6种高纯气体经有关部门验收，被认定为本市化工产品第一批按国际先进水平验收合格的产品。今年开始，全市化工系统采用国际标准和国际先进标准认证，到1991年，共认证207种产品，占主要品种的74.6%，经验收，已有78种产品达到国际先进标准。

11月7日　北京第二汽车制造厂BJ130型汽车、北京市旅行车股份有限公司BJ632A型旅行车、北京内燃机总厂492Q型汽油机在首次国产轻、微型汽车质量测试赛上获金杯奖。

11月12日　北京市政府召开了全市大中型企业厂长、经理会议，贯彻市政府发布的《关于企业治安保卫责任制的暂行规定》和《关于企业建立护厂队的试行办法》两个规章。并要求抓紧抓好，落到实处。

11月13日　中共北京市委、市政府召开推行厂长负责制动员会。决定今年内工业系统全民所有制企业全部实行厂长负责制；1988年，非工业系统全民所有制工业企业也要实行厂长负责制；商店、金融等系统全民所有制企业要加快实行厂长、经理负责制步伐。

11月15日　北京内燃机总厂引进美国通用汽车公司2L汽油机生产线。

11 月 北京中药饮片厂建成。占地面积 19158 平方米，建筑面积 7034.77 平方米，配置各种设备 238 台（套），总投资 711 万元（上级拨款 200 万元），设计能力为年产饮片 3000 吨。

12 月 3 日 北京市印刷工业总公司、北京印刷技术协会联合举办印刷新优产品展评会，北京地区 67 个印刷单位参展。

12 月 6 日 由燕化公司研究院提供生产技术和工艺设备设计，在河南鹤壁市化工一厂试生产的 HY 改性苯丙乳液和 HY—01 苯丙彩釉硅砂外墙涂料，通过省级鉴定，投入批量生产。

12 月 8 日 北京市经委、计委、劳动局、财政局等联合召开大会，动员本市工业系统 100 家重点企业试行职工“先培训、后就业制度”。

12 月 11 日 北京市塑料二厂举行 PVC 膜片生产线试产典礼。该生产线从联邦德国贝斯托夫公司引进，总投资 1550 万元。生产线自动化程度高，关键部位由电子计算机控制，达到 20 世纪 80 年代国际一流水平。

同日 首钢生产的电工用热硅钢薄钢板等 24 项产品评为部优产品，铸钢丸等 21 项产品评为市优。

12 月 19 日 北京电力专科学校从美国引进的 30 万千瓦发电机组模拟机 200 小时考核性试验通过验收，并于 1988 年 1 月 27 日成立大型火电发电机组模拟培训中心。

12 月 21～23 日 北京市工业工作会议召开。会议指出，明年改革的基本思路是深化改革、完善承包，把竞争引入企业内部，进一步转变经营机制。

12 月 29 日 220 千伏石景山至吕村双回输电线路投入运行。

12 月 北京矿务局大台煤矿井下通达地面皮带提升斜井工程竣工。工程量为 609.9 平方米，工程费用 221.95 万元。

同月 北京矿务局木城涧煤矿千军台坑 40 队开始使用 HDY—4 型滑移顶梁支架、SGB—15DC 型运输机和 DY—150 型采煤机等设备进行机械化采煤。

同月 北京汽车制造厂、北京内燃机总厂荣获国家经委“六五”

全国技术进步先进企业称号。

同月　北京内燃机总厂被评为国家质量管理奖企业。

同月　220伏王四营变电站建成。安装12万千伏安主变压器2台。王四营至老君堂220千伏双回输电线路建成，投入运行。

同月　北京市门窗公司组角钢窗生产线通过市级竣工验收。该生产线总投资1870万元，年生产能力15万平方米。

同月　北京椿树整流器厂引进英国马可尼公司小功率晶闸管生产技术开发的PBT55、PBH55型晶闸管模块，达到了国外20世纪80年代同类产品的技术水平，可直接与国外同类产品互换，填补了我国电力半导体器件长期短缺的系列产品。

本年　北京电视机厂的牡丹牌49H1型、北京东风电视机厂的昆仑牌B441型44厘米（17英寸）黑白电视机，在全国第五届黑白电视机质量评比中双获一等奖。

北京电视机厂生产的牡丹牌37厘米彩色电视机荣获国家金质奖，北京广播器材厂生产的彩色差转机（GSZ—5）荣获国家银质奖。北京电视机厂的牡丹牌37厘米彩色电视机在全国首届彩色电视机的质量评比中获一等奖。

人民美术出版社朝花美术印制厂印制的《中国古代木刻画选集》获莱比锡世界图书博览会银牌奖。北京市彩色印刷厂印制的人参蜂王浆盒（凸印）获轻工部优质产品奖第一名。北京印铁制罐厂印制的工艺品盒获轻工部优质产品奖。

北京第四制药厂生产的中草、人友牌“北京蜂王精”获国家优质产品金质奖。

北京卫生材料厂工程师铁汉发明的“医用不粘纱布”获第36届布鲁塞尔尤里卡世界发明博览会金牌和比利时科技部长特别奖。

北京卷烟厂的牡丹牌卷烟被评为全国烟草行业优质产品，牡丹、金健、长乐、中南海牌香烟被评为北京市优质产品。

1988 年

1 月 7 日　国家建材局授予北京市水暖器材一厂全国建材行业红旗企业称号。

1 月 15 日　中共北京市纪律检查委员会就市皮件三厂副厂长武克强特大贪污案发出通报。武克强因贪污、受贿、行贿、重婚，被清除出党，交由司法机关严惩；厂长王有知因收受巨额贿赂被开除党籍，并由司法机关追究法律责任；厂党总支书记王玉珍等 11 人分别受到党纪、政纪处理；厂党总支被改组。

1 月 21 日　北京内燃机总厂引进美国通用汽车公司 2.0 升系列发动机设备及生产技术协作签字仪式，在人民大会堂举行。中国汽车联合公司董事长陈祖涛、北京市副市长张健民和美国通用汽车公司副总裁保德参加了签字仪式。

1 月 22 日　燕化公司与七个生产厂及动力厂签订 1987 年至 1990 年实现利税同工资总额挂钩的经济承包责任书，挂钩比例一定四年不变。

1 月 30 日　北京汽车工业联合公司为累计生产的第 50 万辆北京牌汽车举行下线仪式。

1 月 31 日　燕山石油化工公司与美国文乃达公司联合开发的年产 1.5 万吨涤纶聚酯固相聚合增黏装置投料试车，生产出合格产品。经测试，黏度达到 0.74 国际考核标准。

1 月　“北京—奥克兰建筑防水材料有限公司”正式开业。该公司由北京市油毡厂、北京市国际信托投资公司和美国京伦有限公司合资经营。合资期限为 12 年，该公司从联邦德国引进油毡生产线，生产经营防水卷材、密封材料、建筑沥青等建筑防水材料。

2 月 1 日　经北京市机械工业管理局批准，成立北京电梯总厂。

2 月 5 日　北京缝纫机厂（包括北京缝纫机零件一厂、二厂）成建制并入北京内燃机总厂，撤销北京缝纫机厂建制。

2月9日 北京市政府召开紧急会议，布置支援上海防治甲型肝炎流行用药及本市防疫工作。市医药总公司积极组织生产、供应所需药品，北京中药厂追加生产板蓝根500万袋计划，1~2月先后支援上海等地18种药品。至3月底，北京医药站、司供应上海药品30余万元；供应本市药品178万元，比上年同期增长1倍。

2月10日 新华社编发的《内参选编》1988年第6期，刊登了《北京市煤炭二厂改革固定工制度的做法》。文章介绍了京煤二厂配套改革，实行企业内部劳动力自愿组合和合同管理的做法。

同日 北京市召开利用外资工作会议。据悉，全市获得批准的中外合资企业已达261家，投资协议金额达34.5亿美元，其中外资16.4亿美元，实际使用外资6.1亿美元。

同日 北京第四制药厂与延庆县合资的分厂建成投产，生产北京蜂王精口服液。

2月12日 在全国企业承包经营责任制座谈会上，国务院代总理李鹏向首钢颁发改革创新奖。

2月16日 国务院代总理李鹏、北京市委书记李锡铭到首钢和石景山热电厂慰问职工。

2月26日 国家计划委员会批准北京十三陵抽水蓄能电站项目建议书。该电站规模为80万千瓦，安装4台20万千瓦单级混流可逆式水泵水轮机组，由水利电力部和北京市合资建设，工程总投资为8.9亿元。投产后所发电力全部由北京市包销。

2月28日 首钢给国务院《关于首钢进一步发展的请示报告》，提出靠递增包干自己积累资金，到1995年在迁安新庄建成500万吨的钢铁基地。国务院总理李鹏2月28日批示："首钢管理能力强，技术人才多，可以在项目的可行性成立后，在执行中给予更多的自主权。"

2月 北京第三无线电器材厂从日本引进的瓷介圆片电容器生产线（新线）的48台套设备仪表安装就位，正式投产，月产量达到1000万只。

同月 中共北京市委、市政府决定，撤销原北京市电子工业办公室、北京市计算机工业总公司、广播电视工业总公司建制，成立北京市人民政府电子工业办公室。北京电子振兴领导小组办公室仍予保留，与新成立的市电子办实行一套班子、两块牌子，作为市政府领导和管理全市电子工业的职能部门。

3 月 7 日 北京市药材公司与福建省新兴贸易公司、香港万源投资企业公司、北京音响器材厂合资在福州市开设“北京同仁堂福建有限公司”协议书签订。该公司资金 100 万元，营业面积 150 平方米，主要销售同仁堂的中成药，同年第二季度开业。

3 月 8 日 北京市龙凤山砂石厂彩砖车间建成。彩色地面砖生产设备是从德国玛沙公司引进的，年生产能力 25 万平方米。

3 月 11 日 首钢引进的 3 万立方米/时制氧设备投入试生产。

3 月 23 日 北京矿务局门头沟煤矿型煤厂研制的速燃高效煤球通过部级鉴定。

3 月 24 日 北京二七机车工厂与铁道部机车车辆工业总公司正式签订 1988 年至 1990 年经济承包方案。

3 月 北京市照相机总厂研制的 SL—35 缩微投影仪，各项技术指标达到国外同类产品 20 世纪 80 年代初的水平。

4 月 1 日 北京市副市长吴仪主持召开了北京市工业企业承、发、包指导委员会成立大会暨第一次会议。市委工业部、市计委、经贸委、体改办、财政局、劳动局、税务局、工商银行北京分行、市公证处有关方面的负责同志出席了会议。会议讨论制定了承、发、包指导委员会的职责；通过了委员会及办公室组成人员名单。

4 月 11 日 北京煤炭利用研究所研制生产的方型易燃炭首次打入国际市场，用 2 个集装箱共 26 吨，发往美国洛杉矶。

4 月 12 日 华北电力联合公司在昌平举行沙昌（沙岭子—昌平）500 千伏输电线路奠基开工典礼。北京市副市长张百发向北京送变电公司郑路华突击队授锦旗。

4 月 14 日 北京轻型汽车有限公司成立。该公司由北京第二汽车制造厂、中国国际信托投资公司与香港肖特吉公司合资经营，生产五十铃轻型汽车。注册资本 2 亿元人民币。

4月19~20日　北京市经委、农办和乡镇企业局召开城乡结合、工农协作、工业支农工作会议，13个区县同31家市属局、总公司签订了147份长期经济技术协作意向书。

4月21日　中国石化总公司李毅中，在燕化公司召开现场办公会，听取联合调查组关于燕化公司水污染治理方案汇报。决定1988年和1989年投资6000万元，解决化工一厂、化工二厂、聚酯厂污水预处理。

4月22日　轻工业部部长曾宪林、原国家经委主任吕东、北京市副市长吴仪到雪花电器公司本部参加该公司第二期技术改造工程竣工典礼。吴仪讲话，鼓励“雪花”继续腾飞。

5月10日　北京市建材工业总公司举办首次“北京建材装饰配套产品展销订货会”，全国人大常委会副委员长周谷城、建设部部长林汉雄、国家建材局副局长杨志远、北京市常务副市长张百发，参加了开幕式。

同日　年产5万吨聚苯乙烯装置，在燕化公司化工一厂破土动工。1989年10月31日建成交付生产试车，12月8日投料，9日生产出合格产品，1990年12月27日通过国家验收。

同日　国务院正式批准建设中国第一个科技开发区——北京市新技术开发试验区。该区位于海淀区东南部，以中关村为中心，东至德清路、前屯东路，西至农大路、万泉河路、京密引水渠、玉泉路，北至西三旗路、东北旺路，南至新开渠以北的地域，面积约100平方公里。另外，在海淀区永丰乡还有2平方公里的地域作为开发区的新技术产业中间试验基地。20日，《北京市新技术开发试验区暂行条例》施行。8月5日，该试验区正式办公。

5月11日　北京市电子系统27家工厂的党组织正式移交东城区委领导。这是本市政治体制改革中，第一批实行属地领导的市属企事业单位党组织。

5月16日　首都电网首次实现输电系统安全生产1000天。

5月26~27日　中共北京市委召开企业人事管理引入竞争机制经验交流会。全市共有441家企业公开招标选聘经营者，其中全民所有制企业 207 家，集体企业 234 家。

6 月 1 ~ 4 日 北京市工业系统“满负荷工作法”研讨会在怀柔县京环宾馆召开。阎承宗主任主持会议并讲话，王志良副主任作总结报告。会议传达了赵紫阳有关“满负荷工作法”的重要讲话。

6 月 10 日 华北电业管理局新建微波通讯塔工程通过鉴定验收。这是亚洲第一座预应力悬索式通迅塔。

6 月 13 日 石景山热电厂改建工程 1 号供热机组并网发电。

6 月 22 日 中国北方工业（集团）总公司与首钢交接 13 家工厂协议签字仪式在首钢举行。并入首钢的 13 家军工企业是：吉林柴油机厂、岷山机械厂、胜利机械厂、前进机械厂、跃进机械厂、清河机械厂、东华机械厂、风光机械厂、北方机械厂、红光电器厂、长白机械厂、松南机器厂、庆华工具厂，共有职工四万五千余人。在此前后，还有秦皇岛机械厂、开封联合收割机厂、锦州计算机厂和镇江船舶工业公司并入首钢。

6 月 23 日 北京市农机总公司下发《关于同意市畜牧机械公司〈挤奶机关键技术引进可行性分析报告〉的批复》。引进民主德国挤奶机关键技术，总投资 163.5 万元人民币，其中外汇 36.7 万瑞士法郎。1990 年投产。

6 月 24 日 北京制药厂与平谷县联营建立二分厂（生产抗菌素）协议书签字仪式在国际饭店举行。市长陈希同参加了签字仪式。

6 月 30 日 中共北京市委书记李锡铭视察京煤二厂。他在听取该厂劳动制度配套改革情况的汇报后强调，“改革要从效益抓起，效益要从劳动制度抓起。现在的劳动制度改革非抓不可，非解决‘大锅饭’问题不可”。

6 月 北京化工三厂万吨级增塑剂 DOP 生产装置建成投产。

7 月 1 日 首钢购买美国麦斯塔工程公司 70% 股份的合同签字仪式在美国匹兹堡举行。

7 月 1 ~ 4 日 北京市副市长吴仪在密云白龙潭宾馆召开北京市工业发展研讨会。会上听取讨论了市计委草拟的“北京市工业发展战略规划”及“北京市工业系统重点产品发展规划”，对电冰箱、钢琴、电站设备、印刷机、丙烯酸及脂类、工程塑料、蜂王精及制品7种重点产品的发展规划作了基本的肯定。

7月4日 北京市油脂公司大红门油厂引进奥地利尤索普公司50吨/日物理精炼设备试炼油成功，油品达到六脱高级烹调油水平。副市长黄超为该项目竣工剪彩。

7月15~17日 北京市工业工作会议召开。阎承宗作《以优化劳动组合为突破口，把企业的改革推向新阶段》的报告。会上218厂和煤炭二厂介绍了优化劳动组合情况。李锡铭在会上说，我们要以优化劳动组合为改革的突破口，消除平均主义，激发职工的积极性和创造力。陈希同说，为了不断深化改革，提高劳动生产率和经济效益，必须坚持优化劳动组合，从根本上破除“铁交椅、铁饭碗、铁工资”。

7月27日 北京矿务局水煤浆示范厂举行开工典礼，能源部部长黄毅诚、中国统配煤矿总公司副总经理张宝明、北京市经委副主任王志良参加典礼仪式，黄毅诚为开工剪彩。该厂是国内最大的水煤浆示范厂，设计年产水煤浆25万吨。

7月30日 北京市经济技术协作办公室批准，北京同仁堂药酒厂与福建省诏安县糖业烟酒公司合资在诏安县建立北京同仁堂药酒厂分装厂，投资140万元，年分装药酒900吨。

7月 在北京国际博览会上，北京电力自动化设备厂研制生产的WGXL—1型微机型高压线路成套继电保护装置获得金奖。

同月 北京第一机床厂与德国科堡公司合作生产的我国第一台20—10FP500NC超重型数控龙门镗铣床通过机电部鉴定。该机性能达到20世纪80年代中期国际先进水平，适用于汽轮机、大型柴油机、轧钢机等重型机械加工行业。

8月1日 北京卷烟厂正式恢复生产。新厂建设投资1亿元，建筑面积6.6万平方米，设计年产量20万箱。

8月10日 北京染料厂硫酸车间改造工程竣工。该工程引进美国孟山都环境化学公司技术，由日本三井造船株式会社进行基础设计并提供主要设备，同时引进日本先进的智能化自动化仪表，使硫酸生产装置提高到20世纪80年代的技术水平，硫酸年产量由8万吨提高到10万吨。

8月23日 经北京市经委批准，北京工具行业协会成立。

8月 北京光学仪器厂研制的wsf颜色测量系统，达到国际20世纪80年代水平。

9月1日 北京矿务局城子煤矿停止煤炭生产，该矿600名工人和井下生产系统划归门头沟煤矿。北京矿务局正式宣布撤销城子煤矿，同时成立城子综合厂。

9月20~26日 在国际能源及节能技术展览会上，北京煤炭利用研究所研制的出口方煤、暖炉及煤球、系列型煤产品、茶炉4项科研成果参展。国家能源部长黄毅诚观看了展览。

9月22日 国务院总理李鹏观看了《北京电力百年图片展》，并题词："庆祝北京电力诞生一百周年，加快电力事业的发展，以满足首都用电的需要。"

同日 经北京市工商局注册，北京市工艺美术品总公司名称同时称为"北京市工艺美术品进出口总公司"，一个机构两块牌子。1988年3月总公司成立了进出口筹备部，正式向北京市有关部门申请进出口权，9月17日，北京市正式发文批准总公司为自营进出口集团公司。

9月23日 陈希同市长率区县局领导120余人视察首钢园林绿化。

9月27日 石景山热电厂2号汽轮发电机组（20万千瓦）投产发电。

9月 北京市5项电子产品获国家优质产品银质奖。即北京第二无线电器材厂的RJ14、RJ15金属膜电阻器、北京电视机厂的牡丹牌47cm彩色电视机、东风电视机厂的昆仑牌47cm彩色电视机、元件二厂CL21薄膜介质电容器。

10月4日 北京市南郊木材厂与北京市外国企业服务公司签订联营合同，双方投资587.72万元人民币，引进德国、意大利、美国聚氨酯模型成型设备，模具、模夹及制模设备共12台（套），建设年产12万件聚氨酯模型成型软垫家具专业车间。

10月22日 北京市经委召开放开经营试点工作会议。会上宣布了北京大中型企业放开经营的试点方案和第一批27家试点企业的名单。

11月11日 国内首创的WJ—2工型和WJ—3工型系列汽车闪光报警器在北京矿务局木城涧煤矿投产。

11月17日 北京红狮涂料公司与荷兰迪斯姆公司签约，合资建立红狮—迪斯姆粉末涂料公司，总投资410万美元，年产粉末涂料1000吨。

11月 220千伏怀柔变电站建成，装有12万千伏安主变压器2台。怀柔至东北郊220千伏双回输电线路投入运行。

12月1日 燕化公司YD—300导热油、三异丁基铝分别获国家优质产品金奖、银奖，乙二醇第二次获国家优质产品金奖；顺丁橡胶第三次获国家优质产品金奖，并获得出口免检权。

同日 首钢第一线材厂生产的低压流体输送用镀锌焊接钢管获国家优质产品银质奖。

12月15日 北京玻璃钢制品厂从日本东纺绩株式会社引进的玻璃棉及制品生产线验收投产，年产能力4000吨。

12月21日 经中国统配煤矿总公司计算中心组织鉴定，北京矿务局器材供应公司开发的物资微机管理系统达到国内同行业最好水平。鉴定委员会一致通过对该系统的技术鉴定并建议推广使用。

12月22日 北京市政府从19日至22日召开工业会议。陈希同、张健民、吴仪等市领导出席。陈希同提出，坚决维护承包合同的严肃性，所有企业既要负盈又要负亏；狠抓外资外贸；全面推行优化劳动组合；调整产业结构、企业结构、产品结构，狠抓生产要素的优化组合；狠抓100种重点产品和100种市场敏感小商品生产等10项要求。

12月24～27日 北京市计划和经济体制改革工作会议召开。会议强调，在治理经济环境、整顿经济秩序中，要在调整产业结构、产品结构上下工夫。

12 月 北京第二光学仪器厂研制的 WFX—1 型原子吸收分光光度计，达到国际 20 世纪 80 年代同类仪器的先进水平。

同月 在第七届中国工艺美术品百花奖评比中，北京玉器厂的玉雕、人物、花卉、鸟兽、平素 5 大类产品获金杯奖，北京抽纱工艺品厂手绣台布获银杯奖。

同月 北京市汽车灯厂在国内首次开发研制的 QDC—1 汽车灯配光性能微机测试系统，通过部级鉴定。

同月 北京市南郊木材厂为在北京市召开的第十一届亚运会试制成功体育馆活动看台，于 1989 年安装在为十一届亚运会新建的木樨园光彩体育馆内。该产品获北京市科技进步二等奖。

本年 北京市二轻工业总公司向新开放的海南省先后派出 40 余人，三下海南，实地考察，疏通信息，发展横向经济联合，通过海南这个对外开放的窗口，促进北京二轻工业向外向型转化，参与国际大循环。已办成 4 件大事：（1）与港商合资在文昌县兴办侨昌实业有限公司，年产雨衣 60 万件，全部出口。（2）设立北京轻工集团公司海南分公司，已办理了注册手续、营业执照和银行账户。（3）白兰洗衣机厂在海口市承租一个生产车间（1000 平方米），可安装生产线，计划年产洗衣机 2 万台。（4）购买了一处房子，有了落脚点，可作为北京二轻系统在海南的常设机构。

1989 年

1 月 1 日 北京化纤厂建成投产。

1 月 11 日 北京矿务局本部至房山矿之间长 26 公里的光纤数字通信系统开通。这是全国煤炭工业专用通信网中第一条光纤数字通信线路。

1 月中旬 北京合成橡胶厂与上海高桥石化公司化工厂签订《技术咨询服务协议书》，首次在国内有偿转让顺丁橡胶生产技术。

1 月 19 日 北京市第一皮鞋厂与香港合资经营北京京福鞋业有限公司举行签字仪式。

1 月 26 日 国务院发展研究中心主办的《管理世界》杂志公布对我国 100 家最大工业企业及 9 大行业 50 家最大企业的评价结果。北京燕山石化公司、首都钢铁公司分别处于 100 家最大工业企业的第五、第六名；北京燕山石化公司属化工行业第一名。

1 月 29 日 由北京二七机车工厂研制的 DH—1 型低恒速控制装置通过技术鉴定，并达到加拿大 Q—TRON 公司同类产品的水平，填补了我国电传动内燃机车低恒速装置的空白。

1 月 30 日 北京市政府确定雪花电器集团公司、市革制品厂为本市大中型企业第一批放开经营试点单位。

2 月 6 日 国务院总理李鹏等中央领导人到北京第一热电厂，向坚守生产岗位的干部、工人祝贺新春佳节。

2 月 25 日 美国总统布什身穿由北京红都服装公司制作的西服来华访问。“红都”不仅为党和国家领导人定作服装，而且，来访的许多国家元首和驻华外交官也慕名前来定作。

2 月 北京市有色金属工业总公司供销公司与江西铜业公司德兴铜矿签订了《提供发展铜原料资金和供应电解铜协议书》。这是北京市有色金属工业总公司建立的第一个铜原料供应基地，1989 年该矿已向北京提供电解铜 400 吨。

同月 北京自动化技术研究所与美国贝利国际公司合资经营的北京贝利控制有限公司成立。

3 月 4 日 经北京市政府批准，原北京市国营东光电工厂、北京半导体器件二厂、燕东微电子公司、市半导体器件研究所 4 家电子企业正式划拨首钢。双方的优势相结合，将进一步壮大首钢发展电子工业的实力。

3 月 12 日 由北京文物出版社编辑出版、中国人民解放军第 1201 工厂印制的《中国美术全集·工艺美术编九·玉器》在莱比锡国际图书博览会上，被授予莱比锡国际最佳图书铜质奖。

3 月 17 日 首钢线材轧机可控硅及计算机控制系统获国家科技进步奖；迁安铁矿磁异常研究等 8 项成果获冶金部科技进步奖。

3 月 中国统配煤矿总公司命名王平村煤矿为“部二级质量标准化矿井”，命名大台煤矿和门头沟煤矿为“省级质量标准化矿井”。

同月 北京显像管厂的 35S ×1B 黑白显像管被评为部优质产品，在全国质量评比中获一等奖。至 1989 底，该厂年产显像管突破 100 万只。

同月 北京东风电视机厂率先推出了 21″平面直角立式遥控彩色电视机，并形成批量，1989 年已生产了 12900 台。北京电视机厂开发了 18″、20″、21″彩色电视机新机型，21″平面直角立式遥控彩色电视机已组织试生产。

4 月 17 日 北京矿务局燕京汽车改装厂设计制造的 KC5043XJH 型矿山救护车通过部级鉴定，同意定型生产。

4 月 30 日 精美印刷厂同中国专利代理（香港）有限公司共同投资 200 万美元建立的精美彩色印刷有限公司正式开业。

5 月 8 日 北京市经委召开工业系统增产节约赶超先进动员大会。大会提出以先进企业为目标，挖掘内部潜力，开展双增双节的群众运动，战胜当前工业生产中的困难。

5 月 20 日 北京市政府下发（1989）38 号文件明确规定：北京市地方煤炭工业公司负责对全市地方煤炭实行行业管理，统一规划，统一计划，统一销售，统一协作，统一供料，并成立北京市地方煤炭运销公司和北京市煤炭产运销协调办公室。

5月　全国第四次书刊印刷产品质量评比在四川成都举行，中国科学院印刷厂获书刊印刷质量第一名；北京新华印刷厂获胶印印刷第一名。

同月　北京电子管厂开发生产的12A×TA电子管在北京首届国际博览会上获金奖。

6月10日　中共北京市委、市政府召开本市工业系统领导干部会议，号召全市职工行动起来，振奋精神，克服困难，争分夺秒，加紧生产。市经委向各总公司和企业提出十点具体要求。

6月20日　北京市经委系统的16个工业总公司所属的900多户企业已全部恢复生产。

7月16日　首钢提出与山东省联合投资，在济宁地区兴建齐鲁钢铁公司的设想，向李鹏总理等中央领导提出报告。李鹏总理指示开展可行性研究。同年9月14日，首钢与山东省联合报告国务院，正式申请立项。

同日　北京医疗器械研究所研制的BJ—4型区用驻波电子直线加速器获国家科技进步一等奖。

7月17日　北京市政府召开北京市工业工作会议。副市长吴仪就目前本市工业企业存在的问题发表了题为《要坚定地用“一个中心，两个基本点”来统帅工业系统的思想和工作》的讲话。吴仪指出，过去已被实践证明的卓有成效的承包经营责任制、优化劳动组合、优化企业组合以及厂长负责制等一系列改革措施要坚持实行，决不动摇，要靠不断深化企业改革发展北京工业。

7月23日　石景山热电厂改建工程第二台20万千瓦热电联供机组，已全部安装调试完毕，并一次并网发电成功。

7月28日　为加强对本市工业的集中统一领导，调动各方面的积极因素，推进工业的改革与发展，“北京市工业改革与发展指导委员会”于7月27日宣布成立。委员会由常务副市长张健民任主任，副市长吴仪任副主任，张彭任顾问，由市经委、计委、经贸委、建委、商委等18个市政府综合局、办的领导担任委员。

7月29日　由北京市有色金属工业总公司、中国有色金属工业总公司第一物资供应站、美国有色金属有限公司合资经营的河北亚美金属再生有限公司开业，该公司冶炼再生有色金属及产品深加工后，销往国际市场。

8 月 4 日 北京市经委召开质量工作会议。副市长吴仪在会上提出要求：要采取切实措施和行之有效的制度保证产品质量的提高，要正确处理好速度、效益和质量三者关系。

8 月 18 日 江泽民总书记在李锡铭、陈希同等陪同下，视察了北京第一机床厂和亚运会工程。

同日 北京市工业技术改造、技术引进成果展在农业展览馆开幕。展出 590 家工业企业的 827 个项目。

8 月 22 日 北京市京华印刷总厂与日本明和株式会社共同投资 230 万美元，成立北京京华印刷包装有限公司，1991 年 4 月投产。

9 月 5 日 中日合资北京埃尔玛医用仪器有限公司正式开业。双方投资 140 万美元，将生产具有 20 世纪 80 年代水平的血球计数器、血小板计数器、自动生化分析仪等生化仪器。

9 月 25 日 由共青团北京市委、市经委、市科委、市科协和市总工会 1981 年联合举办的“小发明、小建议、小革新、小窍门”竞赛揭晓。8 年来，全市共 60 余万名青工参加这一活动，取得成果 10 万多项。

9 月 燕山石化公司化工一厂与大连理工大学化工学院合作，利用该院一步法直接合成对二乙苯的技术，在对二甲苯车间建成中试装置，生产出对二乙苯，浓度为 95%，已转入工业生产。

同月 北京有色金属与稀土应用研究所研制成功高温高速球焊金丝，性能达到日本（FA 型）金丝的性能，可以代替进口产品。同年 12 月该产品获北京市科技进步二等奖。

同月 北京卷烟厂生产的长乐、金健、北京牌（柔和型）香烟获 1989 年北京国际博览会金奖、北京市优质产品奖；淡味金健（MILD）和长乐（MILD）、中南海（流水音）牌香烟分别获 1989 年北京国际博览会金奖、银奖；牡丹、北京牌香烟获北京市优质产品奖。

10 月 5 日 中共北京市委、市政府发出《关于认真贯彻中共中央、国务院〈关于进一步清理整顿公司的决定〉的通知》。

10月12日 由北京二七机车工厂开发研制的北京型口岸机车通过中国机车车辆工业总公司技术鉴定。

10月18日 李鹏在李锡铭、陈希同陪同下，视察了亚运会部分场馆和北京·松下彩色显像管有限公司。

同日 国家计委批准北京乙烯工程项目建议书。这一项目是建国以来北京地方工业的最大项目。1988年1月开始筹备，主要缘由是为解决首都与南郊环境污染并增强东郊化工行业的发展后劲。

10月23日 北京同仁堂制药厂与丰台区卢沟桥农工商联合总公司联合组建北京同仁堂制药厂丰台分厂，举行协议书签字仪式。市长陈希同、市政协主席白介夫出席了仪式并讲话。该厂生产规模为年产8000万丸乌鸡白凤丸、5000万支止咳桔红口服液。1991年4月29日投产。

10月 北京生产的"北京蜂王精（口服液、胶囊）"等11种蜂王浆滋补品，在巴西里约热内卢举行的32届国际蜂产品博览会上获集体金奖。

11月6日 北京市经委与市劳动局联合召开了"经委系统工业企业动态优化劳动组合经验交流会"，北京电表厂、北京量具刃具厂等单位介绍了经验，市经委主任阎承宗、市劳动局长龚树基在会上讲话。

11月9~15日 中国外商投资企业成果展览会在京举行，江泽民、李鹏、宋平等参观展览。

11月10日 南口机车车辆机械工厂试制成功ND5进口机车油泵油嘴，经美国专家按美方标准鉴定，一次验收合格，由美方签发了产品生产许可证。

11月11日 中共北京市委发出《关于认真学习和宣传党的十三届五中全会精神的通知》，要求各级党组织坚定不移地搞好治理整顿和深化改革，努力实现国民经济的持续、稳定、协调发展。

同日 清华大学核能技术研究所5兆瓦低温核供热试验反应堆，于中午12时启动运行成功。

同日 首钢党委以《简报》向党中央、国务院汇报首钢10月份没有完成月度利润计划的情况。次日，国务院总理李鹏作了批示：“冠五同志，希望在认真总结经验的基础上，率领全公司职工继续前进。”首钢11月22日召开“贯彻李鹏同志批示表决心大会”，号召全体职工决战最后40天。11月份实现利润1.73亿元，超额完成当月利润计划，且弥补了部分10月份亏欠的利润。《人民日报》和中央人民广播电台报道了这一消息。

11月20日 北京市药材公司在北京饭店举行“纪念同仁堂开业320周年新闻发布会”。同仁堂法律顾问发表了维护同仁堂声誉的声明。李鹏总理9月23日为同仁堂成立320周年题词：“中医药造福人民，同仁堂渊远流长”。北京市市委书记李锡铭、市长陈希同也题词祝贺。

11月23日 4块总重803公斤的珍贵翡翠，由北京市玉器厂精工雕琢成4件大型翡翠艺术珍品，通过国家鉴定。4件珍品是：山子“岱岳奇观”、花薰“含香聚瑞”、提梁花篮“群芳揽胜”、插屏“四海腾欢”。王树森、高祥、陈长海、蔚长海、郭石林、张志平、马庆顺等40多人参加了设计制作或指导工作。

11月24日 17时30分，大台煤矿工段12队工作面以外的巷道突然大面积塌冒，15名工人被堵在里面。经过26小时35分钟奋力抢救，被堵工人安全脱险，无一伤亡。事故发生后，市委常委袁立本、副市长吴仪、市政府秘书长铁英等赶到现场。26日，中共北京市委书记李锡铭和市总工会主席商宝坤到大台矿医院慰问获救疗养职工。

11月25日 国家工商管理局商标局宣布，“同仁堂”是我国第一家参加马德里协定，获准在世界知识产权组织国际局进行注册的商标，并向北京市药材公司颁发了证书和纪念章。

11月 在第六届中国工艺美术品百花奖评比中，北京市工艺美术品总公司申报的28项产品全部获奖。其中，北京市玉器厂的玛瑙“海市蜃楼”、北京金漆镶嵌厂的大型立体百宝嵌“九龙壁”获金杯奖，并被评为国家珍品；北京市首饰厂和北京花丝镶嵌厂的金、银花丝摆件，获金杯奖。

同月 北京制药厂一分厂建成全国医药行业最大的深井曝气污水处理装置投入运行。总投资466万元，日处理污水3000吨。

同月 北京电表厂引进的EK系列自动化仪表国产化率达到82.86%，产品性能完全符合日本横河北辰标准和国家标准，通过了北京市和机电部仪表司联合主持的国产化鉴定。

同月 北京市工业经济技术研究所成立，主要承担北京工业发展战略、产品市场调研、工业经济预测与政策咨询服务。2001年1月改名为北京市工业经济研究所。

12月2日 北京市经济委员会、中共北京市委工业部决定在工业系统开展“闯难关”大讨论。针对一些企业指标回落较大，个别企业出现停产半停产的情况，吴仪副市长指出：“我们的对策和招数就是一条，群策群力、共渡难关”。

12月4日 江泽民、李鹏在李锡铭、陈希同陪同下，参观了“八十年代北京市重大科技成果展”。

12月10日 北京市煤炭总公司煤炭利用研究所研制的“饮食行业方型蜂窝煤”通过鉴定。该产品达到国内先进水平，可减轻烟煤污染、节约能源。

12月12日 北京医用射线机厂从日本引进的精密钣金加工中心项目竣工投产。总投资300万元，使该厂钣金加工技术在国内同行业首家达到20世纪80年代中期水平。

12月18~22日 中共北京市委六届八次全体（扩大）会议召开，市委书记李锡铭作题为“统一认识，振奋精神，全面贯彻落实中央治理整顿和深化改革的决定”的讲话。会议通过了《贯彻执行〈中共中央关于进一步治理整顿和深化改革的决定〉的意见》，强调要广泛开展形势教育，齐心协力做好治理整顿工作。

12月25日 北京铜材厂引进精密铜带生产线，通过北京市经委组织的验收。该生产线总投资为7055.1万元人民币，其中引进设备775万美元，年生产能力为4500吨。

12月29日 国务院向北京玉器厂创作4件大型翡翠艺术珍品的

集体颁发嘉奖令。这4件艺术品是：山子“岱岳奇观”、花薰“含香聚瑞”、提梁花篮“群芳揽胜”、插屏“四海腾欢”。合计用料8036千克，制作历时10年。嘉奖令称：“4件艺术珍品原料之贵重，创作之精美，为古今中外所未有，堪称国家珍宝。”

12月 北京二七机车工厂与清华大学合作，成功地应用了美国的铁谱技术，把每台大功率柴油机的磨合时间缩短了10.8小时，创造了40万元/年经济效益。该技术获北京市经委系统科技进步三等奖。

同月 燕化合成橡胶厂与齐鲁石化公司橡胶厂、华东化工学院、北京石化工程公司共同开发的无铬铁系B—02催化剂氧化脱氢制丁二烯的整套工业技术，通过国家鉴定。

本年 北京市药材公司、中科院药用植物资源开发所和怀柔县政府联合完成的“西洋参大面积农田栽培技术的研究”成果获国家科技进步二等奖。

北京市塑料研究所研制气浮轴承输入气管获国家科技进步特等奖。

北京汽车工业联合公司与市政府有关部门签订了“投入产出总承包”协议。

截至1989年底，北京象牙雕刻厂库存牙料及其再制品的金额已达1100万元。北京牙雕生产历来在世界上享有盛誉。《濒危野生动植物国际贸易公约》成员国在瑞士洛桑召开会议，通过了《全面禁止非洲象牙及其制品国际贸易修正案》，并决定于1990年元月18日正式生效。而此前，美国、欧洲共同体、日本、香港等参加这个条约的成员国和地区就已作出禁止国际象牙进出口贸易的决定。北京象牙雕刻厂开始面临严重困境。

1990 年

1 月 9 日　北京市经委、市委工业部在电冰箱压缩机厂召开工业系统职工培训现场会，电冰箱压缩机厂、红狮涂料公司、第二制药厂领导介绍了他们对部分职工进行政治、技术培训的情况。市经委及市委工业部的领导在会上指出，由于市场影响，一些企业生产不能开足马力，抓住这个时机进行政治、技术培训、有利于提高企业职工队伍素质，有利于企业的稳定和发展。

同日　北京市政府发出《关于在治理整顿期间促进乡镇企业持续、健康发展的若干规定》，要求乡镇企业大力推进横向联合，巩固发展城乡联营和工农协作成果；发展出口创汇产品和发展“三资”企业等。

1 月 10 日　根据 1989 年中共北京市委六届七次全体（扩大）会议决定，组建市委工业工作委员会、商业外经外贸工作委员会、城市建设工作委员会。原市委工业工作部、商业外经外贸工作部和城市建设工作部同时撤销。

1 月 12 日　国务院企业管理委员会宣布，批准 45 个企业为国家一级企业。其中有首都钢铁公司、北京第三棉纺织厂、北京长城风雨衣公司、北京人民机器总厂和国营七九八厂。还有中央在京的北京燕山石油化工公司合成橡胶厂、石景山发电总厂。

同日　北京市经委在北京市建设交流中心召开 1989 年技术开发优秀项目评审会。会上评出 169 个优秀项目，其中一等奖 7 项；二等奖 43 项；三等奖 119 项。

1 月　北京市印刷技术研究所研制的“PS 版复原再生系统”生产线通过局级鉴定。PS 版是发展平印印刷不可缺少的重要材料，该所研制的“PS 版复原再生系统”是将过去一次使用的胶印印刷版材经过再生处理后可再使用 2 ~ 3 次。

同月　平谷万庄金矿选矿厂投产。选矿能力为日产 50 吨。开机后 105 天内处理矿量 4253 吨，生产黄金 1081 两。

2 月 8 日 北京内燃机总厂研制成功 492—100Q 型汽油发动机，填补了我国较大功率轻型车用发动机的空白。

2 月 12 日 中共北京市委、市政府在卫戍区礼堂召开北京市工业工作会议。市经委常务副主任刘克信作了“振奋精神，迎接挑战，团结奋斗，共闯难关，努力保持工业生产的持续、稳定、协调发展”的报告。市经委主任阎承宗作了“在治理整顿关键时期，确保安定团结、强化管理共闯难关”的主题报告。

2 月 16 日 由于大雾天气，造成蓟通、房北等 9 条输电线路跳闸，北京、天津、唐山电网处于解列状态，对北京市用电构成威胁。经北京送变电公司及保定、雁同超高压管理处等单位职工抢修，于 22 日 15 时 45 分，全部线路恢复正常运行。

2 月 19 日 北京市经委召开各工业总公司（局、办）技术进步、技术改造工作会。部署申报“八五”重点技术进步企业、重点拳头产品、关键技术项目清单以及“八五”专项贷款规划项目等工作。

2 月 可以替代进口橡胶加工橡塑制品的新型化工原料—P2500 高聚合度聚氯乙烯在北京化工二厂研制成功。3 月 26 日，国务委员、市长陈希同视察化工二厂，题词赞誉该厂是“一个真正把治理整顿当作机遇，大力抓科研，开发新产品、替代进口产品的工厂”。

同月 北京二七机车工厂生产的东风 T 调车内燃机车顺利通过专家的鉴定，并获得北京市颁发的市优质产品证书。东风 T 调车机车还先后荣获“六五”国家科技攻关奖和国家科技进步二等奖。

3 月 6 日 轻工业部在京召开表彰会，对北京玉器厂创作当代“国宝”大型翡翠艺术珍品山子《岱岳奇观》、花薰《含香聚瑞》、花篮《群芳揽胜》、插屏《四海腾欢》等 41 位创作人员颁发了证书和 10 万元奖金，创作人员获得国务院和轻工业部的通报嘉奖。

3 月 15 日 北京市科技大会开幕。市政府对本市 1989 年度国家科技进步奖、国家星火奖、国家发明奖及北京市科技进步奖、星火奖和工业企业优秀科技人员、先进科研机构、优秀科技管理干部进行了表彰。

3 月 30 日 北京市经委在市委第一会议室召开北京市工业系统第三次外商投资工作会议。市经委常务副主任刘克信作“继续坚持改革开放，更加积极有效吸收外资，推动企业技术进步”的报告。副市长吴仪到会并讲话。

3 月 北京化工研究院百吨级聚苯氧基树脂（PPO）生产装置试车投产，产品性能达到国内 20 世纪 80 年代同类产品水平，成为国内 PPO 生产达到百吨级规模的唯一厂家。

同月 北京矿务局王平村煤矿被中国统配煤矿总公司命名为“部一级质量标准化矿井”。同月，门头沟煤矿 20 队在缓倾斜中厚煤层长壁工作面中，开始使用由 40T 型运输机，OE 型系列单体液压支柱和 MZa—80 型采煤机组成的机组采煤。

同月 北京市医药总公司与北京市卫生局合作，依据《药品管理法》对全市药品生产企业进行重新验收、换证工作。到 1991 年 2 月，全市共有 88 家制药企业取得了《药品生产企业合格证》和《药品生产企业许可证》。

4 月 20 日 本市技工教育十年成果展在劳动人民文化宫开幕。

4 月 29 日 北京铜材厂和北京市东升热处理工业炉总公司共同消化研制的我国第一台精密铜带光亮退火强循环罩式炉一次试炉成功。

5 月 4 日 由北京高熔金属材料厂和北方工业大学共同研究开发的锤熔炉微机群控系统通过了中国有色金属工业总公司技术鉴定。微机自控系统在锤熔炉上的应用技术，在我国尚属首例。该系统主要特点是可同时控制四台锤熔炉，是一项既有分时操作又有实际处理的群控系统，具有既能在线控制，又能离线脱机操作两种功能。采用该技术节电效果明显，按正常生产，全年可节电 40 万度。

5 月 5 日 北京市经委在北京塑料三厂召开“推进管理年深入开展现场会”。针对北京塑料三厂管理混乱，产品质量下降的情况给予该厂黄牌警告，并限期 3 个月整改。该厂经过加强管理，严格奖惩制度，奖惩结合等有力措施，提前撤销了黄牌。

同日 北京市工艺美术品总公司在市长办公室展示本系统职工为

亚运会开发生产的亚运标志产品、礼品共20种、250件（套）。陈希同、吴仪等市领导观看了展品，并听取了汇报。陈希同对北京工艺美术行业开发生产的亚运会标志产品表示赞赏，希望再接再厉，继续开发出丰富多彩的亚运会标志产品、礼品。

5月8日 北京市经委在天桥剧场召开“北京市工业系统管理年经验交流会”。会上表彰工业系统1989年度优秀厂长（经理）、优秀管理企业、优秀管理成果。

5月17日 北京市新技术产业开发试验区召开表彰大会，13家优秀技术企业和一些新技术成果受到表彰。世界科技园区协会已正式接纳北京市新技术产业开发试验区为该组织成员。

5月21日 北京市职业教育10年成果展览开幕，徐向前、聂荣臻、李铁映、李锡铭、陈希同分别为展览题词。

5月23日 北京铜厂煤气脱硫装置投入运行，完成投资30万元，使煤气含硫量由每立方米200毫克下降到14～21毫克，达到光亮铜盘条生产线要求，保证了光亮铜盘条的产品质量。这套装置是由北京科技大学和通用机械研究所联合设计的。

5月24日 北京新华印刷厂专项技术改造项目竣工。该厂是“六五”、“七五”期间国家印刷技术重点改造单位，此期间国家共投资3200万元，更新机器设备180台（套），扩建厂房2万多平方米，年排字能力由2.18亿字增加到3亿字；印刷和装订能力由81.8万令增加到100万令；图书印刷周期由250多天缩短到112天；图书品种由476种增加到815种；期刊准期率由60%提高到95%以上。

5月26日 中共北京市委工业工委召开动员大会，宣布《关于广泛深入开展社会主义思想教育的决定》。要求当前要把坚定社会主义信念、坚定社会主义方向、调动社会主义积极性作为思想教育基本内容，并积极探索社会主义思想教育的有效途径和方法。

5月 北京市建筑材料进出口公司与日本三京能源株式会社，签订4000立方米黏土陶粒、493立方米页岩陶粒出口合同，首次将陶粒产品打入日本市场。

6月1日 北京电子管厂的低熔点玻璃生产线天然气点火成功。

该生产线引进日本旭硝子株式会社有关技术和设备，是国家“七五”期间为彩色显像管工程配套的技术改造项目。

6月16日 首钢成立矿业公司及船务公司。至此，首钢形成北钢、特钢、矿业、建设、机械、电子、实业、船务8个分公司的行政管理体系。

6月22日 北京市政府批准市煤炭总公司《关于进一步完善我市民用煤“凭证登记，限量供应”办法》，自1990年7月1日起执行。以控制非合理性消费，防止煤炭外流和缓解居民生活用煤供需矛盾。

7月11日 北京制药机械设备厂吸收国外先进技术改进的LSB—W—1型卧式铝塑泡罩包装机通过鉴定。该产品在北京国际包装展览会上，获国内同类产品唯一金奖，已被国家医药管理局指定为替代产品。

7月23~27日 北京市工业经济形势分析会在房山宾馆举行，会上传达了国务院总理李鹏和国务委员邹家华在国务院工作会上的报告；传达了市长陈希同在市长办公会上的讲话，经委主任阎承宗作了《关于1990年上半年工业生产完成情况和下半年工作意见》的报告，副市长吴仪到会并讲话。

7月31日 在第九届中国工艺美术品百花奖评比中，北京市工艺美术品行业共获金杯奖11个、银杯奖1个，轻工业部优质产品奖5项、优秀新产品奖26项。

7月 由北京市自动化设备研究所和市铜丝厂共同研制的高精度异型铜丝生产线通过技术验收。该生产线与常规工艺相比，材料变型量大，每道次可达40%~50%，成材率达80%以上，在国内同行业中处于领先水平。

同月 北京市农机系统开展了为期两个月的“质量月”活动。经市经委考核的8种农机产品，质量稳定提高率为100%。重点攻关项目，金狮—12型手扶拖拉机保持了部优称号，取得了出口质量许可证。

8月2日 北京矿务局机械设计研究所设计的“组合油缸”，在第五届全国发明展览会上获银牌奖。

8 月 3 日 经北京市编制办公室批准，市经委设编辑处，负责工业史志的编辑工作，这是北京工业系统第一次建立工业编辑机构。

8 月 23 日 北京市经委、财政局、国有资产管理局、劳动局和工商银行北京分行与医药总公司、一轻工业总公司、电子工业办公室、工艺美术品总公司 4 个单位举行“八五”承包协议签约仪式。

同日 北京市政府转发《国务院关于加强国有资产管理工作的通知》，并结合本市情况补充了用国有资产参股经营、合资经营，以及进行企业兼并、向非全民所有法人或自然人出售境内外国有资产等活动，必须报市国有资产管理局批准等 6 条通知，要求贯彻落实。

8 月 29 日 中国企业评价中心、国家统计局公布的 1989 年资料，全国 500 家最大工业企业中，燕化公司的销售收入占第四位，实现利税占第三位，综合经济效益占全国化工行业第一位。

8 月 30 日 沙岭子—昌平—怀柔 220 千伏输电线路投入试运行。

8 月 31 日 在国家计委、全国总工会、建设部联合召开的全国第二次城市节约用水工作会议上，授予燕化公司“全国城市节约用水先进单位”。

8 月 北京市化工研究院从日本引进设备，建成年产 60 吨的磁性塑料颗粒和年产 80 万套的汇聚组件生产线。产品性能达到日本同类产品的标准，并通过北京松下彩色显像管有限公司、陕西咸阳彩色显像管总厂的技术和工业化认定。

9 月 12 日 北京市经委、市外经贸委、市计委联合召开北京市产品出口工作动员会。会上工业系统向外贸公司提供 358 种，近 4 亿元人民币的出口产品。各工业总公司（局、办）和 143 户重点出口企业的负责人参加了会议。

9 月 13 日 北京市机械工业管理局等 8 个总公司（局、办）与市经委、财政局、国有资产管理局、税务局、劳动局、工商银行北京市分行，签订 1991—1995 年“两保一挂”承包经营责任制协议书。至此，全市已有 13 个工业总公司（局、办）续签了“八五”期间的承包合同。

9 月 17 日 在航空航天部召开的庆祝我国 7 月 16 日首次发射成

功大推力长征2号捆绑式运载火箭总结汇报会上，航空航天部向为研制该火箭提供26项新材料的首钢冶金研究所致信感谢。中国运载火箭技术研究所和中国航天工业供销总公司联合授予该所“大力协同、发展航天”锦旗。

同日 石景山热电厂全部建成。李鹏参加剪彩仪式。

9月20日 首钢与日本NEC电气株式会社合资经营大规模集成电路项目签字仪式在人民大会堂举行。国务院总理李鹏、北京市市长陈希同和日本驻华大使桥本恕出席签字仪式。

9月 北京分析仪器厂生产的QGS—08型红外线分析仪和北京第二光学仪器厂生产的WFX—1F2型原子吸收分光光度计获国家优质产品银质奖。

10月5日 北京市经委向各工业总公司（局、办）部署《关于压缩库存和扭亏增盈的10条紧急意见》。

10月15日 根据北京市场物价局京价重字（1990）第502号《关于调整民用煤等燃料厂销价格的通知》，自1990年10月20日起对本市居民、菜农生活用煤，蔬菜温室用煤的销售价格进行上调。蜂窝煤由每吨31元调到45元，煤球由每吨23元调到35元。

10月19日 北京煤炭机械厂研制的FC127A型蜂窝煤机和XD-DM90型卸车机通过了技术鉴定。专家认为两机均达到了国内同类产品的先进水平，是煤炭行业较理想的更新换代产品。

10月27日 北京市铝加工厂采用固定管道式新技术研制的农业喷灌配套设备通过市级鉴定。专家认为，该产品达到国内先进水平，对缓解农田灌溉缺水状况具有重要的战略意义。该产品获北京市重大科研成果三等奖。

10月31日 由北京市煤炭总公司自行安装调试的计算机无线电远程通讯网通过了市科委的鉴定并正式开通。通讯网可对所属30个单位报送数据采集加工。该网在全国同行业中属首创，应用水平处于国内领先地位。

10月 北京市建材化工厂通过验收成为北京市粉尘治理合格企业。该厂共投入治理资金703.2万元，经分步治理污染，全厂39个粉尘作业点，已有 36 个合格，46 个粉尘排放点，已有 42 个合格，每年可减少粉尘排放量 3 万吨。

同月 北京印刷二厂研制的“QZJ—8086 切纸机程控系统”通过局级技术鉴定，为国内印刷业首次利用微机改造旧切纸刀先例。

11 月 3 日 北京羊毛衫厂、北京第六羊毛衫厂生产的羊毛衫在羊毛衫长城国际金奖揭晓会上获金奖。

11 月 7 日 国务院总理李鹏视察北京市电机总厂。

同日 北京冶炼厂自行研制的冰箱用无缝铝管连续挤压技术通过市科委鉴定。无缝铝管的生产填补了北京市的空白。该生产线每年可生产冰箱用小口径无缝铝管 100 吨。1990 年该项目获北京市重大科研成果二等奖。

11 月 12 日 北京铜厂承担的北京市科技振兴计划重点项目—铜盘条连铸连轧生产线消化翻版项目通过北京市科委的技术验收。该生产线备件和主要辅料的国产化率达到 86.3%，关键备件国产化率达 75%，年节约外汇达 86.35 万美元。共投资 4200 万元，年生产能力 6.5 万吨。1990 年该项目被评为北京市重大科研成果二等奖。

11 月 15 日 北京市二轻工业系统的北京市体育器械厂、市文体研究所和市革制品厂为在北京举办的第 11 届亚运会提供 100 余种、7000 余件体育器材，并在全国体育器材、运动服装计划会暨第十一届亚运会表彰会上，被国家体育运动委员会、轻工业部授予“体育事业突出贡献奖”。

11 月 20 日 首届全国青工技术大赛在京落下帷幕。北京市获团体总分第一名，市电力建设公司焊工臧希忠获得 9 个工种第一名。北京市经委被评为组织工作先进单位。

同日 北京电子动力公司承建的煤气应急工程项目第一期工程建成通气。该项目是市政府为市民解决煤气供应紧张，投资 1 亿元修建的。一期工程完成建筑面积 5389 平方米，日供气量 20 万立方米。

11 月 27 日 由北京红狮涂料公司与荷兰迪斯姆树脂公司合资经营的红狮迪斯姆粉末涂料有限公司开业。该公司注册资本 316.8 万美元，年生产 1000～3000 吨粉末涂料。

11月 由天坛家具公司与香港华信公司合办的深圳天坛华信家具有限公司在深圳正式营业。公司注册资本400万元港币，年产4000—5000套（件）高、中档钢木、全木家具，全部销往国外。

同月 北京仪器厂、成都工具研究所和上海工具厂联合攻关的LRH—800热阴极等离子弧镀膜机通过机电部验收，被确定为替代进口产品。

同月 北京同仁堂药酒厂和中科院西北高原生物研究所合作研究和开发的国家一类新药塞隆骨及其塞隆风湿酒获得成功，通过科研成果鉴定。经6家大医院329例临床验证，此药对治疗肢体关节瘤、肿胀、肌肤麻木、腰腿酸软有效率达89.1%，显效率45%。

12月7日 北京市有9项科研成果和科学发明在1990年度国家科学技术奖励大会上获奖。

12月11~14日 中共北京市委、市政府在怀柔召开北京市工业工作会议。市经委主任阎承宗作“继续振奋精神，努力拼搏，以提高经济效益为中心，做好一九九一年工作，为全面完成‘八五’计划打下良好基础”的工作报告，北京市副市长吴仪作大会总结讲话。

12月24日 北京电讯工具厂的“电讯钳生产技术设备改造项目”通过了市经委验收。这个项目由计划引进日本冷加工生产线改为国内技术自行设计制造，总投资360万元，建成锻造热处理及两条冷加工生产线，形成年产电讯钳160万把的能力，提高了产品质量和档次，打入了美国中高档专业工具市场，年创汇120万美元。

12月25日 北京医疗器械研究所研制的SLD—907型钾钠分析仪通过鉴定。其精度范围、分析速度、准确度等主要性能已达到20世纪80年代国际同类产品水平。

12月27日 经济日报印刷厂“七五”技术改造项目通过竣工验收。该厂在“七五”期间，率先采用国产华光电子排版系统，成功地引进液体感光树脂版技术，在全国报业首先建成并开通新闻资料检索系统，率先实现了通过卫星和电话把报纸版面传输到外地印刷的技术。

12月29日 北京医用射线机厂和北京医疗器械研究所共同承担

的国家“七五”重点科技攻关项目 F128—1 型移动式中频医用 X 线机研制成功并通过鉴定。

12 月 30 日 由北京市印刷技术研究所研制的 254 型聚酯膜全息图像压印机通过鉴定，获新闻出版署科学技术进步二等奖。该成果达到了 20 世纪 80 年代同类机的水平，可取代进口产品。

12 月 由北京市农机总公司与中国技术进出口公司北京市公司联合，同玻利维亚合资举办本市农机行业第一家海外企业—嘉玻农机维修服务中心，在当地注册登记正式开业。

同月 北京二七机车工厂与戚墅堰机车车辆工艺研究所合作完成的“温热机挤压工艺研究”成果，获 1990 年铁道部科技进步二等奖。

同月 由北京新华印刷厂印制的《列宁全集》第二版 1—60 卷全部印刷完毕，该厂自 1983 年开始排印《列宁全集》，历时 8 年，共印刷 1107000 册书，其中 1990 年印制 17 卷共 204000 册。

同月 北京合成纤维厂投资 650 万元兴建的帘子丝生产装置竣工投产，年产量 1800 吨。

同月 北京内燃机总厂与北京农业工程大学合作研究成功的“高强度薄壁铸造技术及其孕育剂”，获国家科技进步二等奖，并应用于 FL912/913、X4115 发动机缸体、缸盖等灰铸件上。

同月 中国盲文书社和中国科学院语言文字应用研究所共同研制的“汉语明文 · 汉语盲文分词转译系统”获得成功，通过国家新闻出版署部级技术鉴定。该系统以微型计算机和相应的软件为支持手段，以汉字文本为原始数据，实现自动分词后转译为盲文在国内外当属首创。

同月 北京市有色金属与稀土应用研究所承担的，由联合国开发计划署资助的“电子工业用焊料和引线框架材料的开发”项目，1990 年 12 月通过验收，并研制出 8 种焊料，3 种引线框架材料。

本年 北京市加气混凝土三厂在长春召开的全国加气混凝土协会年会上，获加气混凝土产值、产量、质量、销售及消纳粉煤灰五个第一。该厂已成为全国最大的品种最多的粉煤灰建筑材料制品和粉煤灰综合利用企业。

新艺裘皮厂生产的银兰狐长大衣在全国出口裘皮服装质量评比会上获“SAGA”国际奖。该厂生产的红狐女大衣在前苏联阿拉木图市举行的第10届国际裘皮工业专家会上获质量银奖。

北京市建筑材料行业4个引进项目竣工投产。即北京—奥克兰建筑防水材料有限公司从联邦德国引进的多品种油毡生产线；北京市建筑五金水暖模具厂从南斯拉夫引进的家具五金件生产技术；北京市水泥机械厂从南斯拉夫和丹麦引进的耐磨耐热铸球生产技术以及北京市南郊木材厂从德国、意大利、美国引进的聚氨酯模塑成型设备等。总投资5693.8万元，其中外汇851.56万美元；建筑面积8310平方米；引进设备123台（套），这些项目形成固定资产6269.66万元。

1991 年

1 月 8～10 日 北京市工业系统政治工作会议召开。首钢党委介绍该公司“发挥党组织的核心作用保证企业改革和经营生产建设顺利进行”的经验。市委书记李锡铭在会上指出：搞活大中型企业，最重要的是使它建立起“不用扬鞭自奋蹄”自我约束的管理体制和机制。

1 月 16 日 北京市煤炭总公司为确保春节煤炭供应，下发了《关于认真安排好一季度及春节期间供应工作的通知》，对春节期间的冬煤及重点部位用煤做了具体安排。并走访了重点单位和春节上市蔬菜的生产部门，提前协调解决了存在的问题。

1 月 19 日 北京酿酒总厂和北京酒精厂合并，沿用“北京酿酒总厂”名称。

同日 北京眼镜厂划归北京市光学眼镜工业公司领导。

1 月 23 日 中共北京市委组织部发出《关于调整华北电业管理局党组隶属关系的意见》，华北电业管理局党组由北京市委直接领导，改为受能源部党组和北京市委的双重领导，以能源部党组为主。2 月 25 日，能源部党组下发《关于调整华北电业管理局党组隶属关系的通知》，内容亦然。

1 月 25 日 在北京市 QC 小组表彰会上，1990 年度的 42 个获国家级 QC 小组受到表扬。

1 月 29 日 国家科学技术进步奖评审委员会授予首钢地质勘察院国家科技进步二等奖，表彰该院在“国土卫星图片在京津唐地区国土资源与环境调查的应用研究”项目中做出的贡献。

1 月 31 日 由中国汽车公司技术开发部主持在京召开北京旅行车股份有限公司生产的 6450G 型客车、BJ1020SG 型轻型载货车鉴定会，并通过鉴定。

2 月 14 日 除夕之夜，江泽民总书记和李锡铭、温家宝视察首钢总公司并向全国人民拜年。江泽民看着第二炼钢厂高大的厂房，现代化的设备，整洁的车间，赞许地对周冠五说：“像这样的钢厂真是很不错呀，没有改革开放，你们办不成这样。搞活大企业，你们立了一功”。

2 月 20～23 日 中共北京市委召开六届十次全委（扩大）会议。首钢党委书记、工厂委员会主任周冠五作了首钢改革试点情况介绍，全面汇报了首钢搞活全民所有制大型企业、发挥职工主人翁积极性所进行的探索和取得的成绩。市委书记李锡铭在向全会作的报告中指出，首钢的经验是全面贯彻党的基本路线，建设有中国特色的社会主义公有制企业的经验。要把学习推广首钢改革的经验，作为搞活国营大中型企业的一项重要措施。

2 月 28 日 北京煤炭供销行业协会成立。

2 月 北京矿务局门头沟煤矿 －500 米水平深至 －580 米水平混合提升斜井工程竣工，总投资 366.53 万元，工程长度 2607 米。

3 月 2 日 北京市市长陈希同、副市长张健民、吴仪和市经委主任阎承宗在中南海向李鹏总理汇报北京市工业学首钢情况。

同日 江泽民总书记、李鹏总理等党和国家领导人在中南海勤政殿听取周冠五关于首钢改革试点情况的汇报后，对首钢改革给予高度评价和全面肯定。

3 月 6 日 国务院《关于批准国家高新技术产业开发区和有关政策规定的通知》第五条规定：北京市新技术产业开发试验区，除固定资产投资规模管理、出口创汇留成按现行规定执行外，其余仍按《北京市新技术产业开发试验区暂行条例》执行。

3 月 8 日 北京华艺景泰蓝厂的珐琅珀晶工艺获北京市专利局颁发的专利实施优秀项目奖。珐琅珀晶工艺品是采用人造琥珀应用新技术，与景泰蓝丝工和点蓝传统工艺相结合制成的工艺品。

3 月 15 日 北京工业经济协会成立。协会由市政府有关部门、工业行业组织、工业经济研究团体、大中型工业企业（集团）的领导及工业经济界的知名人士组成。协会主要任务是：对北京工业经济发展战略、工业经济体制改革、工业技术进步、工业企业管理、国内外工业发展趋势和动态开展调查研究，为政府决策提出建议，为政府宏观管理和决策服务。

同日 北京市琉璃河水泥厂新建日产2000吨熟料生产线开工。总工期为30个月，1993年底竣工，总投资为19468.4万元。该厂技术改造完成后，技术装备达到20世纪80年代初水平，年产150万吨高标号水泥。

3月19日 北京市经委主持召开自走式“玉米联合收获机研制工作现场汇报会”。向国家计委、机械电子工业部汇报了项目研制工作；检查、落实了工厂研制开发进度。由市农机总公司组织的技术开发项目—自走式玉米联合收获机，已列入国家计委“国家重点企业技术开发项目计划”，由北京联合收割机总厂承担实施。国家计委委托北京市经委主持项目的全面工作。北京联合收割机总厂与主协作单位中国农机院联合组织设计。当年玉米收获季节第一轮试制样机投入田间试验。开发工作分两个阶段进行，即1992年完成科研鉴定；1994年完成新产品鉴定并具备年产50~100台的生产能力。

3月21日 中共北京市委、市政府召开市工业系统学首钢动员大会，号召全市百万企业大军“进一步解放思想，振奋精神，学习推广首钢经验，搞活大中型企业，为全面完成1991年的各项任务而奋斗”。市委书记李锡铭、市长陈希同等到会并讲话。

同日 在北京市科技工作会上，市煤炭总公司的“计算机无线电远程通讯网”和北京煤炭利用研究所研制的“FT—135型便携式微电脑煤炭水分测量仪”，获科技进步三等奖。

同日 在北京市科技工作会议上，首钢30000立方米/时制氧工程技术的消化和创新等7项科技成果分别获一、二、三等奖。

3月23日 中共北京市委、市政府召开表彰大会，授予首钢总公司等217个单位北京市思想政治工作优秀单位称号、授了万嗣铨等506人北京市优秀思想政治工作者称号。

3月31日 北京市东部地区热源工程开工。该工程包括在北京第一热电厂增建1台供热能力为418.6百万千焦/小时的大型锅炉和由厂内至白家庄全长2.5公里的热力管线。该炉于11月9日第一次点火，11月14日完成72小时试通。

3月 北京市地方煤炭工业公司与港商投资400万元合办的北京快鹿织造有限公司在房山区良乡镇兴建。该有限公司是北京地方煤矿系统的第一个合资企业，产品为全棉高级弹力袜，年生产规模160万双。1991年10月试生产。

同月 北京市窦店砖瓦厂试验以炉渣、粉煤灰代替部分内燃煤的方法，获得成功。4月，各砖车间普遍推行，至年底全厂共使用炉渣10786吨，节煤5393吨，节省开支41万元。

同月 北京分析仪器厂通过引进、消化、吸收英国肯特公司制造技术，制造的BF—806IM型硅酸根监测仪通过了机电部鉴定。该仪器相当于20世纪80年代初国际水平，可替代进口产品，已在40多个重点电站及石化企业应用，为工厂创产值1200万元。

同月 北京医疗器械研究所研制成功的CM8000型彩色床旁监护仪通过技术鉴定。其主要技术指标达到国际20世纪80年代后期同类产品水平。

4月3～12日 北京首届工业产品交易暨展销会日前在北京展览馆举行。这次交易会有28个展团参加，汇集了市属企业、中央在京企业、外商投资企业、高科技产业集团、商办企业、校办企业、区县和乡镇总计1117家企业生产的4000余种产品，以及他们提供的267项技术和成套项目。国家有关部门和市领导陈希同、吕东等出席了开幕式。

4月8～15日 在中国国际展览中心举办的第二届北京国际博览会上，北京市有色金属工业总公司有9项产品分别获得金、银、铜奖。金奖4项：北京铜材厂的高精度H65黄铜带，北京冶炼厂的铝盘管，北京铝加工厂的铝合金防盗瓶盖材料，北京半导体材料厂的人造猫眼宝石；银奖3项：北京铜材厂的高铜水箱铜带，北京有色金属与稀土应用研究所的银铜铈铜复合电触点材料，北京有色金属加工厂的铝—锌—硅涂镀合金；铜奖2项：北京市冶金建筑安装工程公司的多功能饮水器，北京第一铜管厂的铜装饰制品。

4月 北京印钞厂采用印制钞票的独特工艺——钢版雕刻，凹印唐画《八十七神仙卷》入选“中国名优新特产品”。

同月 北京市不锈钢燃气设备厂生产出口铸铁制品获第二届北京国际博览会金奖。

同月 在中国贸促会主办的“第二届北京国际博览会”上，北京市工艺美术品总公司荣获金杯奖 12 项，银杯奖 11 项，铜杯奖 4 项。

5 月 7 日 北京市化学工业集团公司正式成立，于 5 月 18 日在北京国际饭店召开成立大会。李锡铭、陈希同、顾秀莲等出席大会。

5 月 9 日 北京市一轻工业总公司所属的北京荧光灯厂工人任志庆挺身接住 15 层楼上坠落的幼童，在社会上引起很大反响。5 月 24 日，一轻工业总公司签署嘉奖令，授予任志庆“舍身救人品质高尚的好工人”光荣称号，并晋升两级工资。6 月 25 日，市委书记李锡铭、市长陈希同接见了任志庆。

5 月 15 日 北京市经委在人民大会堂召开“工业系统企业班组建设工作大会”，副市长吴仪作了“在新形势下进一步强化班组建设，把质量、品种、效益年和学首钢活动切实抓出成效”的报告。

5 月 16 日 北京市市长陈希同第二十次到北京玻璃总厂现场办公。

5 月 18 日 首钢举行二高炉大修改造竣工典礼。中共北京市委书记李锡铭剪彩。二高炉大修改造工程历时 55 天，采用 23 项国内外最新技术，炉容由 1327 立方米扩大到 1726 立方米，送风后 24 天利用系数达到 2.52。

5 月 北京市化工研究院、北京化工八厂与香港中望有限公司合资建设的 5000 吨/年 PBT 工程塑料生产装置竣工投产。

同月 经国务院有关部委组成的评委会评审，北京同仁堂制药厂获国家级企业技术进步奖。

6 月 1 日 北京市印刷工业总公司科学技术协会正式成立，大会通过了科协章程和第一届科技协会委员组成名单，王守栋任主席。

6 月 4 日 经国务院同意，国家计委批复北京乙烯工程可行性研究报告。建设项目构成为：年产 11.5 万吨乙烯装置，建在东方化工厂；年产4吨环氧乙烷/乙二醇装置，建在东方化工厂；年产4万吨EVA树脂装置，建在有机化工厂；年产7万吨丁辛醇装置，建在化工四厂。4套主要装置均引进国外技术和装备。此外，还有有机化工厂醋酸乙烯改造，助剂二厂超高分子量低压聚乙烯改造等配套项目。工程总投资29.8亿元（合外汇3.16亿美元）。主要依靠北京市政府、中国石油天然气总公司和北京化工集团公司自筹，主要原料每年40万吨轻质裂解油，由中国石油天然气总公司负责供应，工程计划于1994年9月投料试车。4月29日，市政府已组成北京乙烯工程领导小组，吴仪任组长。吴仪调经贸部工作后，改由副市长陆宇澄任组长。7月，陈希同市长在市政府常务会议上指出，要把乙烯工程列为北京市一号工程，要像对待亚运会工程那样确保乙烯工程上去。

6月5日 以北京矿务局汽车改装厂李泽宇为第一发明人申报的HDY—1型悬移顶梁液压支架被中国专利局正式授予发明专利权，这是该局获得的第一个发明专利。

6月10日 北京密云、怀柔两县因降暴雨，电力设施受到严重损坏，高低压线路损坏达百余公里，20余台变压器不同程度受损，4台变压器报废，损失价值约200万元。

6月26日 首钢自行设计、制造的我国第一台30/5吨环行桥式起重机动负荷试车一次成功。起重机自重40吨，宽6.4米，跨距18.6米，操作覆盖面积达圆形出铁场的90%。

6月 北京同仁堂药膳有限公司成立。该公司是由市药材公司、同仁堂制药二厂与台湾远东旅行社股份有限公司合资在北京开办的。总投资140万美元，经营药膳、御膳及药膳咨询服务。

同月 北京椿树整流器厂引进英国马可尼公司技术，二次开发的Kp—100新系列普通晶闸管，由北京市仪器仪表工业总公司主持通过了技术鉴定，该产品具有20世纪80年代初的国际水平。

7月10日 中共北京市委、市政府召开市工业工作会议，确定把扭亏增盈作为下半年工作重点。各工业总公司（局、办）的经理、书记、各区、县主管工业的副区长、副县长和有关综合部门的负责人150人出席了会议，市长陈希同、副市长陆宇澄出席会议并讲话。

7 月 16 日 北京矿务局职业病防治所"七五"攻关重点科研项目"煤矿粉尘危害程度分级研究"，通过劳动部组织的鉴定委员会鉴定。

同日 北京化工厂彩色荧光粉引进项目试车成功，正式通过中日双方交接验收。该项目的生产技术与关键设备是从日本引进的，1988年10月开始施工，建设规模为90吨/年，总投资6499万元（合外汇600万美元）。

7 月 18 日 北京市中级人民法院公开宣判原首钢北京钢铁公司党委书记管志诚等7名严重经济罪犯。

7 月 19～28 日 由北京市一轻总公司和北辰实业集团主办的"北京—91啤酒狂欢节"在亚运村举行。这是建国以来首次在京举办啤酒节。

7 月 25 日 由首钢大学和炼铁厂共同研制的全液压开口机试车成功，填补了我国在这一领域的空白。

7 月 27 日 北京市工业系统183家亏损企业的负责人与市领导共商扭亏大计。市长陈希同、副市长陆宇澄到会并讲话。陆宇澄强调，企业扭亏为盈，首要的是要解决思想，转变观念，振奋领导班子的精神状态。会上，市经委主任阎承宗对亏损企业扭亏增盈工作进行了部署，要求各总公司、企业都要建立扭亏责任制，制定扭亏措施。

7 月 30 日 北京玻璃集团公司成立。

7 月 北京市建筑涂料厂高性能陶瓷生产线竣工，由北京市经委组织验收。该生产线是国内同行业中第一条完整配套、生产规模最大、采用国内原材料和先进加工设备的生产线，主要工序采用计算机控制，以生产反应烧结氮化硅陶瓷制品为主。该生产线投产以来，已生产了油田钻井设备3n16300泵型泥浆泵套和油田钻井设备抽油机260—265套两种主导产品。

同月 北京科学仪器厂引进氦氖激光器项目竣工，通过验收后投产。现已形成年产15000支氦氖激光管的生产能力，并返销美国，产品质量达到美国尤尼菲斯公司的标准。

8 月 10 日 北京市印刷工业总公司与市物价局联合召开印刷工

价发布会，对印刷工价的调整进行了说明，并宣布新的工价标准自1991年8月1日起执行。

8月15日 北京市政府第18次常务会议决定，在本市东南郊亦庄地区兴建亦庄工业开发区。

8月17日 北京丰元金属制品有限公司成立。由市畜牧机械公司与马来西亚丰元机构有限公司合资兴办，总投资156万元人民币。中、外投资比例分别为45%、55%。主要生产热镀锌钢网制品、建筑五金、装饰制品、畜牧工程以及牧机产品，产品70%外销。

8月19~22日 北京市经委与市科技干部局共同召开全市工业企业教授级高工第二次评审会，共评出教授级高工364人。

8月26日 由北京市经委会主编的《1991年北京工业年鉴》正式出版。这是解放后北京市的第一部工业年鉴。《1991年北京工业年鉴》首发座谈会同日召开。袁宝华、叶林、陆宇澄等领导出席会议。这部年鉴包括专载、重要文件、工业概况等13项内容。

8月29日 李鹏总理邀请北京内燃机总厂等8家企业负责人到中南海座谈。国务院副总理邹家华、田纪云、国务委员北京市长陈希同等领导在座。李鹏指出：企业负担重，经济效益不高同机制很有关系，要继续深化改革，搞优化劳动组合，集中精兵强将提高劳动生产率，以改变多劳不多得，不劳不少得的现象。

同日 北京市政府召开全市工业系统盈利企业挖潜、增盈动员大会。市长陈希同指出，盈利企业要进一步解放思想，依靠群众，狠找差距，要尽快建立适应社会主义有计划商品经济，充满生机活力的内部机制，把经济搞上去。全市300多家地方预算内盈利企业及各局、总公司领导900多人出席了动员大会。

8月 北京轮胎厂30万套子午胎工程建成投产。这一项目于1989年7月动工，13条生产线和18个软件技术从意大利皮列里公司引进，加上国内配套设备，总投资为1.9亿元，产品将为国产高级轿车配套。年产轮胎能力超过100万套。

同月 北京矿务局工农区班各庄乡下英水村在开发煤窑过程中发现一大型石灰岩溶洞。洞内石花精美，命名为银狐洞。

9 月 12 日 由北京市印刷技术研究所、冶金部包头稀土研究院、内蒙古教育印刷厂共同研制的“稀土铅版合金”项目通过鉴定。该项成果在国内外尚属首创。用于铅版印刷，可简化生产工艺，提高铅版的耐印次数，缩短出书周期，节约能源，减少环境污染。

9 月 16 日 北京市煤炭总公司召开了由煤研所承担的“饮食业方煤点火炭”、“劣质煤添加剂”两个课题的鉴定会。与会专家认为，这两项成果达到国内领先水平。对城市型煤化发展和工业废渣利用将起促进作用。

9 月 19 日、25 日 中共北京市委书记李锡铭、市顾委主任王宪分别观看了北京联合收割机总厂研制的 4YZ— 4 型玉米联合收割机的田间试验。19 日李锡铭到厂视察了总装车间，题词“革命传统、科学精神、祝联合收割机总厂开拓前进”。四行玉米联合收割机是国家“八五”重点技术开发项目。每小时收割 12 ~ 18 亩，具有灵活、机动的特点，一次可完成摘穗、剥皮、茎秆切碎还田或收集为青贮饲料，达到国外同类机型 20 世纪 80 年代水平，填补了我国自走式玉米联合收割机的空白。

9 月 24 ~ 30 日 北京市第二轻工业总公司组织皮革、洗衣机、包装装潢等 7 个行业的 188 种产品参加在莫斯科市举办的“北京市新技术及日用新产品展览会”。近 2 万人参观了展出，北京二轻工业产品深受当地人民欢迎。共有 124 个单位和个人同二轻工业厂家洽谈了业务，现场售出产品 148 件，金额 4530. 5 美元。他们还提出建立合资企业、加工定货、合作经营等意向，同莫斯科瓦立安特公司、卡门商业公司等厂商签订了家电产品、皮革、皮毛制品销售意向书，金额 60 万美元。

9 月 25 日 北京内燃机研究所研制的 482Q 汽油机通过国家级鉴定。482Q 汽油机是 475Q 型汽油机的系列产品，将与 1 ~ 1. 25 吨轻型载货车和 10 座位以下旅行车配套。

9 月 26 日 北京市建筑五金模具厂的岩棉生产线首次试车，生产出的第一批产品并达到标准要求。该生产线从波兰引进，投资总额 3747 万元，年生产能力 1. 6 万吨。

9月27日 首钢为印尼马士达公司制造的棒材轧机成套设备运抵雅加达港。全套设备共458台（套），重1871.4吨，加上备件等共创汇524.1万美元，是中国出口的第一套冶金重型成套设备。

同日 北京矿务局化工厂建成我国第一条按国际标准生产的毫秒延期雷管生产线。该生产线的生产技术和设备，是从瑞典诺贝尔公司和比利时拉肖西公司引进的，共投资3900万元，年生产能力1000万发，有5个品种、19个级别，产品安全性能符合国际标准、生产自动化程度居国际先进水平。

9月28日 北京市政府召开工业系统控产压库、扭亏增盈工作会议，号召工业战线职工全力抓好控产压库、扭亏增盈工作，为今年生产速度与经济效益的增长，全面完成工业战线各项任务而努力。

9月29日 首钢自行设计、制造、安装的我国第一台真空液压3000吨打砖机投产。

10月5日 中共北京市委召开区县局和大型企业党政领导干部会议，传达中央工作会议精神，要求增强国营大中型企业活力，把提高经济效益摆在突出位置上。

10月22～25日 中共北京市委召开工作会议，研究讨论进一步搞好国营大中型企业问题。会议确定进一步搞好国营大中型企业的总体设想，提出企业经济效益当年回升、3年稳步提高、5年达到较好水平的目标，并制定了《关于进一步搞好国营大中型企业的若干政策》。确定了6种转换机制形式和增加企业技术投入、降低所得税率等15条政策。企业可以根据自身实际任选一种改革形式或采取其他转变机制的改革形式，制定改革方案，经审核认定批准后分期分批实施。

10月23日 在北京举行的国际传统医学大会上，同仁堂制药厂生产的李时珍牌、同仁堂牌“牛黄清心丸”获长城国际金奖。

10月 由北京市印刷工业总公司、市新闻出版局和北京市印刷工业科技情报站共同完成的《北京地区印刷工业现状及2000年的发展对策》软课题通过鉴定。这是迄今为止我国印刷业和全国印刷工业科技情报网范围内第一份比较全面反映北京印刷工业发展现状及趋势的情报专题报告。

11 月 6 日　北京前景电脑公司研制的我国第一台输出精度高达每英寸 1200 线至 3000 线的前景 F91 固体激光照排机，通过专家技术鉴定。

11 月 7 日　北京市市长陈希同、副市长陆宇澄等领导到北京钢琴厂现场办公。对该厂走出国门、引进智力、开发新品、扭亏为盈的做法给予了高度评价，并勉励该厂要坚持开放、外为我用、虚心学习、提高自己，把北京钢琴厂建成一流钢琴企业。

11 月 9 日　北京市政府批准建立北京市新技术产业开发试验区丰台园区和昌平园区。

11 月 16 日　北京市政府与 6 家大中型企业实行扩大经营自主权首批试点签约。人民机器厂进行投入产出总承包；北京电表厂比照中外合资企业部分政策经营；北京丽源公司实行股份制；北京医用射线机厂实行北京市发展高新技术政策；北京钢琴厂完善“两保一挂”承包责任制；北京塑料制品厂采取税利分流、税后还贷的形式。

同日　北京最大的黄金矿山——崎峰茶金矿生产出第一炉成品金。该矿是采选、冶炼联合生产的金矿，采选总设计规模 100 吨/日，年产量 6000 两。自 1990 年破土动工，1991 年 9 月 26 日竣工投产。

11 月 19 日　首钢第二线材厂生产的直径 6.5 ~10 毫米普通低碳无扭控冷热轧圆盘条获国家优质产品银质奖。

11 月 20 日　北京市印刷技术研究所研制成功的“全息印刷技术及成套设备”通过市级鉴定。该成果全部采用国产原材料，广泛应用于防伪商标、工艺美术品、有价证券、信用卡、居民身份证等方面。

11 月 23 日　北京市煤炭总公司、市糖业烟酒公司、北京汽车摩托车联合制造公司、京棉一厂和友谊商业集团，分别与 3.1 万名职工签约实行全员劳动合同制。

12 月 6 日　北京化工实验厂利用世界银行贷款，从意大利纳姆公司引进技术和关键设备的碳铵酸尿素工程试车并投产，设计能力为年产尿素 13.2 万吨，总投资 1.54 亿元。

12 月 10 日　国务院批准北京市企业享受沿海经济开发地区进口产品税收优惠政策。

12 月 12 日　中日两国高科技合作项目——首钢日电电子有限公司举行奠基典礼。

12 月 16 日　东方化工厂新建的丙烯酸氧化精制装置竣工验收。这是东方化工厂建厂以来最大的一项技术改造工程，1990 年 5 月开工，投资 1.3 亿元，装置为 20 世纪 80 年代末国际水平。

12 月 18 日　北京供电局 220 千伏通州变电站 2 号变压器爆炸起火，造成该站及其所带的 9 座 110 千伏表电站、14 座 35 千伏变电站停运 5 小时的特大事故，烧毁 220 千伏弱绝缘变压器 1 台，少送电量 46.4 万千瓦时。

12 月 20 日　北京市农机总公司受市科委委托对昌平小汤山农机厂研制的农家肥施肥车鉴定验收。该厂研制的 C—2.5 型侧抛施肥车和 ZFC—5 型后抛施肥车，在技术性能上已达到德国及英国样机水平。

同日　北京市陶瓷厂新建中高档卫生陶瓷生产线举行点火仪式。该生产线系日本东陶机器株式会社在中国的第一个技术输出项目，日方承担生产工艺设计、工艺设备设计，提供泥釉料配方及进行设备安装生产技术指导。还从日本引进了一些实验测定仪器和生产设备。生产线年产联体坐便器等卫生陶瓷 20 万件。

12 月 21 日　北京市召开第三批企业改革试点签约大会，北京化工集团公司等 49 户国营大中型企业与市政府签署了完善经营机制改革试点的协议书。至此，北京市“上船”企业已达 67 家，这标志着本市工业在深化改革，转换经营机制方面又向前推进一步。

12 月 23 日　北京铜厂带蒸汽保护连续退火装置的十三模拉丝生产线竣工。这条由上海电工机械厂制造的生产线，可生产直径 1.2 ~ 4.0 毫米的优质电工圆铜线，其特点是产品表面光亮，无氧化色，可软状态交货，最大盘线可达 4 吨，能满足电线电缆行业高速、连续生产要求。该生产线以本厂生产的直径 8 毫米光亮圆铜杆为原料，单班生产能力 2000 吨/年。

12 月 26 日　北京有色金属与稀土应用研究所，利用联合国援助设备成功地研制出低银无镉钎焊料 Ag30Cu35 Zns—d32fSn2 Ag3038Zn32 Si0.1 钎料合金。主要性能与国外同类产品相当，适用于机电、空调器、电冰箱等行业，替代部分进口。该项目于 1991 年 12 月 26 日通过专家鉴定，并获北京市科技进步二等奖。

12 月 29 日 北京市印刷技术研究所研制成功“柔性感光树脂版”并通过鉴定。该项目在国内率先采用了挤出模压成型的先进工艺，具有较高的生产效率，环境污染小、成本低，主要技术指标接近国外同类产品水平，可部分替代进口版材，在包装、装潢等印刷领域有广泛的应用前景。

12 月 30 日 国家重点工程——北京昌平 500 千伏变电站并入北京电网运行。该变电站是沙岭子电厂的配套工程，主变容量 80 万千伏安。

12 月 北京仪器厂引进列支登顿 BALZERS 公司先进技术，经过消化吸收的国产化产品 K—320Y 油扩散泵，通过鉴定，国产化率达到 80% 以上，技术水平达到国际 20 世纪 80 年代中期先进水平，在国内处于领先地位。

同月 北京医疗器械研究所研制的 BMD—1 型模拟定位机通过鉴定。该机用于放射治疗计划设计的肿瘤定位及校准，可提高放射治疗的精度，与医用电子直线加速器、钴 60 治疗机等放疗设备配套使用。

本年 北京地方煤矿百万吨死亡率继 1989、1990 年之后，连续三年稳定在 6 ~ 6.24 人之间，连续三年被能源部评为全国煤炭系统安全先进单位。

北京光学仪器厂成功引进日本 TOPCON 公司的电子经纬仪技术，建成一条电子经纬仪规模经济总成线，采用国际标准制造，与该厂的 DCH1A、DCH2A、DCH1.6A 等多种测距仪组成全站型电子速测仪，使我国同世界先进技术的差距从 25 年缩短为 10 年。

北京市琉璃河水泥厂被国家教委评为全国职工教育先进单位。自 1980 年以来，参加各种培训的职工近万人，培养大中专毕业生 300 多人，至 1991 年底，全厂干部 703 人中有大中专以上学历的占 94.5%。

1992年

1月3日 张百发、陆宇澄、张彭、黄纪诚、高佐之等领导到首钢现场办公，落实北京市第二建筑构件厂成建制划拨给首钢的移交工作。

1月6日 北京市经委副主任李冀凯在市政府大会议室主持召开会议，传达全国企业技术进步会议精神、部署产品结构调整规划的编制汇报工作。各工业总公司（局、办）主管科技、技改、质量工作的副经理（局长）和总工程师参加了会议。

1月9日 北京市市长助理李润五在市政府会议室召开会议。研究缓解市用电紧张的措施，蔺显文出席会议。

同日 经北京市政府批准，门头沟区石龙工业小区建立。

1月10日 北京市家用电子电器协会成立。

1月15～18日 中共北京市委市政府在怀柔京环宾馆召开1992年工业工作会议。高佐之主任做工作报告，总结1991年的工作，布置1992年的工作任务，18日在公安部礼堂召开工业工作总结大会。陈希同、陆宇澄、阎承宗等领导出席会议并讲话，各有关综合部门负责同志、各工业总公司（局、办）的经理（局长）、书记和各区县主管工业工作的区县经（计）委主任出席会议。

1月22日 北京市市长助理李润五在燃料公司召开会议，落实春节期间的煤气和热力供应工作。

1月24～25日 北京市经委在通县红旗宾馆召开市国防工业工作会议。传达全国国防科技工业工作会议精神，总结军工系统1991年工作，部署1992年的工作，高佐之主任出席会议并讲话。

1月29日 北京市政府在光华木材厂召开第四批搞好国营大中型企业，转换经营机制“上船”试点签约大会。至此，工业系统已有205户国营大中型企业签约“上船”，占大中型企业的73%。

1月30日 北京市副市长陆宇澄和市长助理李润五到北京站、

北京铁路分局等地对坚持“春运”工作的干部、职工进行慰问。

2 月 19 日　北京市经济体制改革工作会议结束。会议提出 1992 年经济体制改革工作的重点是：推进企业经营机制转换，实现企业“自主经营、自负盈亏、自我发展、自我约束”，把企业推向市场，逐步形成企业有生有死、干部能上能下、职工有进有出、工资有高有低的竞争机制。

同日　北京市市长陈希同到商标印刷三厂调研优化劳动组合工作，并为该厂题词。

2 月 20 ~ 21 日　北京市经委在延庆县召开市节能工作汇报和专业节能工作协调会，研究确定 1992 年节能工作的重点、方针和目标。刘克信、蔺显文出席了会议。

2 月 21 日　北京市副市长陆宇澄到北京天坛家具公司调研优化劳动组合工作，陆宇澄为该厂题词：“贵在坚持，大胆深化，保持行业排头兵”。

同日　北京市经委召开工业系统科技人员立功活动表彰大会，在去年的调整产品结构、推动企业技术进步立功活动中有 1492 名科技人员立功；其中立一等功的有 97 人。高佐之、李冀凯等出席会议。

2 月 22 日　北京市政府搞好国营大中型企业第六批改革试点签约大会在京棉一厂礼堂召开，有 91 户企业在会上签约“上船”。市长陈希同、副市长陆宇澄等出席会议并讲话。至此，市经委系统已有 246 户国营大中型企业签约“上船”；占市经委系统全部国营大中型企业（282 户）的 87.2%，加上两户享受单项政策视同“上船”的企业，“上船”企业已占 87.9%。还未“上船”企业有 34 户，占 12.1%。

2 月 25 日　北京市经委在市委二楼一会议室召开工业系统教育工作会，李冀凯副主任对 1991 年的教育工作进行了总结并提出 1992 年的工作计划，高佐之主任到会并讲话。

2 月 28 日　北京市经委召开北京市优秀新产品和技术开发优秀项目评审会。会上评出一等奖 11 个，二等奖 40 个，三等奖 125 个。

2 月 29 日　北京市经委在天桥剧场召开工业系统优化劳动组合

经验交流会。北京天坛家具公司、商标印刷三厂和北京电表厂在会上介绍了坚持开展优化劳动组合工作的经验。市政府宣布了支持国营大中型企业开展优化劳动组合、安置富余职工、兴办第三产业的六条政策。市长陈希同、劳动部部长阮崇武、市委副书记王光、副市长陆宇澄等领导出席会议并讲话。

3月3日　北京市政府发出《关于支持国营大中型企业开展优化劳动组合，安置富余人员的通知》。

3月4日　北京市副市长陆宇澄到北京丽源公司了解优化劳动组合工作进展情况。

同日　北京市经委在市政府大会议室召开工业系统限产压库工作会议，市经委常务副主任刘克信和蔺显文、傅连钧委员出席会议并讲话。

3月6日　506厂发生雷管爆炸事故，造成3人重伤，4人轻伤。事故发生后北京市政府副秘书长梅蕴新、市公安局常务副局长王文安和市经委有关同志迅速赶到现场了解情况。

3月11～23日　应国际人才交流协会邀请，美国质量管理中心主席李天和先生来京考察了北京内燃机总厂等6个企业。为在全市推广（美国模式的）全面质量管理工作，经协商决定成立“北京市国际全面质量管理中心”并推选陆宇澄任名誉主席、王逌任副主席兼理事长、李天和和魏励端为副主席，办公室设在市质量管理协会。

3月12～13日　北京市城乡结合、工农协作、工业支援农业工作会议在延庆宾馆召开。会议由刘克信主持，高佐之做工作报告，副市长陆宇澄、市人大财经委主任阎承宗、农办主任白有光出席会议并讲话。

3月13日　北京市搞好国营大中型企业第七批改革方式签约大会在国际会议中心举行。市长陈希同、市委常委袁立本、副市长张百发、黄超到会并讲话。

3月19日　北京市第二届工业产品交易会在北京展览馆开幕。开幕式由刘克信主持，国务院生产办副主任李祥林、副市长陆宇澄，市总工会主席商保坤、市人大财经委主任阎承宗、市外办主任甘榆、市科委主任邹祖烨等领导和各届代表4500人出席开幕式。

3月21日 北京市经委在北京油泵油嘴厂召开工业系统优化劳动组合现场会，副市长陆宇澄出席会议并讲话。

3月27日 历时9天的第二届北京市工业产品交易会胜利闭幕。本届交易会汇集了北京的上万种工业产品，其中200余种是近一年来开发的新产品。在9天的交易会期间，共有12万人次前往交易会参观购物，1200多名外省市的商业代表到会洽谈订货，总成交额达12.7亿元，比首届工业产品交易会增加3000多万元。

同日 北京市区县工业工作会议在怀柔县召开。市经委常务副主任刘克信做工作报告，蔺显文委员出席会议并讲话，各区县主管工业的区县长、（计）经委主任和工业局长以及市民政局、劳改局、农场局和教育局校办工业公司的负责同志出席了会议。

3月28日 北京市经委在国际俱乐部召开第五次工业系统外商投资工作会议。副市长陆宇澄、市政府顾问张彭、市经委常务副主任刘克信、委员蔺显文出席会议并讲话。

3月31日 北京市搞好国营大中型企业第八批改革试点签约大会在国际会议中心举行。市委常委、市委副秘书长欧阳文安等到会并讲话。

4月1~3日 北京市政府召开北京市机电产品出口工作会议，副市长张健民出席会议并讲话。

4月7日 北京市经委在工人俱乐部召开北京市企业技术进步工作会议，市经委主任高佐之作技术进步工作报告，副市长陆宇澄出席会议并讲话。

4月9~10日 北京市经委召开经委系统高级经济师评委会会议，会上共评出高级经济师65人。

4月10日 北京市经委系统外贸出口工作会议在市委二楼第一会议室召开，蔺显文委员主持会议，刘克信常务副主任作工作报告，副市长陆宇澄出席会议并讲话。

同日 北京市经委召开清仓查库动员大会。副市长陆宇澄、市经委常务副主任刘克信以及各有关综合部门的负责同志出席了会议。

4月16日　北京重型机器厂划归首钢总公司签约仪式在市政府北楼会议室举行。陈希同、张健民、陆宇澄、黄超、张彭、欧阳文安、铁英、周冠五等同志出席了签约仪式。签约仪式由高佐之主持，市长陈希同、副市长陆宇澄作重要讲话。

4月17日　北京市第21次QC成果发表总结表彰大会在人民大会堂召开，会上共发表成果379个，评选出北京市先进QC小组263个。高佐之就进一步加强QC小组活动提出要求，国家和北京市有关部门领导出席了会议。

4月28~29日　北京市经委召开北京市工业企业优秀管理成果评审委员会全体会议，评审出1991年度优秀管理成果一等奖3个、二等奖8个、三等奖24个。

5月1~6日　北京市第七届职工运动会举行。

5月6日　北京市政府在批转市劳动局《关于1992年进一步推行优化劳动组合的意见》的通知中指出，优化劳动组合是转换企业经营机制，打破干部制度的"铁交椅"、劳动制度的"铁饭碗"、分配制度的"铁工资"，克服平均主义"大锅饭"，调动职工积极性的改革措施。

5月8日　中共北京市委、市政府召开全市企业干部人事制度改革经验交流会。会议提出要解放思想，加快以聘用制为主要形式的企业干部人事制度改革步伐，促进经营机制的转换。

5月13日　北京市政府发出《关于支持国营大中型企业开展优化劳动组合安置富余人员发展第三产业的补充通知》。

5月14日　14时15分北京矿务局大台煤矿发生井下火灾事故，16名采掘工被困在井下。事故发生后市委书记李锡铭、市长陈希同、市委副书记李其炎、常务副市长张健民、副市长陆宇澄、苏仲祥以及市经委高佐之、刘克信和蔺显文等先后赶到大台煤矿，组织抢救并进行慰问。井下大火于16日凌晨扑灭，有3名井下采掘工生还；13名采掘工和1名救护队员死亡。

5月15日　江泽民、李鹏等视察北京新技术产业开发区。江泽民指出，科学技术是第一生产力，一个国家技术水平的高低是衡量其整个发展水平和综合国力的一个重要标志。

5 月 22 日 邓小平视察首钢总公司，对首钢改革和规划给予肯定。他说，主要是解放思想，换个脑筋就行了，想的面就宽了，路子也就多了，就更好了。他还说，一个人政治上再强，不懂经济是不行的。

5 月 25 日至 27 日 北京市工业系统第八次第三产业工作会议在大兴宾馆召开，市经委副主任蒋黔贵作工作报告，高佐之主任出席会议并讲话。

5 月 28 日 中共北京市委工业工委向工业系统 738 名从事生产调度、计划工作满 20 年和 30 年人员颁发了荣誉证书。市经委常务副主任刘克信代表市经委对他们为北京市工业生产所做的贡献表示感谢。

6 月 5 日 经批准，北京旅行车股份有限公司向社会公开发行 500 万元企业债券。

6 月 18 日 北京电子管厂改制为北京东方电子集团。是将一个法人企业分解为 48 个自主经营、独立核算的法人企业，再聚合而成企业集团，核心企业是北京东方电子集团公司。

6 月 19 日 北京市市长陈希同到同仁堂制药二厂视察，陈希同对组建同仁堂集团作重要指示。

6 月 20 日 北京市市长陈希同、副市长陆宇澄到北京人民机器总厂调查了解组建北人集团的问题。

同日 北京市经委在市政府第一会议室召开各工业总公司（局、办）主管技改工作负责人会议，布置执行“关于下放工业技术改造项目审批权限若干规定的实施细则”工作，副主任张志明到会并讲话。

6 月 22 日 北京市经委在市政府第一会议室召开经委系统扭亏增盈大会，会上向各工业总公司（局、办）下达了 1992 年市经委五项指标的奋斗目标。

6 月 26 日 北京乙烯工程开工典礼在东方化工厂举行，李锡铭、陈希同、陆宇澄、高佐之以及国务院有关部委的同志出席了开工典礼。

6月27日 北京市引进台资领导小组办公室与台湾地区工商界人士，就成立“北京市企业改善指导小组”正式签署协议。“北京市企业改善指导小组”由高佐之任组长，成员由市经委、计委、经贸委、台办、财政局和台湾地区工商界知名人士曾金源、洪世全、骆宏宾先生等组成，办公室设在市经委外资处。协议的签约仪式在人民大会堂举行。副市长陆宇澄出席了签字仪式。

6月 北京重型电机厂制造的国内第一台5.5万千瓦双轴双缸汽轮发电机在上海崇明电厂并网发电。

7月9日 中共北京市委邀请市人大常委会、市政协领导、市各民主党派、有关人民团体负责人、无党派人士和民族宗教界人士座谈。就《中共北京市委、北京市人民政府关于加快改革开放步伐，促进首都经济更好更快地上一个新台阶的意见》（征求意见稿）听取意见和建议。

同日 北京市计委召开首次产业信息发布会，提供了《北京市当前产业发展导向目录》、《关于吸引国内资金加快首都市场建设的若干政策要点》等13项信息。

7月10日 北京市政府决定：北京市亦庄工业开发区管理委员会更名为北京经济技术开发区管理委员会；北京市亦兴投资开发总公司更名为北京经济技术投资开发总公司。

7月10~11日 中共北京市委六届十四次全体（扩大）会议举行。会议通过中共北京市委、市政府《关于加快改革开放步伐，促进经济上新台阶的意见》。

7月11日 首钢特殊钢公司快锻工程竣工投产。1000吨快锻压机成套设备是从德国引进的二手设备，由1000吨快锻压机、3.2吨锻压操作机、3吨钢料转台、2吨电动无轨出料机组成。快锻工程总投资2400万元，年产量可达2万吨。

7月16~18日 北京市工业工作会议在龙泉宾馆召开。会议总结了上半年工业工作，部署下半年的任务，陈希同、袁立本、陆宇澄等领导到会并讲话。各工业总公司（局、办）经理、书记，各区县主管工业的区县长、(计) 经委主任参加了会议。

7 月 18 日 经北京市人民政府批准北人集团成立。北人集团是以北京人民机器厂为龙头组建成的以生产印刷机械为主，同时进行多种经营的企业集团。该集团的核心层为北人集团公司，有职工 5667 名，注册资本 2 亿元人民币。

7 月 21 ~ 23 日 北京市经委召开城乡一体化工作会。会议总结了上半年支农工作；布置下半年任务并为 8 个先进集体和 137 个先进个人颁发了荣誉证书，高佐之主任出席会议并讲话。

7 月 24 日 首钢新一焦炉建成投产。其主体是 50 孔 JN – 82 型 6 米大容量焦炉，设计能力为年产优质冶金焦炭 47 万吨。

7 月 27 日 “北京市工业拓宽和利用外资领导小组”正式成立。副市长陆宇澄任组长，办公室设在市经委外资处。

7 月 中国北京同仁堂集团成立。由北京市同仁堂集团公司、北京同仁堂制药厂等 20 个单位组成，注册资本 1. 87 亿元。

8 月 9 日 北京医疗器械研究所被国家医药管理局确定为国家级医用生化仪器、加速器质量检测中心。

8 月 10 日 北京市加气混凝土厂加气混凝土生产线技术改造工程通过市经委验收。该工程引进德国工艺技术和设备，年生产能力为 18. 5 万立方米的加气混凝土制品，总投资 3231 万元。

同日 为贯彻执行《中华人民共和国城镇集体所有制企业条例》，北京市经济委员会、北京市经济体制改革办公室、中国人民银行北京市分行和北京市工商行政管理局等单位制定并发出《北京市经委系统集体工业企业进行股份合作制试点的办法的通知》。

8 月 18 日 北京市政府决定撤销北京市建筑材料工业总公司，组建北京建筑材料集团总公司。

8 月 21 日 北京市氧气厂与美国普莱克斯实用气体公司合资成立北京普莱克斯实用气体有限公司签约仪式在人民大会堂举行。

8 月 26 日 宁波汽车制造厂、宁波汽车发动机厂和宁波车辆厂成建制划转北京内燃机总厂协议书签字仪式在宁波举行。转让价为 2100 万元，占地面积共 16 万平方米，建筑面积 8 万平方米，职工近

2000 人，全部资产 1 亿多元。

9 月 18 日　北京轻型汽车有限公司消化吸收日本五十铃技术开发的 BJ1045C5DG 型车，通过国家级鉴定。

9 月 19～25 日　北京市经委在北京技术交流馆举办"1992 年北京地区科技成果交流交易会"，市政协主席白介夫、副市长陆宇澄等领导出席了开幕式。本次交易会上共签订意向协议 280 个，协议金额 1.15 亿元；签订合同 55 个，合同金额 1500 万元。

9 月 23 日　北京市常务副市长张百发、副市长陆宇澄、市政府顾问张彭及各有关综合部门的领导，到首钢总公司听取贯彻落实国务院 40 号文、扩大首钢三项自主权的情况汇报，市经委常务副主任刘克信出席了会议。

9 月 24 日　北京市经委在北京国际饭店召开"北京工业拓宽利用外资渠道恳谈会"，副主任张继民向国务院有关委、办、局及市属各涉外单位的有关人士介绍了北京工业的优势及拟合资（合作）项目情况。

9 月 29 日　北京经委副主任蒋黔贵主持召开会议，听取了各工业总公司（局、办）关于《北京市职工教育条例》贯彻落实情况的汇报。30 日，陆宇澄副市长召开贯彻落实"条例"座谈会，张彭、高佐之参加了会议。

10 月 1 日　首钢自行设计、制造、施工建成的现代化大型钢厂——首钢第三炼钢厂投产。年生产能力 250 万吨。

同日　北京市实行参加退休基金统筹的职工个人缴纳基本养老保险费制度。

同日　经北京市政府批准，北京市国有资产经营公司成立。其主要职责是对股份企业、联营企业、中外合资企业、合作经营企业中的国有资产行使所有者管理职能等。

10 月 4 日　中国与泰国合资的首家高科技公司——华阳测控技术有限公司在京成立。

10 月 5 日　北京市机电研究院研制的 E 扫描安检系列 X 射线发生器通过专家鉴定。该产品获 1992 年北京市科技进步一等奖。

10 月 9 日 北京市工业系统扭亏经验交流会在北京清河毛纺织厂召开。会议由市经委常务副主任刘克信主持，副市长陆宇澄、市经委主任高佐之等出席会议。

10 月 14 日 《北京日报》报道，北京市劳动部门日前决定再次下放权力 23 项，企业用工数量由企业自主决定，国营企业工资水平在“两率控制”（即职工工资总额增长幅度低于本企业经济效益增长幅度；职工实际平均工资增长幅度低于本企业劳动生产率增长幅度）前提下由企业自主决定。

10 月 23 日 首钢总公司与香港长江实业（集团）有限公司及加拿大怡东集团，联合收购香港东荣钢铁（集团）有限公司的协议书正式签订。

10 月 27 日 “北京市工业系统学习十四大文件进一步贯彻落实《条例》工作大会”在北京光华木材厂礼堂召开。会议由市经委常务副主任刘克信主持，李舜书记和高佐之主任分别在会上讲了话，市委常委袁立本、副市长陆宇澄、市经委副主任蒋黔贵、张志明、委员朱鼎恒以及各综合部门的领导出席会议。

10 月 30 日 首钢总公司购买美国加利福尼亚钢铁工业公司第二转炉炼钢厂合同签字仪式在洛杉矶举行。其全部厂房、设备、备品备件、设计图纸、缩微卷和技术资料，全部产权划归首钢所有。

10 月 首钢麦斯塔国际工程公司为美国俄勒冈钢铁公司设计、制造钢板矫直机合同签约。矫直机是轧钢过程中决定产品质量的关键设备之一。该项目合同总金额为 412.2 万美元。

同月 北京经济技术开发区一期工程在大兴县亦庄开工建设。

11 月 5 日 首钢用自筹资金 1.2 亿美元购买秘鲁铁矿。在秘鲁铁矿采用国际招标公开拍卖中，首钢中标。

11 月 17 日 北京市国防工办召开北京市军民结合工作会议，军工单位负责人及军转民联络员 200 人出席了会议。会议由市国防科工办主任高佐之主持，郭瑞久副主任作工作报告。

11 月 21 日 大型工艺珍品“金銮宝座”在北京首饰厂完工。该件长 128 厘米、宽 120 厘米、高 72.5 厘米，耗用黄金 28000 克，镶嵌钻石、翡翠、猫眼、祖母绿等天然名贵宝石近3000粒。12月7日举行揭幕大会。

11月22日至12月2日 北京市赴香港贸易洽谈团在香港进行招商活动。以高佐之为团长、张继民为副团长的工业分团共45人；在港共签合同、意向和协议64项，总金额9.2亿美元；其中，合同26个，金额2.6亿美元。

12月1日 首钢集团正式签署合同出资1.2亿元购买秘鲁铁矿公司全部资产。

12月11日 北京市政府召开乡镇科技副经理工作经验交流会，市经委张志明副主任出席会议。两年来全市共为郊区县选派了157名科技副经理，其中市经委系统占80%以上。

12月22日 首钢全资兴办的银行——华夏银行开业。该行为国内首家工业企业开办的银行。

12月23日 北京市技术比赛办公室召开会议，对工业系统89个工种技术比赛进行了总结，并根据比赛成绩评出技术能手384名；操作能手481名；优秀工作者64名；优秀教练31名。

12月25日 北京新技术产业开发试验区土地信息产业基地信息大道开通。联想集团等3家进驻企业同时投产或试生产。

12月26日 中日合资开办的国内最大照明电器企业——四通松下电器有限公司成立。

1993 年

1 月 7 日　北京市副市长陆宇澄召开会议，听取《电子城发展规划》的汇报，市经委副主任张志明、蒋黔贵和总工程师陈信祥参加了汇报会。

1 月 8 日　北京市经委副主任张继民在同仁堂制药二厂主持召开中国北京同仁堂集团计划单列交接会。

1 月 11 日　北京市工业工作会议在朝阳宾馆召开，会议总结了 1992 年工业工作，对 1993 年的工业工作进行了部署。各工业总公司（局、办）的经理、书记，各区县主管工业的区县长、经（计）委主任出席了会议，副市长陆宇澄到会并讲话。

1 月 15 日　北京市总工会、市合理化建议领导小组和市工人技术比赛领导小组联合召开总结表彰会。市经委系统的 384 名技术能手、181 名操作能手、64 名优秀工作者和 31 名优秀教练员受到表彰和奖励。市委书记陈希同、副市长张健民和市经委副主任蒋黔贵出席了会议。

1 月 31 日　北京市人民政府批准成立西三旗高新建材城。

2 月 1～2 日　北京市政府召开城乡经济一体化工作会议，市经委常务副主任刘克信主持会议，市经委主任高佐之做工作报告，副市长段强到会并讲话。

2 月 6 日　中华全国总工会在二七机车厂文化宫隆重举行“二七”大罢工 70 周年纪念大会。江泽民总书记、李鹏总理为大会题词。江泽民题词为：“弘扬二七革命传统，争做四化建设先行”；李鹏题词为：“发扬二七革命光荣传统，做改革和建设的主力军”。全国人大常委会副委员长、中华全国总工会主席倪志福出席大会并讲话。他说：我们纪念“二七”大罢工 70 周年，就是要按照江泽民、李鹏同志题词的精神，继承和发扬“二七”革命传统，肩负起当代工人阶级的历史责任。

2月11日 北京市市长李其炎、副市长段强到延庆县煤炭交易市场视察工作。

2月12日 北京市市长李其炎、副市长李润五及市经委主任高佐之、常务副主任刘克信等到北京矿务局慰问矿工，到门头沟煤矿井下检查工作并访问了部分职工家庭。

2月16日 1993年“春运”工作圆满结束。“春运”期间，北京铁路局共运送旅客564万人次，比上年同期增长21万人次，并连续七年取得春运工作无大事故的好成绩。

2月18日 北京市副市长李润五、市经委主任高佐之、副主任张志明、委员徐树彬参加北京吉普汽车有限公司切诺基轿车国产化工作会议。至1993年8月25日，切诺基轿车国产化率已达到60.48%，并通过了国家主管部门的认可。

同日 北大方正集团公司成立。

同日 北京市乡镇企业工作会议召开。会议提出进一步解放思想，破除“统、管、包”、“等、靠、要”的传统计划观点，树立大生产、大市场、大流通的新观念，推动郊区乡镇企业进一步发展。

2月22日 北京市政府在空军礼堂召开贯彻落实《条例》、《北京市全民所有制工业企业转换经营机制实施办法》，确保工业工作超去年的动员大会。市经委主任高佐之做动员报告。市委书记陈希同，市长李其炎，市人大主任张健民，市政协主席王大明，副市长陆宇澄、李润五、段强等领导和市政府各综合部门负责同志出席了会议。

2月27日 北京市政府在北京轻型汽车有限公司顺义厂区召开“庆祝北京牌汽车产销100万辆暨加速发展北京汽车工业动员大会”。市长李其炎，副市长陆宇澄、李润五，中汽总公司副总经理吴自强等出席大会并讲话。从1958年北京生产第一辆“井冈山”牌轿车，至1993年2月，北京牌轻型越野车、轻型载货汽车、旅行车累计产销突破100万辆。

2月 北京联想计算机集团公司股票在香港上市，发行量1.82亿股，筹资额2.2亿港元。

3月1日 由中国和瑞典合作的北京矿务局水煤浆生产示范厂举

行验收移交仪式，国务委员、国家科委主任宋健为验收移交仪式剪彩。该厂是我国最大的水煤浆生产示范厂。设计年生产能力25万吨。

3月2~17日 北京市经委主任高佐之、副主任张继民率北京市工业系统招商及贸易洽谈团赴韩国招商。在韩国期间共签订投资合同16项，金额2000万美元；意向和协议22项，金额1.3亿美元；贸易合同1400万美元。

3月10日 北京市国防科工办召开国防工作会议。航空、航天、兵器、船舶工业部在京企业及地方军工企业的负责人，市委工业工委、市计委、市经委、市国防科工办等有关部门负责人70余人参加了会议。

3月15日 北京市经委在密云县召开远郊区县工业局长座谈会，副市长李润五、市经委常务副主任刘克信参加会议并讲话。

同日 北京畜牧机械公司正式被燕莎友谊商城兼并，办理了移交手续。

3月19日、20日、23日、25日、31日 北京市副市长李润五分别听取市机械局、市二轻总公司、市一轻总公司、市纺织工业总公司和市仪表总公司、市电子办1993年工作汇报，市经委主任高佐之、常务副主任刘克信等参加了会议。

3月22~31日 北京市经委和市政府法制办共同对本市55户大中型工业企业贯彻落实《实施办法》的情况进行了调查。

3月26日 北京市长李其炎、副市长李润五及市政府有关委、办、局领导到北京第一机床厂视察工作，市经委主任高佐之、副主任刘克信参加了视察。

3月27日 北京市副市长李润五向经委系统284名享受政府特殊津贴的专家颁发证书，市经委主任高佐之、副主任张志明出席了会议。

3月30日 北京市市长李其炎，听取本市今后8年电力发展问题的汇报。

同日 北京市经委主任高佐之主持召开企业进步工作会议，市经委副主任张志明做工作报告，副市长李润五出席会议并讲话，会上奖励了获1992年度市级优秀新产品奖、技术开发优秀项目奖的单位和在产品结构调整立功活动中立功的人员。

4月1日 由北京二七机车工厂制造的6001号和6002号东风7重联机车牵引的7341次重载列车抵达郑州，京广线石家庄至郑州间的5000吨重载列车正式开通。该列车共编组货车63节，全长1015米，平均时速约70公里。

4月2日 北京市市长李其炎在市政府北楼会议室召集北汽摩公司等五个企业的领导，座谈落实《北京市全民所有制工业企业转换经营机制实施办法》存在的问题。

4月3日 北京国家化工贸易市场建成，副市长李润五、市经委常务副主任刘克信出席开幕式。

4月7日 第三届北京工业产品交易会在北京展览馆开幕，开幕式由市经委委员朱鼎恒主持，高佐之主任致词。

4月9～10日 北京市区县工业工作会议在昌平县召开。副市长李润五、市经委主任高佐之出席会议并讲话。

4月15日 北京市长李其炎、副市长李润五、市经委主任高佐之等，到北京雪花电器集团公司了解《条例》和《实施办法》的贯彻落实情况。李其炎指出，随着《条例》的贯彻执行，企业的外部环境比任何时候都好，现在关键是企业怎样练好内功和深化改革问题。他认为“雪花”是大有希望的。“雪花”这朵花能开得更好，不仅是二轻总公司、雪花公司的光彩，也是北京市的光彩。

4月16日 北京市副市长陆宇澄、李润五、胡昭广分别到北京葡萄酒厂、北京电机总厂、北京医用射线机厂了解《条例》和《实施办法》的贯彻落实情况。

4月19日 北京市首家大型工业股份制企业——北京天纬油泵油嘴股份有限公司正式成立。该公司采取定向募集方式设立，发起股东为：北京汽车工业总公司、北京市汽车工业开发公司、国家机电轻纺投资公司和中国重型机械总公司。首期发行1.8亿股。

同日 中共北京市委书记陈希同、市政府副秘书长丁维峻到北京第三棉纺厂了解《条例》和《实施办法》的贯彻落实情况。

同日 北京市副市长段强到北京拖拉机公司现场办公。

4 月 22 日 北京内燃机总厂和山东省汽车工业总公司、淄博汽车制造厂签订了“北京内燃机总厂承包淄博汽车制造厂协议书”，承包期自 1993 年 4 月至 2010 年年底止。承包期内，北内对淄汽拥有完全的企业经营权，实行统一领导、统一规划、统一管理（人财物产供销）、统一核算、统一统计上报渠道。

4 月 23 日 电力工业部、北京市政府和内蒙古自治区政府“联合办电向首都供电协议”签字。协议规定，到 2000 年从根本上解决首都用电问题。

4 月 27 日 北京同仁堂集团公司第一家大陆外合资企业——香港同仁堂药膳有限公司在香港开业。

4 月 29 日 中共北京市委、市政府召开京郊乡镇企业“双上工程”动员会。“双上工程”是以创优质名牌产品为中心，现有企业“上规模、上水平”的规划纲要。

4 月 华北电业管理局党组提出到 1995 年 11 月初缓解华北电网严重缺电局面，实现首都居民用电基本不拉闸的“9511 工程”计划。

5 月 4 日 中共北京市委决定，市政府电子办党组改建为中共北京市人民政府电子工业办公室委员会。

5 月 4 ~ 6 日 北京市质量管理协会在怀柔龙山宾馆召开第 23 次 QC 小组成果发表会。市经委主任高佐之出席会议并讲话。

5 月 6 ~ 8 日 北京市经委与市委工业工委联合召开工业系统知识分子工作研讨会，主任高佐之出席会议并讲话。市经委召开技术改造项目资金协调和综合完成情况协调会，副主任张志明出席会议。

5 月 12 日 北京市印刷集团在人民大会堂召开成立大会，副市长李润五、市经委主任高佐之出席大会。

同日 北京利丰雅高长城印刷有限公司在人民大会堂举行开业庆典。该公司是北京胶印二厂与香港利丰雅高印刷有限公司合资成立的，投资总额为 967 万美元。

5 月 17 日 北京市政府在公安部礼堂召开工业系统贯彻落实《条例》经验交流会。市委书记陈希同、市长李其炎、副市长李润五及有关综合部门、各工业总公司（局、办）、各企业的负责同志出席了会议。

5月18日 北京市副市长李润五主持召开北京市工业产品结构调整规划汇报会。市经委副主任张志明就规划的制定原则、主要内容及目标等作了汇报。市经委主任高佐之和有关综合部门的负责同志出席了会议。

5月19日 经北京市人民政府批准，北内集团成立。8月14日召开北内集团成立大会，市委书记陈希同，市长李其炎，中国企业管理协会会长袁宝华，市委常委欧阳文安、段炳仁，副市长李润五等领导同志出席了大会。北内集团的核心企业北内集团总公司，为全民所有制法人企业，实行独立核算、自负盈亏，在北京市实行计划单列，按市经委直属企业管理。

5月21日 经北京市体改委批准，北京双合盛五星啤酒三环股份有限公司法人股，正式在北京STAQ（全国证券交易自动报价系统）挂牌上市，当日成交量为500万股，成为北京市工业企业第一家法人股上市企业。

5月24日至25日 全国1992年度“五个一工程”表彰大会在北京举行。中共北京市委宣传部、北京市思想政治工作研究会、首都钢铁公司联合编著的《首钢改革》一书和王大明《关于北京搞好国有大中型企业若干情况和思考》一文获奖。

5月26日 北京市政府决定，北京矿务局工农区撤销，原辖一镇六乡和两个乡级办事处分别划归房山、门头沟两区管辖。

同日 北京市质量效益型先进企业表彰大会在北京光华木材厂召开。副市长李润五出席会议并讲话。

同日 北京第二热电厂输水管发生跑水事故，市长李其炎、副市长李润五、市经委主任高佐之、常务副主任刘克信等先后赶到现场组织抢险和安排缮后工作。

5月29日 鉴于本市电力供需缺口较大，拉闸限电较多的状况，为了保障电力供应，市政府成立了以副市长李润五为组长的保供电领导小组，保供电领导小组值班室设在经委生产处，即日起实行昼夜值班，随时解决用电中出现的问题。

5 月 31 日 中共北京市委书记陈希同、市长李其炎检查全市工业防汛准备情况，市经委防汛总指挥高佐之，副总指挥朱鼎恒陪同检查。

同日 北京市工业系统 1992 年度优秀管理成果审定工作结束。工业系统共评出优秀管理成果奖 40 项，其中，一等奖 3 项，二等奖 13 项，三等奖 24 项。

6 月 2 日 国营 618 厂与德国尼奥普兰有限公司、香港奥海有限公司合资生产“北方”牌豪华型大客车签约仪式在人民大会堂举行，国务院副总理邹家华，北京市副市长李润五等领导出席了签约仪式。

同日 首钢总公司又一座现代化的新三号高炉竣工投产。新三号高炉大修改造综合采用了 29 项国内外先进技术，包括首钢独创的矮胖炉型、人工智能高炉冶炼系统，国内最大最先进的可编机联网控制系统等。整个高炉施工仅用了 9 个月，在世界上还没有先例。

6 月 3 日 国家副主席荣毅仁在北京市副市长李润五、中信公司总经理王军、市经委副主任张志明、北京汽车工业总公司总经理马守平的陪同下视察北京轻型汽车有限公司顺义厂区，并为企业题词：加速改革步伐，振兴汽车工业。

6 月 6～26 日 以北京市经委副主任张志明为团长的北京市代表团，赴西班牙举办了北京市经济贸易展览会。

6 月 10 日 北京市经委和市委工业工委联合召开工业调整工作会议。会上经委主任高佐之传达了市委书记陈希同关于加快工业调整的指示。工委书记李舜、经委副主任张继民出席会议。

6 月 13 日 第九届欧洲企业运动会在德国柏林落下帷幕，应邀参加比赛的北京二七机车厂田径队四名队员，夺得三枚金牌，一枚银牌。

6 月 16 日 北京市机电设备进口管理工作会议在北京第一机床厂召开，市经委总工程师陈信祥做工作报告，副市长李润五出席会议并讲话。

6 月 25 日 北京市市长李其炎主持召开市政府第 15 次常务会

议，听取市电子办关于“北京电子城”方案的汇报，会议原则同意电子办关于建设“北京电子城”的思路。市经委主任高佐之、总工程师陈信祥出席会议。

6月28日 北京百花彩印有限公司正式开业。该公司是北京百花印刷厂与丹麦发展中国家工业基金会合资经营的，投资总额为1350万美元。

同日 确保北京供电的国家重点工程——内蒙古丰镇电厂3号20万千瓦空冷机组并网发电。

6月30日 北京市首次命名11所市级重点技工学校。

7月1日 中日合资北京JVC电子产业有限公司成立。该公司总投资3214万美元。

7月12日 北人印刷机械股份有限公司正式成立。总股本4亿元人民币。其中，国有法人股2.5亿元，在香港发行H股1亿元，在北京发行A股5000万元。

7月13日 751厂15万立方米煤气贮罐因电焊补漏着火。李其炎、李润五、梅蕴新、苏仲祥、刘克信等领导赶赴现场组织扑救并分析原因。下午刘克信赶到焦化厂紧急安排增供10万立方米煤气。

7月16日 燕化乙烯改扩建总指挥部在乙烯改造现场召开确保投产、确保质量、确保工期的动员大会，各施工队5000多人参加大会。该项工程是1992年1月经国家批准立项的，同年9月动工，总投资28亿元，1993年完成投资15亿元。

7月20日 北京市工业系统推进股份制和股份合作制试点大会在皇苑大酒店召开。会上宣布成立“北京市工业系统推进股份制及股份合作制试点领导小组”，李润五任组长，高佐之、李昭、白金荣、徐树彬任副组长。

7月22日 北京矿务局王平村煤矸石热电厂运行发电并网。该电厂为北京市唯一的燃用煤矸石供热的坑口电厂，总装机容量为2.4万千瓦。

同日 国内最大的人造金刚石企业——北京金地超硬材料股份有限公司在京成立。

7 月 25 日 被国务院列为国家重点工程重大攻关项目的 3200 吨胶囊硫化机，在首钢重机公司通用机械厂制造成功，它填补了我国大型和巨型轮胎胶囊生产的空白。

7 月 北京新技术产业开发试验区首次接纳私营高科技企业——用友电子财务技术有限公司。

8 月 2 日、18 日 北京市副市长李润五分别视察了市煤炭总公司三厂和一厂，询问煤炭进货、销售和库存等情况，指出：在市场竞争日益激烈的情况下，煤炭公司发展生产力的关键在煤厂。要保四大煤厂的后劲，保证煤炭的资金、运力、效益不被侵占，还要提高社会效益。

8 月 6 日 北京人民机器总厂股票在香港挂牌上市。

8 月 7 日 北京市经委常务副主任刘克信主持召开工业系统安全生产紧急会议，通报了深圳清水河仓库爆炸事故，代表市经委对工业系统安全防火工作提出五点要求。

8 月 9 日 北京市政府批转市计委、市经委《关于集中力量支持一批工业重点项目建设的请示》和《关于集中力量支持重点工业企业发展的请示》。

8 月 11 日 由北京二七车辆厂设计制造的我国第一列 SQI 型双层平车运输小轿车专列，在长春第一汽车制造厂举行首发仪式。仪式之后，专列装载 240 辆奥迪和捷达轿车，由长春开往武汉。

8 月 14 日 北京市经委召开第二次安全生产紧急会议，主任高佐之通报了隆福大厦火灾事故和市政府常务会议的情况。副市长李润五出席会议并对安全防火工作提出具体要求。

8 月 23 日 北京市经委召开第三次安全生产紧急会议。会上听取了部分重点总公司安全检查情况汇报，通报了经委夜间抽查的情况、并再次对安全防火工作提出要求。高佐之主任，常务副主任刘克信出席会议。

8 月 28 日 市重点乙烯工程的超大型设备环氧乙烷 R—201 反应器安全运抵东方化工厂。该设备是乙烯工程的关键设备，自重 370 吨，装车后重 711 吨，长 108 米，高 6.12 米，运输难度较大。在运输中，副市长李润五亲临现场指挥。

8月31日 延庆县煤炭交易市场被评为北京市经济百强之一，获生产资料市场类第二名。

9月3日 中日合资的北京·松下电子产品有限公司在京成立。北京市市长李其炎出席签字仪式。

同日 为加速发展，实现首钢新腾飞的宏伟目标，首钢总公司决定对已服役44年的一号高炉进行大修改造，建成具有世界水平的现代化大型高炉。改造后的一号高炉容积是2536立方米，为老一号高炉的4.4倍，设计能力为年产250万吨，是首钢达到年产钢1000万吨水平的关键工程项目之一。

9月4日 北京市经委召开市工业系统教师节庆祝表彰大会。对工业系统的150名职工教育先进工作者、20个教书育人先进单位和656名从教30年以上的老教育工作者进行表彰。副市长李润五、胡昭广，市文教办、市人大、市政协的领导参加会议，市经委主任高佐之、委员徐树彬在会上讲话。

9月6日 中共北京市委、市政府召开全市工业系统座谈会，进一步部署全面贯彻落实《全民所有制工业企业转换经营机制条例》。会议提出，当前全面落实《条例》要抓紧抓好几个重点：大力调整结构，优化资源配置，提高效益；加速企业经营机制的转变，进一步深化企业内部改革，特别是人事劳动分配制度的改革；狠抓市场体系的培育和发展，加快生产要素市场和商品市场的建设和培育。

9月7～14日 北京市经委在市技术交流馆举办“北京市第四届工业四新产品展销展评会”。副市长李润五出席了开幕式。

9月10日 北京市重点工程北京建材集团琉璃河水泥厂2000吨熟料窑外分解线技术改造工程竣工。

9月17日 牡丹牌74厘米“花王”彩电投产问世。国家计委副主任曾培炎、北京市副市长李润五等参加投产仪式。

9月19日 北京市经委举办工业系统首届教职工运动会，有40个代表队，800名运动员参加比赛。市政协主席王大明、市委工业工委书记李舜等领导出席开幕式。

9 月 20 日 北京市经委和市财政局在市委第二会议室联合召开扭亏增盈工作会。市财政局孙振刚主持会议，市经委常务副主任刘克信作报告，副市长李润五到会讲话。

9 月 21 日 北京市医药总公司承办的首届全国医药博览会在北京展览馆开幕。杨尚昆、陈慕华为博览会剪彩并与廖汉生、彭佩云参观了北京展览团的展品。

9 月 21～23 日 由中共中央组织部、中共中央政策研究室举办的全国企业党的建设工作座谈会，在燕化公司召开。燕化公司党委书记阳安江在会上介绍了“不断加强企业党的建设”的经验。23 日，中共中央政治局常委胡锦涛到会并作重要讲话，并到生产车间和建设工地视察了解情况。

9 月 21～22 日 北京市经委在平谷盘峰宾馆召开区县工业工作座谈会。副市长李润五、市经委常务副主任刘克信、副主任张志明等出席会议。

9 月 24 日 北京·松下彩色显像管有限公司在京举行第三条生产线开工典礼。电子工业部副部长张今强出席开工仪式。

10 月 3 日 国内最大服装合资企业——北京高久雷蒙时装有限公司开业。

10 月 12 日 北京市副市长李润五、工业工委书记李舜及市有关综合部门负责人，听取了二轻总公司“优化结构，发展轻工”改革方案的汇报，提出了完善改革方案的意见。

10 月 22 日 燕山石化公司化工一厂高压聚乙烯车间切粒厂房发生重大爆炸事故，死亡 3 人，伤 5 人，厂房被摧毁，设备遭到严重破坏。副市长李润五、市经委常务副主任刘克信和朱鼎恒委员赶到现场了解情况。

10 月 25～30 日 北京市经委举办首届工业系统所属院校毕业生设计成果展示会，17 个工业总公司的 71 所院校参展。副市长胡昭广、市人大常委会副主任陶西平、市工业工委书记李舜、市经委副主任张志明等领导参观展览。

10 月 北京四通集团公司股票在香港上市。发行量 1.5 亿股，筹资额1.89亿港元。

11月9日　北京市副市长陆宇澄会见新加坡中华总商会原会长林方基先生。

11月18日　由北京二七车辆厂设计制造，我国首次向孟加拉国出口的80辆集装箱专用平车，按期完成，正式举行发运剪彩仪式。铁道部副部长傅志寰和孟加拉国驻华大使沙菲·萨米出席仪式并剪彩。这批车辆交付使用后将在孟加拉国吉大港至达卡的铁路线上编组运行。

11月22日　北京市经委召开各总公司（局、办）、各区县主管工业负责人及百余户企业党、政负责人“今年超去年”大会，市委常委欧阳文安、副市长李润五、市经委领导高佐之、刘克信、张志明、张继民、陈信祥、徐树彬等出席会议。

11月24日　北京市经委召开工业系统三产工作会议，高佐之、徐树彬出席会议并讲话。

11月27日　联想集团推出国内首台586高档微机。

12月5日　北京轻型汽车有限公司的BJ1045汽车，荣获“第五届中国新技术新产品博览会”金奖。

12月10日　我国微电子行业“八五”期间的重大建设项目——首钢日电电子有限公司，经过两年的紧张建设，于12月10日举行了隆重的竣工典礼。该公司是由首钢总公司与日本电器公司（NEC）合资兴建的生产大规模集成电路的高科技企业。

12月16日　北京市经委与大兴县政府联合召开市工业系统与大兴县“优二兴三”恳谈会。市委常委欧阳文安、副市长李润五到会并作了指示。

同日　由燕化公司研究开发的YS—6型乙烯制环氧乙烷银催化剂通过中国石油化工总公司组织的技术鉴定。该项成果主要技术指标达到世界同类产品的先进水平，单管评价选择性达85%～86%。

12月17日　具有国际先进水平的中瑞（士）合资企业——北京汽巴—嘉基制药有限公司正式开工生产。卫生部副部长孙隆椿、国家医药管理局局长齐谋甲、北京市政府顾问韩伯平和瑞士驻华大使舒尤文出席开工典礼并表示祝贺。

12 月 20 日 北京市电子工业办公室发出通告，加强对北京地区卫星电视广播地面接收设施生产的管理。

12 月 24 日 中共北京市委常委欧阳文安、副市长李润五主持召开上轿车座谈会。工委书记李舜、市经委主任高佐之、常务副主任刘克信、副主任张继民等参加会议。

12 月 25 日 北京吉普汽车有限公司“七五”技改项目通过竣工验收。

12 月 29 日 738 厂召开 HJDO4 数字程控交换机生产定型鉴定会，张志明副主任参加会议。

同日 中共北京市委七届三次全会举行。会议提出：以建立现代企业制度和宏观调控体制为重点，加快建立社会主义市场经济体制；进一步扩大对外开放，实现利用外资的新突破；优化产业结构，提高经济效益，保持城乡经济快速发展的良好势头；加快城市基础设施建设，提高城乡现代化水平，全面推进“康居工程”；发挥首都优势，加快科技进步和人才培养。会议对 1994 年经济工作重点作了安排。

1994 年

1 月 1 日 由北京二七车辆厂设计制造出口孟加拉国的 80 辆集装箱平车，在孟加拉国正式编组投入达卡至吉大港之间的运营。

1 月 2 日 北京二七机车厂研制的东风 7B 型防寒机车在东北严寒地区试验运行成功。

1 月 6 日 北京市工业系统承包制向分税制过渡衔接的工作会议召开，市经委主任高佐之到会并讲话。

1 月 13 日 北京二七车辆厂研制的 QD3 型凹底平车，通过铁道部技术鉴定。11 月 11 日，又获铁道部 1994 年度科技进步三等奖。该车是用于运输麦道公司飞机机头等大型货物的铁道车辆。

1 月 14 日 国务院副总理李岚清在北京吉普汽车有限公司会见了美国克莱斯勒公司国际部亚太地区总经理巴杜尔一行。

1 月 17 日 北京市政府在北京展览馆召开北京市工业工作会议，市长李其炎、市人大主任张健民、市政协主席王大明、市委常委欧阳文安、副市长李润五、市经委主任高佐之、工委书记李舜等出席大会。

1 月 21 日 北京市经委在首钢召开经委系统交通安全工作会议，常务副主任刘克信到会并讲话。

1 月 26 日 中共北京市委常委强卫、副市长陆宇澄和市各有关委、办、局领导在西三旗开发区召开现场办公会，专题研究西三旗高新建材城规划及市政建设问题。

1 月 28 日 国内首座生产基因工程乙肝疫苗车间在北京生物制品研究所落成。

2 月 8 日 北京南口机车车辆机械厂重大科技改造项目，轴承热处理推盘式二次淬火线正式投入生产。

2 月 21 日 北京旅行车股份有限公司生产的首批北京五十铃 BJ/BE 中型旅行车正式下线，这是我国汽车行业首家引进生产的高档中型客车。

同日 北京市北冰洋食品公司与美国百事可乐国际集团公司合资兴办的百事北冰洋饮料有限公司成立。

2 月 23 日 北京市政府电子工业办公室召开会议，表彰在 1994 年度为振兴北京电子工业做出贡献的优秀厂长、书记、科技人员和优秀青年科技工作者，有 123 人获奖，奖励金额计 20 万元。

2 月 25 日 北京市经委召开 1994 年市工业企业技术进步工作会，市经委主任高佐之主持会议，市经委副主任张志明做工作报告，副市长李润五到会并讲话。会上，颁发了市优秀新产品奖和优秀技术开发奖。

2 月 26 日 北京市经委召开北京市工业系统教育工作会议，副市长胡昭广、市人大常委会副主任陶西平、市委工业工委书记李舜等参加会议。

3 月 1 日 北京赛特恩电子有限公司成立。该公司由北内所属北京市汽车调节器厂、华营内燃机配件厂和美国赛特恩电子工程公司及美国中国现代化研究院四方组成，总投资 285 万美元，是我国汽车电子零部件行业与外企合资的首家企业。

3 月 7 日 北京南口机车车辆机械厂被命名为 1993 年度首都文明单位，这是该厂自 1984 年以来连续 10 年获此荣誉称号。

3 月 14～16 日 北京市城乡一体化工作会议召开，市经委主任高佐之做工作报告，市委常委杨朝仕，副市长李润五、段强，市人大常委会副主任夏钦林，市政协副主席封明为等出席会议并讲话。

3 月 17 日 北京市经委召开一轻总公司综合配套改革经验交流大会。

3 月 18 日 北京市经委召开工业系统法制工作会，市经委委员徐树彬对 1993 年工业系统法制工作进行了总结。

3 月 25 日 北京市中小型企业国际合作协会成立大会在国际会议中心召开，市经委常务副主任刘克信做报告。

3 月 27 日 北人集团公司独家发行的北人印刷机械股份有限公司股票上市发行。该股票由中国华夏证券有限公司负责承销社会公众股3500万股，每股面值1.00元，发行价5.30元。

3月28日 北京市市长李其炎、副市长李润五等到北京东方电子集团公司（774厂）和国营北京有线电总厂（738厂）调研。

3月29日 燕山石化公司与房山区人民政府举行《关于继续扩大经济技术合作协议书》签字仪式，燕山石化公司总经理刘海燕和房山区区长焦志忠在协议书上签字。

同日 中国轻工总会召开“学习推广北京第一轻工业总公司综合配套改革经验现场会”，来自全国各省、自治区以及大中城市的轻工业厅、局长100余人到会。国务院副总理李岚清出席大会并作了重要讲话。

3月 北京市二轻总公司所属雪花电器集团将朝阳区光华路原址的60亩土地，有偿转让香港嘉里集团，雪花电器公司获搬迁补偿费4.6亿元。同时，雪花电器集团公司与地处黄村卫星城的北京塑料制品厂合并。

4月4日 国家体改委推广北京一轻总公司综合配套改革试点经验交流会在北京召开，北京一轻总公司董事长崔治安在会上介绍了该公司综合配套改革的基本思路和进展情况。

4月7日 北京七九八厂和日本株式会社村田制作所合资组建的“北京村田电子有限公司”在人民大会堂举行签字仪式，全国人大常委会副委员长王光英、北京市市长李其炎应邀出席。该公司总投资2999.7万元。

4月15日 北京市工业产品结构调整会议在顺义举行，副市长李润五出席会议并讲话，市经委副主任张志明主持会议并作会议总结。

4月21日 北京市工业系统1993年度优秀管理成果评审会召开，评出一等奖1项，二等奖15项，三等奖26项。

4月23日 北京市副市长李润五召开全市区县、总公司、局、办范围领导参加的解决停产、半停产企业职工生活问题紧急会议。

4月25日 经国务院、国家科委批准，北京市昌平、丰台科技园区并入新技术产业开发试验区，享受国家级开发区政策。

同日 北京旅行车股份有限公司股票在沪上市。

5 月 9～11 日 北京内蒙古对口支持与经济技术协作洽谈会举行。

5 月 10～13 日 北京市副市长李润五主持召开会议，逐户落实停产、半停产企业和扭亏有望企业的流动资金贷款。

5 月 17～18 日 北京市经委召开工业系统环境监测会议。

5 月 21 日 北京焦化厂 1 号炼焦炉被来自全国冶金和化工系统专家组成的评审会确认为特级红旗炉，这是冶金部颁布特级红旗炉标准后，在全国焦化行业第一个获得此荣誉称号的炼焦炉。

5 月 25 日 北京市经委召开工业企业评审优秀科技人员、科技领导干部、先进厂办科技机构会议，市经委系统共评出优秀科技人员一等奖 11 人，二等奖 83 人，三等奖 358 人；优秀科技领导干部一等奖 7 人，二等奖 40 人；先进厂办机构 6 个。

5 月 26 日 北京市经委召开工业系统技改经验交流会。

5 月 29 日 首钢总公司新建大型现代化焦炉正式投产出焦，年产焦炭 41 万吨以上。该炉的投产，为首钢实现 1000 万吨钢生产规模奠定基础，还可将日供给北京市的民用煤气量从 55 万立方米提高到 100 万立方米。

5 月 31 日 北京市军工系统最大合资项目——北京长吉加油设备有限公司举行签字仪式，市国防科工办副主任郭瑞久、平谷县委书记张德江应邀出席。

6 月 2 日 国家体改委主任李铁映、北京市领导就建立现代企业制度问题到市工业系统的同仁堂集团、化工集团、牡丹电子集团公司进行调研。

同日 北京市经委召开工业系统防汛工作会议，布置防汛工作，永定河十条管线有关的 29 个企业单位负责人参加了会议。

6 月 6 日 北京市政府发布施行《北京市企业职工失业保险规定》。

6 月 10 日 北京市经委副主任张志明主持召开市经委系统引进智力经验交流会，国家外国专家局和市引智工作小组有关领导到会并讲话。

同日 北京市经委召开1993年军转民优秀项目评审会，有20个项目获奖。

6月15日 北京市“三区”（新技术产业开发试验区，北京经济技术开发区和区县工业小区）利用外资工作会议召开。会议强调，要抓机遇，把利用外资摆在极其重要的地位。“三区”企业要建立新机制，乡镇工业小区建设要加强规划，决不要搞扩大了的村村点火，户户冒烟。

同日 北京市副市长李润五召集市经委、市计委、市财政局、工商银行、物价、铁路、煤炭总公司等部门开会，安排冬煤供应工作。

6月22日 中国与瑞典合资的北京爱立信通信系统有限公司成立。该公司总投资2700万美元。

6月23日 中共北京市委、市政府召开市工业系统扭亏增盈大会。市长李其炎，市有关综合部门领导和市工业系统各总公司及有关企业党政负责人，各区县主管工业领导等，共计600余人参加了大会。会议分别宣读了表彰北京市工业系统1993年度十佳企业、十佳厂长（经理）、十佳新产品和北京市工业系统1993年度扭亏增盈成绩突出的企业厂长（经理）、党的工作先进单位、优秀党委书记的决定；副市长李润五做了题为《解放思想，奋力拼搏，为实现工业系统扭亏增盈目标而努力奋斗》的报告。

6月24日 北京市经委召开工业系统推进股份合作制经验交流会，各总公司、区县经委、市属集体企业等单位300人参加会议，市经委副主任刘永聪作了会议总结。

6月28日 “94国际电子信息产业投资贸易洽谈会”在民族饭店举行。洽谈会期间达成7个合资合作经营项目协议，协议金额4512万美元。其中利用外资2516万美元；协议金额1000万美元以上项目1个，500万美元项目2个。

7月1日 北京市市长李其炎第四次到北京无线电厂进行调研。

同日 燕山石化公司30万吨乙烯改扩建工程三大主体装置之一的聚丙烯装置投料试车，到7月2日生产出合格产品。

7 月 18～19 日 北京市经委、市委工业工委联合召开市工业系统工作座谈会，市委常委欧阳文安、副市长李润五、市委工委书记李舜、经委常务副主任刘克信以及市委工委、经委有关部门的负责人和各总公司（局、办）的党政负责人共计 100 余人出席了会议。会议传达了市委、市政府半年工作汇报会精神，介绍了一轻总公司开展综合配套改革的经验和做法。

7 月 31 日 燕山石化公司研究院开发生产的 YS—S 型高效催化剂，在扬子石化公司年产 20 万吨乙二醇装置上应用获得成功，标志我国该项催化剂的研究开发与应用技术居世界前列。

8 月 9 日 首钢一号高炉大修改造工程竣工投产。至此，首钢炼铁系统的四座高炉现代化改造全部完成，生产能力可为年产 1000 万吨钢提供充足铁水。

8 月 16 日 庆祝建国 45 周年北京工业博览会隆重开幕，国务院副总理邹家华、北京市市长李其炎等出席了开幕式，副市长李润五致开幕词。

8 月 17 日 北京市市长李其炎、副市长李润五等察看了正在加紧建设的北京乙烯工程。李其炎要求乙烯工程要严把质量关，按期完成。

8 月 18 日 铁道部利用世界银行第六期贷款并委托中国仪器进出口总公司对集装箱平车项目进行国际投标，北京二七车辆厂中标。根据合同规定期限，北京二七车辆厂向国内铁路供应 X6B 新型集装箱平车 225 辆。

8 月 19 日 北京市副市长李润五等参观北京工业博览会。市领导强调首都人民要富裕根本在于走工业化的路，工业系统要找差距，在市场竞争中求发展。

8 月 20 日 北京南口机车车辆机械厂试制的 50 套 197730 货车轴承流出组装线，填补了铁路工厂生产重载货车轴承的空白。

8 月中旬 北京二轻总公司所属北京轻联包装印刷企业集团、轻联皮革企业集团和轻联塑料企业集团成立，这三家集团企业公司实行董事会领导体制，其宗旨为领导与协调本集团内企业的投资与开发，以提高生产技术水平和产品市场竞争能力。

8月23日 北京经济技术开发区被国务院正式批准为国家级开发区。

8月26日 北京市政府批复：原则同意“纺织一条街”开发建设规划及纺织工业总公司综合配套改革方案，同意授予纺织工业总公司国有资产经营管理权。

同日 北京二七机车厂研制的东风7小曲线半径机车，在铁道部及柳州铁路局的组织下，于黔桂线金城江—麻尾区段进行双机车牵引试验成功。

8月29日 国务院副总理邹家华到北京东方化工厂，视察正在加紧后期建设的北京乙烯工程。邹家华指出，北京乙烯工程建设速度快、质量高，希望在最后冲刺阶段，严格管理，高标准施工，精心准备，把北京乙烯工程建成全国的样板工程。

同日 北京市副市长李润五主持召开成立实施北京名牌产品工程领导小组会议，李润五任领导小组组长，市经委总工程师徐树彬任副组长。

9月2日 从北京安定门55万千伏变电站到廊坊大屯22万千伏变电站的紧凑型输电线路建成投产。该线路全长24公里，线束间宽度仅为常规线路1/3，自然功率为常规线路的1.7倍。项目由华北电管局组织科研设计，于1994年3月施工，8月全线贯通。

9月5日 北京市副市长李润五主持召开北京市工业系统教师节表彰大会，市经委常务副主任刘克信、副主任刘永聪在会上讲话。

9月7日 全国人大常委会副委员长布赫在市人大常委会、市民委有关领导的陪同下，视察了北京工美集团总公司及下属的地毯商城。

9月15日 北京市经委召开冬季民用煤供应工作会议，副市长李润五到会做了工作部署。

9月16日 经北京名牌产品评审委员会审查，评出北京名牌产品86个。

9月20日 北京轻型汽车有限公司生产的30辆BJ/1041型卡车

装船销往阿拉伯联合酋长国。

9 月 21 日 北京汽车工业总公司与日本五十铃公司在北京签订双方全面合作框架协议。

9 月 22 日 国家“八五”重点建设项目的燕山石化公司 30 万吨乙烯改扩建工程竣工投产。该工程包括 30 万吨乙烯改造为 45 万吨、聚丙烯从 11.5 万吨改造为 15.5 万吨和新建一套 14 万吨高密度聚乙烯等主要装置及配套设施。10 月 26 日，公司召开了乙烯改扩建工程建成投产大会。

9 月 24 日 中共北京市委、市政府召开乡镇企业家暨百强企业命名表彰大会，113 名乡镇企业家和工业百强企业代表受到表彰。会议强调指出，乡镇企业是农村振兴的希望，是巩固农业基础地位的支撑点，是农民达到小康，进一步富裕的关键之所在，必须使乡镇企业稳定持续快速发展。

9 月 26 日 北京市政府批转市计委《关于在国有大中型企业进行深化改革减轻负担试点的报告》。

9 月 27 日 北京市经委召开军民结合工作会议，副市长李润五、市国防科工办副主任郭瑞久出席会议并讲话。

9 月 28 日 北京市经委召开玻璃真空太阳集热管项目验收会，副市长李润五出席会议并讲话。该项目是北京市第一个建成的国家级产学研工程。

9 月 国务院授予北京工美集团总公司“全国民族团结进步模范单位”称号。该集团系统中有 15 家企业生产少数民族用品，其中有 10 家是国家指定的民族产品定点企业。

同月 由国家经贸部无偿援助坦桑尼亚的 158 辆 BJ2020S 汽车从天津港启运，该车由北京吉普汽车有限公司生产。

10 月 10 日 北京市市长李其炎主持召开市政府会议，研究加快首都电力建设，解决 1995 年年底以后北京电网不拉闸限电问题。

10 月 18 日 北京技术改造工作会议召开，贯彻落实全国技术改造工作会议精神，研究本市工业技术改造面临的形势、任务和特点，进一步明确“八五”后期技术改造工作的思路和近期要抓好的几项重点工作。

10月20日　7时，北内集团总公司班车在朝阳区老君堂无人看守铁道路口与火车相撞，造成23人死亡，46人受伤的重大路外伤亡事故。

10月26日　燕化公司召开乙烯改扩建工程建成投产大会，国务院副总理邹家华，国家计委主任陈锦华，化工部部长顾秀莲，北京市常务副市长张百发，国家体改委副主任刘志峰，中国石化总公司总经理盛华仁等出席。邹家华代表国务院和李鹏总理对工程建成投产表示祝贺。

10月28日　国务院副总理朱镕基视察燕化公司。朱镕基指出：燕化在乙烯改扩建工程中确定的建设思想、创造的建设模式和建设方法值得在全国推广。

同日　北京电子城有限责任公司成立。该公司是按照北京市政府对《北京电子城方案》批复的要求而设立的股份制企业。

10月31日　北京市经委召开“北京名牌产品表彰暨新闻发布会”，总工程师徐树彬介绍了北京名牌产品情况，副市长李润五做了重要讲话。

11月1日　北京矿务局王平村煤矿因市场疲软，煤炭滞销，被迫暂时停产。该矿1991年核定生产能力80万吨，为北京市大型国有矿井。

11月2日　国务院在京召开“全国建立现代企业制度试点工作会议”，公布百户现代企业试点单位，燕山石化公司为中国石化总公司系统唯一一家试点单位企业。

11月8日　北京市政府批复市电子工业办公室组建国有资产经营管理公司。

11月11日　北京市副市长李润五主持召开北京市首例破产方案协调会，市机械局汇报了北京金属材料加工厂拟定的破产方案。

11月22日　首钢日电电子有限公司超大规模集成电路生产线建成投产，该厂设计能力年产大规模集成电路5000万块，是国内电子工业投资规模最大、技术最先进的企业。副市长李润五出席首钢日电电子有限公司开业典礼。

11 月 25 日 北京市召开加强药品管理工作会议，成立以副市长何鲁丽、李润五为组长的市政府加强药品管理整顿领导小组。

11 月 28 日 北京市经委与市商检局联合召开出口商品生产企业推行 ISO9000 质量体系大会，成立了以副市长李润五为主任的市出口商品生产企业质量体系工作委员会。

11 月 29 日 北京大唐发电股份有限公司成立，该公司是国务院证券委员会指定的境外上市试点企业。

12 月 5 日 北京雪花电器集团公司与美国惠而浦公司合资建立北京惠而浦雪花电器有限公司正式签字仪式在人民大会堂举行。北京市市长李其炎、中国轻工业总会会长于珍、国家计委副主任甘子玉等出席签字仪式。

12 月 6 日 北京市副市长李润五出席首届海峡两岸电子工业展览开幕式。

同日 北京市副市长李润五视察化工集团所属有机化工厂新建成的年产 6.6 万吨醋酸乙烯装置现场和年产 4 万吨 EV 树脂装置区。

同日 北京市印刷技术研究所研制的 MP2000 型裱画机通过专家鉴定。该机能代替手工传统装裱，适应大量快速装裱各种书画，填补了国内机器裱画的空白。

12 月 10 日 北京煤矿机械厂制造生产的矿用 C53 型支撑掩护式液压支架启运天津港出口印度。

12 月 15 日 北京市工艺美术研究所首饰质量监督检测站经有关专家严格检测后通过验收，成为“国家首饰质量监督检测中心”，可以承担国家技术监督局的任务委托并制定标准，由国家技术监督局向全国颁布。该检测站制定的《GB/T14459 贵重金属首饰计数抽样检查规则》已被列为国颁标准在全国首饰业执行。

同日 北京市经委系统集体资产管理委员会成立，使集体资产的管理逐步纳入法制轨道。

12 月 15 ~ 18 日 在全国企业技术中心工作会上宣布的 100 家国家级技术中心中，北京市的北京第一机床厂、牡丹电子集团、燕山石化公司、北人集团、北大方正、联想集团6家企业榜上有名。

12月16日 北京水泥厂一次点火投料成功，进入试生产，北京市及国家有关部委领导出席点火试车典礼，北京市市长李其炎为点火试车启动电钮。北京水泥厂是国家“八五”重点工程，总投资8亿元。

12月19日 中日合资北京北铃专用汽车有限公司经营合同在京签字。该公司由中国的京驰野专用汽车厂、北京汽车工业总公司、北京轻型汽车有限公司和日本的五十铃汽车公司、日本株式会社村山制作所计5家共同经营。

12月25日 北京昌平—安定—房山的500千伏输变电工程正式投产，该工程自1988年11月30日开工，累计投资9342万元。

12月27日 国家经贸委等六部委签发《关于公布1993年度全国特大型工业企业名单的通知》，北内集团总公司被认证为特大型企业。

12月28日 北内493Q柴油机“八五”引进设备技术改造工程全部竣工，通过北京市竣工验证。

12月30日 北京市经委与市有关部门协调解决经委系统71户停产、半停产、亏损企业工资发放困难问题。

12月31日 北京乙烯工程乙烯装置投油试车。该工程于1992年6月正式开工，年产1.6万吨乙烯装置由意大利TPL公司和荷兰KTI公司引进，依托北京东方化工厂进行建设。

本年 “同仁堂”商标，成为大陆在台湾地区注册的第一个商标，同仁堂制药厂通过澳大利亚GMP认证。

北京量具刃具厂与清华大学液晶技术工程研究中心共同研制成功LCD基板自动压断机。这是一台集机、电、气为一体的高科技产品。

1995 年

1 月 5 日　国务院副总理李岚清和轻工总会会长于珍，北京市市长李其炎等视察正在兴建中的富莱茵花园小区和位于通县的北京市火柴厂及北京眼镜城、北京钢琴厂，听取一轻总公司董事长崔治安关于一轻综合配套改革和建立现代企业制度的工作汇报。

同日　北京市副市长李润五主持召开工业系统 1994 年教育工作汇报会，听取了 19 个总公司的工作汇报。

1 月 11 日　中共中央书记处书记吴邦国和北京市市长李其炎视察一轻总公司所属的北京威顿玻璃制品有限公司，听取了一轻总公司董事长崔治安关于综合配套改革和建立现代企业制度试点的汇报。

1 月 12 日　北京市经委召开工业系统修志工作会议。

1 月 14 日　北京市副市长李润五、市经委常务副主任刘克信到门头沟区慰问企业职工。

1 月 16 日　铁道部部长韩杼滨到二七机车厂慰问参加过“二七”大罢工的老工人刘在祥，并赠送慰问品。

同日　北京天纬油泵油嘴股份有限公司（BYC）在人民大会堂召开增资扩股新闻发布会，发行外资普通股共 21717 万股，全部由美方认购。

1 月 19 日　中共中央书记处书记吴邦国视察首钢总公司，北京市副市长李润五陪同视察。

同日　北京市副市长李润五、市经委常务副主任刘克信检查春运情况并慰问北京站职工。

1 月 23 ~ 24 日　在全市工业工作座谈会上，北京市副市长李润五指出，搞好国有大中型企业，实施三大战略。即“优二兴三”的调整战略、“扶优扶强”的发展战略、“统一开放”的市场战略；推动“三上”，即工业产品技术上水平、产量上规模、效益上台阶；“两提高”，即提高经济增长的质量、提高工业的整体素质，探索一条以公有制为基础，国有经济为主导，优势企业集团为骨干，城乡一体、技工贸结合的发展北京工业的新路子。

2月5日 北京市人民政府发布《北京市实施劳动合同制度的若干规定》。

2月16日 北京市经委召开全市工业系统教育工作会议。

2月17日 北京市经委召开科技、质量工作会议，会上，市经委副主任张志明宣布了1994年度市级优秀新产品、优秀开发项目和市名牌产品名单。

2月20日 北京市经委召开全市工业系统外经贸工作会议，表彰1993年、1994年度工业系统外经贸先进单位，副市长李润五到会并讲话。

2月23日 北京市副市长李润五、市经委副主任张志明及国家有关部委的负责人等到北京涤纶实验厂、顺义啤酒厂调研。

2月25日 北京市经委召开“依法维护企业合法权益经验交流大会”，市经委副主任刘永聪作报告，首钢等4家企业介绍了经验。常务副主任刘克信对清债工作提出了要求。

2月26~28日 北京市工业系统召开三产工作会议。

2月27日 国务院批准，同意北京市全面实行沿海开放城市的有关政策。其中包括：在京设立的经营期10年以上的生产性外商投资企业，企业所得税按24%的税率征收；经国家有关部门批准，外商可以在北京设立外资金融机构。

2月28日 北京市工业系统召开第六届工人技术比赛表彰大会。共有582人获得“优胜个人”称号；47人获得“北京市工人高级技术能手”、“北京市工业系统工人技术能手”称号。

3月1日 北京市政府正式批复北京市机械工业管理局实施综合配套改革方案。该局由政府职能部门转变为对国家授权范围内的国有资产进行经营、管理、监督的经济实体。

3月2日 北京双合盛五星啤酒有限公司与美国亚洲战略投资公司第一投资公司合建北京亚洲双合盛五星啤酒有限公司举行签字仪式，总投资1亿美元。

3 月 2～3 日 北京市经委召开全市城乡经济一体化工作会议，市经委常务副主任刘克信总结了 1994 年城乡经济联合取得突破性进展，对 1995 年工作提出了要求。市政协副主席封明为出席会议并讲话。

3 月 6～10 日 北京吉普汽车有限公司生产的切诺基通过机械部汽车司组织的国产化鉴定审查，其中 CX1 切诺基国产化率达 80.44%，CX8 切诺基国产化率达 80.17%，CX6 切诺基国产化率达 45.28%。

3 月 8～16 日 北京市经委举办 4 期经委机关干部法律知识培训班，就《公司法》、《劳动法》、《国家赔偿法》和《国有企业财产监管条例》为内容进行了培训。

3 月 13 日 曾轰动一时的黄金珠宝镶嵌摆件“金銮宝座”设计图纸著作权案，由北京市高级人民法院作出终审判决，其著作权归属北京市首饰厂。

3 月 13～15 日 北京市经委召开工业系统 16 个工业总公司（局、办、直属集团）落实调整工作会议精神，修订企业调整计划、“优二兴三”计划的落实情况汇报会。

3 月 13～17 日 北京市经委会同有关部门与工业系统 16 个总公司（局、办）草签了“1995 年资产经营责任书”。

3 月 16 日 北京同仁堂（马来西亚）有限公司在马来西亚吉隆坡正式开业。

3 月 23 日 “9511”工程达拉特旗 1 号机组胜利完工。北京市市长李其炎、韩伯平、范远谋等到厂察看机组生产情况。市经委常务副主任刘克信陪同察看。

同日 北京市经委副主任刘永聪等与河北省承德市主要负责人商谈京承两地间对口协作问题。

同日 中共北京市委、市政府召开调整经济结构，提高经济效益动员大会。会议强调，要在全市范围内打破行业、部门、产业、地区界限，按照市场经济规律，进行全方位调整，逐步建立以高新技术为先导，第三产业发达，产业结构合理，适合首都特点的经济，并逐步形成自觉调整结构的良好机制。

3 月 25 ~ 31 日 京津唐电网煤炭供应紧张，北京用电指标减少 33.6 万 KW，拉闸限电增加。北京市经委与有关部门共同采取措施确保用电与安全。

3 月 27 日 北京市国有资产管理局、北京市财政局授权北京同仁堂集团公司经营管理所属单位国有资产。

3 月 27 ~ 28 日 北京市经委召开全市区县工业工作会议，总结 1994 年区县工业工作并下达 1995 年主要经济指标。

3 月 30 日 北京市经委召开工业系统信息工作会，通报 1994 年信息工作情况，表彰先进单位。

4 月 6 日 北京乙烯工程 4 万吨 EVA 树脂装置一次投料试车成功，向乙烯工程全面投产迈出了一大步。

4 月 7 日 北京市经委召开工业系统交通安全工作会议。

4 月 11 日 北京市长李其炎、副市长李润五到 768 厂调研。

4 月 11 ~ 24 日 北京市副市长李润五和市经委领导陆续听取了一轻、二轻、纺织、医药等 13 个总公司（局、办）的经济调整工作汇报。

4 月 13 日 北京市经委与北京海关召开会议，贯彻北京市技术改造减免关税、农业出口创汇项目进口设备商品关税优惠政策。

4 月 14 日 北京市副市长李润五出席市药品经营企业换证验收工作总结会。

同日 北京市经委召开工业系统改革与管理工作会议，部署建立现代企业制度试点和加强企业管理工作。

4 月 18 日 北京胶印厂包装盒自动生产线投产，形成年产 1488 万个纸盒的能力。

4 月 18 ~ 20 日 北京市经委召开 1995 年工业技术改造技术引进工作会议。

4 月 20 日 北京无线电元件二厂与日本松下电器产业株式会社在人民大会堂举行合资兴办“北京松下精密电容有限公司”签字仪式。该公司总投资 1700 万美元。

4 月 22 日 北京市劳动模范和先进生产者表彰大会召开。

4 月 24 日 北京市政协主席王大明率 20 多位政协委员到市二轻总公司视察工作。

4 月 25 日 北京市经委总工程师徐树彬到北京航空航天大学考察该校科研成果，对科研成果在北京工业系统实现产业化作了部署。

5 月 4 日 北京普莱克斯实用气体有限公司正式开工投产。该公司由北京化工集团北京氧气厂与美国普莱克斯实用气体公司合资兴建，投资 4651 万美元。日产氧气 450 万立方米。是全国最大的工业气体和医用、电子及特种气体生产供应基地之一。

5 月 10 日 北京二轻总公司与北京市政府签订 1995 年资产经营责任书，市政府对二轻系统考核国有资产保值增值、上缴利润等 9 项指标。

5 月 12 日 中共北京市委、市政府领导李其炎、张百发、欧阳文安、李润五等到首钢进行现场办公，对特钢南区搬迁、2160 工程等重点工作作了重要指示。

5 月 18 日 北京汽车工业集团成立。

5 月 19 日 北京市经委召开经济形势分析会，工业系统各总公司（局、办）的负责人参加了会议。

5 月 24 日 北京市副市长李润五、市经委副主任张志明出席工商银行贷款 5000 万元支持 738 厂康居工程建设贷款签字仪式。

5 月 25 日 北京市召开经济结构调整经验交流会。市化工集团等 4 个单位作了经验介绍。市长李其炎、常务副市长张百发在会上作了重要讲话。

5 月 25 ~ 26 日 北京市经委召开工业系统改革与管理工作座谈会，传达国家经贸委关于“全国建立现代企业制度试点企业和优化资本结构试点城市工作座谈会”精神，各工业总公司的负责人在会上介绍了改革与管理工作进展情况。

5 月 26 日 北京市工艺美术学校举办的“国际工业设计活动周”结束。活动周期间，国际平面设计协会主席、德国的皮尔·曼德尔及执委会委员美国的斯蒂夫·盖斯布勒及 5 位国际著名设计大师到校参加活动。

5月29日 北京化工厂生产了35年的4台电石炉、3台石灰窑全部停产，使北京东南郊的一处严重污染源得以彻底治理。

5月30日 北京市经委、市计委、市规划委、市政管委、市财政局、市地方税务局联合制定下发《北京市实施污染扰民企业搬迁办法》。

6月6日 北京市副市长李润五等到燕京啤酒厂调研。

6月7日 北京市副市长李润五、市经委领导刘克信、刘学智及有关部门的负责人到煤炭总公司现场解决全市煤炭的进、销、存及资金、税收、运输等方面的问题。

同日 北京市经委召开工业系统建立现代企业制度试点单位落实《实施方案》交流会。

6月7~29日 北京市经委领导陆续听取一轻、二轻、汽车、电子、建材、首钢等17家工业总公司上半年生产经营情况汇报，要求各单位要着眼于提高经济增长的质量和效益，加强生产经营管理工作。

6月13日 北京市副市长李润五带领市经委、市计委、市外经贸委等部门的有关领导到北内集团，听取北内集团与美国通用公司合资生产发动机项目及北京汽车集团与日本五十铃公司洽谈合资生产柴油发动机项目的进展情况汇报。

同日 北京市副市长李润五主持会议研究北京金属材料加工厂破产问题，决定成立专门的领导小组。

6月13~28日 北京市经委举办5期有330名厂级干部参加的质量管理培训班，提高企业领导干部的质量意识和对GB/T19000—94质量管理和质量保证国家标准的认识。

6月22日 北京市经委和市统计局共同召开1995年工业信息及产品数据库工作会议。

6月22~23日 北京市经委有关领导与各工业总公司有关部门负责人研究工业企业下岗富余人员分流和安置再就业若干政策问题。

6月28日 北京市市长李其炎、副市长李润五到电子城调研。

同日 第二台 33 万千瓦发电机组在北京重型电机厂完成，开始运往内蒙古达拉特发电厂进行安装调试。

6 月 《燕山石化志》编辑部编辑的《燕山石化志》由中国科学技术出版社正式出版。《燕山石化志》是《北京工业志》系列丛书出版的第一部专业志书。

7 月 5 日 北京旅行车股份有限公司与日本五十铃自动车株式会社和伊藤忠商事株式会社签订《转股协议书》，日方持有北旅公司股份比例达总股本 16008 万股的 25%，北旅公司成为第一家国内上市公司直接改组为外商投资股份的有限公司。

同日 北京市经委和北京经济技术开发区管委会，在亦庄开发区联合召开投资考察会，各工业总公司和有关企业负责人参加了考察。

7 月 7 日 北京市副市长李润五与国家体改委领导一起听取北京 3 户国家级建立现代企业制度试点单位工作汇报。

7 月 5 日、12 日、21 日 北京市经委常务副主任刘克信主持召开调整工业结构领导小组会议，分别审查印刷集团、化工集团和农机总公司的调整方案。

7 月 17～18 日 北京市副市长李润五陪同劳动部长李伯勇视察北京汽车摩托车公司和北京第二机床厂。

7 月 24～25 日 北京市副市长李润五主持召开北京工业工作座谈会，市经委常务副主任刘克信作了“全面完成 1995 年目标和各项任务”的工作报告，各工业总公司经理、书记就进一步做好工业工作进行了座谈。

7 月 28 日 北京市召开全市城乡经济一体化工作会议。会上表彰了城乡一体化先进集体和先进个人，副市长李润五到会并讲话。

7 月 31 日 北京市副市长李润五、市经委总工程师徐树彬等接见美国工程师协会 CIMS“1995 年工业领先奖”评审考察团。该团系专程来华对获“工业领先奖”提名的北京第一机床厂进行现场考察。

8 月 8 日 北京建筑材料集团总公司与泰国水泥总公司合资的泰水陶瓷有限公司在人民大会堂正式签约，总投资 2980 万美元。

8 月 15 日 北京市第三次工业普查动员会举行，市工业普查领导小组组长李润五对普查工作作了部署。

8月31日 贯彻中共北京市委、市政府关于特钢南区搬迁的决定，位于广安门外北京西站东侧的首钢特钢公司南区炼钢一厂全面停产。北京市城南最大污染源消失。

9月4日 北京市经委、市委工业工委联合召开庆祝教师节大会，表彰尊师重教的优秀厂长、经理和职工教育先进工作者、先进单位。

同日 北京市珐琅厂研制成功的“无铅及仿进口透明釉”的配方及生产工艺通过市级技术鉴定。这两种釉料的熔炼成功，标志着具有几百年传统的景泰蓝含铅釉料将成为历史。

9月7日 北京建筑材料集团总公司琉璃河水泥厂日产2000吨水泥熟料生产线技改项目通过国家验收。

9月15日 中共北京市委书记尉健行到海淀上地信息产业基地调研，了解北京市新技术产业开发试验区的发展情况。尉健行强调：北京发展经济，要着重抓高新技术产业和老企业的技术改造，关键是要充分发挥和利用北京的科技优势，尤其是中央部委、大专院校和科研院所的科技优势。同时，要继续扩大对外开放，引进国外资金和先进科学技术。

9月18日 北京市工业系统召开表彰优秀管理成果获奖企业大会，北京第一机床厂管理信息系统等60项成果获工业系统第十届优秀管理成果奖。

9月19日 中共北京市委书记尉健行到首钢考察指导工作。

9月27日 北京市副市长李润五、市经委常务副主任刘克信带队到河北开滦煤矿送煤款，以保证冬季焦化厂和首钢煤气生产用煤的正常供应。

9月 北京市调整下岗人员基本生活费，每人每月不低于170元人民币。

10月1日 北京市副市长李润五、市经委领导国庆期间先后到燕山石化公司、焦化厂、751厂等单位慰问生产一线职工。

10月10日 在第17次全国QC小组成果发布会上，北内锻造公司修理厂联合 QC 小组、发动机公司内燃机二厂 QC 小组、设备工具公司热处理联合 QC 小组被评为全国优秀 QC 小组。

10 月 17 日 北京旅行车股份有限公司内部职工股 1298.9 万股全部上市。

10 月 19 ~ 20 日 全国人大代表视察北京工业企业，听取市经委副主任刘永聪关于经委系统现代企业制度试点情况汇报和首钢、化工集团、一轻总公司、牡丹集团关于生产经营及现代企业制度试点工作进展情况的汇报。

10 月 27 日 中日合资北京索鸿电子有限公司成立。该公司投资 2919 万美元。

10 月 31 日 北京二七机车厂试制成功东风 7D 型防寒机车。该机车配属在哈尔滨铁路局加格达奇机务段和塔河机务段。

同日 由华北电力集团和中国国际贸易促进会北京分会共同主办的第三届国际电力设备及技术展览会在北京国际展览中心举办。有 19 个国家和地区的 86 个生产厂家、商贸机构以及国内 103 个制造厂家和科研单位展示了产品和技术。国务院总理李鹏为展览会题词："加强国际合作，发展电力工业"。

同日 由 223 家中央在京科研、设计院所和高等院校为主体成员的首都科技集团（北京科技协作中心）理事大会召开。会议提出，科技集团要努力开创以国际化带动高新技术产业化新路，充分发挥首都科技优势，投身科技兴国大业。集团将以科技为先导，实施资源重组战略，推动传统产业的高科技改造，积极进入北京农业、工业一系列发展、改造工程。

11 月 2 日 中共北京市委书记尉健行，副市长陆宇澄，市长助理、开发区管委会主任衣锡群到北京四通松下电工有限公司，听取日方副总经理谷口胜则汇报。尉健行指出，开发区建设要体现北京作为首都的城市性质和功能；要充分运用和发挥北京科技人才优势；要有利于进一步扩大和提高对内对外开放的程度和水平；要注意加强精神文明建设和民主法制建设。

同日 中国共产党优秀党员、优秀领导干部、中共北京市委委员、北京市副市长李润五，在工作时，因心脏病突发，经多方抢救无效，于当日下午15时15分在京逝世，享年56岁。江泽民总书记在北京考察工作时，给予李润五很高的评价："李润五同志兢兢业业工作，诚心诚意为广大市民服务，是一个优秀党员、优秀干部。"

11月7日　江泽民总书记在北京市委书记尉健行、市长李其炎及国家有关部门领导的陪同下，视察北京第一机床厂、北京吉普汽车有限公司。江泽民对国有大中型企业依靠科技进步，增强市场竞争力的做法表示满意，对北京第一机床厂在最近几年中取得的进步表示高兴和赞赏。

11月14日　北京第一机床厂在美国芝加哥荣获美国制造工程师协会授予的"工业领先奖"，这标志着中国企业应用计算机集成制造系统（CIMS）技术已步入国际领先地位。

11月15日　下午3时，北京重型电机厂承担的"9511"第一期工程1号33万千瓦大型机组与内蒙古达拉特旗电厂并网发电，通过168小时试运行成功，实现了"9511"工程预定目标向北京送电。

11月28日　北京建筑材料集团总公司和日本TOTO机器有限公司合资的东陶机器（北京）有限公司在北京西三旗高新建材城举行开工仪式。

11月29日　北京市经委召开工业系统第三次现代企业制度试点工作会议，通报全国企业改革情况，部署1996年工业系统企业改革、建立现代企业制度试点及加强管理工作。

同日　北京建筑材料集团总公司和瑞士森德散热器有限公司合资的北京森德散热器有限公司在人民大会堂举行签约仪式。项目总投资2980万美元。年产多种规格的钢管多柱型取热器250万片。

同日　全国人大常委会副委员长王光英及在京部分人大代表视察北内集团总公司。

11月30日　北京昌平至安定二回500千伏线路完工投产，使北京地区形成500千伏U型网路，该线路全长125公里。

同日　北京百线电总厂HJD—04型局用程控交换机和EWSD程控交换机国产化配套改造项目竣工验收。该工程总投资2980万元，达到年产 50 万线 HJD— 04 型程控交换机能力。

12 月 7 日 北京第一机床厂 CIMS 工程在 11 月 14 日获美国制造工程师协会（SNE）颁发的 1995 年“工业领先奖”之后，又获得联合国工业发展组织（UNIDO）1994—1995“工业发展奖”。一机床代表赴维也纳参加了颁奖仪式。

同日 北京二七车辆厂研制生产的 X6B 型集装箱专用平车，通过了铁道部科技成果鉴定。该车是适用于中国标准轨距的载重 60 吨的通用型运输集装箱专用平车，是铁道部科技发展计划项目。

12 月 12 日 中共北京市委、市政府召开全市经济工作会议，传达贯彻中央经济工作会议精神，进一步落实中共十四届五中全会、中央对北京市工作的一系列重要指示和江泽民总书记在北京市考察工作时的重要讲话精神。会议指出 1996 年经济工作重点任务：大力加强农业，力争农村经济有新的发展；加大工业结构调整和技术改造力度，提高工业整体素质；加强城市基础设施、住宅和“便民工程”建设，增强城市综合服务功能；以控制物价过快上涨为重点，继续加强和改善宏观调控；以国有企业改革为中心环节，全面推进经济体制改革。

12 月 13 ~ 14 日 北京市经委主持召开工业经济高级经济师评审会，评出高级经济师 71 名。

12 月 13 日 国家经济体制改革委员会和北京市政府正式批复北京化工集团公司为国有独资公司。

12 月 20 日 国务院总理李鹏到北京十三陵抽水蓄能发电站视察，亲手按下首台发电机组启动键，标志 1 号机组进入试运行。

12 月 20 ~ 22 日 国家经贸委召开经贸系统普法工作会，北京工业“二五”普法工作受到国家经贸委表彰。

12 月 21 日 北京市经委、市委工业工委传达贯彻中共中央办公厅《关于千方百计解决部分群众生活困难问题的通知》，要求各总公司把这项工作列入工作日程，制定解决困难职工的措施。

12 月 22 日 华北电力集团公司宣布：“9511”工程两项目标（一是到 1995 年 11 月初步缓解华北地区严重缺电局面，实现首都居民生活用电不拉闸；二是使华北电网的整体水平迈上一个新台阶）如期实现，北京市居民用电不再拉闸限制。

12月26日 北京市政府批准成立北京电子信息产业（集团）有限责任公司。

12月28日 北京市经委召集有关部门与大同矿务局负责人共同研究调运山西煤炭进京，缓解北京煤炭资源不足问题。

12月31日 北京市行政区划内全部实行劳动合同制，共有208万人签订劳动合同。

1996年

1月3日 北京市工业普查再次召开动员大会。市工业普查领导小组组长、市经委主任阳安江对普查工作提出具体要求，常务副市长张百发、国务院工业普查办公室副主任李启明到会并讲话。

1月5日 北京市经委召开关于加强工业系统国有资产授权经营管理专题会议。市体改委、市委工业工委、市政府研究室、市财政局、国家资产管理局的主管领导参加了会议。会议决定由与会的6个部门联合成立领导小组，制定规范性管理办法，开展相关的工作。

同日 北京市经委召开北京名牌工程领导小组工作会，审定第二批32个北京名牌产品并决定向社会推出。

1月15日 北京市人大代表视察市属工业现代化企业制度试点工作，听取了市经委的汇报后，代表们深入基层视察了牡丹集团、重型电机厂、北京制药厂、第三棉纺织厂、燕化公司等企业。

1月17日 北京市市长李其炎召集市经委、北京矿务局、市煤炭总公司、市财政局、市工商银行等单位的领导，协调解决冬季取暖用煤紧张的问题。要求各有关单位全力配合，从即日起7至10天扭转紧张局面，保证春节前后取暖用煤的供应。会后，市经委主任阳安江立即召集矿务局和煤炭总公司等单位负责人研究确定具体落实措施，并检查了西城区各大煤厂存煤和供煤情况。

1月19日 国家主席江泽民在国务院副总理吴邦国及有关领导陪同下，视察了北京造纸一厂，听取该厂关于水煤浆应用项目建设进展情况的汇报，了解该厂生产情况，并观看了水煤浆的应用过程。

同日 17时18分，由于首钢民建公司的汽车吊车在石景山热电厂至八里庄变电站的220千伏双回线路下违章作业，吊杆误碰双回高压线路，引起北京西部地区较大范围停电。至1月20日12时，恢复正常供电。

1月24日 北京市副市长金人庆视察了北京吉普汽车有限公司，

参观了生产车间，在新落成的技术中心观看了 BJC 展车。

1 月 26 日　北京名牌产品新闻发布会举行，隆重向社会推出第二批 32 个北京名牌产品。市委常委欧阳文安，市经委领导阳安江、刘克信、徐树彬及中国企业管理协会会长袁宝华，中国质量管理协会理事长解艾兰等出席了发布会。

1 月 29 ~ 31 日　北京市工业工作会议召开。市经委常务副主任刘克信主持会议，市经委主任阳安江作了题为“振奋精神，抓住机遇，为北京工业的振兴而奋斗”的工作报告。会议总结了 1995 年工业工作，明确了“九五”发展目标，提出 1996 年工业的指导思想、奋斗目标及工作重点。

1 月　北京矿务局机械设计研究所李泽宇设计的悬移顶梁液压支架获国家发明奖。

同月　“八五”规划中的科研项目北京市大华陶瓷厂防弹陶瓷通过鉴定。参加鉴定的有电子工业部 12 所、清华大学、北工大、航天大学、轻武器实验定点靶场的领导、专家、教授 40 余人。

2 月 6 日　北京市经委总工程师徐树彬主持召开国家级产学研项目——高速纺细旦、超细旦聚丙烯纤维制造技术鉴定验收会，副市长阳安江、国家经贸委副主任杨昌基等领导到会并讲话。

2 月 9 日　国家环保局与中国外交部联合在燕化公司举行中国环境保护吹风会，向全世界宣传中国环保状况。外交部新闻司副司长沈国放主持会议，国家环保局副局长张坤民介绍了国家环保的基本情况，燕化公司副经理曹湘洪介绍了燕化经济与环保治理协调发展的经验，来自美国、加拿大、德国、法国、英国、俄罗斯、日本、韩国、印度、古巴等 15 个国家 27 家新闻单位的 34 名驻华记者出席了会议。

2 月 9 ~ 11 日　北京市副市长阳安江率团赴冀、晋慰问长期为北京市煤炭、电力供应做出贡献的当地铁路运输、煤炭、电力等部门的职工，受到河北省、山西省领导的热情接待。市经委领导刘克信、王杰扬等随团参加慰问。

2 月 13 ~ 15 日　北京市副市长阳安江、市经委副主任刘永聪出席国家经贸委召开的“优化资本结构”扩大试点城市领导工作会议。

经国务院批准，北京市进入试点城市行列。

2 月 16 日 中共北京市委书记尉健行等市领导到首钢亲切慰问生产一线职工，并向大家拜年。

2 月 24 日 国务院总理李鹏和国务委员、国务院秘书长罗干，电力部部长史大桢等，到华北电力调度局总调度室，看望和慰问春节期间的值班人员，并向华北电网 25 万职工表示节日的问候。集团公司总经理汇报了华北地区和首都的供电情况。

2 月 27 日 北京市副市长阳安江一行到北京汽车摩托车联合制造公司视察工作。

2 月 28 日 北京市副市长阳安江主持召开北京市 1995 年度优秀新产品和市级优秀技术开发项目专家评审会。

2 月 29 日至 3 月 1 日 北京市工业系统劳动工作会议召开，确定了 1996 年工业系统劳动工作重点内容。

3 月 5 日 北京市副市长阳安江到北京市新技术产业开发试验区调研，提出要把高新技术企业同传统企业相结合、提高经济效益这篇“文章”做好。市经委总工程师徐树彬参加了考察。

3 月 6 日 北京市区县工业工作会议召开，副市长阳安江对区县工业今后的发展提出要求。市经委委员朱鼎恒主持会议，市经委常务副主任刘克信做工作报告，部分区县介绍了发展本地区工业的经验。

同日 调整北京市产学研工程领导小组组成人员，副市长阳安江任领导小组组长，市经委总工程师徐树彬和市教委、中科院应用与发展局的领导任副组长。

同日 北京名牌产品宣传工作会议召开，市委宣传部副部长龙新民、市经委总工程师徐树彬出席并讲话。会议对北京名牌产品的宣传报道进行了部署。

3 月 12 日 北京市常务副市长金人庆到燕化总公司调研，提出燕化和化工集团应实行优势互补，盘活存量资产，既联合又竞争，在竞争中共同发展，携手共创大北京工业。随行的化工集团负责人与燕化总公司领导商谈了“九五”期间的合作计划。

3 月 14 日 由中国企业管理协会、中国企业家协会和企业管理科学基金会组织评选的1995年度全国优秀企业“金马奖”评选结果揭晓，燕化公司荣获“金马奖”。燕化公司是经北京企管协会和中国石化总公司企管协会提名，由评委会评议评出的。

3月19~21日 北京市城乡经济一体化工作会议召开，市经委委员朱鼎恒主持会议，常务副主任刘克信做工作报告。

3月20日 同仁堂药店重张开业，全国人大常委会副委员长王光英、全国政协副主席孙孚凌、北京市副市长阳安江、国家中医药管理局副局长诸国本为同仁堂药店重张开业剪彩。

4月1日 北京市职工养老保险社会统筹从原来的国有企业、集体企业、三资企业扩大到私营企业和个体工商户，并实行统一的缴费标准，同时实行社会统筹和账户相结合的保险制度。

4月1~2日 华北电力集团公司分别向国家经贸委、电力部等紧急报告，3月下旬以来由于铁路运输部门为京津唐电网运送煤炭量下降，加之春灌负荷上涨，供应告急电厂煤炭库存大大低于警戒线。经国务院各部门协调，北京铁路局抢运，4月11日，各厂煤炭库存逐步回升，停运机组陆续开启，减供电指标全部恢复。

4月10日 中国印刷科学技术研究所“PS版感光材料制备工程”通过了新闻出版署主持的部级鉴定，并荣获部级科技进步二等奖。

同日 由北京工美集团制作的国务院颁授十一世班禅的金匾圆满完成，在中央统战部举行了交接仪式。金匾制作任务是1995年12月1日由国务院下达的，同时还有金印、金册，统称为“三金”工程。金印、金册已于1995年12月6日完成，办理交接仪式后，同月8日由李铁映代表国务院颁授十一世班禅。

4月11日 中共中央总书记、国家主席江泽民，全国政协主席李瑞环在中央统战部审视了由北京工美集团制作的国务院颁授十一世班禅的金匾。金匾上有江泽民亲笔书写的“护国利民”四个大字。

同日 北京工业科技质量工作会议召开，会议表彰了1995年度北京市优秀新产品、优秀技术开发项目。提出“九五”科技质量工作基本思路和工作重点。副市长阳安江到会并讲话。

同日 北京市工业法制工作会召开，会上总结了“二五”普法工作，通报了 1996 年法制工作、行政执法监督工作的要点及原各总公司的职能和企业债权、债务、担保状况的调查结果。

4 月 15 日 两辆被命名为“西藏型”的 CX5 切诺基首次试装下线，北京吉普汽车有限公司从此进军西部汽车市场。

同日 国家副主席荣毅仁视察燕化总公司，参观了燕化改扩建的 45 万吨乙烯生产装置，充分肯定了 20 多年来燕化公司为中国石化工业及北京经济发展做出的贡献。

同日 北京市副市长阳安江听取工业系统清产核资情况汇报，要求市经委、市国资局等有关部门结合“50 个城市试点”工作的开展，统筹考虑，实事求是，积极研究解决清产核资中发现的问题。

同日 北京市经委组织工业系统下岗待工人员 1700 名参加了红苹果点点利商贸集团的应聘面试。

4 月 16 日 北京市工业系统“学邯钢、抓管理、增效益”大会召开，市经委等 4 部门表彰奖励工业系统“十佳”企业和个人，副市长阳安江到会并讲话。

4 月 19 日 《经济日报》发布由《中国企业新纪录》审定委员会首次公布的中国企业 50 项新纪录指标。由中国企管协会推荐的燕化公司乙烯改扩建工程成为 50 项新纪录的第 41 项。其内容是：“北京燕山石油化工公司主要依靠自己的力量，从 1992 年 2 月开始，1994 年 9 月竣工，在不到 28 个月的时间里，用不足 28 亿元的投资，将我国第一套 30 万吨乙烯装置改扩建为 45 万吨，比新建同类装置节约一半的工期和投资，投产一年就超过了设计能力。”

5 月 1 日 同仁堂伦敦分店开业，同仁堂首次进入欧洲市场。

5 月 3 日 北京市经委召开工业系统建立现代企业制度试点工作会议。传达了全国建立现代企业制度试点工作会议精神，总结工业系统建立现代企业制度试点情况并部署下一步工作。副市长阳安江到会并讲话。北京分析仪器厂等 3 个试点企业分别介绍了各自本企业试点工作进展情况。

5 月 7 日 北京汽车摩托车联合制造公司与怀柔县政府签订了关

于设立“北汽摩农用车股份有限公司怀柔车辆厂”的协议。

5月10日 北京吉普汽车有限公司生产的六缸多点电喷自动变速切诺基 CX_p汽车正式投产。

5月13～14日 北京市经委举办“雪莲文化研讨会”，市领导李志坚、欧阳文安、阳安江出席研讨会并对雪莲公司的企业文化建设经验予以肯定。

5月13～19日 北京市工业系统开展“安全生产周”活动。在此期间，全系统没有发生火灾、因工死亡事故。

5月14～15日 北京市召开技术改造、技术引进工作会议。总结了“八五”期间全市技改工作，提出“九五”技改工作指导思想，部署落实《“九五”技术改造规划》的各项任务。会议表彰了北人集团等107家“八五”技术改造、技术引进优秀企业及19个先进单位、先进处室。副市长阳安江到会并讲话。

5月15日 北京二七车辆厂研制的用于运输麦道飞机机头的QD3型凹底平车，被国家科学技术委员会授予国家科技成果证书。

5月17日 北京市经委举办学习、推广邯钢经验培训班，应邀来京的邯钢公司总经理及财务处、企管处的领导在培训班上介绍了经验，市工业系统有近千人参加此次培训。

5月21日 北京市副市长阳安江到印刷集团调研，对印刷集团几年来积极开拓市场所取得的成绩给予充分肯定。

5月23日 全国人大常委会环保执法检查组由全国人大常委会副委员长王丙乾率领来燕化公司检查环保工作，公司经理刘海燕汇报了燕化近年来的环保情况，检查组检查了净化厂污水处理场，牛口峪水库，参观了化工一厂，王丙乾还为燕化公司题词：“保护环境，造福人类。”陪同检查的有北京市人大常委会主任张健民、副主任汪统及北京市副市长阳安江等。

5月27日 燕化总公司合成橡胶厂采用燕化研究院设计的成套工业技术建成的年产1.5万吨溶聚丁苯橡胶装置一次投料试车成功，生产出合格成品。

5月28日 北京市市长李其炎，市领导欧阳文安、阳安江到707

厂调研，了解北京电子工业发展情况及 707 厂生产、技术改造情况，并强调电子工业作为北京支持发展的支柱产业要加快发展。

5 月 31 日 北京市整顿和规范药品生产经营秩序、加强药品管理工作大会召开，会议要求坚决打击无证生产经营药品、生产经营假劣药品行为，严禁在药品购销中收受回扣，市领导何鲁丽、阳安江出席大会并讲话。

5 月 北京市煤炭总公司统一核发了 1996～1997 年度民用煤购煤证，全市 113 万户居民更换了新证。此次换证工作，严格执行一户一证按标准供应政策，取消了往年增灶分户等做法，并对人户分离、拆迁户制定了相应政策。

6 月 4 日 北内集团总公司与山东省汽车工业总公司、山东省淄博汽车制造厂签订了《北京内燃机总厂终止承包淄博汽车制造厂协议书》，同意全面终止《北京内燃机总厂承包淄博汽车制造厂》协议。

6 月 4～12 日 全国政协、市政协委员考察北京市药品管理工作，听取了市药品管理整顿领导小组组长、副市长阳安江的汇报，走访了部分药品经营单位和医院。

6 月 10 日 北京市计委下发《关于北京铜丝厂污染扰民搬迁工程项目建议书的批复》，同意铜丝厂按照《北京市污染扰民企业搬迁办法》及其他相关政策迁到有色所院内，统一规划，调整布局。

6 月 14 日 北京市副市长阳安江主持召开北京名牌战略领导小组工作会，市经委总工程师徐树彬汇报了《北京名牌战略实施方案》和《北京名牌产品暂行管理办法》的制定情况。审定通过了《北京名牌战略实施方案》。

6 月 18 日 第四届北京国际汽车工业展览会开幕，北京汽车工业集团首次以整体形象参展。

6 月 20 日 中共中央总书记、国家主席江泽民在机械工业部部长包叙定、中汽总公司董事长蔡诗晴、中国贸促会会长郭东城陪同下，观看了“第四届北京国际汽车展”的北京牌越野汽车，并询问了北京汽车工业产品开发、技术开发的有关情况。

6月25日 燕化公司与美国鲁姆斯公司就乙烯改造项目签订了“关于45万吨乙烯改扩到60万吨项目研究协议”。燕化公司副经理兼总工程师曹湘洪与鲁姆斯公司亚太公司总裁陈贤卓分别代表双方在协议上签字。

6月 北京市政府、国家体改委制定下发《关于同意北京一轻总公司建立现代企业制度试点实施方案的批复》，原则同意《北京一轻总公司建立现代企业制度试点实施方案》和《北京一轻有限责任公司章程》。同意北京一轻总公司作为国务院确定的全国建立现代企业制度百户试点企业之一，依据《公司法》改制为国有独资公司，依法承担本公司国有资产保值增值的责任，并向市政府负责。

7月3日 北京市成立工业企业破产工作小组，市经委副主任刘永聪任组长，成员由经委有关处室领导组成，市政府研究室、人民银行、体改委、国资局、劳动局、财政局等部门派联络员参加。

7月6日 北京市副市长阳安江到首钢日电电子有限公司调研。

7月15~16日 北京市市长李其炎率北京市代表团到河北省访问，就两地经济技术合作签订会谈纪要。

7月23日 北京常务副市长金人庆深入困难企业进行资金情况调研，先后听取了北京市制药二厂等4家企业生产经营情况汇报，分析了资金需求情况，要求市经委按照“产品有市场、有效益、不积压、对贷款不挪用、不欠息”的原则会同财政、银行等部门逐个研究、协调解决。市经委常务副主任刘克信参加了调研。

同日 北京市乡镇企业会议召开，提出京郊乡镇企业要从追求产值、数字转向追求税收、就业、富民、利润；从乡镇政府和集体直接投资转向社会投资；由乡镇直接经营转向经营社会化。

7月25日 北京市市长李其炎主持召开部分现代企业制度试点企业座谈会，化工、一轻、牡丹、北药等6户市属工业试点企业作了汇报。市领导金人庆、阳安江，市经委副主任刘永聪等参加了座谈。

7月26日 北京市市长李其炎等一行到北京重型电机厂调研并指导工作。

同日 北京汽车工业协会正式成立。

7 月 26 日、29 日、30 日 北京市副市长阳安江先后到北京衬衫厂、电机总厂、汽车总公司、医药总公司现场办公，解决纺织、机械、汽车、医药、同仁堂“有产品、有市场、有效益”的困难企业流动资金问题。市经委领导及市计委、财政、银行等部门的负责人参加了现场办公。

7 月 31 日 首钢第二炼钢厂一号连铸机竣工投产，标志着第二炼钢厂成为国内最大的连铸坯生产厂家。

同日 北京市市长李其炎到北京焦化厂调研，强调指出焦化厂生产很重要，要求有关部门继续帮助该厂解决生产上面临的困难。

8 月 14 日 北京市工业系统召开扭亏工作经验交流会。市第一针织厂等 4 户企业介绍了经验。

8 月 15 日、17 日 北京市副市长阳安江到平谷、大兴调研，听取了两县关于工业情况的汇报，并考察了工业开发区及部分工业企业。市经委领导李岩岭、朱鼎恒参加了调研。

8 月 18 日 北汽福田车辆股份有限公司在北京成立，该公司由北京汽车摩托车联合制造公司与常柴集团有限公司等 100 家企业创建。副市长阳安江代表北京市政府前往祝贺。

8 月 23 日 北京新世纪质量体系认证中心正式向北京吉普汽车有限公司颁发认证证书，这是北京汽车行业中首家通过 GB/TI9001—ISO9001 质量体系认证的企业。

9 月 2 日 北京吉普汽车有限公司与日本第一劝业银行上海分行签订了优惠利率的 4000 万美元流动资金贷款合同。

9 月 3 日 北京市召开工业扭亏增盈大会，贯彻落实全国企业扭亏增盈工作电视电话会议精神，全面部署本市工业企业扭亏增盈的各项工作。市经委主任李岩岭在会上提出工业系统扭亏增盈、标本兼治的 6 项措施。市领导金人庆、欧阳文安、阳安江到会并讲话。

9 月 5 日 北京市副市长阳安江，市经委领导李岩岭、徐树彬到北京玻璃仪器厂调研，实地调查该厂国家级产学研项目——玻璃真空太阳能集热管项目的进展情况。

同日 北京市经委、财政局、劳动局、银行等部门召开协调会议，制定具体措施，帮助有困难的51户国有工业企业解决人员基本生活费问题。

9月10日 华北电力集团公司技能培训中心成立。

9月上旬 被列为国家“九五”期间电力科研重点攻关项目的500千伏超高压紧凑型输电工程，在京郊昌平建成并通过华北电管局验收，标志着我国输电领域又填补了一项空白。

9月13日 北京市经委召开冬煤供应工作会议，市经委常务副主任刘克信代表副市长阳安江就做好冬煤供应工作进行了全面动员。

9月18~21日 1996年北京工业企业难题招标院校院所成果转让洽谈会举办。市长李其炎出席洽谈会并为开幕式剪彩，洽谈会正式签约项目203项，其中，会前签约79项，会上签约124项，协议金额达5.3亿元。会上签约的项目中，企业技术难题项目111项（占532项技术难题的20.8%），转让成果13项，签订意向合同210项。

9月19日 北京玻璃仪器厂和清华大学合作，共同开发的新一代光热转换器件全玻璃真空太阳能集热管工程开工。国务院副总理吴邦国发来贺电，北京市、轻工总会、国家教委等部门的领导，欧阳文安、阳安江、李舜、李岩岭等出席了开工剪彩。

9月20日 彭真在中共北京市委书记尉健行、北京市市长李其炎，中国石化总公司总经理盛华仁，北京市副市长阳安江的陪同下到燕化公司考察。彭真参观了燕化公司沙盘模型，视察了炼油厂改扩建工程和化工一厂裂解车间，询问了职工的生活情况，称赞燕化工作“干得漂亮”。

9月24日 经中国人民银行北京市分行、北京市计划委员会批准，北京轻型汽车有限公司发行6000万元人民币企业债券。

10月1日 北京市副市长阳安江，市经委及有关部门的领导，先后到首钢焦化厂、北京电力动力公司、市煤气公司慰问了坚守工作岗位的职工。

10月3日 北京汽车摩托车联合制造公司生产的“金旋风”汽车，在巴黎国际汽车展上亮相。

10月5日 燕化公司30万吨/年乙烯改扩建工程在全国建设工

程质量工作会议上荣获 1996 年度中国建筑工程鲁班奖（国家优质工程），并被授予鲁班金像和荣誉证书。参建的燕化建筑安装公司等施工设计单位同时受到表彰。会议决定获奖工程镶嵌统一荣誉标志。全国共有 101 项工程获奖。该项奖励是由“国家优质工程”和“建筑工程鲁班奖”合并而来。

同日 北京市经委进一步完善电子、汽车、石化、机械、冶金、建材行业“九五”发展规划实施方案。副市长阳安江和市经委领导在专题研究会上提出，各行业“九五”发展规划实施方案要进一步加强对市场的预测分析，突出“三改一加强”的有机结合，落实重点项目和重点措施。

10 月 10 日 燕化高新股份有限公司股票在深圳证券交易所挂牌上市。开盘价为每股 15.8 元人民币，换手率达 80% 以上，创深圳股票交易当日最好成绩。

10 月 10～12 日 北京、承德两市正式签订工业经济技术合作协议。市经委领导王杰扬、朱鼎恒等率团应邀前往承德参加“北京、承德两市工业经济技术协作考察洽谈会”。双方本着“优势互补、互惠互利、务实求效、共同发展”的原则，共签订合作协议 6 项，合作意向 23 项。

10 月 22 日 北京市第一中级人民法院立案准备审理北京市金属材料加工厂破产一案。11 月 14 日，《人民法院报》对该厂破产事宜进行“公告”，这是北京市第一家企业立案破产。

10 月 23 日 河北省、北京市经济技术合作座谈会在北京国际会议中心举行。中共北京市委书记尉健行、市长李其炎、市政协主席王大明，河北省委书记程维高、省长叶连松出席。10 月 24 日，两省市有 18 项合同和协议签约。

10 月 24 日 北京市煤炭总公司推出四项服务承诺：一、对企业、事业单位和机关团体的煤炭供应一律实行合同制。合同供应数量保证达到 100%；供应品种、质量达到合同要求；同时，提供优质服务。二、对首都城镇居民取暖、炊事用煤，按核定数量凭证供应；数量 100% 到位；质量合格。三、凡由本行业所属单位向居民销售的不合格产品，经权威部门确认后，由销售部门包退包换。四、对全市烈属、“五保户”实行售煤优先，送煤到户。

10月30日 外经贸部签发了《关于中外合资经营企业北京轻型汽车有限公司增资转股的批复》。

11月1日 北京市代市长贾庆林及张百发、金人庆、阳安江等市领导到焦化厂调研。

11月7日 北京市副市长陆宇澄到巴威公司对利用外资工作进行调研。

11月8日 首钢总公司举行隆重的首钢集团正式成立庆典活动，北京市、冶金部的领导出席了庆典活动。北京市人民政府、冶金工业部于9月19日批准成立首钢集团。该集团以首钢总公司为核心企业，由从事钢铁、机械、电子、建筑、航运和金融等多种行业的28家企业组建成多法人经济联合，有职工23.4万人，分布在全国14个省、市、自治区。

11月13日 中共北京市市委书记尉健行及市委常委、秘书长段柄仁，副市长阳安江，到北京有色总公司调查研究。

11月15日 北京市常务副市长金人庆主持召开会议听取北京塑料十一厂等4家企业破产工作情况汇报，会议一致同意这4家企业破产。

11月17日 北京市代市长贾庆林察看了全市冬煤供应情况。在朝阳区煤炭公司，他听取了市煤炭总公司经理郗士格关于今冬煤炭供应情况的汇报。贾庆林强调指出，要精心组织冬煤供应，做到万无一失。

11月19~21日 北京矿务局王平村200MW坑口电厂初步可行性研究报告，通过电力部华北电业管理局主持召开的审查会审查。

11月20~22日 北京乙烯工程正式通过国家竣工验收。

11月26日 北京市政府批准北京建筑材料集团总公司改制为北京建材集团有限责任公司。

11月28日 北京市企业教育综合改革工作总结表彰大会召开，市经委副主任刘永聪参加了会议。

同日 国务院副总理李岚清在代理市长贾庆林等陪同下，到北京经济技术开发区视察工作。

11 月 30 日 北京市代市长贾庆林一行视察了北汽福田车辆股份有限公司怀柔车辆厂。

12 月 1 日 北京市地毯毛纺一厂研制的新型服装系列产品，薄、轻、软“黏合型胸绒衬”通过了市级技术鉴定。该产品各项技术指标达到或超过了国外同类产品，填补了国内制造高档服装辅料的空白。

同日 北京市调整民用燃料销售价格。城近郊区（包括大兴县红星供销社）居民定量供应的生活用煤、蜂窝煤由每吨 96 元上调到 160 元，煤球由每吨 85 元上调到 148 元。调价后，居民与菜民生活用煤价格相同。

12 月 4 日 第四届全国企业管理现代化创新成果审定结果揭晓，全国共有 43 项成果被审定为国家级企业管理现代化创新成果。燕化公司以乙烯改扩建工程为主要内容的《重大建设项目的风险——效益决策与目标联控管理》等 7 项成果获一等创新成果。

12 月 14 日 东陶机器（北京）有限公司举行第二条生产线竣工仪式。至此，北京市东陶形式年产 50 万件卫生陶瓷生产能力。

12 月 15 日 十三陵抽水蓄能电站 3 号机 20 万千瓦机组投产发电，进入商业试运行。

12 月 18～19 日 北京市机电产品进出口工作会议召开。总结 10 多年来全市机电产品进出口情况，分析当前存在的问题，部署 1997 年主要工作。副市长阳安江到会并讲话。

12 月 19～22 日 北京市经委主任李岩岭到山东实地考察农用车发展情况。市汽车集团总公司总经理马守平等一起参加了考察。

12 月 20 日 北京第一热电厂举行技改工程开工典礼。国务院总理李鹏、北京市委书记尉健行、北京市代市长贾庆林、电力部部长史大桢等参加了开工典礼。

12 月 27 日 北京市政府同意北京市仪器仪表工业总公司依法改制为北京仪器仪表工业控股（集团）有限责任公司。

12月 北人集团、北京开关厂被评为全国机械工业职工教育先进单位。

本年 北京矿务局投资4500万元新建九龙山矿泉水厂和年生产能力2万吨的生产线，其投资引进的设备、技术处于全国同行业先进水平，生产出符合国际标准的矿泉水。

1997 年

年初 华北电力集团公司和北京供电公司在电力工业部和北京市人民政府支持下，筹措巨资，开始了以北京市城网建设与改造为目标的“9950 工程”。

1 月 5 日 中共中央总书记江泽民到北京电子城视察国有企业并看望慰问国企职工。

1 月 6 日 北京市代市长贾庆林与国家计委常务副主任叶青、冶金部常务副部长徐大铨、北京市常务副市长金人庆、副市长阳安江等到首钢调研，并向首钢广大干部、职工祝贺新年。

同日 北京市统计局公布第三次工业普查结果，北京市电子、汽车行业工业总产值合计 335.1 亿元，占全市工业总产值的 26.4%。其中，电子及通讯设备工业总产值在工业行业的名次由 1985 年的第 7 位上升至首位；交通运输设备工业总产值从第 6 位上升到第 2 位。石油加工、合成材料、放射化学品制造业、生物新医药和信息等新兴高技术行业工业总产值达 330.2 亿元，占全市工业总产值的 26%。传统的机械工业总产值在工业行业中排名从 1985 年的第 2 位降至第 5 位，纺织从第 4 位降至第 9 位。

1 月 9～11 日 北京市经委召开全市工业工作会议。会议强调，搞好国企改革关键是坚定信心，深化改革。要求针对企业的具体情况，加强产权制度改革和加强管理，真正贯彻关于国企改革的“八项方针”。会议提出 1997 年搞好国有企业改革要因厂制宜，分类指导；坚持以市场为导向，以结构调整为重点，以经济效益为中心。

1 月 15 日 中共中央总书记江泽民到北京市考察国有企业，看望职工。江泽民在同企业负责人座谈时强调，国有企业为国民经济发展和国防建设作出了重大贡献，我们要正确地对待国有企业面临的新情况，坚持国有企业改革方向，加快企业改革步伐，加大国有经济的结构调整力度，实现国有企业的战略性改组。牢固树立市场观念，立足市场发展企业。他指出，要搞好再就业工程，加快社会保障体系建设。要高度重视并解决好困难企业职工生活和下岗待岗职工的安置问题，这不仅关系改革、发展、稳定的大局，也是我们党全心全意为人民服务的宗旨所要求的。

1月17日 北京市工业系统召开大会，副市长阳安江传达了江总书记视察北京工业企业时的讲话精神。

1月20日 国家电力部部长史大桢、北京市代市长贾庆林，听取华北电力管理局和市计委关于“9511工程”告捷，实现居民生活用电不拉闸，缓解了首都用电紧张的汇报。

1月21日 北京市领导尉健行、贾庆林、张健民、王大明等分8路慰问困难企业和职工。分别到北京铜厂、化工三厂五分厂、义利食品公司、北京建材水磨石厂、北京建筑机械厂、北京齿轮总厂、第三制药厂、北内集团等单位的下岗和离退休职工家中慰问。

同日 中共北京市委书记尉健行、市委常委段柄仁、市人大常委会副主任孟志元、副市长陆宇澄、孟学农在市总工会主席商保坤、市工业工委书记李舜、市经委主任李岩岭和北京市有色金属总公司领导陪同下来到北京铜厂困难职工家中慰问，并送去了慰问金、助困卡。

1月19～24日 北京市副市长阳安江率团赴山西、河北慰问，对两省及铁路部门在煤、电等方面支持北京市表示感谢。随访的有市经委和华北电管局、北京铁路分局、市煤炭总公司、焦化厂、首钢等单位有关人员。

1月27日 北京市政府批准北京市电子办转制为北京电子信息产业（集团）有限责任公司，作为国有独资公司，将依法承担本公司全部国有资产保值增值的责任。

2月18日 由华北电力集团公司所属的华北电力设计院、北京电力建设公司、天津电力建设公司、北京火电建设公司、北京送变电公司、北京供电工程公司、北京电力设备总厂、华北电力物资总公司、华北电力国际经贸公司等单位联合组成的北京雄辉电力总承包有限责任公司成立，注册资本2.49亿元。

2月20日 北京市经委召开劳动工作会议，会议确定了1997年市经委劳动工作目标，布置了完善行业职工交流中心建设、剥离、托管试点等5项重点工作。

2月23~28日 北京市副市长阳安江率团考察海南汽车工业，京琼双方就两地汽车工业实行优势互补达成共识。市经委主任李岩岭和市汽车工业集团、北汽摩集团有关人员一起考察。

2月 北京印钞厂“八五”引进印钞设备改造项目通过国家验收，该项目是国家限额以上重点技改项目，总投资3亿多元人民币。

3月4日 北京市经济体制改革暨现代企业制度试点工作会议召开。会议要求把握大局，突出重点，紧紧围绕经济体制和经济增长方式两个根本转变，深化国有企业改革，以建立现代企业制度为重点，抓好相关配套改革。

3月6日 北京市常务副市长金人庆到京圣铜管有限公司、鑫跃铜管厂、钨钼材料厂调研，并向全体职工表示慰问。

同日 北京市经委和市金融系统共同召开“银企”合作座谈会，增进沟通。副市长阳安江、市经委领导李岩岭、刘克信，各工业总公司及部分企业负责人和市有关银行负责人出席座谈会。

3月7日 根据北京市高级人民法院民事裁定书，国有大型企业北京毛条厂宣告破产。9月30日，法院终结破产程序。毛条厂于1996年11月28日申请破产。

3月11日 北京市区县工业工作会议召开。副市长阳安江指出，要抓大放小，放开搞活小企业，做到“放权、放手、放开”，争取今年有实质性进展。

3月12日 北京国防科技工业工作会议在北京航空材料研究院召开。副市长阳安江、国防科工委政策法规研究室主任杨介佩、市经委常务副主任兼国防科工办主任刘克信出席会议。

3月16日 《北京日报》报道，北京牡丹电子集团按用户要求确立标准，自主开发高品质产品，创出“牡丹”彩电金招牌。“牡丹”系列彩电销售覆盖国内各省、市，稳居本市销售榜首，连续4年蝉联国内贸易部评选的“金桥”奖。

3月18日 北京市召开表彰春运及民工有序流动工作先进集体

和先进个人会议。市经委常务副主任刘克信在总结报告中指出，北京市实现连续11个春运无重大事故。

3月21日 北京工业对外经贸促进会成立。

3月25日 北京市市长贾庆林和电子部部长胡启立与市经委、市电子办有关领导座谈，共商北京电子城规划方案。

同日 北京市经委、市教委、市劳动局、市总工会和团市委联合召开“北京市推进职工技能竞赛产生岗位能手动员表彰大会”。

3月26日 首钢叶培德事迹报告团到冶金部大礼堂做专场报告，受到冶金部机关和在京单位代表的热烈欢迎。冶金部部长刘淇代表部党组号召冶金行业各级干部和广大职工向叶培德同志学习。

同日 在北京市市长贾庆林等领导陪同下，天津市委书记高德占和天津市长张立昌等一行10人参观首钢日电电子有限公司。

同日 北汽福田公司北京摩托车制造厂正式成立，成为北京汽车工业集团系统新组建的企业。

3月26~27日 京津两市经委举行洽谈会，签订经济技术合作协议，加强联合与协作。

4月1日 北京市经委召开交通安全总结表彰会。总结10年来交通安全工作，表彰先进单位，市经委常务副主任刘克信和市交通管理局有关人士参加会议。

同日 北京市副市长阳安江到同仁堂集团公司，就实施名牌产品进行现场调研。

4月3日 北京市工业利用外资工作会议召开。会上总结了1996年工作，表彰了利用外资先进集体和个人。

4月6日 国务院副总理李岚清及国家有关部委负责人一行，在山东省省长李春亭等省市领导和北京汽车工业集团总公司经理马守平陪同下，视察了北汽福田公司的山东诸城车辆厂。

4月8日 北京电子信息产业（集团）有限责任公司正式注册成立。

4月12日 北京市领导贾庆林、欧阳文安、阳安江、范远谋到北京汽车行业调研，先后到北汽集团、北齿、北内等单位调研。

4 月 14～16 日 北京二七车辆厂参加了在马来西亚首都吉隆坡举办的“九七”国际铁路展览会，通过图片文字和产品模型，展示了该厂的经营优势和产品特点。

4 月 15 日 北京市市长贾庆林、常务副市长金人庆到北京重型电机厂调研。北京重型电机厂建厂近 40 年累计向用户提供汽轮发电机组 423 套，19731 MW。已形成年产 2000 MW 机组的生产规模，成为全国四大动力设备制造基地之一。

4 月 17 日 北京市政府召开工业系统“扶优扶强”动员大会。大会公布北京工业“优中选优、扶持一批”实施方案，提出通过进一步加大技改和政策扶持，尽快培育出一批符合首都特点、代表北京工业水平和实力、在国内外市场均有竞争力的企业，增强北京工业的整体实力。这次确定的重点企业有 69 户。

4 月 18 日 北京矿务局九龙山矿泉饮料公司改扩建工程竣工投产，年生产能力 2 万吨，工程总投资 4500 万元，技术档次属国内一流，生产规模为华北地区最大的矿泉饮料厂家之一。

4 月 20 日 《北京日报》报道，市民政局北京市三露厂生产的“大宝”系列产品去年销售回款 5 亿元，创汇 350 万美元。销售商等在生产线边，仓库赋闲。

同日 《北京日报》报道，全国第一大啤酒生产企业燕京啤酒集团公司拥有的“燕京牌”商标，被国家工商行政管理局认定为驰名商标称号。这是北京市继“同仁堂”之后获得的第二个国家驰名商标称号。

4 月 22 日 北京万东医疗装备股份有限公司发行“万东医疗”A 股股票，副市长阳安江等出席新闻发布会。

同日 北京燕山石油化工集团股份有限公司成立，由燕山石化公司所属化工一厂、化工二厂、化工三厂、橡胶厂、聚酯厂、树脂应用研究所和供销部等单位组成。

4 月 25 日 燕化公司化工一厂裂解装置新区 4 号乙烯裂解炉投入使用，该炉采用国际先进技术自行设计、安装，于 1996 年 6 月 8 日施工，总投资 4975.8 万元。

4月27日 《北京日报》报道，市机电院制成摩托车发动机曲轴箱柔性生产线。这条生产线列为国家级重点新产品，是国有企业承制的规模大、功能完善的柔性生产线，该生产线达到20世纪90年代初国际水平。

4月28日 北京双鹤药业股份有限公司“双鹤药业”A股股票公开发行。

4月29日 北京第一热电厂技术改造工程2台14万千瓦双轴供热发电机组设备进口合同在北京人民大会堂签字，合同总额5515万美元，设备由德国ABB公司提供。

4月 北京百花彩印有限公司通过了国家技术监督局认可的——北京九千标准质量体系认证中心对该公司质量保证体系的审核，成为国内第一家取得ISO9002认证证书的印刷企业。

5月7日 经中共北京市委、市政府批准，并报中央机构编制委员会办公室和国家科学技术委员会同意，北京市新技术产业开发试验区管理委员会成立。该委员会管理范围包括海淀试验区、丰台科技园区。11月15日，北京市新技术开发试验区管理委员会正式成立，张茅任主任。

5月8日 北京市政府第99次常务会议通过《北京电子城发展实施方案》。

5月15日 下午3时20分，首钢焦化厂操作工擅离职守，造成精萃液泄漏引起火灾。市消防局119火警调度中心接到报警后，调动15个中队、57部消防车、380多名消防官兵，经过12个小时奋战，于16日凌晨3时将大火扑灭。

5月17日 北京顺义天竺空港工业区落成。

5月18日 北京双鹤药业股份有限公司A种股票发行总量4700万股。

5月19日 北京万东医疗装备股份有限公司发行的1500万社会公众股票，在上海证券交易所上市。

同日 北京市经委召开安全生产紧急办公会，传达贯彻全国和北京市安全生产紧急会议精神，会议还传达了市长贾庆林在市保稳定工作领导小组会上的讲话精神，分析了工业系统安全生产现状和问题，对安全生产作了部署。

5 月 21 日 北京市副市长阳安江率队到部分重点企业进行安全生产检查，先后检查焦化厂、化工二厂、首钢、第二热电厂。市经委主任李岩岭和市劳动局、市消防局等有关人员参加。

5 月 23 日 北京市市长贾庆林到北京化工集团和北京化工厂、有机化工厂调研，听取了化工集团总经理柴晓钟的汇报。

5 月 27 日 北京市经委、市消防局联合召开首钢焦化厂 5 月 15 日火灾事故现场会。参加会议的来自各系统、重点企业主管领导 300 多人。市经委常务副主任刘克信对工业系统的安全生产提出了 4 点要求，与会人员参观了火灾现场。

5 月 29 日 北京同仁堂股份有限公司在上海证券交易所采用“上网定价”方式，发行社会公众股（A 股）400 万股，6 月 25 日挂牌上市。

5 月底 北京市经委、市电子办根据市政府第 99 次常务会议通过的《北京电子城发展实施方案》精神，成立贯彻落实该《方案》领导小组，并在电子城成立实施《方案》办公室。

6 月 3 日 冶金部在首钢召开“转炉溅渣护炉系统优化技术开发项目”协调会，总结、交流经验和做法。会议期间，首钢、宝钢、太钢、鞍钢等单位作了发言。

6 月 5 日 北京市人民政府隆重举行赠送香港特别行政区礼品——两只景泰蓝“普天同庆”大瓶启运仪式。

6 月 6 日 北京市政府召开全市信息工作会议，传达全国信息化工作会议精神，提出把信息产业和信息服务业建成北京最大的支柱产业。

6 月 10 日 北京东方电子集团股份有限公司 B 股在深圳挂牌上市，共筹集资金 3.5 亿元人民币，成为北京市首家 B 股上市企业。

6 月 15 日 北京工艺木刻厂为人民大会堂香港厅制作完成《合（荷）堂聚兴》屏风。该屏风长 7 米，高 3.4 米，采用花梨木与石材拼镶组合制作而成。

6月16日　北京化二股份有限公司A种股票在深圳证券交易所公开发行，发行总量为8000万股，发行价格每股7.20元。

6月17日　北京市政府批准北京电子城发展实施方案。

6月18日　北京市经委召开工业系统安全生产会议，市经委常务副主任刘克信针对安全生产现状提出要求。

6月19日　北京水泥机械总厂生产的高铬铸球产品通过了国家建筑材料工业局的科技成果鉴定，综合性能指标达到国际同类产品水平。

6月24日、25日　北京燕化石油化工股份有限公司分别在美国纽约证券交易所和香港证券联合交易所挂牌上市成功。

6月25日　北京二七车辆厂设计制造、出口埃及的20台大轴重转向架发运出厂，这是中国铁路工业产品首次进入埃及市场。

6月27日　21时26分，东方化工厂乙烯罐区B球罐液相管线由于乙烯泄漏遇静电火花发生爆炸，截至30日凌晨4时55分，罐区大火被扑灭，整个灭火共持续55小时29分钟。造成伤亡46人，其中死亡8人，直接经济损失1.17亿元。

6月　北京电子信息产业集团成立计算机集团公司，该集团公司由计算机一厂、二厂、三厂、五厂、外设三厂、配件二厂、工控计算机厂、光通信公司、无线电技术研究所、计算机研究所、微电子研究所及计算机服务中心联合组成。

7月1日　解放军报印刷厂推出中国第一张彩色缩微金报，尺寸为18厘米×13厘米，限量发行1997张，金报内容为中英两国关于香港政权的交接仪式、防务仪式及中国人民解放军进驻香港。

7月8日　北京市高级人民法院依法裁定并宣告北京市调谐器厂破产，清算组对在职职工进行了分流安置。

7月15日　北京市经委召开北京工业工作会议，市经委主任李岩岭传达了市政府宽沟会议精神，总结了上半年北京工业工作，部署下半年工作；市委工业工委书记李舜对工业系统做好下半年党的工作提出要求；副市长阳安江在讲话中提出北京工业要抓好6个方面工作，要求在“放小搞活”方面取得突破性进展。

同日　北京市市长贾庆林等市领导，到首钢炼铁厂三高炉炉台上，亲切慰问在高温酷暑下坚守岗位的一线职工。

8 月 4 日　京津冀 3 省市工业经济技术协作恳谈会在承德召开。北京市经委主任李岩岭与 3 省市与会人员交换了工业发展情况和经济技术协作成果及推动协作的基本思路，会上签署了《关于推进京承两市经济技术合作备忘录》。

8 月 6 日　机械工业部党组书记、部长包叙定等一行 10 人到北京光学仪器厂，就北京仪器仪表工业系统开展“机械工业三大战役”情况进行调查研究。

8 月 14 日　北京市乡镇企业工作会召开。会议提出，加大重组转制力度，加快结构调整步伐，引导京郊乡镇企业持续、稳定、快速发展。

8 月 15 日　北京焦化厂增气工程完工，该工程自 1997 年 6 月 10 日起，大修 20 台煤气发生炉及 72 项小修，供气量从 135 万立方米增加到 165 万立方米，缓解了本市煤气供应紧张状况。

8 月 18 日　由北京第一棉纺厂、第二棉纺厂、第三棉纺厂 3 家国有大型棉纺企业组建的北京京棉纺织集团有限公司成立。

8 月 25 日　燕化公司提高炼油技术水平主体项目——60 万吨连续重整、100 万吨中压加氢改质联合装置投产，该项目于 1993 年 8 月动工，总投资 12.6 亿元。

8 月 26 日　北京燕山石油化工（集团）有限公司在工商部门正式注册，成为中国石化总公司下属第一家享有资产管理权和经营权的跨地区、跨行业、跨国经营和投资主体多元化的企业集团。

8 月　为实施企业减员增效战略，分流安置下岗职工，北京电子集团公司成立了北京电子工业职工交流服务中心。

9 月 3 日　中共北京市委、市政府召开全市对台经济工作会议，要求在思想观念上、吸引台资工作力度上、引资项目的规模上、招商领域上、投资环境建设上、政策上都要有新的突破，把全市对台经济工作推向新阶段。

9 月 4 日　中共北京市委、市政府召开全市治理向企业乱收费、乱罚款和各种摊派等问题动员大会。会议要求坚决贯彻中央对此问题的《决定》，迅速行动，齐抓共管，重点在治本上下工夫，抓好治理乱收费、乱罚款和各种乱摊派的工作，切实减轻企业负担。

9月12日 《中国企业报》报道，北京市“双十佳”企业，北京开关厂通过（SCS）亚斯利国际认证公司ISO9001质量体系认证，成为全国输变电工业企业唯一获得国内外质量认证证书的企业。

9月18日 成人电子信息大学与电子工业党校实行联合办学，并组成新的领导班子。

9月26日 北京兆维电子集团有限责任公司宣告正式成立，兆维集团是由国营北京有线电总厂依据公司法改制成立的国有独资公司，是电子信息产业集团的全资子公司。

9月27日 北京市工业系统召开传达贯彻“十五大”精神会议，所属单位党政一把手和双管单位、直属单位党委书记计100人参加，副市长阳安江在会上提出，工业系统贯彻落实“十五大”精神，要“突出一个重点、实现四个突破、力争在八个方面取得新的进展”。

同日 北京工美集团的宋世义、郭石林、杨世昌、冯道明、郭效儒、周道生、崔洁、米振雄和王树文、戴嘉林、王耀堂、张志平在中国轻工总会召开的命名大会上，被分别授予第三届和第四届“中国工艺美术大师”称号。

9月30日 北京市高级人民法院终结因连年亏损申请破产的北京毛条厂破产程序。

10月8日 中国第一个机器人制造厂家——首钢莫托曼机器人有限公司在北京经济技术开发区举行开业庆典，总投资700万美元，首钢占股45%。

10月16日 北京市副市长阳安江到工业系统职工交流服务中心和市机械局再就业服务中心调研，了解本市工业系统再就业工作落实情况，要求“加快推进再就业工程”。

10月20日 北京市政府印发《关于鼓励民营科技企业发展的若干规定》。规定要求：解放思想，放开手脚发展民营科技企业；加强政府对民营科技企业的指导；将民营科技企业发展纳入全市经济发展的总体规划。

10 月 22 日 北京燕山石化集团有限公司与人民银行签订《银企合作协议书》。该公司在北京分行开立基本结算户，分行于本年度向其提供贷款 6 亿元。同时，将筹措国际商业贷款 4918 万美元、国家专项基金贷款 3 亿元，支持该公司 3 万吨/年丁基橡胶建设工程项目。

10 月 29 日 化工部重点“双加”工程、北京市工业重点“扶优扶强”项目北京化工厂彩色荧光粉技术改造工程，正式竣工验收。

10 月 由北京市建筑材料工业设计院设计、中泰合资北京兴明泰陶瓷有限公司年产 240 万平方米高级彩釉内墙砖生产线投产，该项目引进意大利技术和设备，总投资 2980 万美元。

11 月 1 日 北京市市长贾庆林和副市长阳安江、孟学农在朝阳区区委书记蒋效愚、常务副区长李晓光及市煤炭总公司党委书记、经理郗士格的陪同下，视察了朝阳区煤炭公司呼家楼煤厂。贾庆林察看了蜂窝煤试烧情况和质量检验现场，要求搞好冬季取暖用煤供应工作。

11 月 2～5 日 北京市副市长阳安江率北京市人民政府代表团，赴山西省煤炭系统慰问。代表团成员由首钢、焦化厂、市煤炭总公司和北京铁路局等有关领导组成。到山西省政府、西山矿务局、省煤管局、太原铁路分局、大同市政府、大同二发电厂、大同铁路分局、大同矿务局等单位，表达首都人民的感谢之情，并深入井下慰问第一线采煤工人。

11 月 15 日 北京市首届企业产权转让交易会在大都饭店举行，公开出售 56 家上市企业，吸引了 170 家企业到交易会咨询、洽谈。56 家上市企业包括国有、集体等所有制，涉及机械、化工、电子、建筑装饰材料、汽车配件等行业，出售项目包括土地使用权、厂房、设备等，资产总值在 4 亿元左右。

11 月 18 日 燕化炼油厂白土精制装置一次开车成功并生产出合格产品，该装置生产规模为 20 万吨/年，总投资 7500 万元。

11 月 19 日 北京市政府批准《关于北京印刷集团总公司转制为国有独资公司的请示》，原则同意印刷总公司改制的实施方案和《北京印刷集团有限责任公司章程》。

11月24日 北京电机工程学会和北京开关厂、北京金属学会和北京铜厂等首批“厂、学会协作”项目签字，8个企业和8个科技学会结成协作关系。

11月26日 北京市召开推广北京开关厂管理经验大会。国家有关部委和北京市领导袁宝华、陈清泰、张福森及市属重点企业和区县主管工业的有关人士1000多人参加大会。北京开关厂黄国诚汇报创造具有北开特色的“99+‘1’=0”的经验。

11月28日 北京东方化工厂乙烯罐区恢复建设动员大会召开。自6月27日该厂乙烯罐区发生爆炸火灾事故后，乙烯被迫停产，造成6家企业处于停产半停产。中央和市领导非常关心该厂恢复建设工程，在有关部门的支持下，恢复建设资金已经到位。

11月 由北京市建筑材料工业设计院设计、中瑞合资北京森德散热器有限公司年产250万片钢管柱式散热器生产线投入试生产，该项目引进德国技术和设备，总投资2850万美元。

同月 北京一轻集团有限责任公司所属北京日化一厂破产，厂名在工商局注销。

12月3日 由燕化集团公司研究院研制开发的YS—7型银催化剂通过中国石化总公司鉴定，认为达到国际先进水平。

12月5日 北京市人民政府授权北京市第二轻工业总公司国有资产经营管理权，并将其改制为北京二轻有限责任公司，从事授权范围内的国有资产经营管理，确保国有资产保值增值。该有限责任公司已经北京市工商行政管理局注册登记领取了具有法人资格的营业执照。

12月18日 以北京第一针织厂为主，北京第二、第三针织厂分期并入组建的北京铜牛针织集团有限责任公司成立。

12月24日 中共中央总书记、国家主席江泽民在北京市市长贾庆林等陪同下，考察北京北方车辆制造厂和北京二七机车厂，看望困难职工，慰问曾参加“二七”大罢工革命斗争的老工人。

12月25日 北京矿务局王平村煤矸石热电厂2号机并网发电，

使电厂装机容量形成2.4万千瓦。

12月26日 北京电子动力公司（751厂）15万立方米煤气新储罐建成投入使用。副市长阳安江、市经委主任李岩岭等参加投产典礼。

12月30日 国务院第176次办公会议批准燕化集团公司66万吨/年乙烯改扩建项目。该工程包括：将45万吨/年乙烯装置改造为66万吨/年，新建20万吨/年高压聚乙烯装置，乙腈抽提丁二烯装置由3.5万吨/年改造为6.5万吨/年，制苯装置由30万吨/年改造成41.5万吨/年。

同日 由燕化集团研究院和合成橡胶厂等单位联合开发的万吨级溶聚丁苯技术通过中国石化总公司鉴定。该项目于1979年开始基础研究，1994年试生产成功，1996年5月投产。

本年 北京北分瑞利仪器（集团）公司生产的WFX—110型原子吸收分光光度计荣获1997年“北京国际分析仪器展览会”金奖。

北人印刷机械股份有限公司自行设计、试制成功中国第一台YP4B1B型对开四色平版胶印机。该机印刷速度可达到1.5万张/时。北人集团公司第四印刷机械厂试制成功中国第一台YP4880B型卷筒纸商业印刷机。该机最高印刷速度可达4.0万张/时。

1998 年

1 月 4~5 日 北京市经济工作会议举行，贯彻中央经济工作会议及江泽民总书记近期考察国有企业时的讲话精神。会议提出 1998 年全市经济工作总的要求，继续推进经济体制改革和经济增长方式的根本转变，进一步加强农业基础地位，加快国有企业改革步伐，加大经济结构调整力度，大力发展高新技术产业和第三产业，加强和改善宏观调控，搞好城市建设和管理，提高对外开放水平，安排好群众生活。

1 月 5 日 北京市经委、市委工业工委、市财政局、市劳动局联合召开会议，解决困难企业拖欠职工基本生活费、离退休金和医疗费问题，确保“两会一节”期间工业系统职工队伍的稳定。

1 月 6 日 北京市经委、市工业工委联合召开各单位党政一把手会议，市经委主任李岩岭部署了 1998 年经委系统的工作；市委工业工委书记金生官部署了 1998 年工业工委的工作。会议确定了 1998 年各项经济指标，17 个单位签订了目标责任书。

1 月 12 日 第 30 万辆轻型汽车——北京牌 BJ1061 汽车驶下生产线，标志北京轻型汽车有限公司新建的总装配线一次试产成功，宣告该公司技改二期工程基本建成。

1 月 21 日 根据煤炭部关于春节前后全国各类煤矿统一实行停产压库的决定，北京矿务局所属生产矿井停产放假 22 天。

1 月 23 日 首钢总公司修理厂开发的炼铁高炉整体滑移安装推移设备被国家专利局和世界知识产权组织授予“中国专利奖”优秀奖。

2 月 12~13 日 北京市经济体制改革工作会议召开，决定加快国有企业建立现代企业制度步伐，推进国有经济战略性改组，探索建立国有资产管理、监督和运行新体制，实现经济体制改革的新突破。

2 月 13 日 北京市工业系统召开 1997 年度总结表彰大会。会上，宣读了市经委、市委工业工委、市人事局、市财政局关于对双十佳企业、双十佳厂长（经理）、十佳党委书记、十佳新产品、扭亏增盈成绩突出的厂长（经理）进行表彰的决定。市经委主任李岩岭、工业工委书记金生官在会上分别部署了工业系统的经济工作和党的工作。

2 月 17 日 北京市城镇集体企业清产核资工作会议召开，总结本市城镇集体企业清产核资扩大试点工作，部署 1998 年工作。

2 月 20 日 中共北京市委、市政府召开全市非公有经济代表人士座谈会，听取他们对调整北京市所有制结构，促进首都经济发展和解决制约非公有经济发展有关问题的意见和建议。

2 月 28 日 国家重大建设项目 909 工程的 8 英寸硅片生产线在北京有色金属研究总院半导体材料国家工程研究中心建成投产。

3 月 6 日 北京市工业系统召开 1997 年度十佳企业厂长（经理）奖励兑现会，市经委、市委工业工委、市财政局有关领导到会为 45 名获奖者颁奖。

3 月 9 日 北京市工业系统召开加强领导班子建设大会，市经委主任李岩岭主持，市委工业工委书记金生官作报告，市领导于均波、阳安江、刘海燕到会。

同日 由北京电子集团公司出资设立的国有独资北京乾坤房地产开发有限责任公司正式注册成立，该公司具有系统内房地产开发经营权。

3 月 10 日 北京二七机车厂首台国际招标车东风 7B 型 0295 号机车在该厂通过验收，交付日本海外协力基金会所属企业使用。

3 月 18 日 北京华虹集成电路设计有限责任公司与日本 NEC 株式会社举行合资合同签字仪式，成立北京华虹 NEC 集成电路设计有限公司。

3 月 24 日 由北京计算机一厂、二厂、三厂、五厂、计算机外部设备三厂部分有效资产重组，电子集团出资设立的国有独资企业——北京易亨电子有限责任公司正式注册成立。

3 月 25 日 北京市经委召开公司上市及上市公司扩股工作研讨

会。市经委、市证监会、市工业工委、各有关总公司、上市公司负责人参加会议。

3月30日 首钢冶金研究院“新型优质磁头材料”课题、“高精度无磁不锈钢带”课题，获得国家级新产品证书。

同日 北京市国防科工办再就业服务中心成立大会在618厂召开。副市长刘海燕、中国兵器工业总公司副总经理王德臣、中国航空工业总公司总经理王秦平及市经委、市劳动局等有关领导出席会议。

4月1日 北京市召开春运及民工有序流动工作表彰大会。对38个集体和160个先进个人进行表彰。50天春运，共发送旅客1761万人次。与上年同比，铁路运输持平，公路运输和航空运输有所增长。北京市春运已连续12年无大事故。

4月8日 中共北京市委书记、市长贾庆林与部分国有企业领导和下岗再就业职工座谈时强调，下岗再就业是当前国有企业的一个突出问题，要以企业为主体，动员全社会广泛参与，广开思路，千方百计扩大再就业门路，支持鼓励下岗职工再就业。

4月13日 北京市棉纺压锭首批签销仪式在首钢第三炼钢厂举行，共计10264枚纱锭被投入转炉销毁。纺织行业实行压锭减员。

4月25日 北京市常务副市长刘淇、副市长刘海燕及国家冶金工业局局长王万宾、市经委主任李岩岭等到首钢调研。

5月3~5日 北京市常务副市长刘淇先后到京棉集团、北人集团，就抓好结构调整、实施下岗分流、减员增效和职工再就业，努力实现行业扭亏增盈，进行调研，并听取企业领导的汇报。

5月7日 北京市经委召开学习贯彻《行政监察法》工作会议。传达市纪委、市监察局、市人事局、市司法局京纪（1998）24号文件。

5月8日 北京市经委、市委工业工委召开安全工作会议，传达贯彻市政府安全工作会议精神。

5月20日 国务院总理朱镕基到北京第一机床厂考察。他强调，北京市要加强国有企业下岗职工基本生活保障和再就业工作，鼓励下岗职工从事服务行业工作。要加大国有企业改革力度，下大力气把工业生产搞上去，加大下岗力度，提高企业经济效益。当前特别要按照国务院的统一部署搞好粮食流通体制改革。要搞好城市建设，加强环境整治，增加公共绿地，发展公共交通，保护好文化古迹和古都风貌。

同日 经国家计委、中国人民银行批准，北京工艺美术服务部通过中信证券有限责任公司，向社会公开发行3年期企业债券3000万元，发行至6月19日结束。

5月21日 北京市副市长刘海燕听取10个盈亏大户企业工作汇报，共同研究扭亏增盈工作。

5月21~22日 中共北京市委、市政府召开国有企业下岗职工基本生活保障和再就业工作会议。会议强调，要明确国有企业下岗职工基本生活保障和再就业工作的目标和重点，注意把握工作的节奏和力度，把产业结构与合理配置劳动力资源结合起来，进一步搞好本市再就业工程。

5月22日 北京市经委组织电子、汽车、机械、医药、一轻、二轻、纺织、建材等工业企业以不同形式参加高新技术产业国际周活动。市经委副主任张志明、何兵分别主持中韩经贸技术引进洽谈专场和电子信息报告会。

同日 北京市政府在高新技术产业周闭幕式上认定了28家外商投资企业为北京市高新技术企业。其中工业系统所属的东方冠捷、首钢莫托曼机器人、罗纳普朗克东方化工、爱立信通信系统、首钢日电、JVL、恩布拉科雪花压缩机等14家外商投资企业榜上有名。

5月23日 由中国北京同仁堂集团公司、北京海达航空机上服务用品厂共同组建的北京同仁堂保定药店正式开张营业。营业面积达300平方米，医馆面积为100平方米，经营范围主要是零售兼批发中成药、饮片、西药、保健品等。

5月26日 首台由国内自行制造的重整反应器——燕化炼油厂60万吨/年连续重整叠式反应器通过由国家机械局和中国石化总公司组织的鉴定。该反应器采用美国UOP公司专利，由北京设计院设计，兰州石化机械总厂制造，1997年7月25日投入使用。

5 月 28 日 北京市经委印发北京市经委、市国有资产管理局《关于加强北京市中外合资合作工业企业中中方国有股权监督管理暂行规定》的通知和《规定》的全部 15 条内容。通知要求各区县经委、国有资产管理局、各工业总公司（集团），结合本单位实际情况贯彻执行，同时将执行情况及出现的问题反馈市经委。

5 月 29 日 北京市工业系统解放思想、振奋精神、落实三年规划，确保 1998 年任务完成动员大会召开。副市长刘海燕在动员大会上讲话，对北京工业确保完成 1998 年任务，讲了四个方面的问题：认清形势，增强危机感和紧迫感；关于速度回落，效益不佳的原因分析；实施三年改革脱困规划，全面推行五大调整；落实 1998 年任务的措施要求。

5 月 北京二七机车厂再次被中华全国总工会和国家体育总局授予"全国职工体育先进单位"称号。这是自 1975 年以来，工厂第十一次获此殊荣。

6 月 1 日 北京市人民政府发布《北京市人民政府关于实施〈北京经济技术开发区条例〉办法》。

6 月 2 日 北汽福田车辆股份有限公司发行的股票"福田股份"4500 万股 A 股在沪上市。

6 月 8 ~ 22 日 北京市政府联合调查组对 10 家重点企业成本进行调查。调查组由市经委、市政府研究室、市计委、市财政局、市审计局组成。

6 月 12 ~ 16 日 东方化工厂乙烯装置顺利开车，12 日 11 时 5 分投油，14 日 22 时 24 分产出合格乙烯产品。6 月 16 日东方化工厂环氧乙烷装置产出合格产品，11 时 20 分开车，22 时 50 分产出合格乙二醇。

6 月 19 日 经铁道部车辆局、中国铁路机车车辆工业总公司审核，北京二七车辆厂研制的 ST 型缓冲器通过质量认证。该厂成为全国铁路第一家通过此项产品质量认证的单位。

6 月 23 日 燕化公司炼油事业部 200 万吨/年重油催化裂化装置于 13 时 30 分生产出合格产品，一次开车成功。该装置在国内同类装置中，重油加工能力最大，工艺最先进。

6 月 26 日　由国家发展计划委员会和铁道部授权，中车公司总经理王泰文任主任的北京二七机车厂扩建工程竣工验收委员会对该厂“七五”期间的大中型项目进行了全面审查验收，并签署了“北京二七机车厂基建工程合格，同意验收”的鉴定意见。至此，在二七机车厂发展史上产生重大影响的“七五”扩建工程圆满结束。

同日　北京市常务副市长刘淇和市经委主任李岩岭等到北京轻型汽车有限公司顺义厂区调研，了解该厂生产经营和技改工程进展情况。

6 月 30 日　由华旭金卡有限责任公司、摩托罗拉（中国）投资有限公司、华民智能卡系统有限公司共同投资兴建的北京华民智能卡系统制造有限公司成立。该公司总投资 2299.8 万美元。

同日　经北京市环委会第 21 次会议决定，首钢总公司荣获北京市 1997 年度环境综合整治目标管理考核及环保先进单位称号。

6 月　经中国科协学会评价委员会测评，各省、直辖市复审，中国科协批准，北京工艺美术学会荣获 1996 年度全国“学会之星”，在 1997 年 12 月中国科协公布的 300 名排名表中列工科学会第 122 位。

7 月 7 日　北京市政府办公厅转发市科委等 9 部门《关于鼓励民营科技企业发展的若干规定实施办法》的通知。通知规定，凡符合北京市扶优条件的民营科技企业，经有关方面审核批准后，享有与国有大中型企业同等的扶优政策。

同日　北京纺织名牌产品进名店工商协作签约筹备会在北京纺织控股集团公司举行。会上，北京纺织系统 13 个名牌产品生产企业同西单商场、百货大楼、复兴商业城、地安门百货商场等签订了建立“北京纺织名牌产品专卖商场”合作协议。

7 月 8 ~ 9 日　北京市经委召开第十三届优秀管理成果评审会，评出优秀管理成果 52 项。

7 月 14 日　由国家经贸委和首钢联合举办的高级工商管理培训班在首钢工学院开班。

7 月 18 日 北京市工业系统第八届工人技术比赛开幕。副市长刘海燕和市经委、市教委、市劳动局、市总工会、市团委等有关人员出席了开幕式。来自 16 个总公司的 368 名选手进行比赛。

7 月 21 日 在国家民委和北京市政府联合召开的表彰大会上，北京工美集团总公司被国家民委、市政府授予"民族团结进步模范单位"，被市委、市政府授予"首都民族团结进步模范单位"。

7 月 21～25 日 '98 北京工业产品展销订货洽谈会，在北京农展馆举行。洽谈会由市经委主办，市建委、市商委、首规委协办。5 天的展销会，达成交易金额 11.4 亿元，签约 313 项，筹集资金 2.1 亿元。市领导贾庆林、刘淇、李志坚等参观展览会。

7 月 25 日 首钢日电电子有限公司年产 60 万块的超大型集成电路——64 兆位动态存储器正式投入生产。市委书记、市长贾庆林将第一张硅片投入生产线。

7 月 27 日 北京市国防科工办、市国防工会联合会召开了北京国防工业系统下岗职工基本生活保障和再就业工作会议。

7 月 28 日 根据《国务院关于改革国有重点煤矿管理体制有关问题的通知》，北京矿务局被下放移交北京市管理。

8 月 6 日 北京市政府召开推广低硫优质煤暨 98 储冬煤供应动员大会。会上，印发了北京市新制定并要强制执行的《低硫优质煤及制品》地方标准。市经委常务副主任刘克信在会上做了具体部署，有关委办、局，各区县和主要用煤单位、煤炭供应单位的领导出席会议。副市长刘海燕出席会议并讲话。

8 月 7 日 北京市工业企业上半年经济形势分析会在首钢召开。市委工业工委书记金生官传达了中央和北京市经济形势分析会精神，市经委主任李岩岭作了上半年工作总结，对下半年工作提出了要求。副市长刘海燕在会上讲话强调：一要认清形势，找出差距，抓住机遇，乘势而上；二要针对解决工业低速低效的问题，在新的形势下要采取的措施；三要全市工业要拧成一股劲，下好一盘棋，努力全面完成今年的经济指标。

8 月 12～13 日 由铁道部科技司、车辆局、运输局、中国铁路机车车辆工业总公司等单位领导和专家参加的 SQ3 型运输汽车专用平车、XN17A 型平车——集装箱共用车、X6C 型集装箱专用平车技术审查会在北京二七车辆厂召开。该厂研制的这三种新车型全部通过部级技术审查。

8 月 18 日 中国炼焦行业协会召开焦炉评定会，首钢总公司焦化厂 1、3、4、5 号焦炉被评为特级焦炉，2 号焦炉被评为二级焦炉。

同日 北京建材集团年产 10 万立方米中密度纤维板的森华人造板生产线投料试车成功。

8 月 20 日 北京同仁堂的胰复康胶囊、参芍片、板蓝根颗粒、坤宝丸 4 个产品顺利完成美国 FDA 通关工作，正式按饮食补充剂合法进入美国市场销售，填补了同仁堂北美市场经营的空白。

8 月 25～26 日 北京印钞厂自行研制的高性能自控号机系统的 CAM 钞券原版雕刻两个项目，通过中国印钞造币总公司的鉴定。

8 月 26 日 北京市经委根据市委、市政府的部署和要求，为实现中共十五大确定的国有企业改革与脱困目标，指导国有企业以崭新的面貌跨入 21 世纪，促进本市工业经济持续、快速、健康发展，特制订《北京市国有工业企业三年改革调整方案》。

8 月 29 日 北京市市长贾庆林、常务副市长刘淇、副市长刘海燕等到北京恩布拉科雪花压缩机有限公司、北京万东医疗装备有限公司、北京通信设备厂、燕京啤酒集团和北京帆布厂调研。

8 月 7、8 月份我国长江、嫩江流域遭受特大洪水灾害，北京工业系统广大职工积极支援灾区，为抗洪前线的军民和灾区群众捐款捐物。其中，北京市医药总公司先后分批捐赠灾区急需抗菌药、卫生材料等数十个规格品种价值 2500 多万元。北京汽车工业系统捐赠越野车、轻型卡车等 150 辆，捐款 100 余万元，衣物 1 万多件。首钢总公司为灾区人民重建家园捐赠了价值 800 万元的优质钢材，职工捐款 258.7 万元，被褥 15 万件。

9 月 2 日 北京乡镇企业重组转制经验交流会在京召开。1 月至 7 月京郊乡镇企业累计完成总收入 368.5 亿元，利润总额 20.6 亿元，增长 18.1%。副市长岳福洪在会上讲话。

9月3日　北京市经委发出《关于印发贾庆林、刘淇、林文漪、刘海燕在“国有企业技术创新座谈会”上讲话的通知》。要求各总公司（集团）、各局、各有关单位，认真学习8月27日上午由常务副市长刘淇主持召开的“国有企业技术创新座谈会”上的领导讲话精神。

9月4日　北京市经委召开庆教师节暨表彰优秀教育工作者大会。对在工业人才培养方面做出突出贡献的88名先进教育工作者、从教30年的48名老教育工作者进行了表彰。同时授予8名厂长（经理）为“尊师重教优秀厂长”，授予9名校长、教师为“十佳教育工作者”，并对在再就业培训工作中做出突出成绩的10名教育工作者进行表彰。

9月8~10日　北京产权交易中心举行’98企业改制资产重组洽谈会。155家企业参加洽谈会，会上推出51个项目。

9月9日　北京建材集团与维特泰格斯公司、法国圣戈班（中国）投资公司三方投资的北京赛姆菲尔玻璃纤维有限公司耐碱玻璃纤维生产线点火成功。

9月15日　北京市常务副市长刘淇到怀柔县调研时，视察了北汽福田公司怀柔车辆厂，参观了月产2000辆农用车的总装车间、车身车间，观看了“北京牌”系列农用运输汽车产品中的12个品种。

9月22日　北京市常务副市长刘淇到北京旅行车股份有限公司进行调研，在参观生产车间、听取工作汇报后，就企业扭亏增盈、资产重组、开拓市场、走出困境等问题提出了意见和要求。

9月23日　北京市工业系统召开全市主要亏损企业扭亏增盈动员会。市经委主任李岩岭主持了会议，并对亏损企业的减亏、控亏和扭亏增盈提出了要求。

9月24日　北京矿务局所属木城涧煤矿与杨坨煤矿合并，合并后名称为北京矿务局木城涧煤矿。

同日　北京市政府办公厅转发市经委《关于北京市国有工业企业三年改革调整方案》，明确“有所为、有所不为”和“抓大放小”的方针，实行企业改革、改组、改造与加强管理紧密结合；加快用高新技术改造工业企业，促进产业升级，实现产品的更新换代；推进兼并破产和减人增效、再就业工作，实行国有工业的战略性改组。

同日 团市委在北京轻型汽车有限公司举行了北京市青年文明号生产线命名仪式，轻汽公司第二组装厂青年生产线被授予市青年文明号生产线称号，成为北京市首批获此殊荣的四家单位之一。

9 月 25 日 北京市经委、市财政局、市委工业工委联合下发《关于深入学习邯钢经验加强工业企业成本管理的通知》。为落实市委、市政府上半年经济分析会精神，尽快扭转工业低速低效的局面，打好扭亏增盈攻坚战，确保全市工业经济增长目标，针对工业企业学邯钢、加强成本工作提出 8 条意见。

同日 在北京市国有小企业改革经验交流电视电话会上，常务副市长刘淇强调，选择市属国有工业小企业作为全市放开搞活国有小企业的突破口，重点抓好 303 家小企业的改革工作，将是下阶段我市国有小企业的改革目标。副市长刘海燕主持会议。

10 月 6 日 北京市人民政府批转市体改委《关于本市国有大中型骨干企业建立现代企业制度的若干意见》。

10 月 8～14 日 北京市经委组团参加在烟台召开的“第二届 APEC 中小企业技术交流暨展览会”，北京展团由市经委副主任周毓秋带队，共有 33 个单位参加。北京展团荣获最佳设计奖，成交金额 900 万元。

10 月 14 日 北京同仁堂香港中环分店开业，这是继西环、尖东、跑马地之后同仁堂在香港开设的第四家分店。新华社香港分社副社长乌兰木伦、北京市副市长张茅等为开业剪彩并祝贺。

10 月 28 日 北京市常务副市长刘淇在北京市国有大中型骨干企业建立现代企业制度工作会上强调，要认真贯彻党的十五大精神，把握有利形势，明确目标，力争用三年时间使大多数国有大中型骨干企业初步建立现代企业制度。市委常委阳安江出席工作会议，副市长刘海燕主持会议。

10 月 30 日 北京市常务副市长刘淇在北京汽车摩托公司扭亏增盈动员大会上强调，国有企业实现扭亏增盈，关键是要进一步解放思想、转变观念、树立信心，摒弃“等、靠、要”的思想。

11月1日 被国家经贸委列为科技项目的燕化公司炼油事业部二催化装置改造顺利投产，成为我国第一套按全减压渣油设计的催化裂化装置。该装置改造集中采用了15项先进的催化裂化技术，其中新一代DVR—1催化剂、旋流式快分系统、新鲜原料的雾化喷嘴、富氧再生以及提升管终端温度控制等5项技术是国内首次采用。该装置的投产，标志炼油事业部炼油技术达到国际催化裂化的先进水平。

11月5日 北京市政府在公安部礼堂召开“北京市使用低硫优质煤动员大会”。市经委副主任冯海宣读《关于北京市使用低硫优质煤的通知》，市技术监督局局长、市环保局局长作了动员讲话。副市长汪光涛到会并讲话。中央在京单位、驻京部队、大专院校、科研院所、外省市驻京机构、市有关单位及各区县主管领导近1000人参加会议。

11月11日 北京市经委召开北京市第三季度工业经济形势分析会。会上，市经委主任李岩岭作了《努力拼搏扎实工作，确保全年工业经济增长目标和各项任务的完成》的报告。报告对1至10月全市工业经济运行情况作了简要分析，提出了年底前两个月的重点工作要求。

11月13日 投资额4300万美元的可口可乐饮料生产厂在北京经济技术开发区竣工试生产。

同日 北京市政府在天兆饭店召开推广二轻“双促”（即改革促发展，发展促就业）工作现场会。副市长刘海燕主持会议，市委副书记、常务副市长刘淇和市委常委、再就业工程领导小组组长阳安江出席会议并讲话，二轻公司、北京市宏华民用电器厂、北京革制品厂的代表在会上介绍了经验。

11月23日 北京光华染织厂兼并北京印染厂。兼并后，北京印染厂成为北京光华染织厂下属的全资子企业。按国家政策，北京印染厂欠有关银行的利息8040万元免除，欠银行的本金改7554万元，由北京光华染织厂分期分批归还。

11月25日 北京市经委在金隅大厦召开“北京工业国际化经营

座谈会”。首钢集团、联想集团、北大方正集团、同仁堂集团介绍了各自发展海外事业的经验。副市长刘海燕作了“努力推动北京企业开展国际化经营”的报告。

11 月 27 日 北京市经委、市委工业工委举办学习“北开”管理经验座谈会。来自北汽摩公司、铜牛集团、电机总厂、万东医疗装备公司等企业的代表和清华大学、中国科学院、经济管理学院、首都经贸大学等单位的 12 名专家、学者，就进一步学习推广北开管理经验进行了深入研讨。

11 月 30 日 《北京日报》报道，北京开关厂在全国机械工业系统国有企业中率先通过了国家环保局环境管理体系认证中心和英国龙卡斯认证中心 ISO14001 环境管理体系认证，取得两张通向国际市场的绿色通行证。

12 月 1 日 《北京日报》“发展首都经济”栏目报道，以中小型企业为主体的“二轻”，曾一度出现全行业亏损，下岗职工 1997 年底达到 9198 人。穷则思变，北京二轻有限责任公司实行了产权制度放开、经营形式放开、人事管理放开、分配方式放开，放出了生机。前 9 个月，“二轻”国有企业比去年同期减亏 40%。

12 月 4 日 驻京部队、武警部队经营性企业交接仪式举行。北京市共接收 68 个经营性部队企业，总资产 14 亿元，净资产 3.5 亿元，职工 2300 人。

12 月 11 日 北京市高新技术产业开发实验区管委会和北京市经济委员会共同组织 57 家高新技术企业、国有工业企业的代表，交流洽谈“优势互补，资产重组”，26 家企业签约联姻。据统计，北京市高新技术企业与基础工业企业合作已达 250 家，成果转化 400 多项，达到生产规模的新产品 420 多种。常务副市长刘淇、副市长林文漪、刘海燕等参加签约洽谈会。

12 月 20 日 燕化地毯厂于晚 7 时成功织出第一块机织纯羊毛地毯。纯羊毛地毯是该厂与新西兰羊毛局联合，双方各投入一半资金开发的产品，由地毯厂负责设计、生产，外方负责产品宣传，双方共同负责产品销售。开发纯羊毛机织地毯在国内尚属首次，填补了机织纯羊毛单幅地毯的空白。

12月21~23日　北京市经济工作会议召开。会议传达学习了江泽民总书记、朱镕基总理在中央经济工作会议上的重要讲话。市长贾庆林在会上强调：统一思想、坚定信心、抓住机遇、乘势前进。常务副市长刘淇在会上作了题为《扩大内需、优化结构、大力发展首都经济，以优异成绩迎接建国五十周年》的讲话。

12月25日　北京市信息化工作领导小组召开第一次会议。决定今后三年内每年增加投资建设信息基础设施。领导小组组长、常务副市长刘淇主持了会议。

12月26日　中共北京市委书记、市长贾庆林，副书记李志坚，常务副市长刘淇及市委宣传部长龙新民等到北京工美艺术世界视察。该“艺术世界”是同年7月1日开业的。

同日　清华（密云）高科技产业基地建成。该基地占地总面积120公顷，建筑面积50万平方米。

本年　北京矿务局生产煤炭百万吨死亡率降到1.5，达到建局50年来最好水平。

朝阳区经委投入科研力量和资金建立“朝阳之窗”网站，并在世界知名的国际互联网——“中国之窗”上正式发布。

1999 年

1 月 1 日 国务委员吴仪到燕化公司慰问，视察了炼油事业部三催化车间、化工二厂 20 万吨聚丙烯车间和化工一厂裂解车间。

1 月 11～12 日 北京市工业工作会议召开。常务副市长刘淇做了书面发言，市委常委阳安江、副市长刘海燕出席会议并讲话。市经委主任李岩岭和市委工业工委书记金生官分别在会上做了报告。市人大常委会副主任汪统和市政协副主席朱相远出席了会议。市政府部分委、办、局的领导，各区县主管区县长、经委主任，中央在京重点企业和市属工业总公司、集团的领导，市委工业工委、市经委的领导及两委处室的负责同志出席了会议。

1 月 16 日 北京市市长贾庆林，市总工会主席阳安江，副市长刘海燕，市政府秘书长刘志华一行到北京矿务局慰问，并深入到该局最偏远的大安山煤矿井下看望生产一线职工。

1 月 18 日 北京新技术产业开发实验区 6 家新技术企业通过风险担保手段，与北京市商业银行双秀支行签订了 570 万元的贷款协议。这是自“北京实验区新技术企业担保风险金”建立以来首批启动的担保项目。

1 月 19 日 中共北京市委、市政府召开国有企业下岗职工基本生活保障和就业工作会议，传达全国国有企业下岗职工基本生活保障和再就业工作会议精神。会议强调要明确目标，突出重点，全力推进国有企业下岗职工基本保障和再就业工作。

1 月 20 日 北京市经委召开防火动员大会，要求各单位认真学习国家主席江泽民关于安全生产和 1 月 16 日对银川锅炉爆炸事故的重要指示，落实市消防工作会议精神，将会议精神传达到每个职工。

1 月 22 日 中共北京市委工业工委、市经委联合召开会议，确保下岗职工基本生活费和离退休职工养老金按时、足额发放。市工业系统各总公司（集团）主要领导和市劳动局有关人员参加了会议。

同日 北京市召开“学邯钢降成本扭亏增盈座谈会”。会上，邯钢集团、武钢集团、水钢集团和重庆特钢集团的4位总经理介绍了经验。刘海燕主持大会，刘淇、阳安江等市领导参加会议并讲话。

同日 北京轮胎厂年产70万条子午胎工程通过国家验收。

1月27～31日 北京市副市长刘海燕率北京市代表团赴山西、河北慰问。先后拜会了河北、山西省政府，慰问了太原煤气化公司、太原铁路分局、大同第二发电厂、大同矿务局等煤炭、电力和铁路部门。市经委副主任徐和谊参加了慰问活动。

2月2日 中华全国总工会主席尉健行率全总“送温暖慰问团”到北京变压器厂、清河毛纺厂，给企业送去慰问金，看望、慰问坚守一线生产的职工和下岗职工家庭。陪同视察和慰问的有市领导于均波、阳安江、刘海燕等。

2月11日 北京市领导春节前分路到企业慰问。市委书记贾庆林到北京起重机厂慰问，市长刘淇、市委常委徐锡安等到北京自动化控制设备厂慰问，市委副书记于均波、副市长孟学农等到北京冶炼厂慰问。

2月14日 北京市副市长刘海燕、市经委主任李岩岭等领导到首钢给一线职工和家属拜年。

3月3日 中共北京市委常委阳安江到二轻调研。他强调，要把下岗职工问题当成突出问题来抓，通过组织下岗职工搞环卫、社区服务和非公有经济等6种渠道解决下岗职工再就业问题。

3月5日 北京市经委再次动员部署解决市属工业计算机2000年问题。市经委向19个工业总公司及中央在京重点企业传达了上级有关会议精神，介绍了国家经贸委推荐的解决计算机2000年问题的软件，并对各单位提出了具体要求。

3月12日 燕化化工三厂间甲酚装置技术改造通过验收。该装置经试生产并优化和完善工艺路线，苯酚、丙酮产品质量合格率达100%，优级品率达91.25%，在国内同类装置中技术处于先进水平。

3月18日 《国家计委关于审批燕山石化（集团）公司66万吨/年乙烯改扩建工程可行性研究报告的请示》业经国务院正式批准。

该项目是国务院 1999 年批准的第一个工业项目。

4 月 1 日 经中国石化集团公司批准，国家行政管理局核准，北京市工商行政管理局注册登记，北京燕山石油化工集团有限公司名称正式变更为“中国石化集团北京燕山石油化工有限公司”。

同日 燕化首批 100 吨车用液化气出厂。使用液化气，可大大降低汽车尾气排放中的一氧化碳、碳氢化合物等污染物。

4 月 2 日 燕化 45 万吨/年乙烯装置改扩建为 66 万吨项目，中外合同签字仪式在北京昆仑饭店举行。中国石化集团公司国际事业公司、技术开发中心和燕化公司与美国鲁姆斯公司、埃克森公司、日本东洋工程公司的代表在项目合同（或意向书）上签字。

同日 北京市召开“签订工业污染源达标排放工作任务责任书”大会。副市长刘海燕代表市政府与 32 个总公司负责人签订“完成工业污染源达标排放工作任务责任书”，与 18 个区县的区县长签订“落实辖区内工业污染源达标排放工作任务责任书”。责任书中对需治理污染的 294 个企业下达了限期治理标准及完成期限。

4 月 5 日 北京市政府召开北京工业学邯钢、降成本帮促工作动员会。会上，副市长刘海燕讲话，北京开关厂、北汽摩公司作了经验介绍。出席会议的有市经委、市委工业工委、市财政局的领导及 26 个帮促组的全体成员、被帮促企业和总公司的领导约 250 人。

4 月 6 日 在西安市召开的“’99 中国东西部合作与投资贸易洽谈会”上，北京展团的参展单位共设展位 50 个。同仁堂、燕京啤酒集团、北京开关厂等著名大企业加盟。

4 月 8 日 北京市经委布置落实控制大气污染第二阶段措施。市经委副主任冯海主持会议，向首钢总公司、化工集团、煤炭总公司、建材集团、华北电管局和焦化厂、燕山第二水泥厂、北汽摩等重点企业提出具体落实措施。

4 月 9 日 经北京市经委考核认定，北京矿务局煤矸石热电厂获得“北京市资源综合利用企业”证书。

同日 北京市经委在顺义区宾馆召开十个远郊区县主管工业的区县长和经委主任参加的会议。会议听取了各区县今年一季度工业经济运行情况和全年工作安排。市经委副主任徐和谊到会并讲话，对今年区县工业脱困和扭亏工作提出具体要求。

4月10日 中共北京市委、市政府召开北京市职业教育工作会议。会议明确了今后一个时期北京市职业教育发展的目标和职业教育的四项改革措施。

4月12日 北京一轻集团有限公司和北京市旅游集团有限责任公司联手，举办轻工旅游产品推介会。来自首都大宾馆饭店的近百名代表和一轻所属的20家企业参加了推介会。

同日 北京电子城职业技术学校成立，这是由市劳动局正式批复成立的北京市第一所民办公助技校。

4月13日 北京市经委召开市工业系统大中型骨干企业建立现代企业制度工作研讨会。市经委副主任周毓秋到会讲话，北京光学仪器厂、北京无线电厂、北京金星金笔公司介绍了改制经验。

4月14日 在北京市工人俱乐部举行了“北京市工业系统第八届工人技术比赛”表彰大会。本届比赛共设比赛工种50个，评出“北京市工人高级技术能手”、“高级操作能手”、“北京市工业系统工人技术能手”、“操作能手”、“北京市新长征突击手”等317名优秀选手。副市长刘海燕出席表彰会并讲话。

同日 北京市经委召开工业系统再就业经验交流会。北京矿务局、618厂介绍了工作经验。第二制药厂下岗职工高振龙、原北京制线厂下岗职工刘金玲介绍了再就业的事迹。市委常委阳安江、副市长刘海燕到会并讲话。

4月24日 中国企业联合会（前中国企业管理协会）、中国企业家协会、企业管理科学基金会作出《关于表彰100家中国企业管理杰出贡献奖单位的决定》，对在创造企业管理经验方面作出显著成绩的100家企业予以表彰，燕化公司获得“中国企业管理杰出贡献奖”。

4月26日 北京市政府发布《北京市关于进一步促进高新技术产业发展的若干政策》，明确高新技术产业在引进高素质人才、拓宽资金筹集渠道，加速科技成果转化和培育高新技术企业持续发展等方面享有的 33 条优惠政策。

4 月 30 日 北京市政府与中国科学院签订全面合作协议。同时成立了由市长刘淇和院长路甬祥任主任的全面合作委员会。合作的主要内容是：共同有计划地培育拥有自主知识产权和市场竞争力的高新技术企业；支持科研机构和企业共建技术创新中心；推动产学研合作，促进传统产业升级和高新技术产业发展；携手推进制度创新，共同促进配套改革，设立合作基金等。

5 月 4 日 北京市副市长刘海燕到北京汽车工业集团总公司所属北京旅行车股份有限公司调研。

5 月 5 日 北京市经委、市计委、市规划委、市政管委、市财政局、市地方税务局联合制订下发《北京市推进污染扰民企业搬迁，加快产业结构调整实施办法》。

5 月 7 日 中共北京市委书记贾庆林、市长刘淇到北京展览馆参观第二届中关村电脑节计算机信息应用技术展览会。贾庆林强调，要进一步完善软件和硬件环境，为首都高新技术产业发展创造条件。

5 月 9 日 经公开竞拍，北京市旅游集团所属北京祥泰实业发展公司以 3520 万元收购了北京造纸四厂的破产财产。这是自 1996 年北京市按照国务院文件精神实施破产以来，破产企业财产首次通过拍卖形式实现。

5 月 12 日 北京市召开企业划转工作会议。市经委主任李岩岭代表市政府分别与 18 个区县的区县长签订了划转交接书。根据市政府办公厅转发的《市经委关于市属中小企业转划到区县管理的实施意见》，此次共有 186 家（实际划转 179 家）市属中小企业分别划转到 18 个区县管理。副市长刘海燕到会并讲话。

5 月 18 日 燕化石化股份有限公司为 66 万吨/年乙烯改造项目向中国银行北京市分行举行贷款签字仪式。中行北京市分行为此项目提供人民币贷款 120528 万元、现汇外汇贷款 13211 万美元，占项目投资总额的 60%。

同日 北京建材集团有限责任公司与德国 ACE 公司合资兴建的年产 10 万立方米中密度纤维板的北京森华人造板有限公司开业。

同日 民营企业北京市百万庄园实业总公司以承担债务方式兼并了北京二轻有限责任公司下属的北京市聚友实业公司。这是北京市首例民营企业兼并国有企业。

5月19日 北京市总工会主席阳安江听取首钢等7户总公司汇报再就业工作时指出，一季度全市再就业率仅为14%，与全年完成60%的指标差距较大，各单位要增强紧迫感，确定的目标绝不能动摇，帮助下岗职工实现再就业。汇报会由市经委副主任周毓秋主持。

5月20日 由北京市政府、国家科技部和外贸部主办，北京市贸促会承办的“'99中国北京高新技术产业国际周展览”开幕。来自国内外的500余家高新技术企业、科研机构、高等院校展示了电子信息与通讯技术、生物医药、光机电一体化、环保、新材料、新能源和现代农业的先进技术和产品。

5月22日 全国人大常委会副委员长邹家华视察大唐公司高井发电厂的环保工作，他希望该厂进一步解决二氧化硫及氮化物等污染物的排放问题。

5月26日 京棉一、二、三厂停止法人运作，开始办理注销手续，由京棉集团统一对外经营。3个厂的债权、债务、资产和权益同时由京棉集团承继。

同日 中共北京市委书记贾庆林在北京控股有限公司董事局主席胡昭广的陪同下，对BISC公司进行调研。贾庆林等还参观了公司的EWSD生产线和ISDN演示室。

5月28日 中共北京市委、市政府召开推行厂务公开加强民主管理工作会议。市委书记贾庆林要求全市各级党委、政府从深化国有企业改革的大局出发，认识推行厂务公开的重要意义，明确目的，注重实效，加强领导，努力开创国有企业改革的新局面。

同日 中共北京市委、市政府召开北京市个体私营经济工作会。会议强调全市各级党委政府要放手发展个体私营经济，促进全市经济结构的优化调整，推动首都经济的健康发展。

5月 北京电子信息产业集团所属9户中小型企业隶属关系划转所在区县管理，同时接收原广播电影电视部广播设备制造厂。

6 月 2 日 北京市经委在燕山石油化工有限公司召开北京市工业系统推进技术改造加强企业环境整治现场经验交流会。会议由市经委主任李岩岭主持，副市长刘海燕作了重要讲话，燕化公司董事长曹湘洪介绍了经验。会后，参观了化工一厂、炼油事业部、化工二厂和橡胶厂。各工业总公司总经理及部分重点国有企业厂长40 多人参加。

6 月 3 日 经北京市政府批准，北京中关村科技发展股份有限公司成立。

6 月 5 日 国务院批复北京市人民政府、国家科技部《关于实施科教兴国战略加快建设中关村科技园区的请示》，原则同意加快建设中关村科技园区的发展规划。

6 月 9 日 门头沟煤矿发生重大伤亡事故，死亡 5 人，重伤 1 人，轻伤 2 人。经市有关部门联合调查确定，此次事故是由突发性冲击地压造成的非责任事故。

6 月 10 日 越南铁路学校代表团来到北京二七机车厂职业技术学校参观考察。

6 月 12 日 中共北京市委书记贾庆林及阳安江、杜德印、刘海燕等市领导到北京博飞仪器股份有限公司调查研究，并召开了本市部分企业负责人座谈会。贾庆林说，市委决心集中一段时间搞专题调研，是按照中央的部署把国有企业的改革、发展作为重点工作来抓，充分听取各方面意见，探索在深化改革中国有企业发展的新路，以实现国有企业的“三年两大目标”。

6 月 17 日 中共北京市委书记贾庆林在北京变压器厂调研，听取了变压器厂等 6 家国有工业企业关于“国有企业实施三年脱困目标”的工作汇报。市委常委杜德印、副市长刘海燕以及市经委主任李岩岭等陪同调研。

6 月 19 日 中共北京市委书记贾庆林到大兴县伟豪铝业有限责任公司等民营企业调研。市委常委杜德印、副市长刘海燕以及市经委主任李岩岭等陪同调研。

6 月 21 日 中共北京市委书记贾庆林到北京汽车工业集团总公司所属北汽福田车辆股份有限公司怀柔厂区视察。

6月28日 北京电子工业再就业基地在电子城落成。

同日 北京松下彩管有限公司拉闸停产，这是全国8大彩管厂作出停产决定的第一天。这次8家彩管厂的联合停产是以一个月25亿元产值损失来换取全行业及主管部门的警醒，是对彩电价格战的无声抗议。

7月1日 中共北京市委书记贾庆林等到首钢总公司进行专题调查研究。

7月2日 连续高温天气使华北地区用电负荷急剧上升。京津唐电网最大负荷超过历史最高峰，为1254.5万千瓦。北京最大负荷为536万千瓦，当日供电量达1.037亿千瓦。

7月8日 北京信息职业技术学院正式成立，该学院是由北京市成人电子信息大学和北京无线电工业学校合并组成。

7月10日 北京市市长刘淇、副市长刘海燕等到北京铜牛针织集团有限责任公司和北京东方电子集团股份有限公司调研。刘淇强调，本市国有工业企业要坚定信心，通过深化改革，建立现代企业制度，搞好技术和产品创新，实现更快发展。市政府秘书长刘志华，以及市政府有关委办局负责人一同调研。

7月11日 中国医药企业管理协会向北京双鹤药业股份有限公司授予“全国医药优秀企业”称号。全国共有40家企业获此殊荣。

7月12日 北京市东城区地毯一厂集体资产管理协会挂牌，集体企业资产可以由社团法人组织管理监督。这是本市成立的首家集体资产管理协会。

7月17日 北京市市长刘淇、副市长刘海燕到北京双鹤药业股份有限公司和北京有机化工厂调研。刘淇强调，本市国有企业要进一步坚定信心，深化改革，建立和完善现代企业制度，实现快速、高效发展。市政府秘书长刘志华以及市政府有关委办局负责人一同调研。

7月20日 北京二七机车厂新开发研制的东风7E型内燃机车出厂，交付郑州编组场运用考核。东风7E型内燃机车为25吨轴重调车机车，是为适应我国主要繁忙干线重载列车编组调车作业需要而开发的产品。

7 月 29 日 “北京市上半年工业经济形势分析会”在首钢召开。市经委主任李岩岭做了工作报告，市委常委阳安江、副市长刘海燕到会并讲话，各工业总公司、各区县经委、市经济技术开发区和新技术产业开发区管委会，部分重点工业企业领导出席了会议。

7 月 北京纺织工业 1998 年 4 月至 1999 年 7 月，共实现棉纺压锭 12.5 万锭。其中，京棉集团公司完成压锭 11.37 万锭的任务。

8 月 2 日 由首钢总公司修复建设的津巴布韦钢铁有限公司四号高炉举行开炉典礼。津巴布韦总理穆加贝等政府官员出席了典礼仪式。

同日 由北内集团、北京工业大学和北京高新技术创业服务中心共同建立的国内首家国企高新技术产业孵化基地在北内集团建立。它将依托这三家优势及社会资源，以创新的科技企业孵化器的运作模式，选择具有潜力的制造业高科技项目和科技创业者，为其提供成果转化和科技创新的基本条件，并提供融资、培训与市场推广等专业服务，目标是在几年内培育出一批高科技企业和企业家。

8 月 4 日 联想集团宣布，联想中央研究院正式设立了数字信号处理（DSP）实验室。该实验室将首先开发机顶盒、数字电视、调制解调器等数字处理芯片，以加强联想在未来数字化领域产品中的竞争优势。

同日 北京市副市长刘海燕带队检查东方化工厂安全生产工作。在检查该厂调度系统、油灌区等重点隐患区和消防器材设备后，刘海燕对安全生产工作提出了三点要求。

8 月 6 日 北京市市长刘淇到北京无线电技术研究所、北京电机总厂调查研究时强调，企业要扎扎实实搞好产品结构调整，要从技术含量低、市场竞争力差的产品中跳出来，下大力气开发高附加值、技术含量高、市场前景好的高科技产品。

8 月 8 日 中共北京市委、市政府决定，北京市新技术产业开发试验区更名为中关村科技园区管理委员会。

8 月 11 日 国家主席江泽民主持召开八省区市企业改革和发展座谈会。北京开关厂厂长黄国诚在会上汇报了本企业改革情况。

8月14日 北京市市长刘淇、副市长刘志华到“纺织一条街”调研。先后参观了京棉集团二棉纺厂和京港城市广场，并与纺织控股公司领导和部分厂长座谈。市经委主任李岩岭陪同调研。

8月16日 由北京二七车辆厂自行研制并批量生产的XN17A型平车——集装箱两用平车，被国家科学技术部列入《1999年度国家重点新产品计划》。

8月17日 张福森、阳安江、程世娥等市领导到北京开关厂调研“厂务公开”工作。张福森一行在参观了北京开关厂后，又同北京开关厂、北人集团、北京电机总厂、华德液压公司、北京重型电机厂等5个企业的领导进行了座谈，张福森在座谈会上讲话。市委工业工委、市经委、市纪委、市总工会的领导参加了调研。

同日 北京市建立个体私营经济联席会议制度并召开第一次会议。联席会议由市政府27个职能部门组成，并邀请市工商联、市个体私营经济协会参加。其具体职能包括：一、研究个体私营经济发展状况，定期向市政府汇报，为政府决策提供依据；二、监督检查各区县政府、市政府各部门促进个体私营经济的工作；三、组织协调有关单位解决个体私营经济发展过程中遇到的问题。

8月20日 中共北京市委书记贾庆林在第八次市再就业工程领导小组扩大会议上强调，要切实搞好下岗职工再就业工作，今年全市要确保失业人员和下岗人员的再就业率实现60%。

8月24日 北京市经委制定《关于进一步加快本市城镇集体企业改革的若干意见实施细则》。

同日 北京市经委召开北京市国有大中型亏损企业扭亏脱困工作经验交流会。北汽摩公司、古桥公司、白菊公司负责人在会上发言，市经委副主任周毓秋到会并讲话。

8月30日 北京市市长刘淇，副市长刘海燕、刘志华到首钢集团公司调研。刘淇等听取了首钢集团公司负责人的工作汇报后强调，在跨世纪的发展中，首钢要真正成为技术创新的主体，在北京的区域创新体系中，发挥主力军作用，实现新的飞跃。市领导在首钢五一剧场广场，参加了首钢建厂80周年纪念雕塑揭幕仪式。

8 月 31 日 燕化化工一厂间二甲苯装置技改项目竣工投产。此装置是在对二甲苯装置上改造完成，总投资 1.2 亿元，是中国产量最高的同类装置。

8 月 石景山区政府建立“石景山区科技企业、中小企业贷款担保资金”。

9 月 1 日 北京市经委召开“北京市强制使用低硫煤动员大会”。市政府副秘书长柳纪纲主持会议，市经委委员朱鼎恒作大会动员，市技术监督局、环保局、工商局的领导在会上发言。市政府有关部门、中央在京单位、驻京部队、大专院校、科研院所、各区县、各总公司主管领导及重点用煤单位的负责人参加了会议。

9 月 2 日 全国首家债转股协议——北京水泥厂债转股协议签字仪式举行。签字双方为中国信达资产管理公司和北京建材集团有限责任公司。国家经贸委主任盛华仁、副主任王万宾、秘书长蒋黔贵，中国建设银行行长周小川，北京市市长刘淇、副市长刘海燕，国家建材局常务副局长杨志元，市经委领导李岩岭、周毓秋等参加了签字仪式。

同日 北京市再就业工作推进大会召开。副市长刘海燕主持大会，市长刘淇在大会上讲话，强调要确保在年底前完成下岗职工 60% 再就业。市政府各委办局、各区县、各总公司、集团公司负责人和大中型企业厂长、经理约 1000 余人参加了会议。

9 月 10 日 北京市经委在北京金星制笔公司召开“全市工业企业下岗职工再就业服务中心管理工作现场会”，通过学习金星制笔公司的经验，推动全市工业企业再就业工作。市委常委阳安江和市经委副主任何兵出席会议并讲话。

9 月 11 日 曾被誉为工美企业“华夏第一家”的北京工艺美术博物馆新馆在王府井大街 200 号揭幕。该馆是 1987 年 3 月 6 日经北京市委、市政府批准同意建立的。

9 月 12 日 中国信达资产管理公司和北京水泥厂的母公司北京建材集团正式举行债权转股权签约仪式。北京建材集团北京水泥厂成为全国首家债权转股权签约企业。

9月14日　北京大华无线电仪器厂、北京建中机器厂等12家企业的24名厂长同北京电子信息产业集团公司总经理签约，成为该集团实行聘任制的企业带头人。

9月17日　“首钢股份”以5.15元/股的最高价格完成配售1.75亿股。

9月18日　全市工业企业外搬迁座谈会召开。三年内，北京市上百家污染扰民工业企业将被“请”出四环路，重点迁入郊区县的23个工业开发区，并逐步调整四环路内工业用地地价和土地占用费，使全市形成“市区繁荣，郊区体现实力”的新型工业格局。

9月24日　中共北京市委召开全市党员领导干部大会，传达贯彻中共十五届四中全会精神。贾庆林要求采取有力措施，依靠全党和社会力量，努力开创全市国有企业改革和发展的新局面。

10月1日　由国家邮政局发行，邮票印制局印制的《民族大团结》邮票发行。该套邮票共56枚，全部集于一版之中，创中国邮票发行史之最。北京胶印厂还承担了该套邮票的“首日封”任务。

10月8~12日　北京市组团参加了国家经贸委在莫斯科举办的“中国中小企业产品展览会”。北京展团采取工商联手形式，有17个单位，33家工商企业参展。参展品种有电子、轻工、服装纺织、食品四大类30余种商品，现场销售收入11683美元，签订意向协议7项，意向协议金额782万美元/年。

10月11日　中共北京市委八届三次全会通过《中共北京市委关于贯彻党的十五届四中全会精神，大力推进国有企业改革和发展的意见》。

同日　全市工业扩大出口工作交流会召开。市经委副主任何兵对今年第四季度的出口工作提出了要求。北内进出口公司、工美集团总公司等单位介绍了经验，市财政局、国税局、北京海关的人员讲解了有关鼓励出口的政策。各区县、各工业总公司（局）、各主要出口企业的负责人参加了会议。

10月19日　北京市在首钢文体馆召开“落实党的十五届四中全会和市委八届三次全会精神，推进国有企业改革大会”。市长刘淇在会上强调，要认真贯彻落实党的十五届四中全会和市委八届三次会议精神，统一认识，认清形势，坚定信心，大力推进国有企业的改革与发展。副市长刘海燕在会上作了报告，首钢总公司和北京电子信息产业有限责任公司的代表作了发言。市委常委、市总工会主席阳安江主持会议。市有关委、办、局，各工业总公司，重点企业，各区县政府负责人计 450 人参加了大会。

同日 北京市经委副主任周毓秋主持召开汽车、电子、纺织、建材等 4 个改制试点单位主要领导参加的会议，传达了市长办公会及全市会议上有关国有企业体制改革的精神，并对下一步试点单位的工作提出了具体要求，明确了各单位的工作进度和责任。

10 月 22 日 由华北电力集团公司超高压局承建的我国第一条 500 千伏紧凑型输电线路全线架通。线路由昌平变电站至房山变电站，全长 82.5 公里。

10 月 23 日 北京市市长刘淇到燕山石油化工有限公司调研时强调，深化改革，建立和完善现代企业制度，是国有企业发展的必由之路，燕化要抓住企业重组改制的机遇，加快发展步伐。同时，房山区要与燕化进一步密切合作，发展好区域经济。燕化石油化工有限公司董事长曹湘洪作了工作汇报。阳安江和刘海燕分别就化工企业结构调整和燕化的跨世纪发展讲话。

10 月 28 日 北京市市长刘淇到北京第三制药厂调研。刘淇指出，医药产业作为北京市的支柱产业有很大的发展前途，要加紧建立现代企业制度，建立法人治理机构，加大新产品开发研究力度。副市长刘海燕、工业工委书记金生官、市经委主任李岩岭等陪同调研。

同日 在第三届北京—香港经贸洽谈会上，北京同仁堂、京泰实业（集团）与和记黄埔（中国）有限公司就在香港建立中药生产基地及新药研究和开发中心项目举行了原则协议书的签字仪式。

同日 北京同仁堂股份有限公司与美国安荣贸易有限公司签订了北京同仁堂（美国）有限公司合资合同，北京同仁堂股份有限公司占投资总额的 70%，美国安荣贸易有限公司占投资总额的 30%。

同日 北京同仁堂股份有限公司与香港泉昌有限公司签订了北京

同仁堂泉昌企业管理有限公司合资合同，其中北京同仁堂股份有限公司占投资总额的60%，香港泉昌有限公司占投资总额的40%。

10月30日 北京二七机车厂研制的2400kW12V240ZJ6E柴油机完成全部性能试验，技术、经济指标达到我国铁路同系列产品先进水平。这台柴油机比目前装车使用的12V240ZJ6C型柴油机标志功率提高了540kW。

11月1日 北京广播器材厂和北京电视设备厂举行入驻电子城标准房签约仪式，这标志着北京电子产业集团东迁战略开始实施。

11月12日 北京矿务局木城涧煤矿与大台煤矿合并，合并后名称为北京矿务局木城涧煤矿，年生产能力200万吨以上。

11月17日 北京市人民政府办公厅转发市经委《关于深化本市工业管理体制改革试点工作意见》。该通知提出对现有市政府出资的工业公司进行规范性改制及重新授权，并选择北京汽车工业集团总公司、北京建材集团有限责任公司、北京纺织控股（集团）有限责任公司、北京电子信息（集团）有限责任公司进行试点。

11月22日 香港特别行政区行政长官董建华在副市长刘志华陪同下，参观了位于中关村科技园区的北大方正集团。董建华表示，京港两地要加强联系，寻求合作。

11月23日 北京首钢股份有限公司揭牌，正式开展对外业务。

11月25日 中共北京市委书记贾庆林、市长刘淇到清华同方股份有限公司、四通利方信息技术有限公司调研，察看了中关村西区开发建设规划模型。

同日 北京市召开“国有大中型骨干企业建立现代企业制度经验交流会”，副市长刘海燕到会并讲话。市经委主任李岩岭及有关委办领导参加了会议。

11月26日 北内集团与北京福田汽车有限公司签订合作协议书（草案），由双方投资组建北京福田北内拖拉机发动机有限公司，北内成为北京福田汽车有限公司第二大股东。

11月30日 中共北京市委副书记张福森到北京兴东方实业有限责任公司调研。

11 月下旬 由北京雕漆工厂历经 1 年时间完成的直径 108 厘米、净重 68 公斤的雕漆圆盘《花好月圆》，作为首都人民喜庆澳门回归的礼品赠送澳门特区。

12 月 6 日 北京市人民政府下发关于同意《北京工业布局调整规划》的批复。

12 月 20 日 邮票印制局和广东通信集团公司合作印制《澳门回归祖国》金箔小型张邮票发行，这是我国首次自己印制金箔邮票。

12 月 27 日 北京市工业技术创新大会召开，副市长刘海燕出席并讲话。市经委副主任冯海作题为《抓住机遇、迎接挑战，加快建立以企业为中心的技术创新体系》的报告。

同日 北京市工业技术创新工作会议召开。会议决定明年启动“首都二四八重大创新工程”。该工程包括建立“两个体系”（国有企业高新技术孵化器体系、首都经济创新与创业服务体系），建设“四个基地”（北京软件产业基地、北京微电子基地、首都生物医药创新与产业化基地和西三旗新材料产业创新基地），实施“八个产业化示范项目”（数字北京、首都商务电子、数字高清晰度电视、城市交通相关技术及系统整体优化、水资源的综合利用和水环境的保护、高质量绿色农副产品产业化示范、农业关键技术研究及产业化示范、清洁汽车科技攻关及产业化示范）。

12 月 28 日 中国第一套丁基橡胶生产装置，燕化 3 万吨/年丁基橡胶生产装置生产出合格产品。工程总投资 11 亿元。

同日 北京市肉类联合加工厂因经营管理不善等原因，连年亏损严重，已不能清偿到期债务，被市高级人民法院宣告破产。

同日 中国信达资产管理公司和北京医药集团公司签署北京第三制药厂债转股正式协议。副市长刘海燕、市经委副主任周毓秋、国家经贸委、信达资产管理公司有关领导参加了签字仪式。

12 月 29 日 北京二七车辆厂在产品合同规定的期限内，完成了 X1K 型快运集装箱平车 210 辆的制造任务。该车的构造速度为每小时 120 公里，是我国当前铁路货运速度最快的集装箱平车。

12 月 30 日 北京市政府与北京电子控股有限责任公司、北京纺织控股有限责任公司和北京建筑材料集团有限责任公司签订授权责任书，授权进行国有资产经营，并进行规范性改制。

同日 首钢分别与华融、信达和东方三家资产管理公司在人民大会堂签订债转股协议。副市长刘海燕和市经委主任李岩岭、副主任周毓秋出席了仪式。

12 月 北京市有色总公司甩掉了连续 6 年的亏损，提前 14 个月完成全行业扭亏的奋斗目标。

本年 首钢 6 名职工通过选拔竞争获得国家公派留学资格，分赴美国、法国、德国、日本、丹麦、意大利留学。

北京一轻集团实现全行业扭亏。完成销售收入 37.8 亿元，同比下降 2.7%，按可比口径同比持平；出口交货值 2.554 亿元，为考核指标的 102%；实现利润 1.35 亿元，同比增长 53.6%，为考核指标的 2 倍，其中国有企业 1070 万元，同比增长 6.9 倍，为考核指标的 272%；实现利税 5.58 亿元，同比增长 11.7%。

石景山区高新技术企业“北京双鹭药业公司”通过了由国家药品监督局药品认证管理中心组织的 GMP 认证。公司自行研制的“重组入碱性纤维细胞生长因子”被列入国家科技部即将启动的 50 项“863”计划重大产业化项目名单。

2000 年

1 月 8 日　停产 9 年的北京矿务局三河煤矿恢复生产。该矿位于河北省三河市，原为中国地方煤矿总公司所属煤矿，1993 年 9 月划归北京矿务局所属。

1 月 12 日　北京工业工作会议召开。市经委主任李岩岭和工业工委书记金生官分别作报告。市领导阳安江、刘海燕出席会议并讲话。会议决定，北京市工业系统不再批准建立国有独资公司，市政府制定的各项工业政策今后将不分所有制和隶属关系，适用所有企业。会上，二轻、机械、医药及石景山、门头沟等 5 家行业、区县负责人代表全市工业系统和区县与市经委签订了“2000 年度工业经济指导性指标书”。

同日　北京燕山石油化工有限公司炼油事业部 2 万标准立方米/小时天然气制氢装置及配套工程正式通过中国石化集团公司批复。该装置在原催化干气氢提纯装置位置上建设，占地面积 5671 平方米，总投资 1.13 亿元。

1 月 17 日　北京市副市长刘海燕到北京三露厂调研，深入生产一线了解企业生产情况，并对残疾工人表示慰问。

1 月 20 日　北京市经委召开推广燃煤锅炉改燃气锅炉工作大会。工业系统各总公司、城八区、市房管部门负责锅炉改造人员参加了会议。

1 月 25 日　中共中央总书记、国家主席江泽民视察北京东方电子集团股份有限公司等企业。参观了显示器生产线和“IT”主业工程（市政一卡通），并看望国有企业困难职工。同日江泽民还视察了中关村科技园区。江泽民强调说：在新的世纪里，知识和智力资源的创造、占有、运用，将会成为经济发展和社会进步越来越重要的推动力量，我们必须抓住机遇，迎头赶上，努力发展高新技术产业。

1 月 26 日　中共北京市委工业工委、市经委领导分 10 路开始看望慰问困难企业职工、下岗职工和残疾困难职工，带去慰问金和慰问品。

同日　由燕化建筑安装公司施工的牛口峪2台10万立方米原油储罐举行中间交接仪式。该工程于1999年1月开工建设，于当年11月5日单机试运完成。在建设中实现了四个第一，是国内第一个实现了主材国产化率100%的大型油罐，是燕化公司第一次实行监理制的工程项目，是第一次全部由国内自行设计的10万立方米的大罐，是第一次采用仪表现场总线的项目。

同日　中共北京市委书记贾庆林、市委常委阳安江到北京齿轮总厂慰问职工，了解企业生产经营情况。随后，贾庆林、阳安江与中国残联主席邓朴方到北内集团因公致残的困难职工袁凤海家中慰问。市工业工委书记、市经委主任金生官、市总工会副主席续伯聪等陪同慰问。

同日　北京福田北内发动机有限公司成立。该公司由北汽福田公司、北京兴东方实业有限责任公司、无锡威孚集团有限公司、北内集团总公司等48家股东共同出资设立。

1月29日　中共北京市委、市政府召开全市国有企业下岗职工基本生活保障和再就业工作会议，要求加快推进市场化就业机制的建立和独立于企业之外的社会保障体系建设。

1月　北京市个体私营经济工作联席会议第一次会议召开。会议指出：大力发展个体私营经济是下个世纪国家经济发展战略的重要举措，也是调整首都产业结构，建立充满活力的经济体制的重要内容，是一项长期的方针，要坚定不移地坚持下去。会议要求，必须进一步提高思想认识，高度重视，切实抓好个体私营经济工作。

2月4日　农历除夕，北京市总工会主席阳安江、副市长刘海燕、市经委主任金生官到燕化公司视察，慰问节日期间坚守工作岗位的干部职工。

2月13日　全国政协副主席陈锦华到燕化公司视察慰问，视察了聚酯事业部间二甲苯车间、化工一厂裂解车间、动力事业部三电站水煤浆燃烧炉、聚丙烯事业部20万吨聚丙烯车间、炼油事业部二催化车间和橡胶事业部丁基橡胶车间，称赞燕化的技术创新机制运用得好，要求继续在老装置的技术改造中发挥更大的作用。

2 月 17 日 中美合资北京卡莱尔防水材料有限公司签约仪式在金隅大厦举行。北京市副市长汪光焘、国家建材局副局长蒋明麟出席。该项目可使我国防水界关于三元乙丙橡胶防水卷材粘合不佳和粘合寿命不长的问题得到彻底解决，同时填补了我国无单组份聚氨酯防水涂料的空白。

2 月 18 日 广渠门外 9 块原工业用地使用权在京广中心拍卖，7 位竞买人参加了竞拍，3 块国有土地使用权被房地产公司接盘。这是北京市首次以拍卖方式大规模出让国有土地使用权。

2 月 23 ~ 24 日 北京市个体私营经济第四次代表大会召开。会议指出，本市个体私营经济的发展，已经成为首都经济不可或缺的重要组成部分和新的经济增长点。要把发展个体私营经济提高到建设有中国特色的市场经济体制、推动首都经济结构调整、促进首都经济持续快速健康发展和社会稳定的高度来认识。会议通过了工作报告和修改协会章程的说明，选举张石诚为会长。

2 月 24 日 北京市环保局举行首次环保处罚听证会，对北京二毛集团毛条厂长期排放洗毛废水，严重污染清河地区水质，并在治理期限内一直未能完成达标治理，作出停产的行政处罚决定。

2 月 28 日 北京兆维集团完成了对北京光通信公司的并购，与北京电子控股有限责任公司共同出资将其改制为北京兆维光通信技术有限公司。兆维集团在重组新公司的 1000 万元注册资本中持有 80% 的股份。

3 月 9 日 北京矿务局水煤浆厂生产的水煤浆开始供应燕山石化总公司，用以替代石油做燃料。

3 月 18 日 原北京曙光制药厂挂牌成立“北京曙光药业有限责任公司”，成为北京市以量化资产形式实行集体企业改制的第一家。北京曙光制药厂是崇文区 1971 年组建的一家街道集体企业。改制后的北京曙光药业有限责任公司由北京曙光制药有限责任公司、北京天坛实业总公司、浙江医药发展研究有限公司等三个法人股东组成。

3月20日　中共北京市工业工委、市经委召开“进一步推进北京工业改革和发展经验交流会”。市领导阳安江、汪统、刘海燕和本市工业系统近700名领导干部参加了会议。市工业工委、市经委决定：在工业企业领导干部中，重点是工业总公司（集团）领导干部中，开展“学习、创新、发展”为主题的解放思想、转变观念的教育活动。市委常委阳安江在会上讲话指出，这次教育活动的核心是提倡创新。

同日　方正电脑公司与CA、Cisco、康柏、Cell和IBM等微软全球钻石伙伴厂商共同出席了中文版Windows 2000在中国的正式发布。方正电脑公司推出了一款预装中文版Windows 2000操作系统的方正电脑商祺6100，并在发布会上首次与用户见面，这也是迄今为止国内PC厂商推出的第一款预装中文版Windows 2000的国内产品牌电脑。

同日　北京同仁堂科技发展股份有限公司成立。10月31日，在香港联交所创业板挂牌交易，共发行股票7280万股，募集资金2.3878亿港元。

3月24日　全国人大副委员长、中华工商联名誉主席王光英接见了北京绅士集团总裁丁宝和先生。在了解绅士集团的发展情况后，王光英鼓励企业要树立竞争意识，积极参与国际品牌竞争。

3月26日　北京同仁堂上海分店正式开业。在上海市有100多个销售网点，并将以上海为中心，形成辐射长江三角洲和江、浙一带的市场。

3月28日　北京经济技术开发区与北京金豪制药有限公司、北京永晖投资有限公司、北京利达永信电子技术有限公司、北京利尔曼食品有限公司及特洁能环保技术发展有限公司等5家企业分别签署了土地出让协议，共出让土地38822.5平方米，引进总投资2亿元人民币及780万美元。

3月31日　首钢总公司与中国华融、信达、东方资产管理公司签署了债转股正式协议，协议债转股金额35.58亿元。债转股后，首钢的资产负债率将由原来的65%下降至44%。

4月1日 由中、日两国政府合作开展的绿色援助计划示范项目之一的燕化公司220吨/小时锅炉燃用脱硫型水煤浆示范工程正式竣工并投入试生产。该工程以脱硫型水煤浆为燃料，热电联产，生产成本比使用重油降低50%。绿色援助计划示范项目是由中国国家发展计划委员会与日本通产省合作开展，已在全国陆续开展了30个示范项目，燕化示范项目总投资为1.4亿元。

4月7日 中共中央、国务院召开全国加强安全生产、防范安全事故电视电话会议。市委书记贾庆林、市长刘淇在北京市分会场收看，并召开了北京市贯彻中央精神，加强安全生产，防范安全事故工作会议。

4月8日 北京市副市长林文漪和科技部副部长李学勇分别代表北京市政府和科技部签署国家高新技术研究发展计划成果产业化合作协议。首批11个涉及生物医药、计算机与信息技术、新材料、软件及农业等领域的高技术项目将首先在京实现产业化。

同日 北京矿务局化工厂年产8000吨的乳化炸药生产线一次试车成功。

4月11日 北京二七车辆厂自行研制的SQ4型运输汽车专用车通过铁道部级技术审查，同意批量生产。

同日 北京同仁堂股份有限公司同仁堂制药厂、同仁堂制药三厂、同仁堂制剂厂合并，组建北京同仁堂股份有限公司制药厂；由同仁堂制药二厂、同仁堂中药提炼厂合并组建北京同仁堂科技发展股份有限公司制药厂，并逐步由工厂制向公司制过渡。

4月18日 分属于国家电力公司、铁道部的北京电力高等专科学校、北京交通大学合并大会在北方交通大学召开。教育部副部长周远清、铁道部副部长蔡庆华、北京市教委主任徐锡安、国家电力公司总经理助理刘忱、集团公司副总经理朱国桢等领导出席会议。两校合并后新的北方交通大学为教育部直属高校，原北方交通大学校长谈振辉任校长，原北京电力高等专科学校校长宋守信任副校长。

同日 全国人大常委会副委员长邹家华视察北京造纸七厂。

4月19日 北京市国有企业领导人员管理工作会议召开。中共北京市委决定对国有企业领导人员实行分类分层管理。

4月27日 北京化工乙烯生产厂债转股和资产重组协议签约仪式在京举行。副市长刘海燕代表北京市人民政府同中国石油化工集团公司、中国信达资产管理公司、中国东方资产管理公司签署协议。此次实施债转股和资产重组的乙烯系列厂包括东方化工厂、有机化工厂、化工二厂、化工四厂和助剂二厂，协议涉及金额74.4亿元，是北京市迄今为止债转股金额最大的一笔。

5月8日 诺基亚在北京最大的投资项目星网工业园，在北京经济技术开发区举行奠基典礼，项目投资总额为12亿美元，主要从事移动通讯产品、零部件的研究、制造、销售，将发展成为世界先进的综合性移动通信产品研发和生产基地。北京市市长刘淇和诺基亚集团董事长、兼首席执行官约玛·奥利拉等参加了奠基仪式。

5月12日 为期5天的北京第三届高新技术产业国际周闭幕。在国际周上，北京工业共有32个项目、协议投资总额10.5亿美元签约，占签署合同、协议、意向总额的58%。其中北京兆维集团与法国汤姆逊公司合资年产高清晰度背投彩色电视机4万台项目，投资总额7500万美元；二轻与日商签订联合纸器印刷增资项目，增资额为300万美元，外方占60%，使原合资项目投资总额达1177万美元，成为北京地区最大的生产经营中高档彩色纸器企业之一；二轻与巴西、美国企业合资扩建无氟节能型冰箱压缩机项目，增资额5833万美元，将使产能从原来的170万台提高到340万台，建成全国最大的EM系列无氟节能型冰箱压缩机生产企业。

5月14日 北京市第十次“安全生产周”活动拉开帷幕，主题为“掌握安全知识，迎接新的世纪”。副市长刘海燕和有关部门的领导参加了宣传活动。

5月15日 北京市经委召开“北京市传统产业与中关村高新技术产业结合研讨会”。市经委联合中关村管委会、市科协、市教委、中科院高企局、市计委、市财政局等部门共同成立的市工业技术创新服务中心，将作为中介机构为传统工业和高新技术寻找最佳结合点。

5月18日 北京市关井压产领导小组召集各成员单位部署全市

关井压产工作，下达关井压产指标。北京市在国有煤矿井范围内的301处矿井必须全部关闭，其中房山区248处，门头沟区48处，北京矿务局矿办小井5处。副市长刘海燕到会并作指示。

同日 华德液压公司、重型电机厂等12家企业同中国华融资产管理公司签署了涉及转股金额48.1亿元的债权转股权协议。至此，北京市列入国家经贸委债转股建议名单的转股金额已完成了94.5%，签约转股金额达到166.2亿元。

同日 北京二轻有限责任公司与华融金融资产管理公司、信达金融资产管理公司就雪花电器集团公司和古桥电器公司的“债转股”正式签订了协议，转股金额5.4亿元。

5月23日 北京市长刘淇、副市长刘海燕到博飞公司调研，听取了仪器仪表控股公司和博飞公司的工作汇报，视察了大地测量仪器生产情况。刘淇指出：博飞公司要进一步探讨经营者持股问题并抓紧股票上市。市经委主任金生官等陪同调研。

同日 北京一轻集团有限责任公司举办2000年科技成果交流与合作洽谈会，清华大学、北京大学、中关村科技园区等科研院校带来200多项科研成果，双方就近30个项目形成合作意向。日化二厂与北京大学“活性氧漂渍技术”、造纸七厂与中国国际科技促进会合作开发生产“植物纤维薄膜及系列产品”项目在会上签约。

5月28日 北汽福田公司生产的“阳光轿车”——福田汽车下线仪式举行。福田汽车的发动机由福田发动机公司自己制造，填补了北京汽车工业的空白，形成了北京汽车工业新的经济增长点。在下线仪式上，广东等7家经销商一次性买断了2000年5000辆的销量，当场支付了5800万元的预付款。

5月29日 北京市副市长刘海燕、市经委副主任周毓秋一行分别到建筑机械厂和起重机厂，调查了解市机械系统3家企业整体搬迁方案准备情况。参观了建筑机械厂组装、钢结构两个车间，查看了按市统一开发要求，厂内急需腾空的有关场地。

5月31日 北京市高级人民法院依法宣告化工六厂破产，同时决定成立北京化工六厂破产清算组。这是继北京床单厂后2000年宣告破产的第二家计划内破产企业。

6月1日 全国人大常委会委员长李鹏在北京市委书记贾庆林陪同下，到首钢日电电子有限公司视察指导工作。首钢总公司领导汇报了大规模集成电路项目进展情况。下午，又到重型电机厂视察调研。

6月5日 北京市经委召开债转股工作总结会，副市长刘海燕到会并讲话，对下阶段债转股工作提出要求。

同日 第九届燕京啤酒节在全国农业展览馆开幕，精品成果展现场进行经济洽谈。市领导阳安江、张茅和驻京商社、跨国公司、大专院校及有关部门千余人参加了开幕式。

同日 1999年北京市环境质量状况通报会在市环保局举行。北京市提前半年完成国家对工业污染源达标排放的要求，5013家有污染企业的污染源到5月底已基本实现达标排放，其中38家未达标企业分别被明令停产治理和罚款处理。近三年北京工业废水排放量下降了0.34亿吨，降低率为5%；年COD排放量下降了4.07万吨，降低率为33.1%；工业废水处理率为95.6%，工业废水排放达标率提高到75.6%。

6月6日 全国人大常委会委员长李鹏在北京市委书记贾庆林、市长刘淇、人大常委会主任张健民，国电公司副总经理赵希正、集团公司总经理黄金凯等陪同下到北京供电公司视察。

6月14日 国务院副总理吴邦国到建材集团北京水泥厂视察工作，听取了该厂领导的汇报并作指示；还到位于西三旗高新建材城的东陶北京公司视察。国务院副秘书长石秀诗、北京市经委主任金生官、副主任周毓秋陪同视察。

同日 北京纺织控股集团有限公司所属大型企业北京涤纶实验厂破产项目在顺义法院立案，这是北京市第一家计划外破产的市属国有大型企业。

6月16日 中关村科技发展股份有限公司、中科院华建集团公司、四通集团和北大方正集团出资10亿元共同组建中关村软件集团有限公司。中关村科技和华建各占股份的40%，四通和北大方正各占股份的10%。

6 月 17 日 “首届北京市领导干部电子商务与网络经济培训班”在市经济管理干部学院电子商务与网络经济研究培训中心开班。来自全市工业战线的200多位学员将在培训班中学习电子商务理论知识及上网的基本技能技巧。

6 月 21 日 首钢总公司、北京科技园建设股份有限公司、北京海淀科技园建设股份有限公司发起成立的“北京中关村软件园有限责任公司”举行协议签字仪式。北京市副市长刘志华出席仪式，首钢总公司董事长毕群、北京科技园建设股份有限公司董事长柴俊彝、北京海淀科技园建设股份有限公司董事长谭继魁在协议书上签字。北京中关村软件园有限责任公司注册资本5亿元人民币，其中首钢总公司出资2.3亿元，占总股本的46%。

6 月 28 日 由中国信达资产管理公司和北京建材集团共同出资设立的北京水泥厂有限责任公司在京成立。经国家经贸委、财政部、中国人民银行审核确认，国务院批准，北京水泥厂有限责任公司于2000年5月31日在北京市工商局注册登记，正式设立债权转股权新公司。

7 月 2 日 中共北京市工业工委、市经委召开会议，传达市扭亏脱困座谈会讲话精神，研究措施，部署落实。工委书记、经委主任金生官讲话强调：下半年“两委”的重点工作就是加大国有企业改革脱困力度，确保国有企业改革发展三年两个目标的实现。工委副书记、经委副主任徐和谊提出八项措施。

7 月 4 日 朝阳区服装行业协会与北京轻工业大学签订协议，正式成立“朝阳区服装行业协会CAD推广中心”，在全行业中推广服装CAD系统。

7 月 6 日 北京市推进中小企业改革工作会召开。会议根据中共北京市委八届三次会议关系加大所有制结构调整力度、有进有退、“有所为有所不为”的精神，要求用3年左右时间完成国有集体中小企业的战略调整，使这两种资产组织形式从一般竞争行业退出。目前改革的重点是中小企业的产权制度改革，把现有的单一国有集体企业，变成国有、社会法人、职工多元投资的混合所有制企业。

7月7日　北京市贯彻江泽民总书记批示加强安全生产工作大会召开。市委常委阳安江在会上传达了江泽民总书记等中央领导同志批示和国务院会议精神，通报了全国近期重大、特大事故情况。工业工委书记、经委主任金生官通报了全市安全生产情况，对下阶段安全生产工作进行了部署。会议由市政府副秘书长李爱庆主持，副市长刘海燕到会并讲话，各区县政府、中央在京单位、市政府各委办和有关部门负责同志近400人参加会议。

7月9日　凌晨1时左右，首钢电力厂汽机车间3号机炉蒸气母管北端突然爆崩，高压蒸气将3号机炉值班室南墙崩塌，值班室内6人被砸、烫伤，经全力抢救无效死亡。

7月10日　北京市第一个企业兼并破产援助政策——《北京市破产准备金管理使用暂行办法》出台。按照这个办法，今后每年市财政将拨出2亿元至3亿元专款作为破产准备金，帮助连年亏损、扭亏无望、资不抵债的企业尽快实现破产。

7月10～14日　北京市领导刘淇、孟学农、阳安江、刘海燕、刘志华分别到首钢、北京矿务局、北京化工实验厂、北人集团等工业企业检查安全生产，深入生产一线看望不畏酷暑，坚持生产的企业干部、职工。

7月13日　北京市毛纺压锭领导小组成立并召开第一次会议，市经委副主任周毓秋任组长，纺织控股公司总经理龙云泽任副组长。会议传达了国家经贸委《关于下达2000年压锭淘汰落后毛纺锭计划的通知》，就确保今年完成压锭1万锭任务做出安排。

7月14日　北京市进一步推进国企扭亏脱困工作会议召开。会议由市经委主任金生官主持，富帛有限责任公司、古桥电器公司和广播器材厂做经验交流，市经委副主任周毓秋作工作总结和部署，副市长刘海燕出席会议并作指示。市政府各有关委、办及综合部门负责人，各工业总公司、区县主要领导，以及今年1月至5月份经营状况亏损的市属及中央在京企业厂长经理近300人参加了会议。

7月18日　琉璃河水泥厂技改二期工程开工建设。该工程是国家重点技改国债项目，2000年北京市50项重大建设项目之一，总投资4.1亿元。国家经贸委副主任王万宾，国家建材局副局长雷前治，北京市副市长刘海燕、经委主任金生官等领导出席了开工仪式。

同日 由北化精细化学品有限责任公司等6家法人实体共同出资组建的北京首家化工科技孵化器——北京崇熙科技孵化器有限公司正式挂牌成立。

7月29日 北京市委书记贾庆林、市长刘淇、副市长林文漪、张茅及市委秘书长杜德印、市政府秘书长黄承祥等到北京开发区进行工作调研。首先到国家人类基因组北方研究中心和北京诺赛基因组研究中心有限公司视察考察。上个月，国家人类基因组北方研究中心同中科院遗传所、南方中心等一起，共同完成国际人类组1%的测序合作计划，与美、英、日、法、德等国科学一道完成了人类基因的工作草图。我国共测定序列约2.4亿个碱基对，相当于1%区域的8倍长度，超越了国际合作技术的要求。

8月2日 北京市副市长刘海燕到顺义区林河工业开发区调研，就林河工业开发区的规划、基础设施建设等提出要求。一同调研的有市经委副主任冯海、阎冠和等。

同日 北京市召开整顿煤炭经营秩序工作会议。国家整顿煤炭经营秩序办公室和市经委副主任徐和谊、市工商局等有关部门领导参加了会议。

8月6日 北京市市长刘淇、副市长刘海燕到北京无线电研究所和北京电机总厂调研。

8月7日 京津冀三省市水资源研讨会在河北省召开。北京市近年来不断调整和优化工业结构，实现了工业用水20年零增长。1980年北京工业用水10亿立方米，2000年工业用水仍为10亿立方米，工业产值一直以每年10%以上的速度增加。工业用水的重复利用率从48.7%提高到84.7%，万元产值取水量由357立方米下降到44立方米。

8月8日 北京电力行业协会在京成立。朱国桢当选为协会理事长、赵双驹为常务副理事长。国家电力公司副总经理赵希正、中电联名誉理事长张绍贤、常务副理事长刘宏、集团公司总经理黄金凯以及国家经贸委、北京市经委，宣武区、大唐公司和河北、山西、天津电力公司的领导出席了成立大会。北京市委常委、市总工会主席阳安江、原北京市常务副市长韩伯平为协会揭牌。

8月11日 我国第一个国企孵化器——北京北内集团制造业高新技术孵化基地成立一周年，在孵化的8家企业共创造产值1700多万元，提供了200多个就业机会。从去年8月份开始，北京市先后成立了北内、诺飞、崇熙、首特等4家国企孵化器，在孵化企业近30家。

8月15～18日 由朝阳区经委主办的以文化长廊、形象展示、时装表演、服装销售等为内容的“2000北京朝阳国际商务节·服装品卖活动”在北京农展馆举行，共吸引参观者5万名，销售服装11800件（套），销售额达15.8万元。洽谈项目70余个，签订协议总金额1800多万元。

8月15～19日 国家关井压产检查组对北京市煤炭关井压产工作进行全面检查。北京市副市长刘海燕、市经委主任金生官及市关井办、各有关部门负责人陪同检查。市煤办、主要产煤的房山区、门头沟区检查组汇报了有关工作。检查组听取汇报后，分两组分别赴房山和门头沟矿区实地3天检查。检查组认为北京市关井压产工作进展情况较好，特别是国有煤矿18家自办小井实现了全部销号，走在全国前列。

8月16日 根据中国人民银行和国家经贸委联合下发的文件，北京市经委行业管理办公室与人行营业管理部非金融机构管理处办理了北京典当行业企业的交接手续。至此，北京典当行业正式划归市经委管理。北京地区共有典当行业企业4家，分别是金宝典当行、阜昌典当行、华夏典当行和宝瑞通典当行。资产规模分别为510万元、500万元、2000万元和500万元。

8月18日 北京双鹤药业股份有限公司投资2000万元与牡丹江温春制药厂共同组建的“牡丹江温春双鹤药业有限责任公司”成立。黑龙江省牡丹江温春制药厂是一家省级重点大输液产品专业生产厂，也是东北地区最大的大输液专业厂家。

同日 新加坡裕廊工业园、外经贸部电子商务博览中心等 14 个项目签约加入北京经济技术开发区。其中，4 个中外合资项目投资额 6000 万美元，10 个内资项目投资约 4.4 亿美元。

同日 青岛啤酒有限公司以 2250 万美元收购了美国亚洲战略投资公司所持有的北京亚洲双合盛五星啤酒公司 62.67% 股权及北京三环亚太啤酒公司 50% 股权。

8 月 26 日 北京同仁堂第 46 家连锁店在广州开业。同仁堂广州分店由北京同仁堂股份有限公司与广东国叶有限公司、广州昭德堂有限公司共同组建，是目前广州市经营规模最大的药店之一，经营品种达 5000 多个。

8 月 29 日 国务院副总理吴邦国在国家经贸委史玉波司长的陪同下，到华北电力集团公司就深化电力体制改革进行调研。吴邦国参观了华北电力调度中心，了解电网情况。8 月 30 日至 31 日，吴邦国先后来到北京供电公司区调、大用户营业站、宣武营业站及王府井 220 千伏变电站参观并召开座谈会，对深化电力体制改革的有关问题进行了了解。

8 月 30 日 海尔集团投资的高新技术企业——北京海尔集成电路设计有限公司在中关村高科技园区成立。该公司是海尔集团采用国际模式，将产业基地与研发基地分离，实现公司全球化和产品生产本地化的重要举措。市委常委阳安江、市经委主任金生官到会祝贺，信息产业部、国家经贸委等部门领导出席了大会。

同日 北京市人民政府办公厅下发《关于同意本市三、四环路内工业企业搬迁实施方案的通知》。

9 月 1 日 北京化工集团所属联大化学工程学院、职工大学及市重点中专学校——北京化工学校划归市教委管辖。

9 月 8 日 北京首钢新钢有限责任公司成立。这是首钢总公司、中国华融资产管理公司、中国信达资产管理公司和中国东方资产管理公司按照国务院 6 月 9 日批准的债权转股权实施方案，共同出资组建的。使首钢成为国内第三家完成债转股新公司注册登记的企业，也是全国最大的资产管理公司——中国华融资产管理公司完成债转股工作的第一家企业。三家资产管理公司以共计35.5877亿元的债权转为新公司的股权。首钢总公司在新钢公司中占有53%的股份。新钢公司以钢铁生产为主营业务。

9月12日 在全市组织的公开招聘会上，北京市工业系统49家企业79个职位面向社会公开选拔招聘高级人才。近600人咨询，192人符合条件并报名，其中博士7人，硕士59人，具有高级专业技术职务的71人，中级专业技术职务的59人。其中，首钢、汽车、医药、电控等4家单位分别招聘1名副总。

9月21日 北京市政府召开北京市质量工作大会。市长刘淇出席大会并讲话，副市长刘海燕代表市政府与各区县的主管区县长签订了“质量工作和打假工作责任书”。北京市质量技术监督局、北京市经济委员会对北开电气股份有限公司等22家质量管理先进企业及联想牌电脑等110个品牌的2000年北京名牌产品生产企业给予表彰奖励。

9月25日 由北京工美集团总公司、北京城市生产服务合作总社、北京市乡镇企业局等单位共同发起创办的北京工艺美术行业协会成立。该会是北京地区工美行业最高一级法人社团组织。

9月26日 北京矿务局与中国华融资产管理公司、中国信达资产管理公司签订债转股协议，将北京矿务局部分银行负债转为股权。

同日 经北京市人民政府批准，撤销北京矿务局和北京市煤炭总公司，组建北京京煤集团有限责任公司，为北京市人民政府的国有独资公司；由北京二轻有限责任公司和北京印刷集团有限责任公司合并组成北京隆达轻工控股有限责任公司。

同日 北京矿务局授予局机电总厂科研所所长、教授级高级工程师李泽宇“有突出贡献优秀知识分子”称号，并一次性奖励人民币25万元。

9月27日 北京市政府对中国北京同仁堂集团公司进行国有资产规范授权，使该公司成为资产经营与生产经营型的国有独资公司。

同日 以清华大学、北京玻璃仪器厂和首钢股份公司三方为主的清华阳光重组协定签约暨生产基地建设开工仪式在首钢铁合金厂举行。北京市领导刘淇、阳安江、刘海燕和国家经贸委、轻工局、环保局领导出席签字仪式，并为生产基地奠基。

9 月 29 日 中国铁路机车车辆工业总公司与铁道部脱钩，重组为中国南方机车车辆工业集团公司和中国北方机车车辆工业集团公司。北京二七机车厂划归北车集团公司，北京二七车辆厂划归南车集团公司。

10 月 7 日 北京同仁堂科技发展股份有限公司与和记中药投资有限公司、京泰实业（集团）有限公司在香港签订了合资开办同仁堂和记（香港）药业发展有限公司的合资合同。总投资 2 亿港元，注册资本 1500 万港元。

10 月 12 日 北京工业经济联合会会员大会召开。经市经委批准，原北京工业经济协会更名为北京工业经济联合会。市经委主任金生官出席会议并讲话。会议通过《北京工业经济联合会章程（草案)》。金生官为会长，阎承宗为名誉会长。

10 月 16 日 北京福田怀柔汽车厂正式挂牌成立。北京汽车工业又新增了一家大型整车制造企业。

10 月 19 日 北京双鹤药业股份有限公司与湖南省医药经营公司在长沙市签下投资合同（草案)。“湖南双鹤药业有限责任公司”是北京双鹤公司新设立的第四家联营公司。

10 月 20 日 北京企业联合会成立。其前身为 1979 年 9 月成立的北京市企业管理协会。联合会是由北京市企业管理协会、北京外商投资企业协会、北京市女企业家协会、北京民营科技实业家协会、北京市青年企业家协会、首都企业家俱乐部、北京市个体私营经济协会共同发起成立的联合组织，拥有会员 500 多家。会员从工业系统发展到商业、建筑业、交通运输业、旅游业、饮食服务业、邮政电信业、信息咨询业和金融业等行业。根据北京企联章程规定，企联业务主管单位为北京市经济委员会，同时接受中国企联的业务指导。刘克信任北京企业联合会会长。

10 月 21 日 “中关村生物工程和新医药企业协会”、“中关村 IT 专业人士协会”同时成立。中关村生物工程和新医药企业协会由北京四通天坛生物技术有限责任公司、北京北大未名生物工程集团、北京双鹤现代医药技术有限责任公司等14家企业共同发起成立。中关村IT专业人士协会由高文、郭为等17名IT界人士发起成立。

10月22日 北京市民营科技企业创业20周年纪念大会召开。大会为优秀民营科技企业家颁发“创业英才奖”，会议通过《北京市民营科技实业家协会2000年宣言》。

10月23日 由中国印刷科学技术研究所承担的“九五”技改项目“国产首条工业化大型PS版卷筒连续生产线”，通过了新闻出版署的验收。与会专家一致认为该项目是国内自行研制的首条大型PS版生产线，在国内属领先水平。

10月25日 北京市朝阳区召开全区技术创新大会，区政府拨出专款516.3万元，对全区在1999—2000年度创名牌、技术改造、新产品开发、企业管理、质量认证、教育培训等方面表现突出的81家企业分别进行了表彰和奖励。

10月28日 北京市医药公司和北京医药技术经营公司重组筹备小组成立。同日，北京医药股份有限公司挂牌运转。

10月29日 国家经贸委批准北京矿务局门头沟煤矿关闭破产。该矿因煤炭资源枯竭和存在严重冲击地压隐患，已于7月20日停止煤炭生产。

10月30日 北京金鹰铜业有限责任公司成立。金鹰铜业公司前身为北京铜材厂，是有色总公司的首家实现债转股企业。金鹰铜业公司的三方股东为：中国华融资产管理公司、中国东方资产管理公司、北京有色金属工业总公司。金鹰铜业公司于11月23日正式揭牌开业。

10月31日 北京市政府决定自2000年11月1日至2001年3月底为北京市控制大气污染第五阶段。要求市经委、市环保局制定2001年工业企业二氧化硫、烟尘、工业粉尘的削减计划，加强对排污企业的监督检查，对3次抽查不合格的企业实行停产治理。

同日 北京同仁堂科技发展股份有限公司在香港联交所创业板挂牌交易。发行股票7280万股，募集资金2.39亿港元。

11 月 3 日 全国人大常委会副委员长邹家华一行到北京机电院调研。参观了精密数控机床中试基地、氢燃料电池研究所和人工心脏实验室。

11 月 8 日 北京市副市长刘海燕、市经委副主任冯海到北京市北铃专用汽车有限公司、北京绅士服装有限公司调研。

同日 北京开关厂在全国 10 家试点企业中率先实现了质量体系认证向新版的转换，获得了全国第一张 2000 版标准认证证书。

11 月 11 日 北京市煤炭总公司一厂的工作人员以每吨 100 元的价格回收了北京市财贸干部管理学校积存的 24 吨非低硫优质煤。这是北京市首次以变价回购的方式，直接从用户手中回购非低硫优质煤。

同日 中共北京市委书记贾庆林和市委常委阳安江、杜德印，副市长刘海燕等来到红星股份公司调研，到展室观看了该公司生产的“红星”、“夜光杯”、“古钟”等著名品牌的白酒、葡萄酒、果露酒、白兰地、营养保健酒，察看了该公司研制生产的体外诊断试剂等生物技术制品，并到果酒车间参观了具有国际先进水平的灌装生产线和白兰地储酒库房。

11 月 16 日 国家信息产业部部长吴基传、北京市市长刘淇、副市长刘海燕等视察北京经济技术开发区、北京林河工业开发区、电子城、石景山八大处高科技园区，参观了诺基亚、汇能、爱立信、兆维集团、首钢 NEC 等企业生产线现场，听取了市经委副主任徐和谊、市规划委副主任姚莹关于北京微电子产业基地总体规划、市政府配套支持政策和市政条件的情况汇报。

11 月 17 日 由北京建材集团有限责任公司与奥地利高能股份公司合资兴建的北京克诺森华地板有限公司成立。总投资 2990 万美元，生产耐磨复合地板、复塑地板等。

11 月 18 日 “北京同仁堂辽宁药店有限公司”正式营业。该公司由北京同仁堂股份有限公司与辽宁同仁堂药业有限公司共同出资 500 万元，并由北京同仁堂控股。

同日 中共北京市委书记贾庆林到密云县调研，视察了密云县工业开发区，参观了恒基伟业公司、清华同方光盘公司、数据公司和清华阳光公司。

11月22日 首钢第三炼钢厂2号转炉炉龄达到17130炉，跃居国内同行业先进水平。

11月24日 首钢第三耐火材料厂活性白灰套筒窑工程开工。由此，首钢为落实压产增收目标，实现钢铁生产精品化、清洁化而确定的技改工程开工。

11月27日 北京汽轮电机有限责任公司成立，该公司由中国华融资产管理公司、中国东方资产管理公司、北京市综合投资公司和北京重型电机厂共同出资入股，将原北京重型电机厂的主要经营性资产"分立式债转股"。新公司注册资本7.43亿元，拥有原企业的全部设备、技术开发队伍及市场营销队伍，从事电站汽轮机等产品的生产经营。

同日 北京市副市长刘海燕到北京第三热电厂、京能热电股份有限公司、大唐高井发电厂调研。

11月28日 北京矿务局大安山矿末煤脱粉工程和煤仓扩建工程竣工验收。至此，历时一年半的大安山煤矿运销系统的块煤消爆、末煤脱粉、煤仓扩建三项工程全部投入生产。其中，块煤消爆工程中的加热保温消爆圆筒仓建设工艺获国家专利，末煤脱粉工程中的硫化床气力分级选煤技术装置为国内第一次应用于生产。

同日 北京正东电子动力集团有限公司成立。该公司由北京电子动力公司整体改制而成，是北京市重点改制的57家企业之一。

11月29日 北京市向内蒙古自治区赠送轻型卡车的仪式在北京轻型汽车公司举行。这次向内蒙古宁城县、察右前旗、翁牛特旗等18个对口帮扶旗县赠送了20辆BJ1042—45—61CN5D轻型卡车，价值100万元左右。

同日 北京工美集团有限责任公司召开第一次股东会，第一届一次董事会和监事会，签署了三方发起人组建公司的协议书和公司章程。该公司注册资本及股本构成；总注册资本50400万元，其中北京工美集团集体资产管理协会注资39884万元，占79.1%，北京旅游集团有限责任公司注资 2367 万元，占 4.7%，北京市国有资产经营公司债权转股权 8149 万元，占 16.2%。

12 月 2 日 中共北京市委书记贾庆林、市长刘淇到燕化调研。重点考察了水煤浆工程建设、生产情况和化工一厂乙烯裂解生产建设情况，市委、市政府领导阳安江、杜德印、汪光焘、刘海燕、黄承祥等一同参加调研。

12 月 4 日 北京市朝阳区政府与电子城联合成立“电子城发展协调领导小组”。领导小组由区长李士祥和北京电子城科技园管委会主任鲍玉桐任组长，由区政府办、计委、农委、经委、建委、酒仙桥街道、电子城管委会等 16 个部门组成。

12 月 6 日 北京市密云县正式关闭了双龙水泥集团。至此，密云水库保护区内的污染企业全部关闭，整个密云县境内消灭了工业粉尘污染。

12 月 8 日 北京市第十一届人民代表大会常务委员会第二十三次会议通过《中关村科技园区条例》。

同日 由北京日化二厂发起、联合北京京泰投资管理中心、一轻研究所、北京富莱茵益轻科技公司和北京日化研究所共同出资创立的北京金鱼科技股份有限公司正式挂牌。公司总股本 5000 万股。其中，日化二厂拥有 2550 万股，占总股本的 51%，京泰拥有 2300 万股，占总股本的 46%，一轻研究所、益轻公司、日化研究所各拥有 50 万股，均占总股本的 1%。

同日 北京化工集团公司和中国石化集团北京燕山石化有限公司共同发起成立了北京化学工业协会。

12 月 11 日 首钢厂区以气代油工程经过半年实际生产检验，系统运转正常。使用煤气代替重油使首钢厂区烟尘排放量较之去年同期减少了 90%，降低成本 2000 多万元。

12 月 12～13 日 北京市工业环保工作大会在北京市二商培训中心召开。参加会议的有各总公司环保工作主管经理和相关处室领导，区县经委有关人员列席会议。国家经贸委资源节约与综合利用司副司长翟青、市经委副主任冯海以及市计委、市财政局、市环保局有关负责人到会并讲话。会上，化工集团、首钢总公司、纺织集团、北人集团第二印刷机械厂等单位做典型发言。

12月16日 北方微电子产业基地启动建设暨讯创公司集成电路生产线奠基仪式在北京经济技术开发区举行。市委书记贾庆林、市长刘淇、国家经贸委副主任王万宾、信息产业部副部长娄勤俭、中科院党组成员王德顺等出席奠基仪式。

12月18日 北京新科鸿科技开发有限责任公司生产的电动自行车，获得了国家技术监督局颁发的第一份电动自行车工业产品生产许可证。

12月20日 北京市地方志工作会议暨全市修志（《北京年鉴》）工作先进集体和先进个人表彰大会在人民大会堂召开。市经委编辑部等先进集体和工业系统20名先进个人，以及重视修志工作的领导受到表彰。

同日 北方微电子产业基地八大处园区揭牌暨开工建设仪式在首钢举行。中共北京市委常委阳安江，国家信息产业部体制改革与经济运行司司长李志明，石景山区区委书记索连生，首钢总公司董事长罗冰生为园区揭牌，副市长刘海燕宣布园区第一家工厂——北京华夏半导体制造股份有限公司（HSMC）开工建设。该公司是由首钢总公司、首钢股份有限公司、首钢高新技术有限公司、北京市国有资产经营公司、美国AOS半导体公司、美国BVI DEBORAH半导体公司、美国JOSHUA半导体公司合资建立的。

12月22日 燕化公司团委被共青团中央命名为2000年度“全国五四红旗团委”称号，为100个受表彰的“全国五四红旗团委”之一，是北京市工业系统2000年唯一获此称号的单位。

同日 北京“雪花”冰箱与“古桥”空调联合组建成立总资产达13亿元的北京轻工雪花电器有限责任公司。新公司是在雪花集团和古桥电器公司共同完成债转股后，由中国华融资产管理公司、中国信达资产管理公司、北京二轻有限责任公司和北京手工业生产合作社联合总社四家股东注资9.3亿元组建而成，新公司将比原来减轻债务负担50%。

12 月 23 日 由英特莱技术公司、京棉纺织集团有限公司、北京国有资产经营公司、北京平板玻璃集团公司、北京科技风险投资股份有限公司等 5 家法人单位共同发起设立的北京英特莱特种纺织股份有限公司成立。

同日 北京绿创环保设备股份有限公司成立，该公司是由民营高科技企业绿创环保将无形资产作价近 30% 组建的新公司，包括清华紫光、北新建材、北京市国资公司、北控高科、兴昌总公司、北汽摩等 11 家股东，主要致力于大气防污、水处理和噪声控制等技术和产品。

12 月 25 日 北京东方化工厂乙烯主装置已生产出合格乙烯 16.85 万吨，突破了原装置 15.12 万吨/年的设计产能，创造了北化乙烯正式投产以来年产量的最高记录。

12 月 26 日 经北京市人民政府批准，北京建筑材料集团有限责任公司更名为北京金隅集团有限责任公司。

12 月 27 日 北京市召开安全生产大会，传达中办和国办关于做好安全生产工作的通知，会议要求加强安全监控和检查，交通运输、化工、石油、冶金、煤炭、建筑及水、电、气、热等生产经营单位被定为监控重点。

12 月 28 日 北京市机构编制委员会办公室批准，北京市中小企业服务中心、北京市技术创新服务中心同时在中关村宣布成立。市中小企业服务中心、市技术创新服务中心均由市经委领导。

同日 北京铜牛股份有限公司、北京雪莲羊绒股份有限公司同时在人民大会堂宣布成立。这是北京市纺织行业国有企业首次引入民营资本进行改制。改制后的铜牛股份有限公司由北京铜牛针织集团有限责任公司、北京铜牛股份有限公司持股会、古德维尔有限公司、北京纺织控股有限责任公司、北京京棉纺织集团有限责任公司、北京铜牛进出口有限责任公司、山东泰安鲁怡制衣有限公司 7 家国有和社会法人股东共同发起组建，总股本为 11537.28 万股，注册资本 11537.28 万元。改制后的雪莲羊绒股份有限公司由北京红莲羊绒衫厂、北京国际电力开发投资公司、北京针棉织品进出口集团公司、北京纺织控股有限责任公司、内蒙古巴林右旗京大羊绒制品有限责任公司、内蒙古林河市双河羊绒制品有限公司6家股东共同组建，总股本为13800万股，注册资本为13800万元。

同日 全国医药行业第一家债转股企业，北京第三制药厂改制，正式注册为北京紫竹药业有限公司。

同日 北京燕山水泥厂根据市政府、集团公司的决定，立窑生产线全部停产。

12月30日 北京市经委组织召开“北京地区工业企业上市重组推介会”，100多家工业企业和10家证券公司参加会议。全年全市工业共从资本市场筹资65.6亿元，创历史最高纪录。

12月31日 北京医药股份有限公司成立，该公司由北京医药集团公司所属的全国首批GSP达标企业——北京市医药公司、北京市医药经济技术经营公司合并、重组，由北京双鹤药业、中银天成企业集团等6家发起注资组建的。

2001年

1月1日 《中关村科技园区条例》于2001年1月1日开始实行。

1月5日 2001年北京市工业工作会召开，市委常委阳安江、副市长刘海燕出席大会并讲话，市经委主任金生官做《应对市场化国际化挑战，全力开创北京工业改革发展的新局面》工作报告。市人大副主任汪统、市政协副主席毕群出席会议。

同日 经北京市政府批准，北京市远郊区10个区县工业开发区被正式列为市级工业开发区。

1月8日 中共中央总书记江泽民到北京清河毛纺织厂，看望退休职工并考察工厂车间。江总书记到中关村科技园区考察联想集团有限公司，以及中国科学院高技术产业。考察时他说，北京市改革和发展的形势很好，年年有变化。北京市经济增长速度是快的，高新技术产业发展势头是好的，城市面貌变化是大的，党的建设、精神文明建设、民主法制建设以及维护首都社会稳定的工作抓得也是实的。希望你们坚定不移地朝着率先基本实现社会主义现代化这个目标前进，在新世纪取得更大的成绩。国务院副总理李岚清，北京市委书记贾庆林、市长刘淇等陪同考察。

1月9日“2001年中关村项目推介暨投资洽谈会”在北京新世纪饭店举行，113家高科技企业带300多技术项目，与200多家风险投资商洽谈融资。北京安可尔通讯技术有限公司与西安海星科技公司达成1000万元的投资意向，签下了投资洽谈会的第一单。

1月17日 北京市经委召开“北京市国有大中型企业改制工作研讨会”，来自各控股公司、企业集团、各区县计经委的负责人及未改制的国有大中型企业的厂长（经理）参加了会议。

1月19日 首钢焦化厂1号焦炉干熄焦工程竣工投产。设计年节水19.2万吨，增加热力蒸汽24.7万吨，减少粉尘排放量105吨。

同日 国务院总理朱镕基到北京市考察工作。他指出，北京市的改革和发展形势很好，无论是经济发展、城市建设还是环境治理和科教文卫事业发展都不断取得新的进步。北京市在现代化建设中有很多任务，但最重要的是加快经济发展、加强城市管理、搞好环境整治、维护社会稳定，争创一流，把首都建成现代化国际大都市。

1月21日 北京汽车工业集团总公司与保定长城汽车集团有限公司组建北京长城汽车有限公司签字仪式举行。北汽集团总公司以北旅的现有厂房、设备、模具等资产进行投资，保定长城汽车集团有限公司以现金进行投资，双方股比为4∶6。

同日 北京市电机总厂联合北京、上海、沈阳等5家企业，共同出资组建成北京毕捷电机股份有限公司。6家股东企业有国有企业、中外合资企业、民营企业，实现了资产的多元化。

2月2日 北京市工业外经贸工作会在市政府第一会议室召开。各控股公司（集团）主管外经贸工作的总经理、处长以及开发区、相关区县经委的负责人参加了会议。

2月14日 由北京第二制药厂及中国医学科学院肿瘤研究所联合进行的抗CEA嵌合人源化抗体，在国家“九五”科研攻关项目验收中被评为抗肿瘤项目第一名。

2月16日 北京紫竹药业有限公司正式挂牌成立。

同日 北大方正推出的两个字库通过了国家级审定，其容量是一般字库的几倍、十几倍。GB18030字库包括27000多个汉字；超大字库收录了70244个汉字，除包含《汉语大字典》的56000多个汉字外，还包含了日、韩等文字中的汉字。

同日 总资产为9亿多元的北京工美集团有限责任公司正式挂牌运营，这是北京市第一家以集体资产管理协会为出资人，并以集体资产控股融入两家国有资产的新型公司，其股东三方为北京工美集团资产管理协会、北京市国有资产经营公司、北京首都旅游集团控股公司。

2月23日 2001年北京市国有大中型企业改制工作会议召开。市经委副主任周毓秋主持会议，工业系统各总公司领导参加了会议。

2 月 26 日～3 月 2 日 国家煤矿安全监察局对北京市煤矿安全生产工作进行了检查。

2 月 27 日 北京有研硅谷股份有限公司发起建设的“年产 120 万片 8 英寸硅片产业化示范工程”举行竣工典礼，北京市副市长刘海燕，市经委主任金生官等出席。

同日 国家“十五”重点建设项目——侯马 500 千伏变电站工程奠基开工。侯马 500 千伏变电站位于临汾地区曲沃县以北 9 公里曲村镇杨庄村，占地约 90 亩，项目批准总投资 1.9 亿元。

同日 北京市政府召开 2000 年度绿化美化工作表彰会，首钢连续 20 年获得首都绿化美化花园式单位称号。

2 月 28 日 2001 年北京工业领域协会工作会议召开。会议由市经委主任金生官主持，副市长刘海燕及国家经贸委产业政策司、北京市质量技术监督局、北京市社会团体管理办公室等单位的领导到会并讲话。北京市工业领域 74 家协会的会长、秘书长参加了大会。

3 月 1 日 北京汽车工业集团总公司与中央电视台厂址转让（意向书）签字仪式在北京贵宾楼举行。北京市副市长汪光焘、国家广电总局副局长李树文、中央电视台台长赵化勇参加。

3 月 5 日 北京市政府办公厅决定，北京市典当行业由市经委正式移交给北京市商委管理。

3 月 6 日 燕化公司炼油事业部首批 2780 吨俄罗斯进口原油到站卸车并送往原油罐区。炼油事业部在卸车同时进行采样分析，并对原油进行评价，根据俄油性质制定混炼方案。

3 月 9 日 北京通州区工业开发区与北京北玻安全玻璃有限公司举行二期扩大投资规模签字仪式。二期占地 28 亩，投资 5000 万元。

3 月 12～13 日 北京市区县经委主任第一次工作例会召开。市经委副主任周毓秋到会并讲话，各区县经委主任参加了会议。

3 月 13 日 北京市工业系统 2001 年培训工作会议召开。副市长刘海燕到会并讲话，市经委副主任周毓秋做工作报告。各工业控股公司、集团、各区县经委的 150 余名教育培训工作者参加了会议。

3 月 14～16 日 北京市经委举办“北京市国有大中型企业建立

现代企业制度培训班”。全市相关委办、区县、控股公司的负责人和北京市地方未完成改制的国有大中型企业厂长、经理近180人参加了培训班。

3月18日 燕京啤酒股份有限公司投资9563万元，成立燕京啤酒山东无名股份有限公司。燕京啤酒有限责任公司投资1.2亿元，成立燕京啤酒集团曲阜三孔有限公司。燕京啤酒集团已在全国兼并、收购、控股了9家啤酒生产企业。

3月19日 中关村永丰产业基地发展有限公司成立。该公司由海淀科技建设股份有限公司、北京城建集团有限责任公司等4家股东共同出资63亿元组建。

3月20日 首都钢铁公司与上海宝钢集团公司、武汉钢铁（集团）公司在上海签署了战略合作意向书。

3月21日 2001年北京市治乱减负工作会议召开。市减轻企业负担领导小组办公室向全市有关部门布置了今年减负工作的重点：巩固成果，加强监督，标本兼治，从治本上下工夫。同时公布了举报电话。

同日 由方正、同方、惠普、新浪、微软、联想、亚信等18家国际国内著名IT、网络企业组建的数字联盟在京正式成立，18家企业共同发表了“跨越数字鸿沟2001宣言”。

3月22日 首钢集团出资80万元赞助“第四届中国北京高新技术产业国际周暨中国北京科技博览会”，签字仪式在首钢举行。

同日 北京隆达轻工控股公司举行成立暨揭牌仪式。北京市副市长刘海燕，市经委主任金生官等出席。

3月27日至4月4日 中共西藏自治区拉萨市委书记向巴平措率领拉萨市党政代表团对北京市进行访问。北京市2001～2002年将援助拉萨市资金总额为6000万元。市经委主任金生官、市经委委员陈怀伟等参加两市的座谈会，并陪同拉萨市代表考察。

3月28日 北京京煤集团有限责任公司成立暨揭牌仪式在人民大会堂举行。市经委主任金生官主持仪式，副市长刘海燕、中国煤炭工业协会会长范维唐为京煤集团有限责任公司成立揭牌。

3 月 30 日 北京市工业系统“时代杯”第九届工人技术比赛总结表彰大会在北京工人俱乐部召开。副市长刘海燕到会并为获奖选手颁发了荣誉证书，市经委副主任周毓秋作报告。

4 月 4 日 北京市乡镇企业治乱减负工作会议召开。各区县乡镇企业局主管局长、科长，各区县减负办主任和有关方面负责人参加了会议。

同日 北京兆龙集团收购的 ST 京天龙上市公司正式摘掉 ST 帽子，实行正常交易，并将公司更名“兆龙科技”。这是北京市第一家实现借壳上市整体重组的企业。

4 月 5 日 国家经贸委资源节约与综合利用司、北京市经济委员会在国家经贸委联合召开“发展首都环保产业政策建议”座谈会。参加会议的有国家经贸委、北京市经委领导，北京各环保企业的董事长、总经理等。

同日 北京市属国有大中型企业领导班子及成员“三讲”学习教育活动动员大会在北京会议中心召开。市委常委李炳华主持会议，副市长刘海燕作报告。市属 56 家国有大中型企业领导班子全体成员，17 个指导检查组全体成员等出席会议。

4 月 6～10 日 由北京市政府、国家经贸委及 22 个省、区、市共同主办的“2001 年中国东西部合作与投资贸易洽谈会”在西安市举行。副市长刘海燕率北京市代表团参会。市经委组织工业系统 52 家企业参加了洽谈会，展示的北京名牌产品有同仁堂中成药、双鹤药业的输液、首钢的钢材和电子产品、兆维集团的程控交换机以及白菊洗衣机、雪花冰箱、古桥空调等。洽谈会上，北京工业系统企业共签约 112 项，总金额 9.09 亿元。

4 月 6 日 北京国际电力开发投资公司与内蒙古电力（集团）有限公司在 2001 年中国东西部合作与投资贸易洽谈会上，签订了动态投资总额近 50 亿元，装机容量 120 万千瓦的正蓝电厂一期工程投资意向书。

4 月 10 日 北京市经委召开北京市地方国有大中型企业改制情况汇报及政策协调会。市财政局、市工商局、市地税局、市民政局、市社团办、市计委、市评估中心、市体改办、市劳动与社会保障局、人民银行营业管理部等单位的负责人参加了会议。

4 月 11 日　从 3 月 23 日开始的海淀区安全生产全面大检查，共检查 477 家单位，发现各类安全隐患 951 处，其中重大安全隐患 23 处，当场纠正隐患 497 处，限期整改 382 处。对于有重大安全隐患的 18 家单位分别给予停止营业、停产整顿及建议有关部门依法予以关闭等处理。

4 月 12 日　北京市工业企业信息化工作暨市经委网站新版开通新闻发布会在北京远洋大厦召开。市经委主任金生官作工作报告，典型企业介绍本企业信息化经验，副市长刘海燕讲话，副市长林文漪点击开通经委新网站。

同日　中共北京市委书记贾庆林，市领导阳安江等到阳光佳业公司、北京市电机总厂、北京建中机器厂等国有企业调查研究。

4 月 14 日　中共北京市委书记贾庆林，市委常委、秘书长杜德印，市委组织部常务副部长赵家骐到通州区调研。先后视察了御香苑畜牧有限公司和通力环电气公司两家民营企业。

4 月 16 日　第三届北京国际电动汽车、清洁燃料汽车展览会在农展馆举行。

4 月 17 ~ 18 日　北京市中小企业服务中心组织北京市中小企业 21 家及外省市驻京办事处 5 家，分别参加德国柏林市来华经贸团和加拿大来华经贸团中小企业商贸洽谈活动。

4 月 20 日　北京市商业银行中小企业服务中心落成剪彩，同时举办第一批 10 家中小企业综合授信协议的签字仪式。市经委副主任周毓秋出席剪彩签字仪式并讲话。

同日　北京市经委召开全国各省市驻京联络处工作总结表彰会，369 家外地驻京机构和北京市有关单位的代表参加了会议。

4 月 21 日　北大方正电子有限公司与天津有线电视台就建立全光纤通道大型新闻制播网达成合作，并在北京举行了签字仪式。

4 月 24 日　北京市工业系统深化学习、创新、发展教育活动经验交流会在首钢文化馆召开。市人大、市政府、市政协有关领导，各工业总公司、市直属单位领导，区县主管经计委主任，部分在京企业负责人，市工业工委、市经委领导参加了会议。

4 月 24～25 日 北京市“中小企业改制政策与实际操作培训班”在市劳动局培训中心举办。北京市及外埠的 75 家企业 88 人参加培训。

4 月 25 日 北京医药行业协会成立。副市长刘海燕及市药品监督管理局、市技术与质量监督局、市卫生局等单位领导出席成立大会。

4 月 26 日 青岛啤酒集团并购北京双合盛五星啤酒厂和三环啤酒厂，成立北京五星青岛啤酒有限公司和北京青岛三环啤酒有限公司。

4 月 26～27 日 北京市经委组织召开控股公司中小企业改革工作会。15 家控股公司、集团公司负责人参加了会议。市经委副主任周毓秋到会并讲话。

4 月 28 日 北京第一机床厂铸造车间迁出位于北京的中央商务区的核心地段。迁到河北省高碑店市新建铸造分公司，总投资 6800 万元。

同日 北京市国有资产经营有限责任公司成立。该公司是在原北京市国有资产经营公司和北京市境外融投资管理中心的基础上重新组建的。

4 月 28 日至 5 月 3 日 由宣武区政府主办，宣武区经贸委协办的北京首届绿茶节在马连道京城茶叶第一街茶城广场举行。

4 月 30 日 北京市副市长刘海燕到北京炼焦化学厂慰问并检查安全工作。

4 月 北京市科委、市教委确定建 6 个大学科技园。它们是：北京化工大学科技园，北京师范大学、北京中医药大学、中国协和医科大学三校联合共建科技园，北京航空航天大学科技园，北京理工大学科技园，北京科技大学科技园，北京工业大学科技园。

5 月 10 日 第四届中国北京高新技术产业国际周暨中国北京国际科技博览会在人民大会堂举行开幕式。国务院副总理李岚清出席开幕式并讲话。北京市市长刘淇致开幕词。

同日 由北京市经委主办的“北京工业外经贸平台”(www.bjindustry.gov.cn),在互联网上推出。

同日 北京市中小企业信用担保监督管理联席会议办公会议召开。市经委、市科委、市商委、市财政局、市工商局和人行营业管理部的有关人员出席会议,市经委副主任周毓秋出席会议并讲话。

5月9日 北京经开科创科技孵化器举行开园庆典。全国政协副主席宋健为孵化器题写了“聚集四海英雄,创高科技产业”的题词;副市长张茅、市科委主任范伯元为北京京开高科技产业孵化器揭牌;市教委副主任李观政、市人事局副局长为北京经济技术开发区留学生创业园揭牌;市外经贸委副主任周河、北工大常务副校长周大森为北京市大学科技园揭牌;北工大校长左铁镛、管委会主任李凤玲为北京工业大学软件园揭牌。副市长张茅讲话表示祝贺。

5月11~13日 第四届中国北京高新技术产业国际周国际微电子论坛在北京新大都饭店举办。这是北京市经委与美国华美半导体协会、北美半导体行业协会、硅谷中国工程师协会共同承办的,主题是“促进微电子产业链各环节互动发展”。海外各界人士60多人,国内企业界、学术界、投资界及各地政府有关部门1500多人出席。

5月14日 北京市经委与黑龙江省肇州县人民政府共同举办的“北京—肇州经济技术合作洽谈会”在北京新大都饭店召开。北京市经委副主任徐和谊、大庆市市长王志斌、肇州县领导及双方有关方面负责人和企业代表80多人出席了会议。会上签订了8项经济技术合作协议或意向,涉及资金2.94亿元。

5月17日 北京星海乐器公司“15英尺超大型三角钢琴修复竣工交接仪式”在人民大会堂举行。该琴制作于1959年,至今仍为世界最大、中国仅有的15英尺超大型三角钢琴,前英国首相爱德华·希思访问中国期间曾用此琴演奏。此次修复时间为2000年1月~3月,耗资8万元,耗工1000多小时。修复后,该琴重归人民大会堂。

5月22日 北京变压器厂从西城区新街口的老厂迁出,迁往昌平科技园新址。

5 月 24 日 北化集团“北京华腾投资有限责任公司”成立。公司经营范围包括投资管理、投资咨询、物业管理、化工原料及试剂销售等业务。

同日 北京市副市长刘海燕到北京供电公司宣武区客户服务中心视察。

5 月 24～25 日 北京市中小企业服务中心与北京食品协会在京华食苑举办“北京食品企业改革与发展讲习班”，市食品行业 50 多家企业的 70 多人参加了讲习班。讲习班邀请市经委、市工商局、市财政局、市劳动与社会保障局、北京食品协会等部门的领导、专家进行专题讲座。

5 月 25 日 北京市教委召开推进全市校办企业改革工作大会。会上，印发市教委和市经委联合制定的《关于加快北京市校办企业改革若干意见》，北京大学校产办和朝阳区教育国有资产管理中心介绍了本单位校办企业改革经验。

5 月 28 日 北京长城汽车制造有限公司挂牌开业。

6 月 5 日 北内集团总公司并入北京汽车工业控股有限公司仪式在北内举行。

6 月 6 日 门头沟区政府出资 300 万元建立科技及中小企业担保资金，对该区的科技及中小企业进行信用担保。至此，北京市正式注册的担保公司达 14 家，已累计为 600 余家科技中小企业进行信用担保，贷款近 8 亿元。

同日 通州轻纺服装服饰产业园区建成，已有中国服装股份有限公司北京制衣公司、北京富佳利制衣有限公司、爱华制衣厂等 17 家企业落户。该园位于通州区朗府镇，总规划面积 245 公顷，基础设施建设投入资金 1100 万元。

6 月 7 日 在中关村电脑节“中关村十大知名品牌公众调查”活动中，“书生”、“用友”、“冠群金辰”等知名软件品牌荣获中关村十大知名软件称号。

同日 国务院减负办负责人等到海淀区检查、指导企业减负工作，先后听取了北京市减负办和海淀区减负办的工作汇报。

6月8日 北京市经委、市工商联联合发文，确定中国大恒（集团）有限公司等50户企业为北京市首批重点联系民营企业。

同日 北京市经委与北京市信息化工作办公室联合举办的“企业信息化”专题研讨会在梅地亚中心召开。市政府有关委办局主管领导，各控股公司（集团）主要负责人、各区县经委主任，有关大中型企业负责人参加了会议。

同日 华北首座串补站在500千伏大房线投运。该站位于蔚县境内，距大同二电厂和北京房山500千伏变电站分别为127公里和161公里，为全国第二座串补站，串补总容量为751.4兆瓦，主要设备由瑞典ABB公司提供，总投资约为1.06亿元。

6月11日 联想集团与全球著名的互动服务供应商AOL在京成立合资公司，在中国市场发展消费者互动服务业务。双方各占合资公司的51%及49%股份，总投资约2亿元。

6月12日 北京—雅典经贸论坛暨洽谈展览会在希腊雅典召开。北京市副市长刘海燕，希腊国民经济部副部长，雅典市常务副市长以及希腊工商界2000余人出席了洽谈会。

同日 北京天竺出口加工区通关验收，北京市委书记贾庆林，海关总署长牟新生参加揭牌仪式。截止到5月底，已有6个国家和地区的9家客商入驻出口加工区，投资额3亿美元。

同日 科技部同意北京市政府《关于商请调整中关村科技园区政策区域范围的函》将电子城科技园中约3平方公里不可利用的住宅用地调出中关村科技园区政策区，将望京新兴产业区北部约3平方公里的土地调入中关村科技园区政策区。

6月12～13日 由北京市经委和市中小企业服务中心共同举办的“学习《关于鼓励和促进中小企业发展的若干政策意见》”讲习班，在北京市经济干部管理学院开班。各委办、总公司、控股公司、各区县经委领导和列入今年改制计划名单企业的主要领导200余人参加了讲习班。

6月14日 北京市政府召开企业改革上市工作会议。常务副市长孟学农到会并讲话。

6 月 14 日 “北京文化节”组成部分的“北京工艺美术展览展销会”在莫斯科开幕，中共北京市委书记贾庆林、副市长张茅、中国驻俄罗斯大使武韬及莫斯科文化委员会主席乌里扬塔夫出席开幕式。展销会于 19 日结束。

6 月 14～15 日 由铁道部运输局组织的专家组，对北京二七车辆厂试制的转 8G 型转向架、左右支撑座、转 K2 型转向架交叉支撑组成进行评审，同意通过生产质量认证，建议批量生产。

6 月 18 日 国有企业改革与发展暨技术创新成果展览会在北京展览馆举办。北京展区展现了近 3 年来市国企改革的成果。

同日 同仁堂集团和崇文区卫生局合作组建的北京同仁堂崇文中医医院正式挂牌，这是北京市第一家中药厂办的中医院。

6 月 20 日 北京市召开安全生产专项整顿工作大会，部署煤矿安全、民爆器材及烟花爆竹、道路交通、水上运输及化学危险品储运、公共聚集场所等 5 项专项整顿工作。副市长刘海燕到会并讲话，市经委主任金生官主持会议。

6 月 21 日 朱镕基、尉健行、李岚清等中央领导参观“国有企业改革与发展暨技术创新成果展览”，北京市市长刘淇、副市长刘海燕等陪同参观。

同日 北京市石油成品油流通行业协会正式成立。这是由中国石油天然气股份公司华北销售分公司、中石化北京石油分公司等从事成品油流通行业的 173 家企业共同组建的。市经委主任金生官出席成立大会并讲话。

6 月 22 日 北京市工业系统纪念中国共产党成立 80 周年大会在首钢召开。市委工业工委书记、市经委主任金生官主持大会，副市长刘海燕等出席大会。大会对在推进企业改革发展，实现国有企业改革脱困“三年两目标”中做出突出贡献的 10 个先进基层党委，30 个先进党支部，10 名优秀党委书记，10 名优秀党员经理（厂长）以及优秀党员销售带头人，优秀党务工作者，生产一线的优秀共产党员进行了表彰。

6 月 25 日 首钢日电电子公司 6 英寸 0.25 微米芯片生产线的第

四次扩产升级改造工程开工。

6月27日　北京市政府召开“国有企业深化改革推进发展大会”。副市长刘海燕作题为《立足发展，深化改革，加快调整，努力开创国有企业改革与发展的新局面》的报告，市体改委领导作了《关于北京市国有大中型企业建立现代企业制度任务的分解说明》。会上表彰了75个为完成改革与脱困目标作出突出贡献的先进企业及69名优秀经营管理者。到2000年底，北京市国有企业的扭亏面达到80.7%。

6月28日　长辛店留法勤工俭学旧址修缮工程竣工及庆祝建党80周年留法勤工俭学史料展开幕。留法勤工俭学旧址坐落在二七机车厂铁中院内的一座小二层红楼，是北京市的爱国主义教育基地之一。

6月28～29日　北京市经委举办“WTO与国际人力资源开发”引智培训班。来自北京市工业系统各控股（集团）公司、区县经委负责人、重点企业厂长经理等近60人参加了培训班。

6月29日　北京市经委、北京奥申委环境生态部召开“北京市绿色企业”命名大会。经企业申报、综合评定、实地考察，北开电气股份有限公司等10家企业被评为“北京市绿色企业”。

6月　《中共北京二七机车厂组织史资料》（建国后部分）于建党80周年前夕编写印刷完成。这部资料起止时间为1948年12月14日长辛店解放至2000年12月，按照“解放初期，开始全面建设社会主义时期，‘文化大革命’时期和社会主义现代化建设新时期”大历史阶段划分。主要内容为工厂党政工团的组织机构沿革及领导人名录。

7月4日　北京京城控股有限责任公司与上海浦东发展银行北京分行联合举行合作签约仪式。浦东发展银行北京分行首期将授予京城控股公司总额为3亿元人民币的综合授信额度，并提供结算、融资等金融业务。北京市副市长刘海燕、市经委主任金生官出席了签约仪式。

7月6日　北京市副市长刘海燕到北京建中机器厂、北京广播器材厂调研。

同日　经北京市政府批准，中国北京同仁堂集团公司按《公司法》要求，改制为国有独资的中国北京同仁堂（集团）有限责任公司。

同日　北京照相机总厂与日本奥林巴斯株式会社的合资企业“奥林巴斯（北京）科技有限公司”在人民大会堂澳门厅举行开业典礼。北京市副市长刘海燕为开业揭牌，市经委主任金生官、国家机械联合会副会长薛德林到会祝贺并讲话。

7月7日　全球六大液晶厂商LG—PHILIPS、中华映管、瀚宇彩晶、冠捷电子、PHILIPS、唯冠集团与联想集团在北京签订了合作协议，联想与6厂商合作开发液晶产品。

7月8日　国家煤炭安全监督局煤矿专项整治督察组对北京市煤矿专项整治情况进行督察，市经委副主任徐和谊汇报了北京市煤矿专项整治情况。

7月11日　北京中芯微系统技术有限公司自主研制出我国第一枚实用化的32位CPU芯片——“方舟—1”。

7月12日　中共北京市委书记贾庆林、副市长孟学农以及市经委、市政管委有关领导视察北京第二热电厂及北京供电公司。

7月15～23日　中共北京市委副书记强卫随中央代表团参加西藏和平解放五十周年庆祝活动，并参加北京市对口支援拉萨市的有关活动。市经委与拉萨市经贸体改委和拉萨市计委举行了对口洽谈。

7月16日　美国能源领域最大的安全监控设备提供商RAE公司，就采用方正数码有限公司GIS软件达成协议，每年采购1500套以上的方正GIS软件。这是方正自主研发的英文GIS软件首次向美国出口。

7月23日　北京市工业系统上半年经济形式分析会召开，市经委主任金生官传达了全市上半年经济形势分析会精神。会议由市经委副主任徐和谊主持，市有关委办局、各区县、各工业开发区和科技园区、各工业总公司、部分中央在京企业、部分民营企业、各有关工业协会的负责人近200人出席会议。

同日 按照中共北京市委、市政府指示精神，市安全生产委员会发出《关于进一步做好安全专项整顿工作确保煤矿安全生产的紧急通知》，对近期煤矿安全生产工作做出部署。

7月24日 联想、方正、大唐电信等119家高新技术企业成为中关村科技园区海淀园的首批信誉免检企业。

7月25日 北京市经委召开“北京市首批重点联系民营企业推介会”。副市长刘海燕到会并讲话，市经委常务副主任徐和谊就“确定北京市首批重点联系民营企业”一事做了说明。已确定的50家重点联系与支持的民营企业去年实现销售收入112.7亿元，实现利税11亿元。

同日 北京市副市长刘海燕带领市经委、市监察局、市公安局、市工商局、市地矿局等有关部门的领导到房山区检查煤矿安全专项治理整顿情况。

7月26～30日 青海省人民政府承办的“2001年中国东部企业参与西部结构调整投资贸易洽谈会”在西宁市举办。北京市经济委员会委员陈怀伟率领有色金属总公司、燃气集团、首钢集团、汽车工业集团、医药集团、北京京城机电控股公司、市公用事业科研所等有关部门负责人，共11人组成的北京市代表团参加了会议。

8月1日 北京数控机床改造基地在顺义落成，总投资10亿元，占地356亩，北京市副市长刘海燕参加基地落成仪式并讲话。

8月3日 北京市煤炭管理办公室对门头沟乡镇煤矿治理整顿工作进行了重点抽查，到斋堂和清水地区的部分小煤矿进行治理整顿工作调研。

8月3～7日 由北京市经委主办的“2001年北京工业产品展示洽谈会”在农业展览馆举办。359家企业参加展示洽谈会，展示产品1000多种，其中北京名牌产品80多种，涵养了高科技、环保、医药、纺织等众多领域。全部贸易成交494笔，金额15.94亿元；招商引资13项，金额4.52亿元。

8月6～7日 英国ISOQAR国际质量认证中心派出审核组到南口铁路工厂进行ISO9001认证通过后的第一次监督审核，认为工厂质量体系运行情况良好，同意保持认证资格。

8 月 7 日 中共北京市委书记贾庆林、市长刘淇参观北京纺织新技术新产品展示会。

8 月 9 日 中共北京市工业工委、市经委召开部分体育界、旅游界知名领导、专家座谈会，研讨北京工业加入 WTO 和举办奥运的对策。两委领导、部分总公司董事长、总经理，两委有关处室处长参加了会议。

8 月 11 日 中共北京市委书记贾庆林、市长刘淇等到华北电力集团公司调研，就华北电力集团公司支持北京建设和举办 2008 年奥运会的工作、保证首都电力供应进行探讨。市领导阳安江、刘海燕，市经委主任金生官等一同调研。

8 月 15 日 北京市经委召开“深化企业改革推动区县经济发展工作会”。市经委副主任周毓秋主持会议，市经委主任金生官、副主任徐和谊到会并讲话。

8 月 21 日 北人集团公司技术秘密被盗案终审胜诉。北京市高级人民法院判决河南新乡机床厂停止使用北人集团公司技术秘密，在《法制日报》上公开赔礼道歉，赔偿北人集团公司经济损失 217.6 万元。

8 月 22 日 燕化公司 66 万吨乙烯改造现场 DA—103N 新急冷塔整体平移成功，平移距离为 13.21 米。该装置为国内同类装置中最大的工艺塔，高 48.75 米，直径 11 米，重 736 吨。

8 月 23 日 北京经济技术开发区博士后科研工作站成立暨揭牌仪式在管委会多功能厅举行。会上宣布在开发区设立博士后科研工作站，同意区内的北京诺赛基因组研究中心有限公司、北京凯止生物工程发展有限责任公司、北京嘉捷恒信能源技术有限公司、北京大陆太极有限公司和本元正阳基因技术股份有限公司五家企业招收博士后研究人员，开展博士后工作。

8 月 27 ~ 28 日 北京市经委副主任徐和谊率北京工业赴沿海三省市考察团在青岛市学习考察，与海尔集团董事局主席、首席执行官张瑞敏进行了座谈交流。

8月28日 北京燕京啤酒集团公司被全国饮品企业环境质量管理审核委员会认定为首批“全国饮品企业环境质量管理合格单位”，这是北京市唯一被认定的企业。

8月29日 联想集团与华凌公司举行公司建设、企业信息、人才培训等项目合作签约仪式，合作总金额500万元。华凌公司是国内空调行业十大企业之一，年产量100万台左右。

同日 由北京建材经贸集团和河北易县矿产建材开发管理局等单位共同组建的砂石有限责任公司成立。首批近千吨优质粗砂运抵北京，预计每年可向北京建筑市场提供优质粗砂60万吨。

同日 门头沟区年产7000万块煤矸石页岩多孔砖的新型建材企业——北京万佛建筑材料有限公司成立。市经委主任金生官参加了剪彩仪式。

9月1日 联想、北大方正、清华同方和大华衬衫厂等企业的产品，被评定为中国名牌产品。此次被授予中国名牌产品的45家企业生产的57种产品，是由企业自愿申请，各省、自治区、直辖市推荐，经有关行业主管部门和社会团体审核，经中国名牌战略推进委员会综合评价并向社会公开征求意见产生的。

同日 北京通州物流产业园区推介会在北京经济技术开发区中国国际电子商务大厦举行。会上，通州区政府与大荣集团有限公司、北京医药股份有限公司举行签约仪式。与会人员在会后参观了通州区物流产业园区的规划建设情况。

9月2日 首钢用网上招标的方法，从发布招标公告到达成采购合同，用11个工作日完成5万吨硅锰合金、9000吨铁合金等总值约2.3亿元的原材料采购。首钢实行原材料采购公开招标已经有4年，并从2001年开始对有条件的材料实施网上招标。

9月6日 北京市人才服务中心京友工作站成立。该工作站由市有色总公司与市人才服务中心共同组建，是人事代理制度在北京市国有企业的首次进入。

9月8日 北京汽车工业控股有限责任公司与中央电视台厂址转让合同签字仪式在钓鱼台国宾馆举行。中共中央宣传部副部长、国家广播电视总局局长徐光春，北京市市长刘淇，国家广电总局副局长张海涛，北京市副市长汪光焘，以及国家经贸委、市计委、市经委、首都规划委、市财政局、市地税、朝阳区政府及北京汽车工业控股有限责任公司等有关领导出席了签字仪式。

同日 北京国际电力开发投资公司、北京国华电力有限责任公司、内蒙古电力（集团）有限责任公司共同出资，建设内蒙古达拉特电厂三期工程的签字仪式在北京京蒙大厦举行。工程总投资23.7亿人民币。

9月10日 北京抽纱工艺品厂复制的藏传佛教工艺美术珍品、国家一级文物《绿度母》补绣像完成，正式交付雍和宫并珍藏于永佑殿内。

9月14日 中关村科技园区海淀园管委会取消了未按规定参加2000年度新技术企业资质复核的838家新技术企业的资格，包括460家内资企业和378家外资企业，行业涉及电子信息、光机电一体化、环保等领域。

9月18日 北京电子城科技园投资服务中心开业，为入驻企业提供网上注册、网上办公以及工商税务、政策法律事务、审计会计事务等方面的系统服务。

同日 通州区人民政府招商局引进项目签约仪式在通州宾馆召开。会上，中国广西贵港龙宝集团公司、北京珠江房地产开发有限公司等8家企业与马驹桥、永顺等镇举行签字仪式。

同日 北京吉普汽车有限公司生产的顶级jeep品牌——大切诺基投产下线。

同日 北京市安全生产委员会召开会议，部署安全工作。市长刘淇到会并讲话，市经委主任金生官等出席会议。

9月20日 北京京煤集团有限责任公司通过中国进出口质量认证中心北京市评审中心ISO 9000质量体系认证现场考核。

同日 北京同仁堂（泰国）有限公司在泰国曼谷正式开业。公司投资总额100万美元，北京同仁堂股份有限公司投资49万美元，占49%，泰国福安堂无限公司投资51万美元，占51%，该药店营业面积 1200 平方米，是北京同仁堂在东南亚地区规模最大的药店，泰国卫生部长、中国驻泰国大使、同仁堂的领导及泰国医药界华侨界人士 300 多人参加了开业仪式。

9 月 24～27 日 经北京新世纪体系认证中心对北京二七车辆厂 ISO9001:2000 版质量管理体系监督审核，认为该厂质量管理体系符合标准，运行有效，同意认证注册。

9 月 25 日 北京工业技术创新工作会召开，最新一批企业技术中心接受了颁发的认定铜牌。北京工业的技术中心已达到了 48 家，其中 19 家是通过认定的。

9 月 28 日 世界最大的气动原器件生产商和销售商、世界 500 强企业之一的日本 SMC 公司投资 2 亿美元在天竺出口加工区开工建设，占地 18 万平方米，一期厂房总建筑面积 35000 平方米。北京市副市长张茅出席开工仪式并讲话。

同日 北京纺织控股有限责任公司与北京服装学院签署合作协议。双方将就新产品新技术的开发、服装设计开发和人才培训进行多方面的合作。

9 月 29 日 首钢举办名为“绿色首钢系列旅游文化活动”工业旅游。游客可以在首钢看炼钢、观野鸭湖、登石景山等。

同日 北京京煤集团所属门头沟煤矿破产程序终结。门头沟煤矿始建于 1921 年，因煤炭资源枯竭于 2000 年 7 月 20 日停产，同年 10 月 29 日国家经贸委和北京市批准门头沟煤矿破产关闭。2001 年 3 月 9 日全国企业兼并破产和职工再就业工作领导小组同意门头沟煤矿进入破产程序，2001 年 3 月 29 日法院宣布门头沟煤矿破产。

9 月 北京一轻控股集团有限责任公司生产的“金星”笔，获香港国际专利技术博览会 2001 年金奖。

10 月 11 日 北京市经委副主任徐和谊主持召开市小煤矿整顿验收工作协调小组第一次全体会议。传达国务院办公厅《关于进一步做好关闭整顿小煤矿和煤矿安全生产工作的通知》，国务院安全生产委员会办公室《关于贯彻落实国务院关闭整顿小煤矿和煤矿安全生产工作现场会精神的通知》。会议确定由市经委、市工商局、市国土房管局、市公安局、市监察局、市环保局、市劳动保障局和煤矿专家组成验收组。

10 月 12 日 由留学生在中关村创办的中星微电子公司研制的百万门级超大规模专用芯片“星光一号”实现产业化。“星光一号”是中国首枚具有世界先进水平，具有自主知识产权的芯片，已被联想、方正、三星、飞利浦等国内外一流 IT 厂商应用。

10 月 16 日 崇文区经济委员会撤销，同时成立崇文区经济贸易委员会。

同日 由国家知识产权局专利信息中心、中国技术市场协会、北京市科委、北京市知识产权局、房山区政府主办，燕山办事处、燕化公司、中国教育电视台《专利档案》栏目组具体承办的燕山专利项目展示对接大会召开。大会旨在架起再就业与专利发明人之间的桥梁，为燕化公司协议解除劳动合同人员的再就业创造机会。近 100 个展位的 500 多个项目在现场进行了展示。40 多个项目达成合作协议，20 个项目和 1 个合作协议签约，项目协议投资总额达 3.2 亿元。

10 月 18～19 日 北京市小煤矿整顿验收工作协调小组在京煤集团举办验收工作研讨培训班。整顿验收工作组先后对房山、门头沟的小煤矿、京煤集团、房山区、门头沟区进行了验收，12 月 20 日，验收工作结束。

10 月 19 日 首钢第三炼钢厂 2 号连铸机由八流小方坯连铸改造成四流矩型坯连铸，一次热试成功并投产。这套自动上引锭杆、中间包自动对中、自动浇钢、自动配水、自动切割、自动出坯的全自动设备，达到国内先进水平，设计年产矩型连铸坯 60 万吨。

10 月 22 日 在北汽福田 2002 年车辆营销商务会上，“风景海狮轻客”、“五星轻卡 200P”、“欧曼重卡”亮相。

10 月 25 日 由北京工艺美术行业协会组织，全市工艺品生产厂家选送的 33 件创新产品，在中国第二届西湖博览会上展出，有 26 件产品获奖。其中 7 件获金质奖，5 件获银质奖。

同日 北京市国土资源和房屋管理局、市房改办、市财政局、市总工会联合发出《北京市进一步深化国有企业住房制度改革加快解决职工住房问题的指导意见》。《意见》提出建立住房补贴制度由职工自主购房、自建住房按不低于成本价售予职工、成立住宅合作社集资合作建房、改造危旧房改善职工住房条件、建立和完善经济适用房和廉租房供应体系等5种渠道，企业可根据自身的情况自由选择。

10月25~26日 北京市“指导中小企业规范改制、资产评估政策与实际操作研讨会”召开。北京地区200家会计师事务所、律师事务所、资产评估机构以及有关企业的200多人参加了研讨会。

10月30日 落户顺义区林河工业开发区的北京京城北一数控机床（集团）公司揭牌成立。公司占地面积23万平方米，总投资10亿元。

同日 北京市中小企业服务中心受中国贸促会联络部和中国中小企业国际合作协会的委托，组织北京地区15家中小企业参加在中国贸促会举办的“中国—乌克兰商务论坛”，并列席在外贸部举行的“中国—乌克兰第六届经济贸易双边会议”。

11月3日 中共北京市委书记贾庆林、市长刘淇等到北京第一机床厂和北汽摩公司调研。市领导阳安江、杜德印，市经委主任金生官，副主任徐和谊等参加调研。

11月6日 首钢“十五”重大技改项目，从德国引进先进技术的第二耐火材料厂500吨白灰窑套筒工程竣工投产。

同日 北工大软件园首批入园企业签约仪式在北京经济技术开发区管委会多功能厅举行。香港京泰网络科技有限公司、北京公达电子有限公司、北京工大计算机软件开发公司、北工大软件学院等项目签约入驻北工大软件园。北京市副市长林文漪，北工大校长左铁镛，北京市科委主任范伯元出席了签约仪式。北工大软件园占地千余亩，一期工程规划建筑面积30万平方米，绿化面积500多亩。

11月12日 燕化乙烯装置改造完成并产出合格乙烯。装置生产能力由45万吨/年提高到71万吨/年。

11月16日 首钢第一炼钢厂停止模铸，淘汰初轧机，首钢实现了全连铸。

11月17日 中共北京市委书记贾庆林、市长刘淇陪同国家经贸委主任李荣融到北京轻型汽车有限责任公司调研，研讨北京汽车工业的改革发展及企业搬迁重组等问题。市领导阳安江、杜德印、刘海燕等一同调研。

同日 北京市政府召开今冬明春安全生产工作会议。市经委主任金生官通报了北京市安全生产情况，部署了今冬明春的安全生产工作。

11 月 19 日 北京市朝阳区与拉萨市城关区正式签订建立对口支援关系协议书，双方将重点在经济、技术、文化、教育、卫生等领域加强交流与合作。

11 月 22 日 北京经济技术开发区行政事业性收费改革新闻发布会在开发区管委会多功能厅举行。会上宣读了市政府关于同意北京经济技术开发区行政事业性收费改革的批复。本次改革除资源性、筹资性和符合国际惯例的 14 项行政事业性收费外，其他的收费项目全部取消，削减幅度达 87%。

11 月 24 日 由北京市经委、市教委、市光机电一体化产业基地管委会联合举办的“推进光机电一体化产业发展及光机电一体化产业基地建设研讨会”召开，北京 8 所院校 15 位校领导和专家学者参加了会议。

11 月 26 日 中关村科技园区丰台园科技创业服务中心与北京丰台区兴源粮油贸易总公司合作创办的中关村科技园区丰台园生物医药孵化器签字仪式，在北京国际企业孵化中心举行。

11 月 27 日 中国用友集团伟库网络技术有限公司与英特尔互联网技术有限公司签署协议，双方为中国企业提供从前台到后端，从网络到应用系统的 IT 外包装。中国用友集团董事长王文京、英特尔在线服务全球总裁戴尔博士出席了签字仪式。

11 月 28 日 位于北京经济技术开发区的星网物流中心破土动工，建筑面积 1 万平方米。

同日 联想集团推出新一代绿色安全家用电脑——家庭数码港天麒、天麟电脑和 7 款最新的扩展数字产品。天麒、天麟电脑产品研发总投资 2600 万元，拥有 33 项专利技术。

同日 北京金泰恒业有限责任公司揭牌，该公司由京煤集团及18家股东出资组建，是集燃料经营、房地产开发、物业管理、饭店旅游和城市综合服务于一体的多元化、跨行业企业。

同日 北京天融环保中心在全国首次开发成功一套完整的水煤浆锅炉及燃烧器，其设计、生产、制造技术受到环保界专家及官员的认可。

同日 北京京工服装集团有限公司成立。总投资5100万元，是北京市最大国有服装企业资产重组、整体改制后成立的新公司，拥有“雷蒙”西服、“坦博”衬衫、“天坛”衬衫、“伊里兰”羽绒服等4个北京名牌。新公司设有进出口公司，70%的产品出口国外，并为阿路、菠罗、YSL、皮尔·卡丹等世界著名品牌长期定点生产服装。

11月29日 北京化工集团和北京市燃气集团签约，北京焦化厂正式划转至燃气集团。以生产人工煤气为主的北京焦化厂将逐步转产以天然气为代表的清洁能源。

同日 北京经济技术开发区管委会ISO14001环境管理体系正式取得国内认证证书和英国皇家认可委员会（UKAS）的国际证书，成为北京首个通过ISO14001环境管理标准认证的区域。取得环境双认证，标志北京开发区的区域环境管理已建立了与国际环境管理通行的准则，掌握了通向国际市场的绿色通行证。

同日 北京市知识产权局和市经委联合为首钢总公司、清华同方股份有限公司、北大维信生物科技有限公司等12家成为专利工作试点单位的企业颁牌，以推进企业知识产权保护进程，迎接入世挑战。

11月30日 首钢第二、第三炼钢厂采用炼钢、连铸完整配套工艺，取代了运转32年的初轧机，钢水可直接铸成钢材，减少工序，节约能源，减少了烟尘排放。

同日 铁道部科教司会同铁道部发展计划司、中国北车集团公司在南口厂召开了LFK—1.0/10型城轨车辆用螺杆式空气压缩机国产化技术审查会。参加会议的有铁道部科学研究院，长春客车厂，大连机车车辆厂，西安交通大学，北京地铁运营公司太平湖车辆段，四方车辆研究所，部驻南口厂机车验收室等10个单位30余人。与会专家认为，南口厂提出的设计指标是可行的，达到了国外同类产品的设计水平，一致同意通过技术设计审查。

12 月 1 日 北京市市长刘淇，副市长刘海燕到北京吉普汽车有限公司、北京重型电机厂调研。市经委主任金生官等陪同调研。

同日 应中共中央总书记江泽民邀请来华访问的越南共产党中央总书记农德孟到北京经济技术开发区访问。参观了新落成的星网工艺园，首信诺基亚移动通信有限公司。

12 月 2 日 北大方正集团投资连宇通信技术有限公司，进行新一代移动通信技术 CDMA 的研究开发和产业化。

12 月 3 日 由中国质量管理协会用户委员会在海南主办召开的全国第一次“四满意”表彰会上，首钢总公司（SG）牌高速控冷热轧盘条产品被授予“2001 年度全国用户满意产品”称号。“四满意”是：用户满意企业，用户满意产品，用户满意工程，用户满意服务。

12 月 6 日 《京华时报》报道，北京燕山石化公司裁员 1/3，中国石化和燕化用 20 亿元安置费买断 1.6 万名职工的工龄，创国有企业经济补偿最高记录。

12 月 8 日 北京金隅集团琉璃河水泥厂日产 2000 吨熟料新型干法水泥生产线旋窑点火成功，琉璃河水泥厂二期技改工程基本完成。

12 月 9 日 北京冶炼厂正式与中国华融资产管理公司签订商业性债转股框架协议，成为北京市首家拟实行商业债转股的国有企业。

12 月 11 日 中国正式加入世界贸易组织（WTO），成为其第 143 个成员。

同日 北京市朝阳区召开工业技术创新大会，区政府拨出专款 768 万元，对 2000～2001 年度技术改造、新产品开发、企业管理、质量认证、现代化创新等方面取得突出成绩的 71 个企业给予了表彰和奖励。

12 月 11～12 日 由铁道部工程鉴定中心组织的“南口厂螺杆式空气压缩机国产化项目初步设计审查会”在南口厂召开，与会专家一致通过了该项目的初步设计，并于 12 月 28 日下发《关于南口机车车辆机械厂螺杆式空气压缩机国产化项目初步设计的批复》。

12月11～15日 北京四环医药科技股份有限公司良乡生产基地华素片车间、合成车间通过国家GMP认证中心检查组GMP检查。

12月15日 北京有研半导体材料股份有限公司在顺义北京林河工业开发区举行有研硅谷半导体材料生产基地开工奠基仪式。北京市市长刘淇、副市长刘海燕等参加开工仪式。工程项目总投资2000多万美元。

12月17～18日 北京市中小企业服务中心举办第八期改制政策与实务讲习研讨会。北京地区工业、商业、服务业、建筑业等系统、部门主管厂长、经理及财务、劳资负责人等146人参加了研讨会。

12月18日 华北电力集团公司对"电力市场整顿和优质服务年"活动中的先进集体、标兵和先进个人进行表彰。北京供电公司、唐山供电公司等25个单位获先进集体称号，10名标兵和90名先进个人受到表彰。

同日 北京经济技术投资开发总公司与美国金州（控股）公司通过BOT形式开发建设的污水处理厂一期工程正式完工并投入运营，这是北京市首次利用外资进行基础设施建设。

同日 北京市副市长刘海燕，到北京制药二厂和万东医疗装备公司调研。

12月20日 台湾富士康企业集团投资北京签约仪式在人民大会堂举行。中共北京市委书记贾庆林、国务院台办主任陈云林、北京市市长刘淇出席。富士康企业集团是台湾鸿海精密工业股份有限公司在中国大陆投资兴办的高新科技企业集团，主要生产计算机与通讯产品及相关的精密元器件，是集生产、研发为一体的大型高科技台资企业。

同日 星网（国际）工业园二期合作备忘录签约仪式在北京经济技术开发区举行。北京市市长刘淇和诺基亚集团董事长兼首席执行官约玛·奥利拉分别代表市政府和园区外商投资企业在备忘录上签字。

同日 国务委员吴仪、国务院副秘书长尤权、海关总署署长牟新生、北京市市长刘淇、信息产业部副部长曲维枝等视察北京经济技术开发区。吴仪等先后考察了 SMC（中国）有限公司、首信诺基亚公司，又察看了富士康企业集团的规划建设情况，还考察了外经贸部在开发区的中国国际电子商务中心。

12 月 21～22 日 北京市经济工作会议召开。会议围绕贯彻中央经济工作会议精神，联系实际，总结 2001 年的经济工作，提出 2002 年经济工作总体要求：一、增加城乡居民收入，培育消费需求。二、保持固定资产投资较快增长，注重提高投资效益。三、加快建设中关村科技园区，强化软环境建设。四、大力推动企业技术改造，迅速提升传统产业。五、加快农业和农村经济结构的战略性调整。六、确保环境污染治理和生态环境建设三年目标的实现。七、抓住入世机遇，加快各项改革步伐。八、整顿和规范市场经济秩序。九、促进出口，扩大利用外资，做好入世应对工作。十、做好奥运会筹备工作。

12 月 24 日 北京市经委、市教委在通州区召开推进光机电一体化产业发展暨北京市光机电一体化产业基地建设研讨会。来自清华、北航等高校的教授、专家出席了会议，并就光机电一体化产业发展趋势、科研成果、重点项目和基地的开发建设等问题进行研讨。市经委主任金生官、常务副主任徐和谊出席研讨会。

12 月 27 日 金隅集团琉璃河水泥厂兼并水泥机械总厂（含金巢公司、大理石厂、门窗公司）项目获国务院批准。

12 月 28 日 北京医药集团有限责任公司与北京博奥生物芯片有限责任公司签订重组北京万东医疗装备公司的意向书。

同日 北京市光机电一体化产业基地专家委员会召开成立大会，8 位光机电领域专家，市经委、通州区及基地管委会有关人员共 21 人参加了会议。

同日 中共北京市委工业工委和北京市经济委员会搬出市委、市政府大院，到朝阳区工体北路的新址办公。搬家后的两委将全面推行首问负责制和一站式办公，并将行政审批事项削减了 47%，进一步转变政府职能，为发展首都经济服务。

2002 年

1 月 8 日 法国标致汽车公司授权北京汽车工业供销公司进口、代理、销售合同在北京正式签订、北京汽车工业供销公司成为法国标致汽车在中国的代理商。

1 月 10 日 北京市政府派驻北京医药集团公司的监事会正式进驻北京医药集团公司，开始对北京医药集团公司国有资产监管。

1 月 11 日“第三届中关村项目推介暨技术成果交易会”在北京新世纪饭店闭幕。交易会由中关村科技园区管委会、市科委、市经委、市计委和中科院高技术产业发展局共同主办。会议期间有 8 家参会企业达成投资意向，意向投资金额约 2.6 亿元。

1 月 13 日 北人集团公司与日本 TSK 公司（日本东京出版机械株式会社福州黄晶印刷机械有限公司）签订合作合同。依据 OEM 方式合作，TSK 公司使用“北人”商标申报组合商标，并实行统一商标、统一产品最底价格、统一使用“北人”销售网络和统一营销策划工作。

同日 北京中星微电子公司与美国微软公司在京签订合作备忘录，双方将结合各自的技术和市场优势，共同促进多媒体技术在国际和中国市场的大规模推广及应用。

同日 北京市琉璃河水泥厂二期技术改造工程的水泥熟料生产线投产，达到了日产 2000 吨合格水泥熟料设计能力。

1 月 15 日 在全国安全生产工作会上，北京市朝阳区安全生产委员会办公室被评为 2001 年全国安全生产监督管理先进单位。

同日“北京·涿鹿经济协作洽谈会”在京召开。北京市经济委员会委员陈怀伟和张家口市常务副市长刘鹤峰出席会议并讲话。北京一轻控股公司、京城机电控股公司、北京金隅集团等与涿鹿县对口企业进行了洽谈。

1 月 16 日 2002 年北京市工业工作会议召开。市经委副主任徐和谊主持会议，市经委主任金生官作工作总结。市委常委阳安江、北京市副市长刘海燕出席会议并讲话，强调新一年北京市工业系统要抓住“一个中心、三个突破”，即：以提高经济运行质量和效益为中心，重点在所有制结构调整、传统产业技术改造和企业管理信息化三个方面取得新的突破。市有关委办局、市总工会、各区县主管工业领导，中关村科技园区和北京经济技术开发区领导，各工业控股（集团）公司、中央在京企业、部分三资企业、民营高科技企业负责人，约300人参加会议。

同日 北京市政府首次设立“北京质量管理先进奖”，联想（北京）有限公司、北京燕京啤酒集团公司等企业获此殊荣。该奖项每两年评选表彰一次，每次表彰1～5家企业，由北京市质量技术监督局和北京市人事局负责组织评选。

同日 北京市副市长翟鸿祥到北京市化工职业技术学校调研，并参加了由该校组建的“北京市工业技师学院”成立揭牌仪式。

1月18日 北京一轻玻璃仪器厂向俄罗斯最大的电光源制造企业LISMA公司出口B40玻璃生产技术合同在京正式签订。

1月21日 北京市副市长刘海燕及市经委、市消防局、市安全监察处和市监察局等部门有关人员，到北人集团公司调研。

1月28日 北人印刷机械股份有限公司以承债方式无偿整体兼并陕西黄工集团印刷机器有限责任公司。兼并后，“北人”将注资6077万元与中国华融资产管理公司共同组建陕西北人印刷机械有限责任公司，并控股84.2%。

1月29日 华北电力集团公司“500千伏紧凑型线路大负荷试验研究”科研成果通过国家电力公司验收。

1月30日 中共中央总书记、国家主席江泽民到中国石化集团北京燕山石油化工有限公司，考察了45万吨/年到66万吨/年乙烯生产改造工程，并到职工家里看望职工。中央有关部门负责人及中共北京市委书记贾庆林、北京市市长刘淇等陪同考察。

1月31日至2月1日 国家电力调度通信中心和华北、华东网调及黑龙江、湖南、河北、山西省网调有关专家组成的考评工作组，对华北电力调度局“创建中国一流电网调度机构”工作进行考核。考评组认为：华北电力调度局在创建中国一流电网调度机构方面做了大量卓有成效的工作，安全工作、文明生产、设备运行、专业管理、科技进步5项内容均达到了一流电网调度机构的考核标准，予以通过“创建中国一流电网调度机构”工作组的考评，总分为488.6分。

2月1日　北京市市长刘淇、市经委主任金生官到京城机电控股公司慰问职工，向北京叉车总厂两户困难职工家庭送了慰问金和慰问品。

2月2日　中共北京市委书记贾庆林、市总工会主席阳安江等到首钢特钢公司，慰问企业困难职工和低收入职工家庭。

2月3日　国务院安全生产委员会副主任、国家安全监管局局长张宝明一行到朝阳区检查安全生产工作。

2月18日　联想集团与厦华电子股份公司在北京签署合资协议，双方共同投资组建移动通信公司。总投资1.5亿元，新公司设在厦门，以移动通信产品GSM和CDMA手机为主要经营范围。

2月25日　首届中关村优秀企业家、优秀创业者评选活动揭晓。联想集团总裁杨元庆等10人被评为十大优秀企业家，中星微电子有限公司董事长邓中翰等10人被评为十大优秀创业者。

2月26日　北京市经委同意“北京精细化工基地”选址确定在大兴区安定镇。

2月27日　北京市经委、市计委、市科委和市药监局就贯彻实施市政府《关于印发北京生物工程与医药产业发展振兴纲要通知》联合举行新闻发布会。市经委副主任徐和谊就振兴纲要和发展方案主要精神作了通报。市经委主任金生官及市科委、市计委、市药监局的领导出席发布会。

2月28日　北京博奥生物芯片公司与北京医药集团公司举行重组万东医疗装备公司协议书签字仪式。北京市副市长刘海燕出席会议并讲话，市经委主任金生官、副主任周毓秋及有关部门负责人出席签字仪式。

同日　北人印刷机械股份有限公司新厂在北京经济技术开发区奠

基建设。北人新厂占地面积 16.23 万平方米，建筑面积 10 万平方米。

3 月 3～5 日 国家安全生产督察组对北京市化工、建筑、煤矿等单位的安全生产进行了检查指导。

3 月 4 日 北京有机化工厂年产 2.5 万吨 VAE 乳液（又名乙酸乙烯—乙烯共聚乳液）技改项目投料试车成功。VAE 乳液属环保型产品，具有无毒无味、性能优越等特点，可用作黏合剂和涂料基料。

同日 以国家安全生产监督管理局局长张宝明为组长的国家安全生产督查组，在北京市经委委员丁镇宽及市总工会、市消防局、市经委安全管理处和监察处等领导的陪同下到燕化公司检查指导工作。

3 月 7 日 北京市经委召开北京市重点联系民营企业 2002 年工作座谈会。和利时公司、四通集团公司、科利华公司等 29 家北京市重点民营企业的董事长、总经理参加了会议。市经委副主任周毓秋和市工商联负责人出席座谈会并讲话。

3 月 8 日 北京市安全生产工作会议召开。会议通报了全市 2001 年安全生产综合考核情况，表彰了 2001 年获奖单位，并部署 2002 年安全生产监督管理和煤矿安全监察工作。市安全生产委员会办公室主任、市经委副主任徐和谊出席会议并讲话，国家安全生产监督管理局、市监察局、市总工会有关领导参加会议。

同日 首届中关村最具发展潜力“十佳”中小高新技术企业推荐活动结束，北京佳迅飞鸿电气有限责任公司等 10 家企业榜上有名。此项活动由北京新技术企业协会主办。

3 月 11 日 北京市大兴区得到北京市商业银行 3 亿元的贷款，将用于中小企业的技术改造、产品升级换代和扩大生产规模。大兴区是北京市第一个由政府出资专门为中小企业提供融资担保的区县。

3 月 12 日 中共北京市委工业工委副书记张俊明、工业纪工委书记彭福旺、市工委委员马嗣荣带领工委有关部门共 10 人，到燕化公司现场办公，了解公司党委 2002 年工作思路，就工业系统党的工作如何“跳出小循环，促进大发展”进行调研，并听取企业对工业工委、市经委工作的意见和要求。

3 月 13～14 日 中小企业应对入世实物示范性专题研讨会在西

单中水大厦举办。研讨会由中国中小企业国际合作协会、北京市中小企业服务中心合作主办，邀请9位中外专家，围绕中小企业开展国际合作、对外贸易、招商引资等内容与到会者进行探讨交流。北京市经委、北京工业经济联合会、同仁堂集团进出口公司等企业、单位80余人参加了研讨会。

3月18日　北京市工业投资与发展情况发布会召开。市经委主任金生官出席会议并讲话，希望北京加强与跨国公司和国内外新闻界的交流与联系，推动北京与跨国公司的国际经济合作。市经委、市外经贸委、市政府新闻办公室的有关领导出席会议，40余家跨国公司中国总部、驻京机构及重点外商投资企业参加会议。

3月19日　北京市怀柔区汽车行业协会成立。

同日　中共北京市委书记贾庆林到北京经济技术开发区进行调研。先后视察了星网工业园首信诺基亚移动通信有限公司、北京英纳超导技术有限公司和区容区貌。

3月20日　北京市经委下发《关于开展全市第二次重大危险源普查工作的通知》。全市普查工作全面展开，由市经委统一领导，并成立重大危险源普查办公室。

3月23日　北京市市长刘淇、市委常委阳安江等到北京照相机总厂和首钢总公司第三炼钢厂考察调研。刘淇在调研时强调，利用高新技术改造传统产业，促进首都工业经济快速发展。

3月26日　上地信息产业基地建设十周年成就展开幕式暨实创总公司成立十周年庆祝大会在上地基地隆重举行。国家有关部委和北京市相关委办局领导、国际高科技园区专家、国内高新技术产业园区管委会领导以及部分世界500强企业代表、国内著名企业代表等参加了此次活动。

3月27日　在北京市组织的首批“首都文明行业”评比中，北京供电公司被评为首批三个“首都文明行业”之一。中共北京市委副书记龙新民、中共北京市委工业工委书记金生官、国家电力公司纪检组长祝新民、华北电力集团公司总经理翟若愚出席授牌仪式。

3月28日　北京市市长刘淇与韩国现代汽车集团会长郑梦九就

加快北京汽车工业战略性重组进行会谈。国家经贸委副主任欧新黔，市委常委、市总工会主席阳安江，北京市副市长刘海燕等会谈时在座。

3月28～29日 北京市经委召开北京市2002年中小企业改革第一次工作例会，市经委副主任周毓秋到会并讲话。市商委、市建委、市教委、市农委、市民政局、市交通局、市乡镇企业局有关负责人参加了会议。

3月29日 中共北京市委、市政府召开北京市再就业工作会议。会议总结2001年本市再就业工作，并提出2002年重点抓好五个方面的工作：稳步推进下岗职工基本生活保障制度向失业保险制度并轨；多渠道、多层次、多形式开发就业岗位；加强职业技能培训，提高下岗职工、失业人员的素质；加强劳动力市场建设，加快建立完善就业服务体系；切实保障低收入弱势群体的基本生活，完善就业援助和托底机制。会上，北京市再就业明星和再就业工作先进单位、先进个人受到表彰。

同日 北京市京郊乡镇工业区工作会议召开。会议按照市政府关于“继续推进乡镇企业二次创业”的指示，确定了55个重点乡镇工业区。

4月2日 美国ABB鲁姆斯公司、日本东洋公司、中国石化工程公司的专家对北京燕山石油化工有限公司66万吨/年乙烯改造工程进行现场考核。考核结论是：燕化公司乙烯生产能力达到每小时88.75吨、8000小时71万吨的设计指标，乙烯回收率达到99.5%，所有生产设备均运转正常。燕化公司66万吨/年乙烯改造工程历时32个月，总投资34.5亿元。

4月3日 北京集成电路设计园开园暨2002年北京微电子国际研讨会举办新闻发布会。北方微电子基地领导小组办公室主任、市经委副主任徐和谊在会上介绍了北京集成电路产业的发展现状。北京市副市长刘海燕，市国有资产经营有限责任公司、市科委、市计委等部门负责人出席新闻发布会。

同日 北京市人民政府出台《北京市关于扩大对内开放促进首

都经济发展的若干规定》，规定多项优惠措施吸引外地企业来京投资。这是北京市第一个吸引内资的优惠政策。

4月4日　中共北京市委副书记龙新民，市委常委、市总工会主席阳安江，在市委副秘书长吴雨初和中共北京市委工业工委书记、市经委主任金生官的陪同下，到燕化公司调研办公，了解企业思想政治工作和企业文化建设等方面的情况，考察了北师大燕化附中和燕化电视台。

4月5日　北京市工商行政管理局、北京商标协会、北京市消费者协会共同对1999年初认定的第三届著名商标进行了复审和重新认定，并对2001年内新提出的著名商标认定申请进行审查，经市场调查，商标信誉综合评定，产生出“2001年度北京市著名商标”152件。于2002年4月5日予以公告。

4月8日　北京市人民政府授权北京隆达轻工控股有限责任公司经营管理北京市有色金属业总公司及其所属企业国有资产。

4月10日　北京京能热电股份有限公司在国内发行1亿股A股股票。北京京能热电股份有限公司是由北京国际电力开发投资公司、中国华北电力集团等5家发起人共同投资，对原石景山热电厂和石景山发电总厂进行股份制改造而成立的。

4月11日　在陕西西安召开的第六届中国东西部合作与投资贸易洽谈会闭幕。北京市经委系统50家企业参加了洽谈会，签订经济技术合作、协议100项，金额88658万元。

4月11～14日　全国政协副主席胡启立带领“进一步改善北京市大气质量专题调研组”对北京地区进行考察。北京市经委主任金生官于11日对北京市工业系统治理环境污染工作作了专题汇报。

4月12日　北京市市长刘淇到首钢总公司调研，察看了8英寸芯片生产线新址，观看了北方微电子产业基地现场总体布局。市计委、市经委、市规划委等部门负责人参加调研。

同日　北京工业发展与实施人才战略专题研讨会召开，市经委主任金生官出席研讨会。

4月13日　中共北京市委书记贾庆林、北京市市长刘淇到北内集团调研。

4 月 15 日 首钢总公司与国家大剧院工程委员会举行建筑钢材供应合同签字仪式。合同规定：国家大剧院工程建设所需的 4 万吨螺纹钢、线材全部由首钢直供。

同日 中共北京市委书记贾庆林，北京市市长刘淇，到北人集团公司调研。

4 月 16 日 中共北京市委常委、宣传部部长蒋效愚，市委宣传部副部长、市思想政治工作研究会副会长宋贵伦等到同仁堂视察工作。

4 月 16 日至 5 月 14 日 工美大厦、北京风筝协会、BTV—2 台《城外诚文化北京》、北京交通台《1039 茶馆之文化北京》四家联袂主办“工美杯”装饰风筝设计大赛。风筝界的知名专家李滨声、哈亦奇、费保龄等担任评委，大赛以“给家一双想像的翅膀”为主题，共评选一、二、三等奖 6 名，40 家新闻媒体进行报道。

4 月 18 日 北京集成电路设计园开园暨 2002’北京微电子国际研讨会开幕。集成电路设计园在中关村建设，建筑面积 25000 平方米，由北京市国有资产经营公司代表北京市政府出资 5 亿元人民币。研讨会的主题是：集成电路设计与产业链发展。研讨会由中国北方微电子产业基地领导小组办公室主办，北京集成电路设计园有限责任公司、美国华美半导体协会、北京林河工业开发区管委会等协办，北京国际工程咨询公司、北京市经委等承办。来自政府、企业、协会、经济技术开发区、研究机构、高校、金融界、新闻界等海内外各方面人士共 1000 多人参加了研讨会。

4 月 23 日 北京市工业系统企业搬迁调整工作会议召开。市委常委、市总工会主席阳安江到会并讲话。40 家企业年内要迁出市中心区。

同日 北京市工业系统 2002 年企业培训工作会召开。国家经贸委培训司司长和北京市副市长刘海燕参加会议并讲话。市经委主任金生官主持会议，各工业控股（集团）公司、区县经委和部分重点企业的负责人参加了会议。

同日　北京京煤集团有限责任公司化工厂的JMRH乳化炸药生产线通过国家鉴定与验收。该生产线年生产炸药能力8000吨，生产工艺、技术装备为国内领先水平。

4月24日　北京市工业企业信息化经验交流现场会召开。市经委主任金生官主持会议，联想集团、雪莲羊绒有限公司等单位介绍了经验。副市长刘海燕，市经委、市科委、市信息办以及各工业控股公司、区县经委和部分重点企业的负责人参加会议。

4月25日　北京东方化工厂乙烯装置自2001年6月29日开始，在没有任何停车和检修的前提下，创造了乙烯装置安全稳定运行300天的国内同行业新纪录。到2002年12月26日，东方化工厂乙烯装置安全稳定运行达到546天，创出国内同类装置稳定运行的最好水平，各项技术经济指标继续位居前列。

4月26日　北京市副市长刘海燕到北京东方化工厂检查安全生产工作。

同日　华北电力集团购买一架轻型直升飞机，用于高压线路巡检和清洗，使巡检间隔缩短，每公里巡检费降至130元。利用飞机进行高压线路巡检和清洗，在中国是第一次。

4月28日　中科镓英砷化镓材料建设项目在北京光机电一体化产业基地举行奠基仪式，中国科学院院长路甬祥、北京市市长刘淇等为该项目奠基。砷化镓的研发是“九五”国家重点科技攻关项目，由中国科学院半导体研究所控股，并联合北京有色金属工业总公司及其他股东共同投资建设。

4月28日至5月3日　由宣武区政府主办、宣武区经贸委协办的北京首届绿茶节在马连道京城茶叶第一街茶城广场举行。

4月29日　北京汽车工业控股有限责任公司与韩国现代汽车集团合资合作协议签字仪式在北京举行。市委书记贾庆林、市长刘淇、国家计委副主任张国宝、国家经贸委副主任欧新黔等出席签字仪式。

同日　2002年北京工业技术改造工作会议召开。北京市将设“市财政工业投入资金”，用于提升企业技术装备水平、结构调整和产业升级。北京市副市长刘海燕到会并讲话，市经委主任金生官主持会议，有关单位的负责人参加了会议。

4 月 30 日 北京京煤集团有限责任公司的煤矸石建筑装饰一体砖生产线在杨坨举行开工典礼。该生产线总投资 3500 万元，设计年生产能力 6500 万块折标砖。

4 月 30 日至 5 月 3 日 “首届北京工美旅游创新产品展览会”在崇文区大都市街举办。

4 月 北京四环医药科技股份有限公司被北京市科学技术委员会、北京市科学技术协会、中关村科技园区管委会评为北京市第四届“科技之光”奖优秀企业称号。该公司产品“华素片”被评为北京市第四届“科技之光”奖优秀产品称号，该公司董事长文鸣旭被评为北京市第四届“科技之光”奖优秀企业家称号。

5 月 4 日 国务院副总理吴邦国视察北京轻型汽车有限公司顺义厂区，察看了公司的冲压、装焊、油漆、总装车间，询问了北京汽车和韩国现代汽车合资合作生产轿车的情况。

5 月 9 日 北京吉普汽车有限公司六缸大切诺基上市。

5 月 10 日 北京市人民政府与中国电子科技集团公司就建设北京光机电一体化产业基地，发展电子信息产业化，签署《全面合作协议书》。常务副市长孟学农、中国电子科技集团公司总经理吕新奎代表双方在《全面合作协议书》上签字。北京市市长刘淇等出席签字仪式。

同日 北京京能热电股份有限公司 10000 万股普通股票在上海证券交易所挂牌上市交易仪式举行。北京市副市长刘海燕、市体改办主任高佐之、市经委副主任周毓秋、市计委副主任邢少军等出席仪式。

5 月 16 日 投资 1.6 亿元的首钢日本电装二期工程竣工投产。设计年产汽车空调器 36 万套，产品质量和生产能力达到国内领先水平。

5 月 18 日 北京雪花电器集团与青岛海信集团有限公司合资成立海信（北京）电器有限公司的签字仪式在北京举行。市经委主任金生官主持签字仪式，副市长刘海燕、市经委副主任徐和谊，以及有关单位负责人出席签字仪式。海信、雪花分别占新公司注册资本的

55%和45%。

5月20~22日 在上海举办的第三届中国国际葡萄酒和烈酒评酒会上，北京一轻龙徽酿酒有限公司生产的“1999怀来珍藏”干红葡萄酒荣获金奖。

5月25日 北一大隈（北京）机床有限责任公司成立。该公司是由北京北一数控机床有限公司与日本大隈株式会社合资成立的。

同日 北京市经委组织电控、隆达、一轻、仪表、机电、金隅等工业总公司及其所属的七星华电、雪花电器、金鱼科技、红星股份、远东仪表、电线电缆总厂等企业负责人组成的北京经贸交流考察团，参加5月25~28日在四川省成都市举行的“第三届中国西部国际博览会”，进行了考察并开展项目洽谈和交流。

同日 中关村项目推介暨技术成果交易会签约仪式在北京饭店举行。中关村科技园区共签100项合同和合作意向，总金额超过130亿元。

5月26日 北京光机电一体化产业基地基础设施建设奠基仪式在北京通州区举行。奠基仪式由市经委副主任冯海主持，副市长刘海燕、市经委主任金生官等出席奠基仪式。

同日 科博会北京经济技术开发区分会场签约仪式举行，北京市副市长张茅出席仪式。科博会期间，开发区共签项目23个，总签约金额32.1亿美元。

5月27日 “中小企业服务日”在北京国际会议中心开幕。来自联合国、美国、法国等国工业发展组织的专家，国家经贸委等委办主管领导，15个省市和香港的政府部门、服务机构负责人，北大、清华、人大、中科院的校长、院长，商业银行、上海银行等北京分行负责人，市经委、市工商联等机构负责人，新华社、人民日报、北京日报、香港文汇报等85家新闻媒体的近百名编辑、记者，各地各行业和服务机构的5000余位厂长、经理、专业人员参加了“中小企业服务日”第一天的活动。

5月28日 北京汽车工业控股有限责任公司与韩国现代汽车集团合资成立北京现代汽车有限公司，合同签字仪式在汉城举行，双方各持股 50%。北京市市长刘淇出席签约仪式。

5 月 31 日 北京市副市长刘海燕参观北京同仁堂股份有限公司与泰国福安堂无限公司在泰国合资开办的北京同仁堂（泰国）有限公司药店。

同日 中关村科技园区电子政务网站群全面开通，可入园审批、登记、年审等 60 多项业务，使办理业务的时间由原来的十几天缩短到两三天，最快的用 1 小时。

5 月 首钢投资 8175 万元新建的污水处理厂、投资 1770 万元新建的焦化水生化处理设施先后投入使用，主要水污染物全面达到北京市二级排放标准，厂区废水排放总量比上年减少 18.3%，吨钢耗用新水量下降到 7 吨。

6 月 4 日 北京吉普汽车有限公司和三菱汽车公司签订技术许可协议。协议包括生产北京吉普车型的全套技术文件和专利，即北京吉普拥有在中国大陆的独家使用权。北京市副市长张茅出席了签字仪式。

6 月 5～8 日 第十一届俄罗斯圣彼得堡国际消费品博览会召开。由北京市经委、市外贸委、市贸促会联合组织了北京市 36 家企业 70 余人的代表团参加博览会，展品包括高新技术、轻工工艺、五金家电、纺织服装、五矿化工等领域的产品。

6 月 6 日 中关村科技软件公司在中关村科技园开业，这是第一家入驻软件园孵化器的公司。

同日 第十一届燕京啤酒节开幕，北京空港工业区签约 12 大项，协议金额 7.46 亿元。

同日 北京吉普汽车有限公司与戴姆勒—克莱斯勒合资经营合同修改及重述本获得中国有关政府机构批准。根据新合同，北京吉普汽车有限公司延长合资 30 年，中方持股 57.6%，外方持股 42.4%。

同日 北京市市长刘淇、副市长刘志华、市政府秘书长黄承祥到昌平区调研。先后查看了中关村科技园区昌平园内的三一通讯技术有限公司、中信国安盟固利电源技术有限公司等高新技术企业。

6 月 7 日 中共北京市委书记贾庆林，市委副书记杜德印，市委常委蔡赴朝，到宣武区马连道茶城视察，看望私营企业和个体工商户。

6月9日 全国“安全生产万里行”启动仪式在北京举行，意在普及安全知识，消除事故隐患，预防和减少各类事故的发生。

6月12日 在国家电力公司农村电工知识与技能竞赛中，华北电力集团公司代表队获得团体总分第三名及理论知识竞赛第一名和技能比武竞赛第四名。

6月13日 北京市经委副主任周毓秋主持召开国有中小企业产权制度改革专题会。8个控股公司改制工作负责人及年内计划改制的国有中小企业的厂长（书记）参加了会议。

6月13～14日 北京市经委举办北京市2002年国有大中型工业企业改制培训会。列入2002年度改制计划的国有大中型工业企业改制工作负责人，以及各控股公司、相关委办、区县经委改制工作负责人近150人参加了培训会。

6月18日 北京现代京城工程机械有限公司签约仪式举行，该公司是由京城机电控股公司与韩国现代重工业株式会社共同投资创办的中韩合资企业。副市长刘海燕出席签约仪式并讲话。中国机械工业联合会、中国工程机械行业协会、市经委及市有关委、办、局的负责人出席了签约仪式。

6月20日 河北徐水—北京房山500千伏输电线路正式投入运行，成为第一条京津唐电网与河北南网联通的500千伏输电线路。

同日 北京市对外文化交流协会同北京工美集团有限责任公司联合在北京王府井工美大厦举办“触摸文化，体验北京”外国人学制中国工艺品大赛活动，部分驻华外交使节及夫人、美国杜克大学学生、印尼教师等70余名外国人参加。

6月21日 北京现代轿车碰撞实验在天津汽车技术中心获得成功。碰撞实验结果表明，现代轿车正面碰撞乘员保护的各项指标均达到要求。

6月25日 北京市市属工业6家中小型企业划转西城区管理。经清产核资认定，6家企业在职职工1612人，资产总额34110.8万元，所有者权益 8764.7 万元。

6 月 26 日　北京市市长刘淇、副市长张茅到北京经济技术开发区调研。先后视察了首信诺基亚公司、GE 航卫医疗系统有限公司、富士康公司等。

6 月 28 日　北京汽车投资有限公司成立，注册资本 117014.41 万元。

6 月 29 日　中共北京市市委书记贾庆林，市委副书记杜德印，市委常委、宣传部长蔡赴朝，副市长刘海燕等到北汽福田公司调研。

同日　北京市市长刘淇、副市长刘敬民考察金隅集团朝阳新城。

6 月　北京市开展了第一次“安全生产月”活动，主题为“安全责任重于泰山”。安全生产月期间，全市共举办各种宣传咨询活动 1.5 万场次，设立各类安全栏、板报等 1.8 万个，发放宣传材料 64 万份，有 300 万职工参加了宣传教育活动。

7 月 1 日　北京工业党建网站正式开通。北京工业党建网横向下设十个二级栏目和数百个三级栏目，内容涉及组织、宣传、干部、纪检等。纵向初步建立了工业工委到各控股（集团）公司到部分重点企业的电子信息网络体系。

7 月 9 日　国家科技部部长徐冠华在北京市副市长张茅陪同下到北京经济技术开发区视察。参观了本元正阳技术有限公司、首信诺基亚移动通信有限公司等区内高科技企业，并乘坐电动大巴车游览了区容区貌。

7 月 10 日　北京巨龙公司与古巴电子集团 2002 年度合同签字仪式举行。巨龙公司将向古巴出口高新技术通信产品，总金额达 6600 万美元。副市长刘海燕、市经委主任金生官以及外经贸部、信息产业部等有关部门领导出席了签字仪式。

同日　望京科技创业园被国家人事部正式批准为“中国北京（望京）留学人员创业园”。

7 月 11～12 日　东风 7E 型（25 吨轴重）调车内燃机车通过铁道部科技成果鉴定。

7 月 12 日　京津唐电网最大负荷达到 1832.8 万千瓦，北京地区最大负荷达到805.8万千瓦，创历史最高记录。同时，天津、唐山、廊坊、承德、张家口等地区负荷均创历史新高。

同日 北京市市长刘淇、副市长刘海燕、国家电力公司副总经理赵希正到北京供电公司220千伏左安门变电站和调度中心慰问职工，对电力职工战高温酷暑保北京用电表示感谢。

7月17日 北京市经委主持召开反倾销、反补贴保障措施暨产业损害预警检测工作会。北京市成立的由市经委、市海关、市农委、市外经贸委、市统计局等组成的反倾销、反补贴保障措施暨产业损害预警检测工作小组，已将部分化工产品及冶金产品列为产业损害重点检测对象。

7月18日 北京海斯顿环保设备有限公司基地落成暨启动新闻发布会在通州区马驹桥镇举行。副市长刘海燕、国家环保总局副局长祝光耀出席发布会并表示祝贺。

同日 北京—香港安全知识竞赛活动仪式在人民大会堂举行。初赛阶段，有近40万干部职工参加了答卷。

7月中旬 北京二七机车厂与兄弟单位共同研制生产的东风7G型机车交车。该车采用微机控制系统、异步牵引电动机及抱滚轴承悬挂等技术，标定功率为2400kW，最大运用功率为2200kW。

7月22日 北京市召开上半年经济形势分析会。市委书记贾庆林在会上强调，以振兴现代制造业为突破口，进一步扩充首都经济总量，提升北京的综合实力和竞争能力。

7月24日 2002年中国东部企业参与西部结构调整投资贸易洽谈会在青海省西宁市闭幕。北京市的首钢、一轻公司、医药集团、北广电子集团等36家企业参加了为期5天的洽谈会，共签约34项，总成交金额19287万元。

7月30日 中共北京市委书记贾庆林在北京饭店会见北京一轻控股公司所属企业北京啤酒厂合资方——日本朝日啤酒株式会社最高咨询主席濑户雄三先生一行。

7月31日 北京水泵厂、北京冷冻机厂、北京造纸六厂、北京第四肉联厂等4家国有破产企业2000余名退休人员社会化管理移交仪式举行。市经委、市劳动保障局、市社保中心、有关区县劳动保障部门和社会保险经办机构以及相关破产企业参加了移交仪式。

8 月 2 日 北京地区当天电网最大负荷达到 824 万千瓦，创历史最高记录。

同日 北京生化制药厂宣布破产，即日进入破产程序。

8 月 3 日 北京鼓风机厂由长城国际拍卖有限公司在北京产权交易中心交易厅公开拍卖。拍卖的土地使用权及可变现破产财产评估总值为 5556.48 万元，丰台区城市建设综合开发公司以 6110 万元的价格成为竞买人。

8 月 4 日 世界 500 强企业之一的美国霍尼韦尔公司在海淀园中心区投资设立了“霍尼韦尔（北京）技术研发实验有限公司”，专门从事计算机软件的研究开发与生产。截止到 8 月份，世界 500 强企业中前 200 家已有 24 家入驻海淀园中心区。

8 月 6 日 北京市市长刘淇、市委常委孙政才、副市长刘海燕、市政府秘书长黄承祥等到北京现代汽车有限公司调研。

8 月 8 日 国务院批准北京经济技术开发区扩大工业用地及配套用地的扩区申请，增加 24 平方公里的建设用地。其中，京津塘高速公路以东规划面积约 14 平方公里，凉水河以西约 10 平方公里，开发区总面积增至 39 平方公里。

8 月 12 ~ 23 日 北京市朝阳区部分私营企业家组成考察团赴南非进行商务考察。

8 月 13 日 中共北京市委书记贾庆林、市委副书记强卫、副市长刘志华到通州区就工农业生产进行调研，先后视察了八通轻轨建设工程、潞河中学、通美晶体技术有限公司。

同日 “振兴北京市工艺美术事业”座谈会召开。北京市市长刘淇出席座谈会，听取了中国轻工业联合会会长陈士能、中国工艺美术协会会长石晓光对北京市工艺美术行业的分析和建议，并结合《北京市传统工艺美术保护办法》的出台，就如何振兴工艺美术事业进行了商讨。

8 月 14 日 北京市经委开始对北京市辖区的 67 家工业上市公司

控股股东进行建立现代企业制度重点检查，其中按照中国证监会和国家经贸委要求重点检查控股股东11家。

8月15日　北京一轻技术学校经国家劳动和社会保障部专家评审被认定为高级技工学校。

8月19日　中共北京市委书记贾庆林，北京市副市长刘海燕，市委常委杜德印，到北京紫竹药业有限公司、北京医药股份有限公司视察。

8月20日　由国家计委、国家电力公司共同主办，华北电力集团公司承办的西电东送北通道工程项目开工典礼分别在华北电力集团公司主会场以及内蒙古的托克托发电厂、山西的神头第二发电厂、河北的万全变电站、山西的河曲发电厂、内蒙古的达拉特发电厂5个分会场同时举行。该批工程项目共包括3项输变电工程和4个电源工程，即：内蒙古托克托电厂—北京安定500千伏输变电工程、山西神头—河北保北500千伏输变电工程、内蒙古丰镇—河北万全—北京顺义500千伏输变电改造工程；内蒙古托克托发电厂二期工程、山西神头第二电厂二期工程、山西河曲发电厂工程、内蒙古达拉特发电厂三期工程，将新架设500千伏输电线路1590公里，新增发电装机容量406万千瓦，工程投资总额约192亿元，全部工程将于2006年前投产。

同日　“首钢总公司企业技术创新院士行”活动举行开幕式，开幕式由中国工程院副院长王淀佐主持。中国工程院院长徐匡迪、国家经贸委副主任欧新黔、中国钢铁协会会长吴溪淳、北京市市政府秘书长黄承祥、市经委主任金生官出席了开幕式。此次活动有12位中国工程院院士及10位专家，为首钢的“十五”规划献计献策。

8月28日　北京市市长刘淇、副市长张茅会见北京一轻丽源公司合资方——日本资生堂株式会社名誉会长福原义春一行。刘淇市长授予福原义春为“北京市荣誉市民”，并向福原义春颁发了北京市荣誉市民证书和证章。

同日　北京欧曼重型汽车厂揭牌及新产品下线。

8月29日　中国万亿次计算机在联想集团研制成功。该机256

个计算功能结点机、526 个高性能至强处理器，其内存总容量为272GB，系统总硬盘空间为6TB。

8 月30 日 北京市节水型工业座谈会及“国家工业节水示范园区”揭牌仪式在北京经济技术开发区举行。国家经贸委副主任谢旭人、北京市副市长刘海燕出席了会议。会上宣读了国家经贸委批准开发区建设国家工业节水示范园区的函件。谢旭人和刘海燕为“国家工业节水示范园区”揭牌，开发区“国家节水示范工程”项目和有关开发区全面节水的“博大计划”正式启动。首批启动工程包括区域凝结水闭式回收技术改造、污水处理厂二期、中水处理工程等5项，总投资约3.41 亿元。

同日 北京同仁堂（马来西亚）有限公司在马来西亚吉隆坡开业。新公司由北京同仁堂科技发展股份公司和马来西亚海鸥企业有限公司合资开办，总投资50 万美元。这是北京同仁堂在海外的第11 家分公司。

9 月1 日 国家质量监督检验检疫总局在人民大会堂召开大会，表彰2002 年中国名牌产品生产企业。北京市有7 家企业榜上有名，分别是北京燕京啤酒集团公司、北京丰收葡萄酒有限公司、北京三元食品股份有限公司、北京雪莲羊绒股份有限公司、北京李宁体育用品有限公司、北京北大方正集团公司、联想（北京）有限公司。

同日 北京同仁堂集团被中国工业经济联合会、中国名牌战略推进委员会推荐为“向世界名牌进军——16 家具有国际竞争力的中国企业”之一。

9 月4 日 北京市副市长刘海燕参加怀柔区非煤矿山治理整顿验收工作，市经委副主任张工、委员丁镇宽陪同。同日，北京市副市长刘海燕视察北京欧曼重型汽车厂。

9 月5 日 北京市副市长刘海燕及市经委主任金生官等到燕化公司现场办公，视察了化工一厂二高压聚乙烯车间，并为燕山健身广场启用揭幕。

9 月6 日 北京中天纸业集团公司与日本凸版资讯株式会社合资成立“北京凸版资讯信息纸业有限公司”签字仪式在京举行。该项目总投资600万美元。其中，中方占75%，日方占25%。

9月7日 由北京市经委、中关村科技园区管委会联合举办的中关村高新技术企业领导人员WTO研修班开班。北京市副市长刘志华、市经委副主任周毓秋出席开班仪式。

9月9日 北京市经委、市法制办就《北京市传统工艺美术保护法》自9月10日开始实施，联合召开新闻发布会。发布会由市经委总经济师常青主持，市政协常委王振、市法制办副主任周继东、中国工艺美术协会理事长石晓光等出席发布会。

9月10日 联想集团新开发的电脑“开天6800”在美国圣何塞举办的“2002年秋季英特尔信息技术峰会（IDF）”上获得创新奖。

9月11日 第五届中关村电脑节闭幕。历时一周的电脑节共签订项目559项，签约总金额425.83亿元。

同日 中外企业家信息化高层座谈会召开，北京市经委副主任战超出席会议并致辞。市信息办、部分重点企业领导，以及国际知名企业摩根—斯坦利、Amplify Llc、ASD Global等公司共40余人出席了座谈会。

9月19日 北京市怀柔区食品饮料协会成立，市冷饮协会会长文洪仁出席了成立大会。

9月23日 北京市副市长刘海燕、市经委主任金生官、市总工会副主席任亚光及市公安局、消防局、质量技术监督局、朝阳区政府有关人员，到京城机电控股公司所属北京天海工业公司检查安全生产。

9月24日 北京市经委委员丁镇宽带队对房山区部分乡镇煤矿进行专项检查。共查封非法开采煤矿点8处，拆除非法开采矿点工棚90余间，抓获非法采矿人员9名。市经委、市公安局、市国土资源和房屋管理局、京煤集团等有关部门参加检查。

同日 北京工业国际智力交流协会揭牌成立。市经委副主任冯海、周毓秋出席成立大会。

9月25日 中共北京市委副书记阳安江到昌平区调研，听取了昌平区经济发展情况汇报并参观了昌平科技园区。

9 月 27 日 北京东方电子集团以 3.8 亿美元收购了韩国现代电子公司 3 条薄膜晶体管面板液晶显示屏（TFT—LCD）生产线。

同日 由瑞典利乐公司投资 5.7 亿元与北京制浆造纸实验厂共同建设的利乐包装（北京）有限公司在北京经济技术开发区开工。工厂占地面积 7 万多平方米，将生产液体食品包装等产品。

9 月 28 日 北京市安全生产监督管理局和国家煤矿安全监察局北京煤矿安全监察办事处成立暨揭牌仪式举行。市经委副主任张工主持揭牌仪式，副市长刘海燕、国家安全生产监督管理局（国家煤矿安全监察局）副局长王德学、市经委主任金生官以及有关委、办、局和区县经委负责人参加了揭牌仪式。

9 月 29 日 中共北京市委书记贾庆林、市长刘淇在北京经济技术开发区参观北京地区集成电路成果展。

同日 北京市常务副市长孟学农察看北京毛线厂开发建设的、由贵友租赁经营的贵友大厦方庄店开业情况。

9 月 30 日 首钢总公司、高碑店污水处理厂、燕京啤酒公司向社会敞开大门，在“十一”黄金周期间成为工业旅游景点。

9 月 在中国煤炭工业协会举办的第七届全国煤炭工业优秀企业和优秀企业家评选活动中，北京京煤集团有限责任公司被评为优秀企业，北京京煤集团有限责任公司党委书记、董事长倪文驹被评为优秀企业家。

同月 北京市经委参加了由市技术质量监督局牵头的 2002 年北京市名牌产品评选工作。共评选出 138 种名牌产品。市经委与市技术质量监督局共同对名牌产品生产企业进行了表彰。

同月 受北京市政府委托，市经委主任金生官率团访问了北京市重点支援的三峡库区巴东县，代表市政府向巴东县捐赠移民搬迁资金 100 万元，并视察了同仁堂在巴东县建立的绿色药材（独活）种植示范基地。

10 月 4 日 北京市副市长刘海燕到北京现代汽车有限公司调研。

10 月 11 日 北京软件产业基地首届软件程序员双元制师范班正式开学，80 名专为对日本出口业务培养的软件程序员，将接受 1 年的专业技术培训。

10月12日 中共北京市委书记贾庆林，市委副书记强卫、杜德印到北汽福田公司欧曼重型汽车厂调研。

同日 北京市市长刘淇、副市长刘志华、市政府秘书长黄承祥到昌平调研，先后考察了南邵镇三合庄果园、凯必胜有限公司、北汽福田汽车股份有限公司。

10月14日 国家经贸委正式批复在北京市通州区马驹桥镇建设国家环保产业示范园区，重点发展城市污水处理、工业废水处理以及循环利用技术与装备。11月，市政府批复该园区享受市级开发区相关政策。

10月16日 中关村环保科技示范园区的建设启动仪式正式举行。该园区是集科研、生产、交易、示范于一体的环保科技园区。

同日 北京康得公司的预涂膜生产线开工仪式在中关村科技园昌平区举行，此项目被列为国家级重点技术创新项目。副市长刘海燕以及市经委领导出席了开工仪式。

10月18日 北京北一数控机床生产基地暨北一大隈（北京）机床有限公司开工奠基仪式，在顺义林河工业开发区举行。市委书记贾庆林、市长刘淇等出席开工奠基仪式。预计总投资3.3亿元人民币，将形成年产1000台左右数控机床能力。

同日 北京现代汽车有限公司在顺义林河工业区挂牌成立。该公司由北京汽车投资有限公司与韩国现代自动车株式会社合资成立，注册资本18亿元人民币，中韩双方各占50%的股本，合同期为30年。11月18日，第一辆北京现代·索纳塔轿车从装配车间下线。

10月20日 通州区举行蒙牛乳业（北京）有限责任公司奠基仪式。该公司落户通州区潞城镇食品工业园区，投资总额2.2亿元人民币。

10月23日 北京市中小企业金融支持工程启动仪式举行。中小企业金融支持工程将由4家银行联合授信36亿元银行信贷，支持首批1000家有市场、有效益、有信用的中小企业。

10月26日 由归国留学人员曹参创办的永中科技有限公司正式

发布“永中 office v1.0”版。以宋健等中国科学院院士组成的技术鉴定委员会认为，永中 office 的整体技术达到了该领域的国际先进水平，并有部分技术作出了创新。

10 月 29 日 北京京煤集团有限责任公司控股的北京昊煜工贸有限责任公司京强水泥厂技术改造工程通过验收。该工程于 2001 年 9 月 12 日立项，2002 年 1 月 8 日正式破土动工，7 月 10 日竣工点火投产，8 月 26 日正式运转。总投资 2200 万元，新增生产设备 118 台，改造工程使水泥年生产能力由 9 万吨提高到 25 万吨。

10 月 30 日 由中关村电脑节组委会主办的第五届中关村电脑节十大品牌公众调查结果揭晓，联想、方正、清华同方、TCL 等获得中关村新十大电脑品牌。

同日 北京市工业发展资金管理办法专题会召开。市经委领导，各控股公司（集团）、区县经委、区县财政局、开发区管委会、银行，以及 40 家民营企业、中央直属企业和其他有关高科技企业的负责人参加了会议。

10 月 中关村环保科技示范园建设正式启动。位于中关村科技园区发展区的环保科技示范园占地 3.6 平方公里，总建筑面积 160 万平方米，预计用 5 年左右的时间建成。

11 月 1 日 西城区房地产管理中心与北京市第一通用机械厂破产清算组签订了非经营性资产移交接管协议，正式接管该厂职工宿舍 3101.1 平方米。

同日 北京市经委组织专家对全市 30 所工商管理培训资格院校进行了为期 2 天的培训质量评估。市经济干部管理学院、首钢培训中心、医药有限责任公司党校分别被评为高、中、初级资格院校的第一名，19 名教师取得工商管理培训教师资格。

11 月 4～9 日 全国节能宣传周举办，北京市节能宣传周的主题是：“绿色奥运、依法节能、持续发展。”

11 月 4 日 神州数码（中国）有限公司制造出第一台完全自主知识产权的网络计算机——神州数码 NC。该网络计算机采用了北京中芯微系统有限公司自主研制生产的方舟芯片。

11 月 5 日 北京吉普汽车有限公司与日本三菱汽车公司签署了在中国生产三菱 Outlander 的技术许可协议。

11 月 6 日 京棉集团与顺义区合作建设新生产基地签字仪式举行，北京市副市长刘海燕出席签字仪式。

11 月 7 日 北京市副市长翟鸿祥视察北京大宝化妆品有限公司，参观企业科研所、质量检验科和生产流水线。

11 月 12 日 北京市信用担保业协会成立，协会的宗旨是为担保机构、协作银行及中小企业服务。市经委、市国资公司领导为北京信用担保业协会揭牌。

11 月 18 日 北京现代汽车有限公司索纳塔轿车生产启动仪式举行，市委常委孙政才、市经委主任金生官出席启动仪式。

11 月 21～23 日 北京市经委与市规划委、市建委在北京展览馆共同组织举办了第五届北京市工程建设项目信息发布会暨建材、设备、应用高新技术产品展示会。此次会议向与会的工业企业发布了工程总造价约 400 亿元的北京市重点工程项目信息。

11 月 22～24 日 国家经贸委企业改革司在福建厦门召开全国企业关闭破产培训研讨会。北京市经委副主任周毓秋代表北京市经委作了题为“依法破产，规范操作，政府托底，确保稳定”的发言。

11 月 22～27 日 第四届上海国际工业博览会在上海召开。北京市电子信息、工业自动化、生物工程与新医药等 22 家企业在会上签订内贸合同和意向 17 项，共计人民币 1917 万元；招商引资项目意向 8 项，共计人民币 11200 万元；外贸出口意向 7 项，共计 357 万美元；进口意向 25 万美元。

11 月 25 日 2002 年中国企业 IT 应用论坛会召开。会上，全国企业信息化工作领导小组办公室、国家经贸委经济信息中心公布了本年度在信息化建设中表现突出的 100 家重点企业。北大方正集团、京东方集团公司、首钢集团等 19 家北京企业榜上有名。

11 月 25～27 日 中共北京市委工业工委主办了全国部分中心城市党建工作第十三次年会。中央组织部组织局副局长宋刚，北京市委副书记杜德印，市委常委、市委组织部部长赵家骐出席会议。来自北京、上海、天津、重庆等全国 19 个中心城市的企业工委、工业工委、工交工委的代表参加了此次年会。

11 月 28 日 “北起多田野（北京）起重机”合作项目举行签约仪式。北起多田野（北京）起重机有限公司由京城重工机械有限公司和日本株式会社多田野合资创办。北京市副市长刘海燕、市计委副主任邢少军、市经委副主任战超等出席了签约仪式。

11 月 30 日 房山区工业总公司所属北京市良乡轮胎厂破产，与北京第一机床厂合作组建北京北一良工机械有限公司。

11 月 首钢落实《北京市“十五”时期环境保护规划》要求，特殊钢公司 50 吨、15 吨电炉提前停产。至此，北京市自 1956 年以来用电弧炉炼钢铸锭的历史结束。

12 月 2 日 2002 中国—瑞典投资与经贸合作研讨会召开。北京市经委副主任张工主持会议，国家经贸委有关负责人、瑞典驻华大使分别致开幕词。

12 月 4 日 中共北京市委副书记、市纪委书记阳安江到北京现代汽车有限公司视察。

12 月 10 日 北京市副市长、北京汽车工业领导小组副组长刘海燕到北京现代汽车有限公司现场办公。

同日 北汽控股公司与上海延锋伟世通汽车饰件系统有限公司共同投资组建延锋伟世通（北京）汽车饰件系统有限公司签字仪式在北京举行。

同日 首届北京市民营科技企业创业人员和技术人员代表大会暨第五届“科技之光”表彰会召开，200 名优秀民营企业家和 65 名优秀信用企业获得表彰。北京市市长刘淇，市政协、市工商联等负责人出席会议。

12 月 11 日 首钢特殊钢公司与河北省民营企业保定远东集团正式签约，组建“北京首钢远东镁合金制品有限公司”。这是民营资本首次进入首钢。新公司投资 3000 万元，从德国引进两条生产线。

同日 北京市经委召开北京市工业系统能源保供会议。会议总结了 2002 年能源供需的总体平衡情况，介绍了对 2003 年的能源总体平衡的计划安排，并对今后能源供应的发展趋势进行了预测。

12月12日 北京同仁堂科技发展股份有限公司与香港泉昌有限公司在加拿大温哥华共同投资开办的北京同仁堂（加拿大）有限公司正式开业。合资双方代表、中国驻温哥华总领事李元明先生、列治文市市长马保定先生及当地中医药界知名人士等参加开业仪式并剪彩。

12月13日 北京市朝阳区召开工业技术创新大会，区政府拨款910万元，对在2001~2002年度取得突出成绩的82家企业给予表彰奖励。

12月17日 北京市破产企业退休人员社会化管理交接会议举行。2家破产企业的2658名退休人员正式移交其户口所在地街道（乡镇）劳动保障部门。至此，北京市确定的16家市属国有破产企业的14200多名退休人员全部实现了社会化管理。市经委副主任周毓秋出席会议并讲话。

同日 北京市工业系统再就业工作大会召开。大会对1998年至2002年五年间北京市工业系统减员增效、下岗分流和再就业工作进行了全面总结，并表彰了再就业工作的28家先进单位和62名先进个人。

12月19日 中关村留学人员企业方舟科技有限公司（原北京中芯微系统有限公司）推出“方舟2号”CPU，并且实现产业化。这是具有中国自主知识产权的芯片，采用0.18微米工艺，运行主频达到400MHz以上。

12月23日 北京现代汽车有限公司生产的第一辆索纳塔轿车下线仪式在顺义区举行。中共中央政治局常委贾庆林，国家经贸委主任李荣融，外经贸部部长石广生，以及韩国现代MOBIS会长、韩国现代自动车株式会社副会长等出席下线仪式。仪式后，在北京饭店举行了新车发布会。

12月25日 北京市人大代表一行16人到北京工美集团公司视察指导工作，参观了北京工艺美术博物馆。集团公司董事长郭泰来向市人大代表介绍了集团公司的基本情况及发展思路。工艺美术大师李博生作了玉石文化知识的专题讲座。

12 月 26 日 “北化乙烯债转股和资产重组交接协议仪式”在北京新大都饭店举行，重组后的新公司定名为北京东方石油化工有限公司。转股债权 81.6 亿元。中国石化集团公司总经理李毅中、北京市常务副市长孟学农、北京市副市长刘海燕、中国石化股份公司副总裁曹湘洪、中国石化集团公司副总经理刘根元、中国信达资产管理公司副总裁田国立出席了签字仪式。

12 月 27 日 北京市经委副主任周毓秋在上海召开的“上市公司现代企业制度建设经验交流暨总结大会”上作了题为“精心组织，注重实效，扎实开展北京市上市公司控股股东现代企业制度”的典型发言。

12 月 28 日 北京市常务副市长孟学农，副市长刘海燕，察看北京铜牛股份有限公司新厂开工投产情况。刘海燕出席新厂开工投产仪式，并为北京铜牛股份有限公司揭牌。

同日 北京市政府同意北京生物与医药产业基地选址在大兴工业开发区，一期开发面积 6 平方公里。

12 月 北京摩擦材料有限责任公司昌平沙河工业基地落成。该项目占地面积 70 亩，投资 3000 万元。

本年 落实北京市第八阶段控制大气污染措施，首钢超额完成废气排放总量削减 5400 吨的任务，实际排放量削减 7005 吨，其中烟尘、粉尘、二氧化硫排放量分别比上年减少 27.4%、28.9% 和 8.6%。

京仪控股公司合资合作和技术引进项目 16 个。年内签约 5 项，总投资 826 万美元，引进外资合同额 410 万美元。京仪控股公司所有直属企业全部实现了以股权多元化为标志的公司化改制。

北京东辰铝业公司与民营伟豪铝业公司实行整体资产重组，成立新的伟豪铝业公司。新公司承担北京东辰铝业公司全部债务，负责安置在册职工（含下岗职工）800 多人和接受离退休职工 800 多人。

市政府批准 32 家市属中小企业顺利划转所在地区县管理。

2003 年

1 月 3 日　北京市经委总经济师常青主持召开北京传统工艺美术评审委员会第一次会议。会议研究修订了《北京传统工艺美术品种、技艺、珍品及工艺大师认定办法》，讨论了评审委员会工作程序，听取了北京工艺美术行业协会关于工艺美术大师评审工作前期情况的汇报。

1 月 7 日　中国第一座高温气冷核反应堆在北京并网发电成功。

1 月 8 日　北京市职业教育工作会议召开。会议指出，要鼓励支持民办职业教育发展，鼓励公办学校引入民办机制。要建立职业学校和行业、企业互为依靠，双向参与的运行机制。要求到 2008 年，基本建立起与首都现代化建设需求相适应，与市场需求和劳动就业紧密结合，结构合理、灵活开放、特色鲜明的首都现代职业教育体系。

同日　中共北京市委书记、市长刘淇，常务副市长孟学农，市委秘书长孙政才，副市长刘海燕，市政府秘书长黄承祥以及市委、市政府各委办局负责人到北京吉普汽车有限公司调研。

同日　北京昊华能源股份有限公司在北京国际饭店举行成立暨揭牌仪式。该公司是由北京京煤集团有限责任公司作为主发起人，与中国煤炭工业进出口集团公司、首钢总公司、五矿龙腾科技股份有限公司、煤炭科学研究总院共同发起设立。注册资本 2.38 亿元，有员工 12689 人，经营范围以煤炭开采为主，办公地点在门头沟区新桥南大街 2 号。

1 月 10 日　北京市土地整理储备中心首用 7.29 亿元收购北京化工厂国有土地使用权。这是本市建立土地收购储备制度以来的首笔收购。

同日　北京市工业工作会召开，市经委副主任冯海主持会议。市经委主任金生官作了题为《抓住机遇，加快发展，努力在新型工业化道路上迈出坚实步伐》的工作报告，市委工业工委副书记张俊明宣读了《关于对2002年工业运行成绩突出的区县、控股（集团）公司进行表彰奖励的决定》，副市长刘海燕在讲话中回顾和总结了过去5年来的工业工作，强调了做好2003年工作必须抓住四个方面的重点工作。市政协副主席毕群、市总工会副主席侯小丽、市委工业工委、市经委领导班子以及有关单位的主要领导共300余人参加会议。

1月15日 中共北京市委工业工委、市经委组织召开北京市工业企业改革调整“双保全”（确保国有资产的安全和领导干部的安全）经验交流会，会议由市经委副主任周毓秋主持，市委工业工委副书记张俊明、工业纪工委书记彭福旺出席会议。

同日 中国最大的管理软件、财务软件和软件独立供应商用友软件股份有限公司的用友软件园入驻中关村永丰高新技术产业基地签字仪式在翠宫饭店举行。北京市副市长刘志华及有关领导出席了签字仪式。用友软件园入驻中关村永丰高新技术产业基地占地45.52公顷，将建成该集团的永久总部、软件的研发基地和对日本、美国的软件出口加工基地。

1月16日 为落实国务院扶贫开发领导小组《关于开展向西部对口帮扶省区市送温暖活动的通知》精神，北京市经委召开18个区县政府向内蒙古自治区贫困旗、县送温暖活动会议。

1月20日 北京市经委副主任张工、李建伟，市经委委员丁镇宽参加“北京市非煤矿山安全整治工作总结大会”。

1月21日 根据北京市政府《关于首钢12户工矿企业划转区县管理的工作方案》文件精神，经过首钢总公司与顺义区协商，首钢总公司轧辊厂正式划转顺义区并举行了签字仪式。

1月21～25日 北京市经委副主任张工，市经委委员丁镇宽带队赴河北、山西两省，对两省有关政府部门、煤炭企业和铁路部门进行慰问。

1月23日 “北京工美大厦—西藏拉萨地毯有限责任公司经贸文化合作”签约仪式在王府井工美大厦门前举行。北京市经委、民委、东城区政府的领导以及中国黄金总公司、中金公司、黄金协会和北京工美集团有限责任公司领导出席了签约仪式。出席仪式的特邀嘉宾有北京雍和宫大主持嘉木杨—图布丹，雍和宫副管家康玉杰，拉萨大昭寺高僧益西日增，拉萨地毯有限责任公司书记索朗仁青等。仪式上，北京工美集团公司总经理高颖维将国务院原副总理田纪云题词“民族团结，共同发展”的牌匾赠送给西藏拉萨地毯有限责任公司。

同日 京东方科技集团股份有限公司以3.8亿美元的价格收购韩国现代显示技术株式会社（HYDIS）的TFT—LCD（薄膜晶体管液晶显示器件）业务。这是迄今为止中国金额最大的一宗高科技产业海外收购。

1月24日 北京市副市长陆昊到京煤集团长沟峪煤矿、北京有机化工厂和北京供电公司王府井变电站检查安全生产情况，市经委副主任李建伟陪同检查。

1月27日 北京市经委召开工业系统劳动处长会，市经委副主任周毓秋就贯彻国办《关于解决国有困难企业和关闭破产企业职工基本生活问题的若干意见》提出要求。

同日 燕化研究院“YS—8500银催化剂的研究开发”项目通过中国石化股份公司鉴定。专家认为，YS—8500银催化剂选择性高、适用性强，具备了工业放大试生产的条件，建议尽快组织试生产和试用工作。该型催化剂选择性比YS—7银催化剂提高约两个百分点。据测算银催化剂选择性提高1.0%，可节约原料费1200万元/年左右。

1月28日 国家经贸委中小企业司、财政部经建司考察团到北京市经委考察市中小企业信用担保工作。市经委主任金生官、副主任周毓秋向考察团汇报了北京市中小企业信用担保体系发展的基本情况及取得的成效。

1月29日 北京市政府召开安全生产工作电视电话会议，部署春节和“两会”期间的安全生产工作。副市长刘志华、陆昊出席会议并讲话。市经委副主任李建伟对全市安全监督管理工作提出了部署意见。

同日 北京市经委副主任张工主持召开了《关于加快北京电网建设与改造实施意见》有关问题的专题讨论会，部署了下一步的工作，提出了具体要求，落实了工作程序和阶段目标。会议形成向市政府汇报的《关于加快北京电网建设与改造实施意见》的原则意见。

同日 北京市经委总经济师常青主持召开了北京传统工艺美术评审委员会一届二次会议，会议原则通过了《北京传统工艺美术评审委员会工作程序》，并依据《北京传统工艺美术保护办法》，对原评审的128名北京工艺美术大师和12名民间工艺大师进行了重新认定。

1月31日 北京市副市长陆昊到首钢总公司生产一线慰问春节期间坚持生产的职工，市经委副主任冯海陪同慰问。

1月 中国北京同仁堂（集团）有限责任公司被中央精神文明建设指导委员会评为全国精神文明建设工作先进单位。

2月1日 中共中央总书记胡锦涛在北京市委书记刘淇，中共中央书记处书记王刚，北京市市长孟学农陪同下，到北京供电公司慰问。在北京供电公司调度室，胡锦涛详细询问了节日期间的负荷情况。夏季保证首都安全供电的工作以及首都电力供应能力和今后的发展。在听取了华北电网集团公司的汇报后，胡锦涛作了重要指示，他说，电力系统非常重要，关系到国民经济的发展、人民生活和社会的稳定。在新的一年里，希望你们认真学习“十六大”精神，全面实践“三个代表”重要思想，不断学习专业知识，提高业务能力和服务水平，为全面建设小康社会作出贡献。

2月10日 北京市经委副主任周毓秋召开专题会，就如何推动当前工业系统中长期处于停产、半停产状态的39家市属企业开展脱困工作进行研讨。

同日 北京市经委副主任周毓秋召开会议，部署北化乙烯系列生产厂债转股和资产重组后富余人员分流安置的相关工作。协调首钢液压机械厂划转大兴区工作。

2月15日 北京市副市长陆昊到双鹤药业调研，并听取了医药集团、双鹤药业、医药股份、万东医疗和紫竹药业等单位关于企业改革与发展的主要情况汇报。市经委副主任冯海陪同调研。

2月18日 首钢设计院与比利时CMI冶金工程公司合资组建北京CMI冶金工程有限公司。北京市副市长陆昊、比利时瓦隆大区副首席大臣兼经济大臣塞日·库布拉、比利时驻华大使卡斯通·万杜斯·亚当出席签字仪式。

2月19日　中共北京市委、市政府发出《关于振兴北京现代制造业的意见》。《意见》指出，在重点发展“四大产业”（汽车工业、微电子集成电路产业、光电一体化产业、生物工程和新医药产业），建设“四大基地”（北京汽车工业基地、北京微电子产业基地、光电一体化产业基地、生物工程和新医药产业基地）的同时，积极培育具有良好市场前景、拥有自主知识产权和较强国内外市场竞争力的十大优势产品，即现代轿车、移动通信、计算机及网络设备、中芯集成电路、方正电子出版系统、同仁堂中药与保健品、化学合成药、福田商用车、数控机床、数码影像及显示设备，力争使这些产品更多地进入国际国内市场，真正把振兴现代制造业作为新世纪新阶段首都发展的主要增长点，作为推动结构战略性调整和增加首都经济总量的一个最佳切入点。

同日　北京市药品监督管理局召开北京市药品质量大会。市经委委员陈怀伟参加会议。会上，市药监局副局长方来英传达吴邦国关于药品监管工作的指示，市药监局党组书记、局长冯国安作了工作报告，副市长陆昊作了重要讲话。

2月20日　首钢第一炼钢厂关闭。至此，为了创造北京良好的环境该厂三座转炉全部停炉。

2月24日　北京市经委副主任周毓秋出席北京市债转股企业及金融资产管理公司座谈会，并就债转股工作的进展情况、主要成效及下一步重点工作讲话。中国华融、信达、长城、东方资产管理公司的北京办事处、中国企业报、有关总公司（控股、集团）及债转股企业的负责人参加了会议。

2月25日　北京市经委副主任周毓秋参加国家经贸委企业改革司召开的首钢外埠军工企业改革脱困工作会议。

2月26日　《北京市传统工艺美术保护办法》宣传贯彻大会召开，市经委副主任周毓秋出席大会并讲话。市经委副主任周毓秋与市政府法制办副主任周继东为“北京传统工艺美术证标”揭牌。

2 月 27 日至 3 月 1 日 北京市经委委员陈怀伟率领市经委有关部门和焦化厂厂长李永成、总工程师黄保健、首钢总公司规划发展部副部长李小平组成的调研组赴唐山市，就首钢总公司200万吨钢生产能力迁建迁安市项目和焦化厂整体搬迁到京唐港开发区项目选址问题进行调研和考察。

2 月 28 日 北京市经委和市科委联合在北京饭店举行“北京市人民政府顾问团海外微电子专家组聘书颁发仪式”，出席仪式的有北京市副市长范伯元、陆昊，市经委副主任战超及市政府有关委办的领导。

3 月 1 日 北京市经委副主任张工、战超出席中关村产权交易所开业典礼。张工代表市经委与中关村产权交易所签署“推介北京工业利用外资并购和境内外多渠道融资项目合作备忘录”。

3 月 4 日 北京市煤炭工作会议召开。会议的主要内容是深入贯彻国家和市政府关于煤炭工业的一系列重要文件精神，总结交流煤矿安全生产、专项治理整顿的经验做法，研究部署下一步煤矿的调整、深化整顿和安全生产工作。市经委副主任、市安全生产监督管理局局长李建伟、市经委委员丁镇宽出席会议并讲话。

3 月 6 日 北京市副市长陆昊到京仪控股公司调研。在听取公司领导的简要工作汇报并参观了博飞公司后，陆昊就仪器仪表工业在北京现代制造业的战略地位、企业技术研发方向、深化管理体制和机制改革、加快经济发展的途径等作了指示。

同日 北京市副市长陆昊到北京通美晶体技术有限公司、北京铜牛股份有限公司、北京市光机电一体化产业基地调研。对通州区的经济发展、环境建设给予充分肯定。市经委副主任冯海陪同调研。

3 月 13 日 北京市副市长陆昊、市经委副主任冯海到燕化调研。视察了橡胶事业部丁基车间、炼油厂三催化车间、化工一厂裂解车间和二高压车间，询问了工艺技术流程情况。听取了燕化发展规划和建立京西南新材料工业园区、解决第二水源等问题的汇报。陆昊指出，燕化作为中央在京企业为北京的快速发展作出了很大的贡献，国有老企业技术改造和创新在全国都处在领先地位，并为北京市和国家输送了大批干部，在振兴北京现代制造业中的地位是举足轻重的。

同日 北京市、内蒙古自治区高层领导座谈会在北京饭店召开。中共北京市委书记刘淇、市长孟学农等市委市政府领导，中共内蒙古自治区党委书记储波、自治区主席乌云其木格等自治区党委、政府领导参加。市经委副主任冯海、张工参加了座谈会。

3月14日 北京工业外经贸工作会召开，市计委、外经贸委、各区县主管区县长、经委主任，各控股（集团）公司主管经理、外经处处长，重点企业，部分新闻媒体参加了会议。市经委副主任张工出席会议并讲话。

3月18日 由国家水煤浆研究中心、北京市科委、北京市环保局、北京市节能监测中心等单位组成的评审组对燕化星城动力站20兆瓦燃油锅炉改烧水煤浆项目进行技术评审。该炉自2002年2月开始改造，11月初正式投用，烟尘排放达到北京市环保局标准。已替代重油1000多吨，经济效益显著。评审组认为：符合国家节约和替代燃料油的政策，有重要的推广价值。

3月20～21日 北京市经委召开“确保全市工业全年目标任务的完成动员会”，市经委委员丁镇宽主持了会议，市经委副主任张工讲话，各控股（集团）公司、各区县经委负责人参加了会议并汇报了情况。市经委综合处、运行处分别通报了全市工业经济运行情况和生产能源供需情况。

3月24日 北京市副市长陆昊到北京一轻控股有限责任公司调研。听取了一轻控股公司近年来改革发展概况和实施“6155”工程进展情况的汇报，参观了北京星海乐器有限责任公司钢琴生产车间。

3月25日 首钢迁安200万吨钢联工程奠基仪式在河北迁安基地举行，河北省委书记白克明、副省长付双健，唐山市委书记张和、副书记张学，迁安市委书记姚自敏、市长刘桂东，首钢总公司领导朱继民出席仪式。唐山市委书记张和主持仪式，朱继民、姚自敏、付双健为迁钢工程奠基致词。

3月27日 中共北京市委书记刘淇到北京现代汽车集团视察生产、总装车间，慰问了中韩工作人员并听取了汇报。刘淇强调，要用高信赖度的质量铸就企业品牌，以全程化服务建立现代汽车的市场亲和力，把北京现代建成展示北京现代制造业魅力的窗口，为首都率先基本实现现代化作出贡献。市委常委孙政才，副市长陆昊以及市委办公厅、市委宣传部和顺义区的领导陪同调研。

4 月 2 日 北京市经委与北京经济技术开发区管委会共同召开开发区工业节水规划和资源综合利用规划研讨会。

4 月 4 日 北京市经委副主任周毓秋召开市各综合部门会议，研究制定外资并购国有企业的若干政策；主持召开《北京市支持和发展工业大公司、企业集团若干意见》征求意见座谈会，北京市 18 个区县的有关负责人参加了会议。

4 月 6 ~ 10 日 第七届中国东西部合作与投资贸易洽谈会（以下简称西洽会）在陕西省西安市举办。北京市副市长范伯元率代表团参加了会议。工业系统 39 家企业与西部地区企业共签订各类经济技术合作合同、协议 30 项，成交 87106 万元。

4 月 8 日 北京市副市长陆昊出席“北京市工业系统第十届工人技术比赛”总结表彰大会，并为获奖选手颁发了荣誉证书。市经委副主任周毓秋代表工人技术比赛领导小组对比赛情况进行了总结。市劳动和社会保障局、市总工会、市教委、团市委的主要领导出席了会议。

4 月 9 日 北京工业贯彻“市委市政府振兴北京现代制造业意见”大会召开。副市长陆昊结合近期调研的思考和体会，提出贯彻市委市政府振兴现代制造业，加快工业发展的思路和举措。市经委副主任冯海通报了一季度工业经济运行情况，并对完成今年工作目标做了部署。会议由市工业工委副书记张俊明主持。市人大常委会副主任金生官、市政协副主席黄以云出席会议。

4 月 10 日 北京市人大常委会副主任田麦久与市人大代表近 30 人，在副市长范伯元、中关村管委会常务副主任戴卫的陪同下视察了北京集成电路设计园。

4 月 15 日 北京市经委行业管理办公室、北京工艺美术出版社共同举办了《京华瑰宝》一书出版发行新闻发布会。《京华瑰宝》一书，由行业管理办公室策划组织，6 个月完成全部编印。该书比较系统地介绍了北京传统工艺美术技艺和大师作品，集知识性、观赏性为一体。市人大常委会副主任、《京华瑰宝》编委会主任金生官到会并讲话，22 家工艺美术企业和工美大师代表参加了会议。

同日 北京市召开安全生产工作会议，总结 2002 年全市安全生产工作，布置 2003 年重点工作，表彰 2001—2002 年全市安全生产先进单位和先进工作者。副市长陆昊，国家安全生产监督管理局副局长王德学参加会议并讲话。市人事局副局长黄强、市总工会副主席张建民、市安全生产监督管理局局长李建伟参加会议，市经委副主任张工主持会议。

4 月 17～18 日 北京市经委副主任周毓秋主持召开 18 个区县经委主任例会。会议通报了全市开发区建设情况、市经委近期拟出台政策情况以及经济指标考核变化情况等，研究了中小企业服务体系建设问题和深化改革问题。

4 月 18 日 北京市副市长陆昊召开工业系统主要领导、两委委员以上干部会议，传达中央政治局常务委员会会议精神，布置工业系统和两委机关预防和抗击非典工作。

4 月 19 日 北京防治“非典”物资保障组正式成立，副市长陆昊、孙安民任组长，成员单位包括市经委、商委、财政局、卫生局、药监局、急救中心、疾控中心等。晚 10 时，陆昊、孙安民主持召开物资保障组第 1 次会议，紧急抽调市经委、市卫生局、市药监局精干力量组成物资保障组联合办公室，办公机构设在市经委，市经委副主任张工任办公室主任。会议传达了北京防治非典型性肺炎联合工作小组第二次会议精神，明确物资保障组中心任务是确保重要防治非典型性肺炎物资供应不断档，并向社会公布热线电话。市经委副主任张工、战超，市经委委员陈怀伟、樊健参加会议。

4 月 20 日 北京金隅集团快速支援非典定点医院建设，进驻北京胸科医院。负责安装总面积 4700 平方米价值 370 万元的活动房屋 300 间，以增加非典病房。至 4 月 30 日，经过 10 天的艰苦奋战，按时交付使用。天坛家具公司以最快的速度为非典定点医院“小汤山医院”提供双层床200张，单人床500张，单人床垫500个，折叠床100张，电视柜900个，总价值150万元；建筑涂料厂完成了600平方米防火涂料的喷涂；装饰工程公司连续奋战48小时顺利完成了建筑工程施工任务。

4月24日　由北京市副市长刘志华为组长、市政府副秘书长卢全为副组长的小汤山非典治疗后备医院筹建工作领导小组成立，市经委副主任周毓秋担任药械组组长，负责协调有关部门确保医院建设所需物资供应。

同日　北京市副市长陆昊召开物资保障组第3次会议，进一步明确物资保障组的重点工作和工作程序，决定成立专用医疗器械和重点治疗药品、共用医疗器械、防护用品、清洗和消毒液4个小组，明确工作负责人和职责。市经委副主任张工、战超、市经委委员陈怀伟、樊健参加会议。

同日　北京市经委副主任周毓秋主持召开北京第一通用机械厂破产清算组会议，听取京城机电控股公司关于破产清算工作情况的汇报和市产权交易中心关于破产财产拍卖准备工作情况的汇报。

4月25日　北京市副市长陆昊主持召开物资保障组第4次会议，进一步明确中央、市级、区县财政各负其责的三级财政体制，确定了市物资保障组、市卫生局、区县非典办的工作体制和市物资保障组、区县非典办的任务次序，以及市物资保障组内部工作机制。市经委副主任张工、战超、市经委委员陈怀伟、樊健参加会议。

同日　北京市经委副主任周毓秋召开紧急会议部署筹建小汤山医院的物资采购工作，以确保部分物资于27日（周日）运抵筹建现场，保证医院按时运营。

同日　为完成市政府交办的小汤山非典医院供氧系统、负压系统及医院传呼系统的生命线配套工程建设任务，北京氧气厂首批33名职工进驻小汤山医院。

4月27日　北京市经委副主任张工主持召开物资保障组办公室工作会，分析了物资需求有所缓解的原因，确定了短线、长线产品，强调加强信息的收集和分析工作、加强全球范围内采购，分析物资供求情况，并进一步明确工作程序。市经委副主任战超，市经委委员陈怀伟、樊健参加会议。

4月28日 北京四环医药科技股份有限公司向中关村科技公司和中关村建设集团公司捐赠了100件华素片，并协助购买了2000公斤的过氧乙酸。

同日 北京市副市长陆昊主持召开物资保障组第6次会议，强调一定要加倍努力，理清工作程序和工作重点，坚决完成市委市政府交办的重要任务。部署了信息收集报送、工作程序、重点物资采购供应等工作。市经委副主任张工、战超，市经委委员陈怀伟、樊健参加会议。

5月1日 北京市副市长陆昊主持召开物资保障组第7次会议，紧急研究当前北京民用市场消毒液和口罩供应紧缺问题。

5月2日 国务院副总理黄菊到北京航天长峰股份有限公司医疗器械分公司和华北电力集团公司，亲切慰问节日期间坚守生产岗位的职工，检查节日供应情况。黄菊强调：各行各业都要为抗击非典提供强大的经济支撑和物质保证。北京市副市长陆昊陪同视察。

同日 北京市副市长陆昊主持召开物资保障组第8次会议，针对当前防治非典中民用消毒液、口罩供需矛盾较为突出的问题，提出增加民用消毒液的战略储备500万瓶、增加民用口罩战略储备1000万只的措施。要求了解民用消毒液销售去向，保证市场供应。

5月5日 北京京煤集团有限责任公司总医院的120名医护人员奔赴北京胸科医院，参加救治非典病人工作，负责72张床位病人救护。

5月6日 中共北京市委书记刘淇、市委秘书长孙政才到北京经济技术开发区中芯国际北京项目施工现场，向全体建设者表示衷心感谢，并详细询问了预防非典所采取的措施。要求在确保项目建设进度的同时，切实做好非典的预防工作，切实保障每一个员工的身体健康。

同日 北京市副市长陆昊主持召开物资保障组第9次会议，重点布置资金和管理问题。传达了代市长王岐山当日有关资金管理问题的指示精神。

同日 中共北京市委工业工委副书记张俊明主持召开两委办公会。市经委副主任冯海传达了国务院总理温家宝考察北京防治非典工作时的重要讲话和市委书记刘淇在全市干部电视电话会议上的重要讲话。会议总结了前一阶段工业系统防控非典工作，对下一步的工作做了安排。

5月8日 中共北京市委书记刘淇到燕京啤酒股份有限公司、北京现代汽车公司和北汽福田欧曼重型卡车制造厂，察看企业坚持生产加快发展情况并慰问一线职工。刘淇强调，要坚决贯彻落实党中央、国务院“一手抓防治非典，一手抓经济建设”的指示精神，确保企业生产正常有序，以高昂的斗志努力工作，加快发展首都经济。

5月9日 国务院副总理黄菊、曾培炎在市领导刘淇、王岐山等陪同下，到北京经济技术开发区考察了北京首信诺基亚移动通信有限公司、富士康精密件有限公司、北京松下电工有限公司和GE航卫医疗器械有限公司。黄菊强调，中国政府将毫不动摇地坚持扩大对外开放的基本政策，进一步开放外商投资领域，努力改善投资和经营环境，支持外商投资企业加快发展。

5月10日 北京市副市长陆昊邀请部分工业控股（集团）公司负责人，共同探讨非典对北京市工业经济的影响、面临的困难、采取的对策和措施。市委工业工委副书记张俊明对在防治非典中如何发挥好党组织的优势进行了小结，市经委副主任冯海通报了近期工业系统防治非典工作和经济工作情况。

5月12日 国务院副总理曾培炎到北汽福田汽车股份有限公司欧曼重型卡车制造厂和北京现代汽车股份有限公司视察。询问了生产经营情况和防治非典的具体措施，对在非典时期仍坚守在生产岗位的国内外员工表示亲切慰问。曾培炎强调，要充分估计非典给经济发展带来的影响，坚持两手抓，把非典疫情压下去，把经济建设搞上来，争取抗击非典和经济发展的双胜利。市领导王岐山和陆昊等陪同视察。

5月13日 北京市副市长陆昊接见与北京古桥电器公司合资的

泰德摩尔空调制造有限公司以色列籍董事长海宁一行。

同日 北京金隅集团凤山温泉度假村接待非典一线医护人员。来自14家医院的218名医护人员抵达北京金隅集团凤山温泉度假村。凤山度假村工作人员的优质服务赢得了医护人员的好评。

5月14日 北京市副市长陆昊主持召开防控非典物资保障组第10次会议，进一步明确了调控物资的采购、出货、退货，调控物资的战略储备，捐赠物资的处理与国家发展改革委员会工作程序等问题。

5月24日 亚洲最大、投资6亿多元的北汽福田商用车生产基地在怀柔区落成。中共北京市委书记刘淇，市委常委孙政才、副市长陆昊出席仪式并为用户代表发欧曼重卡钥匙，察看了总装、涂装、焊接车间。刘淇要求，坚持“两手抓”的方针，夺取抗击非典和生产经营双胜利。

5月27日 全国政协副主席黄孟复、副市长孙安民等领导视察昌平区民营企业。参观了康得集团和“健之素”医药科技有限公司，听取了企业和工商联工作汇报。孙安民指出：今后一段时间，非公企业要着重做好三项工作：一是认真落实好胡锦涛总书记视察北京防治“非典”工作重要指示精神，坚持“两手抓”；二是要认识到防治“非典”工作的长期性、艰巨性和复杂性，严格按照市委市政府的要求，在预防上下功夫，坚持群防群控，切断传染源；三是认真抓好非公经济发展工作，将“非典”给企业发展带来的危机转化为商机和契机，研究市场发展新格局，健全完善政府管理服务职能，全面提升非公经济质量。

5月29日 中共北京市委书记刘淇主持召开中芯国际北京项目专题汇报会，代市长王岐山、副市长陆昊、市经委副主任冯海以及市政府各有关委办局的领导参加了汇报会。

5月 隆达轻工控股有限责任公司系统根据北京市政府部署，完成了承担扩建小汤山非典医院的部分物资生产供给任务。即彩色钢板夹板、轻钢建材7000平方米，各种消毒卫生袋3万个和洗衣机、微波炉、6门冷藏柜、蚊香等，并提前输送到位。

6 月 1 日 中共北京市委召开专题会，听取了首钢总公司关于 2003～2008 年压产、环境治理和结构调整发展规划的汇报。会议要求，首钢要坚持解放思想、与时俱进，切实加大企业内部改革力度，细致研究并提出在实施压产、调整结构、减员增效、妥善安置富余人员等方面工作的具体安排意见和措施；市委市政府及相关部门要为首钢实现压产、结构调整及长远发展提供必要的支持和帮助。市领导刘淇、王岐山、孙政才、陆昊等出席会议。

6 月 2 日 北京市副市长陆昊主持召开物资保障组第 11 次会议，确定了向外捐赠物资定价问题、调整战略储备原则和储备数量，要求市经委、市卫生局和市财政局共同研究制定“关于市区两级财政支付医疗单位购进战略储备类物资的管理办法”，布置做好物资保障工作回顾记录和政府处理危机中物资保障应急预案工作。

6 月 3 日 中共北京市委书记刘淇到八一中学、中关村科技园区及永丰高新技术产业基地检查高考准备工作和高新技术产业发展情况，并听取了海淀区工作汇报。刘淇强调，要按照“三个代表”重要思想要求，夺取 6 月防治非典攻坚战决战阶段的胜利，全力推进首都改革开放和现代化建设。

6 月 4 日 中共北京市委副书记、市纪委书记阳安江到医药集团调研，听取医药集团和有关企业关于抗非典情况、公司生产经营和发展工作及党风廉政建设工作的汇报。

同日 北京市副市长牛有成等市领导到通州区调研，察看了于家务乡聚富苑工业区的规划和建设情况，听取了通州区关于银政合作支持工业区建设和通州工业开发区一区多园战略的汇报，对通州区工作提出了具体要求。

同日 燕化股份公司橡胶事业部锂系聚合物装置生产出主要用于生产全钢载重子午胎的橡胶：橡胶级低顺式聚丁二烯橡胶（LCRR），填补了国内合成橡胶生产的一项空白。

6 月 9 日 北京市经委副主任周毓秋与纺织控股公司领导研究北京维尼纶厂、北京涤纶实验厂非经营性资产移交社会化管理工作。

同日 北京市经委总经济师、北京传统工艺美术评审委员会主任常青考察了《香山勤政殿室内陈设》系列摆件珍品申报工作。

6月12日　北京市市政协主席程世峨到现代汽车视察。副市长陆昊简要介绍了工业系统一手抓抗非典一手抓经济建设的情况。市政协副主席黄承祥、朱相远、满运来等一同参加视察。市政府副秘书长李伟、市经委副主任冯海等陪同。

同日　燕化股份公司聚丙烯事业部4万吨聚丙烯车间生产出第一批着色管材料PPR4220S1，是国内首次在工业装置上直接生产带色管材料，此次计划生产约300吨灰色料。

6月13日　北京市工业系统“抗非典、夺胜利、促发展、做贡献，夺取抗击非典和经济发展双胜利竞赛活动”动员大会在北京远东仪表有限公司召开，市委工业工委副书记张俊明主持会议，市委副书记、市总工会主席阳安江在会上讲话，市总工会及市属工业系统16个局、总公司、控股公司主管书记、工会主席出席了会议。

6月14日　中共北京市委书记刘淇、代市长王岐山到燕化公司察看国内最大的乙烯裂解车间和重油催化裂化车间生产情况，听取了燕化公司关于企业工作和拟筹建的北京石油化工新材料工业园区建设的汇报。

6月18日　北京市商业银行与北京金隅集团在金隅大厦举行“银企合作协议签字仪式”。出席仪式的有副市长刘敬民，市经委副主任、国防科工办主任冯海，市商业银行董事长阎冰竹，市商业银行行长严晓燕，市人大常委城建环保工作委员会主任张毅等。根据银企合作协议，北京市商业银行将为金隅集团提供综合授信人民币20亿元，同时在国家信贷政策和相关法律法规允许的情况下，优先为北京金隅集团提供信贷资金支持，并提供结算、汇兑、转账、咨询、理财等全方位金融服务。

6月19日　北京市经委主持召开北京信息产业企业领导座谈会。就如何加速发展北京信息产业、保持第一支柱产业和确保北京市信息产业在全国的领先地位进行了座谈。出席座谈会的有北京市原副市长刘海燕、市人大副主任金生官、副市长陆昊、市经委副主任冯海及中国普天集团、联想集团、京东方、北大方正、清华同方、清华紫光等近20家企业的代表。

6月26日 北京市经委总经济师常青主持召开“北京工业投资信息登录国外专业网站”新闻发布会，会议介绍了市经委为降低非典对北京工业外经贸影响所采取的措施。

同日 北京地区500千伏输电线路运行维护移交仪式在京举行。从2003年6月27日零时起，北京供电公司将北京地区500千伏输电线路（18条，853公里）移交给北京超高压公司运行维护。

6月27日 北京市纺织控股公司在顺义召开京棉集团公司搬迁调整规划研讨会。中国纺织工业协会会长杜钰洲和国家发展改革委员会运行局、中国棉纺织行业协会负责人出席。杜钰洲强调，企业搬迁不能搞简单位移，要加快国有企业改革，推进技术改造和技术进步，要先改制后搬迁，先改革后改造，谁栽树谁挖坑。

7月8日 燕化在化工四厂成功接卸俄罗斯原油并举行了接卸仪式。这次接卸的原油共48个油罐车2807吨，卸车时间7小时30分钟，标志着燕化打通了第二条原油通道，可以利用国际原油资源加快燕化的长远发展。

7月9日 北京市经委副主任周毓秋主持召开《关于外国投资者和民营企业并购国有及国有控股工业企业暂行办法》征求民营企业意见会。联想控股有限公司、博奥生物芯片有限公司、百万庄园实业公司等企业有关人员参加了会议。

7月10日 北京市经委副主任周毓秋主持召开北京市企业兼并破产和职工再就业工作小组会，审查并原则通过北京革制品厂破产预案和北京矿务局杨坨煤矿关闭破产预案。

7月17日 北京市经委召开新闻发布会，推出“北京工业百户国企与外资、民间资本并购重组行动”，首批精选了104户产品适销对路、经营状况良好的大中型企业向国内外企业推荐。副市长陆昊出席了会议。

7月18日 北京一轻高级技术学校通过ISO 9000质量管理体系认证。全国人大教科文卫委员会副主任汪家镠，北京市劳动和社会保障局副局长宋丰景为该校获得的质量管理体系认证证书揭牌。

7 月 25 日　首钢启动管理信息化建设项目，宣布在未来一两年内斥资 1.7 亿元，建设先进的 ERP（企业资源项目）管理体系。

7 月 26 日　由中国石油和化学工业协会、中国化工企业管理协会、中国化工情报信息协会共同主办、国家化工网承办的，共有 27000 家化工生产企业参加评选的“2003 年中国化工 500 强排行榜发布大会”在人民大会堂举行，燕化公司以销售收入 277.5 亿元销售额位居销售额榜首。

同日　北京燕京啤酒集团公司下属的燕京啤酒股份有限公司，投资 3.624 亿元收购福建惠泉啤酒集团股份有限公司的 9537 万的国家股，成为惠啤第一大股东。

7 月 27 日　北京市副市长陆昊召开会议，专题研究《北京市关于外国投资者和民间资本并购国有及国有控股工业企业暂行办法》和《北京市关于外国投资者和民间资本并购国有及国有控股工业企业人员分流安置暂行办法》。市有关委办局的主管领导等参加了会议。

7 月 30 日　北京市安全生产监督管理局、北京煤矿安全监察办事处召开全市安全生产信息统计工作会，正式实行安全生产信息统计网上办公。市经委副主任、市安全生产监督管理局局长李建伟，国家安全生产监督管理局调度中心副主任吕海燕出席会议并讲话。

同日　北京市经委在北京嘉里中心举办了国际资本握手北京工业暨国际投融资机构负责人联谊活动。出席联谊活动的有北京市副市长陆昊、市经委副主任冯海、市计委副主任邢少军、市外经贸委副主任周河、国资公司董事长李爱庆以及市政府有关部门的领导。德意志银行、美国高盛亚洲投资公司、瑞士信贷第一波士顿、日本野村证券等 40 余家国际著名的投融资机构的代表出席。

同日“北京奥运徽宝”验收交接仪式在王府井工美大厦四层北京工艺美术博物馆举行。“北京奥运徽宝”是受北京奥组委委托，由北京工美集团有限责任公司承制，作为 2008 年奥运会会徽发布仪式上赠送给国际奥委会的国礼。其设计以故宫博物院御玺（清代著名二十五宝之一的“奉天之宝”）为参考原型，采用产自新疆和田的上等青白玉作为制作原料，外包装采用雕刻精美的紫檀木，制作时间始于2003 年4 月1 日。

8 月2 日 北京市京华客车有限责任公司召开成立大会，副市长陆昊代表市政府对京华客车有限公司的成立表示祝贺，并希望京华客车有限责任公司在全体股东的共同努力下，不断取得新的成绩，为壮大北京汽车产业，振兴北京现代制造业作出贡献。

8 月3 日 京津沪渝工业（企业）工委书记会会议在北京召开。北京市人大常委会副主任金生官出席会议，副市长陆昊会见了与会人员。市委工业工委副书记张俊明在会上介绍了北京市工业机构改革方案，4 城市交流了机构改革的做法和经验，并对国资管理体制等问题进行了研讨。

8 月4 日 北京市经委举办“产业整合与并购重组”讲座，著名经济学教授朗咸平博士作了主讲。市工业控股公司主管领导、各区县经委负责人以及参加“北京工业百家国企与外资、民间资本的并购重组行动”的104 家国企负责人，计230 多人参加了讲座。

8 月6 日 京东方科技集团斥资10.5 亿港元购得在香港和新加坡两地上市的冠捷科技有限公司3.56 亿股权，以26.36% 的股比成为后者第一大股东，并由此跻身全球显示器行业三甲之列。

同日 “中关村创新之路文化宣传活动”启动。活动围绕中关村在技术创新、制度创新和文化创新等方面的新举措、新成果，集中展示中关村的创新创业活力和良好环境，打造中关村国际品牌。

8 月7 日 国内首家“科技园区版权保护示范机构”——中关村科技园区版权保护中心成立，其下设机构——中国版权保护中心计算机软件著作权登记北京代办处同时挂牌。新成立的“中国版权保护中心计算机软件著作权登记北京代办处”将为企业提供登记便利，从受理登记申请之日起20 个工作日内办理完毕并颁发登记证书。

8 月8 日 北京兴东方实业有限责任公司和西藏拉萨市政府合作的西藏高原现代园艺及药用植物栽培示范区工程一期工程竣工。全部工程占地面积15.48 公顷，85 栋高效节能日光温室、2 栋双层充气膜连栋温室全部由北京市农业机械研究所承建。该项目一期的竣工，标志着西藏有了国家级农业科技示范园区。

8月11日 北京市代市长王岐山、副市长陆昊会见台湾工业总会大陆经贸考察团。市经委总经济师常青向考察团介绍了北京“工业百户国企与外资、民间资本并购重组行动”的有关情况，并回答了客人关心的有关问题。

8月13日 投资1.2亿元的化学工业出版社印刷厂在北京天竺空港工业区C区奠基，标志着北京天竺空港工业区北扩6平方公里的计划开始实施。

8月14日 位于上地信息产业基地的神州数码软件研发中心大厦开工建设，这是中关村软件开发园区建设中的重点项目。北京市副市长范伯元为软件研发中心大厦奠基。大厦预计2005年完工并投入使用。

8月17日 北京四环医药科技股份有限公司与沈阳药科大学签署了《四环医药奖学金设立协议》，设立了为期5年的高校奖学金。

8月21日、22日、25日、26日 北京市经委分别召开控股公司、区县经济形势分析会。市经委委员丁镇宽主持会议，市经委总经济师常青传达国家发改委全国经济形势分析会精神。市经委副主任张工作总结发言。

8月22日 “2003年北京第十届全国企业家活动日暨北京企联系统秘书长、企业家联席会”在顺义召开，来自北京市各行业的150多名企业家与中国企业联合会、北京企业联合会、北京企业家协会、市经委和顺义区政府的有关负责同志，以及有关新闻媒体单位参加了会议。副市长陆昊在大会上作了总结性发言，对北京市企业家提出了三个方面的希望和要求：一是北京的企业家要有发展的紧迫感；二是要具有强烈的合作精神；三是企业家要有更高、更新的追求。

8月23日 中共北京市委书记刘淇、代市长王岐山、副市长陆昊等市委市政府领导到北京供电公司八里庄220kV变电站视察北京电网安全运行情况，并听取了供电公司领导的汇报。市经委副主任冯海陪同视察并汇报了市经委对北京电网安全运行的意见和建议。

8月28日 北京市人大常委会组织全国人大北京代表团考察北

京电力建设和供应情况，市经委副主任张工代表市政府做了《关于首都电力供应情况的报告》，介绍了北京电网的基本情况，对北京电网安全状况进行了分析，提出了进一步提高北京电网安全稳定运行的计划和设想。

8 月 30 日　位于东南四环附近的北京染料厂迁出北京。北京染料厂已全部完成原地停产工作，并提前 4 个月完成在该地区的产业结构调整。其新厂将在河北、内蒙古等地开工建设。

8 月 31 日　北汽福田公司的新款轻型客车——风景爱尔法全面上市。

9 月 1 日　国家质检总局公布了经中国名牌战略推进委员会综合评价后确认的 2003 年中国名牌产品，北京星海乐器有限责任公司生产的星海牌钢琴荣获“中国名牌”产品称号。

9 月 2 日　国务院副总理曾培炎、国务院副秘书长汪洋、建设部部长汪光焘、北京市代市长王岐山、副市长刘敬民一行来到北京金隅集团建欣苑小区视察经济适用房情况。听取了金隅集团关于建欣苑小区经济适用房建设情况的汇报，并入户对小区居民进行慰问。曾培炎对北京金隅集团积极开发经济适用房服务首都给予了高度赞扬，并指山北京市要大力发展经济适用房。

同日　北京市就铁路单位分离企业办社会职能的有关问题与铁道部进行座谈，副市长刘志华、牛有成和铁道部副部长王兆成、彭开宙、蔡庆华出席会议。市经委副主任周毓秋代表北京市政府汇报了有关铁路单位分离企业办社会职能的基本情况和有关政策。

同日　房山区政府与北京市首创投资担保有限责任公司和北京市商业银行联合开展中小企业信用担保业务的框架协议正式签约，成立了房山区中小企业信用担保管理中心。

9 月 6～12 日　以科技创新与发展为主题的第六届中关村电脑节在海淀展览馆举行。全国人大常委会副委员长傅铁山，全国人大法律委员会副主任、中国企业联合会副会长蒋黔贵，国家教育部副部长章新胜，中国科学院副院长杨伯龄，北京市市委秘书长孙政才，北京市副市长陆昊与外国驻华使节、兄弟省市领导出席开幕式。电脑节期间共有10万余人参加了各项活动，电脑节期间招商引资签约项目211个，签约金额共计789.68亿元；其中：海淀区签约项目117个，签约金额605.68亿元；中关村科技园区签约项目94个，签约金额184亿元。

9月8日　戴姆勒—克莱斯勒股份有限公司与北京汽车工业控股有限责任公司战略合作框架协议签字仪式举行。标志着北京汽车工业正式“牵手”奔驰。北京市市委书记刘淇，代市长王岐山、国家有关部委负责人杨树德、屠光绍、黄海、李克农出席签字仪式。副市长陆昊主持签字仪式。

9月9日　北京市经委批复《北京半导体器件五厂污染扰民搬迁建设项目可行性研究报告》，器件五厂整体搬迁到酒仙桥北京燕东微电子有限公司厂内。

9月12日　根据《北京市人民政府关于机构设置的通知》（京政发［2003］18号），北京市级党政机关机构改革，将原来7个政府部门进行整合，组建、新设立了5个新的政府机构。原市委工业工委、市经委在整合中撤销。北京市工业促进局是新设立的5个机构之一。北京市工业促进局是负责本市行业性、专业化工业产业促进工作的市政府直属机构。

同日　北京精细化工基地彩粉工程在大兴安定镇举行开工仪式，工程预计2004年年底完成，年产量400吨。

9月13日　中国工艺美术协会会长李晓光、北京市经委总经济师常青与8个省市工艺美术协会的主要领导，共同商讨《首届北京工艺美术展》的合作事宜。

9月16日　北京同仁堂（澳门）有限公司开业，是北京同仁堂在澳门设立的第一家药店。

9月18日　中共北京市委、市政府召开全市再就业工作会议。副市长陆昊代表市委市政府宣布了关于表彰2002年度再就业先进单位及先进个人的决定。北京一轻控股有限责任公司被评为2002年度再就业工作先进单位。市委书记刘淇、代市长王岐山等市委市政府领导为获奖单位和个人颁奖。

9 月 19 日 北京市工业促进局局长程连元分别主持召开部分区县及经济开发区领导座谈会、高新技术企业座谈会及市属工业控股公司座谈会，听取对工业促进局如何促进工业发展的意见、建议。

9 月 20～22 日 昌平区举办 2003 年经济技术合作洽谈会，万余人次参加，接洽投资意向 242 项，共达成高新技术、工业小区建设、房地产开发、旅游、商业服务业等签约项目 51 项，协议投资总额 76.6 亿元，引进外部资金 75.95 亿元。

9 月 22 日 由北京北仪创新真空技术有限责任公司与两家台湾公司组建、总投资 2999 万美元的北京世华光电有限公司完成注册。该项目年产 10MW 太阳能电池板，年销售额将达 1.64 亿元人民币。

同日 北京市副市长陆昊听取纺织控股有限责任公司发展战略规划汇报。陆昊强调，效益背后是成本，成本背后是规模，规模背后是市场，市场背后是体制，要使所有制格局与市场竞争格局相适应。

9 月 26 日 北京赛科药业召开新型降脂药——本悦上市的推介会。向医药界推介国内首个采用缓试技术的降脂药物。本悦使用了独特的缓试技术，保留并发扬了烟酸的药理作用，又减少了用药的次数，降低了药品的副作用，具有更好的安全性、耐受性和依从性。

9 月 28 日 以国家安全生产监督管理局宣教中心副主任贺定超为组长的国务院危险化学品安全管理条例督查二组一行 7 人，就贯彻落实《危险化学品安全管理条例》情况在北京市朝阳区进行督查指导。

10 月 15 日 北京市工业促进局举行挂牌仪式。

同日 燕化公司环保事业部牛口峪污水回用工程正式启动。回用工程采用“双膜”工艺，每小时可处理回用水 1200 吨，可节约新鲜水 1000 吨/时，预计回用新生水总量可接近燕化用水量的 1/6，将有力缓解燕化水资源的短缺问题。

10 月 16 日 北京京煤集团有限责任公司金泰恒业公司四厂自行投资 1.6 亿元建设的富地大厦开业。富地大厦位于北京中关村科技园区的上地，为智能化写字楼，建筑面积 2.6 万平方米，18 层结构，楼高 88 米。

10月16~17日　由北京市工业促进局、北方微电子产业基地领导小组主办的“2003年北京国际微电子论坛”在北京天鸿科园大酒店举行。市工促局局长程连元、副局长冯海参加了开幕式。

10月18日　北京四环医药科技股份有限公司董事长文鸣旭荣获“中关村科技园区第二届优秀企业家”称号。中关村“双优”评选是由中关村科技园区管委会联合园区社会团体以及相关机构共同发起的大型社会公益评选活动。评选历时4个多月，采取企业自荐与有关机构、协会和团体推荐相结合方式，参照国际惯例，要求优秀企业家所领导的企业要符合现代企业制度规范，形成一套成功的管理经验和管理体系，品牌在业界具有重要影响。获奖者是通过专家评审、公示候选人、社会公众投票、专家投票等诸多环节而最终确定的。

10月21日　北京市朝阳区召开2002~2003年度工业技术创新总结暨表彰大会，对90家优秀企业奖励786万元。

10月24日　北京电子控股久益实业发展有限公司与首创集团所属阳光股份有限公司共同组建《北京电控阳光房地产开发有限公司》，负责实施酒仙桥电子控股职工生活区危旧房改造工作。

10月29日　中共北京市委书记刘淇到光机电一体化产业基地调研。视察了中科镓英、比亚迪、摩比斯3家企业的生产和建设情况，听取了通州区经济发展和光机电基地建设情况的汇报，对基地发展提出要求。

11月1日　北京中石化燃气有限公司正式挂牌运营。该公司是中国石化集团根据北京市政府实行液化石油气专业化配送制度的有关要求，将北京燕山石化公司下属的与液化气经营相关的优良资产重组成立的专业化的液化气销售企业，隶属于中石化股份公司北京燕山分公司。

同日　《首届北京工艺美术展》在北京民族文化宫开幕。开幕式由市工业促进局局长程连元主持，副市长陆昊致开幕词，全国人大常委、中国轻工业联合会会长陈士能致贺词。参加开幕式的有北京市相关委、办、局领导和工美大师、外交使节、外省市集团代表等计500多人。

11 月 3 日 北京市朝阳区与西藏自治区拉萨市城关区签署了《北京市朝阳区与西藏自治区拉萨市城关区关于进一步加强对口支援工作合作协议书》。

11 月 4 日 全国人大常委会副委员长路甬祥、全国人大科教文卫委员会主任朱丽兰率全国人大执法检查组一行 9 人，到北京金隅集团视察贯彻执行《科学技术进步法》情况。

11 月 5 日 北京工美集团有限责任公司完成中央军委委托的为航天英雄杨利伟颁发的金制奖章制作任务。该奖章采用纯金制成，重达 550 克。11 月 7 日，中共中央总书记、国家主席、中央军委主席江泽民将奖章颁发给杨利伟。

11 月 8 日 华北电网有限公司挂牌成立。华北电网有限公司是国家电网公司投资设立的国有独资有限责任公司，主要成员单位包括北京供电公司、天津市电力公司、河北省电力公司、山西省电力公司、山东省电力集团公司等全资企业和内部核算单位、保留及待转让的发电企业。公司在北京市工商局登记注册，注册资本金为人民币 600 亿元。华北电网有限公司依法经营所拥有的全部法人资产，并负责管理、规划、建设包括首都北京在内的华北区域电网。

11 月 11 日 燕化与中国石化高桥分公司签订吸收式热泵成套技术转让合同，该技术已为燕化创经济效益近千万元。

同日 北京一轻控股公司与北京市世纪恒逸投资有限公司举行签字仪式，一轻控股公司所属北京市第一食品公司产权整体转让民营企业世纪恒逸公司。

11 月 20 日 北京市政协副主席黄以云、市政协经济科技委员会主任张嘉兴率市政协经济科技委员会委员一行 20 人，到北京一轻控股公司视察指导工作。

11 月 23 日 由北京同仁堂集团公司、首创科技投资有限公司、深圳海王星辰医药有限公司共同投资兴办的北京同仁堂商业投资发展有限公司签约。

11 月 26 日 全国规模最大的专业工艺美术创作和研发基地——京城百工坊在崇文区正式开坊。中共北京市委书记刘淇到场接见了

130余位著名工艺美术大师，并参观了百工坊的工艺品展览。

11月28日 北京重工机械有限公司与日本株式会社多田野签约合资，共同出资组建北起多田野（北京）起重机有限公司。该项目总投资额约3000万美元，中方控股75%。合资公司落户于顺义林河工业区，北京市原副市长刘海燕出席签约仪式。

11月30日 北京化工实验厂、北京远通制管有限公司、台湾翁启峰先生合资组建的“华腾远通综合管业有限责任公司”在民族宫举行签约仪式。华腾远通公司注册资金1.02亿元，主要产品为PE实壁管、PE双壁波纹管和预应力钢筒混凝土管（PCCP）。

12月8日 北一大隈（北京）机床有限公司开业暨首批用户交付使用仪式在顺义林河工业区举行。全国政协主席贾庆林，北京市代市长王岐山等出席仪式。北京市副市长陆昊致辞，市工业促进局局长程连元、副局长冯海参加仪式。

12月11日 北京市人大常委会副主任金生官到一轻控股有限责任公司新落成的电脑刺绣机控制系统生产基地北京兴大豪科技开发有限公司调研。

同日 北京市工业促进局局长程连元一行到房山区调研经济结构调整、工业规划实施情况，并到房山科技工业园区、燕房工业区进行了实地考察。

12月12日 北京同仁堂和记医药投资有限公司签约。投资总额约2.39亿美元，注册资本3000万美元，经营范围为医药类相关健康项目的投资经营。

同日 中国国际货运航空公司在顺义空港工业区举行揭牌仪式。中国国际货运航空公司投资35亿元人民币，注册资金22亿元人民币，是中国目前规模最大且唯一载旗的货运航空公司。

同日 北京市政协主席程世峨到延庆县龙庆峡羊毛衫厂、双鹤药业和集味村食品有限公司等企业考察。

12月13日 北京市代市长王岐山、副市长牛有成、陆昊、市政府秘书长刘晓晨，就推进城市化进程中如何解决好农民问题和加快工业结构调整到房山区调研，实地察看了北京强联水泥公司和韩村河村的村容村貌。

12 月 16 日 北京首钢股份有限公司 20 亿元可转股公司债券在深圳证券交易所发行成功。

12 月 18 日 北京京煤集团有限责任公司所属杨坨煤矿经北京市第一中级人民法院宣布破产。

12 月 19 日 燕化公司工会在炼油厂三催化车间举行了燕化公司创新成果现场会，向炼油厂许淑云气压机操作法、橡胶事业部韩冰 SBS 反应温度控制法、化工一厂王文海管式加热器操作法予以冠名授牌，并奖励个人 5000 元。

12 月 23 日 北京现代第二款车型伊兰特正式上市，北京市人大常委会副主任金生官，北京市副市长陆昊等出席在北京饭店举办的上市仪式。

12 月 26 日 中关村永丰产业基地荣获“国家新材料技术成果转化及产业化基地”称号。

同日 北京市工业促进局、崇文区政府为京城百工坊举办开业庆典和接见国家与省、市级工艺美术大师活动。中共北京市委书记刘淇等市、区领导参加了接见活动。

12 月 28 ~ 31 日 中国南车集团北京二七车辆厂生产的 X2H 型双层集装箱平车从北京东站发车，在京广线运行试验成功。

12 月 由北京企业联合会、北京市企业家协会等 9 家行业协会联合首次评选 2003 年北京企业 100 强揭晓，排名销售收入前五名的为联想、燕山石化、首钢、普天首信、北京城建；2002 年，北京百强企业销售总收入为 3903 亿元，比 2001 年提高 10.1%。排名利润额前五名的企业是北京市通信公司、联想、首创集团、普天首信、燕山石化公司；五家企业实现利润占百强企业全部盈利的 26%。

2004 年

1 月 1 日 国务院副总理吴仪到北京燕山石油化工有限公司慰问职工。

1 月 6 日 北京同仁堂台湾旗舰店开业，经营中药近千种，营业面积 500 平方米。

1 月 8 日 北京市科学技术委员会、北京医药集团有限责任公司的“缓控释技术”重大项目启动暨北京医药研发新体系建设汇报会在北京饭店举行。

1 月 11 日 北京汽车工业控股有限责任公司在北京会议中心举办 2004 年主流新车产品展示汇报会，欧蓝德、伊兰特、大切诺基、索纳塔、北汽陆霸、风景冲浪、欧曼等牌号的北京主流新车型参展。

1 月 13 日 全国人大常委会副委员长、中华全国总工会主席王兆国，中华全国总工会书记处第一书记张俊九，北京市总工会主席阳安江等，视察了北京轻型汽车有限责任公司并慰问了困难职工和著名全国劳动模范张秉贵的家属。

1 月 15 日 华北电网有限公司发电企业划转移交中国大唐公司仪式举办。

1 月 15～18 日 中共北京市委书记刘淇，代市长王岐山，市人大常委会副主任范远谋、副市长刘敬民、陆昊等到牡丹集团、白菊电器集团慰问职工。

1 月 16 日 由北京市工业促进局和中关村科技园区管理委员会联合主办的北京凯诚高清电子技术有限公司高清晰数字电影播放机（HDV）产品发布会在北京市工业促进局举行。市工业促进局副局长冯海主持会议，中关村管委会副主任刘卓军致辞，市工业促进局及相关合作企业代表共 60 多人参加。

同日 北京金隅集团有限责任公司与芬兰奥补地罗克公司共同投资建立的麦克斯特建筑材料（北京）有限公司签字仪式在金隅大厦

举行，项目总投资1450万欧元。

同日 北京市副市长陆昊到东方石油化工有限公司检查安全工作，并向生产一线职工表示节日问候。

1月18日 北京市代市长王岐山，市人大常委会副主任范远谋，副市长刘敬民、陆昊，市政府秘书长刘晓晨到白菊电器集团公司慰问职工。

1月20日 北京现代京城工程机械公司获得市商务局批准，其注册资本由1300万美元增至2200万美元。其中，北京京城机电控股有限责任公司增加360万美元，韩国现代重工株式会社增加540万美元。

1月22日至2月5日 京城百工坊艺术品有限公司在百工坊举办“2004年百工技艺文化庙会”，内容有工艺堂会表演、工艺展示、工美大师讲座、工美大师作品展览等。

1月25日 京城百工坊艺术品有限公司召开新闻发布会，庆祝成立一周年暨成功仿制清全套二十五宝玺。二十五宝玺为清代乾隆年间皇家御用印玺，是故宫博物院重要藏品之一。市工业促进局副局长常青出席新闻发布会并讲话。

1月 在中国企业联合会和中国企业家协会组织的“2003年度最受关注企业家”评选中，首钢党委书记、董事长朱继民等10人当选。

2月3日 北京京仪控股有限责任公司博士后科研工作站正式设立。

2月9日 中环动力（北京）重型汽车有限公司领取营业执照，投资总额2446万美元，注册资本1500万美元。其中，北京重型汽车制造厂占50%，新加坡科技动力有限公司占50%。

同日 房山区召开建设工业强区动员大会。总结回顾2003年工业工作，部署2004年工业发展任务，宣读表彰了2003年度为区工业作出突出贡献的先进企业、单位、个人的通报，对10个现代制造业纳税大户、17个招商引资先进单位、5个二三产业专业村、10家创名牌企业、5家安置劳动力就业先进企业、20家出口超千万元的企业、5个工业结构调整先进单位、5个处置不良资产先进单位、288个工业强区先进个人进行了表彰。

2月10日 首钢设计院与日本新日铁合资成立北京中日节能环保工程技术有限公司。

2月11日 2004年北京市工业工作会议召开，北京市工业促进局副局长冯海主持会议，局长程连元作了“明确重点，坚定信心，促进北京工业持续健康快速发展”的报告。市人大常委会副主任金生官和副市长陆昊出席会议并讲话，市各有关单位负责人200多人参加了会议。

2月17～20日 在北京第五届中国国际葡萄酒和烈酒评酒会上，北京龙徽酿酒有限公司生产的龙徽西拉干红荣获金奖，龙徽怀来珍藏和龙徽赤霞珠干红获银奖。

2月23日 中国轻工业联合会会长陈士能一行到北京一轻次渠光机电一体化基地星海工业园区和兴大豪科技公司视察调研。

同日 北京医药集团聘任33位专家为医药研发提供咨询、指导服务。其中，院士7人。

2月26日 全国政协主席贾庆林视察北京现代公司和北汽福田公司。

2月27日 北京医药股份有限公司和西门子德国马泰克公司在国际饭店联合举办了“全国首家现代医药物流配送中心应用成果发布会”。市工业促进局副局长常青主持发布会，副市长陆昊讲话。

2月 中国石化股份公司北京燕山分公司荣获“第一批全国企事业专利试点工作先进单位”称号。

3月3日 北京京城机电控股有限责任公司与华夏银行总行营业部签署《全面战略合作协议》，华夏银行为京城控股提供10亿元人民币综合授信额度。

3月5日 北京市工业促进局局长程连元到北京首信诺基亚公司调研。

3月8日 北京市人大常委会副主任赵凤山、市人大常委会农村工作委员会主任刘宝善、市乡镇企业局副局长陈志峰就乡镇企业和物流产业园的发展情况到通州区调研，视察了蒙牛乳业股份公司、通州物流产业园区、甘李生物制药有限公司。

3 月 10 日 北京供电公司更名为华北电网有限公司北京电力公司。

3 月 12 日 北京市工业促进局局长程连元到北京经济技术开发区调研，听取了 GE 航卫通用电气医疗系统有限公司、北京德尔福万源发动机管理系统有限公司、北京松下电工有限公司、富士康精密组件（北京）有限公司、同仁堂科技公司负责人的汇报。

3 月 16 日 北京市工业促进局局长程连元主持召开专题会，研究讨论北京东方石油化工有限公司有机化工厂搬迁改造的有关问题。市规划委、市环保局、通州区政府、通州区经委以及燕化公司、东方石化公司等有关部门的负责人参加了会议。

3 月 23 日 北京市副市长张茅一行考察丰台总部基地，并就总部基地的绿化及交通问题进行调研。

3 月 25 日 东北—华北电网成功进行全国电力系统首次三相瞬时人工接地试验，为大规模互联系统的负荷模型和建模方法提供了现场试验结果数据，为研究大区联网运行模式提供了相应依据。

3 月 26 日 京煤集团北京昊华能源公司与内蒙古自治区鄂尔多斯市国有资产投资经营有限责任公司共同出资创立鄂尔多斯市昊华精煤有限责任公司，先期注册资金 800 万元。其中，北京昊华能源公司出资 640 万元，占出资比例的 80%，鄂尔多斯市国有资产投资经营有限责任公司出资 160 万元，占出资比例的 20%，新公司经营项目以煤炭生产为主，拟在鄂尔多斯建设年产 600 万吨矿井。

3 月 由中关村留学生企业中星微电子公司生产的星光“中国芯”销售突破 1000 万枚，占世界市场份额的 40%。

同月 在全国冶金科学技术颁奖大会上，首钢链箅机—回转窑—环冷机法生产球团矿工艺获全国冶金科技一等奖。

4 月 1 日 中国南车集团二七车辆厂即有货车换装转 K2 型转向架提速改造项目通过铁道部鉴定。

4 月 16 日 北人集团公司和日本郡是株式会社合资组建的北京

北人郡是机械有限公司正式开业，双方共同投资2000万元人民币。其中，郡是机械有限公司占总股本的52%，北人集团公司占总股本的48%。组建的合资公司将从事与高速化、自动化轮转胶印机相配套的堆积打捆机和堆积机的生产、销售与服务。

4月16~18日 平谷区举办第六届经贸洽谈会，共签约项目67个，协议投资总额28.6亿元。

4月20日 中共北京市委副书记杜德印、市国资委党委书记张凤朝一行7人到北京金隅集团东陶机器（北京）公司调研基层党建工作。

4月22日 应北京市工业促进局副局长常青邀请，美国基因酶公司副总裁兼亚太地区总经理迪克先生一行来北京市访问，考察了中关村生命园和北京经济技术开发区，了解北京生物医药领域的投资环境。局长程连元会见了美国基因酶公司的客人，并为其主持召开了来京投资政策咨询座谈会。市商务局、药监局、劳动与社保局、卫生局、发改委等市政府职能部门的有关负责人参加了座谈会，并为基因酶公司提供了相关政策信息。

4月26日 北京市常务副市长翟鸿祥一行到北京天坛股份有限公司北厂检查安全生产工作。

4月28日 北京仪器仪表科研生产基地在大兴工业开发区落成，该基地由北京北仪创新真空技术有限责任公司、北京京仪北方仪器仪表有限公司和北京京仪海福尔自动化仪表有限公司等企业构成。

4月29日 北汽控股公司和戴姆勒—克莱斯勒股份公司在中国合作生产梅赛德斯—奔驰C级和E级轿车计划获得国家发展和改革委员会立项批准。

4月 首钢总公司全烧高炉煤气电站锅炉技术通过北京市技术鉴定。

5月3日 在国务院总理温家宝访问德国期间，北汽控股公司和戴姆勒—克莱斯勒股份公司签署了在中国生产梅赛德斯—奔驰C级和E级轿车项目可行性研究基础协议书。温家宝和德国总理施罗德出席签字仪式。北汽控股公司董事长安庆衡、戴姆勒—克莱斯勒股份公司董事长施伦普和戴克中国董事长首席执行官费若铭在协议书上签字。

5 月 9 日 中共北京市委书记刘淇，市委秘书长孙政才，副市长陆昊，市工业促进局局长程连元一行到中芯国际（北京）项目施工现场调研。

5 月 11 日 中共北京市委书记刘淇与中国纺织工业协会会长杜钰洲等就共建北京“时装之都”问题座谈。杜钰洲介绍了“以人文奥运为契机、建设世界服装名城”的设想。双方就加快会展场馆建设、打造时装品牌街和支持北京服装学院发展壮大等问题达成共识，确定了共建意向，并商定了落实措施。中国纺织工业协会副会长陈树津、陈大鹏，北京市副市长陆昊，市规划委主任陈刚，市商务局局长李昭，北京贸促会会长周茂非和市工业促进局副局长常青等参加座谈。

5 月 18 日 北京市副市长陆昊在市政府会见法国 ALSAOM 电力事业部总裁 Philippe Joubert 先生一行。市工业促进局局长程连元等参加会见。

同日 首钢总公司与中远集团战略性合作协议签字仪式在北京饭店举行。

5 月 19 日 AMD 公司宣布在北京成立 AMD（中国）有限公司，AMD 在中国市场的运作纳入 AMD 全球市场的战略系统。AMD（中国）有限公司将作为 AMD 的中国区总部，管辖上海、深圳、香港等地办事处业务。

5 月 21 日 北京清大天达光电设备有限公司和韩国 ON—NURI 电子株式会社在市工业促进局举行了合资合作成立北京世元达电子技术有限公司签字仪式。市人大常委会副主任金生官、市工业促进局局长程连元、市发改委副主任张工和来自中韩合作双方的代表参加了签字仪式。

5 月 24 日 由北京市人民政府主办，中国北京国际科技产业博览会组委会办公室、市发展和改革委员会、市政管理委员会、市交通委员会和市工业促进局承办的第七届中国北京国际科技产业博览会城市发展重点项目推介会在港澳中心瑞士酒店召开。市工业促进局副局长常青作了题为“大力发展都市工业、加快北京建设现代化国际大都市进程”的发言，副市长孙安民出席会议并讲话。

5 月 25 日　北京市副市长张茅率领市发改委、市水务局、昌平区有关领导到北京十三陵蓄能电厂现场办公，商定解决因十三陵水库缺水而影响发电的应急方案。

5 月 26 日　北京化学工业集团有限责任公司化学试剂所研制的 ULS 用新型高性能光刻胶项目通过国家“八六三”计划超大规模集成电路配套材料重大专项办公室的验收。

5 月 28 日　北京市工业促进局召开工业开发区专题调研工作布置会，副局长冯海主持了会议，局长程连元就编制《北京市工业开发区近期建设和发展指导意见》和为拟定工业开发区建设规划条件组织的基础调研工作进行了动员。冯海介绍了市工业促进局的主要工作职能，并对为开发区协调、服务的工作进行了具体部署。

6 月 1 日　北一精机（北京）设计有限公司领取营业执照，投资总额 57 万美元，注册资本 40 万美元。其中，北京第一机床厂占 72.5%，日本精工技术设计有限责任公司占 16.5%，CMEC 日本株式会社占 11%。

6 月 2 日　中芯国际北京项目（SMIC）在亦庄开发区举办了第一台 12 英寸设备安装仪式，市工业促进局副局长冯海及市商务局、亦庄开发区、发改委、海关、商检等部门的有关人员参加了安装仪式。

同日　北京工美集团网站——中华工艺美术网开通。

6 月 3 日　北京市履行禁止化学武器公约工作领导小组成员单位及组成人员进行相应调整，新一届北京市履行禁止化学武器公约工作领导小组组长由副市长陆昊担任，市政府副秘书长李伟和市工业促进局局长程连元任副组长，市工业促进局、北京卫戍区、市科委、市公安局、市国家安全局、市财政局、市商务局、市卫生局、市工商局、市外办、市公安交通管理局、市无线电管理局、北京海关等单位的主管领导为小组成员。北京市履行禁止化学武器公约事务办公室设在北京市工业促进局，程连元兼任办公室主任。

6 月 5 日 中共北京市委书记刘淇，市委秘书长孙政才，副市长范伯元一行到北京集成电路设计园调研。参观了设计园的 EDA 平台和培训中心，听取了市工业促进局局长程连元关于北京集成电路产业发展情况的汇报。

6 月 6 日 京煤集团昊华能源公司大安山煤矿采掘十一队在 920 水平的工作面发生塌方冒顶事故，10 名矿工被困井下。事故发生后，北京市市长王岐山，副市长陆昊，国家安全生产监督管理局局长王显政等曾到大安山煤矿组织抢救，但 10 名被困井下矿工终因窒息时间过长死亡。

同日 全国人大常委会副委员长、中国科协主席周光召到通州区考察光机电基地的中科镓英半导体有限公司、蒙牛集团（北京）有限公司等企业。

6 月 9 日 北京市人大常委会副主任金生官、市国资委副主任张俊明到北内发动机生产基地调研。

6 月 10 日 北京医药行业协会换届大会暨第二届一次会员大会在北京会议中心召开。中国北京同仁堂集团有限责任公司党委书记田大方任新一届会长，市工业促进局副局长常青、市药品监督管理局局长冯国安任名誉会长。

6 月 11 日 中共北京市委副书记杜德印到北京现代汽车公司调研党建工作。

6 月 14 日 二七机车厂计量检测体系 ISO10012—2003 版通过国家级确认，成为北京市第一家按国际和国家标准通过认证的企业。

6 月 15 日 中共北京市委书记刘淇等到北京服装学院调研。参观了人体工学研究所、服装 CAD 研发中心、民族服饰博物馆、北京部分品牌企业服装新品展示，听取了北京服装学院、市工业促进局及铜牛、雪莲等企业的汇报。刘淇要求北京服装产业要抓住奥运机遇，为发展首都经济作出贡献。市工业促进局、商务局、规划委、发改委、旅游局等委办局负责人参加会议。

6 月 16 日 燕化公司在天津港集团公司天津南疆码头举行首次

接卸原油暨长管线开通庆典仪式，燕山石化海上进口原油管线通道打通。年输送能力200万吨，油库储运能力8万立方米。

6月17日 纪念同仁堂创建335周年大会在人民大会堂举行，全国政协主席贾庆林在人民大会堂观看了纪念同仁堂创建335周年文化展。国家中医药管理局副局长李振吉、国家食品药品监督管理局副局长任德权、中共北京市委书记刘淇、市长王岐山等一同观看。

同日 二七机车厂为台湾生产的EQW01型电车线铁路工程车交车出厂，这是北京首次将机车产品输入台湾地区。

6月18日 北京金隅集团与房山区天然气开发中心在金隅大厦举行了窦店新材料基地天然气工程签约仪式，市工业促进局、房山区、北京金隅集团的负责人出席签约仪式。

同日 北京市市长王岐山等一行到首钢检查指导工作。

6月19日 中共北京市委书记刘淇到北人印刷机械股份有限公司和北京利乐包包装有限公司调研，了解企业改制后的生产经营、科技创新、产品销售等情况，并听取了北京一轻控股公司、京城机电控股有限责任公司、京仪控股有限责任公司负责人关于企业改革、发展情况的汇报。刘淇强调，要抓住产权制度改革这个核心，实现产业、产品的结构升级。

6月25日 北京市工业促进局召开“首届北京工业专家顾问聘任大会”。会议由副局长冯海主持，局长程连元讲话。专家代表、北京大学教授王阳元院士等发言。会议向各位专家颁发了聘书。程连元代表工业促进局感谢专家对北京工业的支持，向专家通报了工业促进局的职能定位、北京工业发展的基本情况以及成立工业专家顾问组的基本构想。工业专家顾问组由28位专家组成，来自在京科研单位、首都高等院校和控股公司等，涉及电子信息、光机电、汽车、生物工程与新医药等领域，其中包括微电子领域的专家王阳元院士、光机电领域的专家简水生院士、产业经济领域的专家卢东斌教授等。

6月28日 北京集成电路IP中心（BJIPC）与香港科技园（HK-STP）、韩国半导体设计资产研究中心（SIPAC）等集成电路业企业在市工业促进局多功能厅举行了“北京集成电路IP中心成立暨合作签字仪式”。市工业促进局副局长冯海、市发改委、市科委、中关村科技园区管委会等相关部门领导和在京的集成电路设计企业代表 40 多人参加签字仪式。

同日 北内集团总公司与唐山齿轮集团共同组建的唐山北内唐齿机械制造有限公司在唐山市高新技术开发区投产。

6 月 29 日 北京京城泰昌机械有限公司领取营业执照，投资总额 700 万美元，注册资本 500 万美元。其中，北京京城机电控股有限责任公司占 40%，韩国泰昌泰合株式会社占 60%。

同日 中科院技术研究所举办曙光 4000A 超级服务器科技成果发布会。曙光 4000A 超级服务器每秒运算速度 11 万次，在 2004 年 6 月 21 日公布的全球高性能计算机 TOP500 排行榜中，曙光 4000A 位列全球第十。

同日 北京同仁堂（印尼）有限公司及药店在印尼首都雅加达开业。

6 月 30 日 在北京市市长办公会上，北京市批准白河堡水库紧急向十三陵水库补水 400 万立方米，以确保蓄能电厂发电用水。

6 月 北京市朝阳区撤销经济委员会，组建发展和改革委员会。

7 月 1 日 中共北京市委书记刘淇等就加快企业改革问题到京东方科技集团股份有限公司调研。刘淇强调，要不断深化国有企业改革，大力提高企业核心竞争力，创新管理理念，培育技术优势，创造具有竞争力的世界级企业，促进首都经济的快速健康发展。

同日 诺和诺德（中国）研发中心迁址中关村生命科学园仪式举行，市人大常委会副主任金生官、市科委副主任朱宝凤、市发改委副主任张工以及市工业促进局副局长常青、诺和诺德全球首席科学家 Thomsen 博士和丹麦驻华使馆商务参赞等出席了仪式。

同日 燕化职工医院改名为北京燕化医院，改制为民办非营利性医疗机构。

7 月 1 ~ 2 日 北京市工业促进局副局长常青主持召开全市工业上半年经济运行分析会，通报了全市上半年工业运行简要情况。常青要求各单位要密切关注和及时协调解决工业运行中的问题，努力保持工业经济运行稳定发展的良好势头。

7 月 2 日　中午 12 时，燕化公司 1000 万吨炼油系统改造工程进行第一次爆破，标志着 1000 万吨改造工程启动。

7 月 10 日　中关村科技园区企业北京英纳超导电缆有限公司自主开发研制的中国第一组实用型超导电缆在云南并网运行。该电缆是继美国、丹麦之后世界上第三组挂网运行的高温超导电缆。

7 月 14 日　北京市工业促进局副局长常青会见美国癌症研究基金会科学部副总裁 YiMichael Wang 先生，双方进行了友好会谈。

同日　北京市工业促进局、房山区、燕化公司领导，就北京石油化工和新材料产业基地的发展方向和下一步的工作、燕化公司今后的发展以及当前存在的主要问题，进行了研究和讨论。市工业促进局局长程连元强调要以科学的发展观指导石化产业基地的建设和发展，要充分发挥燕化公司的资源优势，高起点、高标准地规划和建设石化产业基地，使之成为国内一流的绿色环保型石化产业基地。

同日　北京市副市长陆昊到昌平区调研，查看了北京诺华制药有限公司制药工厂和巴可利亚德科技发展公司。

7 月 15 日　北京市副市长陆昊到二七机车厂调研并参观新造机车。

同日　军事医学科学院和上海绿谷（集团）有限公司共建“中药与天然药物工程研究中心”暨入驻北京生物工程与医药产业基地项目正式签约，北京市副市长范伯元出席签约仪式。

7 月 16 日　北京博飞仪器股份有限公司与瑞士徕卡（Leica）测量系统有限公司合资签字仪式在北京人寿大厦举行，市工业促进局副局长冯海应邀出席并致辞。项目总投资 500 万美元，注册地址为北京经济技术开发区。

同日　北京市副市长陆昊带领市工业促进局、发改委有关人员到二七机车厂考察现代轨道交通设备制造产业。

同日　福建省燕京惠泉啤酒股份有限公司挂牌成立。燕京啤酒集团投资 3.63 亿元收购惠泉啤酒 38.15% 的股份，成为惠泉啤酒的第一大股东。

同日　首钢总公司与山西焦煤集团长期战略合作协议签字仪式在山西忻州顿村举行。

7 月 20 日　北京市副市长陆昊、市工业促进局副局长常青到北京一轻控股公司调研，参观了位于北京市经济技术开发区的北京利乐包包装有限公司新厂和资生堂丽源化妆品有限公司。

7 月 21 日　北京市副市长陆昊一行到平谷区调研工业发展情况。参观了北京千喜鹤食品有限公司等 3 家工业企业，市工业促进局局长程连元就工作思路、工作程序和工作重点等方面对平谷区发展工业提出许多可行性建议。陆昊就科学发展观和宏观调控的关系、招商引资的重要作用、如何发展平谷工业以及物流产业建设等问题发表讲话。市商务局、投资促进局的有关领导一同参加调研。

7 月 23 日　北京市副市长陆昊主持召开北京都市工业重点名牌企业座谈会。参加座谈会的有北京红星股份有限公司、北京三元食品股份有限公司、北京雪莲毛纺服装集团公司、北京龙徽酿酒有限公司、北京王致和食品集团公司、北京二商集团有限公司、北京张一元茶叶有限公司、北京绅士服装有限公司、北京桑普电器有限公司和北京爱慕内衣有限公司的 10 家企业代表。市工业促进局副局长常青参加会议。

同日　北京市房山区撤销经济委员会、乡镇企业局，设置房山区工业局，同时挂房山区乡镇企业局牌子。

7 月 26 日　国务院总理温家宝到国家电网公司电力调度中心考察电力生产情况，向奋战在迎峰度夏第一线的电力职工表示慰问。

7 月 29 日　北京市市长王岐山到北京经济技术开发区调研，听取了北京经济技术开发区负责人的汇报，王岐山勉励开发区全体人员，要树立雄心壮志，努力把北京经济技术开发区建成走新型工业化道路的示范区。

7 月 30 日　由北京市工业促进局副局长常青率队的市企业信息化工作领导小组对北京燕东微电子有限公司的 ERP 项目进行实地考察调研。

7 月　国家统计局公布 2003 年全国大型工业企业名单，首钢以销售额4791338万元和资产总额6259571万元，名列全国大型工业企业第九名、钢铁企业第二名。

8月2~8日 由北京市工业促进局局长程连元带队的6家企业组成的联合考察团对西藏拉萨进行了产业投资考察。考察团与拉萨市各委办局就产业发展环境、产业项目合作等议题进行了探讨交流。市工业促进局与拉萨市政府签订了产业合作框架备忘录，华盾塑料公司与西农集团签订开发研究高原地区大棚专用膜技术合作协议；雪莲羊绒公司与当雄县政府达成协议；京师维康药业与拉萨市科技局签订协议，共同开发研究牦牛血保健品。

8月4日 北京市平谷区经济委员会挂平谷区乡镇企业局牌子，中共北京市平谷区经济工作委员会和北京市平谷区经济委员会合署办公。

同日 首钢迁钢一号焦炉正式出焦。6日，首钢总公司举行迁焦工程投产典礼仪式。

8月5日 首钢总公司举行高强度机械制造用钢生产线开工典礼。

8月6日 北京石油化工和新材料产业基地建设工作协调领导小组第一次会议在市工业促进局电视电话会议室召开。基地协调领导小组组长、市工业促进局副局长冯海主持了会议，基地协调领导小组副组长、市发改委委员陈怀伟，房山区副区长高言杰，燕化公司副总经理杨清雨等出席会议。

8月12日 北京市市长王岐山到永定门百荣世贸商城、北京统一石油化工有限公司调研，听取了北京市私营个体经济协会关于非公经济工作情况汇报，并与非公企业家代表进行了座谈。

同日 首钢总公司热镀锌板生产线一次试热成功。

8月13日 北京市常务副市长翟鸿祥到延庆县调研，先后视察了北京庆和食品有限公司、德青源健康养殖生态园等企业。

8月16日 首钢总公司与山西大同煤矿集团长期战略合作协议签字仪式在首钢举行。

8月17日 北京市政协主席程世峨就民营经济发展情况到北京

中创信测科技股份有限公司进行座谈，并视察了公司的研发部和生产车间。市政协副主席韩汝琦、朱相远、满运来、王长连、张和平、陈建生，秘书长李建华等参加视察。

8 月 18 日 北京石油化工和新材料产业基地建设工作协调领导小组成立大会在房山区召开，市工业促进局局长程连元、市发改委副主任张工、房山区、北京燕山石化有限公司、中石化北京燕山分公司、北京东方石化有限公司等单位和企业领导参加会议。北京石油化工和新材料产业基地初步规划用地 3220 公顷，计划到 2010 年总产值 1100 亿元。基地建设工作协调领导小组组长由市工业促进局副局长冯海担任，成员单位有市发改委、房山区政府以及燕化公司等。

8 月 19 日 中丽制机化纤工程技术有限公司入驻光机电基地签约仪式在基地举行，中丽制机化纤工程技术有限公司是中国纺织科学研究院控股、产权多元化的化纤机械公司。该项目投资 4.5 亿元，建设用地 103.7 亩，2004 年 9 月底开工建设，2005 年 9 月竣工。年产值在 10 亿元以上。

同日 山西省电力公司新建竣工的河曲电厂——神头二电厂 500 千伏输电线路位于忻州市偏关县窑头乡大嘴村附近的Ⅱ回 62～65 号区段，遭受盗窃破坏，造成 4 基铁塔变形报废，5200 米导线被毁，直接经济损失 50 万元。

8 月 20 日 北京市市长王岐山到北京吉普汽车有限公司调研。

同日 在全国工农业旅游示范点情况介绍会上，首钢总公司等 9 家北京企业荣膺“全国首批工农业旅游示范单位”称号。

8 月 25 日 为促进北京医疗器械产业的发展，市工业促进局邀请万东医疗、北京医疗器械所、航天长峰、蒙太因医疗器械、有研亿金、奥斯比利克、百幕航材等 12 家医疗器械生产企业召开座谈会。副局长常青出席会议，介绍了市工业促进局的机构职能设置以及北京市医疗器械产业的发展情况。各参会企业分别介绍了本企业生产经营的概况，对北京市发展医疗器械产业提出了建议。

8 月 26 日 北京市副市长陆昊、市工业促进局局长程连元在市政府会见了创维集团董事长黄宏生一行。陆昊认为北京市场特点适合创维北京项目的发展，北京市政府会大力支持、全方位配合项目建设。

同日 位于怀柔雁栖湖工业区的北京啤酒朝日有限公司举行新工厂开业庆典，新工厂一期投资3.3亿元，引进欧洲技术，采用全封闭无菌化生产工艺，引进废水处理和回收再利用系统，是国内首家实现生产全系列生啤酒的厂家。中国企业联合会会长陈锦华、中国机械工业联合会会长于珍、中国轻工业联合会副会长张善梅、北京市副市长张茅、日本环境省大臣小池百合子和日本驻华大使、朝日啤酒株式会社、伊藤忠商事会社的有关人员出席了开业庆典。

8月 在全国百姓放心示范医院表彰大会上，北大首钢医院成为全国首批240所达标的“全国百姓放心示范医院”。

9月1日 燕化公司炼油厂生产的欧Ⅱ排放标准车用汽油投放北京市场。

9月2日 北京市工业促进局局长程连元、副局长常青会见了国家开发银行营业部总经理朱裕峰一行，双方就如何开展合作事项进行了交流和洽谈。

同日 北京市常务副市长翟鸿祥，市国资委主任熊大新、副主任张俊明一行到北京照相机总厂调研。

9月3日 第八届京港洽谈会北京经济技术开发区专场推介会在香港会展中心举行。北京市副市长陆昊参加了推介会。北京开发区参展位100平方米，以“高新技术产业和现代制造业基地”为主题，着力宣传北京开发区在10年时间内取得的成果以及具备的良好投资环境。

9月10~12日 在“新世纪北京首届职业技能大赛”中，市工业促进局承办的加工中心操作工、数控车工、数控铣工决赛在航天一院和市工贸技师学院举行。副局长常青到现场看望了比赛选手。

9月14日 北京市副市长陆昊会见美国健赞公司高层领导，陆昊指出北京具备最佳合作条件，希望健赞公司能够和北京市进一步合作。市工业促进局局长程连元和商务局副局长周河参加会见。

同日 北京市技术监督局召开2004年北京市产品荣获中国名牌

新闻发布会。荣获中国名牌产品的分别是：联想牌万全服务器、方正牌服务器、燕京牌啤酒、三元牌液太奶、雪莲牌羊绒衫、丰收牌葡萄酒、李宁牌旅游鞋、星海牌钢琴、大宝牌化妆品（非儿童类护肤霜）、金狮牌酱油、龙门牌食醋、长城牌润滑油、联想微型计算机、方正微型计算机、同方微型计算机、华盾农用聚乙烯大棚膜、古船小麦粉、汇源果汁饮料、铜牛内衣及绅士衬衫等。副市长陆昊出席会议并讲话。

9 月 16～18 日　第八届北京生物医药产业发展论坛召开，本届论坛以“抉择与突破”为主题，由全球医药企业家峰会、论坛大会报告、专题卫星会以及展览展示四大部分组成。美国药典委员会、国家食品与药品监督管理局、中国医科院、军事医学科学院、北京大学医学部、北京市政府及国内外医药企业集团领导人和专家学者约 400 人出席了大会。在医药企业家峰会上，北京市副市长范伯元发表了致词。市工业促进局局长程连元作了题为《紧抓机遇，发挥优势，加速发展北京医药产业》的主题演讲。

9 月 17 日　北京市工业促进局与市质量技术监督局联合召开 2004 年北京名优产品展示展销会新闻发布会，市工业促进局副局长常青、市质量技术监督局副局长梁益圃出席发布会，并向首都 10 多家新闻媒体的记者们介绍了展示展销会情况。

9 月 18 日　2004 中国食品安全年会在人民大会堂召开，北京燕京啤酒集团获全国食品安全示范单位年度十强。

9 月 20 日　北京京东方 TFT—LCD 第五代生产线项目设备迁入北京经济技术开发区仪式举行，北京市工业促进局局长程连元出席仪式并致辞。

9 月 20～22 日　第二届亚洲地区国家履约机构研讨会在北京召开。来自 29 个亚洲地区国家履约机构的参会代表和国际禁化武组织代表共约 60 人参观了北京东方化工厂。

9 月 21 日　北京密云县撤销乡镇企业局，调整经济委员会职责。将原乡镇企业局职能划入经济委员会，经济委员会对国有资产进行监督管理。

9月22日 全国石油石化行业技能竞赛在燕化结束。燕山石化获得加氢裂化装置操作工决赛团体第二名、乙烯装置操作决赛团体第三名及优秀组织奖。

9月22~23日 北京市工业促进局召开全市工业三季度经济运行分析会。各控股（集团）公司、各区县的主管领导参加了会议，对三季度及全年的经济运行情况、前三季度新增长点的带动作用及存在的问题进行了分析汇报，对四季度及至全年的运行情况进行了预计。

9月23~24日 北京国际微电子研讨会在北京举行，研讨会主题是“微电子产业与科技奥运”。研讨会从资金、技术、市场和人才等方面探讨了2008北京奥运商机与中国微电子产业发展。国家科技部副部长马颂德、信息产业部副部长苟仲文和北京市副市长陆昊等出席开幕式并讲话。市工业促进局局长程连元主持开幕式，副局长冯海代表北京半导体行业协会与美国华美半导体行业协会、香港科技园和北京集成电路设计园签订了“大中华区集成电路应用开发平台联盟”合作协议。

同日 北京市政协主席程世峨及市政协委员视察产业结构调整和国有企业发展情况。北京市常务副市长翟鸿祥向委员们通报了有关情况。委员们先后视察了京东方科技集团股份有限公司、北一大限机床有限公司、北汽福田汽车股份有限公司、北人印刷机械股份有限公司和恒有源科技股份有限公司。市政协副主席黄以云、朱相远、张和平、陈难先、唐晓青，秘书长李建华参加视察。

9月24日 为加大对北京名牌产品和企业的宣传、推广和保护，市工业促进局、市质量技术监督局、崇文区政府和北京工业经济联合会共同举办的“2004年北京名优产品展示展销会”在崇文区大都市街开幕。共有84家名牌企业参展，42家企业参加销售。

同日 北京市工业促进局局长程连元会见了来访的德国曼罗兰集团执行副总裁富克斯先生一行。曼罗兰是全球最大的印刷设备生产商之一，是世界第一大卷筒印刷机制造商，第二大平张印刷机制造商。程连元向德国客人介绍了北京市印刷机械行业的总体情况，欢迎曼罗兰集团代表来北京考察，富克斯先生表达了在中国投资建厂的愿望。

同日 国家发改委在南京召开部分省市工艺美术行业主管部门座谈会。会上，北京市工业促进局介绍了北京市工艺美术行业发展情况和大师评选工作经验。

9月25日 中国内地第一条12英寸芯片生产线在北京经济技术开发区中芯国际（北京）建成投产。中芯国际12英寸芯片厂占地面积24万平方米，一期建筑面积18万平方米，其中洁净室1.8万平方米。该厂于2002年9月开始动工，是全球第一个建设有污水回收处理系统的集成电路厂。

同日 北京牡丹电子集团博士后科研工作站揭牌。工作站旨在培养、使用和吸引高层次科技人才和管理人才，促进产学研结合。

同日 北京市国有资产监督管理委员会、市国有资产经营公司、中国华源生命有限公司、中国高新技术发展有限公司签订《关于北京医药集团战略重组协议》。

9月28日 新世纪北京首届技能大赛决赛在北京市交通学校拉开序幕。新世纪北京首届技能大赛共举办5700余场初赛，近900场复赛，初赛参加人数25万余人，从中决出3.6万余人参加复赛。参加大赛的国企占参赛单位总数的46%，民营企业和个体工商户参赛比例占35%，集体企业、合资企业分别占11%和5%，其他占3%。初赛累计工种达到1064个，复赛累计竞赛工种487个。参赛者中，在职职工占56%、职校在校生占26%、外地来京务工人员占7%、个体从业人员占6%、失业人员占3%、本市农民工占2%。

同日 由信息产业部主办的“国家电子信息产业基地授牌仪式暨基地建设座谈会”在北京举行。北京、天津、上海、青岛、苏州、杭州、深圳和福州、厦门沿海地区及广东珠江三角洲地区等10个城市和地区成为首批国家电子信息产业基地。国家信息产业部部长王旭东、副部长娄勤俭出席了授牌仪式，市工业促进局局长程连元代表北京市接牌。

9月29日 中电科卫星导航系统有限公司入驻光机电基地签约仪式在基地举行。该公司在光机电基地占地84.8亩，计划投资7亿元人民币。主要负责卫星导航接收机IC芯片组与主机板高技术产业化示范项目的实施，并代表中国电子科技集团公司负责中国“二代导航卫星”项目和中欧“伽利略计划”合作中的民用卫星导航接收机产业化工作，注册资本1400万元。示范项目一期投资8338.01万元，2005年建成年产30万台（套）芯片组与主机板的生产线；二期投资2亿元左右，5年内达到150万台（套）生产能力；另有4亿元用于“伽利略计划”合作项目。

9月　国家稀土永磁电机工程技术研究中心北京中试化产业基地在首钢电机厂举行揭牌仪式。

10月1日　延庆县20家黏土砖厂关闭。

10月8日　国家发展和改革委员会、财政部、海关总署、国家税务总局联合下发文件，对国家认定技术中心近两年年度评价得分前50名的企业技术中心进行表彰，并授予“国家认定企业技术中心成就奖”。北京市的首钢总公司技术中心、清华同方股份有限公司技术中心、联想集团有限公司技术中心获此殊荣。

10月9日　首钢迁钢公司炼铁分厂高炉产出第一炉合格铁水。

10月10日　由北京市长城家具公司与法国奇耐特座椅公司合资兴建的北京奇耐特长城座椅有限公司在大兴厂址开业。合资公司占地10000平方米，其中生产车间5000平方米，年生产能力中高档座椅10~15万套。

10月12日　北京市工业促进局召开全市工业引智工作会议。副局长常青和国家外国专家局及北京市外专局的领导到会并讲话。各控股公司、区县、工业开发区、行业协会和重点企业有关负责人共90多人参加会议。北汽福田公司、七星华创集团和天利深冷公司介绍了开展引智工作的经验和体会。

10月13日　北京医药集团与中国华源集团战略重组的北京医药集团公司改制揭牌仪式在北京饭店举行，国务院国资委副主任邵宁与北京市副市长陆昊共同为北京医药集团揭牌。

同日　首钢迁钢公司炼钢分厂转炉产出第一炉合格钢水。

10月15日　河北省首钢迁钢公司竣工投产典礼在迁钢公司

举行。

10 月 16 日　在人民大会堂召开的中国企业文化促进会建会十周年庆典暨第三届全国会员代表大会上，京煤集团被评为中国企业文化建设先进单位，并荣获 2004 年度中国企业文化建设优秀成果奖。

10 月 20 日　北京市工业促进局和市商务局、市投资促进局及日中贸易协会等单位共同主办的第一届日本企业在京投资研讨洽谈会在北京饭店开幕，副市长陆昊为大会致词。市工业促进局局长程连元，副局长冯海、常青出席开幕式。

10 月 20 ~ 21 日　在第四届中国上市公司百强高峰论坛会上，首钢股份以利润 122118 万元位居 2003 年度“中国上市公司百强排行榜”第 26 位。

10 月 27 日　北京市工业促进局局长程连元到荣获“中国名牌”企业的铜牛、雪莲公司和“北京市著名商标”企业的龙徽酿酒公司调研。

同日　北京同仁堂国药有限公司与香港科技园公司举行土地租赁签约仪式，同仁堂生产基地首次入驻香港。

同日　北京京煤集团金泰恒业公司京煤四厂的富地康体俱乐部开业，面积 3100 平方米，内设健身区、休闲区、沐浴区，配有四星级酒店式标准客房。其中，健身设施总投资 500 万元。

10 月 27 日至 11 月 5 日　北京工艺美术行业协会与市工业促进局有关人员到台湾地区进行北京工艺美术产品市场建设洽谈，到台北、台中和高雄等地区进行了招商宣传。

10 月 28 日　北京市副市长陆昊到北京龙徽酿酒有限公司调研，参观了龙徽葡萄酒的展室以及生产线，对龙徽葡萄酒的发展提出了要求和建议。

10 月　首钢矿业公司水厂选矿厂尾矿复合精选工艺、过滤系统工艺技术升级两项科研成果，通过北京市科委技术鉴定。

11 月 1 日　北京市国防科工办主任冯海到通州，专题协调航天运载火箭项目前期选址工作。就项目的规划布局、土地征用、与地方经济融合等相关问题与通州区有关部门交换了意见。

同日 在北京市资生堂丽源化妆品有限公司欧珀莱化妆品上市10周年之际，北京市副市长陆昊会见了日本资生堂株式会社社长池田守男一行。

11月2日 北京市高新技术成果转化服务中心在国家行政学院召开“2004年度北京市支持高新技术产业发展财政专项资金落实大会”。通报了北京市高新技术产业发展优惠政策落实情况，并现场向高新技术成果转化项目企业发放财政专项资金。副市长范伯元出席会议并讲话。

同日 北京市企业信息化工作经验交流会在市经干院召开。市工业促进局、市发改委、市国资委、市科委、市商务局、市信息办的领导出席会议。会上，北开电气、三环啤酒、普析仪器仪表、翠微商厦、燕东微电子、雪莲羊绒、大宝、九州通8家企业介绍了开展信息化的经验和做法，市工业促进局局长、市企业信息化工作领导小组组长程连元作了《加快企业信息化建设，推动我市经济跨越式发展》的报告。

11月3日 北京市工业促进局与市发改委联合召开石化新材料产业基地建设与首创轮胎易地迁（扩）建项目工作协调会，市规划委、市建委、市政管委、市环保局、市国土资源局、市水务局、北京电力公司、房山区、石化新材料产业基地建设工作协调领导小组、北京首创轮胎有限公司有关负责人出席会议。与会人员分别就基地建设与首创轮胎项目所涉及的规划、土地、环保、电力、供水、供热等方面的问题进行了交流和研讨。

11月4日 第六届上海国际工业博览会在上海新国际博览中心开幕。北京市组织京东方、和利时、大唐微电子、曙光信息、北京现代、北京吉普、北汽福田、时代集团、首钢集团、北人集团、北新建材、纳米科技、亚都公司以及京仪控股和隆达控股等28家企业参加。参展产品包括电子信息、机电、自动化控制、环保和新材料等领域的名优产品，北京现代制造业的汽车产品。

11月5日 在北京市再就业表彰大会上，首钢总公司荣获“北京市再就业先进企业”称号。

11 月 8 日 北京雪莲羊绒股份有限公司新厂投产仪式在大兴区瀛海镇工业园区举行。北京市政府有关委、办、局和协会及企业代表300多人出席，市工业促进局副局长常青致贺词。

11 月 10 日 北京创四方电子有限公司租用基地光联公司厂房协议签订。租用标准厂房2257.7平方米，总投资额2100万元。北京创四方电子有限公司属于中法合资高科技企业，主要生产电子元器件、激光电源及整机产品。

11 月 11 日 北京京城工业物流有限责任公司领取中外合资经营企业执照，采取瑞士 LBLOGISTIQIEBEAG 公司认购北京京城工业物流有限公司增资方式。总投资1.5亿元人民币，注册资本6150万元人民币，其中，瑞方公司出资1550万元人民币。

11 月 13 日 中国华源集团旗下的华源生命产业有限公司以11.6亿元现金投资北京医药集团，持股40%，实现了全国最大医药集团与北京最大医药集团的联合，改制重组后的北京医药集团有限责任公司同日挂牌。国务院国有资产管理委员会副主任邵宁，中共北京市委副书记阳安江，常务副市长翟鸿祥和副市长陆昊出席新北京医药集团有限责任公司揭牌仪式。

11 月 15 日 房山区举行2004年度招商引资项目签字仪式。签约项目15个，总投资近100亿元。其中，协议项目10个，意向项目5个。其中有投资12亿元的首创轮胎子午胎新工厂建设项目，投资30亿元的东方石化公司部分装置搬迁改造项目，投资10亿元的北新集团新型建材基地建设项目等。市农委、商务局、乡镇企业局、投资促进局、工业促进局、市发改委的有关负责人出席签约仪式。

11 月 16 ~ 30 日 北京市工业促进局局长程连元带队赴欧洲专业招商考察。参观考察了诺华制药、拜耳制药研发中心、卡尔施多茨医疗器械公司、海德堡印刷机械厂、曼罗兰印刷机械厂、高宝印刷机械厂等9家医药、医疗器械与印刷机械企业，走访了海德堡生物科技园和郝斯特工业园，在图特林根、柏林组织了两场专业招商活动，参加了在杜塞尔多夫举办的医疗器械展览会，与40余家医疗器械、印刷机械及医药企业进行了交流。

11月18日 北京市市长王岐山对城市节能和新能源利用情况进行调研，考察了北京恒有源科技发展有限公司和海淀外国语实验学校应用中央液态冷热源环境系统情况。

11月19日 由北京市工业促进局、中国服装设计师协会、服装时报联合举办的首届中国（北京）时尚论坛在中国大饭店举行。市工业促进局副局长常青在论坛上作了题为《促进时装产业发展、努力打造时装之都》的演讲。介绍了北京市政府与中国纺织工业协会共同制定的《促进北京时装产业发展、建设时装之都规划纲要》的发布情况，同时重点就北京建设“时装之都”的背景、条件分析、总体思路、主要措施进行了论述。出席本次论坛的还有中国服装设计师协会主席王庆以及中外知名服装企业家代表。

同日 北京市人民政府与中国纺织工业协会联合举行新闻发布会，共同发布《促进北京时装产业发展、建设时装之都规划纲要》，副市长陆昊、中国纺织工业协会会长杜钰洲出席了发布会并回答了记者提问。新闻发布会由市工业促进局副局长常青主持。

同日 中国国际时装周开幕。中国纺织工业协会会长杜钰洲、北京市副市长陆昊、市工业促进局副局长常青参加了开幕式。

同日 中国同仁堂（集团）有限责任公司诉温州叶同仁堂药品零售连锁有限公司商标侵权一案，经浙江省高级人民法院调解，双方自愿达成协议，温州叶同仁堂公司将“叶同仁堂”更名为“叶同仁”并承担全部诉讼费，支付北京同仁堂各项费用总计40万元人民币。

11月23日 北京市工业促进局副局长常青带领市企业信息化工作领导小组成员到北京金隅集团星牌建材有限责任公司信息管理系统进行检查验收。北京星牌建材有限责任公司信息管理系统一期项目为原北京市经委支持项目。星牌建材ERP管理系统采用金蝶公司的管理软件K3，该系统包括财务子系统、采购子系统、库存子系统和销售子系统等功能模块。

同日 北京市副市长吉林一行到首钢检查指导环保治理工作。

11月26日 北京市副市长陆昊听取9位国内名牌服装企业家和著名服装设计师就北京市建设“时装之都”具体项目的意见和建议。

同日 北京金隅集团与瑞典麦克斯特集团合资成立的麦克斯特建筑材料（北京）有限公司在北京水泥厂举行开工建设奠基仪式。该合资项目总投资1.5亿元人民币，工厂占地面积2万平方米，建筑面积8000平方米，年生产能力为13万吨。

同日 北汽控股公司与戴姆勒—克莱斯勒股份公司在德国不莱梅市举行增资生产梅赛德斯奔驰轿车合同签字仪式，正在德国访问的国务院副总理曾培炎出席签字仪式。

11月27日 北京重型电机厂与法国阿尔斯通公司的大型发电设备制造合资项目签约仪式举行。合资企业注册名称为“北重阿尔斯通（北京）电气装备有限公司”，首期投资2990万美元。北京重型电机厂占注册资本的40%，阿尔斯通（中国）投资有限公司占注册资本的60%。合资公司经营范围为制造、调试和销售60万千瓦或以上超临界机组，60万千瓦或以上空冷大型机组和其他大型热电机组，提供备品备件和售后服务以及技术咨询和技术服务。

11月30日 北京北方微电子设备基地承担的国家“八六三”计划专项—IC芯片刻蚀机刻蚀出第一片实验室级8英寸100NM硅片。

11月 中国钢铁工业协会、中国金属学会共同主办的2004年度冶金科学技术奖评奖揭晓，由首钢和钢铁研究总院等15家单位共同开发的“低碳素体/珠光体钢的超细晶韧化与控制技术”项目获特等奖，由首钢为主开发的“首钢500毫米中厚板轧机核心轧制技术和关键设备研制”、“220吨/小时全烧高炉煤气的高温高压电站锅炉”2个项目获一等奖。

12月2日 在北京市第七届思想政治工作优秀单位、优秀工作者表彰大会上，首钢总公司被授予“北京市思想政治工作优秀单位”称号和“拓荒牛”奖牌。

12月3日 北京市第一中级人民法院宣告资源枯竭的京煤集团杨坨煤矿破产程序终结。

12月6日 北京奔驰—戴姆勒·克莱斯勒汽车有限公司新工厂奠基仪式在北京经济技术开发区举行。德国总理格哈特·施罗德和中共北京市委书记刘淇，市长王岐山等出席奠基仪式。

12月8日 联想集团宣布以12.5亿美元收购IBM全球台式电脑和笔记本业务，与IBM组成战略联盟。

12月10日 首届“北京影响力”十大经济人物和十大企业揭晓，北汽控股公司党委书记、董事长安庆衡获最具影响力的十大经济人物之一，北京现代公司获最具北京影响力十大企业之一。

12月11日 由华北电科院承担的国家电网公司、华北电网有限公司重点科技项目——10千伏高电压并联式混合型电网高次谐波有源滤波装置研究，通过国家电网公司组织的项目验收和技术成果鉴定，该装置是中国首次自主研制并投入工业运行的第一套10千伏大容量电网高次谐波有源滤波装置。

12月12日 北京市工业促进局联合市商务局、投资促进局共同举行“投资北京工业情况通报会”。参加通报会的外宾有：捷克驻华使馆、韩国驻华使馆、德国驻华使馆贸易促进处、美国美中贸易委员会、日本商会等国的官员和商会、协会组织负责人共60多人。市商务局、投资促进局就两局的职能定位和北京市的外经外贸、投资促进情况进行了介绍。市工业促进局就北京市工业经济运行情况、近年来工业领域外商投资情况和招商引资情况进行了介绍。

12月14日 国家西电东送重点工程——大唐发电厂神头二电厂工程3号50万千瓦机组一次性通过168小时试运行，提前五个半月投产发电。

12月15日 由太原—晋中—临汾—晋城—长治—榆社环绕山西中南部地区的500千伏电网建设工程建成投运。该工程是山西省重点工程建设项目，总投资3.53亿元。

12月22日 京煤集团昊煜公司与广州本田西上海集团共同筹资的广州本田汽车北方物流基地一期工程投入使用。该基地位于昊煜公司所属达兴公司在大兴黄村卫星城的厂区内，占地10万平方米。其中，一期工程占地2万多平方米，有长1230米的铁路专用线1条。当日，第一批3列集装箱计426辆本田汽车沿铁路线运入物流基地。

12月24日 北京市工业促进局和市发改委、市科委、中关村管委会在北京集成电路设计园举行中关村SOC促进中心揭牌仪式，副市长范伯元为中关村 SOC 促进中心揭牌。

12 月 26 日 北京国际电力开发投资公司与北京市综合投资公司合并重组，成立北京能源投资（集团）有限公司同时揭牌。该公司注册资本 88 亿元，总资产 260 亿元，净资产超过百亿元。

12 月 28 日 北京普朗新技术有限公司与光机电基地正式签订入驻协议。该公司占地 38 亩，投资 2 亿元，亩均投资额 526 万元。北京普朗新技术有限公司是一家民营公司，主要生产酶标分析仪、生化分析仪、洗板机等医疗检测设备和医疗试剂。

同日 由北京京煤集团控股、京煤集团金泰恒业公司和京煤集团化工厂职工参股的河北北京太行有限责任公司注册成立。河北北京太行有限责任公司是在京煤集团收购河北省保定卫星化工公司基础上成立的新公司，位于河北省涞水县县城，注册资本 1000 万元，主营项目为火工产品。

同日 首钢总公司与中国农业银行签订战略合作协议。

12 月 30 日 北京市工业促进局副局长、北京传统工艺美术评审委员会主任常青，主持召开北京市工艺美术大师评审委员会工作会议。18 位委员讨论通过了《关于 2004 年评审北京工艺美术大师的实施办法》、《关于授权技术顾问组负责对北京工艺美术大师初评的决定》。

12 月 朝阳区被北京市工业经济运行部门联席会议授予“首都 2004 年度经济运行调节工作先进单位”。

同月 北京科兴生物制品有限公司牵头组织研制的非典灭活疫苗一期临床试验完成，疫苗的安全性得到证实，成为世界上首例通过临床试验的非典疫苗。

同月 北京市国资委发布 2003 年国有资产保值增值排序结果，在 55 家大型企业单位中，京煤集团以资本保值增值率 105.10% 排在第 4 位。

同月 在第七届中华技能大奖和全国技术能手表彰大会上，首钢总公司荣获“国家技能人才培育突出贡献奖”。

同月 中国企业新纪录审定委员会公布“创造第 9 批中国企业

新纪录企业”名单。其中，首钢矿业公司水厂铁矿2003年采剥总量全员劳动生产率44949.5吨/人和精矿粉全员劳动生产率4976.75吨/人，均创国内同行业新纪录。

本年 北京京煤集团出口煤炭204.49万吨，出口煤销量首次突破200万吨，创年出口煤炭历史最高水平，成为中国无烟煤出口第一家。

2005 年

1 月 1 日 国务院副总理吴仪到燕山石化视察了炼油厂第一作业部重整加氢联合装置和化工一厂裂解车间并慰问了职工。

1 月 7 日 德国海德里希北京代表处与光机电基地签订标准厂房租赁协议。海德里希公司租用光基电基地 1017.3 平方米标准厂房，投资 5000 万元人民币，生产大型电力设备。

1 月 12 日 北京市工业促进局副局长常青会见了美国瓦里安（Virian）公司投资部总裁 J. A. Thorson 先生，并为瓦里安公司举行来京投资政策咨询会。

1 月 17 日 市工业促进局在北京会议中心召开 2005 年北京市工业工作会议，局长程连元作了“发展高端产业，推进集约经营，努力提高北京工业综合竞争力”的报告。副市长陆昊出席会议并讲话，市各有关单位负责人等 300 多人参加了会议。

1 月 31 日 市工业促进局党组召开保持共产党员先进性教育活动动员大会。局党组书记、局长程连元做了动员报告，局党组副书记、副局长冯海宣读了局党组《关于开展以实践“三个代表”重要思想为主要内容的保持共产党员先进性教育活动的实施意见》，北京市委派出督导组副组长陈桂荣同志到会并讲话。

2 月 4 日 北京市总工会主席阳安江在市工业促进局副长冯海陪同下到燕山石化橡胶事业部丁基橡胶车间、炼油厂三催化车间和聚丙烯事业部三聚车间，慰问一线职工并给职工拜年。

同日 北京市政协主席程世峨，常务副市长翟鸿祥和北京市委、市人大、市政协、市国资委有关领导，慰问了京仪控股公司困难职工于凤芝。

2 月 17 日 北京市副市长陆昊在市政府主持召开了 2005 年时装之都系列活动座谈会。市工业促进局副局长常青、中国服装设计师协会、中国服饰报社、北京爱慕内衣有限公司、新丝路模特经纪有限公司、北京服装纺织行业协会等有关单位负责人参加会议。

2月18日 国家发改委颁发《关于首钢实施搬迁、结构调整和环境治理方案的批复》。

2月19日 全国人大常委会副委员长盛华仁，全国政协原副主席、中国企业联合会会长、中国企业家协会会长陈锦华，在中国石化集团公司总经理陈同海陪同下到燕山石化视察。到炼油厂1000万吨/年炼油改造现场、三催化车间，化工一厂裂解车间，向职工表示慰问。

2月21日 中共北京市工业促进局机关委员会第一届党员代表大会在局机关隆重举行，会议采用差额选举的方式，产生了市工业促进局机关党委委员和机关纪律检查委员会委员。

2月22~24日 市工业促进局与东健集团共同组织召开了引进美国Hologic技术生产平板探测器项目专家论证会。北京大学、清华大学、放射学协会等技术专家，北京医院、301医院、解放军总医院等近10家医院专家，香港投资理财专家顾问，以及光大银行、企业投资方等多方代表与会，就投资建设X光机核心部件——平板探测器生产厂项目技术的可行性、市场前景、投资效益以及在中国实施该项目的风险分析进行了讨论。

2月25日 北京市市长王岐山主持召开第74次市长办公会议，决定成立由副市长陆昊任组长，市工业促进局牵头，全市24个有关部门和单位组成的首钢搬迁协调领导小组，全面负责首钢搬迁工作。

3月1日 市工业促进局召开市工业经济运行工作会。副局长常青主持会议，局长程连元、副局长李树藩参加了会议。市发改委、市统计局、各区县、开发区、各控股（集团）公司的相关负责人参加了会议。各区县、开发区、控股公司通报了经济运行情况和2005年经济增长点情况。常青对加强工业运行工作的分析提出要求。

同日 首钢炼铁厂四高炉一代炉龄每立方米容积产铁量10000.80吨，创出国内同类型高炉最新纪录。

3月6日 市工业促进局局长程连元、副局长冯海到位于河北唐山的曹妃甸钢厂项目规划建设现场进行调研。听取了首钢公司关于曹妃甸钢厂建设总体规划方案以及通路工程、围海造地等基础工程前期进展情况的汇报，就项目用地规划、基础工程建设、生产工艺和设备、原辅材料供应等方面的问题与首钢公司的领导进行了研讨。

3 月 9 日 北京市副市长陆昊在市政府主持召开首钢搬迁协调领导小组第一次会议。首钢搬迁协调领导小组由副市长陆昊任组长，市政府副秘书长王晓明、市工业促进局局长程连元、首钢总公司董事长朱继民任副组长，市工业促进局、发改委、财政局、国资委、环保局等 24 个单位的主管领导为领导小组成员。领导小组下设办公室，市工业促进局副局长冯海任办公室主任，办公室设在市工业促进局。

3 月 11 日 市工业促进局在北京造纸七厂召开废纸利用项目论证会。中国造纸协会、中国造纸学会、中国制浆造纸研究院、中轻集团二次纤维利用协作中心和北京造纸学会的专家和代表参加了会议，并从技术、经济效益、市场竞争力、循环经济等角度对北京造纸七厂提出的三个方案进行了论证。

3 月 16 日 市工业促进局局长程连元会见了德国精密机械和光学工业协会技术咨询部经理 Giesekus 和意大利工业商会董事长马伍里奥、副董事长安娜等客人。程连元向客人简要介绍了北京光学领域的发展情况，双方进行了交谈。

3 月 18 日 北京传统工艺美术评审委员会召开 2004 年度工艺美术和民间工艺大师评审会议。会议通过了《2004 年度北京工艺大师评定表决办法》。马庆顺等 14 人晋升为一级北京工艺美术大师；授予董文钟等 7 人为一级北京工艺美术大师；陈江等 11 人晋升为二级北京工作美术大师；授予陈新等 9 人为二级北京工艺美术大师；授予王剑等 37 人为三级北京工艺美术大师。

3 月 23 日 北京市副市长陆昊在市政府主持召开了市政府首钢搬迁协调领导小组第二次会议，重点研究落实首钢 150 万吨冷轧薄板项目选址等相关工作。

同日 2004 年度中国白酒工业百强企业新闻发布会在成都举行。北京红星股份公司再次荣获 2004 年度中国白酒工业百强企业称号，并以年销售收入 4.8 亿元，年缴利税 2.3 亿元，蝉联中国白酒工业利税十强企业。

3月24日　由北京市人民政府、中国纺织工业协会主办，市工业促进局和中国服装设计师协会、北京服装纺织行业协会承办的“2005北京时装之都”共建活动开幕式在北京饭店举行。市工业促进局局长程连元主持开幕式，北京市市长王岐山、中国纺织工业协会会长杜钰洲致辞。中国国际贸促会会长万季飞、市人大副主任金生官、副市长陆昊、市政协副主席黄承祥、中国纺织工业协会副会长陈树津出席开幕式，23个国家的青年时装设计师代表、300多名中外记者莅会。

同日　北京恩布拉科雪花压缩机有限公司在顺义天竺空港B区举行新厂奠基仪式。中国轻工业联合会会长陈士能，北京市人大常委会副主任金生官，巴西驻华大使，巴西恩布拉科总部代表，市工业促进局、市国资委、市发改委、市商务局、市规划委、市环保局、北京海关等政府部门的领导，顺义区政府和空港开发区领导，新飞冰箱等用户代表以及新闻媒体共200多人参加了奠基仪式。该厂设计能力年产440万台高效、节能、环保国际新型电冰箱压缩机。

同日　中星微电子有限公司的“星光中国芯”系列数字多媒体芯片荣获国家科技进步一等奖。这是中关村科学园区企业自主创新技术第9次获得国家科学技术进步一等奖。

同日　由北京正东电子动力集团有限公司组织建设并负责经营管理的电子城热电联产工程开工。该工程采用高度自动化的燃气—蒸汽联合循环机组进行供热、供冷、发电，以清洁、经济、可靠的能源满足整个电子城地区生活、生产的需要，已被列入北京市大气环境综合整治项目，是节能环保的示范工程。项目总投资7.5亿元人民币。

3月30日　北京中科信电子装备有限公司的离子注入机研发与产业化基地项目入驻光机电基地奠基仪式举行，副市长范伯元、市工业促进局副局长冯海，通州区领导梁伟、邓小刚、张树森等出席了奠基仪式。北京中科信电子装备有限公司入驻光机电基地，占地70亩，总投资额42000万元，主要从事100nm大角度离子注入机研发与生产。

4 月 3 日　中国商业联合会、中华全国商业信息中心公布 2004 年度全国商品市场综合占有率前十名的品牌及企业。北京红星股份荣获 2004 年度全国清香型白酒市场销量冠军，实现三连冠。红星牌白酒同时获得全国白酒市场主要商品十大主导品牌市场综合占有率第三名的殊荣。

4 月 4 日　市工业促进局局长程连元陪同中央军委委员、总装备部部长陈秉德视察并观看了由北京吉普公司自主开发的二代 0.5 吨级军用越野车正样车展示。

同日　北京市委副书记阳安江到京东方科技集团股份有限公司第五代 TFT—LCD（薄膜晶体管液晶显示器件）生产线工厂进行调研，听取了京东方在 TFT—LCD 产业发展规划、技术研发、本地化配套、市场开拓等方面情况的汇报。北京市工业促进局副局长冯海等陪同调研。

同日　市工业促进局在北京国际会议中心召开“北京市工业开发区（基地）工作会”。会议由局长程连元主持，副局长李树藩做了“坚持集中、集聚、集约，扎实做好工作，努力推动开发区建设和发展取得新进展”的报告。副市长陆昊出席并讲话，市发改委、市规划委、市商务局、财政局、统计局、环保局、国土局的主管领导，14 个区县的主管区县长、主管工业的部门主要领导，28 个市级以上开发区的负责人以及市工经联、市工业投资公司等有关单位共 150 人出席。

4 月 7 日　受市工业促进局委托，北京工业经济联合会具体承办编辑的《北京工业开发区》中英文对照大型宣传画册印制出版，这是全市第一部展示北京改革开放和工业建设魅力、综合宣传北京工业开发区的画册。

4 月 9 日　北京市委书记刘淇，市委常委、常务副市长翟鸿祥，副市长陆昊等一行 20 人来到位于北京经济技术开发区的京东方科技集团股份有限公司第五代 TFT—LCD（薄膜晶体液晶显示器件）工厂调研，参观了生产线。

4 月 11 日　北京市副市长陆昊在市政府主持召开首钢搬迁协调

领导小组第三次会议，研究解决首钢搬迁工作三个附件的有关问题，提出了问题的解决意见，对下一步工作作出了安排。

4 月 14 日 北京市常务副市长翟鸿祥在市政府召开会议，专题研究首钢搬迁、外埠企业划转破产、富余人员安置等方面的工作。首钢公司汇报了外埠企业划转破产、富余人员安置等方面工作及相关费用的情况，市财政局、国资委、工业促进局的有关负责人分别就费用测算及安排、资金平衡问题以及请求国家给予支持等方面的内容作了说明。

4 月 18 日 北京大华天坛服装公司产业园奠基仪式在房山区良乡工业基地举行。中国纺织工业协会、中国服装设计师协会等全国性行业组织，市工业促进局、市发改委等政府部门的代表以及新闻媒体 200 多人出席了奠基仪式。市工业促进局副局长李树藩出席并致贺辞。

4 月 21 日 北京市副市长陆昊在市政府主持召开首钢搬迁协调领导小组第四次会议。重点研究落实首钢冷轧项目，审议了市劳动和社会保障局关于首钢搬迁工作附件六中关于“首钢压产搬迁富余人员分流安置测算”的审查报告。

4 月 22 日 北京市工业促进局与中科院院地合作局、中科院北京分院共同建设“北京工业技术支撑与产业促进平台”协议签约仪式在中科院自动化所报告厅举行。北京市副市长陆昊、中科院副院长李静海、中科院北京分院副院长马扬、中科院院地合作局局长赵勤、北京市工业促进局局长程连元及有关委办局领导、企业代表和新闻媒体共 200 多人出席签约仪式。

4 月 23 日 北京市市长王岐山在副市长吉林、陆昊和国家电网公司副总经理郑宝森等陪同下，到北京市电力公司检查“五一”节期间安全供电及电力应急检修的准备工作情况，慰问一线电力职工。

4 月 27 日 北京同仁堂作为全国唯一一家医药企业荣获“2005CCTV 我最喜爱的中国品牌”。这是根据国家统计局经济景气监测中心对全国 30 多个城市中的 1 万多名消费者调查基础上，通过短信、电子邮件、热线电话方式征求业内专家委员会意见后产生的。

4 月 28 日 燕山石化炼油厂30000标准立方米/时干气提浓装置一次开车成功，产出合格乙烯。该装置的建成，使炼油厂的每年13万吨干气由燃料变为化工原料，年可为化工一厂提供3.5万吨裂解料。

4 月 29 日 “北京生态工业园建设座谈会”在房山科技工业园区燕房园会所召开。长城战略研究所代表市工业促进局介绍了北京生态型工业园区的建设方案，清华大学化工系生态工业研究中心的胡山鹰教授介绍了国家目前生态型工业园区建设的情况，中关村软件园、空港工业开发区、石化新材料基地及北京经济技术开发区等代表针对循环经济课题做了发言。

4 月 30 日 在全国劳动模范和先进工作者表彰大会上，北京市工矿企业张德臣等19人获得全国劳动模范称号。

5 月 9 日 首钢与德国海瑞克公司合作生产的国内首批三台盾构机举行验收仪式。北京市国资委、北京市工业促进局、北京市轨道交通建设管理有限公司、中铁十六局集团及首钢总公司领导等出席，现场观看了盾构机演示。

5 月 10 日 北京市人大常委会主任于均波等到北京星海钢琴集团有限公司调研。

5 月 12 日 北京市副市长陆昊在市政府会见三菱重工纸·印刷机械事业部部长和木坂史生一行，市工业促进局局长程连元陪同会见。

同日 北京京城机电控股有限责任公司和韩国吴寿宗先生共同在收购上海容华德坤复合气瓶有限公司的文件上签字。根据协议，京城控股公司在上海容华德坤复合气瓶有限公司持股67.78%，韩国吴寿宗先生持股32.22%。

5 月 13 日 北京市企业信息化工作领导小组在市工业促进局电视电话会议室召开会议，研讨“北京‘十一五’企业信息化发展规划”。市工业促进局副局长、市企业信息化工作领导小组副组长常青主持会议。市发改委、市国资委、市科委、市商务局、市信息办的有关人员出席了会议。

同日　北京市第二中级人民法院宣告北京联合收割机发展集团破产并指定清算组接管破产企业。

5月23日　北京吉普汽车公司自主研发、拥有完全自主知识产权的第二代军用0.5吨/0.75吨级战地越野车冠名“勇士”，在北京第八届科博会上正式亮相。

5月25日　北京京东方科技集团股份有限公司在位于北京经济技术开发区的第五代TFT—LCD（薄膜晶体管液晶显示器件）工厂举行量产仪式。全国政协主席贾庆林，信息产业部部长王旭东，北京市市长王岐山等，以及国家有关部委和北京市有关部门领导出席了仪式，国内外的70多位客户和供应商也派高级代表到场祝贺。

5月26日　市国防科工办副主任解铁疆会同空军装备部北京军代局局长缪会元到北京北广科技股份有限公司调研，察看了科研部门及生产现场。

同日　由国家开发银行、中国建设银行北京股份有限公司等11家银行参与的“中芯国际（北京）12英寸芯片项目6亿美元银团贷款协议”签约仪式，在人民大会堂举行。这是国家开发银行、中国建设银行股份有限公司联合作为牵头行，首次为北京地区跨国企业提供金额最大的一笔美元银团贷款。北京市副市长陆昊、国家开展银行副行长姚中民、中国建设银行副行长刘淑兰、北京市工业促进局副局长冯海、中芯国际董事长兼首席执行官张汝京等出席了签约仪式。

5月27日　北京水泥厂有限责任公司成为第一批国家循环经济试点单位。

6月1日　国务院副总理曾培炎率国家九部委有关领导视察燕山石化公司节能情况，在燕山石化召开了有国家九部委和北京市、中国石化集团公司及燕山石化、首钢、北京金隅集团等政府和企业领导参加的2005年全国节能宣传周节能工作座谈会。曾培炎视察了环保事业部东区污水回用装置、动力事业部三电站水煤浆锅炉和化工一厂裂解车间。陪同视察并参加座谈会的有北京市市长王岐山、中国石化集团公司总经理陈同海等。

同日　2005年第五届北京旅游商品设计大赛新闻发布会在北京

京城百工坊召开。市工业促进局副局长李树藩出席了发布会。本届大赛以“古都北京、文化北京、时尚北京、奥运北京”为主题，旨在推动北京旅游商品的创新。

6 月 6 日 北京工业大学、江苏长电科技、北京长电智源光电子公司和北京市通州区政府在光机电一体化产业基地举行高效高亮度发光二极管扩建项目奠基典礼。该公司半导体照明项目总投资 7 亿元，一期投资 3 亿元，占地 96 亩，实施高效高亮度发光二极管产业化生产。计划 2006 年达产后，实现年产外延片 5 万片，年产管芯 5 亿粒。

6 月 9 日 第十一届北京市工业职业技能竞赛总结表彰大会在北京市工人俱乐部召开。表彰会向欧志奎等 443 名获奖选手颁发了证书，向首钢总公司等 22 个单位及 63 名优秀工作人员和教练员颁发了奖杯和证书，首钢总公司代表优秀组织单位介绍经验，航天五院欧志奎代表获奖选手发言。

6 月 13 日 国家商务部向北京奔驰—戴姆勒·克莱斯勒汽车有限公司颁发“中华人民共和国外商投资企业批准证书”，北汽控股公司与戴姆勒·克莱斯勒公司关于增资生产奔驰轿车的新合资合同得到国家批准。

6 月 14～15 日 北京市副市长陆昊率北京代表团一行赴河北省曹妃甸钢铁厂厂址调研考察，并赴石家庄与河北省常务副省长郭庚茂、省长助理赵世洪以及有关领导会谈。双方就建立协调联系机制，联合上报可研报告，新建钢铁厂的名称、股权、注册资金，钢铁厂基础设施配套条件，以及双方按倒排工期编制曹妃甸钢铁厂建设责任分工安排等问题进行了沟通与磋商。

6 月 17 日 国务院总理温家宝和国务委员陈至立在北京市市长王岐山的陪同下到北京联想、中关村软件园港湾网络、中芯国际、京东方等企业视察，听取北京市关于中关村科技园区发展建设情况的汇报并与中星微电子公司、华旗资讯、时代集团等企业负责人就高新技术产业的发展进行座谈。

6 月 18 日 北京北一良工数控机床有限责任公司正式投入生产。其生产的数控倒立车和九轴五联动复合加工中心具有高柔性、高智能等特点，填补了国内两项空白，是具有完全中国自主知识产权的高科技项目。

6月23日 北京市副市长陆昊到延庆县调研，参观了集味村食品公司、延庆开发区服装园、雪莲羊绒公司、夏都顺祥百惠便利店、夏都大厦和北京祝生堂医药商店，并听取了延庆县政府的工作汇报。

6月29日 由韩国进口协会、北京市工业促进局、北京市商务局共同组织的2005年韩国进口中国产品洽谈会在北京召开。韩国进口商和企业代表、北京部分工业控股公司、区县工业局、外贸公司、工业企业代表近200人参会，商务部亚洲司司长陈洲、韩国驻华使馆商务参赞金东善到会祝贺。

同日 市工业促进局召开北京品牌发展交流会。在会上通报了市工业促进局制定促进北京工业品牌发展政策的基本情况，市质监局、市财政局、市发改委和市政府专家顾问办分别根据自己的职能提出了完善建议，市工业经济联合会也就品牌发展发表了意见。李树藩副局长向与会各方介绍了市政府重点支持具有自主核心竞争力、自主品牌发展政策的具体情况，并建议各部门多沟通、互通信息，共同促进北京工业品牌的发展壮大。

7月2日 首钢冷轧薄板项目奠基仪式在顺义区首钢冷轧厂址举行。北京市委书记刘淇，国务院国资委副主任黄淑和，国家环保总局副局长张力军，中国证监会副主席庄心一，副市长陆昊等国家有关部委和北京市有关部门的领导及30多家新闻媒体的记者出席了奠基仪式。

7月7日 首钢总公司在首钢文馆举行“首钢五号高炉停产仪式”。北京市副市长陆昊、国家发展改革委工业司司长刘铁男以及国家环保总局污控司的有关负责人，市工业促进局、市发展改革委、市国资委、市环保局、石景山区政府的有关负责人出席了停产仪式。

7月9日 2005年公安部警务用车集中采购合同签字仪式，在首都大酒店举行。公安部与北汽控股公司签署了7200辆由北京吉普公司生产的Jeep2500型和北汽有限公司生产的陆霸3000型装备中西部地区的警车采购合同。这是迄今为止北汽控股公司签订的最大一笔政府采购合同。

7 月 13 日 北京服装学院与北京红都集团公司产学研合作项目签约仪式在北京服装学院举行。北京市副市长陆昊，中国纺织商业协会会长李建华，北京市工业促进局副局长常青等领导出席。

7 月 16 日 北内集团总公司与北京汽车投资有限公司零部件项目合作签约仪式在北京举行。重新组建的北京北内发动机零部件公司注册资本 5000 万元，双方各占 50% 股份，其生产的凸轮轴将为北京现代汽车发动机配套。

同日 《燕山石化志》第二卷由中国石化出版社正式出版发行。大型画册《庆祝北京燕山石化公司成立三十五周年》及“燕山风采系列丛书”中的《燕化劳模风采录》、《古今燕山》同时由北京燕山出版社出版。

7 月 18 日 北京市非公有制企业创建“劳动关系和谐企业”活动动员大会在北京会议中心召开。市总工会主席阳安江出席会议并讲话。会上，北京家乐福商业有限公司代表 40 多家发起的外商投资企业和私营企业宣读了倡议书，号召全市非公有制企业在搞好企业生产经营的同时，建立起协调稳定劳动关系的机制，积极承担社会责任，自觉维护劳动者的合法权益，为建设和谐社会、和谐首都贡献力量。

7 月 22 日 北京哥伦比尼天坛家具有限公司合资签约仪式在金隅大厦举行。该项目是北京天坛股份有限公司与哥伦比尼有限公司合资成立的以生产板式家具为主的企业，第一期投资总额为 2800 万元人民币，注册资本为 2000 万元人民币，其中哥伦比尼公司占 70%、天坛公司占 30%。

7 月 27 日 北京华旗资讯数码科技有限公司在人民大会堂召开了“自主创新，产业报国——爱国者 V（胜利）系列数码相机新品发布会”。首次向外界推出一系列中国人自行研发、自行设计、自行制作的民族数码相机精品——爱国者 V815plus、V80plus、V80、V60plus、V60 和数字水印数码相机。

8 月 3 日 北京市国防科工办在北京会议中心召开了北京地区军品协作配套单位保密资格认证暨武器装备科研生产许可工作会议。北京市国防科工办、中关村科技园区管委会及北京地区80多家军品科研生产协作配套单位的主管领导参加会议。

8月5日 中国数码港科技有限公司、北京天宇朗通通信设备有限公司、北京中建金林建筑技术有限公司3家企业正式签约入驻光机电一体化产业基地。签约入驻光机电基地的3家企业协议投资总额达到10亿元人民币。

同日 市工业促进局在国华北京热电分公司召开北京电力行业节水工作会，对《北京电力行业节水方案》的具体组织实施工作进行研究和部署。局长程连元在会上对电力行业节水工作提出了具体任务和目标要求，并就做好节水方案的组织实施工作进行了安排和部署。

8月10日 北京奥组委与北京燕京啤酒股份有限公司在北京签署合作协议书，北京燕京啤酒成为北京2008年奥运会国内啤酒赞助商。这也是首家北京市企业参与到北京2008年奥运会赞助计划。

8月11日 北市市副市长陆昊在市政府主持召开首钢搬迁协调领导小组第五次会议。会议听取了首钢总公司关于首钢京唐钢铁联合有限责任公司项目可行性研究报告编制情况及主要内容的汇报，就可行性研究报告的编制及上报工作等相关问题进行了研究和讨论，对下一步工作提出了明确的要求，并作出了安排。

同日 北京市工业促进局在地铁总公司培训中心召开高技能人才培养研讨会。电子控股、京仪控股、纺织控股、京煤集团、电力公司、国防工会、汽车行业协会、机电行业协会、印刷行业协会、玩具协会等11家单位的有关负责人参加了研讨会。与会人员介绍了所属行业人力资源概况，交流了高技能人才培养、使用方面的经验，探讨了存在的问题及解决办法。

8月15日 北京市工业促进局召开造纸、塑料产业化促进办公室成立会议。

同日 11时24分，北京地区瞬时最大负荷达到1065万千瓦，创历史新高。期间共有13座220千伏变电站的27台主变、17座110千伏变电站的23台主变负载率超过80%，22座变电站39套母联开关自动投入装置停用。北京电网经受了严峻考验，电网整体运行稳定。

8 月 18 日 国务院副总理曾培炎在首钢上报的《首钢搬迁调整进展情况的汇报》上作出批示："首钢搬迁调整涉及面广，请发改委牵头协调。"

同日 北京市工业促进局召开了曹妃甸钢铁厂项目可行性研究报告专家咨询论证会。邀请了翁宇庆、殷瑞钰、杨天钧、王泰昌、孙一康、朱四宝、李忠娟、汤毅、陈子琦 9 位冶金和投资等方面的专家，对曹妃甸钢铁厂项目可研报告进行了咨询论证。各位专家对曹妃甸钢铁厂项目可研报告的产品市场定位、工艺技术、装备配置、流程布局、项目投资、经济效益分析和资金筹措等方面进行了研讨，市发改委、市财政局、市国资委、首钢总公司以及河北省工业局和首钢搬迁协调领导小组办公室的有关负责人员参加了会议。

8 月 23 ~ 24 日 北京市工业促进局资源回收项目推进办公室造纸项目组赴河北省，考察废纸回收利用产业化情况并同河北造纸企业洽谈合作意向。"项目组"一行先后对赵县泛亚龙腾纸业有限公司和保定三联纸业公司两家生产新闻纸和箱板纸的企业，进行了考察和洽谈。

8 月 24 日 第三届中国国际集成电路产业展览暨北京微电子国际研讨会（IC China 2005）在世纪金源大饭店和北京海淀展览馆召开。信息产业部副部长娄勤俭、北京市副市长陆昊参加了本届大会开幕式并参观了展览。参与此次盛会的国内外半导体企业及相关机构达 290 余家，有 100 余名专家学者、企业领导人、技术人员在 15 场专业技术研讨会上作了演讲。

8 月 23 ~ 25 日 "首都技能人才培养与发展"论坛与展示会，在民族文化宫举行。劳动和社会保障部部长田成平、北京市市长王岐山参观了展示会。北京工业的电子、汽车、首钢、京煤、京仪、纺织、医药、隆达印刷包装、京城机电、工美等控股（集团）公司及所属的职业技术学校共 21 家单位参展，约占参展单位的 1/3。

8 月 25 日 北京市副市长陆昊在市政府主持召开首钢搬迁协调领导小组第六次会议。会议听取了顺义区政府和首钢总公司关于冷轧薄板项目建设有关情况的汇报，市工业促进局、市国土资源局、顺义区政府、首钢总公司的有关负责人员参加了会议。

8月30日　北京市工业促进局副局长常青会见了北京必胜利中意科技有限公司总裁Pio先生。双方各自介绍了有关情况，并就打造北京时装之都表达了合作意向。中国纺织工业协会副秘书长杨纪朝、北京服装纺织行业协会常务副会长张培华参加了会见。

同日　经国家商务部和北京市工商局正式批准，在北京吉普汽车有限公司的基础上重组新生的北京奔驰—戴姆勒·克莱斯勒汽车有限公司宣布成立。

9月2日　岭澳核电站二期工程数字化仪控系统（DCS）国内分包合同签字仪式在北京和利时公司举行。项目总集成商FramatomeANP和Siemens联队经过一年多考察，选定了在国内核电数字仪控领域拥有较多经验、具有雄厚技术实力的和利时公司作为本地合作伙伴，共同承担项目任务。国家发改委、国防科工委、国家核安全局、北京市发改委、北京市工业促进局、法国电力公司等部门的领导与专家共计30余人出席了签字仪式。

9月9日　北京市工业促进局资源回收利用项目推进办公室造纸项目组在北京造纸七厂召开年产8万吨文化办公用纸项目推进会，听取了北京造纸七厂项目负责同志对前期调研北京市废纸资源情况以及该厂“十一五”规划、项目建议书、项目可研报告起草工作进展程度的汇报。

9月12～13日　北京市房山区人民政府、北京市工商业联合会在房山区天湖会议中心，召开环渤海民营经济论坛暨经贸项目发布会以及房山区投资环境推介暨第十一届旅游文化节经贸项目洽谈会。全国工商联副主席张龙之，北京市委统战部部长尤兰田，天津市工商联会长张云龙，北京市副市长孙安民出席开幕式，来自环渤海地区的160余名民营企业家代表参加了会议。

9月14日　北京市工业促进局副局长冯海在局机关主持召开专题工作会议，研究部署加快工业结构调整，继续坚决清理整顿“五小企业”，推进高耗能行业结构调整的有关工作。市工业促进局基础产业处、有关区县工业主管部门、经济技术开发区、相关行业协会的有关负责同志参加了会议。

9 月 16 日 北京市副市长陆昊在市政府会见来华访问的克莱斯勒集团总裁兼首席执行官的拉苏达先生及其同行人员。市工业促进局、市商务局、北汽控股、北京奔驰相关负责人陪同会见。

9 月 19 日 首钢高强度机械制造用钢生产线热负荷试车成功。该生产线核心和关键设备系从意大利进口，包括 20 台轧机、步进式加热炉、冷床、冷剪、大盘圆等，采用的当今最为先进的工艺技术，实现了生产全过程自动化控制。

9 月 27 日 “第八届京台科技论坛暨京台科技合作研讨洽谈会”在北京饭店召开。500 余名来自京台两地科技界、学术界和工商界知名专家、学者和企业家相聚北京，围绕“服务‘十一五’规划，参与科技奥运，发展京台合作，共促产业标准”主题，共同展望京台经济合作前景，寻求扩大京台经贸交流与合作的进一步发展等事宜。为期两天的论坛共开设了 IC 产业、汽车电子等 15 个专题论坛。

9 月 28 日 北京市副市长陆昊在顺义首钢冷轧薄板项目厂址现场主持召开首钢搬迁协调领导小组第七次会议。会议重点研究了项目建设涉及的边角地、代征地、厂区周边道路、工程招标、土地出让手续，以及外部配套条件等重点工作。

9 月 29 日 北京市副市长陆昊在市政府主持召开首钢搬迁协调领导小组第八次会议，专题研究首钢搬迁富余人员分流安置的有关工作。会议听取了首钢总公司关于富余人员分流安置方案的汇报，市政府副秘书长王晓明，以及市工业促进局、市财政局、市国资委、市劳动保障局、石景山区政府、首钢总公司等单位的有关负责人参加了会议。

9 月 30 日 化工集团所属北京市化工医院与北京三博投资有限公司签订了合作经营协议。合作内容为：由三博公司提供资金、技术，利用职防院现有人员、设施等，成立北京三博（香山）脑科医院。

10 月 11 日 北京市质量先进奖暨中国名牌产品获奖企业表彰会

召开。副市长陆昊、国家质检总局副局长王秦平出席会议并讲话，市质量技术监督局、市人事局、市工业促进局、市发改委、市建委、市商务局的负责同志以及市工商联、市质量协会负责人和企业代表等300多人参加了会议。

10月12日 市工业促进局局长程连元、副局长李树藩，到房山区就整顿关闭乡镇煤矿，推进房山区产业结构调整和发展重点产业的有关具体工作进行调研。

同日 在中国煤炭史志学会组织的全国煤炭系统史志工作表彰会上，北京京煤集团有限责任公司编写的《北京工业志·煤炭志》获得全国煤炭系统史志书籍一等奖。

10月14日 北京市工业促进局局长程连元到北京造纸七厂听取关于回收北京废纸生产再生纸试点项目情况的汇报。市工业促进局都市处从项目建设的必要性、建设具体内容、存在的问题三个方面汇报了《关于回收利用北京废纸生产再生纸建设项目试点方案（草案）》；北京造纸七厂汇报了企业“十一五”发展规划。程连元对推进项目进展提出了具体要求。

同日 北京市企业信息化“十一五”规划研讨会在颐泉山庄宾馆召开。市企业信息化工作领导小组副组长、办公室主任、工业促进局副局长常青主持了会议。市工业经济联合会副秘书长方凝汇报了“十一五”规划（讨论稿）相关情况，与会代表就该规划讨论稿进行了讨论。

10月17日 北京军工电子企业收到了国家信息产业部特发来的贺电。赞扬北京军工电子企业的广大科技人员和干部职工在参与完成“神舟六号”载人航天工程研制、试验和通信保障任务中作出的贡献。

同日 北京京煤集团有限责任公司收购河北省民用爆破器材公司及星光化工有限公司举行资产交接仪式。星光化工有限公司位于河北省易县，占地240.3亩，主要产品为民用炸药。北京京煤集团有限责任公司以100%股份收购形式接收了河北省民用爆破器材公司及星光化工有限公司。

10 月 18 日 由北京市工业促进局、密云县人民政府联合举办的全市首期“农村劳动力转移职业技能培训班”在密云县工业开发区培训中心正式开课。市工业促进局、密云县以及市县相关部门领导出席了开学典礼。来自密云县西田各庄、十里堡两个乡镇的100多名农民学员参加了开学典礼。

同日 北京市工业促进局局长程连元、中国印刷技术协会理事长武文祥共同会见了日本三菱工业株式会社印刷机械输出营业部部长上胁立哉等一行3人。宾主就北京印刷机械及造纸行业与三菱公司的合作等相关问题进行了探讨。

同日 国内著名IT厂商华旗资讯数码科技有限公司在人民大会堂召开新闻发布会，推出中国第一家全方位正版音乐网站——aigo-Music. com（爱国者数码音乐网）。爱国者数码音乐网的开通，标志着中国历史上第一个建立在软硬件基础上的尖端数码娱乐平台的诞生。

10 月 20 日 由市工业促进局、市旅游局主办，北京工艺美术行业协会协办的第二届北京工艺美术展在民族文化宫举行。展览会汇集了北京市100多家工艺美术骨干企业和80多名工艺美术大师和民间工艺美术大师的作品。展品涉及玉器、牙雕、景泰蓝、雕漆、金属工艺、绢花绢人、剧装等40多个品种近千件。

10 月 21 日 北京汽车零部件产业发展研讨会在市工业促进局召开。市工业促进局、北汽控股公司、北京汽车行业协会、北京现代公司、北京奔驰公司、北汽福田公司、北汽摩公司、延锋伟世通（北京）公司和伟业汽车集团等12家单位负责人参加了会议。会上通报和交流了近期北京整车和零部件产业的发展特点和趋势，并围绕北京汽车零部件产业发展存在的问题和定位进行了研讨。

同日 “首钢京唐钢铁联合有限责任公司”成立大会在河北曹妃甸举行。国务院副总理曾培炎，国务院常务副秘书长汪洋，铁道部部长刘志军，国家发展和改革委员会副主任张国宝，河北省委书记白克明、省长李允石，北京市副市长陆昊等国家部委和北京市、河北省的有关领导出席成立大会。大会由河北省常务副省长郭庚茂主持，曾培炎副总理在会上作了讲话。北京市政府副秘书长王晓明，市工业促进局、市发展改革委、市财政局、市国资委、市环保局的有关领导参加了成立大会。

10月26日　以铁道相金勇三为团长的朝鲜铁道省代表团一行5人在铁道部国际合作司副司长金万建等陪同下到中国南车集团北京二七车辆厂参观访问。

同日　金隅集团与瑞典麦克斯特集团合资兴建的麦克斯特建筑材料（北京）有限公司开业庆典在北京水泥厂举行。北京市工业促进局局长程连元，瑞典麦克斯特集团总裁阿勒特纳、金隅集团董事长王东、昌平区有关领导等近300人参加了庆典。

同日　燕京啤酒（玉林）有限公司正式揭牌。燕京啤酒（玉林）有限公司由北京燕京啤酒股份有限公司和燕京啤酒（桂林漓泉）股份有限公司共同投资，建设规模年产40万吨啤酒，占地21公顷。

10月28日　北京博飞仪器股份有限公司新址奠基典礼在北京经济技术开发区举行。北京博飞仪器股份有限公司新址坐落在北京经济技术开发区南部，占地面积3.6万平方米。

10月27~29日　全国政协主席贾庆林在中共北京市委书记刘淇、市长王岐山、河北省委书记白克明、省长季允石等陪同下，先后来到位于北京市石景山区的首钢总公司和位于河北省唐山市的曹妃甸工业区，就首钢搬迁和建设进行专题调研。

11月2日　北京市副市长陆昊在市政府主持召开首钢搬迁协调领导小组第九次会议。会议研究了曹妃甸钢铁厂项目可行性研究报告与河北省联合上报、建立国家领导协调机构、成立曹妃甸钢铁厂项目国内专家委员会和国外专家咨询小组、首钢京唐钢铁联合有限责任公司股权多元化、引进高级专业技术人才、首钢原厂址土地利用等问题。

11月3日　北京工业经济联合会召开了第四届会员大会暨第四届一次理事会。北京市人大常委会副主任金生官再次当选为会长，在新当选的17位副会长中有9位来自各大企业的领导。北京市总工会主席阳安江参加大会并讲话，原北京市政府、市人大、市政协领导王大明、张健民、刘海燕参加了大会。

11 月 4 日　第七届上海国际工业博览会在上海新国际博览中心开幕。北京市组成了由市工业促进局局长程连元任团长的北京展团共计 50 余人参展本届上海工博会。北京展团参展产品 50 种，参展项目 33 个，涉及企业 43 家，展示面积为 270 平方米。

11 月 5 日　第三期农村富余劳动力转移引导性培训班结束。共有 128 名学员参加了培训，分别来自密云县工业开发区的十里堡镇和西田各庄镇的各行政村。参加这期培训班的学员，年龄明显比上两期的学员低，平均年龄在 33 岁左右；女性学员较多，占总数的 30%；117 名学员参加了结业考试，除 1 人需补考外，其余全部合格，其中优秀学员 80 名。

11 月 8 日　神舟六号载人飞船运载总指挥、中国航天科技集团公司一院副院长李明华等一行 6 人到北京市工业促进局，就“十一五”期间大型运载火箭生产基地落户北京等前期运作事宜，与程连元等局领导交换意见。

11 月 10 日　北京市工业促进局副局长冯海率队赴天津滨海新区管委会调研。天津滨海管委会经济计划发展局局长郝建生介绍了滨海新区的建设历程及未来发展规划，调研组参观了滨海新区展览馆，双方就如何实现地区优势互补，产业合作促进京津产业带发展等问题进行了座谈。调研组还实地考察天津泰达开发区建设情况。

11 月 12 日　由中国企业文化研究会主办的主题为“企业文化建设与企业可持续发展”的“中外企业文化 2005 成都峰会”上，燕山石化公司荣获“2004～2005 年全国企业文化建设先进单位奖”，党委书记王玉英荣获全国企业文化先进工作者奖。燕山石化公司上报的“创建学习型领导班子”的经验荣获了 2004 年度全国企业文化创新实践奖。

11 月 16 日　由北京市工业促进局、中国服装设计师协会共同主办的中国国际时装周（2006 春夏系列）暨第二届北京国际时尚论坛开幕式在北京饭店举行。时装周在“发布新品、引领时尚、张扬风格、塑造品牌”宗旨的指导下，举办“作品发布、专业大赛、时尚论坛”三大系列活动，共有 400 多位政府机构、行业组织、文化界和企业界的知名人士、中外媒体参加开幕式。

11月17日 中国芯片制造商中星微宣布，中星微已经在美国时间本周二（北京时间周三晚间）正式在纳斯达克挂牌上市，共募集资金8700万美元，成为首家在纳市挂牌的中国多媒体和通信芯片企业。

11月18日 北京市工业促进局召开第八次北京传统工艺美术评审委员会会议。主要对申报北京市级珍品的“中华佛韵”等6件作品进行评审，还评审了“工美杯”各奖项。

同日 北京同仁堂悉尼药店开业。这是同仁堂在大洋洲地区设立的第一家药店，当天下午举行了义诊。

11月21日 北京市工业促进局与北京服装学院，北京铜牛集团与北京服装学院合作协议签约仪式召开，北京市人大常委会副主任林文漪在签约仪式上讲话，并为铜牛服装设计研发中心揭牌。

11月24日 北京市工业促进局副巡视员樊健主持召开了曹妃甸钢铁项目建设用地地基处理方案专家咨询论证会，局长程连元到会并讲话。中国工程院院士黄熙龄，中国建筑科学研究院地基基础研究所所长滕延京，以及周国钧、于行海、吴永红、周健、周晨光等7位岩土工程和地基处理方面的专家应邀到会，听取了首钢勘察研究总院对有关情况的专题汇报。与会专家就土层处理，地基处理方法，洋流、地震等对地基的影响等方面进行了研讨，提出了国内目前的技术完全可以解决曹妃甸钢铁项目建设用地地基处理问题的咨询论证意见。

11月25日 由市工业促进局、北京服装纺织学院和北京服装纺织行业协会共同组织的2005北京服装纺织企业品牌创新及现代管理培训班在北京服装学院开课。北京服装学院赵平教授、王革非副教授、张辉副教授、北京物资学院崔介何教授亲自授课。市工业促进局局长程连元到会并讲话；中国纺织工业协会新闻发言人孙淮滨主任、中国服装协会常务副会长蒋衡杰分别作了报告。培训班学员利用间歇时间参观了北京服装学院织物风格测试实验室、人体工学研究所、民族服饰博物馆和德国青年设计师时装展。

同日 北京市召开工艺美术全行业大会，纪念北京市命名老艺人荣誉称号五十周年。会上，授予徐锋“北京工艺美术终身成就奖”，授予北京市18位老艺人从艺五十周年纪念奖，宣布了北京市评出的6件珍精品，表彰了12家企业在第二届北京工艺美术展中的优秀组织工作，表彰了获得“工艺杯”的158件（套）作品，举行了112名大师带徒仪式。

12月2日 北京市开发区协会第一届会员代表大会暨成立大会在北京会议中心召开。审议通过了协会筹备工作总结报告和协会章程（草案），投票选举了常务理事会和监事会，选举了协会会长、副会长和监事长。副市长陆昊担任协会第一届名誉会长，市工业促进局副局长李树藩任协会第一任会长。

12月7日 北京奥运徽宝典藏版新闻发布会在人民大会堂北京厅召开。出席会议的有北京奥组委市场开发部部长袁斌、副部长赖明、北京市国资委副主任侯子波、北京市工业促进局副局长常青、北京工美集团董事长郭泰来等有关领导及奥组委合作伙伴、赞助商，奥运会特许商品经营商、零售商及各新闻媒体。

12月15日 北京市副市长陆昊带领市政府督查室、市发改委、市农委、市规划委、市财政局、市安监局、市国土资源局、市劳动保障局、市公安局、市工促局等部门领导到门头沟区就煤矿关闭工作进行调研。

同日 由北京市教育委员会和北京市工业促进局共同举办的“建立北京市技术转移中心新闻发布会暨项目签约仪式”在北京国际会议中心举行。就市教委、市工业促进局共同认定电子信息、车辆技术、新材料、化工与环保技术、城市交通、先进制造、新医药等首批7家转移中心与院校合作项目进行签约。北京市各高校和各区县、局、总公司及开发区和有关企业的负责人200余人参加了会议。

同日 由市商务局、市工业促进局和市投资促进局及相关日本机构共同主办的“第二届日本企业北京发展研讨洽谈会”在日本东京成功举行。此次研讨洽谈会由开幕式暨投资北京说明会、电子产业合作发展研讨洽谈会、外商投资商业领域政策说明会、食品工业合作研讨洽谈会和旅游推介会等活动组成，设立了投资北京咨询台和北京经济形象及产业发展展示区，并就日方关心的问题进行了交流。

12 月 18 日　由联想、TCL、长城、长虹、创维、海信、康佳、中和威 8 家企业出资 5000 万元人民币成立的闪联信息技术工程中心有限公司在北京揭牌成立。联想集团副总裁孙育宁出任总裁，联想研究院院长贺志强担任董事长。信息产业部副部长娄勤俭、副市长陆昊出席仪式并致辞。

12 月 19 日　北京松下彩色显像管有限公司废水再制纯水工程正式投产。该项目投资 1700 万元，在国内率先导入废水再制纯水工程，采用国际先进的“全膜法”水处理技术，杜绝了废水再制过程的二次污染排放，年可节水 100 万吨。

12 月 22 日　北京奔驰—戴姆勒·克莱斯勒汽车有限公司首批国产梅赛德斯—奔驰 E 级轿车正式下线及上市。

12 月 25 日　由北京金隅集团有限责任公司等 5 家单位发起设立的北京金隅股份有限公司揭牌仪式在金隅集团腾达大厦举行。其注册资本金为 18 亿元。金隅集团作为主发起人，以生产经营性资产出资，持有 60.84% 的股权，联合中国材料科工集团、香港合生集团、北方开发集团、天津建材集团四家战略投资者以现金出资，分别持有其 13.31%、11.41%、7.6% 和 6.84% 股权。

12 月 26 日　北京京煤集团有限责任公司所属北京矿建建筑安装有限责任公司整体改制为非国有资本控股的新公司，工商注册登记资本金 6056.48 万元。其中，职工持股会出资额 2919.71 万元，占总股本的 48.21%；北京京煤集团有限责任公司出资额 1806.77 万元，占总股本的 29.83%；8 家社会自然人合计出资 1330.00 万元，占总股本的 21.96%。

12 月 27 日　北京汽车制造厂有限责任公司制造的 1 吨级水陆两栖越野汽车通过总装备部组织的定型审查。北京市军车领导小组副组长樊健出席了定型审查会。

12 月 29 日　由七星集团北方微电子公司所承担的“863”重大科技攻关项目“100 纳米高密度等离子刻蚀机”取得重大突破，通过了刻蚀整机硬件验收和工艺试验验收。样机已供中芯国际试用。

2006 年

1 月 1 日 中共中央政治局委员、国务院副总理吴仪到燕化慰问干部职工，了解合资合作项目的进展情况，询问了职工收入和离退休人员的有关情况。

同日 中国石化北京燕山石油化工有限公司（原中国石化北京燕化石油化工股份有限公司）整体并入中国石油化工股份有限公司北京燕山分公司。

1 月 6 日 北京汽车行业协会组织停易第三系列汽车用柔性制动系统产品推介会在北汽福田公司召开。该产品通过市科委科技成果鉴定。在 105 路电车、宇通客车等客运汽车上试用，效果良好。

1 月 9 日 北京市工业促进局副巡视员樊健主持召开了首钢富余人员安置工作协调会，听取了首钢总公司关于富余人员分流安置计划和工业人才交流中心有关工作情况的介绍，就人才交流中心所掌握的劳动就业资源和首钢富余人员安置工作等交换了意见。

同日 北京服装纺织行业协会召开七届二次理事会暨会员代表大会。会议由市工业促进局副局长兼北京服装纺织行业协会会长常青主持，市人大常委会副主任金生官、副市长陆昊出席大会并讲话。

1 月 10 日 北京市市长王岐山在市政府主持召开会议，研究市规划委提出的首钢工业区改造规划初步意见。会议决定，由副市长陆昊负责，市规划委牵头，会同有关部门和单位，进一步研究细化首钢石景山工业区改造规划，原则同意首钢总公司作为首钢搬迁后实施石景山工业区改造的主体。

同日 北京市国防科工办召开了北京市军工企业年度工作座谈会。航空、航天、兵器、船舶、核工业等行业的十大军工集团所属的 22 家在京军工企业参加了会议。

同日 北京市工业促进局副局长冯海会见由国际性投资公司组成的投资基金工作组一行 6 人。冯海介绍了北京市大力发展循环经济的基本思路和政策导向。

1 月 12 日　《首钢京唐钢铁联合有限责任公司钢铁厂建设项目水资源论证报告》在水利部专家组审查会上获得通过。国家水利部副部长胡四一、国家水利部水资源管理司司长高而坤、国家发改委工业司处长李忠娟等相关领导 50 余人参加了审查会。

1 月 13 日　北京市工业促进局局长程连元到北重汽轮电机、北重阿尔斯通、京城现代工程机械公司调研。听取了北重汽轮电机公司总经理齐剑波关于引进德国著名企业的风能发电技术的情况汇报，参观了 3 个公司的车间。

1 月 16 日　国家信息中心信息资源开发部、北京商业信息咨询中心、北京服装纺织行业协会和中国国际服装纺织网主办的“2005 年度北京十大热销服装品牌发布揭牌暨商务通路论坛”在北京中华世纪坛举行。北京市工业促进局副局长李树藩出席并致辞。会上发布了 2005 年北京服装市场监测分析报告和“2005 年度北京十大热销服装品牌”名单。

同日　国家发展和改革委环境和资源综合利用司司长翟青到北京调研。听取了北京市工业促进局在废旧资源产业化方面的进展情况和北京厨房设备有限公司承接市政部门科研项目“社区生活垃圾分类减量系统”的汇报，参观了宣武区太平街垃圾分类站运行情况。

同日　中华全国总工会副主席孙春兰、中华全国总工会经审主任董力一行，到北京齿轮总厂慰问职工，并赠送了 10 万元慰问金。

1 月 17 日　北京汽车工业领导小组办公室副主任樊健在市工业促进局主持召开了北京奔驰公司克莱斯勒 300C/JSC 项目专家预审会。中国机械工业联合会副会长张小虞等 8 位专家和有关负责同志参加了会议。北汽控股公司董事长安庆衡、克莱斯勒集团负责亚太事务的副总裁罗素、项目组分别介绍了项目引进背景、可研概要、产品情况和市场分析，建议该项目应尽快引进和投产。

1 月 25 日　首钢总公司与东北大学全面合作签字暨宽厚钢板联合研发中心启动仪式在首钢红楼举行。

2 月 7 日　北京市工业促进局和北京服装纺织行业协会在北京伊

文服装有限公司召开推进时装之都建设品牌营销研讨会。副市长陆昊出席了研讨会并讲话。

2 月 9 日　北京市副市长陆昊主持召开首钢搬迁工作会议，听取了首钢总公司有关搬迁工作进展情况的汇报，重点研究布置了首钢京唐钢铁联合有限责任公司钢铁厂项目可研报告评估论证会的有关准备工作。

同日　北京石油化工和新材料产业基地建设协调领导小组召开2006 年第一次会议，市工业促进局副局长、基地建设协调领导小组组长冯海，市发展改革委员会副主任张工，房山副区长高言杰等参加了会议。

2 月 13 日　北京市工业促进局副巡视员樊健主持召开北京电力行业节水工作专题会，通报组织实施《北京电力行业节水方案》的整体工作进展情况，安排和部署 2006 年电力行业节水项目的组织实施工作。

2 月 14 日　中共中央政治局常委、全国政协主席贾庆林到房山区视察，参观了北一数控机床有限公司、北京波龙堡葡萄酒业有限公司和中旺集团琉璃河生产基地。

2 月 14 ~ 17 日　中国国际工程咨询公司在北京新世纪饭店召开“首钢京唐钢铁联合有限责任公司钢铁厂项目可行性研究报告”评估论证会。邀请了吴溪淳、殷瑞钰、翁宇庆等 28 位冶金行业国内知名的院士、专家组成专家组，对可研报告进行了评估论证。全国政协常委、中咨公司总经理包叙定，河北省常务副省长郭庚茂、副省长付双建，北京市副市长陆昊，国家发展改革委工业司司长刘铁男，北京市政府副秘书长王晓明，市工业促进局、市发改委、市财政局、市环保局、首钢总公司及河北省政府、唐山市政府、唐钢集团的有关负责人参加了会议。

2 月 15 日　北京市副市长陆昊会见康宁公司全球副总裁兼中国区董事长康克明一行。双方就康宁准备在华新建的玻璃基板项目进行了商讨。

2 月 17 日　北京市节水工作暨电力行业节水情况新闻发布会在

北京市水务局举行。市工业促进局副局长常青通报了全市工业特别是电力行业节水工作情况。

2 月 21 日 原中共中央政治局常委、中央书记处书记、中央纪律检查委员会书记尉健行一行，在中共北京市委常委、市委秘书长孙政才，市政协副主席黄承祥等陪同下到北京现代公司参观。

2 月 22 日 原副总参谋长、十届全国人大常委、民族委员会副主席隗福临上将带领 10 位解放军驻京全国人大代表，视察并了解首钢搬迁及市产业结构调整情况。听取了市人大副主任金生官关于北京市经济发展和产业结构调整和首钢领导关于首钢搬迁工作的进展情况汇报，参观了首钢第三炼钢厂、彩涂板厂、炼铁厂三号高炉和“新世纪、新首钢”图片展览。

2 月 27 日 “中国版协年鉴研究会”正式颁发证书，授予《北京工业年鉴》“中国年鉴资源全文数据库核心年鉴”称号。

3 月 2 日 北京市工业促进局在北京会议中心召开 2006 年北京市工业工作会议。副局长冯海主持会议，局长程连元作报告，副市长陆昊出席会议并讲话，市各有关单位负责同志等 300 多人出席了会议。

同日 北京市地方志编纂委员会和北京市人事局在市委第一会议室召开了“北京市地方志（《北京年鉴》）先进工作者和先进集体表彰大会”。会上对 195 个先进工作者、31 个先进集体和 33 个优秀领导干部（离退休局级干部）进行了表彰。

3 月 17 日 北京市副市长陆昊主持召开首钢搬迁协调领导小组第 10 次会议，研究部署 2006 年首钢搬迁重点工作。会议就继续争取国家政策和资金支持、冷轧项目建设、曹妃甸钢铁厂项目建设、富余人员分流安置、分阶段压产、首钢工业区改造规划、外埠企业划转等项重点工作进行了研究和部署。

同日 北京市履行禁止化学武器公约事务办公室依照《监控化学品管理条例实施细则》，组织有关专家对首钢日电电子有限公司使用第二类监控化学品情况进行了现场检查。

3 月 19 日 外交部部长李肇星等视察北京现代汽车公司。

3 月 20 日 中共中央政治局常委、全国人大常委会委员长吴邦国在全国人大常委会常务副秘书长王万宾，河北省委书记、省人大常委会主任白克明，河北省委常委、唐山市委书记张和等陪同下到曹妃甸首钢京唐公司钢铁厂厂址考察。

同日 北京市人大财经委员会听取了首钢搬迁协调领导小组副组长、市工业促进局局长程连元关于首钢搬迁及新项目建设工作情况的汇报。市人大常委会副主任金生官，市人大常委、财经委主任委员高佐之等部分市人大常委、人大代表参加了会议。

3 月 22 日 北京市工业促进局局长程连元到宋庄镇小堡村调研实地考察文化创意产业。听取区工业局、宋庄镇及小堡村有关负责同志汇报，对文化创意产业的可持续发展提出具体要求。

3 月 24 日 北京市工业促进局副局长李树藩到平谷区挂甲峪村北京太阳能研究所就生物质能项目调研。该项目是利用农业废弃物及农林产品加工废弃物、秸秆、薪柴等生产生物质燃料块，用于锅炉及炊事灶具直接燃烧使用，达到温室气体零排放的标准。

同日 2006 北京时装之都建设新闻发布会在钓鱼台国宾馆芳菲苑召开。北京市与绍兴县签订了共建“时装之都”合作意向书。市工业促进局副局长常青等领导出席了发布会。

同日 北京时装之都 2006 时尚晚会在北京钓鱼台国宾馆芳菲苑举行。北京服装纺织行业协会会长、市工业促进局副局长常青主持了晚会开幕式，副市长陆昊、市政协副主席黄承祥、华夏银行董事长刘海燕，以及中央和北京市有关单位的代表近 500 人出席了晚会。晚会前，陆昊还分别接见了出席晚会的澳大利亚和韩国的时装界代表。

3 月 26 日 中国国际时装周（06/07 秋冬系列）在北京饭店开幕，北京市副市长陆昊，中国纺织工业协会会长杜钰洲，中央和北京市相关部门的代表，以及中外时装界人士共计 500 多人出席了开幕式。开幕式上，来自 22 个国家和地区的 33 名设计师展示了以“新娘的嫁妆”为主题的秋冬系列服装。

3 月 28 日 北京市第十二届人大常委会第 26 次会议听取了副市长陆昊代表市政府所作的关于首钢搬迁及新项目建设情况的汇报。

3月30日　北京市工业促进局、北京市服装纺织行业协会、北京服装学院联合举办的“北京服装品牌企业经理人和设计师系列讲座”第一讲在北京服装学院开课。市工促局局长程连元出席并作了开班动员。

3月　北化集团所属北京化学试剂研究所搬迁项目在大兴区安定镇正式开工建设。总建筑面积4706平方米，工程项目投资为3000多万元。

4月3日　北京国际时装品牌推广周颁奖典礼在京广中心举行。北京市人大常委会副主任林文漪、国家发改委经济运行局有关领导、市工业促进局副局长李树藩出席了颁奖典礼。颁奖典礼上北京滕氏服装有限公司举行艾温蒂芬时装发布会，并举行了知名服装品牌进驻北京亿元商场联营签约仪式。

4月5日　中共中央政治局常委李长春就加强科技园区建设，鼓励科技创新，发展高端产业，推进产学研一体化，建设创新型城市等这一主题在中央政治局委员、北京市委书记刘淇陪同下到中关村科技园区进行调研。

同日　国家发展改革委在江苏省无锡市召开“部分省市第五届中国工艺美术大师评审工作座谈会”。市工业促进局副局长李树藩汇报了北京市中国工艺美术大师的申报和初审工作进展情况，并就工作中出现的具体问题提出了建议。

同日　国家科技部部长徐冠华一行视察中芯国际集成电路制造（北京）有限公司，听取了中芯国际总北京公司负责人的汇报，并参观了中芯国际4A厂12英寸生产线。

4月8日　城市交通北京技术转移中心揭牌仪式暨专题报告会在北京交通大学举行。市工业促进局、教委、交通委等部门和北京交通大学、北京工业大学等学院所、四通智能交通系统集成公司等企业参加仪式。

4月11日　北京市工业促进局副局长李树藩及中冶集团设备成套总公司的有关负责人，到房山区了解废纸产业化情况，指导开展废纸回收利用产业化工作。

4 月 12 日 北京市工业促进局在北京国际会议中心召开北京市企业技术中心工作会。市工业促进局副局长冯海作了《加快企业技术中心建设，增强企业自主创新能力》的讲话。

同日 北京市工业促进局在北京工艺美术行业协会召开会议，市工业促进局副局长常青向 66 位申请人传达国家发改委第五届中国工艺美术大师评审工作座谈会会议精神。

4 月 13 日 由中国机械工业联合会、中国汽车工业协会、国家统计局工业交通统计司在北京燕京饭店召开“中国机械工业销售收入百强企业、中国汽车工业销售收入 30 强企业信息发布会暨机械工业发展研讨会”，表彰了我国机械工业百强企业和汽车工业 30 强企业。公司百强企业包括北京巴布科克威尔科克斯有限公司、北京 ABB 高压开关设备有限公司。

4 月 14 日 北人股份与三菱重工纸 · 印刷机事业部在钓鱼台国宾馆举行合资合同签字仪式。国家新闻出版总署副署长于永湛、市人大副主任金生官，市工业促进局局长程连元出席签字仪式。

同日 北京市工业促进局与北京食品协会共同组织 18 家食品企业负责人参加座谈会。市工业促进局副局长常青主持会议。副市长陆昊与食品企业共同研究如何实施品牌扩张和做大做强，并从北京产业发展空间、市场等方面提出发展方向和政府支持品牌企业发展的措施。

4 月 18 日 北京市领导王岐山、金生官、陆昊等领导参加北京现代第二生产厂区及研发中心在顺义汽车城举行的奠基仪式。陆昊副市长、韩国金中夏大使分别致辞祝贺。该生产厂区单车占地面积 2.99 万平方米，项目总投资 13.5 亿美元，其中一期投资 10.5 亿美元，2008 年初投产。二期 3 亿美元，2010 年完成。

同日 北京市工业促进局副巡视员樊健，市水务局副局长张萍、总工程师陈铁到中电国华北京热电分公司，了解《北京电力行业节水方案》中的重点项目循环水改造工程进展情况。该项目预计总投资 1.3 亿元，项目完成后年可节水 1.2 亿立方米以上。

同日 北京市工业促进局、商务局、投资促进局在北京稻香湖景酒店，举办“2006 年北京投资促进论坛”。市工业促进局副局长冯海就“北京市重点发展产业概要”做了重点讲演。

4 月 20 日　北京市工业促进局、市科委、团市委、市教委和市工经联等共同召开了“第十二届北京市工业职业技能竞赛”暨“北京市科技条件平台测试技能竞赛”动员大会。市工促局副局长、本届技能竞赛领导小组组长常青出席会议并讲话。

4 月 21 日　泰国政府交通部代表团与福田汽车在北京市政府签订了 3000 辆福田欧 V 客车的采购协议。副市长陆昊、市工业促进局局长程连元等出席了签约仪式。此次泰国政府采购的欧 V 客车包括 1000 台 CNG8M 城市客车和 2000 台 CNG 自动挡空调 12M 城市客车，创造了国内客车出口数量的最新纪录。

同日　北京市国防科工办、北京市国防工业工会在市总工会召开了“北京市国防工业系统庆‘五一’劳模座谈会”。被市总工会授予“首都劳动奖章”和“首都劳动奖状”的 218 厂总经理李保平、318 厂高级工程师宋有智、中国人民解放军 7312 厂工人武江海、503 厂军品装配分厂调试班班长尤启龙做了重点发言。北京市国防科工办副主任解铁疆、北京市国防工业工会主席罗峰出席并讲话。

4 月 25～26 日　首钢总公司组织召开了首钢京唐钢铁联合有限责任公司钢铁厂项目工程初步设计专家内部审查会。

4 月 27 日　首钢搬迁协调领导小组副组长、市工业促进局局长程连元到顺义冷轧薄板项目施工现场检查工程建设进度情况，并在现场指挥部组织召开工程建设协调会。

5 月 1 日　国务院总理温家宝和国务委员华建敏在北京市委书记刘淇、市长王岐山，以及其他有关市领导陪同下到首钢总公司，与首钢广大干部、职工共度“五一”国际劳动节。温家宝总理指出，“新世纪新首钢”就是要通过调整搬迁，建设一个自主创新的首钢、一个技术先进的首钢、一个产品一流的首钢、一个有竞争力的首钢。

5 月 9 日　首钢焦化厂二焦炉停产。二焦炉 1964 年 12 月 1 日完成改造后投产，连续生产 42 年，创出国内焦炉炉龄之最。42 年累计生产焦炭 648.59 万吨，化工产品 38 万吨，焦炉煤气 26 亿立方米。

5 月 10 日 北京市国防科工办与市国防工业工会在市总工会召开了第四次联席会议。市总工会副主席霍连明、市国防工业工会主席罗峰、市国防科工办有关同志出席了会议。会议就《关于北京市国防工业系统加强企业文化建设的意见》和《关于在北京市国防工业系统广大职工中广泛开展"建功'十一五'"活动的意见》进行了讨论并形成共识。

5 月 11 日 亚都公司举行新闻发布会，公布亚都公司成为北京 2008 年奥运会空气加湿净化器独家供应商。北京 2008 年奥运会组织委员会、市政府有关部门的领导同志，以及新闻媒体和众多商家代表共计 300 多人出席了新闻发布会。

5 月 12 日 北京市工业促进局副局长李树藩带领都市处、市工艺美术行业协会以及市工美集团公司的有关同志到房山区调研，了解大石窝镇石雕园项目建设。

5 月 16 日 北京恩布拉科雪花压缩机有限公司新厂开工典礼在顺义空港 B 区举行。该公司厂区占地 59000 平方米，建筑面积 32000 平方米，新厂达产后年产 450 万台压缩机。

5 月 17 日 全国政协副主席、中国工程院院长徐匡迪听取首钢搬迁工作汇报，并重点就首钢京唐钢铁厂建设的有关问题举行了专题座谈。副市长陆昊汇报了首钢搬迁工作进展情况。市工业促进局局长程连元等有关同志参加了会议。

5 月 18 日 光机电基地正式挂牌"中关村科技园区通州园光机电一体化产业基地"，同时，喜迎 6 家高新技术企业集体签约。基地引进企业数量达到了 55 家，协议投资总额 170.23 亿元，亩均投资额达到了 435.48 万元。

5 月 19 日 北京市副市长陆昊与 8 家医药保健品企业的代表就抓住奥运商机、认真研究市场、抓好产业组织，向市场推出具有北京特色的优质保健产品以及明确发展思路，维护保健品行业的良性发展等问题进行座谈，市工业促进局副局长常青出席了座谈会。

同日 北京市人大主任于均波、市人大副主任金生官、副市长陆昊，市人大秘书长柳纪刚、市人大财经委主任高佐之到工艺美术行业调研。参观了北京珐琅厂、北京金漆镶嵌厂，与北京工艺美术大师代表座谈，并从抓住各种机遇，开拓旅游市场，深入贯彻行业法规，促进产业发展等方面提出了指导性意见。

5月20日　经国务院批准，“同仁堂中医药文化”列入“第一批国家级非物质文化遗产名录”。

5月22日　由美国伊利诺州政府中国代表处主办的美国伊利诺州—中国北京汽车零配件座谈会召开。

5月23日　第九届科博会在中国国际展览中心开幕。中关村科技园区组织了以“自主创新、民族品牌——中关村创造”为主题的专题展览，共有103家企业的近千件高新产品参展，展出面积3200平方米。展览期间，中共中央政治局委员、书记处书记、国务委员、公安部部长周永康，中共中央政治局委员、北京市委书记刘淇，最高人民检察院检察长贾春旺，北京市委常委、教工委书记朱善璐，副市长陆昊、赵凤桐以及国家和北京市有关部门领导先后参观了中关村展馆。

同日　由诺基亚中国区总部、研发机构和手机生产基地组成的诺基亚中国园落户亦庄北京经济技术开发区。诺基亚董事长兼首席执行官约玛·奥利拉出席奠基仪式。北京市副市长赵凤桐，北京市工业促进局局长程连元局长等参加了奠基仪式。

5月24日　北京市工业促进局局长程连元在局机关会见了北泰汽车工业有限公司董事长周天宝和美国德尔福能源与底盘公司战略策划经理约翰·卡尔尼一行，就推进北泰公司与德尔福公司的合作项目进行了探讨。

同日　北京市工业促进局副局长李树藩在局机关会见了美国韦恩郡政府经济开发局局长保罗、底特律地区商会亚洲市场主任比克和美国巴特塞尔朗法律顾问公司邱杰瑞一行，就北京市与韦恩郡政府在汽车零部件领域企业的合作进行了交流，并探讨了两地汽车零部件企业合作的模式。

同日　北京电子控股公司所属的北京莎威电子公司在北京酒仙桥电子城科技园区举行4英寸掺金器件生产线通线仪式。北京市工业促进局副局长冯海为生产线通线剪彩。

5 月 24～25 日 北京市工业促进局和市知识产权局联合举办了“生物医药知识产权培训班”。生物医药企业、科研院所、大学知识产权管理人员和科研人员 200 人参加培训班，市工业促进局副局长常青出席了开班仪式并讲话。

5 月 25 日 蒙牛乳业股份公司二期工程开工仪式在通州区潞城镇举行。北京市副市长牛有成出席并讲话。

5 月 26 日 全国人大常委会委员、环资委主任委员毛如柏率领全国人大常委会固体废物污染环境防治法、水污染防治法执法检查组到首钢总公司检查环境保护工作情况。

5 月 28 日 瓦里安医疗设备（北京）有限公司工厂在北京经济技术开发区举行奠基仪式。瓦里安公司投资总额超过 2500 万美元，在亦庄开发区建成其第一家海外直线加速器生产厂。

5 月 30 日 北京市工业促进局局长程连元在局机关会见法国顶级品牌爱马仕资深产品经理人弗莱德瑞克及北京董事长赵洪凯等一行人。

6 月 1 日 由北京市工业促进局、北京服装纺织行业协会、北京服装学院主办“北京服装品牌企业经理人和设计师系列讲座”在北京服装学院科技报告厅举行。

同日 国家网络游戏动漫产业（北京）发展基地在中关村正式挂牌成立，成为国家新闻出版总署授予的国家级游戏动漫产业发展基地之一。新闻出版总署署长龙新民、副署长于永湛，北京市委常委、宣传部部长蔡赴朝、副市长孙安民等领导及企业代表 200 人参加了基地成立暨授牌仪式。

6 月 5 日 北京市工业促进局副局长李树藩主持召开了京城百工坊项目建设协调会议。听取了相关情况的介绍并参观了京城百工坊现场。出席会议的有市发展改革委、市国土资源局、市规划委、市建委和市环保局等市政府相关部门领导，崇文区副区长高贵强、崇文区政协副主席兼区文代办主任孙占军以及崇文区政府相关部门负责人。

6 月 6 日 北京市工业促进局副局长常青出席在北京化工大学举

行的“化工与环保北京市技术转移中心揭牌仪式暨项目发布会”并为转移中心揭牌。该中心是市工业促进局与市教委共同认定的首批七家北京市技术转移中心之一，揭牌仪式后，技术转移中心向参会企业发布了近30项科研成果项目。

同日 中国石化集团北京燕山石油化工有限公司与信达资产管理公司、东方资产管理公司签署《北京东方石油化工有限公司股权转让协议》，此次股权转让价款约33.03亿元，全部由中石化集团以其自有资金一次性支付。

6月7日 北京市工业系统老领导王大明一行参观了京东方科技集团股份有限公司LCD生产线、中芯国际集成电路制造（北京）有限公司芯片加工厂、北京华旗资讯数码科技有限公司和北京中星微电子有限公司。

6月8日 北京华泽技术纺织有限公司成立签约仪式在市工业促进局518会议室举行。市工业促进局副局长常青、副巡视员樊健出席仪式并讲话。北京华泽技术纺织有限公司是由民营高科技企业英特莱技术公司与国企京棉集团共同投资组建的，注册资本1亿元。

同日 市工业促进局和市知识产权局在市工业促进局会议室联合召开了首都工业企业知识产权发展和保护战略工程启动仪式暨成立北京市知识产权办公会议工业委员会新闻发布会。

6月9日 北重阿尔斯通（北京）电气装备有限公司举行开业庆典。市工业促进局局长程连元代表北京市委、市政府到会祝贺。原能源部部长黄毅诚、中国机械工业联合会副会长孙昌基等领导、国家各电力能源投资公司负责人以及电站建设单位参加庆典。

同日 国际水电史上一次最大的水下拆除爆破宣告成功，也宣告三峡水利工程主体工程全部完成。此次爆破堪称国际水电史上规模最大、难度最大的一次爆破，中国兵器工业集团北京北方诺信科技有限公司制造的现场混装乳化炸药车及装药器在爆破装药中再显神威。

6月12日 亚洲时尚联合会、北京市工业促进局、中国服装设计师协会共同主办的主题为“文化力与产业促进”2006亚洲时尚大会在中国大饭店举行。

6 月 13 日 北京市工业促进局副局长常青出席亚洲时尚大会城市发展论坛，与来自东京、首尔、曼谷、新加坡等国的嘉宾对话，讨论“时装之都”的建设与发展问题。300 多位中外嘉宾参加了会议。

6 月 16 日 中共中央政治局常委、国家副主席曾庆红到曹妃甸工业园区和首钢京唐钢铁公司施工现场调研。

同日 北京市市长王岐山在市政府会见美国康宁公司总裁魏文德一行。康宁公司是世界著名的电子玻璃生产企业。

同日 国务院副秘书长张平主持召开首钢搬迁调整工作协调小组第一次会议。国家发展改革委、科技部、财政部、劳动保障部、国土资源部、建设部、铁道部、交通部、水利部、商务部、国资委、税务总局、环保总局、银监会、证监会、中国钢铁工业协会、北京市政府、河北省政府等协调小组成员单位，以及首钢总公司的有关领导参加了会议。会议听取了首钢总公司总经理王青海关于首钢搬迁调整工作进展情况的汇报。国家发展改革委副主任张国宝、北京市副市长陆昊、河北省常务副省长郭庚茂在会上做了发言。会议还对首钢搬迁调整工作当前需要各部委协调解决的重点问题作了具体安排。

6 月19 日 北京市政协主席阳安江到燕山石化参加市政协经科委进行的“科技创新与燕化发展”主题视察调研活动，共有 31 位委员参加。

同日 北京市委常委、市科教领导小组副组长朱善璐到市工业促进局调研，听取了副局长冯海关于发展移动多媒体广播产业的情况汇报。朱善璐与到会者进行了座谈。

6 月 26 日 北京龙徽葡萄酒厂举行博物馆开馆仪式。原全国政协副主席万国权宣布开馆，并赠“龙行天下，徽记至尊”题词；原国家轻工业部副部长、中国酿酒协会会长潘蓓蕾致贺词。

6 月 28 日 北京市工业促进局副局长常青带领市企业信息化工作领导小组办公室成员到北一大隈机床股份有限公司进行企业信息化调研。

同日 北京星海钢琴集团工业园开园仪式在通州次渠光机电化产业基地举行。北京市人大常委会副主任金生官和中国轻工业联合会副会长杨立分别致辞，市工业促进局副局长李树藩，市发展改革委等市政府有关部门，通州区常务副区长张树森及通州区相关政府部门的负责人出席了开园仪式，并参观了星海钢琴产品展厅。

同日　北京市“12312”知识产权举报投诉电话开通。

6月30日　北京汽车工业领导小组办公室主任程连元、副主任樊健听取了北京现代公司第二生产厂区项目建设进展情况汇报。程连元就推进项目建设等问题提出了具体意见。

7月5日　北京一轻控股有限责任公司召开高技能人才工作大会。向首批聘任的李东生等4名首席技师颁发了聘书。市工促局副局长常青到会并讲话，国家劳动与社会保障部、市总工会、市委组织部及市劳动与社会保障局等有关领导出席大会。

同日　房山区水泥机立窑生产线拆除现场会在双山水泥集团房山水泥一厂召开。随着市工业促进局局长程连元拆除指令的发出，北京市关闭的13条水泥机立窑生产线的拆除工作按计划全面展开。

7月7日　北京市工业促进局局长程连元到京仪控股有限责任公司调研。

7月11日　北京市工业促进局局长程连元、副局长常青一行应邀走访会晤了中科院党组成员、副秘书长、北京分院常务副院长何岩、副院长兼中科院北京国家技术转移中心主任乔均录。这是双方作为北京工业技术支撑与产业促进平台共建方高层领导的首次会面。双方对已有的和新一轮合作协议内容进行了交流部署。

7月13日　首钢搬迁协调领导小组办公室樊健、市财政局徐熙和首钢总公司方建一分别就首钢搬迁工作总体进展情况及对北京市财政的影响等问题向国家财政部做了专题汇报。

同日　北京市国防科工办在北京国际会议中心组织召开了华北五省市民防爆安全检查协调会。

同日　赛多利斯科学仪器（北京）有限公司一期厂房在北京天竺空港工业区B区举行奠基典礼。投资总额1.8亿元人民币，占地27亩。

7月15日　北京焦化厂圆满完成了向首都供应煤气的光荣使命，

进入停产程序。北京焦化厂始建于 1958 年，1959 年 11 月 18 日，北焦厂第一座焦炉建成投产，结束了北京没有煤气的历史。焦化厂全面停产后，每年为北京市减少煤炭消耗 296 万吨，工业废气排放量 43.33 亿立方米，二氧化硫排放量 1617 吨，烟尘排放量 64 吨。

7 月 18 日 北京医药行业协会商业分会正式成立。该分会是由 51 家医药商业企业参加的社会中介组织，隶属于北京医药行业协会。

7 月 19 日 北京市工业促进局副局长李树藩到北京龙徽葡萄酒有限公司调研。参观了北京龙徽葡萄酒博物馆，贮酒窖以及灌装线。

7 月 20 日 北京市禁止化学武器办公室召开了本市含磷、硫、氟第四类监控化学品生产特别许可工作会。

7 月 21 日 北京市工业促进局局长程连元会见并宴请了美国休斯敦市市长 Bill White 率领的经贸代表团，与休斯敦市政府签署了合作意向书。

同日 北京市工业促进局副局长常青主持召开第十届京港洽谈会北京时尚产业专题活动研讨会。

7 月 22 日 “第十二届北京市工业职业技能竞赛”暨“北京市科技平台测试技能竞赛（化学分析部分）”初赛，在北京理化测试中心拉开帷幕。来自全市 44 个院所的 193 名化学检验工开始在“酸碱滴定”项目上比拼操作。参赛的选手约 30% 来自北京市大专院校、科研院所和农村技术服务组织中的专业技术人员，大部分为本科以上学历，其中 21% 为研究生学历。

7 月 26 日 北京奥组委和北京千喜鹤食品有限公司在北京人民大会堂举行新闻发布会，宣布千喜鹤食品有限公司成为北京 2008 年奥运会冷鲜猪肉及猪肉制品独家供应商。

7 月 28 日 北京市工业促进局在北京燕京啤酒集团公司召开“北京市工业循环经济研讨会”。局长程连元做了题为“应用先进技术，推进资源节约，打造节约型工业发展模式”的总结发言。

7 月 29 日 中共中央总书记、国家主席胡锦涛一行到河北省唐山市曹妃甸工业区考察，胡锦涛强调，一定要按照科学发展观的要求，着眼长远、整体规划，扬长避短、发挥优势，加快科技进步和创新，狠抓节约资源、保护环境，着力推进经济结构调整和产业优化升级，高起点、高质量、高水平的把曹妃甸工业区规划好、建设好、使用好，使之成为科学发展的示范区。

8月1日　北京市副市长陆昊听取了市工业促进局副局长常青关于北京十大服装品牌评选活动及“时装之都”建设推进情况的汇报，并对下一步工作提出了具体要求。

8月2日　北京市工业促进局局长程连元、副局长李树藩到顺义区、怀柔区调研循环经济项目进展情况，听取了利乐包回收利用、可乐瓶回收利用、废旧轮胎再利用、利用尾矿渣生产再生砖、饮料生产节水及开发区节电节水等项目进展情况的汇报。

8月10日　北京市委常委、宣传部长蔡赴朝、副市长陆昊、赵凤桐在市政府5号楼一层会议室召开了数字移动多媒体广播座谈会。

同日　北京市工业促进局副局长李树藩到北京金漆镶嵌厂生产基地调研。听取了企业搬迁调整方案和北京工艺美术行业协会关于《贯彻市领导讲话精神，进一步推动工艺美术行业发展》的思路和保护资金使用管理办法的情况汇报，提出了具体实施意见。

8月16日　由北京市知识产权局和中关村管委会联合主办的百家代理机构进中关村园区与千家企业对接——北京市知识产权“百千对接工程”在丰台园总部大讲堂正式启动。此次对接活动的主题是“服务创新，服务社会”。

8月17日　北京市工业促进局局长程连元到北京机床研究所调研。

8月18日　北京市副市长陆昊到北大众志公司进行调研。

同日　北汽摩公司与德尔福公司就合资生产汽车安全产品签订了合资合同，成立北京德尔福汽车安全产品有限公司。

8月21日　北京市工业促进局、市科委等8个部门联合举办的“第十二届北京市工业职业技能竞赛”暨“北京市科技条件平台测试技能竞赛”在北京市工业技师学院隆重举行开幕式。市属控股（集团）公司、区县工业局、工业所属行业协会以及部分中央在京单位近80个单位的领导及参赛选手200余人参加了开幕式。

8 月 24～27 日 北京市副市长陆昊陪同全国政协副主席徐匡迪赴鞍钢调研考察。与生产一线的干部职工和工程技术人员进行了交流。陆昊两次与鞍钢的有关领导和工程技术人员就首钢京唐钢铁厂项目建设涉及的自主集成创新、产品质量先进性和稳定性指标、高炉和轧机的选择、鞍钢与首钢的合作，以及钢材高档产品市场分析等重点问题进行了座谈。陆昊一行还到沈阳东北大学进行了调研考察。

8 月 25 日 国家信息产业部副部长娄勤俭到京东方光电公司调研。

同日 “2006 北京十大时装品牌”评选活动第二次评审委员会在市工促局召开。副局长常青主持会议。会上通报北京十大时装品牌评选活动情况，由北京市公证处全程监督审核。经评委投票，名列前十位的评为“2006 北京十大时装品牌”。

8 月 26 日 北京半导体行业协会组织的题为“迈向 IT 强国的报告”在天鸿科园大酒店举行。

8 月 28～30 日 北京市工业促进局副局长常青、市药监局副局长丛骆骆带队，由本市 10 家中药企业等负责同志组成的考察团，赴湖北省巴东县考察并开展经贸洽谈，签署了 10 份合作协议或购销意向书。

8 月 29 日 全国政协常委、全国政协教科文卫体委员会副主任、民进中央副主席蔡睿贤等一行与北京市政协部分委员到中关村电子城科技园，就“引进技术与消化吸收再创新”进行专题调研。

8 月 31 日 北京市工业促进局局长程连元、市教委副主任张国华到理工大学考察了车辆北京市技术转移中心（简称技术转移中心）。该技术转移中心是市工促局和市教委为建立北京工业发展智力支撑平台，由北京理工大学，并联合北工大、北汽福田、北汽等单位共同组成。

9 月 1 日 北京市工业促进局局长程连元到大唐电信科技产业集团、电信科学技术研究院调研。

9 月 6 日 北京人民广播电台召开北京 DAB 移动多媒体数字广播启动仪式。移动 DAB 广播是 2008 年科技奥运的重要项目，可以对外提供手机租赁业务。国家广电总局副局长张海涛、北京市委常委、宣传部长蔡赴朝、副市长陆昊、市工业促进局局长程连元等出席。

9月7日 北京市工业促进局局长程连元到北京太空板业有限公司生产基地进行考察调研，参观了太空板钢结构样本房屋以及太空板产品生产厂区和车间。

同日 "2006年诺贝尔获奖者北京论坛——生命科学与生物医学产业发展论坛"在中关村生命科学园举行。该论坛由中国科学院和北京市政府共同主办、中关村科技园区管委会承办。获得1988年诺贝尔化学奖的德国马普学会生物物理学研究所 Hartmut Michel 先生；获得2004年诺贝尔化学奖的以色列技术学院 Aaron Ciechanover 先生；获得1998年诺贝尔医学奖的美国得克萨斯大学 Ferid Murad 先生应邀到会。

9月11日 国务院首钢搬迁调整工作协调小组办公室主任、国家发展改革委工业司司长刘铁男主持召开协调小组联络员会议，听取有关部门和单位关于首钢搬迁调整工作进展情况的汇报。国务院秘书二局、科技部、财政部、劳动保障部、国土资源部、建设部、铁道部、交通部、水利部、商务部、国资委、税务总局、环保总局、银监会、证监会、中国钢铁工业协会等有关司局的负责同志，以及北京市工业促进局、河北省发展改革委、首钢总公司的有关负责同志参加了会议。

9月12日 北京市副市长陆昊主持召开首钢搬迁协调领导小组第十一次会议，研究首钢工业区改造规划编制工作等有关问题。

9月15日 北京奔驰—戴姆乐·克莱斯勒有限公司新工厂落成典礼在北京经济技术开发区举行。该公司第一期建设工程21万平方米，具备年产10万辆汽车的生产能力。市委书记刘淇、市委副书记、市长王岐山、副市长赵凤桐出席了落成典礼。

9月19日 北京新医药技术转移中心在首都医科大学举行了隆重的揭牌仪式。该中心是由市工业促进局和市教委共同认定的首批技术转移中心，中心依托首都医科大学，北京中医药大学、中国医学科学院药物研究所、北京医药集团有限责任公司作为合作单位共同参与建立。

9 月 20 日　国家统计局、中国行业企业信息发布中心在人民大会堂正式公布中国最大 500 家企业集团名单。北京京城机电控股有限责任公司荣列第 185 名。

9 月 21 日　北京普析通用仪器有限责任公司的 ERP 和 CRM 企业信息化建设项目通过了由北京市工业促进局副局长常青率领北京市企业信息化工作领导小组办公室部分成员及专家的验收。

9 月 23 日　北京服装纺织行业协会主办的“2006 北京十大时装品牌颁奖典礼暨秋冬季时装流行趋势发布会”在亚洲大酒店举行，李宁、白领、爱慕、依文、顺美、派克兰帝、雪莲、铜牛、绅士、纤丝鸟等 10 家当选“2006 北京十大时装品牌”。

9 月 26 日　北京市国防科工办组织召开“绕月探测工程密云地面站建设及运行条件保障工作协调会”。

9 月 28 日　由北京市工业促进局组织召开的“首届中国北京国际文化创意产业博览会”——“利用工业资源打造文化创意产业基地”专场活动筹备会在华北汽贸引擎俱乐部召开。

同日　国家“十五”863 计划集成电路制造装备重大专项 100 纳米高密度等离子刻蚀机和大角度离子注入机”项目新闻发布会暨产品销售签约仪式在京西宾馆举行。中共中央政治局委员、北京市委书记刘淇，国家科学技术部部长徐冠华、副部长马颂德，北京市市长王岐山等领导出席，仪式由北京市副市长陆昊主持。由北京市政府组织实施的国家集成电路制造装备重大专项“100 纳米高密度等离子刻蚀机和大角度离子注入机”的研制成功，标志着我国集成电路制造核心装备研发取得了重大突破。

10 月 10 日　北汽控股公司召开领导干部会议，中共北京市委组织部、市国资委党委宣布了关于徐和谊任北京汽车工业控股有限责任公司党委书记、董事长，免去安庆衡同志北京汽车工业控股有限责任公司党委书记、董事长职务决定的两个文件。

10 月 10 日至 16 日　“第十二届北京市工业职业技能竞赛”继电保护工和送电线路工决赛在北京电力培训中心及芦城输电兴发公司举

行。全市共有北京电力公司、京丰热电厂、超高压公司、地铁公司等26个单位412名选手报名参加，有12个单位的30名选手取得决赛资格。

10月11日 首次时尚沙龙活动在乙十六号会所举行。沙龙由清华大学美术学院教授肖文陵主持，中央美术学院教授许平、吕越、吉芬时装公司谢锋、玫瑰坊时装公司郭培、中国服装设计师协会主席王庆就设计师创造力的市场价值进行主题发言，60多位服装设计师参加并积极踊跃发言。北京市副市长陆昊、市工业促进局副局长常青出席了沙龙活动。

同日 北京市工业促进局局长程连元到河北省涿鹿县北京京仪世纪公司太阳能硅单晶炉产业基地建设项目调研。京仪世纪公司在涿鹿信息产业工业园区投资1500万元，合资兴建涿鹿京仪电子有限公司，建设硅单晶炉零件及备件基地，占地107亩，同时安装10台硅单晶炉。

10月12日 北京普析通用仪器有限公司与河南工大联合承担的“十五”国家科技攻关计划项目“粮油储藏安全保障关键技术研究开发与示范”课题验收会在北京科技会堂召开。南京经济学院院长教授靳祖训任组长的评审小组对课题进行了评审，课题顺利通过验收。

10月13日 北京市规划委召开首钢工业区控制性详细规划专家评审会。吴良镛、周干峙、陈晓丽、柯焕章、杨重光、李晓江、梅松等有关专家学者、市工促局领导程连元、樊健参加了会议。会议由市规划委副主任黄艳主持。与会专家对规划编制工作给予了充分的肯定，并就规划方案中的有关具体问题发表了意见和建议。

10月17日 北京市工业促进局副局长常青率领北京市企业信息化工作领导小组的部分专家对2002年原市经委支持的北京雪莲羊绒股份有限公司的信息化项目经充分讨论和审查后，一致同意该项目通过验收。

10月18日 占地140亩，建筑面积3万多平方米的李宁营运中心奠基仪式在通州光机电一体化基地举行。李宁有限公司董事长李宁致辞，市工业促进局副局长常青、通州区副区长张永明等有关领导出席了剪彩及奠基仪式。

10 月 19 日 2006 年北京微电子国际研讨会在京召开。北京微电子国际研讨会至今已连续举办了七届，吸引了越来越多的国际著名公司和业内人士参加。首届研讨会规划的目标经过 6 年的努力已全面实现。北京市副市长陆昊、信息产业部副部长苟仲文、中国半导体协会理事长俞忠钰、科技部高新司副司长代国强参加了会议。

同日 福田汽车与康明斯公司在钓鱼台国宾馆签署了正式合资合同。副市长陆昊出席签字仪式并致词。根据合资合同，福田汽车和康明斯将以 50:50 的股比，组建合资公司——北京福田康明斯发动机有限公司，利用康明斯公司提供的产品技术，生产满足欧Ⅲ、欧Ⅳ排放标准的 2. 8L、3. 8L 轻型柴油发动机产品。该项目总投资 24 亿元，注册资本 10 亿元。

10 月 24 日 第二届全国数控技能大赛全国决赛开幕式在北京举行。竞赛由劳动保障部、教育部、科技部、国防科工委、全国总工会和中国机械工业联合会联合举办。北京市工业促进局、北京市劳动保障局等部门承办了北京地区选拔赛。决赛设数控车、数控铣和加工中心 3 个工种，来自全国的 513 名数控技能高手参加角逐，其中包括由 36 名选手组成的北京代表队。

同日 国防科工委召开表彰国防科技工业协作配套先进单位和先进个人表彰大会，授予 100 个单位“国防科技工业协作配套先进单位”称号，授予 299 名同志“国防科技工业协作配套先进个人”称号。其中，北京国防科技工业系统的北京北冶功能材料有限公司被授予“国防科技工业协作配套先进单位”称号；北京玻璃研究院副院长赵红、北京佳讯飞鸿电气有限责任公司总裁林菁、北京新兴东方自动控制系统有限公司副总经理张建迪、北京北开电气股份有限公司副总经理何伟、北京七星华创电子股份有限公司副董事长张建辉 5 人被授予“国防科技工业协作配套先进个人”称号。

10 月 25 日 北京市工业促进局副局长李树藩到通州区工艺美术企业调研，深入到北京兰宇工艺品厂、通州华兴青铜器厂、通州区靛庄花丝厂考察，并与生产企业就扩大市场、培养人才、做强做大等问题进行座谈。

10月27日 北京市企业信息化工作领导小组和部分企业信息化专家组成的专家小组在市工业促进局副局长常青带领下对北京青岛啤酒三环有限公司的ERP建设项目进行验收。北京青岛啤酒三环有限公司是由青岛啤酒股份有限公司与北京双合盛五星啤酒三环股份有限公司合资经营的大型啤酒公司。公司注册资本2980万美元，总资产2.9亿元，年生产能力20万吨，占地220余亩，拥有员工1200人，年创利税5000多万元。主导产品包括“青岛”、“山水”、“云湖”三大系列啤酒，分布在北京、河北、承德、天津、内蒙古、山西等省市、地区。经专家们的充分讨论和审查，北京青岛啤酒三环有限公司ERP建设项目通过验收。

10月28日 “第十二届北京市工业职业技能竞赛”维修电工决赛在北京工贸技师学院举行。本次维修电工初赛承办单位88家，1936人参赛，330人进入了复赛。最终，有32个单位的50名选手取得决赛资格，其中48名选手参加了决赛。

11月1日 2006年中国国际工业博览会在上海新国际博览中心开幕。由北京市工业促进局副局长冯海任团长、樊健任副团长的北京展团40余人参展产品46种和18个项目参加，涉及企业40家，展区面积为360平方米。

11月3日 北京同仁堂国药有限公司在香港大埔工业园举行落成典礼。是同仁堂历史上首个境外中药生产研发基地。

11月4日 第十二届北京市工业职业技能竞赛——“福田杯”汽车发动机装调工决赛在北汽福田汽车股份有限公司隆重开赛。市工业促进局副局长常青、北汽控股公司总经理董扬等出席了开赛仪式。决赛设立发动机装调工、汽车焊装工、汽车涂装工3个工种，有147名选手参加比赛，他们是从2031名选手中，经过初赛、复赛层层选拔出来的优秀技能人才。

11月7～11日 在北京召开全国第20届福利企业工作年会。17个省市的民政工业公司和直属福利企业机构的领导和48名代表参加了会议。

11 月 8 日 北京创成技术有限公司（日本电子）在北京经济技术开发区举行奠基仪式。

11 月 9 日 北京市工业促进局副局长冯海代表副市长陆昊会见了由俄罗斯乌里扬诺夫斯克州莫罗佐夫州长为团长的代表团。北汽进出口公司与乌里扬诺夫斯克州第二大企业 AMS 公司合作 3 年来，逐步使北京的汽车整车产品出口到俄罗斯和东欧地区，贸易额已超过每年 3000 万美元。

同日 中信国安集团在京举行项目产业政策环境和发展前景座谈会。在多次调研及洽谈的基础上，中信国安盟固利新能源科技有限公司与美国梧桐创业资本合伙公司签订了投资合作意向协议。该协议的签订，标志着中信国安盟固利公司的动力电池产业在引入国际资本方面开始迈入实质化运作阶段。

11 月 14 日 北京市工业促进局局长李平、副局长冯海、副巡视员樊健到首钢总公司调研。李平局长对首钢总公司在生产经营和搬迁调整工作中所取得的成绩给予了充分肯定，并表示市工业促进局按照市委、市政府的要求，将继续尽全力支持首钢搬迁调整，进一步做好协调服务工作。

11 月 16 日 北京市人民政府和香港特区政府共同发起，北京市工业促进局和香港贸易发展局主办，首届京港时尚论坛围绕“京港携手，共创时装之都”的中心议题，在香港丽嘉酒店举行。北京市工业促进局副局长常青、香港贸易发展局制造业总监先后发表了主题演讲；北京的知名品牌企业李宁、白领、依文、爱慕、派克兰帝和吉芬以及香港著名设计师及企业家及来自北京和香港的相关政府部门等约 200 人参加了本届论坛。

同日 北京市工业促进局副局长冯海到北一良工机械有限公司及北京电力设备总厂调研。北京北一良工机械有限公司是北京良工房地产开发公司与北京第一机床厂联合组建的。经过近几年的努力，北京北一良工机械有限公司已发展成为一个拥有资产 6 亿元、职工 2000 人，年产 2500 台套数控铣床工作台及各类数控机床零件的综合性数控机床生产加工企业，实现年销售收入 3 亿元，利税 5000 万元。

11 月 21 日 北京市工业促进局局长李平、副局长冯海、常青、李树藩、副巡视员樊健到北汽控股公司调研。北汽控股公司董事长徐和谊、总经理董扬等主要负责人参加调研座谈。李平局长就北汽控股公司未来发展思路和零部件项目的空间布局等问题与北汽控股公司负责人进行了探讨，提出了建议。

同日 北京亚都室内环保科技有限公司空气质量科学研究中心揭牌暨空气净化器专用生产线启用仪式在昌平沙河镇举行。出席此次仪式的有 29 届奥运会组委会、市工业促进局、中关村园区、昌平区政府、沙河镇政府及市民代表近 200 人。亚都公司经过多年发展，已经形成了一个总资产 7 亿余元人民币，员工 3000 余人，年利税近亿元的民营高科技企业，在国内同类产品市场占有率超过 80%，在世界同类企业中排名第二。

11 月 22 日 “2006 上海国际创意产业周”开幕，北京市工业促进局副局长李树藩参加了开幕式。北京参展团在主会场拥有 84 平方米展区，主要展示北京用于发展创意产业的闲置工业资源及工业向创意产业延伸工艺美术设计。该活动于 28 日结束。

11 月 23 日 北京市工业促进局局长李平、副局长常青到大兴区调研。实地考察大兴生物医药基地标准化厂房、新药研发平台等项目。

同日 北京市工业促进局、北京市商务局和北京市投资促进局共同主办的 2006 韩国企业北京发展研讨洽谈会在韩国首都首尔召开。北京市工业促进局副局长冯海出席了会议，并组织了电子信息产业专项洽谈活动，向 30 多家韩国企业代表介绍了北京电子信息产业发展环境。

11 月 25 日 北京电子行业职业技能竞赛决赛举行。无线电装接工、计算机网络管理员、计算机多媒体作品制作员 3 个工种共 85 人参赛，涉及参赛单位 23 个。市工促局副局长常青观看了实际操作比赛。

11 月 28 日 全国人大常委会副委员长兼秘书长盛华仁率领全国人大、国家发改委、国家环保总局有关领导到燕山石化视察指导节能、环保工作，并就制定《循环经济法》、修订《节约能源法》征求意见。

同日 北京市工业促进局、北京市商务局和北京市投资促进局共同主办的第三届日本企业北京发展研讨洽谈会在日本东京举行。北京市工业促进局副局长冯海出席了会议，并组织了电子信息产业专项洽谈活动，向50余家日本企业代表介绍了北京电子信息产业发展环境。

11月30日 北京市工业促进局局长李平到房山区调研工业发展情况，并实地察看了北京中旺食品有限公司琉璃河食品生产基地、北京天鸿顺鸭业有限公司和北京首创轮胎有限责任公司搬迁技术改造项目。

同日 2007年《北京工业年鉴》工作会在顺鑫绿色度假村召开。各控股公司（集团公司）、各区县及各相关单位参加了会议。市工业促进局副局长常青到会看望大家。

12月1日 北京市企业信息化工作领导小组在京民大厦举办“2006北京企业信息化论坛”。论坛由市企业信息化工作领导小组副组长、市信息办副主任李洪主持。市企业信息化工作领导小组副组长、市工业促进局副局长常青、国务院信息化工作办公室推广应用组组长赵小凡、贵州大学副校长谢庆生、清华大学工业工程系博士生导师郑力、北京奥组委新闻宣传部副部长徐达在论坛上都做了重要讲话。

12月1~3日 第56届全国药品交易会在深圳市举行。北京市工业促进局会同北京市药品监督管理局、北京医药行业协会组织双鹤药业、天坛生物、百奥药业、紫竹药业等11家名优生物医药企业参加本届药交会。药交会期间，市工业促进局和药监局还联合举办了一场主题为“吃北京药放心”的新闻发布会。

12月5日 常务副市长翟鸿祥、副市长陆昊与财政部副部长朱志刚就首钢搬迁工作申请国家财税政策和资金支持问题进行了专题研究。座谈会上，首钢总公司向财政部领导汇报了首钢搬迁工作进展情况，并重点就申请国家财税政策和资金支持问题作了说明。朱志刚表示，财政部将积极支持首钢搬迁工作，近期就将给予首钢搬迁工作财税政策和资金支持问题提出具体意见。

12月11日 北京市市长王岐山在市政府主持召开会议，研究首钢工业区改造规划等问题。会议听取了市规划委关于首钢工业区改造规划编制工作情况的汇报，原则同意市规划委提出的《首钢工业区改造规划》，责成市规划委根据会议意见修改完善后发布实施。

同日 北京市工业促进局局长李平，出席由首届中国北京国际文化创意产业博览会组委会办公室与市工业促进局主办的“利用工业资源，打造文化创意产业基地”专场活动，并致辞。

12月12日 位于北京经济技术开发区同济南路2号，总投资1亿美元，占地7960平方米，建筑面积45500平方米的揖斐电电子（北京）有限公司第二工厂正式宣告开业。

12月13日 中星微电子公司举办“荣获全球半导体设计协会2006年度大奖”庆祝晚会。在刚刚结束的全球半导体设计协会（FSA）年度大会上，中星微电子荣获2006全球半导体设计协会（FSA）年度大奖（上市公司类）。FSA颁奖活动已连续成功举行十二届，中星微电子成为中国大陆地区首家获此荣誉的芯片设计公司。

12月15日 国务院副秘书长张平主持召开首钢搬迁调整工作协调小组第二次会议。会议对首钢搬迁调整工作涉及的国家财税支持政策、首钢京唐钢铁公司钢铁厂项目提前启动部分设备采购招标程序、首钢京唐钢铁公司钢铁厂项目新增用海面积、首钢急需的关键技术管理人才引进、首钢外埠企业划转等当前需要有关部门协调解决的重点问题作了具体安排。北京市工业促进局局长李平、副巡视员樊健参加了会议。

12月18日 中关村数字电视产业园举行开园仪式。

12月19日 中关村军民融合创新园在中国北方车辆研究所举行了授牌仪式。会后，北京市副市长赵凤桐一行考察了国家863电动汽车电池检测中心，听取了长力联合公司关于以锌空气燃料电池为动力的电动大巴车研制及试运行情况的汇报并乘坐了大巴车。

12月22日 北京市工业促进局召开了“辉煌06”北京电子信息产业表彰大会。大会由冯海副局长主持，李平局长宣读了《关于表彰 2006 年度北京电子信息产业“十大新闻事件”和“十大杰出贡献者”的决定》。

12 月 29 日 《北京市“十一五”时期工业发展规划》正式发布实施。《规划》提出，“十一五”时期北京工业将朝着高端、高效、高辐射力、低消耗、低污染的方向迈进，大力发展高新技术产业，适度发展现代制造业，推进基础产业升级，坚决淘汰落后产业，到“十一五”末实现工业总产值突破 10000 亿元，工业增加值达到 2600 亿元，万元工业增加值能耗水耗分别比“十五”末期下降 30% 以上。

同日 北汽控股公司与浙江亚太机电股份有限公司合作生产汽车底盘系统签约仪式在北京五洲大酒店举行。北京汽车工业领导小组办公室副主任樊健参加了签约仪式并致辞。北汽控股公司与浙江亚太机电股份公司将共同出资 2000 万元人民币，组建北京亚太汽车底盘系统有限公司，双方各占 50% 股份。

同日 北京化学工业集团所属北京北搪化工设备厂污染扰民搬迁技术改造项目搪玻璃工程（华腾大搪化工设备厂）在通州区次区工业开发区竣工验收。该项目工程于 2002 年 5 月开工，建设规模为年生产搪玻璃设备 4500 吨、配套面釉 150 吨、底釉 50 吨。项目总建筑面积为 21352 平方米，设备安装 269 台，总投资 11191. 57 万元。

2007 年

1 月 1 日　国务院副总理吴仪等老领导到燕山石化慰问干部职工。听取了董事长王永健对燕山石化重点工作和主要措施的汇报，参观了新建成的“燕山中路”和第九作业部中控室。吴仪叮嘱要把燕山石化建设得更美好。

1 月 10 日　北京市工业促进局局长、市汽车工业领导小组办公室主任李平，副巡视员、副主任樊健到北汽控股公司调研，听取“十一五”发展思路汇报。李平局长充分肯定北汽控股公司“十一五”发展思路，对公司上市、建立汽车零部件产业园等问题提出指导意见。

1 月 11 日　燕山石化通过中国质量协会质量保证中心 ISO9000 认证，获得“厂务公开民主管理体系认证获证单位”牌匾，是国内第一家获此认证的企业。

1 月 13 日　北汽福田公司与戴克公司在京签署“定向增发与股权认购协议”和“联盟协议”。北汽福田公司向戴克公司定向增发 29701 万股（24%）并向北汽控股公司定向增发 12912 万股（北汽控股公司持 34%）。北京汽车工业领导小组办公室副主任樊健出席了签字仪式并致辞。协议签署前，副市长陆昊在市政府会见了双方代表。

1 月 15 日　北京自主研发的二代军车通过国务院、中央军委一级定委的设计定型审查。二代军车作为军队战略装备，正式列装部队。市工业促进局在北京国际会议中心召开 2007 年北京市工业工作会议。副局长冯海主持。局长李平作了《优化产业结构转变增长方式，努力实现全市工业与经济社会的协调发展》的报告。副市长陆昊出席会议并讲话。市各有关单位 300 多人出席了会议。

1 月 18 日　市工业促进局在北京国际会议中以召开 2007 年北京市工业工作会议。副局长冯海主持会议，局长李平作了《优化产业结构，转变增长方式，努力实现全市工业与经济社会的协调发展》

的报告。副市长陆昊出席会议并讲话。市各有关单位负责人 300 多人出席了会议。

同日 由中国服装协会、北京服装纺织行业协会、北京市商业联合会、北京市旅游协会联合主办的百荣·时尚北京职业服装设计大赛新闻发布会在市工业促进局机关举行。

1 月 19 日 北汽控股公司与世界著名的汽车零部件制造商李尔有限公司签订合资合同。合资成立北京北汽李尔汽车系统有限公司。中外双方各占 50% 的股份。

1 月 20 日 被誉为中国经济领域“奥斯卡”的 2006CCTV 中国经济年度人物评选结果正式揭晓，华旗资讯总裁冯军夺得年度唯一创新奖。

1 月 22 日 市教委、市科委、市工业促进局、中关村管委会在北京会议中心召开“北京高校科技创新工作会议”。教育部副部长赵沁平，市委常委、教育工委书记朱善璐、副市长赵凤桐到会并讲话，市工业促进局局长李平和市有关委办局领导及在京高校的书记、校长及部分企业负责人约 500 人出席会议。北京大学、北京第一机床厂等作了大会交流发言。会上，对市教委与市工业促进局共建的相关中心、实验室和基地以及“首都高校科技信息网”在北京大学等九所大学设立的“首都高校科技信息网信息中心”进行了授牌。

1 月 24 日 市企业信息化工作领导小组对北京科高大北农饲料有限责任公司、北京清华紫光股份有限公司和北京顺鑫农业股份有限公司企业信息化项目进行验收。按照验收流程和标准，一致同意通过验收。市工业促进局副局长常青主持验收。

1 月 25 日 国家发改委经济运行局巡视员张莉率纺织与质量处一行 5 人到北京检查工作。参观了靓诺派时装公司和爱慕内衣公司，听取了铜牛、雪莲等 7 家企业加快结构调整转变增长方式专项资金项目进展情况汇报。市工业促进局副局长李树藩等陪同检查工作。

1 月 26 日 中韩经济交流平台建设工作座谈会召开。韩国贸易协会、大韩商工会议所、韩国中小企业振兴公团、大韩贸易振兴公社、海外韩人企业家协会 5 家韩国经济协会组织驻京办事机构及韩国现代北京办事处、SK 株式会社北京代表处等 6 家韩资企业参加座谈。市工业促进局、市投资促进局相关处室及市工业技术开发中心也参加了座谈。市工业促进局副巡视员樊健主持。

1 月 30 日 市工业促进局副局长常青与市委宣传部、市发改委、市工业促进局等市文化创意产业领导小组成员单位相关负责人到集成电路设计及牡丹集团（中关村数字电视产业园）调研。

2 月 1 日 市工业促进局和北京市开发区协会在昌平温都水城召开“2007 年开发区主任联席会”。会议通报了 2006 年全市开发区发展情况及市工业促进局对各开发区资金扶持情况。各开发区管委会主任就生态工业园建设、开发区网站运行等方面展开讨论。副局长李树藩参加会议，并就 2007 年开发区建设重点工作和协会工作提出要求。

2 月 2 日 市工业促进局在大兴区召开 10 个远郊区县工业局长（经委主任）座谈会。通报了 2006 年全市及 10 个区县工业经济运行情况、10 个区县工业发展资金支持情况及农民工培训情况，副局长常青、李树藩参加会议。

2 月 6 日 市国防科工办在北京会议中心召开北京国防科技工业工作会议。参加会议的有北京地区军工单位代表及民口配套单位代表共 120 余人。会议传达了国防科工委 2007 年国防科技工业工作会议精神。4 家企业代表作了重点发言，市国防科工办副主任解铁疆作了工作报告。

2 月 10 日 国务院副总理曾培炎到北方微电子公司视察指导工作。国家发改委副主任张晓强、科技部副部长曹健林、财政部副部长朱志刚、信产部副部长娄勤俭、北京市市长王岐山、副市长赵凤桐陪同视察。

2 月 13 日 北京御食园食品有限公司、航天科阳技术发展有限公司与中国登山协会举行签字和交接仪式。三方联合共同研发开拓登山、户外食品。

2 月 28 日 北京工艺美术行业协会召开北京工艺美术行业表彰大会，向 18 位新评出的第五届中国工艺美术大师和 7 位获得全国优秀工艺美术创作奖的作者颁发证书；向 7 名获得北京工艺美术德艺双馨大师称号的大师和3名获得北京工艺美术突出贡献专家称号的专家颁发证书，并宣布了《关于批准北京工美行业110位大师带徒的决定》。市人大副主任金生官、副市长陆昊出席并讲话。

同日 市工业促进局局长李平、副局长冯海到北京京仪集团调研。

同日 市工业促进局局长李平、副局长常青接待香港贸易发展局中国区首席代表冯渤来访。双方表示进行多方面合作，在互惠互利的基础上，促进两地之间的经贸合作和市场拓展，取得实际效果。

3月5日 市工业促进局局长李平、副局长冯海到北京电控公司进行调研。听取公司基本情况、改革发展现状、2007年工作思路、京东方TFT—LCD事业等有关情况汇报，就一些问题提出了建议。

同日 市农业机械研究所与西藏自治区农牧科学院注册成立西藏京博农业科技发展有限公司，其中北京市农业机械研究所出资1500万元，占有股份60%，西藏自治区农牧科学院出资1000万元，占有股份40%。共同开发西藏的农业特色产品，一期建设西藏彩虹湾生态园项目。

3月7日 西门子自动化与驱动集团的超大型全球巡展活动“自动化之光——未来城”（Exiderdome）亮相北京国际雕塑公园。将在北京停留7天，是中国巡展的最后一站。西门子“自动化之光——未来城”移动展览馆全方位集成了西门子在工业自动化领域世界领先的产品、技术与解决方案。

3月8日 “中国果汁出口美国亿元订单启动仪式”在汇源集团顺义总部举行。总价值1亿元的汇源100%纯果汁将通过中远公司运送到美国3000多家沃尔玛卖场销售，成为中国果汁出口海外第一大单。

3月12日 首钢京唐钢铁联合有限责任公司钢铁厂项目开工仪式在首钢篮球中心隆重举行。国务院副总理曾培炎，北京市委书记刘淇，国务院副秘书长张勇，北京市市长王岐山、副市长陆昊，河北省委书记白克明、省长郭庆茂等领导出席了开工仪式。曾培炎在开工仪式上宣布开工并作重要讲话。

同日 由中国品牌研究院组织的首批“全国重点保护品牌”活动揭晓，全国共有27个酒类品牌荣获“全国重点保护品牌”，北京红星股份有限公司“红星”名列其中。

同日 北京现代汽车有限公司在海南三亚举行了“舞动‘新’风——北京现代五大产品全新上市”新品发布会。推出SONATA御翔、伊兰特Sports、伊兰特07款、1.6L雅绅特、2.0自动两驱型途胜等五款新品。

3月14日 北京市工业促进局局长李平、副巡视员樊健会见深圳航空公司董事长赵祥一行，就飞机改装项目进展进行沟通。深航与以色列飞机工业公司以51:49的股比成立合资公司，将在顺义区天竺镇从事飞机客货改装和标准箱生产。

3月15日 北京京仪研究总院有限公司成立。研究总院是京仪集团的科技中心，自动化院、光电技术研究所、电影机械研究所为其分支机构，形成集团和所属企业两级技术管理、技术创新体系。

3月18日 在电子城正东创意产业园举行了“北京时尚设计广场”揭牌仪式。市工业促进局副局长常青主持了揭牌仪式。市工业促进局局长李平讲话。中国服装设计师协会主席王庆介绍了北京时尚设计广场的规划建设情况。中国纺织工业协会会长杜钰洲、北京市副市长陆昊为“北京时尚设计广场”揭牌。

3月19日 北京市委书记刘淇，市委常委、宣传部长蔡赴朝，市委常委、秘书长李士祥，副市长陆昊到北京时尚广场调研，参观了工作室和设计师作品。

3月23日 东方石化公司召开搬迁改造动员会。东方石化搬迁改造是北京市城区最后一批撤出的大型化工企业。主要项目有：有机化工厂4套装置搬至燕山石化、东方化工厂、助剂二厂装置扩能等。

3月28日 北京市工业促进局局长李平、副局长常青会见美国健赞公司高级副总裁大卫·米克先生一行，对其与中关村生命科学园签约入驻园区表示祝贺。李平局长就项目进展、企业在华发展战略以及企业、环境、社会协调发展等问题与健赞公司交换了意见，并对公司“一切为了病人”的企业观念给予充分肯定。健赞公司高级副总裁大卫·米克先生和生命科学园董事长袁曙光先生分别代表双方在协议上签字。

3 月 30 日 北大国际医院在中关村生命科学园奠基。总投资约 32 亿元，总建筑面积 29 万平方米，获批总床位 2400 张，将成为北京最大的综合医院。

同日 北京二商集团与韩国希杰集团合作组建的北京二商希杰食品有限责任公司揭牌仪式在人民大会堂举行。此次合资北京二商集团占 51% 的股份，韩国希杰集团占 49% 的股份，新成立的合资公司继续生产“白玉”牌系列豆制食品。

4 月 3 日 北京市委、市政府召开有突出贡献的高技能人才表彰大会。刘淇、王岐山等市领导会见了获奖人员。本次受表彰的 30 名有突出贡献的高技能人才，共涉及职业（工种）28 个，其中 17 名来自工业系统，均为历届工业职业技能竞赛的“状元”，有的还曾在全国大赛中夺冠。

4 月 4 日 科技部、北京市政府、中科院联合召开中关村科技园区百家创新型企业试点工作大会并宣布对入选企业予以重点扶持。按照百家创新型企业试点工作方案，入选企业可在 11 个方面获得政府支持。本次公布的试点企业，有电子信息企业 54 家，生物医药、环保新能源及新材料企业 46 家。专利拥有量约占中关村园区企业专利拥有总量的 1/6，收入约占园区总收入的 1/10。

4 月 5 日 北京市副市长陆昊主持召开首钢搬迁协调领导小组第十二次会议，对首钢搬迁工作涉及的压产、富余人员安置、新项目建设、企业划转、首钢工业区改造等重点工作进行认真研究，并对下一步工作做出安排。

4 月 10 日 北汽福田公司在西班牙巴塞罗那举行了多功能商务车 MP—X 蒙派克品牌全球上市仪式。国际奥委会终身名誉主席萨马兰奇亲自到场祝贺。

4 月 12 日 北京市工业促进局局长李平到湖南长沙的中国电子科技集团第 48 所进行调研。48 所是北京中科信微电子装备公司的控股单位和技术依托方。李平表示，要全力支持 48 所及其控股的北京中科信公司在北京的发展。

4月13日 市工业促进局副局长常青率市企业信息化工作领导小组对北京毕捷电机股份有限公司的CAD、PDM、CAPP集成系统、京煤集团有限责任公司水煤浆厂高浓度制浆监控系统和北京大地燃气工程有限责任公司分布式安全预警与信息监测系统（电视监控、电子巡更、周界防范系统）的企业信息化建设项目进行了验收。专家组一致通过验收。

同日 国家发改委副主任解振华在北京市环保局局长史捍民等人的陪同下，到北京水泥厂调研金隅集团公司循环经济工作开展情况。

4月16日 北汽福田公司康明斯驱动的欧曼ETX、欧马可、欧V同步下线暨全球上市发布仪式在京举行。北京汽车工业领导小组办公室副主任樊健出席并致词。尼日利亚驻华公使达玛奥迪、襄樊市委书记田承忠、北汽控股公司董事长徐和谊、北汽福田公司总经理王金玉、东风康明斯公司总经理刘晓星等参加仪式。该项目总投资24亿元，2008年投产，产能40万台。

4月19~21日 全国第57届药品交易会在大连举行。市工业促进局、市药品监督管理局和北京医药行业协会组织双鹤、紫竹、四环、同仁堂、华素等23家知名生物医药企业参加药品交易会。北京展团还举办了以“用北京药放心”为主题的媒体见面会，参展企业和新闻媒体代表以及相关专业人士100余人出席了见面会。新华社等18家媒体出席了见面会并进行采访。北京市工业促进局副局长常青、市药监局副局长丛骆骆介绍了有关情况。

4月20日 《首钢工业区改造规划》由市规划委发布施行。《规划》统筹考虑了首钢工业区，以及石景山区、门头沟区、丰台区等首钢周边地区的发展。

4月26日 华旗资讯与意大利SISVEL专利代理公司战略合作签约仪式在钓鱼台国宾馆举行。

同日 北京奥组委正式公布北京2008年奥运会火炬样式，联想（北京）有限公司创新设计中心设计的火炬外形“祥云”中标。联想同时还跻身三家北京奥运会火炬接力全球合作伙伴之一。

4 月 26～27 日 市工业促进局副局长常青到河北省石家庄市调研当地的生物医药发展状况，并与河北省发改委、石家庄市发改委的主管领导座谈，共议加强京冀生物医药合作，促进两地产业共同发展并参观考察了华北制药新药中心等。

4 月 27 日 市工业促进局副局长李树藩、北京食品行业协会会长孙杰听取了奥运旅游食品开发情况的汇报。北京食品协会就半年来奥运旅游食品的开发情况、试验产品的市场调查情况、问卷情况进行了总体汇报。会议经过专家认真讨论和论证，最终形成四套成熟产品，上报陆昊副市长审查。

4 月 28 日 市工业促进局副局长常青带领北京市企业信息化工作领导小组部分成员到北京嘉曼服饰有限公司调研企业信息化工作。常青希望嘉曼公司紧密结合企业自身发展的需求，把“水孩儿”这一民族品牌做大做强。

4 月 29 日 全国政协副主席、致公党中央主席罗豪才带领致公党中央考察团来到怀柔区北京金运通大型轮胎翻修有限公司，就橡胶资源与废旧轮胎回收利用问题进行调研并与企业负责人进行座谈。

4 月 30 日 北京市工业促进局局长李平、副巡视员樊健以及首钢总公司领导到河北曹妃甸首钢京唐钢铁厂建设工地检查工作，并对相关工作做出具体安排和部署。

5 月 1 日 国务院总理温家宝到首钢京唐钢铁厂工地慰问建设职工并视察了工程进展情况。温家宝察看了正在建设的 5500 立方米炼铁高炉和 2250 毫米热轧机生产线，与工人们共进午餐。温家宝指出，首钢的搬迁调整是党中央做出的一项重大决策，首钢京唐钢铁厂项目是列入国家“十一五”规划的特大项目，要精心规划、精心组织、精心施工，严格要求、严格管理，确保工程质量、确保安全、确保项目按期投产、确保搬迁顺利完成，要努力把首钢京唐钢铁厂建成产品一流、技术一流、环境一流、效益一流的现代化大型企业，成为具有国际先进水平的精品板材生产基地和自主创新的示范工厂，成为节能减排和发展循环经济的标志性工厂。

5 月 11 日 市工业促进局副局长常青到大兴调研文化创意产业。

在听取了国家新媒体产业基地和北京国际印刷包装产业基地情况汇报后，常青介绍了文化创意产业的有关政策，并对文化创意产业项目申报提出了具体意见。

5月12日 由北京服装纺织行业协会主办的百荣·时尚北京职业服装设计大赛评审委员会召开。本次大赛以“人文奥运、行业风采”为主题，包括商业、公共交通业和旅游业三个部分。大赛评审委员会由各窗口行业、服装行业专家组成。

5月15日 市工业促进局副局长常青带领北京市企业信息化工作领导小组办公室部分成员调研北京中恒复印材料技术有限公司信息化工作。听取了企业信息化工作的项目汇报，考察了应用信息技术的生产制造车间，肯定了信息化方面取得的成绩。

同日 北京市典型开发区建设生态工业园实施方案专家论证会在中关村科技园区大兴生物医药基地管委会召开。市工业促进局副局长李树藩参加会议并讲话。密云经济开发区、林河工业开发区、大兴生物医药基地代表分别介绍了生态园建设实施方案和工作进展。与会专家就开发区生态工业园建设的重点项目的可行性和必要性进行了充分论证。

5月21日 北京圣林工艺品厂的“圣林”牌商标，被北京市工商局认定为北京著名商标。

5月23日 南非驻中国大使 Ndumiso N Ntsthinga、大使参赞 Mr. Du Plessis 陪同南非国家住宅建设商注册委员会（NHBRC）主席 Ms S Nene、首席执行官 Mr P Makgathe 等一行 7 人考察金隅集团。双方就开展建材产品商贸合作进行了座谈，达成了初步的合作意向。金隅集团董事长王东、副总经理蒋卫平等领导参加座谈。

5月26日 北京燕山集联化工公司上午揭牌正式运营。市政协主席阳安江，燕山石化董事长王永健、党委书记王玉英为集联公司揭牌。

同日 京煤集团新光化工公司乳化炸药生产线工程开工，设计年产能力 12000 吨，总投资额 1200 万元。

5月27～29日 北京市政协主席阳安江率市政协经济科技委员

会部分委员考察秦皇岛首秦金属材料有限公司、首钢迁安钢铁有限公司及首钢京唐钢铁联合有限公司，并向市委、市政府提交了《关于首钢冀东地区生产基地建设情况的考察报告》。

5 月 30 日 北汽控股公司与大兴区采育经济开发区签署协议，合作开发、建设北京汽车产业基地采育零部件园区。北京市工业促进局局长、北京汽车工业领导小组办公室主任李平、副主任樊健、市发改委委员张燕友、大兴区区委书记沈宝昌、北汽控股公司董事长徐和谊、总经理董扬出席签字仪式。北京汽车产业基地采育零部件园区占地 1200 亩，项目总投资将达 25 亿元以上。

5 月 31 日 “北京军转民技术开发应用协会第三次会员代表大会暨北京国防科技工业协会第一届会员代表大会”在北京会议中心召开。北京国防科技工业协会是由原“北京军转民技术开发应用协会”更名成立的。

6 月 1 日 市工业促进局副局长常青前往军事医学科学院，就北京凯正生物工程公司的项目建设情况与军事医学科学院院长孙建中等进行座谈。

6 月 7 日 北汽控股公司与顺义区政府在第十六届燕京啤酒节上签署协议，合作开发、建设北京汽车产业基地杨镇零部件园区。北京汽车产业基地杨镇零部件园区占地 1000 亩，项目总投资将达 10 亿元以上。

同日 第 21 届电子信息百强企业揭晓。联想、京东方、北大方正等 9 家北京企业入围，比上年度新增 1 家大唐电信。北京 9 家企业销售收入合计 2604 亿元占百强企业总销售收入的 23%。

6 月 8 日 北京二商集团有限责任公司、北京市水产总公司、中国海洋置业公司 3 家国有企业资产重组仪式在北京国际饭店隆重举行。国家商务部副部长姜增伟、北京市副市长孙安民及市政府相关委办局领导出席了重组仪式。重组后北京二商集团总资产将达到 60 亿元。

同日 北京 ESMOD 时装学院 2007 创意服装设计比赛在京举行。此次活动是 2007 年度中法文化交流之春唯一代表法国时装时尚艺术的活动。北京市人大副主任林文漪、法国驻华大使苏和、中国纺织工业协会副会长陈树津以及中法两国有关知名服装企业负责人、时尚界知名人士、媒体等300多位嘉宾出席了此次活动。

6月11日 北京汽车工业控股有限责任公司与世界500强企业之一的全球知名多元化经营的美国江森自控有限公司签署了合资成立汽车电子公司的谅解备忘录。这次合作将填补北京汽车工业在高端汽车电子产品上的空白。

6月12日 ABB高压开关设备有限公司新厂开业庆典在北京经济技术开发区新厂址隆重举行。ABB（中国）有限公司董事长兼总裁柯睿思、市工业促进局巡视员樊健及部分客户代表等近100人出席了仪式。

同日 北京牛栏山酒厂“牛栏山经典二锅头”、“牛栏山珍品三十年”、“百年牛栏山”、“牛栏山珍品二锅头”、“牛栏山二锅头”5个品牌入选外交部采购名录，和茅台酒一起成为247个驻外机构的特供酒。

6月16日 中国·北京家居产业创业园首期家具馆项目竣工典礼在通州区张家湾举行。市工业促进局副局长李树藩出席竣工仪式并致辞。中国家具行业协会、通州区政府、北京家具协会以及家具生产企业和经营企业有关领导、新闻媒体200多人出席了竣工典礼。

6月18日 “人文奥运与时装之都”座谈会在京召开。副市长陆昊、北京奥组委文化活动部部长赵东鸣、中国服装协会副会长陈大鹏及来自全国各地的服装设计师、各大院校服装设计专业带头人、著名服装企业领导及设计师70多人出席了座谈会。北京奥组委文化活动部体育展示与颁奖仪式总监蒋虎、中国服装设计师协会主席王庆和北京市副市长陆昊分别介绍了奥运颁奖礼仪服装设计大赛和“人文奥运”的基本情况和要求。

同日 由市工业促进局组织编制的《北京工业能耗水耗指导指标》（第一批）获得市长专题会原则通过。在专题会上，李平局长代表市工业促进局作了专题汇报。市政府有关委办局对“指导指标”给予了充分肯定，得到了市长王岐山、常务副市长吉林、副市长牛有成、陆昊、陈刚等市领导的高度赞扬。

同日 索尼爱立信公司北京新工厂奠基。新厂位于北京经济技术开发区，总投资6亿元人民币，建设1.85万平方米新厂房。预计2008年一季度完成厂房建设，年底前全面投产。年产手机5000万部，新增就业5000人。

6月19日 北京市工业促进局联合市有关部门组织的“第十二届北京市工业职业技能竞赛”暨“北京市科技条件平台测试技能竞赛”总结表彰大会召开。市工业控股公司、区县、行业协会约800余人参加了会议。常青副局长代表竞赛领导小组进行了总结；李平局长代表陆昊副市长对全市技能人才培养提出了新的要求。大会宣读了表彰决定，向365名获奖选手、26个单位及92名优秀工作人员和教练员颁发了奖牌和证书。竞赛历时近一年，涉及到我市工业145个工种，参赛单位719家，参赛选手约3.6万人次。通过本届竞赛选拔组成的北京代表队，在全国第二届数控技能大赛中获得团体比赛总分第一名，并获得15块单项金牌中的5块，创下北京团参赛史上最辉煌的成就。市科委、市总工会、市教委、市工经联、市质监局、市劳动和社保局、市财政局的有关同志出席了大会。

6月20日 由北京医药行业协会、德国制药工业协会、德国中小企业联合会、德国信益经济有限公司联合主办，北京市工业促进局支持的首届“中欧医药合作论坛”在北京举行。北京市工业促进局副局长常青作为大会主席进行了发言。

6月22日 由市委组织部委派的人事档案检查验收小组一行4人，到北京市工业促进局检查验收人事档案管理工作。检查验收结果为优秀。

6月23日 全国企业文化（燕山石化）现场会暨企业文化实战研讨会召开。中国企业联合会执行副会长冯并宣读了中国企业联合会、中国企业家协会关于授予燕山石化“全国企业文化示范基地”的决定；中国企业联合会常务副会长张彦宁、北京市政协主席阳安江等领导颁发了证书并揭牌；燕山石化党委书记王玉英作了题为《加强企业文化建设，夯实持续发展根基》的主题报告；燕山石化董事长王永健发表了获奖感言。会议期间，与会代表及20多家媒体记者深入了解了燕山石化的人本文化、安全文化及社会责任文化等。

同日 国际奥委会名誉主席萨马兰奇第16次访华。在王府半岛酒店携手北汽福田公司宣布：萨马兰奇基金会、中国网球协会将与福田汽车共同发起设立“中国青少年网球发展基金”，为中国网球的强大做出更大的实质性贡献。

6月25日 市工业促进局局长李平、副局长冯海到京城机电控股公司调研。京城机电控股公司总经理任亚光介绍了整体经营目标以及“十一五”时期发展战略。

6月26日 北京恩布拉科雪花压缩机有限公司举行庆祝公司新厂建成一周年暨新一代超高效节能压缩机产品推介会。全国人大常委、中国轻工联合会会长陈士能、市工业促进局副局长李树藩、市商务局副局长周河、市发改委有关领导、隆达公司总经理、恩布拉科雪花压缩机有限公司董事长孙燕昌、恩布拉科压缩机企业集团首席运营官焦尼·理斯特等有关领导及30多家新闻媒体参加了发布会。

6月27日 市工业促进局与北京大学光华管理学院召开了品牌企业经理人培训需求调查座谈会。北京天坛生物制品股份有限公司等5家企业的负责人参加了会议并进行了互动交流。

6月29日 北京七星华创电子股份有限公司与空港开发区正式签订空港微电子装备基地项目合同。项目总投资约6.2亿元人民币，建成后实现年销售收入3亿元人民币。

6月30日 市工业促进局和北京航天航空大学举办的“北京市工业技能竞赛获奖选手首期数控培训班”在北航新主楼开课。来自北京卫星制造厂、北京技师学院等13个企业和技校的34名学员参加培训。

同日 北京金风科创风电设备有限公司在北京经济技术开发区举行开业典礼。该公司是新疆金风科技股份有限公司投资近2亿元人民币建设的现代化兆瓦级风电机组研发及生产基地，年产能为300台兆瓦级机风电机组。

7月3日 市工业促进局召开上半年区县工业运行会。全市各区县工业局长汇报了丰区县上半年工业运行和发展情况。市工业促进局局长李平、副局长常青、李树藩到会并讲话。李平局长在讲话中提出7点工作要求。

同日 市工业促进局、市发展和改革委员会、市水务局、市统计局联合下发了《北京工业能耗水耗指导指标》（第一批）。

7月4日 市工业促进局与市发改委召开北京市工业发展座谈会。与会各工业企业、集团的董事长（总经理）汇报了上半年企业生产经营情况和企业发展的思路，并就北京工业的发展提出了建设性的意见。常务副市长吉林到会并讲话。市工业促进局局长李平、副局长常青参加会议。

7月5日 北汽控股公司与许昌远东传动轴有限公司签署合作意向，计划以51:49的股比在京合作成立公司，研发、生产汽车传动轴产品。该项目总投资2亿元人民币，产能250万套。

7月6～10日 由中国国际贸易促进委员会、中国纺织工业协会、中国服装设计师协会、乌鲁木齐市人民政府共同主办的“2007丝绸之路国际服装服饰文化节”在新疆乌鲁木齐市举行。期间，举办了“2007年中亚经贸合作高层论坛”。北京市工业促进局组织部分区县服装纺织行业主管部门、服装纺织企业参加的北京服装纺织代表团，参加文化节，并出席了高层论坛。

7月13日 石景山区政府、首钢总公司在首钢篮馆中心隆重举行“北京市石景山区首钢职工就业服务中心”揭牌仪式。副市长陆昊出席揭牌仪式，并为“就业服务中心”揭牌。在揭牌仪式上，市工业促进局局长李平代表市工业促进局，石景山区区长周茂非代表石景山区政府，分别向“就业服务中心”赠送50万元扶持资金。

7月16日 北京市副市长陆昊主持召开首钢搬迁协调领导小组第十三次会议，研究首钢压产、富余人员安置和石景山区有关新上项目规划建设工作。会议传达了北京市委书记刘淇关于首钢年底按计划实施压产的重要指示精神。

同日 由中共中央宣传部和解放军总参谋部、总政治部、总后勤部、总装备部联合举办的《我们的队伍向太阳——新中国成立以来国防和军队建设成就展》在中国人民革命军事博物馆隆重开幕。由北京汽车人研发、制造的“北京·勇士”作为20件大型武器装备和后勤保障装备之一，亮相这一盛大的展会。

7月18日　“天坛”牌服装迎奥运出口免验授牌仪式在中国大饭店隆重举行。国家质量监督检验检疫总局再次将“国家出口免检产品”授予北京大华天坛服装有限公司。

7月19日　燕山石化在东风工人文化宫召开“庆祝千万吨/年炼油工程建成投产、次/四年装置大检修胜利完成暨基层建设工作会议”。表彰了先进集体和先进个人，命名了在“三基”工作中成绩突出的五星级和四星级车间。

7月26日　万全京仪机床生产基地项目签约仪式在张家口市举行。该基地由北京京仪世纪公司与万全县共同出资组建，计划投资1.5亿元。张家口市市委书记、市长，京仪集团主要领导出席了开业仪式和签约仪式。

7月27日　市工业促进局召开全市工业上半年经济形势分析会，李平局长作《齐心协力，扎实工作，确保全年各项工作任务的顺利完成》讲话。

7月30日　北京奔驰—戴克公司举办了向第10000名克莱斯勒300C车主——著名导演、北京2008奥运会开、闭幕式总导演张艺谋交车仪式。仪式上，北京奔驰—戴克联合张艺谋宣布，由双方联合发起的克莱斯勒300C“和谐基金”正式启动，基金首期启动资金为60万元人民币并每售出一辆轿车，得到100元人民币的捐赠。用于中国青少年发展基金会的希望小学建设以及职业教育等相关公益领域。

8月1日　北汽控股公司正式启动汽车动力总成项目，并与怀柔区政府签署项目用地协议。总成项目预计需用地800亩，总投资40亿元人民币，达产后可年产发动机40万台，CVT 30万台。

同日　北汽控股公司举行怀柔庙城零部件产业园建设签约仪式。庙城零部件产业园将投产建设汽车动力总成项目，占地面积约53万平方米，建设生产、生活及基础设施等。

同日　北京市纸箱厂与香港豪建投资有限公司的合资项目正式签

约成立“北京北箱包装有限公司”。出席签约仪式的有北京隆达轻工控股有限责任公司董事长、党委书记高书平，香港锦胜集团董事长庄金洲以及隆达公司、印刷集团、纸箱厂的有关领导。

8 月 2 日 “庆祝建军八十周年暨‘北京·勇士’军车下线仪式”在北汽有限公司举行。北京市市长王岐山、副市长陆昊、总装备部副部长张诗明中将、陆军装备科研订购部部长王戎少将等出席仪式。

同日 北京市工业促进局和北京大学光华管理学院共同举办的北京工业品牌企业经理人培训班开课。培训班分三期，利用每周五、六时间授课，需用时 3 个月左右。培训班学员为北学工业三个梯队内资企业董事长、总经理 150 人左右。陆昊副市长亲自为每期培训班讲一次课。

8 月 6 日 北京金鱼科技股份有限公司生产的金鱼洁厕灵、金鱼厕洁、金鱼润洁洗手液及金鱼润洁散装洗手液 4 个产品被有关部门获准提供给“2008 北京奥运会”沙滩排球场馆使用，并投入了 8 月 13 日举行的“好运北京”沙滩排球测试赛现场使用。

8 月 7 日 在北京 2008 年倒计时一周年之际，北京奥运会特许商品旗舰店在王府井工美大厦一层隆重开业。

8 月 9 日 国际体育顾问、原国际奥委会市场总监麦克尔·佩恩受聘于北京华江文化发展有限公司为公司高级顾问的签约仪式在京举行。

同日 北京市副市长陆昊主持召开会议，听取了北京食品协会会长关于北京奥运旅游食品开发工作情况的汇报，并与具体参与开发北京奥运旅游食品的 6 家企业进行了座谈。

8 月 10 日 北汽福田公司年产 10 万辆 MPV 的大型生产基地——蒙帕克工厂在昌平区竣工投产，标志着北汽福田公司开始从商用车领域进入乘用车生产领域。市人大常委会副主任金生官、副市长陆昊出席投产仪式并讲话。

同日 金隅集团“大厂金隅工业园区启动暨中美合资矿棉吸声板项目开工奠基仪式”在廊坊市大厂回族自治县举行。廊坊市委书记王增力、金隅集团领导王东、美国优时吉公司总法律顾问麦克·吉弗瑞以及有关人员共300余人参加了开工仪式。

8月11日 北京市市长王岐山、副市长陆昊到首钢总公司第三炼钢厂检查节能减排工作并听取了首钢总公司关于首钢搬迁有关工作情况的汇报。王岐山强调，要依靠科技积极自主创新、研发新技术、利用新能源，变粗放发展为集约发展，确保本市“十一五”工业节能减排目标的实现。首钢第三炼钢厂年底前停产，是首钢职工为举办奥运会、建设新北京作出的巨大贡献。

同日 北京市市长王岐山到北京神雾热能技术有限公司调研。王岐山参观了该公司的生产车间和热工实验室，对公司正在开发研制并具有自主知识产权的新型蓄热式锅炉给予了高度评价，强调要依靠科技进步和自主创新实现节能减排目标。副市长陆昊、市政府秘书长黎晓宏陪同调研。

8月13日 北京电力公司部署，至2008年奥运会召开前，开展“迎奥运、讲文明、树新风、促发展”活动。具体实施奥运供电保障行动等7项行动方案，为北京举办有特色、高水平的奥运会提供安全可靠的电力供应。

8月14日 市工业促进局局长李平等到燕山石化公司调研。燕山石化公司董事长王永健汇报了企业的发展情况和主要项目建设情况、企业“十一五”发展规划以及节能降耗工作。

8月15日 市工业促进局和北京食品行业协会组织抓住奥运机遇，促进食品产业发展的座谈会。副市长陆昊出席了会议并讲话。全市近百家食品企业的总经理参加会议。陆昊听取了5家企业汇报。奥组委餐饮部负责人介绍了食品供应的相关情况。

同日 市工业促进局局长李平等到北京工业经济联合会调研。听取了工经联副会长兼秘书长朱鼎恒关于近年来工经联工作的汇报，肯定了工经联的工作并表示继续支持工经联的工作。工经联常务副会长端木玉林、副会长张志明参加了汇报会议。

8月16日 北京市副市长陆昊主持召开首钢搬迁协调领导小组第十四次会议，听取了首钢总公司关于首钢搬迁重点工作进展情况和需要协调解决的问题的汇报，并对下一步工作进行了研究部署。会议强调，首钢总公司要严格按照市委、市政府关于首钢压产工作的部署和要求，扎实做好年底压产工作。市有关部门和各区县政府要根据首钢压产工作安排，支持首钢总公司做好富余人员分流安置、资金平衡等各项工作。

8 月 17 日 市工业促进局局长李平会见韩国大韩贸易投资振兴公社（KOTRA）北京贸易馆馆长郭福禅一行。希望加强交流、合作，共同为在京韩资企业提供优质服务。

同日 由中国一汽集团公司党委常委、书记助理黄文昌为首的党务干部交流团来燕山石化考察交流党委工作。党委书记王玉英向客人介绍了燕山石化党组织在发挥政治核心作用等方面的做法和体会。客人们参观了炼油厂、化工一厂和威立雅水务公司东区水净化车间。

8 月 20 日 北京现代汽车有限公司在发动机厂举办发动机二工厂竣工投产仪式。北京现代发动机二工厂占地面积 3.1 万平方米，投资总额超过 1.2 亿美元。该厂主要生产排量为 1.4～1.6 升的 α 型发动机。

8 月 21 日 北京龙徽酿酒有限公司与河北省怀来县人民政府签署合作协议，建设龙徽怀来庄园项目。项目总投资 5200 万元，建设用地 145 亩，项目建成初期，每年将生产庄园酒 1000 吨。河北省张家口市市长郑雪碧，副市长张钰，一轻控股公司党委副书记、总经理张金钢，控股公司总会计师、北京龙徽酿酒有限公司董事长林楠等出席签约仪式。

8 月 22 日 市工业促进局、市质量技术监督局、中国国际贸易促进委员会北京市分会共同主办的“迎奥运北京工业品牌展览会”新闻发布会在西苑宾馆召开。

同日 国务院副秘书长张平主持召开首钢搬迁调整工作协调小组第三次会议。会议听取了国家发展改革委副主任张国宝关于首钢搬迁调整进展情况以及有关问题的报告；北京市副市长陆昊，河北省常务副省长付志方，首钢总公司董事长朱继民、总经理王青海分别在会上做了发言。会议对首钢搬迁调整工作涉及的国家财税支持政策、首钢新钢公司股权处置、首钢发行企业债券、首钢京唐钢铁公司进口设备减免税、首钢京唐钢铁公司第二路供电电源建设等当前急需解决的重点问题做出具体安排。

8月24日　市工业促进局副局长冯海到同方威视股份有限公司密云生产基地调研。听取了同方威视公司的情况汇报，参观了公司的生产车间，观看了产品的现场演示。

8月27日　北京市市委书记刘淇、市长王岐山、天津市市委书记张高丽、市长戴相龙及天津市党政代表团一行在信威公司董事长杨毅刚陪同下参观视察北京信威公司。代表团听取了杨毅刚对信威公司以及McWiLL宽带无线接入系统应用于奥运场馆、城市信息化等情况的介绍。

8月28日　北汽福田公司汽车节能减排重点实验室正式落成。国家科技部部长万钢、北京市副市长陆昊出席落成仪式。北京汽车工业领导小组办公室副主任樊健、市科委副主任郑吉春等领导及有关企业负责人参加仪式。该节能减排重点试验室可独立进行欧Ⅲ、欧Ⅳ排放实验。

8月29日　市工业促进局局长李平、副局长常青一行到北药集团调研。北药集团总经理贺旋详细介绍了北药十几年来的发展历程与现状以及“十一五”期间的发展规划和设想。李平对北药集团给予肯定，认为思路清晰，战略超前，希望愈做愈强。

8月31日“迎奥运北京工业品牌展览会”在北京展览馆隆重开幕。北京市副市长陆昊、中国工业经济联合会高级副会长纪明波、中国纺织工业协会副会长徐文英、中国食品协会常务副会长韩家增、中国服装协会副会长蒋衡杰、国防科工委办公厅副主任吴志坚等出席开幕典礼并剪彩，随后参观了展览。开幕典礼由北京市贸促会会长熊九玲主持，北京市工业促进局局长李平代表主办方致辞。

9月1日　北京市市长王岐山、副市长孙安民、陆昊参观“迎奥运北京工业品牌展览会”。王岐山肯定展览会办得很好。要求对食品安全工作要很好地宣传。

9月2日　北京市和吉林省在吉林省长春市签订了促进产业转移

与合作发展备忘录。北京市工业促进局副局长冯海与吉林省经济委员会副主任张伟民在备忘录上签字。北京市副市长陆昊、吉林省副省长陈伟根出席仪式。

9 月 5 日 市工业促进局副局长常青主持召开 2007 北京十大时装品牌专家评审会。共有 31 名评委对通过初选的 40 个品牌进行评审。当选“2007 北京十大时装品牌”的是（按拼音排序）爱慕、白领、李宁、帕克兰帝、绅士、顺美、铜牛、威克多、雪莲、依文、庄子等北京知名品牌。荣获“2007 年度北京十大最具潜力时装品牌”的是（按拼音排序）杰奥、蓝地、雷蒙、绿典、赛丝特、水孩儿、天坛、婷美、五木、雪伦。“红都”品牌荣获“著名高级成衣定制品牌”奖；“木真了”品牌荣获“知名特色时装品牌”奖。

9 月 11 日 国家质监局公布 2007 年中国名牌名单。北京市共有 25 家企业获中国名牌，其中 23 家为工业企业。市工业促进局对当年新获得中国名牌和中国驰名商标的 24 家工业企业给予资金支持共计 4800 万元。

9 月 12 日 北京市委书记刘淇、副市长孙安民、陆昊等一行到大兴生物医药基地进行调研。听取了中国药品生物制品检定所项目和大兴区经济社会发展情况汇报。察看了大兴生物医药产业基地的北京药谷一号国际研发孵化园、北京红惠生物制药有限公司的建设发展情况。还参观了新媒体产业基地星光影视园。市工业促进局局长李平等局领导陪同调研。

9 月 13 日 市工业促进局、市规划委员会、市文物局联合下发《北京市保护利用工业资源、发展文化创意产业指导意见》。

同日 市工业促进局副局长李树潘到北京橡胶十厂、市北铝金锋铝业有限责任公司、市特种水泥厂等企业调研。对如何引导企业做好退出善后工作及转型发展思路，提出具体要求。鼓励企业发展高端、高效、高辐射的替代产业。

9 月 14 日 “2007 诺贝尔奖获得者北京论坛节能减排与可持续发展分论坛”在中关村科技园区清华科技园举办。两位诺贝尔奖获得者和国内外能源环境领域专家做了专题演讲。

9月20日 市工业促进局局长李平到北方车辆集团有限公司调研。听取了总经理张宝的情况汇报并参观了展览厅、房车和客车总装车间及部分军品生产线。李平强调“在京企业，不管是军工还是民营，也不分隶属和所有制形式，只要能促进生产力的发展，有利于北京稳定，符合北京产业政策，市工业促进局都会全力支持”。

9月22日 由北京服装纺织行业协会主办的“2007北京十大时装品牌颁奖典礼晚会”在北京电视台800平方米演播厅举行。中国工程院院士季国标、中国纺织工业协会副会长陈树津、北京市人大常委会副主任林文漪、北京市副市长陆昊及北京市工业促进局局长李平等领导为获奖品牌颁奖。

9月28日 在798创意广场举行了798创意文化节暨798大院走过50周年的庆祝活动。大会特意邀请了50年前第一位参加798大院建设的德国专家和当时798第一任厂长出席了活动。德国大使，市、区及电子控股集团的有关领导到会祝贺。

同日 通州开发区与珠江投资集团合作建设的北京市最大的集产商贸于一体的家居产业基地在通州张家湾盛大开业。

9月29日 北京服装纺织行业协会设计师分会、韩国时装文化协会、韩国服饰学会主办，中韩Fashion Art交流展开幕式在驻华韩国文化院举行。展会展出了中韩两国艺术家的60件时装艺术作品。

同日 北京首创轮胎有限责任公司搬迁总结暨表彰大会在首创轮胎房山新厂区隆重召开。该项目总投资9.46亿元，建设年产500万套半钢子午线轮胎新工厂。

10月8日 中国自主出口品牌SNOWIMAGE暨VLASTA08春夏新品发布会在时尚设计广场举行。2个品牌均为思诺依维公司产品。

10月18～19日 由北京市工业促进局和国际半导体设备及材料协会（SEMI）联合主办，北京半导体行业协会承办的“2007’北京微电子国际研讨会”在北京隆重召开。副市长陆昊到会致辞。北京市人大常委会副主任金生官、信息产业部副部长苟仲文、科技部副部长曹健林出席开幕式。北京市工业促进局局长李平主持开幕式。参加此次论坛的还有国家有关部委、北京市相关部门的领导以及国内外知名专家、学者、国内外知名微电子企业负责人等共400余人。此次研讨会举办了一个高峰论坛，8个专题论坛，特邀嘉宾发表了41个精彩的专题演讲，参会人数达1500余人次。

10月21日 北京普析通用公司产品——XD—3型多晶X射线衍射仪荣获第十二届BCEIA金奖。

10月23～30日 市工业促进局分期分批召开部分市属控股（集团）公司以及区县主管工业部门负责年鉴修志人员参加的座谈会，认真学习《地方志工作条例》和《北京市实施〈地方志工作条例〉办法》，并结合第二轮修志工作进行了讨论。

10月23～31日 市商务局、市工业促进局、市投资促进局与日中经济协会、大韩贸易投资振兴公社联合举办的“第四届日本企业北京发展研讨洽谈会”及“2007韩国企业北京发展研讨洽谈会”分别在东京、大阪和首尔举行。副市长陆昊率北京市经贸代表团参加，中国驻日韩大使馆领导、外方高层代表出席会议。陆昊代表北京市政府分别在大会上作主旨发言。

同日 北京汽车工业控股有限责任公司南方制造基地进驻株洲高新区的签约仪式在株洲举行。北汽控股公司将投资20亿元在株洲高新区建设轻卡、皮卡、轻客及越野车的生产基地。

10月28日 北汽控股公司与江南模塑公司合资项目签约仪式在江苏省江阳市举行。北京汽车工业领导小组办公室副主任樊健、北汽控股公司董事长徐和谊、常务副总经理郭新民、市工业投资公司总经理石幼文、江阴市委书记朱民阳、常务副市长薛良参加了签约仪式，北京三大整车企业负责采购的副总经理也参加了仪式。江南模塑公司在京投资项目总投资1.2亿元，北汽控股公司占51%，江南模塑公司占49%。

同日 北京汽车工业控股有限责任公司与首汽集团股份有限公司举行了首汽租赁公司增资项目签字仪式。两大集团将合力打造国内汽车租赁业“航母”，从而实现了汽车制造和汽车租赁的跨行业强强联合注资后，北汽控股持有首汽公司49%的股份。

11月2日 爱慕2008春夏国际内衣流行趋势发布会在D·park

举行。主创设计师王海玲介绍“08 春夏内衣流行趋势选择以‘梦幻’为主题，是向人们传达一种对未来精致生活的期待”。

11 月 3 日　由中国服装设计师协会、北京市工业促进局和服装时报社联合主办的“第 4 届北京国际时尚论坛”在北京饭店召开。本届北京国际时尚论坛有大学生辩论会、媒体午餐会、文化沙龙等系列活动。

11 月 6 日　中国国际工业博览会，在上海新国际博览中心隆重开幕。中共中央政治局委员、上海市委书记俞正声出席了开幕式，上海市市长韩正致辞，市工促局领导樊建任团长，共计 30 家企业 40 余人的北京展团携 60 多种产品和项目参展。

11 月 7 日　市工业促进局与中国服装设计师协会、市商务局和北京服装纺织行业协会举办的“人文奥运”中国概念时尚成衣大赛的决赛在北京时尚设计广场举行。共有 50 位时装设计师的成衣作品入围决赛。经过专家认真评议，评出了金、银、铜和优秀奖。

11 月 8 日　天意·梁子时装发布会在北京饭店举行。本次发布的主题为“月亮唱歌”，提倡“天人合一”的和谐之美。

同日　木真了时装有限公司投资的“木真了”中式服装与传统文化研发基地在通州区宋庄镇举行奠基仪式。占地面积 35 万平方米。北京市副市长陆昊等领导出席了奠基仪式。

11 月 13 日　北京市委书记刘淇到顺义区调研，察看了牛栏山镇江河幕墙股份有限公司的生产情况。该公司是一家集幕墙设计研发、精密制造、安装施工、咨询服务、成品出口于一体的高技术民营企业。

同日　迎奥运旅游食品及包装设计产品对接会在北京市工业促进局电视电话会议室举行。会议展出了由清华大学美术学院、天津美术学院、北京印刷学院、广东雅图仕公司、北京工业设计中心等单位设计的包括宫廷御点和“京八件”两个系列的 30 多件食品包装样式。专家学者以及企业的代表，就奥运食品包装和风味等问题进行了认真的交流和深入的研讨。

同日　北京康森阿姆斯壮机械有限公司举行了新厂投产活动。全国政协常委、中国机械工业联合会会长于珍，副会长蔡惟慈、阿姆斯壮国际公司总裁 David Armstrong、中国石油天然气股份有限公司、中国石油化工股份有限公司、中国冶金建设集团公司、代理商的代表等出席了庆祝活动。北京康森阿姆斯壮机械有限公司是由机械工业技术发展基金会与美国阿姆斯壮国际公司共同开办的一家合资企业。

11 月 15 日 北京市市长王岐山主持召开市政府专题会，听取市工业促进局关于首钢搬迁工作进展情况的报告。常务副市长吉林、副市长陆昊、赵凤桐等市领导参加会议。市工业促进局局长李平汇报了首钢搬迁工作涉及的首钢压产、富余人员安置、冷轧薄板项目建设、京唐钢铁厂项目建设、外埠企业划转、首钢工业区改造等项工作的进展情况，会议就首钢搬迁当前急需解决的重点问题进行了研究和部署。会议强调，各部门要进一步解放思想，一切从实际出发，坚持以人为本的科学发展观，把首钢搬迁工作作为首都产业结构调整的重要任务全力做好，确保“新北京、新奥运”战略任务的完成。

11 月 21 日 市人大原主任张健民，市政协原主席王大明，全国人大法制委副主任蒋黔贵，原市经委主任、北京工经联名誉会长闫承宗，市委宣传部原副部长郝真等老领导到北京第一机床厂顺义新基地参观。听取了厂党委书记的汇报，看了反映一机床厂实现跨越式发展的纪录片，参观了三个重点分公司生产线，对一机床厂取得的成绩由衷地高兴。老领导们希望一机床厂再创辉煌。

11 月 22 日 京煤集团昊华能源公司在内蒙古自治区鄂尔多斯市兴建的高家梁煤矿一期工程开工。矿井设计年产煤能力 600 万吨，一期工程建设规模年产煤 300 万吨。

同日 北京市平谷区东兴造纸厂拉下电闸停产关门。至此，北京市年内已关停 24 家高污染、高耗能、高耗水的企业。每年可节约能源 12. 3 万吨标准煤，节约用水 324. 8 万吨，减少废气排放 4. 8 亿立方米，减少固体废气物排放 4 万吨。

11 月 28 日 东方石化两厂搬迁改造工程开工奠基仪式在燕山中路东侧的搬迁改造新址举行。该工程是确保北京 2008 年奥运会成功举办的重点环保治理工程。

11月30日 北京玻璃研究院承接的国防科技工业固定资产投资项目“光纤陀螺建设发展项目——保偏光纤”在北京市国防科工办的主持下通过验收。该项目总投资2500万元，其中国家拨款1000万元，自筹资金1500万元。

同日 市工业促进局在通州召开了地处通州9家年内计划内关停的高污染、高耗能、高耗水企业验收会。市发改委、财政局、统计局、劳动局、工商局等部门参加验收会。

同日 北京电子制造装备行业协会召开第一届会员代表大会暨成立大会。王荫桐任第一届协会理事长。

同日 北京海纳川汽车部件股份有限公司在钓鱼台国宾馆举行揭牌仪式。原机械工业部部长何光远，中国汽车工业联合会、中国汽车工程学会领导同志，北京汽车工业领导小组办公室主任李平参加了揭牌仪式。

12月5日 市政府常务副市长吉林、副市长陆昊听取首钢总公司关于实施压产搬迁当前面临的有关问题的汇报。对首钢压产搬迁当前亟须解决的资金平衡、2007年底压产需要解决的问题，以及首钢带钢厂、首钢医院、首钢工学院3家单位的划转等项工作进行了研究，对相关工作做了具体部署和安排。

12月6日 全国第58届药品交易会在昆明隆重举行。北京市工业促进局、北京市药品监督管理局和北京医药行业协会组织双鹤、紫竹、华素、修正等20家知名医药企业集体亮相本届药交会。北京展团还举办了一场以“用北京药放心”为主题的北京展团与媒体见面会。

12月10日 中共中央政治局常委、中央纪律检查委员会书记贺国强到燕山石化进行工作考察。参观了炼油厂第九作业部等车间，专门看望了劳模代表孙茂军和特困职工贾春玲。北京市委书记刘淇，中纪委副书记张惠新，中纪委常委、秘书长吴玉良，北京市委副书记、代市长郭金龙，北京市委常委、纪委书记马志鹏，市委常委秘书长李士祥，中石化集团公司党组书记，总经理苏树林，中石化集团公司党组成员、纪检组组长王作然陪同考察。

12 月 13 日 北京东升砂布实业公司水砂纸、砂带车间设备拆迁仪式在北京东升砂布实业公司进行。北京东升砂布实业公司成立于1958 年，是中国涂附磨具行业的骨干企业。车间的停产和搬迁将减少综合能耗 0.35 万吨标准煤、减少废气排放 0.2 亿立方米、减少废水排放 2.6 万吨。

同日 北汽控股公司与李尔公司签署设立北京北汽李尔汽车电子电器有限公司合资合同。北京汽车工业领导小组办公室副主任樊健、北京市科委副主任朱世龙与北汽控股公司董事长徐和谊、李尔公司全球总裁 Rossiter 先生等参加签字仪式。合资双方将以 50:50 的股比投资 1000 万美元，选址在北京汽车生产基地采育零部件园。

12 月 21 日 北京重点用能企业用电在线监测平台通过竣工验收。首钢总公司、北京燕山石油化工有限公司、北汽福田汽车股份有限公司、北新建材集团股份有限公司、北京燕京啤酒集团公司、北京市琉璃河水泥厂等 50 家用电量占全市工业 40% 的能耗大户用电实现了在线监测。

12 月 22 日 卫生部、科技部、国家药监局联合进行了人用禽流感疫苗Ⅱ期临床试验结果的揭晓。检测指标显示，园区企业北京科兴生物制品有限公司与中国疾病预防控制中心共同研制的人用禽流感疫苗顺利完成Ⅱ期临床试验，具备了生产、储备及临床使用的条件。

12 月 24 日 北京市工商联召开十二届二次执委会。会议接受孙安民因职务变动辞去市工商联十二届执行委员会会长职务的请求。程红当选北京市工商联第十二届执委会会长。

12 月 25 日 市工业促进局召开了北京市开发区工作会。李平局长作了 2007 年工作总结和 2008 年工作部署。全市各开发区主任、部分产业基地负责人以及市发改委、市财政局、市统计局等有关委办局领导出席了会议。国家开发区协会刘培强会长也出席会议并讲话。

12 月 26 日 奥运旅游食品专题会议在华风宾馆举行。北京市副市长陆昊听取了北京食品协会和北京包装设计协会的汇报并讲话。北京二商集团公司、宫颐府、稻香村、好利来、全聚德仿膳等企业及清华大学美术学院等设计单位的代表参加会议。会上讨论了包括宫廷御点和“京八件”两个系列的十多件食品包装样式。市工业促进局副局长李树藩对落实副市长陆昊的指示做出具体部署。

12月27日 市工业促进局在北京国际会议中心召开了“2007年度北京市企业技术中心工作会”。局长李平作了《加快企业技术中心建设提升企业自主创新能力》的工作报告，北京市副市长陆昊到会并作了重要讲话。会上还为第十批认定的企业技术中心颁发了证书和铜牌。北京燕京啤酒集团公司、北京四方继保自动化股份有限公司、北京兴大豪科技开发有限公司3家企业技术中心作了经验介绍。

12月28日 市工业促进局在北京人民大会堂召开了“高亮度LED照明产品最新技术成果发布会”。23家中央和北京媒体，国家和北京有关部委领导以及大兴区政府有关领导应邀参加了会议。

同日 北京铜牛集团有限公司和保定澳森制衣有限公司合作签约仪式在北京饭店举行。市工业促进局副局长李树藩出席签字仪式。铜牛集团与澳森制衣共同投资1.5亿元，建成后年生产能力将达到1000万件套，产值5亿元。

同日 北汽控股公司与上海德尔福空调公司、北京光华世缘公司签约合作生产汽车空调系统产品。市工业促进局、发改委等部门与北汽控股公司、北京工业投资公司、海纳川公司、北京光华世缘公司、上海德尔福空调公司等企业参加签约仪式。

附录二　北京市工业领导机构及负责人一览表

中共北平市委工人工作委员会

书　　记　萧　明（1949. 2～1949. 7）

北平（京）市财政经济委员会（1949. 3～1955. 3）

主　　任　徐　冰（兼，1949. 3～1949. 5）

　　　　　李葆华（兼，1949. 5～1949. 9）

　　　　　张友渔（兼，1950. 1～1950. 9）

　　　　　彭　真（兼，1950. 9～1953. 3）

　　　　　刘　仁（1953. 3～1953. 9）

　　　　　程宏毅（1953. 9～1955. 3）

副 主 任　程宏毅（1949. 3～1953. 9）

　　　　　刘　仁（1950. 9～1953. 3）

　　　　　张友渔（兼，1950. 9～1953. 1）

　　　　　赵鹏飞（满族，1953. 3～1955. 3）

　　　　　贾星五（1953. 3～1955. 3）

　　　　　李乐光（1953. 12～1955. 3）

　　　　　王　纯（1954. 5～1955. 3）

中共北京市委工业部（1953. 3～1964. 4）

部　　长　贾庭三（1953. 2～1964. 6）

副 部 长　陆　禹（1953. 2～1964. 6）

　　　　　邢　军（1956. 12～1958. 6）

　　　　　张　彭（1956. 12～1961. 8）

　　　　　杨慧洁（女，1958. 8～1961. 10）

　　　　　叶子龙（1962. 5～1964. 6）

中共北京市委地方工业部（1955. 9～1958. 10）

部　　长　柴泽民（1957. 9～1958. 10）

副部长　宋汝棼（1955.9～1957.9 主持全面工作）

中共北京市委交通工作部（1958.10～1965.7）

部　　长　柴泽民（1958.10～1961.1）

副部长　鲁　文（1961.1～1965.5 主持全面工作）

　　　　霍长春（1962.12～1965.5）

中共北京市委工业生产委员会（1958.10～1967.4）

主　　任　贾庭三（兼，1958.10～1965.2）

副主任　王镇武（1964.6～1966.5，1965.2～1966.5 主持全面工作）

　　　　王　炯（1959.2～1961.8）

　　　　黄　光（1962.7～1966.5）

　　　　张　萍（1962.7～1966.5）

　　　　韩伯平（1964.6～1966.5）

　　　　潘　梁（1964.6～1966.5）

　　　　王恩惠（1960.5～1961.5）

　　　　陈耳东（1966.6～1967.4）

中共北京市委工业基建委员会（1958.8～1962.12）

主　　任　宋汝棼（1958.10～1962.12）

副主任　黄　光（1959.1～1962.7）

　　　　霍长春（1959.2～1962.12）

中共北京市委工业交通政治部（1965.7～1966.5）

主　　任　柴川若（1964.7～1966.5）

副主任　陆　禹（1964.6～1966.5）

　　　　叶子龙（1964.6～1966.5）

　　　　鲁　文（1965.5～1966.5）

　　　　霍长春（1965.5～1966.5）

中共北京市委工业政治部（1966.5～1967.4）

主　　任　柴川若（1966.6～1967.4）

副主任　谷燕民（1966.6～1967.4）

　　　　冯　麟（1966.6～1967.4）

　　　　曾孟泽（1966.6～1967.4）

北京市革命委员会工交城建组（1967.4～1973.7）

组　　长　高扬文（1967.4～1971.3）

　　　　　杨寿山（1971.3～1973.7）

副 组 长　杨寿山（1967.4～1971.3）

　　　　　张　亮（1967.4～1973.7）

　　　　　冯　麟（1967.4～1973.7）

　　　　　杜春永（1967.4～1971.3）

　　　　　陈耳东（1967.4～1973.7）

　　　　　王　珂（1968.6～1973.7）

　　　　　黄乙俊（1969.5～1973.7）

　　　　　万　里（1970.4～1973.7）

　　　　　黄民伟（1972.6～1973.7）

北京市计划委员会（1973.7～1977.7）

主　　任　杨寿山（1973.7～1977.7）

副 主 任　王　纯（1973.7～1977.7）

　　　　　黄民伟（1973.7～1977.7）

　　　　　刘双和（1973.7～1977.7）

　　　　　武珂枫（1973.7～1977.7）

　　　　　陈耳东（1973.7～1977.7）

　　　　　韩伯平（1973.7～1977.7）

　　　　　刘镜清（1973.7～1977.7）

　　　　　谷燕民（1973.7～1977.7）

　　　　　范旭光（1973.7～1977.7）

　　　　　陆　达（1973.7～1974.11）

　　　　　史洪志（1973.12～1977.7）

　　　　　郑尊山（1974.4～1977.7）

　　　　　李昌安（1974.7～1976.11）

　　　　　万　一（1975.9～1977.7）

北京市工业交通办公室（1977.7～1978.8）

主　　任　杨寿山（任职后去中央党校学习）
　　　　　叶　林（1977.7～1978.8）
副 主 任　范旭光（1977.7～1978.8）
　　　　　陈耳东（1977.7～1978.8）
　　　　　谷燕民（1977.7～1978.8）
　　　　　史洪志（1977.7～1978.8）
　　　　　刘镜清（1977.7～1978.8）
　　　　　崔绍武（1978.1～1978.8）
　　　　　张健民（1978.3～1978.8）
　　　　　肖　秧（1978.3～1978.8）
　　　　　邢　军（1978.6～1978.8）
　　　　　冯　麟（1978.7～1978.8）

北京市经济委员会（1978.8～2003.9）

主　　任　叶　林（1978.8～1979.7）
　　　　　张　彭（1979.7～1982.11）
　　　　　王大明（1982.11～1984.4）
　　　　　张健民（1984.4～1984.8）
　　　　　阎承宗（1984.10～1991.9）
　　　　　高佐之（1991.9～1995.10）
　　　　　阳安江（1995.10～1996.7）
　　　　　李岩岭（1996.7～2000.1）
　　　　　金生官（2000.1～2003.3）
　　　　　陆　昊（2003.3～2003.9）
副 主 任　陈耳东（1978.9～1982.12）
　　　　　冯　麟（1978.8～1982.12）
　　　　　谷燕民（1978.8～1980.3）
　　　　　范旭光（1978.8～1983.8）
　　　　　吴文彬（1978.8～1982.12）
　　　　　肖　秧（1978.8～1984.5）
　　　　　兰　琼（女，1978.8～1980.7）

张健民（1978.8～1984.4）
史洪志（1978.8～1983.8）
刘镜清（1978.8～1982.12）
崔绍武（1978.8～1980.1）
张　彭（1978.8～1979.7）
邢　军（1978.8～1983.3）
王燕群（1979.2～1981.10）
王大明（1980.3～1982.11）
魏文烈（1980.3～1983.5）
银重华（女，1980.3～1987.10）
廖　平（1980.11～1983.7）
李润五（1981.11～1986.12）
陈式宽（1983.7～1986.11）
阎承宗（1984.9～1984.10）
王志良（1986.1～1991.6）
刘克信（1987.4～1998.10）
李冀凯（1987.9～1992.3）
蒋黔贵（女，1991.8～1993.3）
张志明（1992.5～1998.8）
张继民（1992.6～1995.3）
刘永聪（女，1994.6～1997.6）
王杰扬（1994.8～1997.6）
何　兵（女，1997.6～2000.1）
徐和谊（1997.6～2002.7）
周景勤（1997.6～1998.9）
冯　海（1998.6～2003.9）
周毓秋（女，1998.8～2003.9）
阎冠和（2000.2～2002.3）
战　超（2002.3～2003.9）
张　工（2002.7～2003.9）

李建伟（2002.9～2003.9）
总工程师 杨友龙（1983.8～1991.9）
陈信祥（1992～1994.6）
徐树彬（1994.6～1998.10）
总会计师 王志良（1983.5～1986.1）
总经济师 秦明祥（1994.6～1997.4）
常　青（女，2000.9～2003.9）
委　　员 蔺显文（1987.4～1992.6）
张剑平（1987.4～1989.3）
蒋黔贵（女，1987.4～1990.5）
李冀凯（1987.9～1987.9）
彭静云（女，1989.5～1990.2）
傅连钧（1990.7～1992.6）
朱鼎恒（1992.6～2000.1）
徐树彬（1992.6～1994.4）
刘学智（1994.6～1998.10）
何　兵（女，1994.6～1997.6）
常　青（女，1997.5～2000.9）
解铁疆（1998～2000.9）
丁镇宽（2000.9～2003.9）
陈怀伟（2000.9～2003.9）

中共北京市委工业工作部（1984.3～1990.1）

部　　长 王大明（1984.4～1984.9）
刘　才（1984.9～1987.10）
副 部 长 刘　才（1984.4～1984.9）
韩　光（1984.4～1987.10）
阿　龙（女，1984.4～1987.10）
凌皓程（1984.4～1986.12）
李铁林（1984.10～1987.3）
郝　真（女，1986.8～1987.2）

卞君正（1987.4～1987.10）

中共北京市委工业工作委员会（1990.1～2003.9）

书　　记　李　舜（1990.1～1997.7）
　　　　　金生官（1997.7～2003.3）
　　　　　陆　昊（2003.3～2003.9）

副 书 记　卞君正（1990.2～1994.6）
　　　　　彭静云（女，1990.2～1992.9）
　　　　　姜广东（1992.9～1993.11）
　　　　　刘　渊（1992.9～1994.4）
　　　　　杨文华（1994.6～1997.7）
　　　　　徐　风（女，1994.6～2000.1）
　　　　　郭　堃（1997.6～1998.9）
　　　　　张俊明（1997.10～2003.9）
　　　　　龙云泽（1998.12～2000.3）
　　　　　徐和谊（2000.1～2002.7）
　　　　　卫华诚（2000.8～2002.7）

委　　员　卞君正（1991.1～1994.6）
　　　　　彭静云（女，1991.1～1992.9）
　　　　　姜广东（1991.1～1993.11）
　　　　　白文林（1991.1～1994.10）
　　　　　卜世成（1991.1～1992.8）
　　　　　杨文华（1993.9～1997.10）
　　　　　赵立江（1994.9～1998.7）
　　　　　马嗣荣（1995.10～2003.9）
　　　　　张厚昆（1996.3～1998.9）
　　　　　杨铁林（1996.6～1998.9）
　　　　　李国杰（1998.11～2003.9）
　　　　　冯　海（2000.6～2003.9）
　　　　　周毓秋（女，2000.6～2003.9）
　　　　　常　青（女，2000.6～2003.9）

彭福旺（2000.11～2003.9）
纪工委书记 姜广东（1990.9～1993.11）
李敬汶（女，1993.11～1996.4）
张厚昆（1996.3～1998.9）

北京市工业促进局（2003.9～ ）

局 长 程连元（2003.9～2006.10）
李 平（2006.10～ ）
副 局 长 冯 海（2003.9～ ）
常 青（2003.9～ ）
李树藩（2004.12～ ）
纪检组组长 彭福旺（2003.9～2007.9）
张国栋（2007.9～ ）
助理巡视员 丁镇宽（2003.9～2004.5）
樊 健（2003.9～ ）

北京市国防工办（1971.3～1974.4）

主 任 陈耳东（1971.3～1974.4）
副 主 任 郑尊山（1971.10～1974.4）

北京市国防工业第一办公室（1977.7～1979.12）

主 任 王 纯（1977.7～1979.12）
副 主 任 张惠和（1977.7～1979.3）
李昌安（1977.7～1978.4）
安 达（1977.7～1979.4）
邢 军（1977.8～1978.5）
杨培先（1978.2～1978.5）
韩新权（1978.7～1979.12）
林 巍（1978.7～1979.12）
封明为（1978.7～1979.3）

北京市国防工业第二办公室（1977.7～1979.12）

主 任 黄民伟（1977.7～1978.5）
杨春茂（1978.5～1979.12）

副 主 任　杨春茂（1977.7～1978.5）
　　　　　陆　禹（1977.7～1979.12）
　　　　　王俊明（1977.7～1979.7）
　　　　　夏明文（1977.7～1979.12）
　　　　　赵丰通（1977.7～1979.12）
　　　　　郑尊山（1977.8～1978.10）
　　　　　安　达（1979.4～1979.12）

北京市国防工业办公室（1979.12～1983.12）
主　　任　王　纯（兼，1979.12～1983.12）
副 主 任　安　达（1979.12～1983.9）
　　　　　韩新权（1981.5～1983.12）
　　　　　凌皓程（1981.8～1983.12）

北京市国防科工办（1983.12～　　）
主　　任　高佐之（兼，1991.9～1995.10）
　　　　　刘克信（兼，1995.10～1998.10）
　　　　　李岩岭（兼，1998.10～2000.1）
　　　　　金生官（兼，2000.1～2003.9）
　　　　　冯　海（兼，2003.9～　）
副 主 任　郭瑞久（1992.5～1995.10）
　　　　　宋卫民（1995.10～1998.10）
　　　　　解铁疆（2000.9～　　）

附录三　北京市工业局、总公司、控股公司领导人名录

北京市企业局（公营企业公司）（1949.3～1953.2）

局　　长　牟泽衔（1949.3～1950.12）
副 局 长　贾庭三（1949.3～1950.12）
　　　　　佘涤清（1950.1～1950.4）
党组书记　牟泽衔（1949.3～1950.12）
经　　理　赵鹏飞（1950.3～1952.11）
副 经 理　佘涤清（1950.3～1952.11）
　　　　　高振德（1950.3～1952.11）
　　　　　武韵庵（1950.3～1952.11）

北京市地方工业局（1953.2～1955.2）

局　　长　宋汝棼（1953.1～1955.2）
副 局 长　武韵庵（1953.3～1955.2）
　　　　　王叔文（1953.3～1955.2）
　　　　　袁永厚（1953.3～1955.2）
　　　　　徐剑平（1954.3～1955.2）
　　　　　晁锦文（1954.3～1955.2）
　　　　　王　甦（1954.11～1955.2）
党组书记　赵鹏飞（1952.11～1953.1）
　　　　　宋汝棼（1953.1～1955.2）

北京市第一地方工业局（1955.2～1958.10）

局　　长　张布克（1955.2～1958.10）
副 局 长　徐剑平（1955.2～1958.10）
　　　　　施叔谋（1955.2～1958.10）
党组书记　张布克（1955.2～1958.10）

北京市第二地方工业局（1955.2～1958.10）

局　　长　宋汝棼（1955. 5 ~ 1958. 10）
副 局 长　晁锦文（1955. 5 ~ 1957. 3）
　　　　　隋经仁（1955. 5 ~ 1958. 10）
　　　　　扈梅村（1955. 5 ~ 1958. 10）
　　　　　赵庆合（1956. 11 ~ 1958. 10）
党组书记　宋汝棼（1955. 3 ~ 1958. 10）
　　　　　晁锦文（1955. 3 ~ 1956. 11）
　　　　　赵庆合（1956. 11 ~ 1958. 10）

北京市第三地方工业局（1955. 2 ~ 1958. 10）
局　　长　范崇武（1955. 4 ~ 1958. 11）
副 局 长　王　甦（1955. 2 ~ 1958. 11）
　　　　　袁永厚（1955. 2 ~ 1958. 11）
　　　　　丁　民（1956. 11 ~ 1958. 11）
　　　　　霍　梁（1958. 7 ~ 1958. 11）
党组书记　王　甦（1955. 2 ~ 1958. 11）

黑色冶金工业

石景山钢铁厂（1948. 12 ~ 1958. 8）
军 代 表　张　方（1948. 12 ~ 1950. 4）
副军代表　陈　雷（1948. 12 ~ 1949. 5）
　　　　　郭　际（1949. 2 ~ 1950. 4）
工厂管理委员会主任委员
　　　　　赵克春（1948. 12 ~ 1949. 7）
副主任委员
　　　　　谢緘三（1948. 12 ~ 1949. 7）
　　　　　陈国忠（1948. 12 ~ 1949. 7）
经　　理　李公达（1949. 7 ~ 1950. 2）
　　　　　郭　际（代，1950. 2 ~ 1950. 4）
副 经 理　安朝俊（1950. 2 ~ 1950. 4）
厂　　长　郭　际（1950. 4 ~ 1950. 6）

周家华（1950.6～1953.5）
黄墨滨（1953.5～1955.11）
周冠五（1955.11～1959.4）
副　厂　长　安朝俊（1950.4～1959.4）
郭　际（1950.6～1950.11）
周冠五（1951.10～1955.11）
马洗凡（1951.10～1953.9）
党入庠（1951.10～1959.4）
张　懋（1953.5～1957.5）
赵焕然（1952.10～1954.2）
（1956.4～1958.2）
刘心赤（1956.3～1959.4）
苗嘉禾（1956.8～1959.4）
胡兆堃（1956.8～1959.4）
高　杰（1958.7～1959.4）
白良玉（1958.7～1959.4）
李　杰（1958.7～1959.4）
庞文华（女，1958.9～1959.4）
党支部书记　于寿康（1948.12～1949.3）
党总支书记　丁　琦（1949.5～1950.2）
白　浩（1950.2～1950.4）
总支副书记　赵焕然（1949.5～1950.4）
党委书记　赵焕然（1950.4～1952.9）
崔映国（1952.9～1953.3）
肖　平（1953.3～1958.9）
第二书记　肖　平（1952.9～1953.3）
张　萍（1957.7～1958.9）
副书记　张　萍（1953.6～1957.7）
谷受民（1953.9～1958.9）

石景山钢铁公司（1958.8～1966.9）

经　　理　周冠五（1959.4～1966.6）
副 经 理　安朝俊（1959.4～1966.6）
　　　　　党入庠（1959.4～1960.12）
　　　　　苗嘉禾（1959.4～1966.6）
　　　　　胡兆堃（1959.4～1966.6）
　　　　　高　杰（1959.4～1961.10）
　　　　　白良玉（1959.4～1965.12）
　　　　　李　杰（1959.4～1961.1）
　　　　　庞文华（女，1959.4～1960.1）
　　　　　姚聿楷（1959.4～1963.1）
　　　　　徐树琪（1959.4～1963.1）
　　　　　刘孟云（女，1960.1～1962.8）
　　　　　席正平（1960.12～1966.6）
　　　　　周克刚（1961.10～1963.6）
　　　　　贾拓夫（1965.11～1966.6）
党委书记　肖　平（1958.9～1965.8）
　　　　　郑天翔（1965.8～1966.6）
第二书记　张　萍（1958.9～1958.10）
　　　　　周冠五（1961.3～1963.9）
副 书 记　谷受民（1958.9～1963.3）
　　　　　刘心赤（1958.9～1964.12）
　　　　　赵焕然（1960.4～1964.12）
　　　　　周冠五（1963.9～1966.6）
　　　　　郎冠英（1965.8～1966.6）
　　　　　肖　平（1965.8～1966.6）

首都钢铁公司（1966.9～1992.2）

军管会主任　潘永堤（1967.3～1967.12）
　　　　　郭迎春（1967.12～1968.9）
　　　　　李　巩（1968.8～1968.9）
副 主 任　王韶华（1967.3～1968.8）

张兆远（1967.3～1968.8）
瞿　坤（1968.8～1968.9）
刁　洪（1968.8～1968.9）
杜士杰（1968.8～1968.9）
彭　毅（1968.8～1968.9）

革命委员会

主　　任　郭迎春（1968.9～1968.9）
李　巩（1968.9～1973.5）
周冠五（1973.5～1979.11）

副 主 任　袁　涛（1968.9～1968 年底）
瞿　坤（1968.9～1972.7）
刁　洪（1968.9～1972.7）
杜士杰（1968.9～1972.7）
孙凤强（1968.9～1973.5）
胡兆堃（1968.9～1973.5）
安朝俊（1970.1～1972.7）
（1973.5～1979.11）
周冠五（1971.6～1973.5）
肖　平（1972.7～1973.5）
郑绍宁（1972.7～1977.7）
姚聿楷（1972.7～1973.5）
彭　毅（1972.7～1973.5）
（1977.7～1978.10）
李　力（1972.7～1973.5）
（1977.7～1979.11）
赵焕然（1972.7～1973.5）
李笑明（1972.7～1973.5）
苗嘉禾（1972.7～1979.11）
周克刚（1972.10～1973.5）
邢英光（1973.5～1979.11）

石玉琪（1973. 5～1977. 7）
祁　光（1973. 5～1977. 7）
徐永起（1973. 5～1979. 11）
尹志农（1973. 5～1979. 11）
李文琦（1973. 5～1979. 11）
张　静（1973. 5～1979. 11）
杨云魁（1973. 5～1979. 11）
管兴华（1973. 5～1979. 11）
银重华（女，1975. 12～1979. 11）
梅志国（1975. 3～1979. 11）
冯　坚（1977. 7～1979. 11）
白良玉（1978. 4～1979. 11）

经　　理　白良玉（1979. 11～1983. 7）
徐永起（1983. 7～1986. 3）

副 经 理　邢英光（1979. 11～1983. 7）
徐永起（1979. 11～1983. 7）
银重华（女，1979. 11～1980. 5）
管兴华（1979. 11～1983. 7）
安朝俊（1979. 11～1983. 1）
李文琦（1979. 11～1986. 4）
张　静（1979. 11～1983. 7）
苗嘉禾（1979. 11～1982. 1）
杨云魁（1979. 11～1983. 1）
尹志农（1979. 11～1983. 1）
李　力（1979. 11～1982. 12）
高伯聪（1982. 12～1983. 7）
潘华垣（1982. 12～1986. 4）
祁　光（1983. 2～1983. 7）
阎承宗（1983. 2～1983. 8）
冯志诚（1983. 2～1985. 3）

赵长白（女，1983.7～1986.3）
马树藩（1983.7～1986.4）
胡舜寿（1983.7～1986.4）
许洪昆（1983.7～1986.4）

工厂委员会

主　　任　周冠五（1986.9～1992.2）
副 主 任　赵玉吉（1986.4～1990.12）
徐永起（1986.3～1988.12）
赵长白（女，1990.2～1992.2）
总 经 理　赵长白（女，1986.3～1990.6）
赵玉吉（1990.5～1991.11）
罗冰生（代，1991.11～1992.2）
副总经理　胡舜寿（1986.4～1987.11）
李文秀（1986.4～1988.4）
赵　蕙（女，1986.4～1988.5）
王兆镛（1986.4～1986.9）
许洪昆（1986.4～1986.9）
马树藩（1986.4～1990.3）
李文琦（1986.4～1989.7）
潘华垣（1986.4～1992.2）
杜如明（1989.12～1991.2）
张先青（1990.3～1992.2）
罗冰生（1990.12～1991.11）
梁张翼（1991.4～1992.2）
张燕林（1991.4～1992.2）
党委书记　李　巩（1968.9～1973.5）
周冠五（1973.5～1992.2）
副 书 记　瞿　坤（1968.9～1972.7）
周冠五（1972.7～1973.5）
郑绍宁（1973.5～1977.7）

邢英光（1973.5～1983.7）
石玉琪（1973.5～1977.7）
马小六（1973.5～1977.7）
祁　光（1973.5～1977.7）
银重华（女，1973.5～1980.5）
冯　坚（1977.7～1983.7）
白良玉（1978.4～1983.7）
李容光（1981.6～1983.7）
徐永起（1983.7～1986.4）
高伯聪（1983.7～1986.4）
吕　兴（1983.7～1986.12）
赵玉吉（1985.4～1991.11）
卢　运（1987.1～1992.2）
杜如明（1991.2～1992.2）

首钢总公司（1992.2～　　）

董事长　周冠五（1992.2～1995.2）
毕　群（1995.2～2000.6）
罗冰生（2000.6～2002.12）
朱继民（2002.12～　　）

副董事长　赵长白（女，1992.2～1996.9）
罗冰生（1998.6～2000.6）
杜如明（1998.6～2001.1）
朱继民（2000.7～2002.12）

总经理　罗冰生（代，1992.2～1992.8）
（1992.8～2000.6）
朱继民（2000.6～2003.5）
王青海（2003.5～　　）

常务副总经理　徐　凝（2003.5～　　）

副总经理　胡舜寿（1992.2～1995.5）
潘华垣（1992.2～1994.10）

梁张翼（1992.2～1994.8）
张先青（1992.2～1994.7）
李文琦（1993.1～1994.7）
卢本善（1993.5～1994.8）
谢有润（1993.5～1998.6）
苏显华（1993.5～1998.6）
李锡奎（1993.9～1998.4）
徐和谊（1994.7～1997.5）
张燕林（1996.8～2000.7）
王　毅（1997.9～　　）
徐　凝（1998.6～2003.5）
卫华诚（1998.6～2000.8）
王青海（1998.6～2003.5）
朱继民（1999.12～2000.6）
刘水洋（2003.11～　　）
孙伟伟（女，2003.11～　　）

党委书记　周冠五（1992.2～1995.2）
毕　群（1995.2～2000.6）
罗冰生（2000.6～2002.12）
朱继民（2002.12～　　）

副书记　杜如明（1992.2～2001.1）
卢　运（1992.2～1998.6）
王耀祖（1993.3～1996.8）
霍光来（1998.6～　　）
朱继民（2000.6～2002.12）
姜兴宏（2001.2～　　）
王青海（2003.4～　　）

有色金属工业

北京市冶金工业局（1958.10～1965.10）

局　　长　吴光治（1958.10～1960.8）
　　　　　周克刚（1959.12～1962.6）
　　　　　郑绍宁（1963.6～1965.7）
副 局 长　霍　梁（1958.10～1963.10）
　　　　　丁常青（1958.12～1963.2）
　　　　　李笑明（1959.8～1965.8）
　　　　　郑绍宁（1960.8～1963.6）
　　　　　姚聿楷（1962.11～1965.8）
　　　　　李　力（1962.11～1965.8）
党组书记　吴光治（1958.10～1960.1）
　　　　　周克刚（1960.1～1963.4）
　　　　　郑绍宁（1963.4～1965.7）
　　　　　李笑明（代，1964.12～1965.10）
副 书 记　郑绍宁（1960.6～1963.4）

北京市冶金工业公司（1965.11～1966.9）

经　　理　郑绍宁（1965.7～1966.5）
副 经 理　李笑明（1965.8～1966.5）
　　　　　姚聿楷（1965.8～1966.5）
　　　　　李　力（1965.8～1966.5）
党委书记　郑绍宁（1965.11～1966.5）

北京市冶金工业局（1966.9～1972.7、1977.7～1983.1）

经理（局长）郑绍宁（1966.5～1967.4）
副经理（副局长）
　　　　　李笑明（1966.5～1967.4）
　　　　　李　力（1966.5～1967.4）
　　　　　姚聿楷（1966.5～1967.4）
党委书记　郑绍宁（1966.5～1966.6）
军管会主任　徐　整（1967.6～1969.12）
副 主 任　王　鳌（1967.6～1969.12）
　　　　　袁庆祥（1967.6～1972.6）

革命领导小组

组　　　长　徐　整（1968.1～1969.12）
　　　　　　何　荣（1969.12～1970.12）
　　　　　　孙　毅（1971.1～1972.6）
　　　　　　郑绍宁（1977.7～1978.10）
副　组　长　王　鳌（1968.1～1969.12）
　　　　　　姚聿楷（1968.1～1972.6）
　　　　　　杜　斌（1969.12～1970.3）
　　　　　　高士衡（1970.3～1972.6）
　　　　　　王洪康（1970.3～1971.3）
　　　　　　石玉琪（1977.7～1978.10）
　　　　　　祁　光（1977.7～1978.10）
　　　　　　杨　军（1977.7～1978.10）
　　　　　　魏文烈（1977.7～1978.10）
　　　　　　陈秉忠（1977.7～1978.10）
　　　　　　何凤洲（1977.7～1978.10）
　　　　　　赵安良（1977.7～1978.10）

党的核心小组

组　　　长　孙　毅（1971.1～1972.6）
局　　　长　姚聿楷（1978.10～1982.12）
副　局　长　祁　光（1978.10～1982.12）
　　　　　　魏文烈（1978.10～1980.3）
　　　　　　陈秉忠（1978.10～1982.12）
　　　　　　赵安良（1978.10～1982.12）
　　　　　　樊欧章（1978.10～1982.12）
　　　　　　阎承宗（1978.10～1982.12）
　　　　　　胡启璋（1980.3～1982.12）
　　　　　　冯志诚（1981.10～1982.12）
党委书记　郑绍宁（1977.7～1978.10）
　　　　　　姚聿楷（1978.10～1979.12）

肖　平（1979.12～1982.12）
副　书　记　石玉琪（1977.7～1978.10）
姚聿楷（1977.7～1978.10）
祁　光（1977.7～1982.12）
杨　军（1977.7～1982.12）

北京市有色金属工业总公司（1983.1～　　）

经　　理　陈秉忠（1983.1～1985.11）
阎承宗（代，1983.8～1984.9）
胡启璋（1984.10～1986.10 主持行政工作
1986.10～1990.12 任经理）
谷志良（1990.12～1993.4）
于霰夫（1993.4～1997.8）
常务副总经理　张德华（1997.7～　　）
副　经　理　谷志良（1983.1～1990.12）
毛治奇（1983.1～1994.2）
张　谦（1988.7～1994.12）
史培芬（女，1984.6～1993.6）
范国柱（1985.5～1987.7）
周志超（1991.3～1998.8）
石幼文（1994.6～　　）
罗先彬（1994.10～　　）
张德华（1994.12～1997.7）
党委书记　胡启璋（1983.1～1986.8）
李荣寿（1986.8～1990.9 副书记主持党委工作）
（1990.9～1993.4）
姜广东（1993.4～1994.4）
高书平（1997.7～　　）
副　书　记　陈秉忠（1983.1～1985.11）
阎承宗（1983.8～1984.9）
李荣寿（1983.9～1986.8）

胡启璋（1986.8～1990.12）
孟慧芬（1986.8～1993.6）
于霰夫（1993.4～1997.7）
鲁效东（1994.6～　　）

石油化学工业

北京石油化工总厂（1970.7～1979.3）

建厂指挥部

总指挥　彭树祯（1970.7～1971.9）
副总指挥　胡体昭（1970.7～1971.9）
林　源（1970.7～1971.9）
李世源（1970.7～1970.10）
芮杏文（1971.3～1971.9）
党委书记　彭树祯（1970.8～1971.9）
副书记　林　源（1970.8～1971.9）
李世源（1970.8～1970.10）

革命领导小组

组长　彭树祯（1971.9～1973.2）
杨春茂（1973.5～1978.3）
副组长　杨春茂（1971.9～1973.5）
葛立兴（1977.3～1978.3）
林　源（1971.9～1978.3）
刘玉堂（1971.9～1973.2）
朱文俊（1971.9～1973.2）
芮杏文（1971.9～1975.10）
胡体昭（1971.9～1973.3）
谷移峰（1971.9～1973.2）
杨　浚（1973.5～1978.3）
李警民（1973.5～1978.3）
李霄路（1972.9～1978.3）

董文兴（1973.5～1975.5）
韩伯平（1973.5～1974.9）
楚孝忠（1973.12～1978.3）
刘友三（1973.12～1978.3）
梁志汇（1975.7～1978.3）

厂　　　长　葛立兴（1978.3～1979.3）

副　厂　长　楚孝忠（1978.3～1979.3）
刘友三（1978.3～1979.3）
梁志汇（1978.3～1979.3）
李延秀（1978.3～1979.3）
林雷川（1978.3～1979.3）
夏钦林（1978.3～1979.3）
曹　力（1978.3～1979.3）
张万欣（1978.3～1979.3）
张立文（1978.3～1979.3）

党委书记　彭树祯（1971.9～1972.4）
杨春茂（1972.4～1978.3）
杨义邦（1978.7～1979.3）

副　书　记　彭树祯（1972.4～1973.2）
葛立兴（1978.3～1979.3）
林　源（1971.9～1979.3）
李世源（1971.9～1972.4）
李警民（1978.3～1979.3）
将新生（1973.5～1979.3）
王　纯（1974.8～1977.1）
刘东明（1978.3～1979.3）

北京燕山石油化学总公司（1979.3～1984.1）

总　经　理　杨义邦（兼，1979.3～1981.2）
兰丕炜（代，1981.2～1982.7）

总　经　理　夏钦林（1982.7～1984.1）

第一副总经理

兰丕炜（1979.9～1984.1）

副 总 经 理 夏钦林（1979.3～1982.7）

楚孝忠（1979.3～1984.1）

刘友三（1979.3～1983.3）

梁志汇（1979.3～1984.1）

李延秀（1979.3～1983.9）

林雷川（1979.3～1984.1）

曹　力（1979.3～1983.9）

张万欣（1979.3～1981.8）

张立文（1979.3～1984.1）

齐国璋（1980.12～1983.9）

吴嘉祥（1980.12～1983.9）

熊崇义（1982.3～1983.9）

吴　仪（女，1983.9～1984.1）

党 委 书 记 杨义邦（1979.3～1981.2）

兰丕炜（代，1981.2～1982.7）

党 委 书 记 兰丕炜（1982.7～1984.1）

副　书　记 兰丕炜（1979.9～1981.2）

林　源（1979.3～1983.9）

蒋新生（1979.3～1981.12）

刘东明（1979.3～1981.12）

李警民（1979.3～1983.9）

吴协刚（1983.9～1984.1）

田成平（1983.9～1984.1）

刘志峰（1983.9～1984.1）

中国石化北京燕山石油化工公司（1984.1～1997.8）

经　　　理 夏钦林（1984.1～1984.7）

吴协刚（1984.7～1990.10）

刘海燕（1990.10～1997.8）

副经理　吴　仪（女，1984.1～1984.7）
　　　　张立文（1984.1～1993.3）
　　　　楚孝忠（1984.1～1990.10）
　　　　梁志汇（1984.1～1984.7）
　　　　林雷川（1984.1～1984.7）
　　　　刘炳义（1984.7～1997.8）
　　　　曹湘洪（1984.7～1997.8）
　　　　司徒泽湘（1984.7～1997.8）
　　　　赵俊山（1989.1～1993.3）
　　　　孙秉义（1989.11～1997.8）
　　　　杨清雨（1993.3～1997.8）
　　　　徐　莉（女，1993.3～1995.3）
　　　　陈生华（1995.3～1997.8）
　　　　杜国盛（1996.6～1997.8）
党委书记　兰丕炜（1984.1～1984.7）
　　　　吴　仪（女，1984.7～1988.6）
　　　　刘志峰（1988.11～1992.11）
　　　　阳安江（1992.11～1995.9）
　　　　刘海燕（1995.9～1997.8）
副书记　吴协刚（1984.1～1984.7）
　　　　刘志峰（1984.1～1988.11）
　　　　阳安江（1990.5～1992.11）
　　　　田成平（1984.1～1984.9）
　　　　王甫成（1986.5～1996.5）
　　　　王玉英（女，1992.11～1997.8）
　　　　尚　勃（1996.5～1997.8）

北京燕山石油化工集团有限公司（1997.8～1998.7）
董事长　刘海燕（1997.8～1998.7）
总经理　曹湘洪（1997.8～1998.7）
副总经理　杜国盛（1997.8～1998.7）

司徒泽湘（1997.8～1998.7）
刘炳义（1997.8～1998.7）
杨清雨（1997.8～1998.7）
孙秉义（1997.8～1998.7）
陈生华（1997.8～1998.7）
张兆民（1997.8～1997.12）
党委书记　刘海燕（1997.8～1998.7）
副书记　王玉英（女，1997.8～1998.7）
尚　勃（1997.8～1998.7）

中国石化集团北京燕山石油化工有限公司（1998.7～　）

董事长　刘海燕（1998.7～1999.4）
曹湘洪（1999.4～2000.3）
杜国盛（2000.3～2004.7）
王永健（2004.7～　）
副董事长　王玉英（女，2000.3～2007.10）
司徒泽湘（2000.3～2002.5）
总经理　曹湘洪（1998.7～1999.4）
杜国盛（1999.4～2002.5）
王永健（2002.5～　）
副总经理　杜国盛（1998.7～1999.4）
司徒泽湘（1998.7～2002.5）
刘炳义（1998.7～2000.3）
杨清雨（1998.7～2002.5）
孙秉义（1998.7～2002.5）
王瑞华（2000.3～2006.11）
谢银虎（1999.4～2000.3）
许红星（2000.3～2002.5）
王永健（2000.3～2002.5）
吕常钦（2001.4～2006.11）
李　刚（2006.11～　）

乔宪一（2002.5～　）
党委书记 刘海燕（1998.7～1999.4）
曹湘洪（1999.4～2000.3）
王玉英（女，2000.3～2007.10）
副书记 王玉英（女，1998.7～2000.3）
尚　勃（1998.7～2006.11）
崔国旗（2005.9～2007.10）
许　光（2006.11～　）
王永健（2007.10～　）

电子工业

北京市计算机工业总公司（1983.11～1988.3）
经理 周慎培（1984.8～1988.2）
第一副经理 龚云涛（1983.11～1984.8）
副经理 赵骥祖（1983.11～1988.2）
邓培德（1983.11～1988.2）
杨德垆（女，1983.11～1984.8）
何嘉祥（1984.8～1988.2）
许国安（1984.8～1985.12）
刘玉杰（1985.12～1988.2）
鲍家钰（1985.12～1987.12）
党委书记 周慎培（1983.11～1984.8）
曹　钧（1984.8～1988.2）
副书记 龚云涛（1983.11～1984.8）
曹　钧（1983.11～1984.8）
周慎培（1984.8～1988.2）
刘玉杰（1984.8～1985.12）
许国安（1985.12～1988.2）

北京市广播电视工业总公司（1983.11～1988.3）
经理 何民生（1983.11～1988.2）

副　经　理　冯先泉（1983. 11 ~ 1987. 4）
　　　　　　姚承嘉（1983. 11 ~ 1988. 2）
　　　　　　何持今（1983. 11 ~ 1988. 2）
　　　　　　王迪山（1987. 4 ~ 1988. 2）
党委书记　李洪杰（1983. 11 ~ 1988. 2）
副　书　记　何民生（1983. 11 ~ 1988. 2）
　　　　　　周佩玉（1983. 11 ~ 1988. 2）

北京市人民政府电子工业办公室（小电子办）（1985. 12 ~ 1988. 3）

主　　　任　张仲文（1985. 12 ~ 1988. 2）
副　主　任　邓培德（1985. 12 ~ 1988. 2）
　　　　　　陈文华（1985. 12 ~ 1988. 2）
　　　　　　冯先泉（兼，1985. 12 ~ 1987. 4）
　　　　　　赵骥祖（兼，1985. 12 ~ 1988. 2）

北京市人民政府电子工业办公室（1988. 3 ~ 1994. 11）

主　　　任　陆首群（1988. 3 ~ 1993. 5）
　　　　　　张仲文（1993. 5 ~ 1995. 10）
副　主　任　周慎培（1988. 3 ~ 1993. 5）
　　　　　　何民生（1988. 3 ~ 1991. 5）
　　　　　　邓培德（1988. 3 ~ 1992. 9）
　　　　　　王迪山（1988. 3 ~ 1995. 10）
　　　　　　刘玉杰（1989. 7 ~ 1995. 10）
　　　　　　姚承嘉（1991. 11 ~ 1994. 6）
　　　　　　李松平（1995. 3 ~ 1995. 10）
　　　　　　韩燕生（1995. 6 ~ 1995. 10）
　　　　　　耿平安（1995. 6 ~ 1995. 10）
党组书记　陆首群（1989. 12 ~ 1993. 5）
　　　　　　周慎培（1993. 5 ~ 1995. 10）
副　书　记　何民生（1989. 12 ~ 1991. 5）
　　　　　　周慎培（1989. 12 ~ 1993. 5）
　　　　　　刘玉杰（1991. 3 ~ 1993. 5）

卜世成（1992.8～1995.10）
张仲文（1993.5～1995.10）

北京京芝电子信息产业有限责任公司（1994.11～1997.1）

董 事 长 张仲文（1995.12～1996.10）
副董事长 周慎培（1995.12～1997.7）
鲍玉桐（1996.10～1997.7）
卜世成（1996.10～1997.7）
总 经 理 张仲文（1995.12～1996.10）
鲍玉桐（1996.10～1997.7）
副总经理 鲍玉桐（1996.4～1996.10）
王迪山（1995.10～1997.7）
耿平安（1995.10～1997.7）
韩燕生（1995.10～1997.7）
党委书记 周慎培（1995.10～1996.8）
卜世成（1996.8～1997.7）
副 书 记 张仲文（1995.10～1996.8）
何民生（1996.8～1997.7）

北京电子信息产业（集团）有限责任公司（1997.1～1999.12）

董 事 长 何民生（1997.8～1999.12）
副董事长 周慎培（1997.7～1999.12）
鲍玉桐（1997.7～1999.12）
卜世成（1997.7～1999.12）
总 经 理 鲍玉桐（1997.7～1999.12）
副总经理 王迪山（1997.7～1999.12）
耿平安（1997.7～1999.12）
韩燕生（1997.7～1999.12）
党委书记 卜世成（1997.7～1999.2）
副 书 记 何民生（1997.7～1999.12）

北京电子控股有限责任公司（1999.12～ ）

董 事 长 何民生（1999.12～2000.4）

鲍玉桐（2000.4～2006.3）
卜世成（2006.3～　）
副董事长　鲍玉桐（1999.12～2000.4）
周慎培（1999.12～2000.2）
卜世成（1999.12～2000.3）
总经理　鲍玉桐（1992.12～2000.4）
王东升（2000.4～　）
常务副总经理　韩燕生（　）
副总经理　韩燕生（1999.12～　）
李松平（　）
吴文学（2006.3～　）
江玉崑（2006.6～　）
严卫群（2006.6～　）
王洪福（2007.11～　）
张伯旭（1999.12～2005.8）
党委书记　卜世成（1999.12～2000.3）
鲍玉桐（2000.3～2006.3）
卜世成（2006.3～　）
副书记　何民生（1999.12～2000.11）
陈积贵（2000.11～　）
王东升（2000.4～　）

机械工业

北京市机电工业局（1958.11～1960.6）
局长　王恩惠（1958.11～1960.6）
副局长　王　甦（1958.11～1960.6）
沙　平（女，1958.11～1960.6）
丁　民（1958.11～1960.6）
汤德全（1958.11～1960.6）
陈亚琦（女，1959.3～1960.6）

党组书记　王恩惠（1958.11～1960.6）

北京市机械工业局（1960.6～1960.11）

局　　长　王　甦（1960.6～1960.11）

副 局 长　沙　平（女，1960.6～1960.11）

　　　　　杨云龙（1960.6～1960.11）

　　　　　陈亚琦（女，1960.6～1960.11）

党组书记　王　甦（1960.6～1960.11）

北京市电机工业局（1960.6～1960.11）

局　　长　周凤鸣（1960.6～1960.11）

副 局 长　江　汉（1960.6～1960.11）

　　　　　丁　民（1960.6～1960.11）

　　　　　武万善（1960.6～1960.11）

　　　　　汤德全（1960.6～1960.11）

党组书记　周凤鸣（1960.6～1960.11）

北京市机电工业局（1960.11～1965.8）

局　　长　周凤鸣（1960.11～1962.7）

　　　　　王　甦（1962.7～1965.8）

　　　　　黄英夫（代，1964.3～1965.8）

副 局 长　王　甦（1960.11～1962.7）

　　　　　陈亚琦（女，1960.11～1963.1）

　　　　　江　汉（1960.11～1963.10）

　　　　　丁　民（1960.11～1963.11）

　　　　　刘　茵（1960.11～1965.8）

　　　　　汤德全（1960.11～1965.8）

　　　　　郅文林（1963.10～1965.8）

　　　　　黄英夫（1964.3～1965.8）

　　　　　王震寰（1964.7～1965.8）

党组书记　周凤鸣（1960.11～1962.7）

　　　　　王　甦（1962.7～1965.8）

　　　　　黄英夫（代，1964.3～1965.8）

副　　书　　记　王　甦（1960.11～1962.7）

北京市机械工业公司（1965.8～1966.9）

经　　　　理　王　甦（1965.8～1966.6）

副　经　理　郅文林（1965.8～1966.6）

党委书记　黄英夫（1965.8～1966.6）

副　　书　　记　赵嘉树（1965.8～1966.6）

临时党委书记　刘玉庚（1966.6～1966.8）

北京市机械工业局（1966.9～1983.5）

军管会主任　李炳辉（1967.6～1968.2）

副　主　任　韩　明（1967.6～1968.2）

革命领导小组

组　　　　长　李炳辉（1968.2～1973.2）

黄英夫（1973.2～1975.8）

郅文林（1975.8～1978.10）

第一副组长　黄英夫（1968.2～1973.2）

副　组　长　郅文林（1968.2～1975.8）

韩　明（1968.7～1973.2）

王今须（1968.7～1969.10）

焦　峰（1970.8～1973.2）

咸毅山（1970.8～1973.2）

赵嘉树（1972.11～1978.10）

张健民（1973.5～1978.2）

叶选平（1973.5～1978.1）

盛起云（1973.5～1973.12）

刘　勇（女，1973.12～1978.10）

杨广枝（1973.12～1978.10）

刘京茂（1974.7～1978.10）

马守平（1976.9～1978.10）

叶子龙（1977.1～1978.10）

党委书记　李炳辉（1971.4～1973.2）

黄英夫（1973.2~1975.8）
郅文林（1975.8~1978.10）
副书记 黄英夫（1971.4~1973.2）
焦峰（1971.4~1973.2）
郅文林（1973.5~1975.8）
赵嘉树（1973.12~1978.10）
张健民（1975.4~1978.2）
马守平（1976.9~1978.10）
局长 郅文林（1978.10~1982.5）
刘茵（1982.5~1983.5）
副局长 赵平（1978.10~1981.10）
马守平（1978.10~1983.5）
袁永厚（1978.10~1983.5）
叶子龙（1978.10~1979.12）
刘京茂（1978.10~1983.5）
刘勇（女，1978.10~1983.5）
杨广枝（1978.12~1983.5）
夏菲（女，1981.12~1983.5）
党组书记 郅文林（1978.10~1983.5）
副书记 赵嘉树（1978.10~1983.5）
赵平（1978.10~1981.10）
刘茵（1982.2~1983.5）

北京市机械工业总公司（1983.5~1986.9）
经理 汪统（1983.5~1986.9）
副经理 金辉（1983.5~1986.9）
杨广枝（1983.5~1986.9）
周栋生（1983.5~1986.9）
陆首群（1983.5~1986.9）
连廉（1983.5~1986.9）
居之良（1983.5~1986.9）

高佐之（1986.8～1986.9）
党委书记 刘　茵（1983.5～1986.8）
李　舜（1986.8～1986.9）
副书记 汪　统（1983.5～1986.9）
欧阳文安（1983.5～1984.9）
李　舜（1984.7～1986.8）
冒泽泉（1986.8～1986.9）

北京市机械工业管理局（1986.9～1995.10）

局长 汪　统（1986.9～1986.12）
李　舜（1987.4～1990.11）
高佐之（1990.2～1991.8）
冒泽泉（1992.3～1995.12）
副局长 金　辉（1987.4～1991.11）
居之良（1986.9～1995.12）
连　廉（1986.9～1995.12）
高佐之（1986.10～1990.1）
严　龙（1990.9～1995.7）
刘庆桃（1990.9～1995.12）
柯昌棠（1991.11～1995.1）
李济生（1994.1～1995.12）
林抚生（1994.12～1995.12）
党组书记 李　舜（1986.9～1990.1）
冒泽泉（1990.2～1992.3）
杨青树（1992.4～1995.10）
副书记 冒泽泉（1986.9～1990.2）
金　辉（1987.8～1991.11）
杨青树（1990.2～1992.4）
端木玉林（1992.5～1995.11）

北京明康机械有限责任公司（1995.10～1997.6）

董事长 冒泽泉（1995.12～1997.6）

副董事长　居之良（1995.12～1997.7）
　　　　　端木玉林（1996.4～1996.7）
总 经 理　冒泽泉（1995.12～1997.6）
副总经理　端木玉林（1996.4～1996.7）
　　　　　李济生（1996.4～1997.6）
　　　　　林抚生（1996.4～1997.6）
　　　　　马来顺（1996.11～1997.6）
党委书记　居之良（1995.10～1997.7）
副 书 记　冒泽泉（1995.10～1997.7）
　　　　　刘仁君（1995.11～1997.9）

北京机电工业控股（集团）有限责任公司（1997.6～2000.9）

董 事 长　冒泽泉（1997.6～2000.10）
副董事长　居之良（1997.6～1998.4）
　　　　　吴柏林（1998.4～2000.10）
总 经 理　冒泽泉（1997.6～1998.4）
　　　　　吴柏林（1998.4～2000.10）
副总经理　李济生（1997.6～2000.9）
　　　　　林抚生（1997.6～2000.9）
　　　　　马来顺（1997.6～2000.4）
　　　　　张　工（2000.4～2000.9）
　　　　　侯子波（1997.6～2000.9）
党委书记　居之良（1997.7～1998.4）
　　　　　冒泽泉（1998.4～2000.9）
副 书 记　冒泽泉（1997.7～1998.4）
　　　　　刘仁君（1997.7～1998.4）
　　　　　吴柏林（1998.4～2000.10）
　　　　　李崇璞（1998.4～2000.10）

北京京城机电控股有限责任公司（2000.9～　　）

董 事 长　李崇璞（2000.9～2005.12）
　　　　　林抚生（2005.12～　　）

　　　　　李济生（2007.9～　）
总　经　理　林抚生（2000.9～2006.7）
　　　　　任亚光（2006.7～　）
副总经理　李济生（2000.9～2007.9）
　　　　　张　工（2000.9～2002.7）
　　　　　侯子波（2000.9～2005.4）
　　　　　邱山明（　　　　）
　　　　　任亚光（2002.11～2006.7）
　　　　　王国华（2006.8～　）
　　　　　阮忠奎（2006.8～　）
党委书记　李崇璞（2000.9～2005.12）
　　　　　林抚生（2005.12～2007.5）
　　　　　任亚光（2007.8～　）
副　书　记　林抚生（2000.9～2005.12）
　　　　　任亚光（2002.11～2007.8）
　　　　　李济生（2007.9～　）

仪器仪表工业

北京市仪器仪表电器工业公司（1965.8～1966.9）
经　　　理　刘　茵（1965.8～1966.9）
副　经　理　王震寰（1965.8～1966.9）
　　　　　汤德全（1965.8，未到任）
党委书记　谷受民（1965.8～1966.5）
临时党委书记
　　　　　崔绍武（1966.8～1967.1）
副　书　记　张惠芳（1966.8～1967.1）
北京市仪器仪表工业局（1966.9～1978.12）
军管会主任　王士芳（1967.6～1968.2）
副　主　任　郭　浩（1967.6～1968.2）
革命领导小组

组　　长　王士芳（1968.2～1969.5）
　　　　　潘斯福（1969.5～1972.12）
　　　　　李振海（1973.12～1976.2）
　　　　　肖　平（1976.2～1978.10）
副 组 长　郭　浩（1968.2～1969.5）
　　　　　谷受民（1968.2～1976.9）
　　　　　连宗录（1969.3～1972.12）
　　　　　刘　茵（1969.12～1977.6）
　　　　　肖　平（1973.5～1976.2）
　　　　　陈景文（女，1973.12～1978.12）
　　　　　周慎培（1973.12～1978.12）
　　　　　杨秀英（女，1973.12～1978.12）
　　　　　路　兵（女，1974.6～1978.12）
　　　　　苏正悟（1974.12～1978.12）
　　　　　耿玉勋（1974.12～1978.12）
　　　　　龚云涛（1975.6～1978.12）
党委书记　潘斯福（1970.12～1972.12）
　　　　　李振海（1973.12～1976.2）
　　　　　肖　平（1976.2～1978.10）
副 书 记　谷受民（1970.12～1976.2）
　　　　　辛　明（1970.12～1972.12）
　　　　　肖　平（1974.12～1976.2）
　　　　　刘　茵（1974.12～1977.6）
　　　　　夏明文（1974.12～1977.4）
　　　　　周慎培（1974.12～1978.10）
　　　　　耿玉勋（1977.3～1978.10）
　　　　　兰　琼（女，1978.1～1978.10）

北京市电子仪表工业局（1978.12～1983.11）

局　　长　王　甦（1978.10～1983.10）
副 局 长　耿玉勋（1978.12～1982.4）

	龚云涛（1978.12～1983.10）
	周慎培（1978.12～1983.10）
	苏正悟（1978.12～1980.3）
	李洪杰（1978.10～1983.10）
	陈景文（女，1978.12～1979.10）
	路　兵（女，1978.12～1981.4）
	杨秀英（女，1978.12～1980.4）
	黄景生（1978.10～1983.10）
	王震寰（1978.10～1983.10）
	季　洪（1981.6～1983.10）
党组书记	王　甦（1978.10～1983.10）
副书记	周慎培（1978.10～1983.10）
	耿玉勋（1978.10～1983.10）
	孙济民（1978.10～1983.10）
	龚云涛（1978.10～1983.10）

北京市仪器仪表工业总公司（1983.11～1996.12）

经　理	李永安（1983.9～1986.3）
	商保坤（1986.3～1988.5）
	杨占春（代，1988.5～1991.6）
	何民生（1991.6～1993.6）
	薛荣康（1993.6～1996.5）
副经理	李希汉（1983.9～1992.11）
	单英烈（1983.9～1996.5）
	陈克传（1983.9～1993.12）
	薛荣康（1991.6～1993.6）
	卞援朝（1993.10～1996.5）
	骆俊明（1993.12～1996.5）
党委书记	黄景生（1983.9～1986.3）
	李永安（1986.3～1988.2）
	杨占春（1988.2～1991.10）

赵俊杰（女，1991.10～1996.5）
副 书 记 李永安（1983.9～1986.3）
杨占春（1983.9～1988.5）
赵俊杰（1988.2～1991.10）
何民生（1991.6～1993.6）
马士华（1991.10～1996.5）
王 岩（1994.11～1996.5）

北京仪器仪表控股（集团）有限责任公司（1996.12～2000.9）

董 事 长 薛荣康（1996.5～2000.3）
裴铕才（2000.3～2000.9）
副董事长 马士华（1996.5～2000.9）
裴铕才（1997.11～2000.3）
总 经 理 马士华（1996.5～2000.9）
副总经理 单英烈（1996.5～1998.11）
卞援朝（1996.5～2000.9）
骆俊明（1996.5～1999.6）
傅之威（1996.12～2000.9）
党委书记 薛荣康（1996.5～2000.3）
裴铕才（2000.3～2000.9）
副 书 记 马士华（1996.5～2000.9）
张俊明（1996.5～1997.10）
王 岩（1996.5～2000.9）
裴铕才（1997.11～2000.3）

北京京仪控股有限责任公司（2000.9～ ）

董 事 长 裴铕才（2000.9～2002.4）
马士华（2002.4～2007.8）
王 岩（2007.8～ ）
副董事长 马士华（2000.9～2002.4）
总 经 理 马士华（2000.9～2002.4）
程连元（2002.4～2003.9）

王　岩（2004.7～2007.12）
史红民（2007.12～　）
副总经理　卞援朝（2000.9～　）
傅之威（2000.9～　）
吴振山（2001.11～　）
任志广（2006.12～　）
党委书记　裴铕才（2000.9～2002.3）
马士华（2002.3～2007.8）
王　岩（2007.8～　）
副书记　马士华（2000.9～2002.3）
王　岩（2000.9～2007.8）
徐　辉（2004.11～　）

汽车工业

北京市汽车工业公司（1973.7～1980.10）
革命委员会
主任　冯　克（1973.7～1975.8）
李　本（1975.9～1978.10）
副主任　李　本（1973.7～1975.9）
康志芳（1973.7～1978.10）
王明先（1973.7～1978.10）
曾孟泽（1973.7～1978.10）
夏连生（1975.1～1978.10）
宋江萍（1975.8～1978.10）
陈亚琦（女，1978.1～1978.10）
党委书记　冯　克（1973.7～1975.8）
李　本（1975.9～1978.10）
副书记　李　本（1973.7～1975.9）
经理　王　平（1978.10～1980.10）
副经理　文　格（1978.10～1980.10）

康志芳（1978.10～1980.10）
王明先（1978.10～1980.10）
曾孟泽（1978.10～1980.10）
朱　临（1975.10～1979.4）
陈亚琦（女，1978.10～1981.12）
郭林岱（1978.10～1980.10）

党组书记　王　平（1978.10～1980.10）
副书记　宋江萍（1975.8～1978.10）
文　格（1978.10～1980.10）
康志芳（1978.10～1980.10）
曾孟泽（1978.10～1979.12）

北京市汽车工业总公司（1980.10～1987.3）

总经理　王　平（1980.10～1983.6）
吴忠良（1983.6～1987.7）
副总经理　文　格（1980.10～1983.6）
王明先（1980.10～1987.7）
康志芳（1980.10～1983.6）
王　玫（女，1983.6～1987.7）
夏连生（1986.10～1987.7）
刘传富（1983.10～1987.7）
曾孟泽（1979.12～1983.6）
郭林岱（1980.10～1983.6）
李克佐（1980.3～1983.6）
党委书记　王　平（1980.10～1983.6）
徐青伟（女，1984.1～1986.8）
副书记　宋江萍（1978.10～1982.9）
续伯聪（1986.8～1987.6）
郑焕明（1986.8～1987.6）
夏连生（1983.4～1986.8）
千　放（女，1986.3～1987.6）

文　格（1980.10～1983.6）
康志芳（1980.10～1983.6）
曾孟泽（1980.10～1983.6）

北京汽车工业联合公司（1987.3～1992.6）

总　经　理　郑焕明（1987.7～1991.3）
马守平（1991.3～1992.6）
副总经理　王明先（1987.7～1992.6）
夏连生（1987.7～1992.6）
王　玫（女，1987.7～1992.6）
刘传富（1987.7～1992.6）
党委书记　续伯聪（1987.7～1992.6）
副　书　记　郑焕明（1987.7～1991.3）
千　放（女，1987.3～1991.12）
马永山（1991.12～1993.7）

北京汽车工业总公司（1992.6～1995.5）

经　　理　马守平（1992.6～1995.5）
副　经　理　马永山（1993.8～1995.4）
王明先（1992.6～1995.5）
夏连生（1992.6～1995.5）
王　玫（女，1992.6～1996.6）
刘传富（1992.6～1993.3）
韩永贵（1994.2～1995.5）
党委书记　续伯聪（1992.6～1995.4）
马永山（1995.4～1995.5）
副　书　记　马守平（1992.6～1995.5）
马永山（1992.6～1993.7）
郭新民（1993.7～1995.5）

北京汽车工业集团总公司（1995.5～2000.9）

董　事　长　马守平（1995.5～1998.7）
马永山（1998.7～2000.7）

安庆衡（2000.7～　）
副董事长　马永山（1995.5～1998.7）
王明先（1995.5～1996.6）
安庆衡（1998.7～2000.7）
总经理　马守平（1995.5～1998.7）
安庆衡（1998.7～2000.4）
董　杨（2000.4～2001.1）
副总经理　夏连生（1995.5～1997.3）
安庆衡（1996.6～1998.7）
王　玫（女，1995.5～1996.6）
郭新民（1995.5～2001.1）
韩永贵（1995.5～2001.1）
袁汉同（2000.8～2001.1）
党委书记　马永山（1995.5～2000.11）
安庆衡（2000.11～2001.1）
副书记　马守平（1995.5～1998.7）
安庆衡（1998.7～2000.11）
董　杨（2000.4～2001.1）

汽车工业控股有限责任公司，2000年底未任命新的领导干部。

北京汽车工业控股有限责任公司（2001.1～　）
董事长　安庆衡（2001.1～2006.10）
徐和谊（2006.10～　）
副董事长　徐和谊（2002.7～2006.10）
总经理　董　杨（2001.1～2007.8）
副总经理　郭新民（2001.1～　）
韩永贵（2001.1～　）
袁汉同（2001.1～　）
郭　谦（2001.1～2004.12）
刘　伟（2001.1～2004.2）
周　榕（2003.11～　）

童志远（2005.7～　）
马童立（2007.2～　）
党委书记　安庆衡（2001.1～2006.10）
徐和谊（2006.10～　）
党委副书记　董　杨（2001.1～2007.8）
吴淑文（2001.9～　）

北京二七机车厂（1948.12～2006.9）

厂长　贾象乾（1948～1950.2 留用）
袁可辛（1950.2～1952.2）
陈　平（1952.12～1956.12）
黄英夫（代，1956.12～1959.2）
（1959.2～1960.6）
向守富（代，1960.6～1960.9）
（1960.9～1966.2）
孙运来（代，1965.3～1966.5）
王　峰（1966.1～1966.8）
文化革命筹备委员会主任
王　峰（1966.8～1966.11）
军管会主任　王　素（1967.3～1968.9）
狄福才（1968.9～1969.7）
革委会主任　王　峰（1967.10～1968.9）
靳耀南（1970.5～1976.10 副主任主持工作）
厂长　王志强（1979.1～1983.11）
徐孝曾（1983.11～1995.3）
李国安（代，1995.3～1995.5）
（1995.5～2001.4）
王东明（2001.4～2006.9）
副厂长　王使生（1995.5～2000.8）
张永祥（1995.5～2000.8）

申家良（1995.5～2000.8）
王东明（1995.5～2001.4）
朱渝华（1998.2～2002.6）
安春生（2000.8～2001.4）
马光勋（2000.8～2006.9）
高维寅（2000.8～2006.9）
杨少波（2001.4～2002.6）
张建中（2002.6～2006.9）
闫建华（2002.6～2006.9）
刘纯义（2002.6～2006.9）
杨修伟（2006.7～2006.9）

工委负责人 伊　敏（1948.12～1949.6）
党务负责人 陈　度（1949.6～1949.11）
党委书记 陈　度（1949.11～1951.1）
党总支书记 陈　度（1951.1～1952.8）
党委书记 陈　度（1952.8～1955.3）
吴文彬（1955.3～1966.5）
贾　汀（1970.9～1977.1）
张　锐（1973.～1978.10副书记主持工作）
孙根旺（1979.1～1983.11）
黎金刚（1983.11～1986.2）
范国兴（1986.6～1998.12）
刘克鲜（1998.12～2001.3）
李国安（2001.4～2002.6）
王东明（2002.6～2002.12）
刘晓平（2002.12～2006.9）

党委副书记 李国安（1995.2～2001.4）
张秋云（1995.2～1997.1）
魏尚志（1995.2～2006.9）

刘克鲜（1997.2～1998.12）
王东明（2001.4～2002.6）
杨少波（2002.6～2006.9）

中国北车集团北京二七机车厂有限责任公司（2006.9～　　）

董　事　长　王东明（2006.9～　　）
总　经　理　王东明（2006.9～2007.10）
刘晓平（2007.10～　　）
副总经理　马建勋（2006.9～　　）
高维寅（2006.9～　　）
张建中（2006.9～　　）
闫建华（2006.9～　　）
刘纯义（2006.9～　　）
杨修伟（2006.9～2007.1）
李海滨（2007.1～　　）
孙建军（2007.1～　　）
党委书记　刘晓平（2006.9～2007.10）
王东明（2007.10～　　）
党委副书记　魏尚志（2006.9～2007.1）
杨少波（2006.9～　　）

北京二七轨道交通装备有限责任公司（2007.8～　　）

董　事　长　王东明（2007.8～　　）
总　经　理　王东明（2007.8～2007.10）
刘晓平（2007.10～　　）
副总经理　马建勋（2007.8～　　）
高维寅（2007.8～　　）
闫建华（2007.8～　　）
刘纯义（2007.8～　　）
李海滨（2007.8～　　）
孙建军（2007.8～　　）
党委书记　刘晓平（2007.8～2007.10）

王东明（2007.10～ ）
党委副书记 杨少波（2007.8～ ）

北京二七车辆厂（1979.11～ ）

厂　　长 夏　凯（1979.11～1983.11）
王善良（1983.11～1995.6）
赵恒山（代，1995.6～1995.10）
（1995.10～2003.3）
副 厂 长 卢连生（1983.11～2001.12）
路希孔（1985.6～1996.4）
张凤河（1991.2～2002.3）
张宏泽（1994.12～2003.2）
简　炼（1996.4～1998.10）
张振祥（1996.4～1999.12）
杜向东（1999.12～2003.3）
史硕致（2000.3～2003.3）
党委书记 王光辉（1979.11～1983.11）
夏　凯（1983.11～1984.12）
王善良（1984.12～1995.6）
赵恒山（1995.6～1996.5）
王永进（代，1996.5～1996.6）
（1996.6～2003.3）
党委副书记 王善良（1983.11～1995.6）
万焕星（1995.6～1996.10）
刘铁翰（1996.10～2002.3）
赵恒山（1996.5～2003.3）
杜向东（2002.12～2003.3）

中国南车集团北京二七车辆厂（2003.3～ ）

厂　　长 赵恒山（2003.3～2006.2）
史硕致（2006.2～ ）
副 厂 长 杜向东（2003.3～ ）

史硕致（2003. 3 ~ 2006. 2）
安　卫（2003. 3 ~ 2005. 6）
杨瑞欣（2003. 3 ~　　）
饶　庶（2003. 3 ~　　）
张志山（2006. 5 ~　　）
戴志勇（2006. 5 ~　　）

党委书记　王永进（2003. 3 ~ 2006. 2）
饶　庶（2006. 2 ~　　）

党委副书记　赵恒山（2003. 3 ~ 2006. 2）
杜向东（2003. 3 ~ 2006. 5）
史硕致（2006. 2 ~　　）
胡朝晖（女，2006. 5 ~　　）

北京南口机车车辆机械厂（1948. 12 ~　　）

厂长　唐继祥（1948. 12 ~ 1949. 1 过渡）
陈忠淦（1949. 1 ~ 1949. 10 留用）
周士富（1949. 10 ~ 1951. 8）
黄英夫（1951. 8 ~ 1953. 7）
刘备耕（1953. 7 ~ 1956. 10）
杨凤林（1956. 10 ~ 1961. 7）
李忠武（1961. 7 ~ 1962. 10）
高晓亭（1962. 8 ~ 1972. 1）

党支部书记　李金亮（1951. 6 ~ 1954. 8）

党总支书记　李金亮（1954. 8 ~ 1959. 7）

党委书记　高晓亭（1959. 7 ~ 1962. 8）
康　克（1962. 10 ~ 1970. 6）

军管会主任　袁元江（1967. 4 ~ 1968. 2）
王荣贵（1968. 2 ~ 1967. 4）
杨恒泰（1967. 2 ~ 1968. 2）
毕景荣（1968. 11 ~ 1970. 6）
吴守贤（1970. 6 ~ 1979. 11）

革委会主任　王玉海（1975.2～1978.12）
厂　　　长　杨文孚（1978.12～1983.11）
　　　　　　田宝祯（1983.11～1984.10）
　　　　　　郭汉业（1984.10～1995.6）
　　　　　　廖晖明（代理厂长 1995.6～1996.6）
　　　　　　　　　（1996.6～1997.4）
　　　　　　孙大容（1997.4～2001.8）
　　　　　　李　强（2001.8～2002.9）
　　　　　　宋治贵（2002.11～2002.12）
副　厂　长　张景良（1983.11～2000.8）
　　　　　　王洪吉（1995.10～2000.8）
　　　　　　孙大容（兼 1996.6～1997.4）
　　　　　　王振雄（1996.10～2001.8）
　　　　　　何金祥（1999.4～2002.12）
　　　　　　张永祥（2000.6～2002.7）
　　　　　　李　强（2000.8～2001.8）
　　　　　　耿　刚（2001.8～2002.12）
　　　　　　谢传军（2001.11～2002.12）
党委书记　王永进（代，1995.6～1996.6）
　　　　　　孙大容（1996.6～1997.6）
　　　　　　廖晖明（1997.4～2001.8）
　　　　　　王振雄（2001.8～2002.12）
党委副书记　李兆斌（1991.6～1999.4）
　　　　　　廖晖明（兼，1995.6～1997.4）
　　　　　　孙大容（兼，1997.4～2001.8）
　　　　　　李　强（兼，2001.8～2002.9）
　　　　　　谢传军（2000.8～2001.11）
　　　　　　陶振德（2001.11～2002.12）
　　　　　　宋治贵（兼，2002.11～2002.12）

中国北车集团北京南口机车车辆机械厂（2002.12～　　）

厂　　长　宋治贵（2002.12～　　）
副 厂 长　何金祥（2002.12～2003.3）
　　　　　　　　（2006.7～　　）
　　　　　耿　刚（2002.12～2006.7）
　　　　　谢传军（2002.12～　　）
　　　　　曾建平（2003.3～　　）
　　　　　杨银刚（2003.3～2006.7）
　　　　　李克山（2006.7～　　）
党委书记　王振雄（2002.12～　　）
党委副书记　陶振德（2002.12～2006.8）
　　　　　宋治贵（2002.12～　　）
　　　　　耿　刚（2006.7～　　）

农机工业

北京市农业机械局（1959.10～1968.10）
局　　长　王凌西（1960.1～1968.10）
副 局 长　张文波（1960.3～1960.12）
　　　　　葛　纯（女，1960.3～1966.12）
　　　　　边建平（1960.3～1968.10）
党组书记　王凌西（1960.1～1968.10）
北京市农业机械局（1972.8～1983.3）
革命领导小组
组　　长　单昭祥（1972.8～1975.10）
　　　　　刘　拓（1976.10～1980.9）
副 组 长　刘　拓（1972.8～1975.10）
　　　　　孙乃东（1975.7～1978）
　　　　　孙海同（1976.3～1977）
　　　　　马四季（1976.6～1980.9）
　　　　　边建平（1972.8～1980.9）
党委书记　单昭祥（1972.8～1975.10）

刘　拓（1975.10～1980.9）
副 书 记　刘　拓（1972.8～1975.10）
周永洪（1974.6～1980.9）
孙乃东（1975.7～1978）
郑定立（1975.11～1976.10）
孙海同（1976.3～1977）
王凌西（1978.4～1980.8）
局　　长　王凌西（1980.9～1983.3）
代理局长　钱文林（1982.7～1983.3）
副 局 长　张彦民（1979.3～1983.3）
张文波（1979.3～1982.10）
王占志（1980.7～1983.3）
钱文林（1980.9～1982.7）
左瑞斌（1980.9～1983.3）
马四季（1980.9～1983.3）
党组书记　王凌西（1980.9～1983.3）
副 书 记　钱文林（1980.9～1982.7）
王占志（1980.7～1983.3）
张彦民（1979.3～1983.3）

北京市农业机械总公司（1983.3～1995.12）
经　　理　钱文林（1983.3～1989.8）
刘振山（1989.8～1995.12）
副 经 理　李永寿（1983.3～1992.6）
左瑞斌（1983.3～1985.9）
吴祖龙（1983.3～1992.2）
周荣华（1985.9～1995.12）
俞　渤（1989.8～1993.7）
郭德昌（1993.7～1995.12）
刘亚清（1993.11～1995.12）
尹　杰（1994～1995.12）

党委书记　于崇浩（1983.3～1992.7）
　　　　　李永寿（1992.7～1995.12）
副 书 记　钱文林（1983.3～1989.8）
　　　　　张俊士（1983.3～1984.11）
　　　　　王毅力（1983.3～1992.7）
　　　　　刘振山（1989.8～1995.12）
　　　　　张朝星（1994.6～1995.12）

北京兴东方实业有限责任公司（1995.12～　　）
总 经 理　刘振山（1995.12～2001.12）
　　　　　吕振清（2001.12～　）
副总经理　郭德昌（1995.12～2005.4）
　　　　　周荣华（1995.12～1996.6）
　　　　　刘亚清（女，1995.12～2000.8）
　　　　　尹　杰（1995.12～　）
　　　　　段义绵（2000.12～　）
　　　　　蔡福栋（2000.12～　）
党委书记　李永寿（1995.12～1996.12）
　　　　　张　耕（1996.12～2003.3）
　　　　　张朝星（2003.3～　）
副 书 记　刘振山（1995.12～2001.12）
　　　　　张朝星（1995.12～2003.3）
　　　　　吕振清（2001.12～　）

化 学 工 业

北京市化学工业局（1958.10～1965.3）
局　　长　孙以瑾（女，1958.10～1962.6）
　　　　　赵庆合（1963.6～1965.3）
副 局 长　赵庆合（1958.10～1963.6）
　　　　　隋经仁（1958.10～1965.3）
　　　　　高惠如（女，1958.12～1960.9）

黄锡川（1959.8~1961.4）
胡体昭（1961.4~1965.3）
陈　晶（女，1961.4~1965.3）
陈绳武（1964.6~1965.3）

党组书记　孙以瑾（1958.10~1962.6）
赵庆合（1963.6~1965.3）

北京市化学工业公司（1965.3~1966.8）

经　　理　赵庆合（1965.3~1966.5）

副 经 理　隋经仁（1965.3~1966.8）
胡体昭（1965.3~1966.8）
陈　晶（女，1965.3~1966.8）
陈绳武（1965.3~1966.8）

党委书记　赵庆合（1965.3~1966.8）

副 书 记　钱永祁（1965.8~1966.8）

北京市化学工业局（1966.8~1984.4）

革命领导小组

组　　长　刘青所（1968.2~1971.9）
黄　光（1973.3~1977.4）
赵庆合（1977.12~1978.12）

副 组 长　张　毅（1968.2~1971.9）
胡体昭（1968.2~1978.4）
席瑞生（1971.8~1978.12）
陈绳武（1971.8~1978.4）
陈　晶（女，1973.5~1978.12）
宋毓钟（1973.12~1978.12）
胡云涛（1974.6~1978.12）
王大明（1975.7~1978.12）
滕　杰（1977.10~1978.12）
邵锡全（1977.10~1978.12）
工　珉（女，1977.10~1978.12）

董文兴（1977.12～1978.8）
党委书记　郑林昌（1971.9～1973.2）
黄　光（1973.2～1977.4）
赵庆合（1977.12～1978.12）
副书记　赵庆合（1971.9～1977.12）
张大军（1971.9～1973.2）
刘青所（1971.9～1973.2）
张春英（女，1973.12～1978.12）
王大任（1974.6～1978.12）
局长　赵庆合（1978.12～1984.4）
副局长　席瑞生（1978.12～1984.4）
陈　晶（女，1978.12～1981.3）
王　珉（女，1978.12～1984.4）
宋毓钟（1978.12～1984.4）
胡云涛（1978.12～1981.3）
滕　杰（1978.12～1981.3）
钱永祁（1978.12～1984.4）
邵锡全（1978.12～1984.4）
邱培桂（女，1981.3～1984.4）
李紫阳（1981.12～1984.4）
党组书记　赵庆合（1978.12～1984.4）
副书记　席瑞生（1978.12～1984.4）
王大明（1978.12～1980.3）

北京市化学工业总公司（1984.4～1991.5）
经理　陆宇澄（1984.4～1984.10）
孙震岩（1984.10～1991.5）
副经理　张继民（1984.4～1991.5）
宋毓钟（1984.4～1990.7）
刘贵岭（1984.4～1984.10）
赵　伟（1984.10～1991.5）

刘启超（1984.10～1986.1）
邹广昆（1986.1～1991.5）
邱培桂（女，1986.10～1991.5）
党委书记 席瑞生（1984.4～1984.10）
邱培桂（女，1984.10～1986.4）
刘贵岭（1987.9～1989.2）
曹印修（1990.9～1991.5）
副书记 陆宇澄（1984.4～1984.10）
邱培桂（女，1984.4～1984.10）
钱永祁（1984.4～1984.10）
刘贵岭（1984.10～1987.8）
姜广东（1984.10～1985.5）
曹印修（1986.9～1990.9）

北京化学工业集团公司（1991.5～1996.7）

总经理 孙震岩（1991.8～1996.6）
副总经理 邱培桂（女，1991.8～1994.1）
张继民（1991.8～1992.6）
邵锡全（1991.8～1996.6）
赵伟（1991.8～1996.6）
邹广昆（1991.8～1996.6）
王家富（1992.1～1994.3）
许炳富（1992.11～1996.6）
李岩岭（1994.1～1996.6）
柴晓钟（1994.6～1996.6）
刘文超（1994.12～1996.6）
党委书记 曹印修（1991.6～1996.6）
副书记 崔永年（1991.6～1996.6）
孙震岩（1991.8～1996.6）

北京化学工业集团有限责任公司（1996.7～ ）

董事长 曹印修（1996.7～1998.3）

　　　　　　柴晓钟（1998.3～2001.8）
　　　　　　蔡德军（2001.10～　）
副董事长　李岩岭（1996.7～1996.9）
　　　　　　柴晓钟（1996.9～1998.3）
　　　　　　邵锡全（1996.7～1998.9）
　　　　　　项大北（1998.3～　）
总经理　李岩岭（1996.7～1996.9）
　　　　　　柴晓钟（1996.9～1998.3）
　　　　　　项大北（1998.3～　）
副总经理　项大北（1996.7～1998.3）
　　　　　　苏增禄（1998.11～2002.12）
　　　　　　赵　伟（1996.7～1999.4）
　　　　　　刘文超（1996.7～　）
　　　　　　申过秋（1997.3～1999.1）
　　　　　　王德辅（1997.3～2005.10）
　　　　　　田振清（2001.8～2005.8）
　　　　　　孙绍刚（2001.8～　）
　　　　　　夏庆安（2002.6～　）
　　　　　　费广泰（2005.11～　）
　　　　　　吕德明（2005.11～　）
党委书记　曹印修（1996.7～1998.3）
　　　　　　柴晓钟（1998.3～2001.6）
　　　　　　蔡德军（2001.8～　）
副书记　李岩岭（1996.7～1996.9）
　　　　　　王梦龙（1996.7～1998.3）
　　　　　　项大北（1998.3～　）
　　　　　　蔡德军（1998.8～2001.8）
　　　　　　张荣立（2001.8～　）

建 材 工 业

北京市建筑材料工业局（1955. 2～1965. 7）

局　　长　武韵庵（1955. 4～1960. 4）
　　　　　苏　民（1960. 4～1965. 7）
副 局 长　杨润寰（1955. 4～1965. 7）
　　　　　刘元士（1955. 4～1965. 7）
　　　　　蔡君锡（1955. 4～1965. 7）
　　　　　王逸民（1959. 1～1965. 7）
　　　　　郄德义（1960. 4～1965. 7）
党组书记　武韵庵（1955. 4～1960. 4）
　　　　　苏　民（1960. 6～1965. 7）

北京市建筑材料工业公司（1965. 7～1966. 9）

经　　理　贺翼张（1965. 7～1966. 9）
副 经 理　杨润寰（1965. 7～1966. 9）
　　　　　李　昶（1965. 7～1966. 9）
　　　　　蔡君锡（1965. 7～1966. 9）
党委书记　贺翼张（1965. 7～1966. 9）
副 书 记　冯麟甫（1965. 7～1966. 9）

北京市建筑材料工业局（1966. 9～1984. 3）

局　　长　贺翼张（1966. 9～1967. 4）
副 局 长　杨润寰（1966. 9～1967. 4）
　　　　　李　昶（1966. 9～1967. 4）
　　　　　蔡君锡（1966. 9～1967. 4）
党委书记　贺翼张（1966. 9～1967. 4）
副 书 记　冯麟甫（1966. 9～1967. 4）
军 管 会
主　　任　刘正德（1967. 7～1968. 2）
副 主 任　张汝洲（1967. 7～1968. 2）
　　　　　张起琮（1967. 7～1968. 2）

革命领导小组

组　　长　刘正德（1968.2～1969.2）
李顺堂（1970.2～1973.8）
张鸿舜（1974.11～1977.9）
李　昶（1977.9～1978.2）

副 组 长　史文俊（1968.2～1978.2）
张起琮（1968.2～1972.11）
刘正德（1970.2～1972.7）
张鸿舜（1971.12～1974.11）
杨润寰（1971.3～1974.1）
李　昶（1971.8～1977.9）
蔡君锡（1970.2～1978.2）
李文瑞（1974.3～1978.2）
王新普（1974.11～1978.2）
冯麟甫（1974.11～1978.2）
江明波（1975.11～1978.2）
王秀认（女，1976.5～1978.2）

党委书记　李顺堂（1972.12～1973.8）
张鸿舜（1976.10～1977.9）

副 书 记　张鸿舜（1972.12～1974.11）
李瑞环（1973.5～1973.7）
李　昶（1974.11～1976.10）
王秀认（女，1976.10～1978.2）
唐　澄（1978.2～1979.11）

局　　长　李　昶（1978.2～1984.3）

副 局 长　史文俊（1978.2～1982.6）
王秀认（女，1978.2～1983.4）
李文瑞（1978.2～1983.4）
冯麟甫（1978.2～1983.4）
江明波（1978.2～1983.4）

杨慎选（1978. 2 ~ 1983. 4）
王新普（1978. 2 ~ 1979. 11）
郎冠英（1978. 2 ~ 1980. 6）
王玉忠（1979. 11 ~ 1982. 8）
郑孟荷（1979. 11 ~ 1983. 4）
张庆维（1981. 12 ~ 1983. 5）
李凤鸣（1982. 11 ~ 1983. 7）
线增荣（1982. 11 ~ 1984. 3）
张兆鹏（1982. 11 ~ 1984. 3）
杨志元（1983. 11 ~ 1984. 3）
党组书记　程培元（1977. 9 ~ 1983. 4）
唐　澄（1983. 4 ~ 1984. 3）
副 书 记　李　昶（1976. 10 ~ 1984. 3）
王秀认（女，1976. 10 ~ 1983. 11）
李文瑞（1983. 4 ~ 1984. 3）

北京市建筑材料工业总公司（1984. 3 ~ 1992. 8）

经　　理　李　昶（1984. 3 ~ 1986. 4）
张　毅（1988. 7 ~ 1992. 8）
副 经 理　张　毅（1986. 5 ~ 1988. 7 主持行政全面工作）
线增荣（1984. 3 ~ 1992. 8）
张兆鹏（1984. 3 ~ 1992. 8）
杨志元（1984. 3 ~ 1987. 3）
丁林绪（1988. 8 ~ 1991. 8）
王万生（1989. 11 ~ 1992. 8）
吴国兴（1989. 7 ~ 1992. 8）
胡中甲（1991. 8 ~ 1992. 8）
党委书记　唐　澄（1984. 3 ~ 1992. 8）
副 书 记　李　昶（1984. 3 ~ 1986. 4）
李文瑞（1984. 3 ~ 1987. 3）
陈　靖（1986. 9 ~ 1990. 12）

王万生（1987.3～1992.8）
张　毅（1988.7～1992.8）

北京建筑材料集团总公司（1992.8～1996.11）

总 经 理　张　毅（1992.8～1996.11）
副总经理　王万生（1992.8～1994.2）
线增荣（1992.8～1995.1）
张兆鹏（1992.8～1994.4）
吴国兴（1992.8～1993.12）
胡中甲（1992.8～1996.11）
孙乐新（1993.4～1993.12）
蒋卫平（1994.4～1996.11）
张洪根（1994.4～1996.11）
陈宝君（1994.9～1996.11）
党委书记　唐　澄（1992.8～1993.12）
孙乐新（1993.12～1996.11）
副 书 记　张　毅（1992.8～1996.11）
王万生（1992.8～1994.2）
武大年（1994.3～1996.11）

北京建筑材料集团有限责任公司（1996.11～2000.12）

董 事 长　赵国平（1998.11～2000.4）
张　毅（2000.4～2000.12）
总 经 理　张　毅（1996.11～2000.4）
陈志达（2000.3～2000.12）
副总经理　孙乐新（1996.11～1998.11）
胡中甲（1996.11～2000.4）
张洪根（1996.11～2000.12）
蒋卫平（1996.11～2000.12）
陈宝君（1996.11～2000.12）
党委书记　孙乐新（1996.11～1998.9）
赵国平（1998.9～2000.3）

　　　　　张　毅（2000.3～2000.12）
副 书 记　张　毅（1996.11～2000.3）
　　　　　武大年（1996.11～2000.8）
　　　　　张秀荣（女，2000.8～2000.12）
　　　　　陈志达（2000.3～2000.12）

北京金隅集团有限责任公司（2000.12～　）

董 事 长　张　毅（2000.12～2003.5）
　　　　　王　东（2003.5～　）
总 经 理　陈志达（2000.12～　）
副总经理　张洪根（2000.12～2002.3）
　　　　　蒋卫平（2000.12～　）
　　　　　陈宝君（2000.12～2002.3）
　　　　　王　东（2001.2～2003.5）
　　　　　王孝群（2002.3～　）
　　　　　陈志民（2002.8～　）
　　　　　赵及锋（2005.7～　）
　　　　　李长利（2006.12～　）
党委书记　张　毅（2000.12～2003.5）
　　　　　王　东（2003.5～　）
副 书 记　张秀荣（女，2000.12～2005.7）
　　　　　陈志达（2000.12～　）
　　　　　段建国（2005.7～　）

煤炭采掘业

平西煤矿公司（1949.5～1949.9）

经　　理　谷静波（1949.5～1949.9）
监　　委　高振德（1949.5～1949.9）

京西煤矿公司（1949.9～1950.10）

经　　理　谷静波（1949.9～1950.4）
监　　委　高振德（1949.9～1950.4）

经　　理　高振德（代，1950.4～1950.10）

京西矿务局（1950.10～1968.2）

局　　长　高振德（1950.10～1955.8）

　　　　　袁士先（1955.9～1956.2）

　　　　　张　栴（1956.2～1964.2）

　　　　　邹世桂（1964.2～1966.5）

第一副局长　何白沙（1950.10～1953.2）

第二副局长　冯佩之（1950.10～1952.5）

副 局 长　傅万睦（1952.3～1965.5）

　　　　　张　栴（1952.12～1955.9）

　　　　　宋恩荣（1955.1～1966.5）

　　　　　夏洪林（1955.1～1956.4）

　　　　　张雪峰（1955.12～1958.7）

　　　　　赵栓英（1960.6～1963.3）

　　　　　赵子尚（1960.11～1965.7）

　　　　　李长顺（1963.5～1963.12）

　　　　　张燕骏（1963.12～1966.5）

党委书记　冯佩之（1950.12～1952.2）

　　　　　高振德（1952.2～1954.2）

第一书记　王秋芳（1953.2～1954.12）

　　　　　高振德（1954.12～1955.3）

第二书记　王秋芳（1954.12～1955.3）

党委书记　王秋芳（1955.3～1966.5）

　　　　　张　栴（1964.2～1965.2）

　　　　　马峰武（1966.9～1966.12）

副 书 记　李长顺（1953.12～1954.12）

　　　　　宋恩荣（1953.2～1962.5）

　　　　　贺志龙（1954.12～1964.2）

　　　　　张　栴（1962.5～1964.2）

　　　　　龙文耀（1964.1～1966.5）

伯　纳（1964.2～1966.5）
慕传忠（1966.9～1966.12）

北京矿务局（1968.2～2000.9）

革命委员会

主　　任　赵　光（1968.2～1973.10）
张伯英（1973.10～1977.10）

副 主 任　邹世桂（1968.2～1977.10）
龙文耀（1968.2～1977.10）
马峰武（1968.2～1976.10）
程　望（1971.9～1973.6）
贺志龙（1973.10～1977.10）
苏承翰（1973.10～1977.10）
宋恩荣（1973.10～1977.10）
伯　纳（1973.10～1977.10）
赵栓英（1973.10～1977.10）
尹树经（1975.10～1977.10）
李进先（1976.8～1977.10）

局　　长　亢振华（1977.10～1980.3）
张瑞华（1980.3～1983.4）
郗士格（1983.4～1985.5）
申世铨（1985.5～1986.8）
刘少昆（1987.7～1995.5）
倪文驹（1995.5～2000.12）

副 局 长　龙文耀（1977.10～1980.3）
贺志龙（1977.10～1978.5）
苏承翰（1977.10～1983.4）
宋恩荣（1977.10～1980.7）
伯　纳（1977.10～1978.7）
赵栓英（1977.10～1980.7）
尹树经（1977.10～1980.10）

李进先（1977.10～1978.10）
李华林（1978.7～1983.4）
安步间（1978.7～1985.1）
杜　胜（1978.7～1981.12）
王新安（1978.7～1983.4）
张　易（1980.7～1983.4）
刘少昆（1983.4～1987.7）
申世铨（1983.4～1985.5）
王广文（1983.4～1985.1）
张绍峰（1985.1～1987.3）
王丙凯（1985.1～1989.1）
范　路（1985.1～2000.12）
梁明忠（1986.4～1994.4）
陈趁云（1987.10～1993.7）
张　宁（1991～1996.1）
李保欣（1993～2000.12）
倪文驹（1994.10～1995.5）
李建伟（1994.4～2000.12）
耿养谋（1994.10～2000.12）

党委书记　赵　光（1971.8～1973.10）
张伯英（1973.10～1977.10）
邹世桂（1977.10～1979.6）
张瑞华（1979.6～1980.3）
章真园（1980.3～1983.4）
高则仑（1983.4～1985.3）
郗士格（1985.3～1986.8）
张绍峰（1987.3～1991.8）
张凤朝（1992.7～1998.11）

副书记　邹世桂（1971.7～1977.10）
龙文耀（1971.8～1980.8）

郭凤山（1971.8～1973.2）
亢振华（1973.10～1983.4）
伯　纳（1977.7～1978.7）
李进先（1978.12～1980.8）
王秋芳（1978.10～1980.8）
于化智（1978.12～1983.4）
张瑞华（1980.3～1983.4）
高则仑（1982.9～1983.4）
张　易（1983.4～1985.3）
郗士格（1983.4～1985.3）
张凤朝（1985.1～1992.7）
商和顺（1985.1～1986.3）
于绪清（1985.1～1987.12）
刘少昆（1987.12～1995.4）
倪文驹（1990.7～2000.12）
王金源（1994.7～2000.12）

北京京煤集团有限责任公司（2000.9～　）

董　事　长　倪文驹（2000.12～　）
总　经　理　于新华（2000.12～　）
副总经理　李建伟（2000.12～2002.9）
范　路（2000.12～　）
潘振芳（2000.12～　）
耿养谋（2000.12～2002.12）
李京来（2000.12～　）
阚　兴（20002.11～2002.12）
党委书记　倪文驹（2000.12～　）
副　书　记　于新华（2000.12～　）
付合年（2000.12～　）
白书元（2000.12～　）

煤炭流通业

北京市煤炭公司（1977.12～1980.10）

经　　理　刘　佐（1977.10～1980.10）

副 经 理　李海涛（1977.10～1980.10）

　　　　　杨维民（1977.10～1980.10）

　　　　　王治民（1977.10～1980.10）

　　　　　张　杰（1977.10～1980.10）

党委书记　李　云（1977.10～1980.10）

副 书 记　刘　佐（1977.10～1980.10）

　　　　　李文斌（1977.10～1980.10）

　　　　　傅长彦（1977.10～1980.10）

北京市煤炭总公司（1980.10～2000.9）

经　　理　邹世桂（1980.10～1983.5）

　　　　　叶　枫（1983.5～1986.10）

　　　　　郗士格（1986.10～1992.8）

　　　　　　　　（1996.3～2000.12）

　　　　　金　辉（1992.8～1996.3）

副 经 理　路　地（1980.10～1986.10）

　　　　　刘　佐（1980.10～1989.9）

　　　　　叶　枫（1983.3～1986.10）

　　　　　邓永良（1984.10～1990.5）

　　　　　李夫太（1985.5～1992.8）

　　　　　胡　华（1986.10～2000.7）

　　　　　张　宁（1996.1～2000.5）

　　　　　刘建廷（1990.12～2000.12）

　　　　　邓志荣（1990.12～1991.4）

　　　　　金　辉（1991.11～1992.8）

　　　　　王　灏（1994.12～2000.1）

党委书记　邹世桂（1980.10～1985.5）

李进先（1983.5～1992.5）
郗士格（1992.5～2000.12）
副书记 李　云（1980.10～1983.5）
叶　枫（1983.5～1986.10）
郗士格（1986.8～1992.5）
马志远（1983.5～1992.8）
金　辉（1982.5～1986.3）
邓志荣（1991.4～1998.12）

电力工业

北京电业局、电力公司（1949.2～1968.6）
经　理 鲍国宝（1949.2～1949.7）
蔡增杰（1949.7～1950.1）
局　长 蔡增杰（1950.1～1950.4）
李　岩（1950.5～1952.12）
王自勉（1952.12～1956.4）
黄靖华（1956.4～1958.2）
索国仁（1958.2～1964.11）
副局长 朱长江（1952.1～1955.4）
吴祖光（1952.12～1955.4）
弓鉴民（1952.12～1956.4）
贾　琏（女，1952.12～1956.4）
宋　海（1956.4～1964.11）
王文斌（1956.4～1958.2）
王介林（1956.4～1958.2）
郭玉民（1956.12～1964.11）
鲍济生（1958.2～1960.5）
杜书润（1958.7～1964.11）
韩峻峰（1962.11～1964.11）
经　理 索国仁（1964.11～1966.8）

副经理 宋　海（1964.11～1966.5）
郭玉民（1964.11～1966.8）
韩峻峰（1964.11～1967.1）
党委书记 王自勉（1952.12～1955.5）
张玉海（1955.6～1957.1）
黄靖华（1957.1～1958.8）
王介夫（1958.8～1960.7）
索国仁（1960.7～1964.4）
张桂楠（1964.4～1966.5）
副书记 李　岩（1950.3～1952.12）
弓鉴民（1952.12～1955.5）
张玉海（1952.12～1955.5）
田时君（1956.4～1964.11）
张克森（1960.2～1966.5）
张雨辰（1962.5～1966.5）

北京电业管理局（1968.6～1980.1）
革命委员会
主　　任 宋　海（1967.12～1971.3）
张晓光（1971.3～1972.2）
张桂楠（1972.2～1976.12）
副主任 马玉书（1967.12～1971.3）
张雨辰（1967.12～1971.3）
贾连清（1967.12～1971.3）
王宗儒（1967.12～1971.3）
局　　长 李　鹏（1977.4～1980.1）
副主任（副局长）
徐　州（1971.3～1973.2）
李荣祯（1971.3～1973.2）
李　鹏（1971.3～1977.4）
宋江萍（1971.3～1974）

张雨辰（1971.3～1975.11）
宋　海（1971.3～1972.6）
杜书润（1975.1～1980.1）
韩峻峰（1975.1～1980.1）
潘燕生（1975.1～1980.1）
李宝柱（1975.1～1980.1）
张克森（1975.11～1980.1）

党委书记　张桂楠（1973.2～1976.12）
李　鹏（1977.4～1980.1）

副书记　李　鹏（1972.6～1977.4）
宋江萍（1972.6～1975.8）
吴文华（1973.12～1980.1）
杜书润（1978.10～1980.1）
李寿祺（1978.10～1980.1）
韩峻峰（1978.10～1980.1）

华北电业管理局（北京市电力工业局）（1980.1～1988.12）

局　长　杜书润（1980.1～1983.1）
李寿祺（1983.1～1985.6）
张绍贤（1985.6～1988.12）

副局长　李寿祺（1980.1～1983.1）
韩峻峰（1980.1～1983.1）
吴祖光（1980.1～1983.1）
赵景辰（1980.1～1983.1）
傅少云（1980.1～1983.1）
乔明礼（1980.1～1983.1）
张克森（1980.1～1983.1）
王其渊（1980.1～1983.1）
史　一（1980.1～1985.6）
郭维新（1980.1～1988.3）
潘燕生（1980.1～1983.1）

张　震（1980.7～1981.12）
王宏超（1981.12～1988.12）
张绍贤（1981.12～1985.6）
刘学忠（1981.12～1988.12）
焦亿安（1985.6～1988.12）
李成义（1985.6～1988.12）
叶万仁（1985.6～1988.12）

党组书记　李　鹏（1980.1～1981.3）
杜书润（代，1981.3～1983.1）
李寿祺（1983.1～1985.6）
张绍贤（1985.6～1988.12）

副书记　杜书润（1980.8～1983.1）
李寿祺（1980.8～1983.1）
韩峻峰（1980.8～1983.1）
史　一（1983.1～1985.6）
赵　江（1983.8～1985.6）
刘学忠（1985.6～1988.12）
吴文华（1980.8～1986.9）
李成义（1985.6～1988.6）

中国华北电力联合公司（1988.12～1993.1）

总经理　张绍贤（1988.12～1993.4）

副总经理　刘学忠（1988.12～1992.12）
焦亿安（1988.12～1993.4）
叶万仁（1988.12～1993.4）
李成义（1988.12～1991.8）
王宏超（1988.12～1991.8）
李昌富（1991.6～1993.4）
于洪基（1991.8～1993.4）
冯培生（1991.10～1993.4）

党组书记　张绍贤（1988.12～1993.4）

副 书 记　刘学忠（1988.12~1992.12）

中国华北电力集团公司（1993.1~　）

总 经 理　焦亿安（1993.4~1999.3）
　　　　　黄金凯（1999.3~2000.10）
　　　　　翟若愚（2000.10~2002.12）
　　　　　朱国桢（2003.1~2003.11）

副总经理　李昌富（1993.4~1995.9）
　　　　　冯培生（1993.4~1994.9）
　　　　　于洪基（1993.4~1999.7）
　　　　　杨　济（1993.4~1999.7）
　　　　　杨祝辉（1993.8~2001.11）
　　　　　谷永良（1993.9~1998.5）
　　　　　赵建国（1995.1~1999.3）
　　　　　钱遵培（1995.1~2003.11）
　　　　　卞学海（1995.10~1998.8）
　　　　　朱国桢（1999.3~2003.1）
　　　　　郭要斌（1999.3~2003.11）
　　　　　张一士（2001.7~2003.11）
　　　　　张丽英（2001.7~2003.1）
　　　　　栾　军（2002.1~2003.9）
　　　　　孙正运（2003.1~2003.11）
　　　　　刘铭刚（2003.1~2003.11）

党组书记　焦亿安（1993.4~1999.3）
　　　　　黄金凯（1999.3~2000.10）
　　　　　翟若愚（2000.10~2002.12）

华北电网有限公司

董 事 长　庄虎卿（2004.12~2006.9）
　　　　　马宗林（2006.9~　）

总 经 理　朱国桢（2003.11~2004.12）
　　　　　庄虎卿（2004.11~2005.9）

马宗林（2005.9～2006.9）
孙　刚（2006.9～　）
副 总 经 理　钱遵培（2003.11～2005.4）
郭要斌（2003.11～2004.12）
张一士（2003.11～2005.4）
孙正运（2003.11～2007.11）
刘铭刚（2003.11～2005.4）
叶延生（2004.12～　）
崔吉峰（2004.12～　）
周安春（2005.12～　）
殷　琼（2006.2～2007.11）
刘永奇（2007.11～　）

医 药 工 业

北京市医药总公司（1979.4～1998.10）
筹备领导小组
组　　　长　冷　林（1979.2～1979.11）
副　组　长　刘万库（1979.2～1979.11）
石玉琪（1979.2～1979.11）
经　　　理　冷　林（1979.11～1983.5）
许海峰（1983.5～1986.9）
李舜年（1986.9～1992.4）
冯国安（1993～1998.10）
副　经　理　李锡慈（1979.11～1980.3）
张九余（1979.11～1982.3）
刘万库（1979.11～1983.5）
宁　波（1979.11～1986.3）
张长远（1981.5～1982.7）
李舜年（1983.5～1986.9）
王晓云（女，1983.5～1998.7）

胡昭广（1986.8～1988）
张洪亮（1987.1～1991.3）
刘家穗（1990.5～1994.9）
党组书记 冷　林（1979.11～1983.5）
党委书记 冷　林（1983.5～1984.1）
郝　真（女，1984.5～1986.9）
许海峰（1986.9～1989.3）
赵万祥（1993.11～2000.11）
副书记 刘万库（1979.11～1983.5）
石玉琪（1979.11～1983.5）
许海峰（1983.5～1986.9）
王斌超（1983.5～1989.11）
李舜年（1986.9～1992.4）
赵万祥（1989.11～1993.11）
田大方（1991.2～1994.2）
谢　颖（1994.7～1998.10）
冯国安（1993.1～1998.10）
张桂华（女，1992.9～1998.10）
王杰扬（1987.6～1989.10）

北京医药集团有限责任公司（1998.10～　）
董事长 冯国安（1998.10～2000.1）
朱宝凤（2000.1～2002.7）
卫华诚（2002.7～　）
副董事长 赵万祥（1998.10～2000.11）
陆云良（2004.12～2006.6）
钟　义（2006.6～2007.9）
刘德君（2007.9～　）
总经理 冯国安（1998.10～2000.1）
贺　旋（2000.11～　）
副总经理 贺　旋（1994.1～2000.11）

张桂华（女，1998.10～2000.11）
王杰扬（1998.10～ ）
刘立津（2001.12～2004.10）
王志勉（2001.12～2005.3）
汤圣河（2004.12～2007.7）
骆夔龙（2004.12～ ）
赵宝伟（2007.7～ ）

党委书记 赵万祥（1998.10～2000.11）
朱宝凤（2000.12～2002.7）
卫华诚（2002.7～ ）

副书记 冯国安（1998.10～2000.1）
贺 旋（2000.11～ ）
谢 颖（1998.10～ ）

轻工业

北京市轻工业局（1958.10～1965.11）

局长 黎 晓（1958.8～1961.8）
张布克（1961.8～1965.5）

副局长 谢邦选（1958.8～1961.8）
季河清（1958.8～1961.8）
赵全林（女，1961.11～1965.5）
顾桂英（女，1960.7～1965.7）
冷 林（1961.11～1965.5）
孙 礼（1963～1966.5）

党组书记 张布克（1961.8～1965.5）

副书记 孙 礼（1963～1966.5）

北京市轻工业公司（1965.11～1966.9）

经理 胡一哉（女，1965.7～1966.5）

副经理 顾桂英（女，1965.7～1966.5）
孙 礼（1965.7～1966.5）

冷　林（1965.7～1966.5）
党委书记　胡一哉（女，1965.7～1966.5）
副书记　兰　琼（女，1965.7～1966.5）

北京市第一轻工业局（1966.9～1983.5）

军管会主任　骥　平（1966.5～1966.6）
边振孟（1966.6～1968.5）

革命领导小组

组长　边振孟（1968.5～1973.6）
肖泽宽（1973.6～1976.10）
副组长　顾桂英（女，1968.5～1973.6）
刘鹤谦（1968.5～1976.10）
葛相荣（1968.5～1973.6）
冯英年（1968.5～1973.6）
杨　禢（女，1968.5～1976.10）
李士元（1972.8～1976.10）
宋维贤（1973.6～1976.10）
史芳亭（1973.6～1976.10）
张　亮（1973.6～1974）
胡一哉（女，1973.6～1976.10）
黎　晓（1973.6～1976.10）
陈天宝（1973.6～1976.10）
孙　礼（1973.6～1976.10）
冷　林（1973.6～1976.10）
顾阿朝（1973.6～1976.10）

党的核心小组

组长　边振孟（1971.3～1973.1）
党委书记　边振孟（1973.1～1973.6）
肖泽宽（1973.6～1976.10）
副书记　胡一哉（女，1973.6～1976.10）
葛相荣（1973.1～1973.6）

黎　晓（1973.6～1976.10）
陈天宝（1973.6～1976.10）
局　　长　肖泽宽（1976.10～1978.10）
王大任（1978.10～1981.11）
赵　平（1981.11～1983.5）
副 局 长　黎　晓（1976.10～1978.10）
孙　礼（1976.10～1978.10）
冷　林（1976.10～1978.10）
宋维贤（1976.10～1978.10）
史芳亭（1976.10～1978.10）
夏传钝（1978.10～1983.5）
姜载瑜（1978.10～1983.4）
陶炳伦（1978.10～1983.4）
边宝骏（1979.2～1983.5）
沈玉林（1981.3～1983.5）
李国兴（1981.10～1983.5）
宋九韶（1982.10～1983.5）
李若明（1982.10～1983.5）
党委书记　肖泽宽（1976.10～1978.10）
党组书记　王大任（1978.10～1981.11）
副 书 记　胡一哉（女，1976.10～1981.10）
陶炳伦（1978.10～1983.5）
边宝骏（1982.10～1983.5）
陈天宝（1976.10～1978.10）
顾阿朝（1983.5～1986）

北京市第一轻工业总公司（1983.5～1993.8）

经　　理　赵　平（1983.5～1988.7）
崔治安（1988.7～1994.4）
副 经 理　李若明（1983.5～1986.8）
沈玉林（1983.5～1990.4）

王曾敬（1984.5～1988.6）
李连兴（1983.5～1993.1）
夏传钝（1983.5～1984）
梅蕴新（1983.4～1988.10）
朱　勲（1985.5～1995.3）
崔治安（1986.7～1988.7）
顾阿朝（1988.8～1993.7）
杨志德（1988.8～1994.4）
张　茅（1990.3～1992）
于霰夫（1992.5～1993.8）
陈天宝（1992.10～1994.4）
黎晓宏（1993.7～1994.4）
党委书记　边宝骏（1983.5～1986.8）
庞钦璧（1989.9～1994.4）
副书记　顾阿朝（1983.5～1987.10）
刘　渊（1989.3～1992.11）
高书平（1993.8～1994.4）
黎晓宏（1992.10～1993.7）
高献斌（1986.8～1988.11）

北京一轻总公司（1993.8～1996.6）

总经理　崔治安（1994.4～1996.9）
副总经理　陈天宝（1994.4～1996.8）
黎晓宏（1993.8～1996.8）
朱　勲（1994.4～1995.3）
彭　林（1994.7～1996.8）
陈　刚（1994.7～1996.8）
党委书记　刘　渊（1994.4～1996.8）
副书记　高书平（1994.4～1997.7）
崔治安（1994.4～1996.9）

北京一轻集团有限责任公司（1996.6～2000.9）

董 事 长　刘　渊（1996. 8～2000. 9）
副董事长　陈天宝（1996. 8～2000. 9）
　　　　　黎晓宏（1996. 8～2000. 1）
总 经 理　陈天宝（1996. 8～2000. 9）
副总经理　林　楠（1998. 8～2000. 9）
　　　　　周以秋（女，1998. 8～2000. 9）
　　　　　黎晓宏（1996. 8～2000. 1）
　　　　　彭　林（1996. 8～2000. 9）
　　　　　陈　刚（1996. 8～2000. 1）
　　　　　张庆水（1997. 6～2000. 9）
　　　　　肖宇航（2000. 3～2000. 9）
党委书记　刘　渊（1996. 8～2000. 9）
副 书 记　陈天宝（1996. 8～2000. 9）
　　　　　高书平（1996. 8～1997. 7）

北京一轻控股有限责任公司（2000. 9～　　）

董 事 长　刘　渊（2000. 9～　　）
副董事长　陈天宝（2000. 9～2005. 9）
总 经 理　陈天宝（2000. 9～2005. 9）
　　　　　张金钢（2005. 9～　　）
副总经理　林　楠（2000. 9～　　）
　　　　　周以秋（女，2000. 9～　　）
　　　　　郭秀健（女，2000. 9～2005. 12）
　　　　　彭　林（2000. 9～　　）
　　　　　张庆水（2000. 9～2002. 5）
　　　　　肖宇航（2000. 9～2005. 8）
　　　　　苏志民（2005. 12～　　）
　　　　　王旭东（2005. 3～　　）
　　　　　潘临珠（2005. 12～　　）
党委书记　刘　渊（2000. 9～　　）
副 书 记　陈天宝（2000. 9～　　）

郭秀健（女，2000.9～2005.12）
张金钢（2006.10～ ）

手（轻）工业

北京市手工业管理局（1955.2～1966.9）

局　　　长　王　云（1955.2～1957.10）
黎　晓（1958.11～1964.10）
张　旭（1964.10～1966.9 未到任）
副　局　长　谢邦选（1958.11～1961.8）
李　毅（1955.1～1958.8）
季河清（1958.11～1961.8）
徐汉涛（1964.4～1966.9）
邓　霄（1964.4～1966.5）
范旭光（1965.10～1966.9）
李文双（1962.8～1966.9）
肖　峰（1962.11～1965.2）
党组书记　黎　晓（1961.12～1964.10）

北京市第二轻工业局（1966.9～1983.6）

局　　　长　张　旭（1966.9～1967.5 未到任）
徐汉涛（代，1966.9～1967.5）
副　局　长　范旭光（1966.9～1967.5）
李文双（1966.9～1967.5）
贾贵发（1966.9～1967.5）
党组书记　张　旭（1966.9～1967.5 未到任）
徐汉涛（代，1966.9～1967.5）
副　书　记　徐汉涛（1966.5～1966.9）
革命领导小组
组　　　长　张海林（1968.1～1969.11）
李一林（1969.11～1973.3）
范旭光（1973.3～1973.8）

徐汉涛（代，1976.10～1978.10）

副　组　长　徐汉涛（1973.5～1976.10）

范旭光（1968.1～1973.8）

周建华（1968.9～1971.1）

赵春兰（女，1968.9～1970.1）

李洪涛（1972.11～1976.10）

赵彦珩（1973.2～1976.10）

余　叔（女，1973.5～1976.10）

李文双（1973.5～1976.10）

贾贵发（1973.5～1976.10）

赵淑珍（女，1973.12～1978.10）

张庆芳（1973.12～1978.5）

宋　汀（女，1975.7～1978.10）

米庆杰（1976.10～1978.10）

程志华（1976.10～1978.10）

党委书记　李一林（1971.1～1973.3）

范旭光（1973.3～1973.8）

副　书　记　范旭光（1971.1～1973.3）

徐汉涛（1973.5～1976.10）

李洪涛（1972.11～1976.10）

赵彦珩（1973.2～1976.10）

局　　　长　徐汉涛（1978.10～1980.3）

李文双（1980.3～1983.6）

副　局　长　李文双（1978.10～1980.3）

赵彦珩（1978.10～1983.6）

余　叔（女，1978.10～1981.6）

程志华（1978.10～1983.6）

贾贵发（1978.10～1980.8）

李良发（1978.10～1981.3）

赵国平（1978.10～1979.9）

米庆杰（1978.10～1983.6）
韩　雪（女，1978.10～1981.3）
朱忠信（1979.11～1983.6）
刘玉嵩（1980.3～1983.6）
伍蓓秋（女，1981.3～1983.6）
勾澄中（1981.11～1983.6）

党组书记　徐汉涛（1978.10～1980.3）
李文双（1980.3～1983.6）

副书记　李金亮（1979.10～1983.6）

北京市第二轻工业总公司（1983.6～1997.7）

经理　刘玉嵩（1983.6～1984.12）
勾澄中（1984.12～1987.3）
马守平（1987.3～1991.3）
刘永德（1991.3～1996.5）
邢德海（1996.5～1996.6）

副经理　于宗尧（1983.6～1984.11）
查保宗（1983.6～1985.1）
衣锡群（1983.6～1986.10）
程世峨（女，1984.11～1989.3）
马守平（1985.1～1987.3）
刘永德（1985.1～1991.3）
周　河（1985.1～1992.9）
邢德海（1987.5～1996.6）
蒋黔贵（女，1990.5～1991.8）
杨有诚（1991.5～1996.7）
尉　坤（1992.9～1995.7）
孙长泰（1994.1～1996.6）
刘启超（1994.2～1996.7）
程连元（1994.9～1996.7）
孙燕昌（1996.5～1996.7）

党委书记　勾澄中（1983.6～1985.12）
　　　　　韩绍濂（1985.12～1992.8）
　　　　　查保宗（1992.8～1996.6）
副 书 记　查保宗（1987.11～1992.8）
　　　　　马守平（1987.11～1991.1）
　　　　　刘永德（1991.3～1996.5）
　　　　　孙长泰（1992.6～1993.12）
　　　　　张厚昆（1993.12～1996.4）
　　　　　邢德海（1996.5～1996.6）
　　　　　端木玉林（1996.5～1996.6）

北京二轻有限责任公司（1997.7～2000.9）

董 事 长　查保宗（1996.6～1997.11）
　　　　　端木玉林（1997.11～2000.12）
　　　　　邢德海（2000.12～　）
副董事长　邢德海（1996.6～2000.12）
　　　　　端木玉林（1996.7～1997.11）
总 经 理　邢德海（1996.6～2000.12）
副总经理　杨有诚（1996.7～2000.12）
　　　　　孙燕昌（1996.6～2000.12）
　　　　　程连元（1996.7～2000.12）
　　　　　刘启超（1996.7～2000.12）
党委书记　查保宗（1996.6～1997.11）
　　　　　端木玉林（1997.11～2000.12）
副 书 记　邢德海（1996.6～2000.12）
　　　　　端木玉林（1996.7～1997.11）
　　　　　刘庆志（1996.6～2000.12）

北京隆达轻工控股有限责任公司（2000.9～　　）

董 事 长　邢德海（2000.12～2002.4）
　　　　　高书平（2002.4～　）
副董事长　程连元（2000.12～2002.4）

总 经 理　孙燕昌（2000.12～　）
副总经理　任玉成（2000.12～　）
　　　　　刘启超（2000.12～2002.6）
　　　　　荣玉增（2000.12～2002.4）
　　　　　杨维义（2000.12～2002.4）
党委书记　邢德海（2000.12～2002.4）
　　　　　高书平（2002.4～　）
副 书 记　孙燕昌（2000.12～　）
　　　　　程连元（2000.12～2002.4）
　　　　　刘庆志（2000.12～2006.7）
　　　　　张德华（2002.4～　）
　　　　　李　玎（女，2002.9～　）

纺 织 工 业

北京市纺织工业局（1958.10～1965.2）
局　　长　宋　汀（女，1958.10～1965.10）
副 局 长　张布克（1958.10～1960.5）
　　　　　徐剑平（1958.10～1960.4）
　　　　　田映萱（女，1959.8～1961.7）
　　　　　周　匡（1960.3～1965.8）
　　　　　胡一哉（女，1960.6～1965.7）
　　　　　李　昭（女，1961.8～1964.4）
　　　　　张令慧（1964.4～1965.8）
党组书记　宋　汀（女，1958.11～1965.10）
副 书 记　李　昭（女，1964.4～1965.8）
北京市纺织工业公司（1965.2～1966.9）
经　　理　宋　汀（女，1965.10～1966.9）
副 经 理　周　匡（1965.8～1966.9）
　　　　　张令慧（1965.8～1966.9）
党委书记　宋　汀（女，1965.10～1966.9）

副　书　记　李　昭（女，1965.8～1966.9）
　　　　　　任　敬（女，1965.9～1966.9）

北京市纺织工业局（1966.9～1983.5）

军　管　会

主　　　任　李士奇（1967.5～1968.2）

副　主　任　王　健（1967.5～1968.2）

革命领导小组

组　　　长　王　健（1968.2～1969.10）
　　　　　　严　泠（1969.10～1972.12）
　　　　　　索国仁（1972.12～1978.10）

副　组　长　王巧娣（女，1968.2～1972.12）
　　　　　　王　彦（女，1970.5～1978.10）
　　　　　　姜一震（1970.8～1973.12）
　　　　　　林　鹏（1970.8～1972.12）
　　　　　　李　昭（女，1971.8～1978.10）
　　　　　　索国仁（1972.1～1972.12）
　　　　　　徐青伟（女，1973.12～1978.10）
　　　　　　于　桓（1973.12～1978.10）
　　　　　　张国良（1973.12～1975.5）
　　　　　　冯迈仑（1973.12～1978.10）
　　　　　　张令慧（1976.10～1978.10）

党的领导小组

组　　　长　严　泠（1972.8～1973.1）

副　组　长　索国仁（1972.8～1973.1）

党委书记　索国仁（1973.1～1978.10）

副　书　记　李　昭（女，1973.1～1978.10）
　　　　　　徐青伟（女，1973.12～1978.10）
　　　　　　于　桓（1973.12～1978.10）
　　　　　　韩茶仙（女，1973.12～1978.10）

局　　　长　冯迈仑（1978.10～1982.2）

孙建勋（代，1982.2～1983.5）
副局长 任敬（女，1978.10～1983.4）
赵海（1978.10～1983.4）
张令慧（1978.10～1981.4）
韩荼仙（女，1978.10～1981.4）
陈莹（女，1978.10～1983.5）
蔡乾汉（1979.11～1983.5）
张志远（1982.2～1983.5）
党组书记 李昭（女，1978.10～1983.5）
副书记 徐青伟（女，1978.10～1983.5）
于桓（1978.10～1983.5）
冯迈仑（1978.10～1982.2）
陈莹（女，1978.10～1983.5）
孙建勋（1982.2～1983.5）

北京市纺织工业总公司（1983.5～1996.6）
经理 孙建勋（1983.5～1986.8）
徐青伟（女，1986.8～1993.7）
姜宜茂（1993.7～1996.4）
副经理 赵海（1983.5～1986.8）
蔡乾汉（1983.5～1986.8）
张志远（1983.5～1986.8）
蒋志民（1983.5～1996.4）
史成福（1986.8～1989.7）
王振（1986.8～1987.10）
张培华（女，1986.8～1996.4）
范兴华（1989.8～1993.7）
姜宜茂（1993.1～1993.7）
冷克（1994.1～1996.4）
吴立（1994.7～1996.4）
党委书记 陈莹（女，1983.5～1986.8）

孙建勋（1986.8 ~ 1993.6）
金生官（1993.12 ~ 1996.3）
副　书　记　孙建勋（1983.5 ~ 1986.8）
史成福（1983.5 ~ 1986.8）
徐青伟（女，1986.8 ~ 1993.6）
王金玲（女，1986.8 ~ 1994.3）
边　力（女，1994.6 ~ 1996.3）
姜宜茂（1993.6 ~ 1996.3）

北京纺织控股（集团）有限责任公司（1996.6 ~ 1999.12）

董　事　长　姜宜茂（1996.4 ~ 1999.12）
副 董 事 长　金生官（1996.4 ~ 1997.10）
杨文华（1997.10 ~ 1999.12）
张培华（女，1996.4 ~ 1999.12）
总　经　理　姜宜茂（1996.4 ~ 1999.12）
副 总 经 理　张培华（1996.4 ~ 1999.12）
蒋志民（1996.4 ~ 1999.12）
范兴华（1996.4 ~ 1999.12）
冷　克（1996.4 ~ 1999.12）
吴　立（1996.4 ~ 1999.12）
陆　昊（1998.10 ~ 1999.7）
党 委 书 记　金生官（1993.6 ~ 1997.7）
杨文华（1997.7 ~ 1999.12）
副　书　记　姜宜茂（1996.4 ~ 1999.12）
王玉川（1996.4 ~ 1999.12）

北京纺织控股有限责任公司（1999.12 ~ ）

董　事　长　姜宜茂（1999.12 ~ 2000.4）
杨文华（2000.4 ~ ）
总　经　理　姜宜茂（1999.12 ~ 2000.4）
龙云泽（2000.4 ~ ）
副 总 经 理　张培华（女，1999.12 ~ 2000.4）

蒋志民（1999.12~2003.5）
范兴华（1999.12~2000.4）
冷　克（1999.12~2006.10）
吴　立（1999.12~　）
林士昌（2000.6~　）
党委书记　杨文华（1999.12~　）
副书记　龙云泽（2000.4~　）
王玉川（1999.12~　）

药材工业

中国北京同仁堂集团公司（1992.7~　）
总经理　田裕民（1992.7~1995.3）
殷顺海（1995.3~2001.7）
副总经理　罗万芬（1992.7~1993.7）
朱连富（1992.7~1996.7）
孙　璠（1992.7~1993.6）
殷顺海（1992.7~1995.4）
邵　刚（1993.6~2000.1）
梅　群（1993.6~2001.7）
王兆奇（1996.7~2001.7）
赵爱民（1996.7~2001.7）
吕白棉（1998.4~2001.7）
王　泉（2000.1~2001.7）
党委书记　罗万芬（1992.10~1993.7）
田大方（1994.2~2001.7）
副书记　甄郁文（1992.10~1996.7）
殷顺海（1996.7~2001.7）
王　泉（1996.7~2001.7）

中国北京同仁堂（集团）有限责任公司
董事长　殷顺海（2001.7~　）

副 董 事 长　田大方（2001.7～2007.1）
　　　　　　梅　群（2007.1～　）
总　经　理　殷顺海（2001.7～2001.11）
　　　　　　梅　群（2001.11～　）
副 总 经 理　王　泉（2001.12～　）
　　　　　　冯小平（2001.12～2003.3）
　　　　　　王兆奇（2001.7～2001.12）
　　　　　　赵爱民（2001.7～2001.12）
　　　　　　吕白棉（2001.7～2001.12）
　　　　　　谢占忠（2003.3～　）
　　　　　　丁永玲（女，2003.3～　）
　　　　　　张庆增（2003.10～　）
党 委 书 记　田大方（2001.7～2007.1）
　　　　　　殷顺海（2007.1～　）
党委副书记　殷顺海（2001.7～2007.1）
　　　　　　王　泉（2001.7～　）

北京同仁堂股份有限公司（1997.6～　）

董　事　长　殷顺海（1997.6～2007.4）
　　　　　　张生瑜（2007.4～　）
副 董 事 长　田大方（1997.6～　）
　　　　　　梅　群（2002.9～　）
　　　　　　王兆奇（1998.4～2002.8）
常务副总经理　谢占忠（2006.11～　）
总　经　理　梅　群（1998.4～2001.4）
　　　　　　毕界平（2001.4～2003.2）
　　　　　　匡桂申（2003.2～2005.10）
　　　　　　毕界平（2005.10～2006.11）
　　　　　　高振坤（2006.11～　）
副 总 经 理　毕界平（1998.4～2001.4）
　　　　　　刘向光（1998.4～2002.6）

匡桂申（1999.2～2000.4）
史　杰（2000.9～2001.4）
吕白棉（2001.4～2002.6）
顾海鸥（2001.4～2003.5）
佟振会（2001.4～2003.5）
高振坤（2001.4～2003.10）
李正华（2002.6～2005.8）
王志举（2003.5～2004.3）
宋卫清（女，2003.5～　）
李兴毅（2003.10～　）
李大鸣（2004.8～2006.11）
朱共培（2006.11～　）

工艺美术品工业

北京市工艺美术品总公司（1980.8～1993.4）

总经理　刘　才（1981.3～1983.5）
薄熙成（1983.5～1987.1）
王　振（1987.11～1993.3）

副总经理　刘继万（1983.5～1985.11）
王伯华（1981.3～1993.4）
宋九韶（1983.5～1987.8）
唐克美（女，1983.5～1993.4）
刘士惠（女，1987.10～1993.3）
金晓军（女，1991.11～1993.4）

党委书记　刘　才（1981.3～1983.5）
陈　山（1983.5～1984.12）
魏克鹏（1984.12～1985.7）
邓永良（1991.8～1993.4）

副书记　史占海（1981.2～1983.5）
魏克鹏（1983.5～1984.12）

魏北凌（1986.7~1988.9）
李　甡（1988.12~1990.4）
王　振（1991.9~1993.3）
金生官（1990.12~1993.4）

北京工美集团总公司（1993.4~2000.11）

总　经　理　王　振（1993.3~1998.10）
郭泰来（1998.10~2000.8）
副总经理　王伯华（1993.4~1995.1）
唐克美（女，1993.4~1999.11）
金晓军（女，1993.4~2000.5）
李进华（1993.4~2000.5）
郭泰来（1998.1~1998.10）
冯光中（1995.1~1997.7）
李　节（2000.8~2000.11）
马　辉（2000.8~2000.11）
吴文学（2000.8~2000.11）
党委书记　邓永良（1993.4~1994.7）
张伯光（1994.7~1998.8）
副　书　记　王　振（1993.4~1998.10）
金生官（1993.4~1993.12）
张伯光（1993.12~1994.7）
郭泰来（1998.8~2000.5）
郭化清（1994.7~2000.5）

北京工美集团有限责任公司（2000.11~　）

董　事　长　郭泰来（2000.5~　）
副董事长　侯金成（2000.5~　）
总　经　理　郭泰来（2000.8~2002.9）
高颖维（女，2002.9~　）
常务副总经理　李　节（2000.8~　）
副总经理　马　辉（2000.8~　）

吴文学（2000.8～2005.7）
曹胜龙（2007.4～ ）
党委书记 郭泰来（2000.5～ ）
副书记 侯金成（2000.5～ ）
高颖维（女，2002.9～ ）

印刷工业

北京市印刷工业总公司（1986.6～1993.2）
经理 林明（1986.8～1993.2）
副经理 王守栋（1986.5～1992.12）
周贵（1986.5～1993.2）
章先文（1987.3～1993.2）
周俊岩（1991.4～1993.2）
任玉成（1992.10～1993.2）
党委书记 南世昌（1986.6～1987.10）
林明（1987.10～1992.9）
副书记 商和顺（1986.8～1987.9）
王文智（1987.9～1993.2）
傅豫良（1993.3～1995.2）

北京印刷集团总公司（1993.2～1997.11）
经理 林明（1993.2～1997.11）
副经理 周贵（1993.2～1994.5）
任玉成（1993.2～1997.11）
周俊岩（1993.2～1997.10）
张乃兴（1994.5～1997.11）
辛征（1993.10～1997.11）
杨维义（1994.12～1997.11）
胡学民（1997.6～1997.11）
党委书记 林明（1993.2～1997.11）
副书记 申淑莲（女，1995.2～1997.11）

北京印刷集团有限责任公司（1997.11～2000.9）

董 事 长　申淑莲（女，1998.8～2000.12）

总 经 理　林　明（1997.11～1998.8）

副总经理　张乃兴（1998.8～2000.8）

任玉成（1997.11～2000.12）

辛　征（1997.11～2000.12）

杨维义（1997.11～2000.12）

胡学民（1997.11～2000.12）

党委书记　林　明（1997.11～1998.8）

申淑莲（女，1998.8～2000.12）

北内集团总公司（1993.5～2000.9）

董 事 长　黄枝新（1993.7～1996.2）

冯启泰（1997.9～1998.11）

刘克信（1998.11～2000.7）

冯启泰（2000.7～　）

副董事长　迟龙秀（1993.7～1997.9）

申昌明（1993.7～1997.9）

李　军（1993.7～1997.9）

李洪炉（1997.9～1998.11）

总 经 理　黄枝新（1993.7～1996.2）

李洪炉（1997.9～1998.11）

冯启泰（1998.11～2000.7）

景平利（2000.7～　）

副总经理　郭大英（1993.7～1995.11）

吴兴华（1993.7～1997.11）

乐关荣（1993.7～1999.9）

郭福天（1993.7～1997.9）

冯启泰（1993.7～1997.9）

邹银昌（1993.7～1995.11）

阎宝月（1994.4～1997.7）

陶　克（1996.6~1999.11）
李洪炉（1996.6~1997.9）
马童立（1997.9~　　）
王静华（女，1997.9~　）
续文利（1997.9~　　）
景平利（1999.11~2000.7）
许小江（2000.8~　　）

党委书记　李　军（1993.7~1997.9）
冯启泰（1997.9~　　）

副 书 记　轩钜光（1993.7~1997.11）
邹秀莲（1994.11~　　）
景平利（2000.7~　　）
马童立（1997.9~　　）

附录四　北京市全国劳动模范先进生产（工作）者和先进科技工作者（工矿企业）名录

1950 年北京市全国劳动模范（工矿企业）

李金泉　石景山钢铁厂修理部电焊工
刘德珍　石景山发电厂汽机场技工
侯德原　邮电部长途电信总局副局长
李书和　门头沟煤矿采煤工人
刘英源　良乡电力修造厂厂长

1956 年北京市全国先进生产者（工矿企业）

张　纯　公私合营恒德成织布厂修理技工
罗景江　北京市西四区公私合营建都铁工厂翻砂技工
顾慧芳（女）　源丰装订所工人
王淑琴（女）　公私合营崇文织布厂工人
宋忠起　公私合营建中机器厂装配车间副主任
郭传礼　公私合营北大电机厂铁工组副组长、钣金技工
秦九忠　北京第一机床厂工人
李永义　北京第一机床厂工人
孙德耀　北京第二机床厂机加工车间工人
马淑敏（女）　北京第二机床厂工人
姚祯盈　中国水暖铁工厂火炉工人
桂育鹏　北京人民机器厂机加工车间工人
赵　坤　北京大学电机厂工人
刘希苏　公私合营京门医疗器械厂车间主任
张供祥　北京军区军械部修炮厂机工车间生产组长

王　相　中国人民解放军总后方勤务部军需生产部华北军需生产管理局四一二厂模型工
齐恩海　正明斋糕点铺厂长
王植之　陆一机械工厂检查组长
雷福全　宣武区大兴隆铁工厂车工组长
荣春岐　公私合营玻璃二厂盘炉看火技师
李德珍　北京市南口采石厂供销科干部
赵济才　北京市琉璃河水泥厂烧成车间工人
宗本木　北京市琉璃河水泥厂采石车间主任
杨士惠　北京市第一象牙雕刻生产合作社技术指导
梁文秀　昌平制酒厂技工、小组长
丁宏远　北京市印刷一厂拣字技工
崔凤岐　北京市印刷二厂铅印工人
赵景焕　军事出版部北京建新印刷总厂车间主任
于兆誉　北京市朱房砖瓦厂烧窑技工
胡四辈　北京市光华木材厂三车间技工
刘书山　北京市木材厂门窗车间装配技工
陈玉书　北京市木材厂木制车间工人
陈有堂　北京市木材厂车间工人
熊笃俊　北京市电车公司电车司机员
张晓岚　北京市电车公司供电科工程师
张　曾　北京市自来水公司水质科科长、工程师
李静波　北京市第二地方工业局工程处工程师
宋长竹　北京市公私合营联昌仪表厂工人
谭致中　石景山钢铁厂工程师
李德录　石景山钢铁厂炼焦部技术员
张树贵　北京暖气材料厂工人
程德贵　石景山钢铁厂炼铁部组长
刘正五　石景山钢铁厂炼铁部工程师
宋益生　北京市针织厂技师

范继先　北京清河制呢厂工人
杜富经　（女）　北京第一棉纺织厂工人
杨玉珍　（女）　北京第一棉纺织厂工人
逄顺和　（女）　北京机织印染厂技师
徐生贵　北京第二棉纺织厂工人
张梅兰　（女）　北京第二棉纺织厂工人
丁鸿谟　北京清河制呢厂生产区域副主任
郝立帮　北京市前进棉织合作社工人
闫玉林　（女）　北京市第三毛织生产合作社工人
赵杰人　北京铅笔厂车间主管
朱赞章　北京酒精厂工会主席
黄桂珍　（女）北京电子管厂工段长
周金昌　北京有线电厂技术员
沈炳炎　北京化工试剂厂技师
许凤琴　（女）　北京新华橡胶厂工人
王桂芝　北京医用射线机厂工人
李致祥　北京皮革研究所科长
卢效启　北京第二皮鞋厂干部
王玉祯　北京第一汽车附件厂工人
史俊才　北京农业机械厂工人
马景芝　北京电建公司技师
石祖礼　北京电力修造厂工人
王诗豪　北京送变电公司工程师
王树甲　北京热电厂工人
王桂林　北京电建公司工人
王维伦　北京送变电公司技术员
刘文华　北京送变电公司工地班长
苏云龙　北京送变电公司工地主任
何刚长　北京供电局工人
周国均　北京电建公司工程师

郭美中　北京电建公司工程师
赵洪亭　石景山发电厂汽机分场主任
韩安沛　华北电力设计院分院计划科副科长
戴学安　华北电力设计院分院机电保护技术员
丁祖瀛　华北电力设计院分院技术员
徐博文　华北电力设计院标准处副处长
高志英　京西矿务局工程师
安广泽　大台基建工程处掘进队长
曹　惠　万佛堂掘进队长
宋　兴　房山矿掘进组长
张燕骏　城子矿工程师

1959年北京市全国先进生产者（工矿企业）

王治国　石景山钢铁公司试验厂炼钢车间化铁炉工段长、七级长铁工
董志宽　北京特殊钢厂炼钢车间注锭工段总工长、八级工
刘湘求　沙河铁厂炼铁车间高炉值班室记录员
石芳金　大红门轧钢厂型钢车间副主任
胡兆森　石景山钢铁公司工程技术处副处长
陈　发　长辛店机车车辆工厂机车车间工程师
高杏娣　（女）　北京有线电厂交换机车间预选器调整工
王树珍　南口机车车辆配件制造工厂机械车间工程师
郑恩洪　兴平机械厂工具科钳工
桂育鹏　北京人民机器厂机工车间五级车工
张维箴　北京第一机床厂行政总务科锅炉房七级钳工
常恩山　北京第一机床厂成批车间六级刨工
张艳荣　（女）　北京农业机械厂发动机车间四级车工
倪志福　国营永定机械厂第五车间六级钳工
白淑云　（女）　北京市金属工艺工厂炭精车间刷光组打印三级工
孟宪堂　公私合营新华铸造厂铸工
张继宗　北京第一通用机械厂二车间七级钳工、生产小组长

祖德军　公私合营民用电器厂技术科长
邓永文　北京市第二机床厂六车间工段长
张玉明　北京市宣武电机厂第一车间五级电工、生产小组长
黄　祥　水利电力部水利水电建设总局北京机械制造厂副总工程师
郝连芝　北京锅炉厂管子车间排管工段大炉小组铆工
赵宝玉　北京公私合营启新油石砂轮厂黏土车间车间主任
赵炳睦　北京怀柔县农具修造厂五级车工
戴凤臣　长辛店通信工厂翻砂工长
刘雅君（女）　长辛店通信工厂二级镟工
谢大年　京西矿务局安家滩煤矿井下运输工
王德兴　京西矿务局房山煤矿七级技工
李九德　京西矿务局城子煤矿钻掘工
常有宽　京西矿务局基建工程处电工
卢静平　北京供电局线路工
陈素芝（女）　北京第二棉纺织厂布机车间挡车工
梁小凤（女）　北京第三棉纺织厂细纱车间值车工
韩茶仙（女）　清河制昵厂第五车间挡车工
赵淑娥（女）　北京市机织印染厂织场穿经三段丙班小组穿经工
周仕珍（女）　北京市羊毛衫厂厂长、党支部书记
李永海　北京市搪瓷厂机修班班长、八级白铁工
袁志平　北京市东城区燕京造纸一厂技术员
崔华轩　北京象牙雕刻厂老艺人、技术研究室副主任
李金才（女）　北京珐琅厂磨活车间学徒
沈蓉华（女）　北京啤酒厂技术员
陈德明　北京化工厂工程师、车间副主任
张成云　北京市制革厂勤杂工
张福恩　北京市面粉二厂技师
商　英（女）　公私合营义利食品公司第一车间包装工
南淑芳（女）　北京橡胶厂二车间五级缝纫技工
刘启发　通州区商业局轧花厂五级保全工

陈福良　北京市平谷县子母扣厂冲压技师
周紫君　（女）　北京西四化工厂二车间技术员
王笃华　（女）　四〇一工厂托儿所保育员
顾延明　太平庄砖瓦厂党总支书记
胡四辈　北京市光华木材厂三车间技工
王树森　北京市大理石厂第二车间雕刻八级技工
李德珍　北京市南口采石厂供销科干部
赵　山　周口店灰石厂车间工人
陈文忠　北京新华印刷厂轮转机工段副工段长
丁宏远　北京市印刷一厂排字车间五级拣字工
王保华　（女）　建筑工程出版社印刷厂装订工
董万章　北京铁路局丰台车辆段检车员
李春霞　（女）　北京铁路局北京列车段列车员
罗淑珍　（女）北京市邮局第一支局邮递员
程致芳　北京市市内电话局大修工程队线务员
宋　魁　北京市长途电信局机务站技术员
张桂花　（女）　北京电信工程公司市话装机队机务员
彭厚芝　北京市电车公司先轨电车二级售票员
孙九臣　运输公司王子坟装卸队装卸工人
薛玉昆　北京市汽车修配厂七级焊工
王树森　运输公司马公庄汽车场司机
肖诗国　永定河水电工程局珠窝工区一号支洞炮工组长、五级技工
程宪臣　北京市自来水公司检修队七级钳工
苏桂森　北京市特种工艺公司业务二科业务员
徐　英　北京起重机器厂工人
石芳金　北京大红门轧钢厂型钢车间副主任
安玉栓　北京火电公司工程师
刘光金　石景山发电厂

1960 年北京市全国先进工作者（工矿企业）

楼　星　（女）　北京无线电工业学校物理学科委员会主任
方志来　北京工业学校教师
姜孝先　北京第二棉纺织厂业余学校教师
丁素华　（女）　北京第二羊毛衫厂
彭梦芝　（女）　石景山钢铁公司技工学校教师

1977 年北京市全国先进生产者（工矿企业）

李永贵　北京市第一轧钢厂工人
陈　净　北京锻压机床厂三车间铣刨班班长
陈景泰　北京矿务局木城涧煤矿党委副书记
邬纪秀　北京矿务局大台煤矿工人
廉双进　北京铁路分局北京内燃机务段工人
耿长外　北京市皮件厂工人
赵淑珍　（女）　北京市电车公司一场一〇六路售票员
纪进忠　北京市邮政局市内运输处司机
黄卫东　北京电报局投递员
杨凤文　北京建筑木材厂工人
贾德坦　北京市门头沟区潭柘寺邮政所投递员
尚伶敏　（女）　北京市宣武区橡胶二厂汽车司机
周达礼　北京长辛店二七机车车辆工厂修机车间技术员

1978 年北京市工业系统全国先进科技工作者

蒋龙潭　国营青云仪器厂室主任
隋经义　北京广播器材厂革委会副主任、总工程师
徐建儒　北京有线电厂室主任
陈金城　北京无线电工具设备厂车间副主任
王泽民　北京市制药工业研究所室副主任
张德华　首都钢铁公司机械厂工程师

刘德兴　北京矿务局科研所工程师
郭已顺　丰台铁路医院药剂师
徐孝纯　北京第一棉纺织厂副总工程师
李鑫培　北京二七机车车辆工厂工程师
周廷富　北京邮政局机械厂工程师
王品一　北京特殊钢厂工程师
李根绪　国营五四一厂副主任、工程师
李克佐　北京内燃机总厂副主任、总工程师
林增栋　北京市粉末冶金研究所室副主任
徐承恩　北京石油化工总厂设计院副总工程师
陈克嶷　北京铁路局工程处总工程师
邢德海　北京市第一皮鞋厂党总支副书记
李万昌　北京市塑料研究所技术员
韩宝清　北京市服装机械厂副主任
彭时雄　北京电力试验研究所工程师
刘子瑜　（女）　北京市制革厂工程师
邹艳梅　（女）　北京石油化工总厂实验厂技术员

1979 年北京市全国劳动模范（工矿企业）

陈福汉　铁道部北京铁路局总工会第一副主席
顾思乡　首都钢铁公司炼铁厂四高炉工段炉长
邬纪秀　北京矿务局大台煤矿工会副主席
邢德海　北京市第一皮鞋厂厂长、工程师
梅月兰　（女）　北京绒毯厂染毛挡车工
林增栋　北京市粉末冶金研究所第三研究室副主任、工程师
王树森　北京市玉器厂老艺人、工艺美术家
王　耀　北京燕山石油化学总公司设计院副主任、工程师

1989 年北京市全国劳动模范（工矿企业）

屠学信　首钢北钢公司第一炼钢厂炼钢车间丙班二号炉班长

朱谈林　北京人民机器总厂厂长、技师
范式祖　北京第一机床厂加工一分厂工人
宋淑清　（女）　北京铜丝厂三车间细丝班班长
张善夫　北京吉普汽车有限公司车身车间 CKD 喷漆工段班长、技师
刘进忠　北京矿务局门头沟煤矿生产十二段队长
田凤林　北京市煤炭总公司二厂工人
罗益锋　北京合成纤维实验厂、化工部特种纤维情报站干部、高级工程师
许一麟　北京市燕山石油化工公司机械厂干部、工程师
陈瑞祥　北京市第三制药厂设备科工人
朱继骅　北京市广播器材厂设计一所干部、工程师
程玉鹏　北京光学仪器厂 401 车间棱镜组组长
杨晓惠　（女）　北京第一棉纺织厂织布车间工人
王燕生　（女）　北京市皮鞋厂二车间工人
陈厚棣　（女）北京雕漆厂工人
高俊亭　北京铁路分局丰台机务段“毛泽东号”机车组司机长
钱士文　国营第六一八厂科研设计所副所长
张德泉　北京市木材厂机修组组长
贾庭让　北京市设备安装公司电梯作业队队长、副主任工程师
刘润秋　北京玻璃模具厂工人
孙　森　北京象牙雕刻厂总工艺师、工艺美术大师
陈　铭　国营北京电子动力公司经理、高级经济师
姜战林　北京铁路公安局北京公安分局段长
双德全　北京拖拉机公司机械铸造厂组长
王洪德　北京京海计算机集团公司总经理、高级工程师
周冠五　首都钢铁公司党委书记
吴协刚　北京燕山石油化工公司经理
申玉玢　北京市木材公司北京木箱厂工人
张金海　北京市第二汽车齿轮厂厂长
彭时雄　华北电科院工程师（先进工作者）

1995年北京市全国劳动模范（工矿企业）

郭玉明　首钢总公司第二炼钢厂炼钢车间炼钢甲班工长、技术员
王成明　首钢总公司电子公司总经理、高级工程师
陈厚棣　（女）　北京市雕漆工厂雕刻工
朱志凌　北京钢材厂铜星公司钳工班班长
谢秦岭　北京第一机床厂铸造一分厂造型一段班长
张　忠　北京重型汽车制造厂转向机车间车工
余兆英　（女）北京第四制药厂高级工程师
金洪山　北京光学仪器厂厂长、高级经济师
张秋华　北京印刷三厂胶印轮转机组领机
贾贵琛　中国北京同仁堂集团公司同仁堂药店售货员、药师
冯建余　北内集团总公司设备工具公司设备修理厂工人、高级技师
王纯善　北京铁路局局长、工程师
王洪英　北京矿务局大安山煤矿矿长、工程师
黄祖望　北京矿务局木城涧煤矿党委书记、高级政工师
金积铨　北京燕山石化公司研究院副总工程师、高级工程师
钱士文　国营第六一八厂设计所原所长、高级工程师
王志祥　北京铁路分局丰台机务段“毛泽东号”机车司机长
陈　杰　北京牡丹电子集团公司总经理、高级工程师
陈伦芬　（女）　北京飞行电子总公司机关党支部书记、工程师
邵锡全　北京乙烯工程建设总指挥部副总指挥、高级经济师
王振荣　北京轻型汽车有限公司副总经理、高级技师
鲁爱华　（女）　北京清河毛纺织厂精织车间工人
董　红　（女）　北京衬衫厂工人
金德水　北京电力设备总厂铸造分厂铸钢清铲工段工段长
崔淑敏　（女）北京市煤炭总公司收购运输公司质检班班长
孙燕昌　北京百花集团党委书记、高级工程师
崔治安　北京一轻总公司董事长、高级经济师
李福成　北京燕京啤酒集团公司总经理、经济师

史静贤 （女） 北京保温瓶工业公司总经理、高级经济师
张金海 北京第二汽车齿轮厂厂长

2000年北京市工业系统全国劳动模范

黄国诚 北京开关厂厂长
闫洪胜 北京重型电机厂锉工
赵福庭 北京电影机械研究所副总工程师
贺燕铭 北内集团总公司技术中心副主任
田 丽 （女） 北京吉普汽车有限公司高级工
司徒泽湘 中国石化集团北京燕山石油化工有限公司副总经理
吴昉昀 （女） 北京合成纤维实验厂工人
陈济民 国营华北光学仪器厂厂长
李本海 首钢总公司技术中心副处长
王文华 北京首钢第一建设有限公司班长
刘 刚 北京电力建设公司高压焊工
陈二平 （女） 北京广播器材厂主持设计师
韩天润 北京雪花电器集团公司车间技术负责人
王庆武 北京威顿玻璃制品有限公司工段长
张文良 北京保温瓶工业公司党委书记、经理
马植胜 北京矿务局木城涧矿副总工程师
苗晓光 北京雪莲羊绒有限公司副总工程师
杨桂茹 （女）北京京棉纺织集团有限责任公司教练员
周 平 北京医疗器械研究所总工程师
葛建明 北京铁路分局丰台机务段司机长
李继功 北京铁路局北京铁路工程总公司线路工
王春山 北京二七车辆厂产品设计主管
常桂春 （女） 北京二七机车厂高级工
张增学 铁道部电气化工程局第一工程处工长

2005年北京市全国劳动模范和先进工作者（工矿企业）名单

张德臣　北京七星华创电子股份有限公司工人
陈孟祥　北京北分瑞利分析仪器（集团）有限责任公司工人
张新国　北京首钢新钢有限责任公司第三炼钢厂组长
赵建刚　北京青云航空仪表有限公司班长
金兰英　（女）北京北毛纺织集团有限责任公司工人
徐建义　华北电网有限公司北京电力公司变电公司工人
冯国良　北京古船食品有限公司工艺师
刘九江　北京北重汽轮电机有限责任公司设计员
叶　进　北京北广电子集团有限责任公司总工程师
王全礼　首钢技术研究院副总工程师
张明禄　北京移动通信有限责任公司网络优化中心总经理
王建军　北京东方石油化工有限公司东方化工厂研究室主任
陈德烨　中国石化北京燕化石油化工股份有限公司化工一厂车间主任
苏显华　首钢总公司迁钢工程指挥部工程指挥
殷顺海　中国北京同仁堂（集团）有限责任公司董事长
邓中翰　北京中星微电子有限公司董事长
王绍棠　北京市木材厂党委书记
陈济生　（女）北京医药股份有限公司董事长、党委书记
杜　斌　北京大宝化妆品有限公司董事长、总经理
朱新礼　北京汇源饮料食品集团有限公司董事长、党委书记
王文京　北京用友软件股份有限公司董事长
杨新平　华北电网有限公司华北电力调度局高级工程师
石晓启　华电（北京）热电有限公司班长
李玉梅　（女）国营第三九四厂技术处处长
牛　森　北京煤矿机械厂综合产品分厂党支部纪检委员
徐宝华　中国北车集团北京南口机车车辆机械厂车间生产班长